◆ 贾其敏 著

清明

敦煌文艺出版社

图书在版编目（CIP）数据

清明 / 贾其敏著. -- 兰州 ：敦煌文艺出版社，
2022.7
　ISBN 978-7-5468-2194-8

　Ⅰ. ①清… Ⅱ. ①贾… Ⅲ. ①长篇小说－中国－当代
Ⅳ. ①I247.5

中国版本图书馆CIP数据核字(2022)第110247号

清明

贾其敏 著

责任编辑：余　琰
封面题字：万应晖
装帧设计：陈　珂

敦煌文艺出版社出版、发行

地址：（730030）兰州市城关区曹家巷 1 号新闻出版大厦

邮箱：dunhuangwenyi1958@163.com

0931-2131552（编辑部）

0931-8773112　0931-2131387（发行部）

三河市金兆印刷装订有限公司印刷

开本 710 毫米 ×1020 毫米　1/16　印张 28.75　插页 2　字数 510 千

2023 年 5 月第 1 版　2023 年 5 月第 1 次印刷

ISBN 978-7-5468-2194-8

定价：86.00 元

目录

引子

在 坟 上

这一天是父亲出殡的日子，正是 2015 年的清明节。

一大清早，村里帮忙的四个壮年人抬着父亲的棺材，我们这些孝子穿白戴孝，尾随在棺椁的后面，村里许多年轻的后生们帮忙抬着花圈、黑白帐子，还有庞大的黑白车队跟着缓缓行驶，吹鼓手唢呐声以及哭号着的悲乐，响彻了狭长的山谷，一路上悲声四起，加上阴郁的天气，微微地下着春雨，峡谷的两边是笔直陡峭的山，山下早醒的嫩草湿漉漉的。正应了那句"清明时节雨纷纷，路上行人欲断魂。"

大哥紧跟着棺椁走在我们的最前面，怀里抱着父亲的遗像。遗像上的父亲严肃宽厚，是他一生中最常出现的面容。大嫂怀里抱着食品罐子，里面装着从父亲去世那一天起，来祭奠的亲朋好友们以及孝子们不停添加的食品，这食品罐子是随着父亲一起下葬的。

跟在他们后面的是二哥，二哥挽着二嫂。我和妻子跟在二哥二嫂的后面。二嫂和妻子轻声地啜泣着，大哥大嫂放声痛哭着，我和二哥没有发声，只是默默地跟着。走在我们后面的是四个侄儿、一个侄女和我的女儿，他们都低着头紧紧跟着。

到了墓地，那里早有人挖好了墓坑，车辆、花圈、帐子等老早地远远停放在了墓坑的周围，有管事的人点燃了一些纸钱，大喊一声："吉辰到——下葬——"四个壮汉解下绑在棺椁上和抬杠上的绳索，把装有父亲的棺椁放进了墓坑，大哥接过大嫂手里的食品罐子放进墓坑后返回到墓坑边上跪倒，孝子们依照大哥的样子依次排开跪倒。

这时候，所有的孝子们号啕大哭："爸啊——爸啊——爷爷——爷爷——"这哭声可谓是惊天动地，不绝于耳，在整个潮湿的山坳里不停回响着。哭够了时间，这时就听见管事的人又大喝一声："孝子们止哭了。"于是孝子们立即停止了哭声，连微弱的啜泣声都听不见了。据说这种时候得听话，说不能哭就再不能哭，这是有讲究的。

管事的又说道："打开棺盖，让孝子们看最后一眼故人吧。孝子们排好队，依次看一眼你们的亲人，最后一面了，请记住他老人家的面容吧。"我们由管事的领着，从大哥开始，每个人在父亲的墓前停顿了几秒钟之后，又一字排开跪了下去。管事的接着喊道："闭棺——盖土——"于是就见村里跟来的乡亲们抄起铁锹，一锹一锹地往坑里填土。我们忍不住又放开了悲声，山里又一次雷声四起，雨下得更大了。

乡亲们又帮忙七手八脚地把带来的物品烧了，包括父亲生前用过的衣物等，大火冲天，哭声也震天。最后管事的说道："止哭吧，再哭你们的父亲就被雨水淹过了，该回去了。"乡亲们在雨中各自寻车，逐渐都走了，散了。孩子们也跟随其他人下山了。

最后剩下我们弟兄几个在新堆起来的坟前跪着。

就听见大嫂开口说道："父亲走了，我们就把房子分一下吧。"

我们都没有说话，这种时候说这话似乎不合适。大嫂很年轻，比大哥小了整整八岁，在村里属于长得漂亮的一类，说出的话却是格外刺耳。

二哥无奈地问道："你说怎么分？"

"我家孩子多，就分给我们。"大嫂其实早就想好了。

"你大儿子开公司，双胞胎上大学，还需要房子吗？"我老婆听见大嫂这样说，快人快语地说道。

我的老婆长得精瘦干练，说话办事更是雷厉风行。

"可是上大学也需要钱，房子我们还能卖。"这就是无耻的大嫂。人美话丑啊。

"这样吧，谁伺候母亲，房子就归谁。"我老婆一直就很义气，她也清楚是二哥一家一直在照顾父母。

我和二哥二嫂以及大哥看着她们两个你一言我一语地争辩着，我脑子里一片空白，根本不知道她们在说什么，二哥二嫂也是默默低着头不说话，只有大哥，跪在大嫂旁边一直拽着她的衣服，似乎是在制止又似乎是在鼓励，谁也不懂他们在表演什么。

"不行，这房子一定得归我们，母亲去老三那里，他在城里吃香的喝辣的，父母把他一个人供成了大学生，也该到孝敬的时候了。"这就是大嫂最后的目的。

老婆一听这话，"呼"地一下就站了起来，顺势给了大嫂一个大嘴巴子。

大嫂冷不防挨了一巴掌，哪里肯吃这种亏，站起来就和我老婆扭打在一起。

大哥看情况不好就上去拉架，大嫂以为大哥来帮她忙，打得越凶了，已经撕住了老婆的头发。大哥顺势打了大嫂一巴掌，骂道："泼妇，你能不能消停一下，你丢脸不丢脸！"

这时二哥便上去拉大哥，大嫂觉得二哥是在拉偏架，又伸手向二哥打来，二哥不便还手，大嫂得势不饶人，抡着拳头一顿乱打。打完了便跌坐在地上连滚带爬，浑身泥水纸灰，又哭又喊："来人哪，儿子们快来啊，打人了，快来人啊，他们合伙欺负你妈了，快来人啊……"号号唠唠地跌绊在那里。

我和二嫂一直呆跪着，似乎整个世界都是静止的，他们在干什么，与我们没有任何关系。

老婆气呼呼地一把拉起我说："走！回家！"

我跟着老婆跌跌撞撞地一路小跑，回到了刚办完丧事的院子里——二哥家的隔壁，两间耳房跨三间大房，木质的门框上还有白色对联的痕迹，玻璃窗户上有几片飘落的梨花，院子里的帐篷已经拆除，村民们已经把这里打扫得干干净净，就像什么事都没有发生过一样。我们的车就停在那里，我的母亲，一个人坐在炕上流泪，大孙女守在旁边陪着奶奶，手里端着一杯水，一边给奶奶擦着眼泪。

我老婆打开炕柜麻利地收拾了一包母亲的衣服，然后一把拽起母亲说："走，妈，回城里。"母亲瘦小的身子被老婆轻而易举地从炕上抱了下来，然后拉出了门。

这时候跟在后面的大哥大嫂以及二哥二嫂都回来了。十岁的女儿躲在我的身后吓得不敢出声，还没等母亲反应过来，老婆已经把母亲塞进了车上后排座，一边塞一边大声地说道："大哥大嫂听着，咱妈以后就住我家了，房子你们看着处理，随便！"

她又把女儿塞到母亲旁边，顺手把母亲的衣服放到女儿怀里，回头把我拉过来塞进副驾驶，自己坐上驾驶座，打开发动机，一脚油门就开出了院子，留着院子里的七八个人愣愣地看着我们远去。

第一章 失学的母亲

一

那是 1970 年的夏天，一个叫作圆坨村的村办中学里，东面是两栋并列着的三间一排的教室，西面是两栋一字排开的三间一排的教室，从西面这两排教室的过道下去，就是一个很大的操场，操场南面是校门，校门上去和东西教室垂直的地方就是一排教师宿舍，这所学校的围墙不高，一个人一跃就能跳出跳进，靠墙边全部都是挺拔的白杨树，操场北面是一片枣林，此时的校园里绿莹莹的，呈现出一片生机盎然的景象，二十出头的我的父亲就在这所学校里任教。

父亲江明是下放的知识青年，知识青年是来下乡接受再教育的，只能下地劳动，但因为曾经上过高中，在村子里表现好，大队支书就破例让父亲做了教师。父亲身材魁梧，长相俊朗，性格开朗，在这所学校里教初一到初三的语文课，深得学生和同事们的喜欢，可以说没有与他合不来的人。父亲的伙食固定在大队支书的家里，工分是村里最高的，每天十二分，还有五元钱的工资可领，当然了，父亲的工分都是记在大队支书的家里的，大队支书是一位和蔼的老人，对父亲就像自己的孩子一样。

此时正是下午的第一节课，上课的铃声响起时，父亲一手抱着一沓作业本，一手拿着教科书教案往教室走去，忽然看见一个女孩嘴里流着血站在教室门口，她是父亲初三班上的学生，名叫方秋玉。父亲走过去一看，原来是几个跳绳的孩子听见上课铃声响了，急忙跑路的时候不小心撞到了秋玉，当时她嘴里正噙着一支圆珠笔，受到碰撞圆珠笔便戳破了她的嗓子，而跳绳的孩子们都跑去教室了。方秋玉吓坏了，站在那里不知所措。

父亲一看上课的时间已经到了，就把宿舍的钥匙掏出来给方秋玉说："去老师宿舍里收拾一下，宿舍有水，洗一下快来上课。"说完就去教室了。

一会儿工夫，方秋玉洗得干干净净地来到了教室，把钥匙往讲课桌上一放，低头回到了自己的座位上。

下课后，父亲对方秋玉说："放学了去一趟村卫生院，让医生看看，开点消炎药。"

方秋玉点点头。这个小姑娘身材娇小，扎着两条长长的辫子，穿着洗得发白的粉色的格子衬衣，月白色的裤子，白白净净的脸蛋上两个小酒窝，笑起来甚是可爱。

她在班上的学习成绩一直非常好，所以父亲很喜欢她。父亲对每一个热爱学习的学生都非常喜欢。

转眼到了下午放学的时候，父亲回到宿舍去换衣服。进门一看，自己的宿舍连自己也不认识了，之前凌乱的被褥、袜子、衣裤等被折叠得整整齐齐有模有样，就连办公桌上堆积成山的书本也被归类摆放。桌子显然是经过擦拭的，椅子也是擦了的，门背后的擦脚毛巾也都洗过了。父亲笑了笑，心里说了句"小家伙"就把门一锁走了出去。

在大队支书家的炕上，父亲坐下来准备吃饭。支书老婆端来了凉拌韭菜、凉拌茄子，还有一锅热腾腾的扁豆面，这种饭食在当时已经是上等了。父亲很喜欢吃扁豆面，尤其在夏天，吃了解暑。

看着父亲吃饭，支书对父亲说道："我受你父亲的委托，照顾你，也没让你和其他人一起下地干活。我知道你父母身体不好，但不知道他们现在怎么样了？"

"我父母都身体不好，可能还在接受改造。"父亲没有抬头说。

"你也老大不小了，没有想过成家吗？"大队支书关心地问道。

"唉，再说吧，像我这样的，哪有姑娘愿意嫁给我？"父亲苦笑着回答道。

大队支书把长长的烟锅子在鞋底子上敲了敲，背着手出去了。

父亲吃完饭，独自走在村子的马路上。天已经慢慢黑了下来，村子里的狗三五成群地在村道上跑着，"汪汪"叫着，路两边的榆树、白杨树、果树郁郁葱葱地散发着各种香气，也招惹着一批一批的蚊子。

一群群调皮的孩子跑前跑后。劳动了一天的社员们每人手里拿着个登记工分的本本，三三两两地往队上走去，一边扇着草编的扇子。

孩子们在大人之间穿过来穿过去，跑着、喊着。

父亲的工分都是大队支书去登记的，这些事从来不用他操心，他只是没事的时候去那里看看。

村里那个登记工分的会计兼文书秃着个脑袋，三十多岁的年纪看起来有五十多岁，矮个子，一身油腻腻的宽大的蓝色军便服下装着如柴一样干瘦的身材，左腿比右腿细很多，走起路来一瘸一拐的。

登工分的地方设在队里一个闲置的房间，那房子没有装门窗，只留着门框和窗框，一寸来厚的土和麦草搅和在一起，厚厚地铺在地上，一张被油渍汗渍抹光的桌子放在屋子的中央。

房子里、门边甚至窗框上都蹲满了人，一股长年不洗澡的味道，加上夏天的汗味、旱烟味，从人堆里被微微的夏风吹向远处，父亲老远就闻到了这种特别的味道。

那个登记工分的人姓顾，被村里人叫作瘸哥或者瘸叔，三十多岁了还打着光棍。

不过他人倒是聪明得很，脑袋十分灵光，每次在登记工分时靠嘴上功夫对年轻的媳妇们占占便宜，大家也都嘻嘻哈哈一阵子，倒也没有什么事情。

"王大芳，四分。"瘸光棍没有抬头喊道。

"王大花，三分。"

"刘四狗，二分。"

"崔牛，六分。"

"杨娃，二分。"

……

这时从人堆里钻出来个小个子、满嘴流着哈喇子的男人说："光、光、光棍，还有、还有、还有我、我呢。"这是结巴蒙宝，他给队里放羊，才回来的。

"叫谁光棍呢，小结巴，你有老婆我咋不知道？"瘸哥假装生气地说道。

"瘸哥，瘸哥，我要有老婆先送你。"这句话蒙宝倒是从来都没有结巴过，练出来的，不然人家不给他登工分。

也就是这一句，他瘸哥喜欢听，村民们喜欢听，孩子们也喜欢听，我父亲因为这些憨直的村民们也忍俊不禁。

二

工作了一天的父亲就在村民们哈哈的笑声中进入了梦乡。

第二天一大早，父亲就开始了晨练。晨练的时候他总是手里拿着一支笛子，在操场的枣树林里吹上几曲，然后才看着学生们出早操。

他吹笛子的时候，远远的操场的一角总有几个学生在偷听着，当父亲吹完一曲的时候，几个学生不时地发出了轻轻的唏嘘声，父亲就接着再吹一曲，学生们以为父亲没有发现他们，其实父亲早就知道他们在偷听。

这样一方在明处一方在暗处的游戏每天都在上演着，师生们常常乐此不疲。

这天这些学生都没有来，父亲感到很奇怪，但也没有多想。

上课的时候，父亲发现有几个学生没有来上课，其中就包括那个叫方秋玉的女生。下课后父亲去问班主任，班主任说不知道，这得问一下大队支书。

中午吃饭的时候，父亲还没有开口，大队支书就说了，他们班上有个女娃今天出嫁，其他几个学生去帮忙了。

父亲一听就觉得太可笑了，学生结婚？怎么回事？

大队支书说："农村人不比你们城里人，女娃念书不顶用，迟早是别人家的人，迟早是要嫁人的。这些初三的女娃娃都十七八岁了，要在旧社会，早成了孩子他妈了，认几个字已经是沾了新社会的光了。"

"那就这么轻易放弃了吗？"父亲不解地问道。

"不放弃还能咋的？上了高中也不能上大学，推荐上大学要成分好，贫下中农才行，可是贫下中农也没几个上学的，这结婚的女娃是地主成分，本来嫁不出去，现在有人要就不错了。"说着话，大队支书点着了烟锅子里的旱烟，吧嗒吧嗒地抽着。

吃完饭，父亲朝着要结婚的那个女生家里走去。她家正在办酒席，院子里放了几张桌子，桌子上摆着几碟凉菜，客人在四面的长条凳子上坐定，好久了也不见上饭，多半是面条吧，也只有曾经当过地主的家庭里才有这点饭。

村里的邻居亲戚们有的送五角钱，有的送两角钱；没有钱的，有送热水瓶的，有送洗脸盆的，有送牙刷缸子的，还有送鞋垫的。那个女学生穿着连过年都没有穿过的新衣服，一件红色的褂子，蓝色布裤子，脚上的鞋子上还绣了一朵花。

父亲看着这个曾经的女学生就要结婚了，心里五味杂陈，说不出自己的感受。

这时看见那个叫方秋玉的女生端着个盘子从厨房里出来，她是给帮忙端饭的。父亲想，也许过不了多久，她也会嫁人吧。

这件事情过后，学生们上课还是很正常的。

那个嫁出去的女孩原来是班里的语文课代表，现在也不上学了，这样就要重新选课代表了，班主任就让方秋玉做了这件事。因为方秋玉的语文学得很好，尤其是文笔不错，还负责过班里学习园地的布置。

然而令父亲没有想到的是，方秋玉每次收回语文作业送到父亲的宿舍兼办公室的时候，总要帮父亲整理一下宿舍，发现脏衣服鞋袜都会洗干净，有的时候还会给他拆洗被子，这让父亲有些不好意思了。

对于这件事，父亲说了不止一次，意思是不要让一个学生帮自己干这些事。可是那个女孩子笑了笑说道："顺手的事情，帮老师做了，老师会有更多的时间给我们批作业、备课。"既然她这样说了，父亲也就不再说什么了。

渐渐地这学期就算过去了。

到了假期，父亲是要和其他社员一样去参加队里的劳动的。因为没有人忘记他还是一个正在接受教育的下乡青年。

这天正赶上社员们去割小麦，父亲就和他们一起去割麦子。那天的天气很热，男人们都穿着露膀子的汗衫，年龄大些的妇女们也穿着短袖，年轻一些的姑娘媳妇穿着衬衫挽起袖子，父亲也穿着半截袖。

麦田里的麦子黄澄澄的，但是很稀薄，社员们一字排开，一人几行，一起向前割着。大人们在前面又割又捆，学生们在后面往外扛捆好的麦捆，还要把地里没有拾掇干净的麦穗全部拾掇了，方秋玉也在其中。

父亲因为干农活不熟练，不小心一镰刀下去，手指头割破了，左手食指的一块肉差点掉了，父亲"哎呀"一声就把镰刀扔在了地上。这时旁边的蒙宝看见了，急忙过来，从自己的衣服襟子上撕了一块白布给父亲包上，血流还是不止。

方秋玉不知道从什么地方找来了一撮棉花，她借了洋火烧着了，拿棉灰摁在父亲的手指上，然后把白布缠上，再用自己的扎头绳给绑上，这样果然就不流血了。

蒙宝高兴地直拍手，笑出了一串又一串的口水，"吸溜"一下又吸进去了，这下惹得大家伙都笑了起来。

有个爱开玩笑的妇女说道："蒙宝你今天没有放羊去，来割麦子，是不是相中了哪个姑娘啊？"

"是看上哪个姑娘了呢？"另一个妇女也开玩笑道。

蒙宝不说话，只是流着口水笑，看了一眼方秋玉。

"啊，是看上方家的丫头了。"几个妇女一起哄笑着。

方秋玉羞地一扭头，抱了一捆麦子从地里跑出去了。

父亲对于这样的玩笑已经习惯了，对于社员们耿直的性格更是感觉格外亲切。

说说笑笑的，一天的劳动就结束了。

晚上在支书家里吃饭的时候，支书老婆说了一句："方家的那个丫头被她娘包办了，是个换亲。"

父亲问："什么是换亲？"

"换亲就是家里娶不起媳妇的，又有个女儿，而别人家正好一样。不过啊，方家要换回的媳妇倒还可以，她那个哥哥啊，唉，一言难尽啊，这可苦了方家的丫头了……"书记老婆有一句没一句地说着。

大队支书给老婆使了个眼色，意思是管住她的嘴，然后把二尺长的烟锅子往后一背，就跨出门去了。

不知怎的，父亲江明听了这话后心里很不是滋味。

吃完晚饭，父亲照样在村子里去散步，不知不觉就走到了村头的土梁梁上，在土梁梁的下面，有两间破旧的窑洞，窑洞的烟囱里冒着白色的烟。

夏风吹过来的时候，一股淡淡的葱花香从烟囱里飘过来。

这时候父亲看见方秋玉提着个水桶从一间窑洞里走出来。

父亲这才知道，这就是方秋玉的家，可惜啊，她要失学了，并且也要嫁人了。

一想起这件事，父亲就想到大队支书和他老婆的表情，但不知道方秋玉要嫁个什么样的人呢？

第二章 教师宿舍的灯

一

父亲没有想很多，因为这些事比起自己的命运来，都不值得挂在心上了。

父亲很惆怅，他们这些城里的知识青年被下放到农村接受贫下中农再教育，自己的学业也耽搁了，说是要在农村扎根，不知道要熬到什么时候。写去家里的信也不见回，父母到底怎么样了，一点消息都没有。

第二天父亲继续去给学生上课，果不其然，教室的桌子又空出了一张，那就是方秋玉的课桌。

下课的时候，当一个学生把作文本抱到父亲的宿舍时，父亲随口问了一句："方秋玉不来上学了吗？"

"老师，她要嫁给村里的赖二了，你不知道吗？"学生若无其事地说了一句。

这消息让父亲一阵恶寒。这个赖二啊，有四十多岁了，患有羊羔风病，抽起来蜷成一团，随时随地口吐白沫，眼睛翻得白花花的，他得病二十多年了，把人都抽成了脑残。所以这个人平时走在路上摇摇摆摆的，像是喝醉了酒，浑身脏兮兮的，常常不是大笑就是大喊，安静的时候一个人窝在墙角捉虱子吃，口里还念念有词："虱子虱子真好吃，虱子虱子香喷喷，晚上你吃我，白天我吃你。"

孩子们见到他就老远地朝他身上丢石子、扔菜叶子。如果碰上他犯病，孩子们还踩在他的身上乱踢乱打，这个人整个就是一个傻子啊。父亲想到这里不由得心里"咯噔"一下。

这天吃饭的时候大队支书说："江老师啊，那个秋玉就暂时不去上学了，也就没有瞒下去的必要了，村子里的有些事，我给你说一下也无妨。"

这时支书的老婆看父亲吃完了饭，进来收拾碗筷，也说了一句："她要帮哥哥收拾新房，她爹去世得早，娘瘫痪在床上，家里没个女人是不行的。"

支书接着说道："她只有一个哥哥，快三十了还没有娶媳妇。本来呢，哥哥心疼她让她念书，将来找个好婆家，但是现在看来不行，她娘快要不行了。"

支书说着停顿了一下，美美地吸了一口旱烟，像是一口气说完这些话被"憋"坏了。而我的父亲则是被狠狠地熏到了，两个人都不停地"咳、咳、咳"起来，屋子里的气氛一下子就像这个烟，又浓又呛。

"她娘的意思是得在有生之年看着儿子娶媳妇，不能断了香火。家里又揭不开锅，女儿嘛，只要有人要，够娶媳妇的钱就行，这不赖二家的妹子愿意嫁过来，条件是秋玉得去照顾她哥哥赖二。"书记终于熄灭了他的旱烟。

"听起来这个条件不错，谁家都不出钱。"书记老婆说。

"可是赖二的样子……"父亲终于说出了闷在心里的一句话。

"只是伺候他，给做顿饭就行，名义上是夫妻。"书记闷着头丢下这一句就走了。

那天晚饭吃完后，父亲没有去村子里散步，而是一个人在操场上吹笛子。

自从来到农村，父亲除了上课，只有在吹笛子的时候才能远离寂寞。

父亲是独生子，爷爷奶奶是被管教的"走资派"，说是在"干校"里学习。

可是很久都没有消息了，父亲本来开朗的个性，现在也忧郁起来。父亲正在想着爷爷奶奶怎么生活的时候，就听见后面有个轻巧的脚步声，由远而近地走过来，父亲转头一看，是方秋玉。

"秋玉你、你怎么来了？"父亲惊奇地问道。

"江老师，我已经几天没有上课了，您能给我补一下吗？"方秋玉低声说道。

"行啊，你跟我来吧。"父亲说着朝宿舍的方向走去。

"不行，江老师，我带了课本来，您就在这里给我讲讲，再看看我这几天的作业。"方秋玉说着话打开了身后的书包。

父亲先看了她写的作业，指出了几处错误，然后说："你回去改一下，明天拿过来我看，今天天色已经晚了，看不清了。"

方秋玉收拾好书本塞进书包，转身走了。

这样连着几天，每天下午黄昏的时候，方秋玉都会来找她的江老师。而与此同时，在操场外边的墙角，有一双眼睛一直注视着这里的一举一动。

那天要批一篇作文，题目是老套的《我的理想》，方秋玉写的理想是将来能做一名教师，像我的父亲一样。这个话题令她很伤感，她哭了。

父亲想开导一下这个学生，就把她带到了宿舍里，她这才跟着老师去了。一进门看见好久没有整理的宿舍，方秋玉急忙放下书包，开始收拾宿舍。

父亲看着她的背影心里很难过，这么好的一个姑娘，却要去……方秋玉也不瞒着老师，她对父亲说："江老师，我以后不能上学了，我要结婚，但是我晚饭后或者星期日是不是可以来找您补习？"

清明

/ 12

"当然可以，只是我可能也会离开这里。"父亲没有把握地说。

"等您离开的时候再说吧。"方秋玉说完坐了下来，父亲坐在对面的椅子上。

"你真的愿意嫁给赖二吗？"父亲问道。

"不愿意又有啥办法？我只是给他做饭吃。"方秋玉眼里含着泪水说。

"这一支笔送给你吧，老师也没有别的礼物给你，以后也别忘了多看书多学习，我希望即使我离开了这里，你也不要忘记学习，去实现你的理想。"父亲从上衣口袋里掏出一支"英雄"牌水笔。

"谢谢老师！"方秋玉接过父亲手里的笔，感激地低下了头。

"我还会来的，老师！"她临出门的时候说了一句。

方秋玉的哥哥结婚那天，就是方秋玉出嫁的日子。村子里照样来了很多帮忙的人，大队支书和父亲也在应邀之列，坐在院子里吃了一碗面。

新娘子和秋玉的哥哥站到一起挺般配。秋玉的哥哥叫秋桐，长得很精神，新嫂子叫赖巧花，招呼完邻居们吃完饭后，新嫂子也顾不了其他的，把自己的新嫁衣——一件淡粉色的衬衫脱下来给秋玉穿上，又变成了秋玉的嫁衣，打发秋玉跟随几个来娶亲的人，坐着一辆黑驴套着的架子车出门了。

二

赖二家里冷冷清清的。赖二依旧半躺在墙角抓虱子，旁边有一只老碗。驴车把秋玉送到院子里的时候，赖二举着手里的虱子，口水顺着脖子流进那脏成了硬块块的衣服领子里，露着发黄的牙齿和鲜红的牙床。

赖二口里含糊不清地叫着："新娘子，新娘子，羞，羞，羞……"

送亲的人应承着："赖二，看见了没？这是你媳妇，新娘子。"

赖二根本不理这些事，继续抓他的虱子，他的身上有永远抓不完的虱子，黑的白的，又肥又大。

有时候他抓出来一堆虱子放在地上喊口号："向左转，向右转，齐步走，跑……"自己还拍着手，拍得口水"啪啪"直响，高兴过头了还在地上打滚，长长的头发沾满了麦草和黄土。

秋玉被送亲的人送进那半间草房子里，就算是给秋玉安了家。

方秋玉看着这个"家徒四壁"的家，炕上铺着麦草，麦草上是一条半新的褥子，想来是赖巧花嫂子加"小姑子"给这个小姑子加"嫂子"留下来最好的东西了，因为那床兰花花的棉被已经很烂了，棉絮在被子的四面边角露着，一个枕头洗得也干净，上面的枕巾已经磨损得不到一张纸的厚度，提起来能透过光。

在这间屋子的一面墙上掏了一个门，只能容一个人进出，里面就是厨房，锅台是个土墩子，一个能扯风箱的锅灶上端坐着一口豁了口的大铁锅，旁边是一块果木的案板，红艳艳地看着自己的主人被换。

一把菜刀看起来用了很长时间，显得又扁又长。菜刀和两个洋瓷碗、一支擀面杖、两把木勺子放在一个洋瓷脸盆里，洋瓷脸盆是新的，估计也是村里人送的礼物，案板上还有一个小盆，粗笨的陶瓷，黑黝黝的，是和面用的。

一条菜黄色的陶瓷"条缸子"立在墙角，里面的水是满的，是赖巧花临走的时候挑满的。方秋玉看了一眼这些，又探出身子看了一眼晒太阳抓虱子的赖二，着手生火做饭了。

从此这里就是她的家了。

秋玉做好了第一顿饭，黄米饭里搁几粒盐巴，端出来一碗倒进赖二身边的老碗里，自己坐在锅台边吃了起来，吃着，眼泪就顺着脸颊淌进了碗里，她想去上学。

方秋玉第二天就去地里干活了，和所有的社员们一起。几个小媳妇凑到方秋玉面前说："秋玉啊，委屈你了。"

"赖二什么都不懂，你受罪了。"

"这辈子就这么过了吗？"

"哎，你寂寞的时候可以上我家来，我们聊天纳鞋底。"

"等赖二死了你可以再嫁的。"

"好端端的干吗咒人家死呢？缺德不你？"

"不死就要害人吗？"

"他又没有害你，他欺负过你吗？"

……

大家七嘴八舌地讨论着，就像骂架似的。秋玉默不作声地跟着他们，到了地里甩开了干活，发疯似的翻着地，干得满头大汗的时候就坐下来喝口水，然后接着干，每天如此。

那天是个周末，父亲夹着课本来到了方秋桐的家，方秋桐和他的新媳妇赖巧花接待了父亲。父亲说起方秋玉的事，说她可以继续上学的，不然就荒废了，这么好的一个女娃娃。

赖巧花给父亲端出来一杯水说："江老师，不瞒你说，我也心疼我们家秋玉。如果你不嫌弃的话，她下工了可以去您那里补习，您可以教她吗？"

父亲无论如何也没有想到方秋玉的嫂子竟然是这么开明的一个人，不由得在心里给她竖起了大拇指。

"那再好不过了。"父亲喝了一口水说道。

"地里的活我和她嫂子都可以帮着干，赖二哥的饭我们也可以帮忙做，只是这面儿上的事情还得应付，毕竟嫁出去成了人家的人，不能坐在教室里了。"很久不说话的方秋桐开了口。

一周后的一天，方秋玉哭着跑回了娘家，正好她的哥哥嫂子都下地干活去了，母亲一个人躺在炕上。她一下子扑倒在母亲的身上，泣不成声。

"怎么了，玉儿，谁欺负你了吗？"母亲抚摸着女儿长长的头发问道。

"那个蒙宝，娘，那个蒙宝他……"秋玉哭成了泪人儿。

"唉，孩子啊，都是娘不好，娘不争气啊。娘要是能站起来，也绝对不让你受这种气啊。"说着话，母亲也泪水涟涟。

"娘，我可以不去了吗？我不想去了，我一个人晚上害怕。"秋玉哭着哀求母亲。

"这怎么行啊，我可怜的娃，嫁出去的姑娘泼出去的水，咱家是本分人家啊。"母亲也是无奈。

母女俩哭成了一团。

这时候秋桐夫妻俩从地里回来了，巧花直接进了另一间窑洞里，那是他们夫妻的新房加厨房，以前秋玉陪着母亲睡，秋桐一个人睡。

秋玉听见声音这才擦了擦眼泪，抬头去看自己熟悉、温馨而又简朴的窑洞，现在已经被新嫂子布置得更加像个家了。

母亲说新嫂子很能干，里里外外都是一把好手，对母亲的一日三餐也伺候到位，做好了饭总是让母亲先吃。因为瘫痪，身体不便，起起坐坐或是大小便啥的，都是巧花在伺候，秋玉对嫂子不由得敬重了起来。

秋桐进来看见秋玉，说："你回来了？"

"哥……"秋玉看见哥哥又委屈地哭了起来。

秋桐把秋玉揽进怀里说道："妹妹，都是哥哥不好，哥哥害了你。"

"哥，不是你，我是自愿的。"秋玉又安慰起了哥哥。

"有个事哥哥给你说一下，你可以去江老师那里补课，你嫂子都跟江老师说好了。"哥哥说道。

"是啊，秋玉，你今天就去。"这时候巧花做好了面条，给母亲端了过来，一个小方桌上两个菜，两碗稀稀的面条。

"秋玉你也吃一碗，吃了就去补课。"巧花又说。

"补什么课啊？都嫁人了，这样影响不好，人家江老师还是单身。"这时候母亲发话了。

"娘，秋玉妹子喜欢念书，你就让她去吧，家里的事有我和秋桐。"巧花通情达理地替秋玉说情。

"不行，女孩子家家的念什么书，认识几个字就行了，免得人说闲话。"母亲显然是不同意。

"娘，就让妹妹去吧，家里活有我呢，赖二哥吃不了多少，我们省一口也就出来了。"秋桐也帮着媳妇说话。

这时候秋玉只是哭，啥话也说不出来。

秋桐给巧花使了个眼色，巧花就把秋玉从母亲的窑洞里拉了出来。

"好吧，那就不去，我们听娘的话，娘你好好休息，不要生气了。"秋桐一边往外走一边对母亲说道。母亲也就再没有说什么。

在巧花的窑洞里，巧花拉着秋玉的手说："秋玉呀，嫂子没有念过书，但还是明事理的人，让你嫁到我们家去，也不是真的想让你给我哥当媳妇，你看我哥那个样子，要媳妇干吗？"

秋玉只是哭，她想给巧花说蒙宝总是在家门口纠缠她，又不敢说。

"嫂子，你晚上陪我去找江老师好不好？"秋玉想都没有想，不知怎么的就说出这句话来，本来她是想让巧花和秋桐晚上陪她，不让蒙宝来欺负她，但说出来就成了这样。

"好的，嫂子陪你去。别哭了。以后有合适的人，嫂子会安排你嫁给他，去过好日子。"赖巧花说出了心里的真实想法。

方秋玉看着巧花，不能理解巧花的话，但是她相信巧花不是坏人。

那天晚饭过后，巧花就带着秋玉去找我的父亲江明。

在父亲的宿舍里，巧花帮父亲打理着宿舍，父亲和秋玉坐在桌子旁边，父亲讲着课本上的新课，秋玉手里拿支笔写写算算，一直到晚上月亮高高挂起。

姑嫂两个从学校出来，向着赖二的家走去。

从那以后，几乎每天晚上，秋玉都在巧花的陪同下去江老师那里补习功课，也算是过得寻寻常常。

第三章 我们结婚吧

一

转眼到了秋天，乡村的秋天来得比较迟，果树叶子红的红，黄的黄，在那条土路上铺了厚厚的一层，许多村民们都出来扫马路，谁扫的就归谁，还有掉下来的干树枝，捡了、晒干了，再拉回去存放，等到了冬天可以生火，也可以煨炕。

有的人趁着农活稍闲了，还去山里面挖柴，背上背个背篓，也顺便捡些牲畜的粪便回来，晒干了也可以取暖。

蒙宝每天放羊，背上离不开背篓，跟在羊屁股后面总有捡不完的羊粪蛋，有时候还能捡到驴粪蛋。看着羊漫山遍野吃干草的时候，他就在山上挖那一墩一墩的干柴。每天晚上回来就能背满满的一背篓。他为了讨好大队支书，有时候送到队上，有时候送到支书的家里。

这一天他背到了赖二的家里，秋玉老远看见他过来就把门给关上了，然后从里面支了一根木头棒子。

"羊粪蛋，长虱子，长出了虱子排队吃……"赖二看见蒙宝给自己家门口堆放干柴和干粪，这样喊叫着。

"去、去去，再乱、乱、乱叫，打、打、打、打死你！"蒙宝结结巴巴地吓唬赖二。

谁知赖二"呼"的一声站了起来，抄起手边的扫把冲蒙宝横扫了过来，吓得蒙宝抱头就跑。

蒙宝哪里吃过这种亏呀，他跑到了一个山梁梁上吹了一声口哨，立即有几个人跑过来围着他，有孩子也有大人，大都是村里一些游手好闲的人，反正一天也没事干，几个人组团到处害人。说是害人，也就是在地里面挖个野菜或者上树逮只鸟啥的填饱肚子而已。

他们有一天在山里面竟然挖出了一面石头镜子。那镜子在太阳底下闪闪发光，最后蒙宝拿着石头镜子放羊，那闪光的东西把羊毛都给点燃了，差点成了烤全羊。

那头羊晕晕乎乎就倒了。为这，大队支书狠狠地收拾了蒙宝一顿，罚他饿了三天，最后没收了那面石镜。

"谁、谁、谁家有、有、有老鼠药？"蒙宝问这些人。

没有人吭声。

"那、那、那啥，敌敌畏、畏、畏也行。"蒙宝继续问。

"别药药药喂喂喂的了，说要干吗吧？"其中一个小混混说。

"狗日的，狗日的，狗日的二，赖二，打我。"蒙宝气急败坏地说道。

"这还不容易，打他！"小混混举起拳头大喊道。

"好，打他，打死他，走。"以阿发为首的其他混混立即响应着。

蒙宝在前面带路，其他七八个人破衣烂衫地跟在后面。有人裤腿子一个长一个短，有人上衣能扣上扣子的加起来没有三颗，背心能看见本色的没有一个；有的嘴里叼着麦草，有的边走边喊，抱砖头的抱砖头，提棍子的提棍子，浩浩荡荡地打上了赖二家的门。

赖二正在门口捉虱子，看见这么多人来势汹汹，还以为是找他玩，高兴地大喊大叫，又是拍巴掌又是跳蹦子地去迎接。

谁知阿发一闷棍下去他就倒下了，这帮人不分青红皂白上去就是一顿拳打脚踢，打得赖二在地上打滚，抽成了一团，屎尿直接从裤管里流出来，口吐白沫，眼皮子朝上直翻，一抽一抽得就像刚被宰的羯羊。

这些人还不罢休，又向赖二的身上拍砖，赖二连喊的声音都没有。他们边打边喊："让你打人，这就是下场。再有下次就打死你！"

秋玉在屋子里听见外边的动静，把门拉开一看，赖二正躺在地上抽着，吓得哭了起来："你们要干什么啊？"

这些人看着打得差不多了，又看见秋玉在哭，蒙宝喊了一声"走"，他们就呼啦啦跑掉了。

秋玉走到赖二跟前一看，赖二已经不省人事了。

秋玉吓坏了，一路往娘家跑去，想去找人帮忙。跑到半路上，正好遇见了江老师。江老师带着学生们上山砍柴，恰巧在去学校的路上。

江老师看见秋玉边跑边哭，拦住她问道："方秋玉，怎么了？"

同学们也围了上来说："方秋玉，你哭什么？到底怎么了？"

"他们打赖二，蒙宝他们打了赖二，赖二犯病了。"方秋玉哭着对父亲江明和他的学生们说。

"走，去看看。"父亲安排其他学生背着柴回学校去，他领着两三个男生跟着方秋玉往赖二家走去。

这时候赖二已经很安静地躺在那里，不抽了，两条腿伸得直直的，两只胳膊抱着个脑袋，头发脏乱不堪，眼睛翻得又白又大，看起来特别吓人。

江老师和几个男生把赖二扶起来，可是扶起来后又跌倒了。赖二已经无法站立了。

"他不会瘫痪了吧？"方秋玉对于瘫痪这件事是很清楚的，自己家里有一个瘫痪的母亲，这赖二要是再瘫痪，那该怎么办啊！

想到这里，方秋玉绝望到了极点。

这时候早已经有学生跑到方秋桐的家里，告诉了他们夫妻。秋桐和妻子也赶了过来，把赖二拉进门口的柴房里，秋玉去端了一碗水过来给赖二喝，赖二连水也咽不下去，只是翻着眼睛不说话。

晚上，秋桐带着妻子和妹妹去队上找大队支书，把这件事的前前后后给大队支书说了一遍。

支书听完后啥也没有说，对着大喇叭喊："全体村民开会了，现在，立即，马上！蒙宝带着你的兄弟们给我滚过来！"

不到十分钟，村里人都集中在生产队的院子里。

蒙宝依旧蹲在架喇叭的树上，嘴里叼着一根麦草，像个落草的草寇一样。

大队支书从房子里走出来："蒙结巴你给我下来，狗日的。"

蒙宝一个蹦子跳了下来，说："怎、怎、怎么了？有事说、说、说事。"

"绑了。"大队支书一声令下，就见几个体壮一点的青年扑上去七手八脚地把蒙宝绑了起来。

蒙宝知道书记要"动刑"了，吓得直接尿裤子了，大声求饶："叔啊，叔啊，叔，我、我、我再、再、不敢了，不、不、不敢了。"

"还有谁？是儿子娃给我站出来。"支书威严地说道。

前前后后有几个打人的就站了出来，都吓得哆哆嗦嗦的。

"把蒙宝吊在这个树上，月亮不出来就不许放下来。"那天的天气是阴的，秋天的雨水格外多一些，眼看着就又要下雨了。

支书的这一招可谓是治人治根啊。看还有谁敢打人。

"其他几个听着，从今晚开始，你们轮流看护赖二，每人照顾一天。这一天要是谁让赖二饿着冻着，加罚一天，直到赖二站起来。"这就是大队支书对付流氓混混的方法。

秋桐和妻子以及秋玉看书记真的动怒了，也只好这样罢了。

二

秋天的事就像秋天的雨水一样多，那天之后接连好多天一直阴雨绵绵，断断续续一直下着。

秋玉跟随秋桐夫妻俩回去和母亲住了，大队支书安排的那几个人轮换着照顾赖二，秋玉和巧花白天过去看一眼，赖二逐渐有些好转，但还是起不来。

那天晚饭后赖巧花对秋玉说："秋玉啊，我哥的那个样子好多年了，自打我记事起就这样了，早走早托生，活着也是活受罪。"

秋玉没有说什么，因为她压根不知道说什么。

对于赖二，她只是那么一个概念，就是她曾经和同学在放学的路上丢石子打过的一个傻子而已，能有什么关联呢？

巧花看了看窗外说："咱们去找江老师给你补课吧，都几天没有去了，你得好好读书，将来做了老师，你侄儿还指望你教呢。"

巧花说着摸了一下自己的肚子。

"我有侄儿了吗，嫂子！"秋玉高兴地说道。

"走吧，你还会有更多的侄儿侄女，咱妈还不知道呢。"巧花一边说话一边站了起来，和秋玉一同出了门。

乡村的路全是土路，这样接连几天下雨，路上满是泥泞，尽管这会儿雨是停了的，但也许过不了几分钟又会下起来。

姑嫂俩深一脚浅一脚地走着，鞋子和脚腕都已经是又湿又脏，裤管上都是泥巴，新的旧的落了一层又一层。当然了，一年四季中穿袜子的时间恐怕只有在寒冷的冬季。

她们到父亲的宿舍的时候，父亲正在灯下看书，看见她们进来，就让出一个板凳，好让秋玉坐下来。巧花坐在床边开始纳鞋底子，做针线活。

大约过了有半个时辰的时间，巧花突然感到不舒服，想要呕吐，是明显的妊娠反应，加上每天吃不饱，口里边总是往外泛黄水。

巧花说她先回去，一会儿让秋玉她哥来接秋玉。

江明看着方秋玉做练习题，发现她的腿一直在颤抖，随即问道："秋玉，你是不是感到冷？"

方秋玉轻轻地"嗯"了一声，用手压了一下自己的腿。

这时窗外又响起了滴滴答答的雨声，这停不下来的雨，又开始了纠缠。

江老师一看秋玉的鞋子，还流着水，露出来的半截脚踝已经冻得发紫，便说："把鞋子脱下来，换上这个。"

江老师从床底下拿出一双自己的布鞋来。

方秋玉不好意思地脱下了自己的鞋子，脚已经被雨水泡胀、发白。

江老师打来一盆热水，让方秋玉把脚放进去，然后给她身上披了一件外衣。

方秋玉害羞地接受着这一切。

也许，她早就已经对江老师有了一种特别的情愫。而此时，这种特别的情愫逐渐融化成了一种温暖，从脚掌心一直通向了她的脸庞，路过心脏的时候，不听话的心"咚咚咚"地跳个不停，像是要大声地告诉江老师这里会有什么事情一样。

这让秋玉满脸通红，只好埋头看书，可是书上的字一个个都闪闪烁烁的。

泡脚的十几分钟像是过了十几个世纪一样，此时的父亲也是血气方刚，他非常明白接下来会发生什么。

他对方秋玉不是没有感情，而是这种感情除了师生而外他不敢承认其他，因为身份，因为身份，还是因为身份。但是必须承认一个事实，从他看见她从窑洞里出来，提着那一桶水出来的时候，他就不是那个纯粹的她的老师了。

我的父亲江明，拿自己的擦脚毛巾，给自己的学生擦脚。擦得那么细致，那么温柔，好像在擦两枚瓷器，不，是一对精致的瓷器那样，唯恐稍一用力那瓷器就会从手里滑落，然后碎掉。那样的话他的心也就碎掉了，就像那天看见她又跑又哭的时候一样，父亲的心里也曾是那么强烈的疼惜，各种忍耐，就像一层一层逐渐加厚的云。

他们都很清楚地听见，窗外的雨大了起来，单身宿舍的廊檐水已经在流，顺着房顶，直到窗外，非常清晰，校园与操场连接的滑坡上的流水声也越来越大，雨滴肯定打着那片枣林唰啦啦响了。

是的，那一夜的秋雨一直在缠绵着。

停停下下，下下停停。浇透了校园里那些挺拔的白杨树，也浇透了枣树上待摘的枣子。

直到天亮的时候，好多天难得一见的太阳从白云后面羞羞地探出了脑袋，鲜红的枣子也羞羞地面对着太阳，面对着自己，那是一种被雨水灌溉和清洗后的圆润、妩媚。

路上，依然满是泥水，昨晚负责照顾赖二的阿发急急忙忙地往大队支书的家里跑去，到了支书家连门都没有来得及敲就破门而入，气喘吁吁地对刚刚起床还没有穿好衣服的支书说："叔，叔，赖二他不行了，他死了。"

"你说什么？你再说一遍。"支书顺手抄起炕边的笤帚扔了过去，阿发闪身一躲，正好打在了端着洗脸水进来的支书老婆身上。

"狗日的，没有瞎说吗？"支书气呼呼地，"大清早的，丧气呀你！"

"真的，叔，我说真的。"阿发不敢撒谎。

支书瞪了阿发一会儿，确定他没有撒谎后说："喊上几个人，记着叫上蒙宝，去赖二家。"

当大队支书他们来到赖二睡觉的柴房的时候，发现赖二已经直挺挺地躺在那里一动不动了。阿发说昨晚的雨大，他非常困，就睡着了，谁知一觉醒来都大天亮了，推了一把身边的赖二，他早就硬邦邦的了，这才跑去找支书的。

支书打发人去把方秋桐两口子叫来。赖巧花因为妊娠反应身体不适，一夜都没有想起来问秋玉回来了没有，此时也没多想就和丈夫秋桐到了哥哥家。

大家伙在大队支书的安排下找了一张旧席子，七手八脚地把赖二卷起来，抬上架子车，也没有进行任何丧仪。

支书对秋桐夫妻说："你哥就这样了，也该寿期到了，活着很辛苦，这样走了也好，唉，也好。"支书又像是自言自语。

大家伙把赖二的遗体拉到后山里后，几个人挖了一个很深很大的坑，就算是埋了。

当所有人做完这件事往回走的时候，秋玉远远地站在那里。蒙宝想上前去，被阿发他们拽住了，只好随大家回去了。

三

秋玉跟着秋桐夫妻俩回到了自己家里，但是她的身份还是嫁出的。母亲说她临时住着可以，但不能长住。

母亲虽然瘫痪在床上，但是权威还在。嫂子赖巧花把秋玉拉进自己的窑洞说："有嫂子在，你不用怕，该怎么还是怎么。"

"嫂子，我……"秋玉欲言又止。

"什么都不说了，秋玉，我都知道。"巧花这样讲话，秋玉真的不知道该说些什么，也不知道该怎么说，索性就不说了。

这天吃中饭的时候，大队支书对父亲平静地说："这有你的一封信，看看吧，家里寄来的。"

父亲打开信一看，就蒙了。信上说父母已经去世，他可以回城了。

"您早就知道了？"父亲问支书。

支书"嗯"了一声："你收拾收拾走吧，该到了走的时候了。"

父亲拿着这封信走出村子，走到了那个山梁梁上。父亲终于没有忍住，眼泪像决堤的河流喷涌而出。他放声大哭，哭得天旋地转，哭声在空旷的山野回荡。

二十多年了，除了刚刚降生的时候肆无忌惮地哭过，这是第二次。

他已经一无所有了，父母那样的身体条件，在改造中吃不饱，极度缺乏营养，不知道度过了怎样的日日夜夜，不知道是如何咽下的这口气。

父亲只顾着伤心，没有发现方秋玉已经站在他的身后，陪着他哭了多时了。面对这个血性的男人，面对这个满腹经纶的老师，方秋玉不知道如何去安慰，只是默默地陪他流泪。

终于，父亲从沉痛中回过头来，一把抱住这个娇小的女子，这个聪明好学的学生。

"我要回城去处理父母的后事，你愿意等我吗，秋玉？"父亲疼惜地抚摸着秋玉的头发问道。

方秋玉，对，她是我的母亲。她伏在父亲的怀里轻声说道："老师，我等你，等你一辈子。"

"不会一辈子的，只要一个月就够了。"父亲又含着泪说。

父亲走后的每一天，方秋玉都在苦苦的相思中等待，每天都在读书，写日记，她把这已经当成了思念父亲的唯一寄托。

赖巧花看在眼里，她什么都懂，该到了给自己的小姑子摊牌的时候了。

"秋玉，其实我一直看好你和江老师，你要是真的爱他，我会说服咱娘，让你嫁给他。"巧花真诚地说。

"嫂子，可是咱娘她，会同意吗？"一想起母亲的执拗，秋玉心里十分胆怯。

"她会的。对自己要有信心，嫂子虽然没有念过书，但是大道理还是懂的。有我和你哥在，你不用担心。"

巧花的开明让秋玉很是感动。也许自己和江老师的事，巧花早就知道了，所谓旁观者清吧。

这天中午，巧花做好了饭，打发秋玉给母亲端过去，然后秋桐和巧花也跟着进来，秋玉给娘喂着饭，自己一口都没有吃。

一家人吃饭，经常给老人做一点面食，而他们，偷偷在厨房里吃着野菜汤，里面只有一两根面条，基本都是面汤了。

巧花说："娘，我哥赖二他走了。"

"嗯，知道了。"老人一边吃着饭，一边说。

"让秋玉回来住吧。"秋桐试探着说。

"嗯，行！"老人看了一眼女儿，无奈地说。

"我们给秋玉再找个人家，行不行，娘？"巧花征求着婆婆的意见。

"过两年再说吧，毕竟玉儿嫁过人了。"老人的封建思想就像她的身体一样，定在了这间窑洞、这个炕上。

"娘，如果秋玉有看上的人呢？"巧花看婆婆对这件事似乎不是那么反对。

"有这样的事吗？不会是那个江老师吧？"老人抬头看了一眼一直默不作声的秋玉。

秋玉又看了一眼自己的哥嫂，没有说话。她觉得自己的母亲就像诸葛亮，还能掐会算，足不出户，通晓天下。

"江老师是城里人，他迟早是要回城的，他会要你吗？玉儿，你可想好。"老人此时竟然变得无比通情达理，这令秋玉和她的哥嫂没有想到。

"娘，江老师是个好人，他会对妹妹好。这一点您放心。"秋桐终于说话了。

"玉儿，你说呢？"老人根本不听秋桐的话，她只想听女儿怎么说。

"娘，秋桐说的对，江老师他的确是好人。"巧花又插了一句。

"饱了。"老人把秋玉手里的碗一推，接着说，"叫那个江老师来一下。"

"他回城里处理他父母的后事去了。"秋玉终于说话了。

"这不就结了吗？他是不会回来的。玉儿，别再想了，过两年娘再请人给你寻个好人家。"老人不容置喙地说，准备要结束今天的谈话了。

已经谈到了这里，秋玉不想放弃，巧花看着秋玉着急的样子，给秋玉使了个眼色，意思是改天再说。

可是秋玉没有正确领会巧花的意思，还以为是……

"娘，我已经是他的人了。"秋玉只好实话实说了。

这一句话犹如一声炸雷，连方秋桐都蒙了："这到底怎么回事？"

巧花下意识地哆嗦了一下，她没有想到事情谈到现在变成了这样，这真是出乎她的意料。自从第一次和秋玉走进江老师宿舍的时候，她一直守候着、保护着，这一次，她没有守住。但是她立即清醒了，这个时候她一定要稳住，一定要帮这个温柔倔强、性格内向的妹子，不然妹子就没救了。

于是她拉了丈夫一把，示意他出去，这里交给她就行了。

我想我的舅妈是一个好的不能再好的善良而有主见的女子。

四

赖巧花再一看自己的婆婆，已经被气得说不出话来，脸色煞白，一口气上不来，眼睛瞪得大大的，胸脯一起一伏，这时间好像停住了似的，所有人被仙人桌上供奉的仙人给定住了，大气不敢出，银针掉地上都显得声音异常的大。

舅妈想说的话硬生生咽了回去。

过了好久，我的外婆，秋玉秋桐的母亲，巧花的婆婆，终于眨了一下眼睛，然后从牙缝里挤出来几个字："天杀的啊，丢死人了！"这才又用手不断地拍打着自己的脸。

她不断地重复着这一句话，不断地打着自己的脸，没有要停下来的意思。

巧花上前拉住婆婆的手："娘，你不要生气了，已经这样了，我们想该怎么办吧。"

"你就护着她吧，你们合起伙来丢人，把我的脸放哪儿了啊？"老人开始号啕大哭。

赖巧花回头看秋玉早就吓得立在墙角哆嗦，六神无主。

老人哭累了就开始打脸，打累了就开始哭。她们也就任由老人这样，也没有其他办法。忽然巧花想起了另一个解决问题的办法，想用高兴的事缓解一下婆婆的情绪，便说："娘，我有了，秋桐要当爹了。"

老人果然缓和了好多，她闭着眼睛啥也没有说，眼里的泪水顺着脸颊流到了枕头上。

他们看老人这样，就放心了许多，因为没有大碍，剩下的问题就是说服她。

晚上，赖巧花做了拌汤，稀稀地调了几朵葱花，打发秋玉端过去，老人用手一推就打翻了，她开始绝食了。

到了第三天晚上，老人开始高烧不退，浑身战栗。

第四天晚上，老人开始口吐白沫，即使请来的大夫掐人中、扎干针，都无济于事。

连着五天，老人水米未进，高烧不退，连眼睛也不睁了。对谁都不说一句话，偶尔呓语着："丢死人了。"

到了第六天的时候，大夫对方秋桐夫妻说："准备后事吧，你们娘不行了。"

秋玉听了后泣不成声："是我害了咱娘啊，是我害了咱娘……"

这边赖巧花又要安抚秋玉，又要准备白事的东西，自己的身子又不舒服，赖巧花的脸色也非常难看，虚脱得快要撑不住了。

秋玉看在眼里，也觉得应该鼓一把劲，帮着哥哥嫂子打打下手。

第八天中午，方秋桐、方秋玉的母亲，我的外婆，在愤恨与羞辱中离开了人世。

所谓久病床前无孝子，老人的离开，对于秋桐一家人来说虽有打击，但更多的是解脱。因为吃饭问题也是个大问题，两个劳力，三张嘴，巧花又是双身子，不久就要生产，到时候得一个人照顾小的和老的，一个人挣工分，那样的日子怎么过？即使是现在，两个年轻人的口粮都不够吃，成天感觉饿得心慌，冬天甚至还要吃草根、野菜。

不到一个月的时间，发生了这么多的事，对于赖巧花来说，同时失去了两个亲人，对于方秋玉来说，也失去了两个"亲人"。

当他们给母亲烧完三七纸的时候，已是秋末冬初，虽然走在路上寒气逼人，但他们上山下山已经微微有些细汗在身上，三个人把孝服都脱下来抱着，只穿了棉衣。回到家里马上和村民们一起往地里面拉粪，自家圈里的和村里牲口圈里的粪都要往外拉。

粪不够的时候，大队支书会通知大家把家里的炕也要拆了，拉去地里，俗称炕粪。

这一天秋桐夫妻和秋玉一起拆母亲睡过的炕。由于老人长年卧病在床，这炕拆一次不容易。

拆炕的时候支书派了几个年轻的后生。这炕味道很重，烧的年成越久做炕粪越好，支书安排把秋桐家的炕粪拉去最好的地里面。

秋玉和巧花两个人拉一辆架子车，秋桐一个人拉一辆架子车，他们加入到拉粪大军里，一车接着一车，拉完了再从圈里出，直到把所有的地里面都铺上厚厚的一层粪，不管是炕粪还是猪粪、羊粪、牛粪等各类牲口的粪，都是农家肥，种庄稼就靠的是这些肥料。

那一天秋玉正在地里面撒粪，父亲回来了。秋玉看见了，不敢去直接见江明，只是埋头继续撒粪。江明走过去给她打了个招呼说："我晚上去你家找你。"说完就回学校去了。

秋玉见父亲明显瘦了很多，人也黑了，胡子和头发都老长，像是老了许多，但不知道发生了什么事情。她看着父亲远去的背影，百感交集。

晚上，父亲先是去了支书的家里，说了一些事情后就直接去找方秋玉。

一进门看见窑洞的正门摆着外婆的相片，炕也拆掉了，就明白了一切。

舅舅舅妈把父亲让进了他们的卧室兼厨房里，从锅里舀出一碗菜汤端上来说："江老师你吃点吧。家里的事情都处理完了吧？"

"嗯。"父亲点点头，没有看见母亲。

"她住那边，这个炕还没有盘好。"舅妈看出来了。

"你这次回来是……"秋桐问道。

"我不回去了，我的工作也安排了，但是我要求回来任教。"父亲继续说道，"我要娶秋玉。"

这是舅妈预料之中的事情，她没有看走眼，心里一热一句话就脱口而出："江老师，谢谢你！谢谢你娶我们家秋玉。"

"你真的能够做到吗？我们家秋玉嫁过人的。"舅舅为了进一步证实父亲的话，不确定地问了一遍。

"真的，我会负责任的。"父亲认真地说。

"那好，我带你去找秋玉。"舅妈站起来说。

在赖二家的那个破旧的院子里，一股一股的风旋着，吹得麦草到处都是，赖二住过的柴房外边苔藓野菜簇成一团一团的，那只豁了口的老碗安静地蹲在那里，像赖二一样斜靠着墙。

秋玉一个人坐在锅台边，手里端着一碗稀稀的菜粥发呆。看见舅妈和父亲进来，她眼里的泪水再也控制不住了，放下手里的碗，站起身扑进父亲的怀里，泣不成声。

舅妈说："玉儿啊，你收拾一下暂时搬到江老师那里去吧。咱娘的炕拆了，你一个人在这里我和你哥也不放心呢。事情已经这样了，你说呢？"

"是啊，咱听嫂子的话，秋玉，跟我走。"父亲也这样说着。

母亲满脸疑问地对着面前的这个男人，没有说话。

"我知道你要问什么，我慢慢告诉你。"父亲说道。

舅妈帮着秋玉收拾了一些用的，把他们送去了江老师的宿舍后就回去了。

父亲和母亲紧紧地抱在了一起。"我们结婚吧！"父亲温柔地说道。

第四章 初为父母

一

第二天一大早，父亲带着母亲一起向大队支书家里走去。一路上，早起的社员们拉着架子车，开始在各家的门外边拉粪。有的在车子前面拉着，有的在后面推，拉粪的架子车排成了长队。

男男女女的社员，有多事的人朝着江明和方秋玉看了过来，用疑惑的目光打量着父亲和母亲。

有的人忍不住问道："江老师，你不是回城了吗？怎么回来了呢？"

有人自作主张地回着："你没有看见吗？赖二刚死，方秋玉就和江老师好上了。"

有恶毒一些的更是出口伤人："方秋玉把她娘都气死了。"

母亲听见这些话，脚底下已经不稳当了。父亲拉了一下母亲的手，示意她不要在乎这些话。此时的母亲，低着头，含着泪，默默地跟着父亲往大队支书家走去。

在书记家的院子里，看见支书手里拿着个铁锹正在铲圈里出来的粪。

虽然是寒气袭人的早上，支书的脖子里已经在冒汗。他花白的头发像山里的水蓬草一样又干又乱，胡须上白白的一层霜，身上黑蓝色的夹裹肚子也拉开了带子，半裸在腰上，露出了黑色大裆裤腰上的白羊毛绳，一双破了洞的黑布鞋随意地踢踏在脚上。

看见父亲和母亲进来了，支书忙放下铁锹，顺手拿起粪堆旁边石头上的烟锅，一边往屋里走，一边让着江老师说："江老师啊，咱们进屋说。"

父亲和母亲跟着支书进了屋，这时支书老婆出来倒了两杯水，没说什么就出去了，拿着刚才支书丢下的铁锹继续铲粪。

支书点着了一锅烟，美美地吸了一口，说："我知道你们找我什么事。江老师啊，你能回到我们村里来，我很意外，你能和秋玉在一起，我更意外，但是我却为秋玉高兴啊。"

支书的这番通情达理的话，让母亲听了心里暖暖的。从小，她就对这位大叔非常敬重，总觉得只要这个村子里有他，村子里所有的人都是安全的。

"我们想结婚，请书记批准！"父亲说。

"秋玉是我看着长大的，是个好姑娘啊，她和赖二那也不算结婚，所以你们结婚是合法的。"

支书在鞋底子上磕了一下烟锅，又掏出烟袋装了一锅。

母亲只是坐在父亲的身边，一句话也没有说，一口水也没有喝。

"我父母走了，给我留了一点钱。我的工作本来是要去市里的，因为秋玉，我回来想继续在这里任教，但是……"父亲欲言又止。

"这些我都知道，江老师，现在的学生不讲究上课了，成天都在地里劳动，劳动光荣嘛。"支书无奈地叹了一口气。

"我就带着学生们一起参加劳动好了，只是……"

父亲不好意思开口向支书申请住处，因为成家，最需要解决的问题就是得有个家。

这是作为男人该有的担当，父亲是这么想的，他不想去住赖二那个家。

"这样吧，你们下乡的这些知识青年换了个居住点，到邻村去了。住过的那些宿舍留出来两间给你们住，就是简单了一点，所用设施还得你们自己置办，我能帮的就这些了。"

支书明白父亲要说什么，对于一个从城里回来扎根的年轻人，他尽最大的努力给予帮助和支持。

"谢谢支书的理解，只要有个住处，其他的事我们自己想办法，不再麻烦支书您了。"父亲感激地说。

"我岁数也大了，这支书也干不了多久了，在我还干着的时候，尽力帮助你们吧。"

支书说："村里人的闲话你们也不要往心里去，理解就好。"

支书这样说话，就像一个家长对子女的叮嘱，语重心长。

父亲和母亲从支书家出来，又去找舅舅舅妈。

舅舅拉着架子车去地里送粪去了，舅妈因为有身孕，留在家里帮忙上粪或者铲粪。舅妈把他们引进窑洞里。

"我会帮秋玉做几件嫁妆的，家里穷，没有什么可用。娘的炕柜里有六尺花绸子，不知道是什么年成攒下的，我在拆炕的时候发现的，我给你缝一件裹肚罩衣吧。"舅妈坐下来说道。

"我这几天粘了几双鞋面，晚上闲了给你们分别做双鞋子。"舅妈又说，

"我只能帮这些忙了。"

"嫂子，我什么都不要，你就留着自己用，给未来的侄儿做吧。"母亲环顾了一下这个窑洞说道。

这时候舅舅回来了，他拍打了一下身上的土，在外边洗了一把脸，手里提着洗脸毛巾进来了："秋玉，江老师，你们来了。"

"哥哥，支书大叔给我们安排了知识青年住过的两间宿舍，我们下午就搬过去。"母亲急忙对舅舅说。

"也好，我下午不去拉粪了，我把架子车打扫一下帮你们搬。"舅舅一边擦脸一边说。

"这边我给你们打了一块案板，江老师过来看行不行？"舅舅一边往外走一边喊父亲出来。

父亲会意地跟着舅舅出来，说："哥，以后就别叫我江老师了，直接叫我名字吧，要不显得多生分啊。"

"嗯，知道了。"

舅舅说："我妹子性子慢，但人很倔，有些事你得担待些。本来我这做哥哥的要帮着妹子成家，让妹子过上好日子，可眼下……你也看到了，咱这条件，唉！"舅舅说着叹了一口气。

"哥，你放心，我会对秋玉好的，不然我也不会回来。"父亲立即表态。

"你去把胡子剃了，头发理一下，收拾整齐。看你这个样子，瘦得都不像你自己了。"

很少有细腻之处的舅舅突然心疼起了眼前的这个大汉——自己的妹夫："我把妹妹交给你了，从此你就是她的依靠了，要好好待她。"

大舅哥看妹夫的眼光有些温柔，有些严厉，有些关怀，这是在他二十多年来说过最多的话。

舅妈做好饭后他们一起吃了，不过就是喝了几口汤，吃了半个黑面馒头，就是一顿舒服的午饭了。

吃过饭，父亲去理了头发，刮了胡子，和母亲一起到他的教师宿舍收拾行李。

二

他们在宿舍里坐了一会儿，父亲说："秋玉，我在这里给你补课，也是在这里，我们……"

母亲害羞地拍了一下眼前这个高大的男人，说了一句"快收拾吧"就不再说什么。

他们把父亲的衣物分类打包。

那桌椅和床因为是公共财产不能拿走，书本、床单、被子、刷牙缸、毛巾，还有一个简陋的书柜，这些东西都是可以搬走的。

他们把这些东西整理好，方秋桐拉着架子车过来了。他叫了自己的好朋友常建国过来帮忙，一辆架子车就拉完了。

舅舅在前面拉着，父亲和常建国在后面一人一边推着，秋玉手里拿了几本书跟在后面。

知青的宿舍点设在村办的后面一排，共有七八间之多。

这是知识青年刚刚下乡的时候盖的，空旷的院子，没有院墙，一旦刮起风来从东到西就穿堂而过。在靠边那间房子的旁边堆着一堆柴草，还有一小堆炭，想来是人家走的时候没有用完，上面覆盖了薄薄的一层土。

父亲对这里是熟悉的，他刚来的时候也住在这里。

现在知青都去别的大队了，村支书把靠东面的两间留给他们，其他的用来装草料啥的。

他们把架子车停在门外，舅舅和父亲进去打扫，常建国是舅舅的哥们儿，也是他家的邻居，长得矮墩墩的，黑黢黢的，浓眉大眼，人显得很憨实，和舅舅是两个形象。

常建国今天戴着个小白帽，脖子里围一条毛巾，拿着笤帚。三个人一起把两间房子清理打扫了一遍，又去前面的井里打水，把门前和房间的地面洒上水。

等了一会儿扫飞的尘土都落地了，他们又帮忙把铺盖搬进去，一间当卧房，一间当厨房，这种条件比起一般的农户人家算是好多了。

母亲在外边的草垛旁边捡到了一块香皂和香皂盒，那可能是人家走的时候丢掉的。另外草垛边有一张草席，很厚，被太阳晒得暖暖的。她在他们打扫房间的时候把这个草席拍打了又拍打，挂起来在宿舍前面的铁丝绳上又拍打了几遍。那里面渗进去的土总算给打出来了，这席子可以铺在炕上打底用，挺不错的。

母亲喊常建国帮着把席子抱进卧房，自己就开始收拾着铺开了。

父亲看着母亲在铺席子，问她是从哪里来的，想说应该消一下毒，话到嘴边又咽下去了。

他怕他们多心，便改成了这样说："这块席子真好，在太阳下晒了那么多日子，一定很舒服。秋玉你可真细心呢。"

"该帮的我们帮完了，秋桐咱们走，铺床的事就他们小两口自己干吧。"常建国憨笑着，和舅舅一起拉着架子车走了。

母亲把草席铺在最下面，上面又铺了一层拆下后铺展的纸箱子，就是给土炕上垫了个底，再把父亲的褥子铺上。

可惜父亲的褥子是单人的，只够一个人睡。

她想起赖二家的炕上有她睡过的褥子，便想打发父亲去拿，又一想父亲去万一碰上有些不怀好意的人咋办，便让父亲去找舅妈，让舅妈去拿。

父亲便出去往秋桐他们家走去。

母亲正在铺床单，蒙宝不知道啥时候摸了进来，二话不说就跳上了炕，一张臭嘴直往秋玉脸上蹭，母亲吓得大声哭喊。

这时候就听见蒙宝"嗷"的一声跳下了炕。

原来是常建国又折回来了。

他是忘了拉东西拿来的麻绳，回来取的。一看见蒙宝进屋，就知道没好事，他抢起麻绳"嗖"的一声打在蒙宝的后脑勺上，这蒙宝抱头就跑了。

常建国说："秋玉，别收拾了，跟我先回去，我和你哥刚还说呢，你哥去买锁子了，我回来拿绳子。"

父亲前脚进屋，常建国和母亲后脚就跟进来了，母亲一看见父亲就又哭上了。

常建国如此这般说了一下，舅妈不听则已，一听就气坏了。

她拿起门口的铁锹就要去找蒙宝拼命，被父亲拦住了："嫂子，这事咱们冷静处理。我饶不了他的。"

"江老师你说，咋办，我听你的，把那结巴的舌头拔了。"常建国撸起袖子比画着。

这时候舅舅回来了，手里拿着两把锁子，他交给父亲说："先去把锁子安上吧，这事我去找支书大叔。"

父亲去安锁子，母亲和舅妈一起去那个家里搬被褥。褥子还能用，被子实在破得不行了，棉花洗洗能勉强凑合。

母亲便把被子拿来拆洗了一下，铺在门口的垫圈土堆上，上面又盖了厚厚的一层土。等棉絮上的湿气从土上面渗出去，土变湿了，抖掉后再盖一层。这样几次三番，棉絮就很快干了。

舅妈又拿出那六尺花绸子，再三坚持给母亲把被子缝上了。舅妈说："嫂子没有别的了，这是娘留下的，就给你缝上吧，嫂子做得不好，你就收下吧。"

母亲推辞不掉，这是嫂子的一片心呢。

这天晚上，村里召开了全村大会。

大队支书开始训话了："大家伙听着，从今天开始，江明江老师就是我们这所学校的正式老师了。"

他说："他和方秋玉成家，是合法夫妻。谁要是再敢说三道四，我就撕烂他的嘴；谁要是敢有什么非分想法，我就打断他的腿。"

支书说着瞟了一眼蹲在树上的蒙宝。

这时候就听见有的村民窃窃私语，有同情的，有鄙视的，也有事不关己不冷不热的。

支书都听见了，继续说："你们有屁就给我夹着，夹回家里去放，不要浪费了肥料。"下面的人"轰"的一声开始笑了。

支书冷着脸说："有那么好笑嘛！乡亲们啊，你们都是看着秋玉长大的，她是什么样的孩子，你们比我更清楚。

"还有，当叔叔的当叔叔，当婶婶的当婶婶，如果是你自己的孩子，你良心呢？能有个好的归宿你们应该高兴啊。

"人家江老师，放着城里人不做，为什么？

"说句不好听的话，还不是为了你们的孩子，为了你们的孩子有个好的将来，为了我们这个村子有个出息，好自为之吧乡亲们。"

这时候所有人都安静了下来，唯有蒙宝不服气地昂着脑袋，嘴不离草地砸吧着。

三

第二天，蒙宝被打发到了村里在外地的一个副业队去了，在那里种地放羊，为期两年。走的时候在知青宿舍外徘徊了许久，吐了一口草，用脚狠狠一碾。

父亲和母亲就这样正式过起了日子。

父亲从爷爷奶奶的遗物里带来了一点钱，他们置办了必需的生活用品，把学校的干柴拎了一些过来生火用，门口的炭省着点这个冬天就能过了。

他们暂时不用煨炕，为了节省柴火，他们利用宿舍的"扯炕"——炉火一直搭通到炕里面，一边做饭一边取暖。

厨房在冬天就没有用。

白天母亲去地里和社员一起出工，有时候父亲也带着学生们一起下地。

晚上两个人吃完粗糙的饭就看书，这样的日子温馨而踏实。

这天吃饭的时候，母亲突然一阵眩晕恶心，父亲一看母亲的脸色蜡黄，还以为这饭有问题。

父亲赶紧放下碗拍拍母亲的后背说："你怎么了？吃坏东西了吗？"

母亲说："可能吧，今天在地里面我挖出了一根草根，看着白白嫩嫩的，就吃上了。"说着又吐了起来，父亲不放心，就带她去了村里那个简陋的卫生站。

医生是个戴着眼镜、四十多岁的女人，皮肤白皙，看起来十分斯文。她给母亲把了把脉说："恭喜江老师，您要做父亲了。"

父亲一听又是高兴又是惆怅，高兴的是他有了自己的孩子，惆怅的是这该怎么养活呢？

这一夜，父亲一直搂着母亲，两个人心里都非常忐忑。初为人父、初为人母的喜悦被生活的困境很快打散了。

父亲暗暗下定决心，既然来到农村扎根，那么从今往后就要担负起更大的责任了。

"秋玉，从明天起你就不要再下地去了，我这些工资够养活咱俩了。再说了，我还可以去外边弄点别的吃的回来，还有我父母留给我的一点钱，凑合一年是没有问题的，等孩子出生了，或许日子会好一点。"父亲这样说着，其实自己也没有把握。

"这个孩子来得真不是时候，可是苦了你了。"母亲说。

月亮在这静静的夜里守着这个村子，偶尔传来村子里的狗吠声。

父亲下炕去加了一些炭火，好让炕烧得更热一些，因为他觉得母亲有些发抖。

父亲除了一天参加劳动外，一直费尽心思给母亲补养身体。因为母亲的身体本就虚弱，长期的营养不良会让她垮掉的。

这天劳动的时候忽然听几个年轻人说河水已经冻结了，正好可以弄些鱼回来。父亲也有心参加他们的行动，于是凑了过去说："算我一个吧，我也想去。"

"好啊，好啊，江老师，我们一起干。"那几个年轻人立即说道。

"不知道需要些什么东西？"父亲没有经验，这样问道。

"有雷管炸药就好了，我们可以把冰炸开，鱼就被炸出来了。"其中一个叫三顺的说道。

这时候舅舅和常建国也过来了。

只见常建国说道："我有雷管，谁能找上炸药就好了。"

"那谁，江老师，你们一起来的知青里有。他们现在邻村，你去找一下，他们会给你的。"另外一个叫赖狗子的青年说。

"好，我去试试看，能搞到最好。"父亲说。

"你能搞到炸药，炸出的鱼我们分你三成，我们各一成。"其他青年人纷纷支持。

晚饭后父亲对母亲说："你早点睡，我去邻村找个朋友去，一会儿就回来。"

他没有对母亲说去找炸药，怕她担心。

父亲打着手电筒，翻过一座山梁，进入一片树林的时候，听见有什么东西"扑棱扑棱"的，好像是有鸟儿在飞。他顺着声音往前寻，果然看见一只山鸡在那里扑腾着。走近一看，那山鸡身上有伤，挺肥大的一只山鸡，像是被人打坏了翅膀。村里人叫它"呱啦鸡"，看样子是白天的时候被人打的，这鸡还能跑，到了夜晚实在是筋疲力尽了，才这样扑腾呢。

父亲心里大喜，跑过去一把逮住山鸡，解下裤腰带绑上提了起来。

穿过树林，再走二里路就到了邻村的知青点，他轻轻地敲了敲亮灯的一间房，里面的人乱哄哄地在打牌。

父亲进屋一看，这帮人有的脸上用墨水画着各种图案，有的额头鼻子嘴巴上贴着纸条，有个人正在钻桌子。

看见父亲进来了有人立即起哄："你小子还知道回来啊，享福忘了咱哥们儿吧？"

"没有没有，我结婚了。"父亲如实相告。

"好嘛，也不叫我们闹个洞房。"其中一个叫袁红军的说。他手里举着一把牌，坐在被子上，正杀得高兴呢。

"唉，一言难尽，以后再说吧。我找你们有个事。"父亲着急地说。

"什么事，说，弟兄们只要办得到。"

"听说你们能搞到炸药。"

"谁告诉你的？这可是犯罪。我们没有。"

"别装了，我有急用，快拿点出来。"

那几个人面面相觑，用眼光交流了一下意见说："你有什么用？"

"是这样的，我想用它去炸鱼。"

"哦，炸鱼啊，我还以为有什么大动作呢，还以为你……"袁红军把手里的牌一扔，哑然失笑起来。

"还以为干吗？炸'革委会'？炸敌人？"父亲睁大了眼睛问。

"跟我来。"袁红军跳下炕对父亲一挥手说。

父亲跟在他屁股后面，一直往房背后的山坡走去。

在山坡的下面有一块青石板，袁红军对父亲说："来，搭把手，把这个挪开。"

两个人一起把青石板挪开，就看见下面有个不浅的洞，洞里面放了足足有10公斤左右的炸药。

父亲悄悄问："你们从哪里搞来的？"

"不要管那么多，需要多少拿吧。"

袁红军向左右看了看说："把你的手电筒熄灭，照球啥呢嘛，明晃晃的。"

父亲熄灭了手电筒，从里面拿出来1公斤左右的炸药。袁红军说："你不要雷管和引线吗？"

父亲说："有了就拿点。"

"好！拿上不要乱说啊。"袁红军安顿着。一看父亲腰里的"呱啦鸡"，捣了父亲一拳头说："偷鸡摸狗，当大了吗？"

"去你的，你要当叔了。"父亲还了他一拳头说道，"谢了哥们儿，我这就回去了。"

"去吧，注意安全。"袁红军把父亲送到村口，就折回去了。

四

父亲连夜赶回到家里，把炸药、雷管和导火线放在厨房的灶台里面，盖上一块石板。

父亲把"呱啦鸡"解下来，拿切菜刀把头剁掉，"呱啦鸡"一声不吭，任凭宰割。他又悄悄摸进卧房，提着火炉上烧的一壶水到厨房把鸡烫了，把毛拔了，里面的肠子肚子都扒拉干净，这才又回到了卧房里。

母亲听见丈夫弄的响声，已经醒来了。

她看见丈夫提着一只鸡进来，有点意外："你半夜出去打野鸡去了吗？"

"嗯。吵醒你了？明早你就可以吃到鸡肉了。"父亲炫耀地说。

"还是我来炖吧，你不会弄。"

母亲起来穿好外套，拿出锅，添好水，把洗干净的鸡放进锅里，又加了些炭火，开始炖鸡了。

"秋玉，你补补身子，也给我们的儿子加一点营养。"父亲搂着母亲说道。

"这年月，能吃上荤腥太稀罕了。"母亲顺着说，"可是我吃不下啊，看见这个就反胃。"

"挣扎着吃一点，多喝些汤也好。过两天我给你炖鱼吃。"父亲怜惜地对母亲说。

第二天天还没有亮，两个人就被"呱啦鸡"的香味熏醒了。

俩人就着黑面馒头，父亲不舍得吃，只喝了一碗汤，把肉都留给母亲，但是母亲也只吃了一口就咽不下去了。不知是长久不食荤腥的胃已经不适应了，还是妊娠反应的缘故。

父亲看着母亲："那放炉子上热着，你想吃的时候吃一点，我去下地了。"说完就走了。

母亲这时想着自己嫂子刚刚生了侄儿，没有奶水，也是饿得不行，就舀了一碗鸡汤，找了个布袋子装上，放在篮子里又在篮子上面蒙了一件旧衣服，给嫂子提了过去。

舅妈一看鸡汤小心地说："哪里弄来的啊，秋玉，你侄儿饿得一天就知道哭了，这正好啊。"

舅妈赶紧趁热拿小勺子给儿子灌了一口鸡汤，看着儿子小嘴一抿一抿的，姑嫂两个都开心地笑了。

父亲和常建国他们下到地里，一边翻地一边悄悄说："搞到了，啥时候去？"

"晚上吧，搞了多少？"常建国问。

"不多，就几棒子。"父亲没敢多说。

"这件事要管好嘴巴，不能对外说，知道了吗？"常建国对其他人招呼着。

"我们集中一下，我，赖狗子，常建国，江老师，还有方秋桐，方秋桐呢？人呢？"三顺问。

"方秋桐今天给牲口铡草去了，没有来。"赖狗子说。

"那行，我们四个晚上去。赖狗子，尤其是你，闭上你的臭嘴，不要到处乱说，不然剐了你。"三顺又嘱咐了一下。

"我保证，我馋得不行了，一天饿得心慌的。"赖狗子拍着胸脯保证着。

"那就这样，晚上天黑就往河边走，各走各的，河边集中。常建国，把雷管拿上，江明，带上一棒子炸药和导火线。"

三顺安顿好了，大家都散开了开始翻地。

到了晚上，父亲对母亲说："你吃点鸡肉，多喝点汤，我晚上再出去一下。"

母亲问道："你又要去干吗啊？可不要让人担心。"

"你放心，明天就让你吃上鱼肉，喝上鱼汤。"父亲不想瞒着母亲。

母亲也没想拦着父亲，知道自己也拦不住，反正也不是去偷去抢的，捞鱼就去捞好了。

月亮上来的时候，大家都在河边聚齐了。三顺说："多的话就不讲了，我带了瓶子过来了，江老师，炸药给我。"

三顺麻利地接好炸药、雷管，拉着导火线走到河边不远处的树林子里。

几个人一起把冰砸了个大窟窿，把瓶子塞好放了进去。

他们又退回到了树林子里。火柴一点，就见火星"刺啦啦"顺着导火线燃烧了过去。

过了几分钟，只听见"砰"的一声闷响，河水被炸出了六尺来高，冰块四处乱飞，甚至飞到了他们身边。同时有好多鱼也飞起来，噼里啪啦地落在河边和冰面上。

第一次看见爆炸的赖狗子吓得吐了吐舌头说："哎呀妈呀，这家伙真是个东西啊。"

"不会再响了吧？"赖狗子又问道。

"你他奶奶的废话还真多。再等一下，等等过去捡鱼就行了。"常建国骂道。

父亲也是第一次见爆炸，没想到这么小的一棒子炸药竟然有这般威力。

过了大约十几分钟，确定再没有爆炸了，他们才纷纷赶过来七手八脚地捡起了鱼。只见有的鱼被炸得白肚子朝上翻着，有的还在动弹。他们每人捡了一篮子，加起来二三十条不止。

大家伙集中到树林里开始分鱼。

三顺很讲信用，说道："江老师拿上十条，常建国拿上十条，其余我们三个分，不要忘了方秋桐的那一份。"

赖狗子说："方秋桐没有来。"

"没有来也得分，他知道这事，你保证他不说出去吗？"常建国说道。

几个人摸黑进了村子里，各自回家。

第一次初战告捷，几个人兴奋了几天。

下地里翻地的时候赖狗子哼哼唧唧地唱着，三顺给他屁股上一铁锹："不好好干活，有力气唱，不如翻两下地你。"

挨了打的赖狗子在地里跳弹开了，一边跑一边喊："支书看呢，三顺打人了。"

常建国见状骂开了："翻天呢吗？我告诉顾瘸子今天扣你们工分。"

一听说要扣工分，他俩一下子安静了，闷头翻开地了。

五

父亲思前想后，觉得应该给支书家送去两条。

他和母亲商量："秋玉，我去给支书大叔送条鱼过去？"

"他知道了不会批评我们吧？"母亲有点担心。

"应该不会吧，我不告诉他炸鱼的事情就行。"

"那就送去，他要骂，你就承认错误，我想他不会怪我们的。"

母亲想支书大叔平时对他们也挺好，不会轻易怪罪他们的。书记大叔这个人看起来很凶，心地很好。他知道什么是对的，什么是错的。

"有些顾虑，也有些冒险，一想到支书对我们的好，他应该不会告发我们的。"父亲又啰唆了一遍。

于是父亲就趁着天黑把鱼给支书送过去了。支书一看赶紧关上门说："哪里搞的炸药，你们胆子不小！"

"叔，是我们在河里捞的。"

"你们？你和谁？"

"没、没有，叔，你收下就是了。"

支书无奈地摇了摇头说："娃娃们呀，正在长身体的时候。"

他苦笑道："谁说不该吃呢，只是这炸药要是让外人知道了，会抓去坐牢的。"

"叔，我知道了，就这一次。"

"去吧，小心一点好。"

"嗯，叔。"

"没有下一次了，记住了没？"

"记住了，叔。"

从支书家出来，父亲正好碰见舅舅，舅舅也看出来是怎么回事了，对父亲说："你嫂子和孩子这几天气色好了一些，孩子晚上也不闹了。这样看来，还是把娃娃饿得劲大了。"

"那哥，咱还去捞鱼吗？"

"咱俩试试去，那天炸开那个坑还在。"

"反正是不敢再去炸了，万一有个啥事呢？支书刚才还安顿呢。"

"明天下工了我们去，那几个都叫上，这次不炸了，咱拿网子捞。"

"好的，哥。"

第二天下了工，舅舅和父亲，还有常建国、三顺，他们四个人拿了两个长杆子网兜去捞鱼。

走到河边，舅舅说："江老师，你和三顺在前面捞，把杆子伸进那个坑里。"

"好的，你们在后面拉着我们。"

说着，父亲和三顺就把杆子伸进去了。

"这里面没有鱼。"父亲和三顺同时说，"都是冰块呀沙子啥的。"

"再把杆子继续往前伸伸，看有没有？"舅舅在上面说。

"还是没有。啊，哥！"

这时候就听见父亲脚底下的冰"咔嚓"响了一下，还没来得及抽回身子，就连人带杆滑了下去。

父亲大喊"不好"，那水已经淹到了半腰。

后面的常建国和舅舅吓坏了，赶紧喊："三顺过来，江老师掉下去了！"

三顺把长杆收起来，三步并做两步跑了过来："江老师，抓住杆子，不要松手。"

父亲把自己手里的杆子也递出来，一手抓住一支，其余三个人一起把他往外拖。

可是父亲刚爬出冰面，身下的冰又"咔嚓"一声，接着一根杆子也断了。父亲又跌落下去。

舅舅急了，从另一面冰比较厚的地方跑过去拽父亲，脚下一滑"吧唧"摔倒了。

他索性趴下说："江老师，你拉住我的脚。"

那边王建国拿着半截杆子，也过来都交给舅舅。一人拉着一支杆子往上拉。

三顺在最上面，他们费了好长时间，一边小心翼翼，一边用力，终于把父亲拉了上来。

"江老师冻得不行了，嘴唇都发紫了。"常建国看见父亲在发抖。

舅舅把自己的夹袄脱下来："来，穿上。"

"我的也穿上。"常建国要脱自己的衣服。

接着三顺也要脱。

"算了，不要都冻坏了，你们穿上。"舅舅说。

几个人相扶着把父亲送回家去。

一进门，母亲看见父亲这样，跳下炕赶紧把父亲的外衣脱了。

几个人帮着把父亲弄上了热炕。

常建国和三顺一人拿着一件父亲衣服，拧上面的水，可是那衣服已经冻得硬邦邦的了。他们把湿衣裤递给母亲说："江老师冻坏了，秋玉，你给烧碗姜汤去。"

"你们也在火炉边烤一烤，我去烧热水。"母亲说。

"我们不了，我们身上没有湿，你哥……"

母亲一看舅舅身上没有夹袄了，冻得直发抖。

"你把衣服脱给江明了，哥。"

"是呀，不然他就冻死了。"舅舅冻得上牙打下牙。

母亲烧了热水，给他们一人倒了一碗："趁热喝，驱驱寒。"

几个人喝了热水，感觉身上不是那么冷了。

母亲又找出父亲的旧棉衣给舅舅穿上。舅舅和三顺他们要回去。"你们早点回去也烧碗姜汤喝上，不然明天感冒。"母亲叮嘱着。

他们一走，母亲就禁不住眼泪出来了。

"我没事的，秋玉，你怎么哭了？"父亲还在打趣母亲，"一点小事就哭鼻子，羞羞羞。"

母亲把父亲的衣裤搭在火炉边上烤，很是心疼，她又在炉子上烧了一碗姜汤："快点喝上，来，起来。"母亲用她娇小的身体夯起父亲，喂父亲喝了汤。

她上到炕上后，一把揽过父亲，再用自己娇小的身体传递热量。

年轻人就是年轻人，他们过了几天就好了伤疤忘了疼。

几个人又叫父亲去炸鱼，母亲没有让父亲再去。父亲给了他们两根炸药，说再没有炸药了，也没有再随他们一起去。剩下的炸药他找机会送回到知青点，这件事就算是结束了。

从此父亲再不折腾了，安安稳稳地带学生劳动。直到第二年的夏天，我的母亲顺利生下了和父亲的第一个孩子——我的大哥。

当大哥出生的时候，哭声特别响亮，穿透了知青宿舍，一直在那个寂静的院子里环绕着。

父亲高兴地说："我有儿子了，我有儿子了！"

虚弱的母亲在炕上也笑了，看着这个一脸稚嫩的小生命躺在父亲的怀里。

"秋玉，他是我们的孩子，我们的！"父亲有些激动。

"给孩子取个名字吧。"母亲擦着脸上的汗说。

"咱们的第一个孩子，你来取名。"父亲说。

"好吧，我一直的理想就是当一名教师，现在看来实现不了了。"母亲有点伤感，"就叫他继成吧，继承的谐音，就是继承我的理想，帮我去实现的意思。"

"好，就叫继成，江继成。"父亲高兴地说。

第五章 偷个鸡蛋不算偷

一

大哥的降生无疑给我的父母带来了无尽的欢乐，也带来了无尽的烦恼。

由于母亲的身体先天柔弱，奶水严重不足。

父亲说："这孩子哭的，我该想想办法啊，但又有什么办法呢？"

"挖点菜根吧。"母亲说，"榆树皮也行。"

父亲去地埂的榆树上剥皮去了。

阿发正在那里放羊，他看见父亲在剥树皮，赶过来说道："江老师啊，亏你还为人师表。"他说，"活生生的树让你剥了皮，把你自己的皮剥了试试！"

父亲哀求道："孩子实在饿得不行，这树皮能熬着喝。"

"不行，公共财产怎么能随便破坏？"说着他把父亲手里的一块树皮扔在地上，狠狠地踩了几脚。几只羊过来就啃起了这些树皮。

临走时阿发警告父亲："再剥树皮我就告你去。"

父亲看着阿发走远了，捡起被踩过和被羊吃剩下的几片树皮，揣进衣服里面，回到家里搭上锅，就开始熬。

谁知那个东西太烫了孩子吃不下，稍微一凉又咽不下去。父亲和母亲又不会做。

大队支书转过来看见母亲和大哥饿得面黄肌瘦的，就对父亲说："江老师，你来我家一下，我给你找点吃的。"

父亲跟着支书去了他家。

"老婆子，你过来一下。"支书冲着里面喊。

只见支书老婆颠着小脚过来了，问道："你又要送什么东西给谁吗？叫我就没有好事。"

"唉，你看秋玉生了孩子，娃一天饿的哭。"支书吧嗒了一口旱烟说，"秋玉也饿得发晕了，还有什么奶水呢？"

"咱家还有几碗小米，不行给了去？"支书老婆一听就建议道。

"行呢，你就给江老师拿去吧。"

支书对父亲说："这是我儿媳妇坐月子的时候，我亲家不知道从哪里弄来的，咱队里的都分完了。"就见支书老婆用一个麻布袋子装着，里面又用布袋子装着，就像装金子一样保存着这些小米。

"江老师，我这里还有一只干猪蹄子。"说着支书去了他家的柴房，"这个猪蹄子是队里杀猪的时候，我偷着藏起来的，你拿去。"

父亲感激地接过猪蹄子，背起几碗小米，"叔啊，我不知道说什么好了，没有您，我真的不知道咋办了？"

支书老婆说："孩子，你一个大小伙子，不会做这些吧？"

"老婆子，不行你跟着去给弄弄？"

支书老婆就跟着父亲来到我们家里。

她把铁火棍烧红了，把干猪蹄上面的猪毛用烧红的铁火棍烫干净，对父亲说："先在碱水里泡一会儿，再剁碎煮上，熬一个时辰。"又抓了一把小米，熬进锅里。"江老师，就这样，记住了吗？"

"谢谢婶子啊，我记住了。"

母亲看这个场景，流下了感动得泪水。

这些东西很快就吃完了。

大哥每天还是哭泣。白天要下地劳动，晚上要哄孩子。这使得父母亲更加疲惫。

那段日子母亲消瘦得厉害，父亲看在眼里，心里非常焦急。好在大队支书的老婆又接济他们来了，她这回拿来了几颗枣子和一只老母鸡。

"婶啊，哪里来的鸡呢？"

"我家下蛋的鸡。看秋玉这样，你叔就把鸡给宰了。"

"婶，这多不好意思啊，你们还要吃鸡蛋，都让我们吃了。"

母亲感激地说："婶，我连累你们了。"说着哭了起来。

"孩子，坐月子不能哭，哭了眼睛会疼的。"

说着支书老婆就动手煮鸡了。

这只鸡母亲和大哥吃了整整一周，大哥也不哭不闹了。

支书老婆走后大约一周时间，父亲的知青朋友，就是那个叫袁红军的，趁着天黑摸了过来，手里提着一只"呱啦鸡"。一进门就给父亲说："江明啊，你有困难早说啊，咱都是弟兄嘛。"

他掀开被子看了一眼大哥说："我有干儿子了也不告诉我一声，别的咱给不了你，打一只山鸡还是可以的。"

父亲接过袁红军手里的山鸡，给母亲介绍说："这是我同学，最好的朋友。"又给袁红军介绍："这是弟媳妇。"

袁红军笑了："不用你介绍了，谁不知道你这家伙娶了个女学生。"说着就手抠后脑勺，那神色让人看了就觉得他一肚子的坏水快要淌出来了。

父亲连忙打手势阻止袁红军继续讲下去，知道他讲起话来没有个分寸，这样的话母亲会受不了的。

父亲赶紧烧水和袁红军一起把这山鸡给收拾干净了，就在火炉上炖了起来。

"你这真是雪中送炭啊，你弟媳妇跟了我受了罪了。"父亲说。

"别把我干儿子饿着，我会再差人送鸡来的。"袁红军在小板凳上坐了一会儿就要走，临走的时候交代，"需要什么告诉我们，弟兄们人多，共同想办法。"

果然过了几天，又有人送过来一只"呱啦鸡"。这样的日子倒也是持续了一段时间。大哥和母亲慢慢地好了起来，大哥也不怎么哭闹了。

这天父亲路过麦场的时候，看见一直母鸡"咯咯答""咯咯答"地边叫边从麦草垛里拍打着翅膀飞出来。心想：这哪里来的鸡呢？就悄悄寻到麦草垛那边去。

父亲过去一看，那里有一个窝，里面竟然藏了六颗鸡蛋。父亲高兴坏了，回头看了看四周没有一个人，就把那六颗鸡蛋都拿了出来。可是转眼一想：是不是别人家的鸡把蛋产在外边的呢？主人万一要是找回来了不就很失望了吗？算了，还是留下三颗吧，我拿上一半就行了。

于是父亲又把三颗放进了窝里，怀里揣着三颗鸡蛋兴奋地回到家里。他拿出一颗鸡蛋小心地磕进碗里，然后蒸上。

父亲对母亲说："我今天从一个鸡窝里找了几颗鸡蛋。"

"哪里的鸡窝，你不会是偷的吧？"母亲小声问道。

"说什么呢？不是，拿的，嘿嘿。"父亲说着笑了起来。

在这样灰色的日子里，也就父亲的笑话能让母亲心里活泛起来。

几分钟后酥软的蒸蛋出锅了，母亲给大哥的小嘴里一喂，他吧唧着小嘴吃得特别地欢。

父亲和母亲看在眼里，那种幸福的感觉别提多享受了。

二

接下来的好多天，父亲每天都会带回来一颗鸡蛋。

直到有一天东窗事发了。

那天父亲依旧去那个麦草垛边查看。可是当父亲的手伸进鸡窝的时候，却没有摸到一颗鸡蛋，但是那个窝却是热的。他知道鸡才刚刚产过蛋，不等他站起来，就有人把他从后面打晕了。

等到父亲醒过来的时候，已经被绑在了牲口棚的柱子上。

只见那个叫阿发的走了进来，他后背着手，后面跟着几个社员。他一摆手，上来两个人把绑着父亲得绳子解开了。

父亲拍打了一下自己被绑得有些发麻的手臂，说："有什么事不能好好说呢？为什么要这样？"

阿发阴着脸说："什么事？你干的好事呗。"

父亲说："我知道你怀恨在心，你到底为什么和我过不去？"

他得意地说："支书把蒙宝打发远了，我得谢谢你，是你帮了我，可是……"他想了一下说，"我现在是这些人的老大，如果不报复你一下，蒙宝回来，知道我没有替他报仇，他会咋想？"

此时的父亲心平气和，看看他们到底要干什么？

"这样给你说吧，想知道你的罪状吗？"阿发说。

"你说，我听着。"父亲没有看他。

"第一，耍流氓，玩弄女学生。"阿发说完看了父亲一眼。

父亲没有说话，任他继续说下去。

"第二，招惹有夫之妇；第三，私藏和阅读流氓书籍；第四，私藏炸药……"阿发大有一口气说下去的意思。

父亲想：没想到这个人这么别有用心，他到底要干吗呢？

"现在偷人家鸡蛋又被抓个正着，你说，论哪一条呢？"阿发得意扬扬地说道。

"你有证据吗？"父亲问道。

"都被现场抓住了还要证据？"阿发不耐烦地说。

"我跟你这种人讲不明白。"父亲说，"你就没有一点点同情心吗？"

"这年月论啥同情心？有理走遍天下。"

"说吧，怎么处理？"父亲看得出阿发是公报私仇，没法跟他说下去。

"这样，把你老婆让出来，陪我们大家玩几天，这些事都给你免了。"阿发不怀好意地说。

父亲气得脸色陡变，暗暗骂了一句："不要脸的东西！"

"呸！"父亲狠狠地啐了一口。

这时候不知道是谁给支书报的信，只见大队支书急匆匆地赶到了牲口棚，进门二话不说拿下旁边柱子上的皮鞭，举手就向阿发打过去。

阿发几个人一看阵势不对，抱着头跑出了牲口棚，边跑边喊道："江明，你给我记住了，君子报仇十年不晚。"

大队支书追出去骂道："打你狗日的君子，你个小人，你给我小心点！"

大队支书回头来说："江老师，怎么回事？"

支书过来看了父亲的手臂说："要不是赖狗子过来告诉我，我还不知道。你是怎么被他们绑的？"

父亲一五一十地讲了事情的经过，也没有隐瞒他"偷鸡蛋"的事情。

支书听了后理解地说："偷个鸡蛋不算偷，那是常建国他娘自己养的一只鸡。他娘身体不好，每天吃一颗鸡蛋。"

父亲说："那我对不起大娘了，我去给她道歉去。"

支书说："别去了，她连着几天没有见着蛋了，今天把鸡给宰了，我也理解。"

父亲听了后很是惭愧，便在大队支书的带领下，去给常建国他娘道了歉。老人倒也开通，没有见怪。

常建国见状也帮着父亲说话，这事就这么过去了。

转眼间大哥就一岁多了，口粮的紧张让父亲不得不另想办法。

他只有去找支书大叔了。

"叔，我想多挣些工分，您能不能让我去外地的副业队？"

"副业队远，你走了秋玉和孩子怎么办？"

"我去了就少一个人吃饭。继成一岁多了，有他舅舅舅妈帮着。"

"也好，那就是三个月时间，到那里压沙地去。"

"行。您看我明天就动身吧？"

"好，明天队里的马车过去，你坐上去。"

就这样父亲每天有十二分的工，还管吃管住。

父亲跟支书讲好后才去告诉母亲。母亲也同意了，她一个人在家带着大哥还是可以的。

父亲走后，母亲下地劳动的时候就把大哥放在家门口的缸里面，再在缸里面放上一疙瘩干馍馍，这样大哥爬不出去，饿了就自己拿硬成了石头的干馍馍舔舔，再饿就放开哭，哭乏了就睡觉，睡醒了就舔干馍馍。如此反复，直到母亲从地里回来。

有一次大哥正在缸里面玩得高兴的时候，从知青点的房后缓缓走过来一只饿狼。

那只狼听见孩子的声音，正寻声呢，正好阿发放羊从那里路过，看见了狼，也听见了大哥的声音。阿发吓得不知道如何是好，突然灵机一动，喊了一声"打狼"，就见那匹狼绿着眼睛冲他扑了过来。阿发捡起身边的石头扔了过去。饿狼躲过石头扑向阿发，阿发身体灵活地躲过饿狼的生扑，他手里的放羊皮鞭高高举起，"啪"的一声打在狼的后腰上。狼"嗷"的一声又转过身来，阿发大喊道："打狼了，狼来了……"

羊群看见羊倌被狼袭击了，集体围了过来。一只狼在一群羊的围攻下，落荒而逃了。

阿发上已经吓傻了，好大一会儿他才走过来去找大哥。他知道大哥在那口缸里面。当阿发看进缸里面的时候，只见大哥静悄悄地坐着，扑闪着眼睛看着阿发。

阿发心里一热，抱起了大哥，大哥两只眼睛圆溜溜地看着阿发，还对着他笑。

这时母亲从地里回来了，看见阿发抱着大哥，疯了似的跑过来。

"秋玉，不是你想的那样，刚才，刚才有一只狼……"阿发已经语无伦次，不知道该怎么解释。

不管母亲相不相信阿发，这件事情过后，母亲格外小心了。

三

母亲会把大哥用布带子绑在自己的身上去劳动或放在田间地头看她劳动，大哥高兴起来就拍着小手"啊啊"喊着。

有一次母亲晚上背着大哥去浇水。由于白天的过度劳动，母亲乏得不行，一边看着水流进地里，一边稍作休息，谁知竟然在地埂边睡着了。

大哥从母亲的背上滑下来跌进了水渠里。

大哥在水里扑腾扑腾地玩，渠里的水越来越大，大哥吓得哭了起来，眼看着就要被冲走……

在旁边地里浇水的常建国听见水渠里有孩子的哭声，急忙跑过来寻找。他发现母亲在地梗边歪着头已经睡着了，而大哥在水渠里坐着哭。他一把从水里捞出大哥，把大哥身上的湿衣服脱掉，脱下自己的衣服来裹在大哥的身上，抱着大哥贴在自己的光身子上取暖。

大哥还是哭个不停，母亲被大哥的哭声惊醒后，发现了常建国抱着大哥，失魂落魄地从常建国手里接过大哥。

"秋玉，你晚上不要来浇水了，这是女人干的活吗？"

"建国，我……"母亲泣不成声地抱着不停哽咽的大哥。

"你就是为了多挣几个工分，那也不能带着孩子啊。"

"我不带着孩子咋办，把他晚上一个人留在家里吗？"

"这样，晚上浇水的活你还是从队里接上，我来替你吧。"

常建国不容母亲多说，就接过母亲手里的铁锹给地梗上开口子。浇完水后他把母亲送回了家，又去把舅妈找了过来。

"秋玉啊，你怎么抱着孩子半夜去浇水呢？"

"嫂子，我就是想多挣些工分。"

"孩子这么小，夜里出去多危险啊。"

"我知道，嫂子。"

"亏得有常建国在，发现得及时，不然该咋办啊？"舅妈说着说着伤心起来，"那边你侄儿也是，该是会跑的人了还不会走路。"

"浇水我不去了，嫂子。"

"那就好，那我回去了，你一个人把门要闩好。"

"我知道了，嫂子，你快去看侄儿吧。"

舅妈走后，母亲才抱起大哥又哭了起来，而大哥在母亲的怀里像啥事都没有发生一样，在梦里笑着。大哥的笑让母亲感到了极大的安慰。

母亲觉着大队支书照顾她，给她安排较轻的劳动。她又想到了一个活，就去找支书要求去牲口棚给牲口铡草。这就等于母亲一天挣三个人的工分。

大队支书是不同意母亲这么卖命的，因为母亲身体不好，但是他也知道母亲很倔，想好的事就得去做。没办法支书只好同意了。

到了晚上，母亲背着大哥就去牲口棚给牲口铡草。

她的搭档是养牲口的饲养员，一个叫麻叔的老人。老人穿着传统的大裆裤，戴着油乎乎的白手帕，一条裹腰的白麻绳系在裤腰上，一件敞开的土黄色的马甲套在蓝色的汗衫上面。

"秋玉啊，你能抬动这边铡刀吗？"他问道。

"我行，大叔。"母亲说着把大哥放在旁边的草堆里。

"我看还是我来吧，你这个小身体，拿不动的。"麻叔看了看母亲说，"你来擩草吧，我铡。"

"好，我来擩。"母亲说着就蹲下来整理麦草，然后擩进铡刀里去。

大哥玩着玩着突然哭了起来，母亲就背着大哥，手里往铡刀下擩草。谁知干着干着，大哥竟然睡着了。

麻叔说："你看孩子都睡着了，早点回去吧，这些我一个人来。"

"那怎么行，叔，你一个人不行的。"

这时候舅舅来了，他说："秋玉，你回去吧，我来替你。"

"哥，你也累了一天了，还是我来。"

"你快回去，娃都睡着了。"

母亲起身的时候，突然就晕倒了，大人小孩一起倒在了铡刀旁。

舅舅吓坏了，赶紧抱起大哥。大哥的头磕在了铡刀柄上，一下子就疼得大哭起来。

母亲昏迷不醒。

等大哥和麻叔把母亲送到卫生院的时候，母亲已经苏醒。

那个给母亲做过检查的女医生对母亲说："你身体比较弱，还是要注意营养啊。"

"现在这种时候，有什么办法？"

"你身子弱，又缺乏营养，再不能这么蛮干了。"

"孩子不要紧吧？大夫。"母亲问道。

"不要紧，你这孩子皮实得很。"

这时候大哥已经"咯咯"笑起来了。

"这是你哥吧。让他先把孩子带回去，你留下。"

"不行，我嫂子也带着孩子，他们顾不过来。"

"坚持两天吧，你得输液体的。"

"就输几天液体吧，我把孩子带回去。"大哥说道。

母亲拗不过大夫和舅舅两个人，就把大哥交给了舅舅。

"你的身体太弱了，再不补充一点营养，会影响你再次怀孕的。"

"大夫，孩子生下来容易，养大真不容易啊。"母亲看着女医生给自己配药，说道。

"你躺上去，我来给你扎针。"大夫提着水瓶子和针头说，"女人啊，要知道爱护自己，虽然我们条件不好，也要力所能及，你说是不是呢？"大夫就像哄小孩似的分散着母亲的注意力。

母亲是第一次扎针和输液，就连生孩子的时候也没有输过液体。看着那清水一样的液体从塑料管子里流进自己的身体，母亲渐渐地睡着了。

梦里她感觉自己的身体好轻好轻，轻得就要飞上了天空。那里没有饥饿，没有劳累。想吃什么都有，她把头埋进一大碗面条里面，随意地吃，大吃特吃。

她梦到了她的母亲我的外婆。外婆竟然从炕上起来了。外婆在给她烙饼子，又厚又大的油饼，冒着热气的油饼，香味弥漫了整个窑洞。

当母亲醒来的时候，才感觉自己好饿。

好心的女医生在母亲的身边凳子上放了一碗荷包蛋，旁边还有一大块白面饼子。"吃吧，天亮了，吃完就可以回去了。"

母亲端起碗和着眼泪吃完了。这是她这辈子吃过的最好吃的饭。

熬到了年底，父亲回来了。年底算了工分，我家分了一些粮食，还分到了一点点肉，父亲母亲打算好好地给大哥过一个年。

第六章 点一支雷管过年

一

从腊月二十三开始，父母就忙着过年了。

今年不同往年，因为有了孩子，大人给孩子过年，心里总是幸福满满，不管这日子有多艰难。

母亲剪得一手好纸，母亲剪的窗花栩栩如生。那屋子的窗户是木头格子的。过去，大户人家的窗户有六十四格的，"我家"的窗户是三十六格的。

因为是知青宿舍，没有太多的设计。于是母亲借来人家的窗角模子，蘸上蓝黑墨水，用裁剪好的窗格子大小的白纸拓成了窗角子，然后在窗户上贴出了菱形。除菱形以外的其他地方，贴上母亲亲手用红纸剪的窗花，有花朵，有小动物，窗户焕然一新的时候，房间里也亮堂了起来。

大哥高兴地拍着巴掌"啊啊"地喊个不停。父母看着儿子的小样子心里感觉到了生活的希望，再苦的日子都是甜的，只要有儿子的笑容。

接下来的几天就是父亲忙碌的日子。

父亲给乡亲们挨家挨户地写春联。

父亲写得一手好字，虽然有人喊禁书啥的，但是过年春联还是要贴的。窗花一贴，对联一贴，院子打扫干净，这过年的气氛一下子就浓了起来。

"有钱没钱，剃头过年"，这是每到过年所有人的口头禅。父亲入乡随俗多年也不例外，他现在总是照着镜子给自己剃头。自己剃完了又给大哥剃，大哥乖乖地坐着让父亲收拾，那样子非常享受，母亲看在眼里，温馨的感觉油然而生。

剃完了头，父亲就把大哥抱起来架在脖子上玩。大哥高兴地"啊啊"拍着父亲光光的脑门。父亲索性把大哥抛得老高，大哥被抛起来的时候大笑，落下来的时候又等着下一次被抛。

这样几次下来父亲抛累了，就把大哥架在脖子上兜圈圈，大哥高兴得口水都流出来了，流在父亲的脑袋上；大哥的尿，则灌进了父亲的衣领。父亲把大哥放下来一顿亲，大哥"咯咯咯"地笑着。

母亲过来看着这父子俩玩耍的模样，也笑了，这间小屋充满了欢乐。

所谓的年货，无非就是生产队分回来的一点肉。母亲把肉煮了腌上，只拿出了一小块包了一顿饺子，作为除夕晚上的年夜饭，就算是过年了。

但是他们忘了一件很重要的事情，就是村子里不时有鞭炮响起，他们没有鞭炮。

年轻的父亲想起了雷管和炸药，心里想不如点一支雷管，那东西声音大，就没有告诉母亲，出去找来炸鱼时剩下的半截雷管，偷偷地点着了……

本来以为炸药放久了就受潮了，大不了一声闷响而已。谁知这东西根本没有放坏，声音好大，把院子里炸开一个坑。土疙瘩飞溅出老远，大哥吓得大哭，母亲也不知所措，还以为外边在打枪。刚要喊父亲问一下怎么了，就见父亲进得屋来，满脸的土，母亲吓坏了。

父亲只好说："万幸万幸，不然我被炸死了，幸亏我跑得快。"

父亲这边还乐呢。母亲抱着儿子瞪了父亲一眼没有说话。再一看，母亲辛辛苦苦贴好的窗户纸全都震破了，冬天的寒风一股股从外往屋里灌。

父亲自己闯下的祸自己弥补，拿来一条旧床单挂在窗户上，屋子里又黑暗了下来，大哥开始不安了起来。

当大年初一人们都吃饺子的时候，母亲还在贴窗户纸。剪的窗花和拓的窗角子以及白纸都没有了，只好用牛皮纸糊上。母亲抱怨说："这年过的，过了一个'黑'年。"

这件事情给父母带来了不小的麻烦。

阿发一直对父母心存怨恨，他把这件事告诉了派出所，派出所在大年初三就来调查了，二话不说把父亲就带回了所里。

母亲在家里急得像热锅上的蚂蚁，不知道如何是好，只能去找找舅舅方秋桐商量怎么办。

方秋桐又去找支书。支书了解了一下情况后安慰母亲："秋玉啊，你先回去照顾孩子，江老师的事交给我来处理。"

支书找到派出所，作证说雷管是他让江老师保存的，冬天的地冻结了没法翻，用一点点去炸冻地，不是威力很大的那种。

所长一拍桌子说："不大吗！一点点的力量比你炸地的三倍力量还大，你不要包庇他了。"

"这，我保证江老师是清白的，他没有别的意思，就是当鞭炮放了一下。"支书避重就轻地说。

"我说的是炸药的来源，这是阶级问题，是'反动派'乘机搞破坏的证据。"所长显然动怒了。

"你看啊所长，事情不是你说的那样，没有那么严重嘛。"支书还在解释。

"那你说，炸药是怎么来的？你是帮着搞'反革命'吗？"所长拉长了自己那个本来就很长的脸，显得义正词严。

"咱们好好说，你看这样行不行？我把人带走，我去调查，怎么样？"支书说着好话，往所长跟前凑了凑。

"哼，你刚才还说炸药是你让保管的，现在又把人带走，你想干什么？"所长到底是所长，逻辑思维很强。

"那如果我找到证据证明这炸药的来历不是你说的那样，江老师会不会没事了？"支书就是支书，逻辑思维也不差。

"就按你说的，三天之内找不到炸药的来源，我就把人移交公安局。"所长最后限定了时间。

支书从派出所回来后直接去找了方秋桐，方秋桐只说当时炸鱼的事是他们几个商量的，但他也不知道炸药怎么来的。

俩人又去找三顺，三顺说他们相互也是保密的，不知道炸药的来源。那这件事只有父亲自己知道了。可是人家又不让别人见父亲，怕商量串供，这可怎么办好呢？

支书和方秋桐正在生产队那个简陋的办公室里想办法的时候，就看见门口有个影子在旋。方秋桐趁那影子不注意一把把他揪住拉进办公室。

二

一看是赖狗子，赖狗子哭丧着个脸。

赖狗子战战兢兢地对支书说："炸药的事是我告诉阿发的，阿发他威胁我。"说着哭了起来。

"那你在外边干什么呢？"方秋桐问道。

支书一听这话，接着问道："不怪你，那你知道江老师的炸药是怎么来的吗？"

赖狗子说："好像是在邻村大队的知青点弄的。"

支书说："那好，你带上方秋桐去找那个知青，让他过来找我。"

赖狗子和方秋桐连夜去了邻村的知青点，找到袁红军如此这般一说。

袁红军说："你们先不要着急，这件事交给我，你们先回去，我去找个人，明天就过去。"

但是方秋桐怕耽误事，就让赖狗子回去给报信，他留下来和袁红军一起去找人。

袁红军说："那也行，咱们现在就出发，去土窑沟煤矿。"

土窑沟几十年都没有人去过，据说那里的气候根本不能让任何一种物种存活。传说有一天，土窑沟突然来了一群"天兵天将"，那些人冻不烂热不熟，硬是从寸草不生的山沟里挖出煤来。那些人都是铁打的硬汉，每到晚上就炮火连天，白天就有煤一车一车地运出来。

他们钻进黑洞洞就像土行孙，站在大风口就像雪豹，反正村民们是不敢接近那些人。

方秋桐他们小的时候去那个山腰下玩，冷不丁看见一个"黑"人，头顶上戴着会发光的帽子，黑乎乎的脸庞只露出几颗白得瘆人的牙齿，眼睛红红的滴溜溜转，吓得一帮小孩哭爹喊娘的，那个人却站在原地"嘿嘿嘿"地傻笑。

想到这里，方秋桐不由得冒出一身冷汗，这个袁红军到底是个什么人，和"天兵天将"有关系。但他没有说出来自己的想法，硬着头皮跟上袁红军上了路。

他们一直走到天黑，才走到土窑沟，但是要找到要找的人，还得进矿去。通往矿山的路比村里的路宽展了一些，路两边是大小连绵的山，全是石头的，不时从山里飞出一两只大鸟。

方秋桐有点胆怯，脚下的路全是沙路，路边时而有一两块炭，他想捡起来，又不敢捡，生怕那黑色的"天兵天将"突然出现。

走了大约一个时辰，绕过一个高高的轰隆隆响着的楼，那楼上"哗啦""哗啦"地在往下淌炭块。

方秋桐悄声对袁红军说："这些炭我们可以拿回去吗？"

"可以呀，把钱放下，或者把粮食放下。"袁红军狡黠地说道。

"别开玩笑了，你怎么会认识'天兵天将'的。"方秋桐谨慎地问。

"什么'天兵天将'，他们是煤矿工人。"袁红军告诉方秋桐，他的表哥在煤矿上挖煤，是队里的技术员。

方秋桐根本不懂技术员是个什么官职，心想能弄到炸药肯定来头不小。

说着话他们来到一个山洼里，那山洼里星星点点的好多灯。走跟前一看全是些土坯房子，又矮又小，还不如他们村里住的房子亮堂。

方秋桐心里想着的"天兵天将"住在这样的地方，有点没有想通。

袁红军说这些工人把这种房子叫"地窝子"，就像我们临时搭住的草棚一样，还没有草棚大。

这时候袁红军推开其中的一扇门，"咣当"一声后，连门带门闩都"咣当咣当"响个不停，里面坐着个妇女，三十多岁，抱着个小孩在哄，看见有人进来立即起身让座。

袁红军说："嫂子，我们不坐了，我有急事找我哥，他在吗？"

"你哥上夜班呢，十二点多才下班呢，回来就一点多了。"嫂子说，"不如你们坐着先等，他从井下上来还要洗澡。"

"不了嫂子，我们确实有急事，那我们就去井口等他了。"袁红军拉着方秋桐就出门了。

"什么井，我怎么没有听懂？"方秋桐问道。

"是挖煤啊，要到地下的洞里去挖，炸药也是洞里用的，炸煤用，这下明白了吗？"袁红军不想多做解释。

他俩来到黑洞洞的井口坐着，看着满天的星星和这些叫作"地窝子"里的光亮一样一样的，都眨着眼睛。身后的风一股大过一股，他俩把身上的衣服裹了又裹，还是冷得不行。

说也奇怪啊，这里的风比村子里的风大多了，在山上一拨一拨地吼着，哭号一样的。如果一个人在这里，会把魂吹走的。到底是"天兵天将"，和人还是有区别的，他们估计没有魂，反正小时候的印象在方秋桐的脑海里一时半会儿是抹不掉的。

一直到半夜的时候，一群"天兵天将"从那个黑洞洞里出来了。每个人都长得一模一样，从上到下都是黑乎乎的。头顶上有两只"眼睛"亮着，腰里扎着皮带，脚上穿着一直到小腿的黑乎乎的靴子。手里拿个黑乎乎的铁锹，露着白森森的牙齿，眼睛红红地滴溜溜转。

方秋桐下意识地往后躲了一下，这时候就见袁红军走到领头的那个"天将"跟前喊了一声"哥"。

"天将"停下来看了看："你怎么来了？"

"我闯祸了，哥。"这时候的袁红军只有实话实说了，"现在来找你，我兄弟被派出所逮去了，你得去救他。"

"你怎么这么不小心，啥事都敢做呀你，真是的。""天将"也会生气，"等我洗洗。"说着"嘿嘿"一笑，大手拍了一下袁红军的脑门，袁红军脑门上立即出现一个黑色大手印。

"走路得多半天呢，明天才能到。哥，不洗了现在就走吧，这样黑着才好。"袁红军扮了个鬼脸说道。

"唉，我也是服了你了，那走吧。""天将"原来也温柔。

"天将"来到一个亮灯的房间把头顶的灯卸了下来，就跟随袁红军和方秋桐下山了。

第二天天亮，他们才来到村办公室，赖狗子和支书在办公室里靠背椅子上闭着眼睛，看样子他们一夜都没有回去。

"我们回来了。"方秋桐一进门就说道。

"这是江老师的朋友袁红军，这是袁红军的表哥'天将'。"方秋桐对支书介绍说。"这是我们村的书记。"回头又对他俩说。

"什么？什么天将？"支书不解地问。"天将"自己也没有搞明白。

方秋桐不好意思地笑着说："我们村的人都把你们工人叫'天将'。"

"没想到我们在你们的心里这么神奇，不过我们的确很神。""天将"笑了一下，红唇白牙像是要降魔似的。

"书记好，我叫白俊雄。""天将"这样介绍自己。

旁边的赖狗子笑开了，支书瞪了他一眼，他立即闭上了嘴巴。

"我们现在就去派出所。"支书二话不说，领着这几个人就往派出所走去。

三

这边我的母亲方秋玉根本不知道发生了什么事。

父亲一夜没有回来，母亲急得不知道该如何是好。一大早起来抱着大哥去找舅妈："嫂子，江明一夜都没回来，我哥呢？"

舅妈正在给表哥穿衣服，表哥已经三四岁了，因为缺乏营养长得面黄肌瘦的。

"你哥也一夜没有回来。"舅妈给儿子穿好衣服说。

"江明在派出所，我哥上哪儿去了啊？"

"你先坐，我把孩子安顿一下，咱们去书记家问问。"

"好，嫂子，我也正想去书记家里看看，问书记在不在？"

两个女人又去支书家里问，支书老婆说："江明在派出所，老头子也一夜没有回来，可能在大队里呢。"

母亲和舅妈去大队办公室一看，老支书的烟锅在地上磕了一地的烟灰。他好像一夜都在这里等。母亲更是心急如焚，只好和舅妈回到了家里，焦急地等待着。

母亲哭了："嫂子，你说江明要是被关上几年，我该怎么活呢？"

舅妈安慰母亲说："你也不要着急，会有办法的。"

"能有什么办法啊？他千不该万不该点雷管啊。"母亲说道。

"现在说啥都晚了，我们一起想办法才是。"舅妈说道。

大哥不停地哭，母亲又哄大哥。

"说不定书记已经想到了办法，他不是不在家里也不在队里吗？"舅妈说。

"但愿吧！"母亲开始祈祷了。

正在这时，父亲和袁红军、还有一个"黑人"进来了。

母亲悬着的一颗心才算落了下来，忙问："你们这是？"

"赶紧烧点水吧，完了再说。"父亲顺手关上了门。

等这个黑色的"天将"洗干净了一看，白白净净的，和袁红军一样长着两只大眼睛。

母亲赶紧煮了点面，把腌缸肉切了一些端了上来。

"留着你们吃吧，你们的日子也清苦得很。"白俊雄推辞地说。

"不，不，要不是您，我还关在里面呢。"父亲说。

"红军也是啊，给我看着炸药雷管，就乱送人。"白俊雄说着瞪了一眼袁红军。

"哥，这都是我哥们儿，困难时期，困难时期。"

"知道困难时期，那也要会用不是吗？"

"是的，我们没有读说明书。"

"你们啊，闯祸！"

白俊雄看见母亲怀里的大哥，说道："孩子这么小，万一雷管威力很大呢？一点都不小心。"

父亲这才有点后怕，不光是窗户的事情。

"我们那里食堂还不错，孩子饿的话就来捎点吃的去。"

"我想去呢，走一趟回来吃的都消化完了。"袁红军嘻嘻笑着说。

"那就不去了吗？"白俊雄板着脸说。

袁红军吓得吐了吐舌头。

他们三个人各吃了一碗，父亲便对母亲简单介绍了一下这件事情的经过，最后感激地说："多亏了表哥您的帮忙了，不然的话我还不知道在里面待多久呢。"

"现在没事了，以后注意一点，我单位还有事情，我得赶回去。"白俊雄说道，他和父亲握了握手，"以后有什么困难可以来找我，找红军也行，大家都是老乡。"说着就见赖狗子套着个马车在外面等，他们把白俊雄送了回去。

等所有人都走了以后，母亲才又哭起来了。

父亲把母亲和大哥揽在怀里："我这不是好好地回来了吗？"

"你要是不回来，我就不活了。"母亲说。

"你不活了，我坐牢了，那继成咋办？"

父亲抱过大哥，亲了一下他的脸说："难道让我儿子做孤儿吗？"

母亲说："你还有心思开玩笑，都什么时候了。"

"什么时候也应该有乐子啊。"父亲抱着大哥逗着说，"是不是啊？继成，你说呢？"大哥看着父亲一个劲儿地笑。

这时候支书进来了，他看见父亲、母亲和大哥一家人已经说说笑笑了。

支书说："你们年轻啊，这有些事，来得快，去得也快。"

父亲和母亲连忙让支书进屋，倒了水。

"年轻真好，什么事过去了就跟没有发生过一样。"

"叔，您今天怎么了，感叹得不行。"父亲问。

"叔年纪大了，有些事已经力不从心了。"

"您还不老啊，叔，这好好的，说哪里话呢。"

"公社里要任命新的大队支书了，叔我也该退了。"

"是不是因为我啊，叔，我给您闯祸了。"父亲难为情地说道。

"不是你，不怪你，对的错不了，错的对不了。"支书说着又开始抽烟。

大哥这里开始咳嗽，开始哭。

"哦，哦，是爷爷不好，你看，爷爷抽烟把孩子呛着了。"支书说完把烟熄灭了。

"书记，您意思是要有新书记上任吗？"父亲问。

"是的，很有可能是登工分的顾瘸子。"支书说。

"啊？怎么是他？他平时不声不响的。"母亲说。

"他有文化，公社里说要选个有文化的人，叔是个大老粗，年纪也大了。"支书自嘲道。

支书又说："我来是告诉你们，以后行事要更加谨慎，我不能护着你们了。"

"是的，叔，我们记住了。"

"那个顾瘸子啊，城府很深，不好对付。"

"是吗？没看出来。"

"是看不出来，这么多年了，谁的脾性我不知道。"

"叔您说的对。"父亲回应着支书。

"唯独他这个人，我琢磨不透。"

父亲心想：这个队里还有书记琢磨不透的人，那这个人可是个麻烦。

"走着看吧，我们谨慎些就行。"父亲说。

"那就好，我说的就是这个意思。"

也许支书的离任和父亲的这件事有很大的关系，但是自始至终支书都没有说起过，只说是公社的决定。

这是支书在任的最后一年。

第七章 拉煤车

一

开春的时候，社员们都开始了春播，村里也发生了几件大事。

一件事是大队支书年纪大了自动请辞，大队支书由以前的文书——登工分的顾瘸子担任。

还有一件事就是和这件事有关系的，是因为顾书记和土窑沟的煤矿联系上了，可以派几个年轻人去矿上当工人。

社员们基本不关心谁当支书。当工人这件事可是大家伙都想去的，吃饭有人管，穿衣服有人管，还能挣工资，这件事情太好了。

消息一经传出，年轻一些的社员们争先恐后地想去报名，而这个名额怎么分，决定权完全在顾书记的身上说话。

这天舅舅方秋桐来找我的父亲江明，说出了自己的想法，他也想去。这不是上次去了土窑沟煤矿嘛，想着让江明帮忙跟那个叫白俊雄的走个关系。

对于这个主意，父亲和母亲的看法是一样的，这绝对不是舅舅方秋桐的主意，一定是舅妈让来找的。

对于这件事将来的好坏目前谁也不能下结论，但眼下看是好的。

父亲说："名额由顾书记定，咱能说上话吗？"

方秋桐说："你嫂子给我分析了一下，说只要矿上点名，大队上送过去，应该没有问题。我也是这么想的。"最后这一句是舅舅秋桐自己加上去的。

"那你的意思是去找袁红军吗？"父亲不确定方秋桐和赖巧花的意思。

"你嫂子不知道从哪里打听的，那个袁红军的父母曾经把白俊雄当作养子，有恩于他，只要袁红军求他，他一定能办到。"这是方秋桐的话。

其实父亲也略知一二，袁红军的父母曾经和自己的父母在一起工作过，也提到过收养了一个孩子的事情，但详细情况不怎么了解。

"其实要我说，江老师啊，你也可以去，你嫂子说，现在的教师也不教学生，每天和社员一样劳动，还不如去当工人，挣双份工资呢。"

赖巧花生在那个年代算是亏大了，不过以后有用得着的地方，父亲江明由衷地佩服这个没有文化的大舅嫂子。

"哥，我咋没有想到呢？"父亲豁然开朗。

"如果不去，现在又搞挖防空洞，和挖煤差不多累人。"舅舅说道。

"话是这么说，我如果去，风险是不是大了一些，万一丢了这份工作也不值。"父亲还是犹豫了一下，"我们去找老支书谈一下。"父亲又说。

他们来到老支书的家门口时，正碰上常建国和三顺，他们也来找老支书。

进屋的时候，老支书正趴在炕头上抽烟，云雾缭绕的，屋子里呛得人进不去。

常建国顺手把门帘搭在了门上，好让里外的空气交换一下。只见老支书把烟锅子提起在炕沿上磕了一下，眼睛都懒得睁开，就知道是谁进来了。

他直接说道："你们的事我管不了，现在完全是新书记说了算，他年轻有文化，一上来就给村里整了这么大的响动，好事啊，你们应该积极报名去。"

几个人面面相觑，这老支书神了，他们还未开口老支书就猜到他们的来意。

"我们是要报名，只是这报名的人多，名额又少，我们怕没有希望，顾书记他也不一定看好我们。"三顺着急地说道。

"去吧，去吧，各自碰个运气。"支书挥了挥他的烟锅子，不再说话。

几个人无奈地往外走，支书突然说："江老师你留步。"

父亲看着他们几个出去后，又折回来坐在炕沿上。

老支书睁开眼睛说："江明啊，我和你父母认识一场，拿你当自己的孩子一样。"

他吸了一口烟说："如今老叔不是书记了，也护不了你了，你自己的事自己拿主意。不过有一件事，现在的公职不能丢了，这也是你父母的希望，虽然现在不能当老师，以后的路谁也说不好。"

"我记住了，叔。我也想去当工人，试试，不行就回来。"父亲认真地说。

"你可以去试试，但是顾书记的心思很难猜透，看着笑面虎一样，谁知道他怎么想，他和叔不一样。"这是老支书掏心窝子的话。

"我知道了叔，我去找一下顾书记。"父亲告别了老支书，就直接去了顾书记的家。

顾书记是个光棍，谁也不知道他为什么不结婚。村里人一致认为，这个人不坏，待人和蔼可亲，就是腿有毛病，他也没有向谁提过亲，哪个媒婆也没有给他提过亲。这件事在村里是一个谜，时间久了，也没有往更深处去想。

顾书记一个人住着一个三间的大房子。大房子两边各挎一个小房子，一间用来做饭，一间用来放零碎。院子也很宽敞，据说是"土改"的时候分到的。那时候他父母还在，三个人住，后来父母去世了，他一个人住着空荡荡的屋子，有厨房，也从来不用，就在大房子里又吃又住。

父亲见顾书记的大房子门打开着，就径直走了进去。

顾书记正在洗脸，看样子才起床。他连忙让父亲坐下，一只手里拿着洗脸毛巾，另一只手给父亲沏了一杯茶。

父亲看他一瘸一瘸的很吃力，连忙站起来接着，都是知识分子，交流起来应该不难。

"稀客啊，江老师，今天怎么有空来寒舍一坐啊。"顾书记放下毛巾笑着说。

"恭喜顾书记啊，我是特意来恭喜顾书记当上村书记的。"父亲客套了一句。

"嗨，为人民服务嘛，革命分工不同而已。"顾书记就是顾书记，说话滴水不漏。

"我还真是有一件事请教顾书记。"父亲谦虚地说道。

"你说吧，谈不上请教，江老师，我很多地方还得向你学习呢！"顾书记也谦虚得很。

"顾书记，那我就直接说了啊。您看去土窑沟煤矿当工人这件事，我能去吗？"父亲问道。

"怎么不能？能！只是去搞副业，又不是长期干，啥时候想回来咱就换人。不过这名额嘛……"顾书记开始拿腔拿调了。

"顾书记，您看您都当了书记了，兄弟我也没有啥表示的。"

父亲指着自己腕上说："这块表是我父亲留下来的，我戴了好几年了，您要是不嫌弃就算我恭喜您了。"

父亲说着从手腕上摘下那一块"上海牌"手表。

"江老师您看您这是何意呢？您那么有文化，煤矿上就需要像您这样的人才，再说了，现在备战备荒的年月，去哪里都是为人民服务嘛。"

顾书记对于手表也没有推辞，从父亲手里接过去，左手交给右手，用大拇指在表盖子上搓了搓，又放在耳朵边听了一下。

"顾书记，那我就回去了。"父亲看顾书记挺喜欢那块手表的。

"好表，钢音很足啊，那我就恭敬不如从命了。"顾书记笑呵呵地说，"您放心，江老师，去煤矿的第一个名额就是你的。"

当父亲回去把这件事告诉母亲的时候，母亲虽然心里有些不落忍，但也是无奈，送都送了，也不可能要回来的。

过了两天，顾书记亲自来找父亲来了，来的时候父亲不在，母亲正抱着大哥哄睡觉。

"秋玉妹子一个人啊，江老师呢？"顾书记客气地说。

母亲连忙让座，挪开炕沿，然而顾书记没有就座，而是从门外面搬了一块石头，把石头放在门槛上坐下，也不进屋。

"就不进去了，江老师那天来找过我，我就是顺路告诉一声，他去煤矿的事定了，看在江老师有文化的分上，你哥方秋桐也去。"

他一边说着，一边瞟了母亲一眼。

顾书记无疑给他们带来了天大的好消息。

母亲轻轻地说了一句："那就谢谢顾书记了，您这边喝水。"母亲放下睡着的大哥，端了一杯水放在门槛上。

"你们住的这地方清苦了一些，回头我让人给你们把赖二的院子收拾一下，你们搬过去住。"顾书记喝了一口水说道，不停地打量着母亲。

"这里挺好，顾书记，谢谢你了！"母亲觉得顾书记的关心有点无法接受。

"江老师还没有回来，那我就走了，你回头告诉他一声就行。"顾书记放下手中的杯子，一瘸一拐地走了。

二

第三天晚上村民大会，顾书记宣布了去煤矿的人员名单。除了父亲和舅舅秋桐，还有常建国、三顺、阿发等，总共十二个人，让他们第二天就出发。

父亲他们一行十二个人坐着生产队派的马车，往土窑沟方向去了。一路上看见好多村里的墙上写了新标语"深挖洞、广积粮、不称霸"。

父亲想，如果不去煤矿，真的就要去挖防空洞了，暗自为能去煤矿而庆幸。

到了煤矿，他们看见到处都是黑的，就连马路上、商店的门帘、楼房的墙壁全都是煤尘。只有一座办公楼，高高的楼顶上立着几个红色得大字"土窑沟煤矿"。不远处有一座五六米高的带着"尾巴"的楼，招工的人告诉他们那是"选煤楼"，上面都是一些拣石头的工人。

常建国好奇地问道："捡石头，捡石头干吗呢？"

"是从煤里面把石头拣出来，不然煤里面掺杂着石头，会影响煤炭的质量。"

招工的人说道。

父亲他们还是不能理解，煤炭里面的石头是怎么回事。

"如果这样的话，那石头也是黑色，怎么区分呢？"父亲问道。

"很好区分，石头重，煤炭轻，一掂就知道了。"那人笑着说。

这更让他们难以理解了，到底怎么个拣法，只有做过的人才知道。

他们都收到了矿上发来的工作服，从来没有穿过"制服"的农民，这下子高兴得不得了。这么厚实的布料也是从来没有见过的，大家兴高采烈地聚在一起，展示着自己的新衣服。四个人一间宿舍，他们从此住进了楼里，楼门口的门牌上写着"工人之家"。他们现在成工人了，那个高兴啊，就甭提了，还能领上吃饭的票。

他们中间的几个人被分去加入工人的班次，下井挖煤，另几个人被分去转煤。

由于之前袁红军给他表哥白俊雄说过父亲要去的事，白俊雄就把父亲安排在他的办公室里帮忙核算，这就算是非常照顾父亲了。

我的舅舅方秋桐和常建国一起，负责和另外几个工人把煤炭从选煤楼的下面，按照厂长的要求转移到固定的地方堆起来。有时候要大小分开来，有时候不用分就堆在一起，等着大汽车来拉走。

这天下班后方秋桐和常建国一起来找父亲说："我们认识了一个开车的司机，有好事情等着。"

"能有啥好事情，说说看。"父亲这几天搞核算，也感觉很乏味。

"那个司机一眼就看出来我们是新招来的工人，他说我们每天给他偷偷多装一点炭，他可以给我们分钱。"常建国悄悄说。

"唉，哪里有我们占的便宜，还是别干了，让矿上的人发现就不好了。"父亲谨慎地说。

"发现不了，我留意了一下，这里的炭都是计量员凭眼睛计量的，也吃不准。"舅舅说道，他总是很细心，我的母亲也是这样的。

"是啊，再说了，你在那里核算统计，少写一个数字不就行了吗？"常建国说道。

"那试试？"父亲想了想说。

第一次试验成功，那个把煤炭运往外省的汽车司机给他俩一人分了五角钱的好处，他们只是给那个车上多装了一点点而已，根本看不出来。

这样一来二去，他们到月底一数钱，每个人挣到了不少，这顶他们生产队一年的收入啊，的确不错。

那天父亲等在车辆必经的一个无人的地方拦住了那辆车，司机一看是父亲，跳下车说："你有事吗？"

"我想和你商量一件事。"父亲直截了当地说。

"什么事？你说。"那司机二十多岁，瘦瘦的，戴着个眼镜，看起来是个斯文人，不像是开车的。

"我们一起做了一个多月了，大家彼此都很讲信用，对吧？"父亲说。

"是的，这件事其实也不算秘密，这一行的人都心知肚明，很正常的，不然光靠那点工资，啥也干不了。"司机倒很敞亮，看来是父亲他们多心了。

"我想求你一件事，我这个月的分成不要了，你能帮忙给我家里带一点炭过去吗？"司机没有想到父亲会提出这样的要求。

"这件事啊，可是我不路过，我们这一来一去的时间是上面掐算好的。"司机有些为难。

"这个我不管，你自己想办法，我就这么一个要求。"父亲坚决地说道。

"你让我想想，想好了告诉你。"司机显然不能一下子答应。

"那好，我们下周这个时候见面说。"父亲说完就回头去了煤矿。

三

他们每天还是忙忙碌碌在自己的岗位上，下班后去食堂打饭，食堂的饭菜比在家里时好多了，几个人有时候也聚到一起拍几把扑克，打发一下无聊的时间。

再后来当然是司机会送一点炭过去给我的母亲和我的舅妈，母亲和舅妈就把那几块炭藏在屋里，司机来时只说捎点换洗的衣物，别无他事。

父亲和舅舅也没告诉另外几个人，这种事越少人知道越好，不然那几个人也会要求往家里带炭，要么就是会乱说，就像上次炸鱼，其中不免有意志不坚定者。

父亲在煤矿的日子还算太平，只是有时候会想家，想儿子和妻子，他想请个假去家里看看，就去找白俊雄。

"只给你一个班的时间，去去就来。"白俊雄同意了。

父亲坐着拉煤的大汽车回到家，可是到了那个"家"门口的时候，发现门竟然是锁着的，院子里似乎有好多天没有人来过了。

司机笑了："你家在哪里你都不知道吗？他们在那边。"司机用手指了指村子的西面，那个赖二家的方向。

父亲一头雾水，大步流星地朝赖二的家走去，司机便开车走了。

父亲走进那个院子一看，院墙都打起来了，是土夯的，门是用果树棒棒子绑起来的，插着个木闩。原来住过的草棚已经拆掉了，赖巧花以及秋玉睡过的破旧房子经过了翻新，房顶上新铺了一层泥，外墙也是新泥墁过的，窗户、门框等略加拾掇。

父亲推开门进去一看，母亲正在厨房烧水，锅里煮着两颗洋芋，大哥在炕上玩着，铺的还是以前铺过的东西。

母亲从厨房出来，看见父亲回来了，父亲气色好了不少，母亲还是那么瘦弱，脸色差得不能说。

"是顾书记差村里的几个人帮我收拾的，说这样安全一点。"母亲对父亲讲，"顾书记很照顾我们母子俩，时常打发村里的妇女过来给我做伴。"

父亲一听由衷地感激起这个新书记来，他问道："顾书记不知道那个拉煤车送来的炭吧？"

"不知道，他很少来，就算路过也从不进门，炭藏在厨房的厨仓里了。"母亲小心地说。

"那就好，我也没想到这个顾书记这么好，咱那块表没有白送。"说着父亲抱住了母亲。

"我又有了。"母亲推开父亲说道。

"啊？真的啊？那这次一定是个女儿，就像你这个样子的。"父亲好高兴。

母亲给父亲熬了菜粥，吃了半个洋芋。第二天那个拉煤车路过的时候，父亲就去了矿上。

一到矿上常建国就来找父亲："你报给队上的数据和厂里核过吗？"常建国像是有事要说。

"核过的，每月都核。"父亲说，"怎么了？"

"我昨天晚上听厂里开会，会上厂长说要重新盘点一下煤台，我担心我们的事被发现，那就糟了。"常建国担心地说。

"没事的，等盘完了再说吧，我们看结果就行。"父亲自从听了那个司机的话，心里也有底了。

"不过，你们厂里盘点的时候你留意点，开会的时候有啥消息我们随时保持联系。"父亲又说。

那天盘点的时候其实不光是厂里的人参加，矿上的相关人员都参加了，不过都是些干活下苦的人。

厂长并没有亲自参加，父亲作为核算员也参加了盘点，还有厂里管转煤的班长，队上管出煤的组长，几个人还是用眼睛估算，然后和各自登记的台账稍微对了一下，基本吻合。

最后大家拿着数据去给厂长汇报。

厂长说："根据我多年的经验，路耗、风耗等误差是有一点，属于正常范畴，就这样了。你们仔细一点，每月按时盘点统计就行了。"

厂长是个五十多岁的矮个子，留着个分头，厚厚的嘴唇，说起话来声音非常好听，像播音员一样。说完就去喝他的茶了，盘点的数据连看都懒得看。

父亲和舅舅他们照例隔三岔五地和司机合作一把，司机有时候带给他们一两包外面的烟，有时候带给他们一点好吃的。

父亲是不抽烟的，都拿去商店里换粮票换钱了，好攒着年底了作家用。

一天常建国看见那个司机给厂长也带了一大包东西，鼓鼓囊囊的，鬼鬼祟祟地进了厂长的办公室。

不一会儿工夫厂长就出来对他们说："你们转煤的和装车的人，对客户要热情一点，不要缺斤少两的，大汽车往外拉得越多，我们的工资才有保障，尽量把损耗计划在内，听明白了吗？"这话鬼都能听明白的。

他们还发现，除了这个司机，还有其他的司机，总是往厂长的办公室跑，好处厂长肯定也捞了不少，而他们这点，连毛毛雨都不算。

正在他们感到一切都顺利的时候，矿上宣布了一项规定，他们这些新招来的工人全部被要求去采煤队工作。为了储存冬天煤炭的需求量，采煤队增加了一个班次，并且所有工人不许请假，一直要坚持到年底。这样一来他们几个就没有时间和条件去和大汽车司机联系了。

从井下上来人都很累了，睡觉吃饭和下井成了他们的全部生活。

井下一待就是十多个小时，阴冷和潮湿的环境让父亲落下了终身无法治愈的关节炎。

有一次父亲和一个队友在井下抛镢头的时候，没有注意到头顶斜上方的煤块面正在松动。只听得"哗啦"一声，一块足足有一百公斤的炭掉了下来，父亲一闪身，那块炭就落在了父亲的身边，擦伤了父亲的胳膊。

由于没有井下工作经验，他们这些被招来的工人的人身安全处处受到威胁，所以队长决定一个老兵带一个新兵，现场传授安全知识。

父亲就这样在井下坚持着。

第八章 记工分的文书

一

父亲去煤矿之后，母亲一个人带着大哥，每天照样去地里。

这一天村里出工前书记分配了工作，俩人一组，去播种。男的拿铁锹在平整好的地里一行一行插个缝，女的手里拿上种子负责往里丢，然后脚在上面轻轻一踩合上土缝。

这一插一丢一踩，种子就算是播进去了，所有人都分配完了，陆陆续续下地了，就是没有分配母亲该给谁丢种子。

母亲正犹疑着呢，就看见顾书记拿着一把铁锹走到母亲跟前说："秋玉啊，你带着孩子不方便，我的腿也不怎么利索，咱俩搭伙吧。"

"那咱不是吃亏了吗？他们快，我们慢，一天比别人少挣好多工分。"母亲犹豫地说。按理，应该给他俩分配个没有负担的人才对。

"工分都一样，我们慢点干。"顾书记无所谓地说。

就这样顾书记和母亲搭伙，母亲后背上还背着大哥，顾书记挖土窝，然后母亲丢进去三两颗种子，然后顾书记用他的瘸腿再在上面踩一下，速度虽然比别人慢了一些，但总算把一天的任务完成了。

那个新上任的登记工分的是个女人，名叫月月，穿着打扮一直跟着知青学，人也比较开放。她今天穿着军绿色的军便服，戴着军绿色的没有帽檐的帽子，扎着两条黑黝黝的辫子，这个形象是非常时髦的。

到了晚上去登记工分的时候，所有人都登记完了，她才喊到我的母亲，问都不问直接记了十二分，然后把本子一甩，没有正眼看过我的母亲，似乎是在和别人生气呢。

母亲有些不解，也没有去问，拿着工分本子就回来了。

第二天继续这样播种，原搭配不变。顾书记一边干活，一边和母亲聊天："秋玉啊，江老师不在，你要是有什么难处的话就告诉我。"

"谢谢顾书记了，暂时没有啥，有的话继成他爸会去求你。"母亲感激地说道，"那个昨天的工分，好像记多了。"

"你不用管，我打过招呼的，不用管月月的态度。"顾书记似乎什么都知道的。

"这样不好吧，别人没有带孩子一天才九分工，男人才十二分工。"母亲说。

"你现在住的地方，队里准备收回，要备一些粮食，现在全国都在响应党中央的号召，备荒。"顾书记顾左右而言他。

"那我们住哪儿啊？"母亲看他这样，也就不好再往下说了。

"现在这知青点连个院墙都没有，到了冬天冷风飕飕的，会把孩子冻着的。"顾书记显然是出于关心。

"哦……"母亲只是听着，猛一抬头发现顾书记正在看着她，很专注地。

"我发动阿发他们去把你原来住的院子拾掇一下，你可以搬过去那里。"顾书记含着笑，那种笑容母亲似乎在哪里见过。

后来母亲只好搬回了那个院子，其实她对那个院子也没有啥感觉。现在被人拾掇了以后显得很紧凑，有时候铺上一院子的阳光，再把院子打扫得干干净净，一种家的感觉就强烈地产生了。母亲想，这真的比知青点好多了。在院子里铺一块席子，让孩子坐在上面玩，是个不错的主意。

搬"新家"的第一天晚上，舅妈赖巧花过来了，她手里领着一个表哥，怀里抱着一个表姐。

"你搬过来嫂子应该给你暖个房的，咱家也没有啥拿得出手的，你两个侄儿要吃饭，你哥和江老师都去了煤矿，我就抽空绣了几尺绣花布，可以用来当被单。"说着舅妈从表哥手里接过一个布包来。

"嫂子，啥也不用的，这院子一拾掇还不错。"母亲连忙给舅妈让座。

母亲端了一碗和着很多小石子的黄豆给表哥和我大哥吃。嫂子一看碗里和着很多石子，而豆豆很少，就问母亲："这是怎么一回事啊，豆子里面和石子？"

"我怕继成吃完了哭闹着整我，就在里面和些石子，这样他吃得慢，可以多吃些时间。"母亲笑了起来。

"你呀你，真有你的……"赖巧花被这个灵光的小姑子惹失笑了。

姑嫂俩就这么笑了一会儿，忽然舅妈像是记起了什么事似的对母亲说："你还记得月月吗？就是现在登工分的那个。"

"知道啊，怎么了，她可是咱村里的一枝花。"母亲说。

"她好像要嫁给顾书记。"舅妈神秘地说。

"没有听说啊，昨晚登记工分时我还见她了。"母亲没有说月月的态度问题，这和她没有多大关系。

"顾书记一直不结婚，也不想娶她，她整天缠着人家。你说，一个瘸子，有什么好的，还硬往上贴。"舅妈自从当了两个孩子的母亲以后，说话变得和村里其他的已婚妇女一样粗俗。

母亲只是听着，讲这些家长里短的事她从来都不擅长，也不喜欢动脑筋去想这些。

有一天顾书记手里提着一串干猪肉来找母亲，说是村里过年的时候杀的猪，分的时候漏了这两斤，他发现的时候已经在草棚里挂干了，现在吃正好，他就顺路给我母亲带过来了。

"留着您自己吃吧，顾书记，我用不着的。"母亲推辞着。

"我一个光棍，也吃不着，再说也没有人做。"顾书记说着放下了干肉。

"您还是拿走吧，您帮忙给我翻修房子我还没有感谢您。"母亲说。

"那你不如给我做上吧，你要不吃的话。"顾书记还是坚持让母亲给他做。

"也行，也算感谢您的一番照顾。"母亲觉得这也是一个感谢人家的机会。

"顾书记，您可以考虑成个家，我看月月就不错，人也漂亮。"母亲想起了舅妈说过的话。

"别提那个女人了，我不想要她，她在外边搞破鞋时间长了，我又不是不知道。"提起月月，顾书记一脸的不高兴。

"哦……"母亲不便再说别的了，就去厨房把那干肉洗了洗，放进锅里开始煮了。

"让她给你登记全分，她还甩脸子，给她这份活算是照顾她了。"顾书记有些愠怒地说。

母亲在厨房静静地做着事，没有再出来和顾书记说话，她一直感觉顾书记有事，但又说不上来是什么事。顾书记看母亲忙着，就一瘸一拐地出门走了。

到了晚上快要熄灯的时候，母亲哄睡了大哥，听见有人用门闩子砸门，不知道是谁。如果是舅妈的话她会一边走一边喊母亲的名字的。

这砸门的声音好奇怪。母亲给大哥掖了一下被子就下炕去开门，

把门拉开一看，是顾书记一手捂着脸站在门外。

"秋玉，让我进去说，这个骚货，我真是拿她没有办法了。"顾书记哭丧着脸说。

母亲从来没有见过顾书记这副模样，他一直在人前面满面含笑，待人和和

气气，是村里公认的好人，不然也不可能当上书记。

"顾书记，您这是怎么了？"母亲不解地问。

"这个骚货，我不娶她，她就挖我的脸，你看！"顾书记也顾不了许多了，拿开捂脸的那只手让母亲看。

"呀，流血了。顾书记，您坐，我给您处理一下。"母亲慌忙说。

顾书记第一次坐在母亲的炕沿，有些难为情。

母亲从大哥的被角抽出一撮棉花，烧了一点棉花灰给顾书记敷在伤口上，顾书记的脸上立即像开了朵青色的花。

突然，顾书记拉住母亲的手不放，把破脸贴上来说："秋玉，我喜欢你好久了，你知道吗？"

母亲吓坏了，赶紧抽出手说："书记您是吓傻了吧，怎么胡说？"

"我没有胡说，秋玉，我想你好久了，你知道这种隐忍的痛苦吗？"顾书记此刻像变了个人似的可怕，但依然说话文绉绉地。

"你……"母亲欲把他推出门外，可是怎么能抵得住一个男人的力气，尽管他是个瘸子。

"我想你好久了，秋玉，你就让我一次，好不好？我让你去登记工分。"说着他的嘴就凑上来了。

母亲抓起手边的针线篮子"啪"的一声打在顾书记的头上。顾书记没有理会，继续把母亲压倒在大哥的旁边。

大哥被惊醒了，一看见母亲被人压住，就大声哭了起来。

母亲的蒲草篮里面有剪刀，刚才打顾书记的时候正好掉在大哥的身边，大哥的小手摸到了那把剪刀，拿在手里又哭又甩，一下子无意中就扎在了顾书记的后脖子上。

小孩的力量虽然小，正好那一下顾书记身子往上用力一挺，自己就把劲怼在了剪刀上。只听"啊"的一声，顾书记从炕沿上跌倒在地，母亲抱着儿子就哭了起来。

顾书记起来拍了拍身上的土，不甘心地说："秋玉你好好想想，如果满足了我，我就让江老师年底回来，不满足我，我就让他明年继续在矿上干。"说完气急败坏地走了。

顾书记刚一出门，就听身后"吧嗒"一声，他白天让母亲煮的肉跟在他的后面出门了。

他一边捡起来一边骂道："一个破寡妇而已，搞破鞋嫁人，谁知道你睡过多少男人。哼，给我装清高，咱们走着瞧！"骂骂咧咧地走了。

二

母亲坐在炕上，怀里抱着大哥，大哥眼泪汪汪地看着还在啜泣的母亲，伸出小手摸着母亲的脸。

经过这一番折腾，我的母亲流产了，五六天没有出过门，舅妈过来照顾母亲。

母亲没有敢告诉舅妈是顾书记欺负她，按照舅妈的脾气，真的会去找顾书记拼命的。

舅妈只是一个劲地说："好好的好好的怎么就流产了呢？好好的好好的怎么就流产了呢？"

那天顾书记召开了全体村民大会，宣布了他的决定，决定选出几个年轻人去参加民兵训练，其他年轻人地里的活干完就去后山挖防空洞。

舅妈赖巧花被选去民兵训练，我的母亲被选去挖防空洞。

舅妈说："顾书记你能不能照顾一下，让秋玉去训练，我去挖防空洞。我家秋玉她身子弱，刚又流产了。"

"所有的人都身子弱，女人就是生孩子的，流个产算什么？流产就不革命了吗？"顾书记对着社员们说。

"就是就是，流产就不听从分配了吗？"下面以阿发为首的一帮人附和着。

母亲拉了一下舅妈的衣角说："别说了，不求人，我去。"转身对顾书记说，"我去，我有胳膊有腿的，不需要别人照顾，尤其是不怀好意的照顾。"

顾书记"哼"了一声，再没有说话。

接下来的几天母亲都在白天干农活，晚上把大哥哄睡着了抱给舅妈照顾，去和那些男社员们一起挖防空洞。

那些社员们看母亲身体单薄，就安排了她只负责从洞里往外背土，能背多少算多少，不要太累了。

当防空洞打得深了的时候，几个人就把土装在筐里，用绳子把装满土的筐子往外背、拉。

有天晚上因为大哥闹肚子，母亲去迟了，就悄悄地跟在人群最后背上绳子，谁知母亲刚趴倒做好了往前背的姿势，腿上就被人狠狠地抽了一鞭子，连着被抽了好几下，母亲钻心地疼，不敢说一句话，一边咽着眼泪一边还往前背。

有个挖土的社员实在看不过去，一把夺过鞭子说："阿发，你就是顾瘸子的狗腿子你，这样对一个柔弱的女子，你是畜生吗？"

母亲这才知道打她的人是阿发，倔强的她一句话都没有说，凭着毅力坚持着。

背完土回去到舅妈家里的时候，已经是半夜了。舅妈看见母亲的腿上青一块紫一块的，就问是怎么回事，母亲含着泪就是不说。

"明天不去了，我去找顾书记说。"舅妈心疼地说。

第二天舅妈去找了顾书记，但是没有结果。顾书记说这是上面的安排，他没有办法。

"上面什么人，你说，我去找。是个人总要讲点道理对不对，人都成这样了，你去看看，你也是村书记吧，这么点权力都没有？"舅妈还在讲道理。

"你那个小姑子就是犟，我安排她去登记工分，她都不去，不识好人心哪。"顾书记漫不经心地说。

"有这样的好事？我怎么不知道？"舅妈不解地问。

"好事不好事的，女人不就那么一回事吗？你去问问她，问问她我对她咋样？真是不识好人心！"他又说了一次。

"那好，你有什么要求尽管说，我劝劝她。"舅妈还觉得顾书记就是个好人。

顾书记看着舅妈远去的背影，阴险地笑了一下。

舅妈回去问母亲是不是有这一回事，母亲瞒不过去了，就一五一十地说了。

母亲说："嫂子，你还以为他给我拾掇院子，给我登记满分，照顾我，就没有其他想法吗？还记得老书记的话吗？他就是笑面虎一个。"

舅妈一听这样，气不打一处来，说了一句："秋玉你今晚别去背土了，有嫂子给你做主，你今晚就在家看着三个孩子，我去去就来。"

"你要干吗？嫂子？你不会……"母亲一听这话，小心地问，"我哥不在，江明也不在，我们两个女人，拿他是没有办法的。"

"你多想了，秋玉，我会去好好跟他谈。"

"你不会去……"母亲这又想歪了。

"放心，秋玉，我不会对不起你哥，我有我的办法，你就等着我的好消息。"舅妈胸有成竹地说。

到了晚上，舅妈怀里揣了一把剪刀就直接去村办公室。办公室里顾书记正在翘着他那条残疾的细腿喝茶呢。

"正好，顾书记，我找你有个事。"舅妈也不客气，坐下来就说。

"说，什么事呢？"顾书记饶有兴趣地问道。

"你把秋玉放回来，算我求你，其他的事都好说。"舅妈显得异常冷静。

"这么说你劝了她了？她回心转意了？"

"我意思是你放她回来，让她去参加民兵训练，我去背土，你看我身子多强壮。"舅妈说着抡了一下胳膊。

顾书记一看还真是啊，吓得往后一退："你、你要打人吗？"

"不打，你答应了我就不打；你要是不答应，那就不好说了。"

说实话，舅妈也不算强壮，最多也就是比母亲的身体好了一点点而已，但要是动手打顾书记，估计顾书记不是对手。

因为他本来就腿脚不利索，人又瘦，基本没啥力气。

这时候舅妈起身把办公室的门一关，站在顾书记的对面，顾书记直起身子愣了一下，随即放下他的细腿。

他已经被舅妈的气势给镇住了："有话好好说，你先坐下来。"

"就问你一句，放回来还是不放？"舅妈还是站着，手往衣服里面摸去。

顾书记一看，还以为舅妈要解衣服扣子，吓得赶紧说："别，别，有话好说，让人看见多不好。"

"你还怕人看见？孬种。"一边说着，舅妈一边就把剪刀拿出来了。

"不答应，我就先杀了你，再然后，呵呵，你就看不见了，信不信？"舅妈的临阵思维还是极其冷静的，并且战斗力也不差。

后来母亲说起这件事的时候，父亲还夸舅妈，说她能做元帅的材料硬给做成了烧火丫头，真是屈才。

顾书记一看剪刀，心想你们一家子都会用这个武器，从小就会，吓得连连说："答应答应，一定答应，明天起秋玉就不去了，民兵也不去，就跟上劳动就行。"

"不行，必须今晚，从今晚起就不用去。"舅妈把手里的剪刀晃了晃说。

"是、是，好、好，就按你说的，今晚。"顾书记已经吓得瘫在了凳子上，那条细腿陪着粗腿一直在发抖。

"还有，我家江明，年底必须回来。"舅妈又提出一个条件，看来恶人就要恶人磨。

这就叫蠢的怕愣的，愣的害怕不要命的，可问题是，顾书记是一个文化人。

这件事就这么过去了，从此母亲在顾书记的手里算是没有再受大罪，只不过时不时的小鞋暂时穿着。比如扣个工分啥的，分粮食、分菜的时候缺斤少两都是常有的事，母亲也就忍了。

到了年底，父亲回来了，以后再也没有去过矿上挖煤了。

第九章 我们有地了

一

多事的年月里日子就只能偷着太平，我的父母带着大哥就在这样的太平里生活着。

这样过了四年，有一次村上召开了一次社员大会，大会上宣布社员们可以有自己的责任田，按人头每人七分地。

那时候大哥已经五岁多了，母亲正怀着二哥，父亲想着除了自己家里应该能分到二亩一分地，这样只要好好经营，一家人的吃饭应该是没有问题的。

会上因为地的好坏大家展开了一场大讨论。人们都想要好一些离家又近的地，没啥产量或者偏远又浇不上水的盐碱地之类的是没有人要的。

讨论会由大队书记顾瘸子主持，顾瘸子是个有文化的人，做起事来是有一套的。他一边听大家伙你一言我一语地争辩，一边笔记本上记录着，显得非常重视社员们的意见。最后顾书记对大家说："分给各家各户的地呢，绝对都是上乘的好地，不好的地都留给队里，好不好？只是这远了近了的就要凭自己的运气了。"顾书记故作神秘地说道。

"怎么凭运气呢？你想给谁家分哪里就是哪里吗？"有人在下面喊着。

"当然不是。"顾书记喜欢坐着说话，他站起来会很累。

"那要怎么分呢？给你的相好分门跟前的吗？"有人调侃道。看来顾书记的风流事众人皆知啊。

"不行，我家门前的地我都有感情了，不能分给被人。"也有人按捺不住了。

"我家也是，我就要我家门前的。"有人附和着。

"我年轻，只要是好地，远点没啥。"有人发扬风格。

听着大家七嘴八舌地喊着，顾书记清了清嗓子，他大声说道："我们今天分地，分的是其中的一小块，叫作责任田，懂吗？顾名思义嘛。"

"不懂，顾名思义是哪里的地？"有人开始起哄了。

"你好好说人话，文绉绉地搞球不懂。"半天不说话的老书记开口了。

下面"轰"的一声全笑了，社员们乱成了一团。

"大家安静，听顾书记说嘛。"只见月月站起来，手里提着个篮子，篮子里装了好多的纸蛋蛋。

"我们和大队干部也想到了今天大家说的这些问题，为了解决这些问题，也为了公平、公正，我们来抓阄，大家说怎么样？"顾书记终于说出了自己的办法。

"抓阄？怎么个抓法？"下面有人问道。

"月月你说，给大家解释一下。"顾书记对站在旁边的月月说道。

"是这样的，七分一个阄，上面写着地在什么地方，由户主去抓，你家几个人就抓几个阄，是不是很简单呢？"月月得意地看了一眼顾书记说道。

下面也有人小声嘀咕，怕自己看中的地被别人抓去；自己门前没有地的人是拥护这个决定的；有意见的人也觉得自己的意见站不住脚，最后决定抓阄吧，抓远抓近那的确是自己的运气了。

可是抓到最后，少了一个纸蛋蛋。也巧得很，阿发去放羊回来已经晚了，听说队里抓阄分地，虽然他家就他一个人，那地也得分啊。他把羊圈好就跑了过去，结果一看大家伙都抓完了，没有他的了。于是他也不问青红皂白，二话不说一屁股坐在地上破口大骂："顾瘸子你真不是个东西，不给我分地，信不信我把你的丑事都给你抖搂出来……"

月月赶紧跑下去把阿发拉起来："你胡说什么呢？谁说没有你的了？"

"有你个头有，你看篮子里啥也没有了，你个骚货，你少碰我。"阿发也是个不怕事的主，得理不饶人。

月月一看篮子里确实空空的了，一个纸蛋蛋也没有留着。

她快步跑到顾书记的身边耳语了几句，顾书记终于站起来了。

他说："我们是算好人头做的阄，是谁家多抓了赶紧拿出来，不然查出来，就全部没收，是谁？"他显然有些动怒。

喊了半天都没有人承认是谁家多抓了，顾书记没办法，最后拿出花名册开始点名了："点到名字的，报一下你家的人数，我要亲自核对。"

喊到我母亲的名字的时候，我父亲报了三个，顾书记一听当时就吼道："你是什么身份你不知道吗？户主是方秋玉，你能不能分到地你不知道吗？"

"我知道，顾书记，我没有把我算进去。"父亲疑惑地说。

"没有算怎么是三个人？"

"是三个啊。"

"数一下，江老师，你也是知识分子，算数不会吗？"

"我的妻子方秋玉、我的儿子江继成、我妻子又怀着……"

父亲话还没有说完，顾书记就放肆地笑了："大家伙听一下啊，稀奇不稀奇，没有生出来的还算个人吗？"

"不算，不算，那我老婆以后还能生七八个呢，也算吗？"有人喊着。

"我觉得应该算，秋玉都快生了呢。"也有不同意见的。

"算个屁，谁知道能不能生出来呢。"这是蒙宝的声音。

"你狗日的总算活着回来了，在这里捣乱，有你什么事！"

常建国上去堵上了蒙宝的嘴："顾书记，我同意给江老师他们分三个人的地，肚子里的也是条生命，再说马上生了，不给分地吃什么？"

下面的人争论不休，顾书记把目光投向了旁边一直抽着闷烟的老支书，希望他给拿个主意。

老支书头都没有抬说了一句："把人当人就成了。"然后背着烟锅子就走了。

"我看这样吧，让阿发从江老师家的纸蛋蛋里随便抓一个出来，江老师呢，等孩子一出生我们马上分给地，你看咋样？"顾书记对父亲说，"还有，我前面说的没收的话收回，你把七分地让出来就行了，我们既往不咎！"

父亲看胳膊拗不过大腿，也只好这样了。

父亲分到的地东一块、西一块的，两个七分地分在了两处，东跑西颠地打理起来很费事。

常建国、三顺、赖狗子几个关系好一点的就四处帮父亲兑换，把地连在一起。大家伙一看这个主意不错，又都私下里相互兑换，把地置办到了一起。

有了地的兴奋劲一直持续着，父亲干完队里的活就在自家的地里忙活。几年的日子把父亲也锻炼成了一把庄稼的好手，允许自己种地，那就是自己说了算。父亲和母亲在自家的地里永远有使不完的劲。

分到地的夏天，我的二哥出生了。

父亲去找了顾书记，顾书记一直以忙于队上的工作推辞着。

有一次顾书记在路上碰见我的父亲，对父亲说了这样一句话："江老师，你不知道现在计划生育很紧吗？你觉得还能分到地吗？"那意思再明显不过了，二哥就只能一直"黑"着。

二

有天父亲抱着二哥，母亲领着大哥，正在自家的责任田里锄草的时候，父亲的朋友袁红军来找父亲了。

他告诉父亲"四人帮"打跑了，高考恢复了，他们这些人可以参加高考。这是一个十分令人振奋的消息，父亲立即放下锄头去看袁红军拿来的报纸。

袁红军说："我已经报名了，你也报吧，我们一起考。"

父亲看了一眼地里面干活的母亲和挖土玩耍的大哥，又看了一眼嗷嗷待哺的二哥，不由叹了口气说："我和你情况不一样，你一人吃饱全家饱，我走了，他们怎么办？"

"弟妹也可以考啊，你们两口子都可以考。"袁红军不假思索地说。

"你呀，真是饱汉子不知饿汉子饥，那孩子们咋办？"父亲打趣地说。

"也是啊，一转眼我们都三十了，我还是一个人，你却俩孩子了。"袁红军不无伤感地说道。

母亲在田里把他们的谈话听得清清楚楚。晚上回到家里，就对父亲说道："你复习考试吧，我支持你，为了我你已经付出了这么多，我不能再拖你的后腿。"

"我是爱你的，秋玉，尽管现在说这个话有点那个，我说的是心里话。"父亲真诚地说，"不是谁拖累谁的事。"

"我们两个都复习是不可能的，孩子得有人照顾。"母亲其实也有自己的理想，也渴望大学的学堂。

"要不你去考，带孩子的事和帮你复习我都行，你考上了我们就从这里走出去。"父亲突然兴奋地说。

"这太不现实了，孩子需要妈妈的，尤其是老二。"母亲对父亲说。

"老二的名字到现在还没有取。"父亲像是才想起了似的，这个孩子似乎被忙碌的父母忽略了。

"就这么定了吧。从明天开始你就复习，家里的活留给我。"母亲不轻易表态，一旦倔强起来父亲一点办法都没有。

一亩多的责任田，母亲一个人打理起来很是费劲，即使是父亲偷空去帮忙，母亲也不让，父亲只好在家里安心地复习。

转眼到了冬季，那天母亲忙忙碌碌地准备着父亲上考场的事情。父亲抱着二哥就像以前抱大哥那样玩着，只是二哥在父亲抛起来的时候竟然吓得大哭。父亲也就不抛他了，随口说了一句："秋玉啊，咱家这个老二胆子小得很，还倔得很，有点像你。"

"像我就对了，没有那么调皮。"母亲也一边忙碌一边回应着父亲。

"咱们给老二取个名字吧，不要成天叫着老二老二的。"父亲开始幽默起来了。

"就叫江继功吧，老大江继成，也是祝你这次高考成功。"母亲说，"在你复习功课的时候我就想好了。"

"行，就依你，江继功，祝爸爸高考顺利哦。"父亲亲了一下怀里的二哥，二哥难得一见的笑容立即感染了这个温暖的小屋。

不久，父亲考上了省城里的大学。他上大学的日子忙碌而又紧张，省城离家里不远，他每周都会回来帮母亲打理地里的农活。

舅舅和舅妈也会帮忙种地或者看孩子，大哥可以带着二哥玩，同时大哥学会了帮母亲烧火了，做简单的农活，学会了做饭。

那年秋天，大哥就背着小书包走进了学校，日子逐渐丰盈了起来。

在父亲即将毕业的前一年，村里也发生了翻天覆地的变化，"包产到户"的春风吹到了田间地头。

我的出生对家里来说无疑是锦上添花的事情，因为那年不光分地依然按照人头分配，社里的农具、牲畜、存款和存粮等都按照人头分配。

父亲曾经这样夸过我，说来得早不如来得巧，我是家里的一颗福星，有了我，就有了一切。父亲的话尽管有些夸张，但是我的确赶上了好政策，赶上了好日子。

分地的时候，顾书记来到我家。他对我的母亲说："秋玉妹子啊，江老师什么时候回来呢？"

"还有一年才毕业，这要回来就到假期了。"母亲说。

"我想请他回来帮个忙，不知道可以不？"

"他又不分社里的地，能帮啥忙？"

"这次是要把所有的地分光了队里不留一点点，怎么分，我心里没个具体的办法。"

"抓阄吧，又不是没有分过。"

"我怕分不公。"

"哦，对了，我家老三出生了，要算的。"

"是、是，这个自然。那个，秋玉啊，你捎个话让江老师回来一趟，咱这村里啊，他是唯一一个大学生，办法有的是。"顾书记都这样说话了，于是他们特意从学校请回我的父亲，因为这么大规模的分地计划，光靠抓阄是解决不了问题的，村里需要一个统筹算账的人，我的父亲这个村里唯一的大学生就成了不可小觑的文化人。

父亲回来后把队里的地按照区域和亩数，再按照人头详细计算了一下，还做了规划图。顾书记看了由衷地佩服父亲的聪明才智，这样分下去的地谁也没有意见。

在分地大会上，顾书记亲自宣布了父亲的计划，并且把哪家哪户都能分到一些什么财物念给大家听，听不明白可以问，直到大家都没有疑问了就开始落实了。

除了分地，其他财物的分配都要让大家伙心服口服。

经过几天的计算和准备，顾书记发动了几个念过书的人在父亲的安排下开始了土地的丈量。那几天茶余饭后大家谈论最多的就是分地的事情，村子里呈现出了前所未有的振奋场面。

我们家总共分到了四亩多水地，两亩多旱地，还分到了一头灰白的毛驴，和几户人家共同分到了一台"打场机"——就是脱粒机。

在生产队的时候，那台脱粒机是队里公用的，机器的维修和保养一直由队里请厂家的技术人员来维修。

现在几户人家共同拥有，似乎不大科学，于是几家人商量由谁家独自享用，作价后独享机器的人家把份子钱付给其他人家，商量来商量去，大家都不想要这台机器，因为大家都不会用，有了牲口套上石碌照样可以把麦场碾了，机器就成了闲置资产，一年到头用一次的机会都没有了。

父亲想了想说道："这样吧，你们几家都不想要，那我就要了吧。只是眼下这钱一时半会儿也凑不齐，我家孩子又多，这不老三刚刚出生，需要钱的地方也多，年底有了钱我再给你们几家补上，你们看行吗？"

那几户人家也算开明，有的说行，有的说没有了就算了，拿几斤粮食补上也行，有的说犁地的时候使唤几天我家的牲口也行。

总之大家都不想要这台笨牛似的家伙，关键是用的时候需要电，电费也是少不了的。父亲就把机器拉回了自己家的院子里。

第十章 第一年的丰收

一

这年春播开始了，母亲在舅舅的帮助下把地打磨平整后，就思考着种些什么。舅舅以为还是应该像在生产队的时候一样，种麦子是必须的，其他人家都是这样认为的。

母亲说现在地归自己所有了，想种什么就种什么，也不要全都种成麦子。母亲的想法让其他人豁然开朗，于是有的人种土豆，有的种蔬菜了，舅妈和母亲的想法一样，但具体这么弄，她还想听一下父亲的意见。

父亲在春播的时候回来了，他给母亲带来了几本"科学种田"的书，然后说道："闲了多看看这些书，对我们有好处。"

"你呀，真是我想什么你都知道，我还正是想着买些这方面的书呢。"母亲放下手里正在和着的面就迫不及待地翻了起来。

按照现有的队里分下来的种子，母亲觉得应该实行"套种"。如果一亩地全部种麦子计算的话，产量只有八百斤，而按照"套种"的方法，产量可达一千二百斤。

母亲把这个想法给父亲一说，父亲立即表示同意。

父亲和母亲按照四行麦子空两行的办法，先是把小麦种上，然后就在空出的一行插播了玉米，在玉米的两边点播了大豆。

这样一来一块地里就有三种农作物，不像在生产队的时候一大片全是小麦的样子，另一大片全是玉米，再一大片种上苜蓿。

"你那是在干吗？"几个邻居问道。

"种地啊，你们都可以这样种的。"父亲说。

"几十年了我们也没有见过这样种地的，乱七八糟的什么啊？"他们不屑地说，"你们两口子这是糟蹋地呢？"

"试试看吧，万一成了呢？"父亲笑着说。

当小苗长出来的时候，母亲白天在地头上查看，晚上在书本上查看，就像呵护我和哥哥们一样呵护着这些幼嫩的小苗。

施肥、浇水、锄草一样不落，母亲除了操劳这些农活，还有大把的时间去辅导大哥的功课，大把的时间去读书，人的精神面貌也好了许多。

有时候父亲会趁着节假日回来去地里面看看，再给母亲做一些指导。

正当麦子要长叶子的时候，母亲往地里面撒了一些粪。

邻居常建国的妻子枣花看见了立即提醒母亲："现在不能撒粪了，种的时候就要给足的，现在撒来不及了。"

常建国的妻子和常建国一样，皮肤略黑，个头不高，但很精神，一看就是一副劳动的好身板。

"书上说了，现在需要氮肥，才能叶子长的茂盛一些，对开花抽穗有好处。"母亲解释说。

"书上说的你就信啊？不相信我们几十年的经验吗？"邻居枣花瞪大眼睛说。

"经验也有不对的时候啊，你家地里是不是结的板块很多呢？"母亲问道。

"你怎么知道的？是有结的板块，以前队里的时候不都是这样吗？"

"生产队的时候经常这样用肥，地里不结块还怪呢。"

"那又怎么了啊？也不影响什么。"

"影响不影响，时间长了就知道了。"

如此这般的事情时常发生，母亲每做一件事情都有好心的邻居出来提出疑问或者规劝不要去做。

麦子抽穗了，母亲会捡一些动物的骨头敲碎了撒到地里；麦秆子长高了的时候母亲会掏炕洞里的灰撒到地里，这在其他人的眼里是难理解的，他们常在我家的地头上指指点点。母亲对这些都予以理解，她只是把从书上看到的都用在了实际操作中。

到了暑假父亲回来了，正赶上割麦。走到地头一看，左邻右舍的麦子都没有我家的颗粒饱满。我家的麦穗垂垂地低着头，麦秆都竖直在地里等着去收割，而有的人家的地里麦秆中间有倒伏的，麦穗有饱有秕的。

父亲对母亲说："咱家第一年的试验是成功的，明年咱就换品种。我同学中有个外地的，他们那里的品种就不错，我研究了一下，非常适合咱们这里的土壤。"

"那再好不过了，新品种有产量吗？"

"产量非常好，是咱现在的一倍多。"

"那就抓紧，先给咱们定下一百斤。"

"一百斤恐怕不够，其他人一看见咱家这个情况肯定会来取经的，不信你等着忙吧。"

"那就告诉他们咱们的秘诀，一起种新品种。"母亲有了第一年的经验，对以后的事情很有把握。

当别人家把麦子全都收割了的时候，地里就空了，一年一茬的庄稼种植就算结束了。而我们家第一茬庄稼结束了，还有第二茬，那就是父母"套种"的玉米和大豆。

他们把麦子收回去以后，才开始给玉米和大豆施肥，开始了新一轮的等待。

当一捆一捆的麦子堆在麦场的时候，母亲露出了少有的笑容。常建国的妻子一看我家的麦子比别人家的麦子都饱满，不由得对我父母佩服了起来。

那天大家都把各自的小麦在场上晒完后，有几个人就来到了我家，向我父亲请教我家的麦子为啥比他们的好。

"今天的结果，是我早就想到的。"父亲自信地说道。

"是啊，开始我们还觉得你两口子胡日鬼呢，现在看来你们是对的。"枣花快人快语。

"江老师有学问，给我们讲讲呗。"三顺接着说。

"有什么好事情对我们就不要隐瞒了，我们都相信你的，江老师。"常建国开口了。

"我们都要学会看书呢，现在是不是知道文盲没什么好处了吧？"舅妈笑着说。

"对，知识就是财富，现在开始学文化还来得及。"父亲接着说。

"你们只要记住，任何事情都是有章可循的就是了。以前我们种地，播种前一股脑儿把肥给足，再也不管了，大不了有了虫子喷洒一些农药，平时把草除了就行。"

"我们可以回想一下，以前我们是不是经常看见地里的庄稼有一块没一块的呢？都习惯了，也不去深究原因。"父亲停了一下继续说道，"吃大锅饭，谁也没有责任心，都是队长书记安排干啥我们就干啥，打多少粮食谁也不去操心，所以我们就挨饿。现在既然地都归我们自己了，那我们就得对地负责任。"

父亲就像给学生上课似的讲着，不知不觉我家的院子里已经坐满了好学上进的人们。

"大家都听一听吧，我们种了半辈子的地，还不如人家半路出家的江老师懂得多，羞不羞啊？"阿发不知道什么时候也来到人群里，他的态度令所有的人都没有想到。

"江老师，您大人不记小人过，我阿发今天是来拜师的，如果江老师不嫌弃，从今往后我就跟你混。"阿发接着说。

"不要讲什么混不混的，现在谁手里都有地了，自主权都在自己手里，你想怎么种那是你的事。"三顺对阿发说。

"三顺说的对，只要你们信得过我江明，我对我所学的东西绝对不会藏着掖着的。"父亲大度地说道。

"江老师，您还是给我们说一下施肥的事吧，我看你家秋玉施肥就和我们不一样，我还提醒她搞错了呢。"枣花说。

"有个口诀大家可以记一下，'氮钾磷、叶茎根'，那意思就是氮肥和麦子的叶对应，钾肥和麦子的茎对应，磷肥和麦子的根对应。当然了，不光是麦子，其他庄稼是一样的。"父亲喝了一口水继续说道，"至于哪些肥料里面含氮肥，那些肥料含钾肥、那些肥料里面磷肥，这又是一门学问。"

"江老师我们一下子记不住，改天再讲好不好？"有人提议了。

"也好，我们每天学一点，到明天春播的时候就都能用上了。"父亲说。

"您在省城可以帮我们买一些这样的书回来吗？"有人提议。

"当然可以，我家里现在有几本现成的，有空你们可以换着看。"父亲又说。

二

从那以后，几乎每个晚上，社员们闲了都会过来我家听我父亲"上课"，我的父亲不但是学生们的老师，还是社员们的老师了。

到了麦子脱粒的时候，我们家的脱粒机派上了用场。谁家用脱粒机可以直接拉去使用，我的父母没有向大家收一分钱，父亲还亲自跟着帮他们开动机器，有了问题自己处理维修。

村民们没有想到父亲对于机器的使用也是那么在行，更加佩服和信任父亲了。

为了感谢父亲的付出，有的人把自家的麦草给了我们，有的给上几斤麦子，还有的把自家的腌缸肉拿出来送给母亲一些。父母在村子里的口碑越来越好，我家的麦子也获得了大丰收。

看着堆在院子里金黄的麦堆，母亲激动地流出了眼泪："我们再也不用挨饿了，靠自己的劳动可以吃饱饭了。"

"我能天天吃白面馍馍吗？"大哥偎在母亲的怀里说。

"当然了，妈妈天天给你做白面面条吃。"母亲含着泪高兴地说道。

一天，顾书记一瘸一拐地来到了我家。他的腿瘸得似乎更厉害了，人也更瘦更小了，脸色蜡黄，细细的头发无精打采地耷拉着。

自从包产到户的这一年来，他的书记就再没有干，每天像其他的村民们一样下地劳动，但是他的身体条件，让他无法承担重体力劳动，所以他的地有一半是荒着的。他来到我家后坐在我家的门台子上，父亲迎了出来和他一起坐下，递给他一把扇子来扇蚊子。

"江老师，我今天找你来是有事和你商量的。"顾书记面带愁容地说。

"您说顾书记，什么事呢？只要我能帮得上。"父亲看着顾书记的一脸愁容，不知道他要说什么。

"我以前做过对不起你们两口子的事，我今天诚恳地再一次道歉。"说着顾书记站起来低下头弯下腰，真的就鞠了一躬。然后又说，"以后不要叫我什么顾书记了，叫我瘸哥还听着舒坦一些。"他苦笑着。

"您要说什么呢？"父亲问道。

母亲从屋里出来，给顾书记倒了一杯热茶。

"谢谢你，秋玉。"在这个没有多少文化的村子里，唯有顾书记会对人说出"谢谢"俩字，不管是不是出于真诚。因为庄户人都是拿行动说话的，从不把客气吊在嘴上。

"江老师，你看我的身体越来越差了，我的地呢，一点都不比别人少，但是我种不过来，也没有能力去种，我想把我的地转移给你们，你看怎么样？"顾书记终于说出了他来的目的。

"可是政策有规定，承包政策二十年不变。"父亲说道。

"政策我知道，咱们不签合同不买卖，就是你们替我种着，收成了给我够吃的就行。"顾书记说这些话的时候有些伤感。

"这怎么好意思，如果信得过我，我们帮你打理就是了，收成还算你的。"父亲连忙推辞说。

"那我也就不好意思了，你们下苦我享用，呵呵，我也是读过书的人，道理还是懂的。"顾书记又苦笑着说。

"顾书记，这恐怕不好吧？"母亲在屋里听见他们谈话，插了一句话。

"唉，不瞒你说，江老师，我最近老感觉力不从心，很吃力，胸口闷闷的疼，把地转给你们，也是我考虑再三。"说着顾书记捂了捂自己的胸口，继续说道，"这一年我也看到了，种这一点地对你们来说根本就是闹着玩，很轻松地劳动就有这么大的收获，你是大学生，脑子活，你就不要再推辞了。"顾书记执意要把地送给我家。

"那好吧，恭敬不如从命，我就收下了，但还是签个合同比较好，收成呢我们对半分，这样我们两个都没有说的。"父亲只好这样说道。

"也好，签个合同吧，还是江老师想得周到。分成嘛，我看三七分就行，我三，你七，我一个人吃不了多少。"顾书记很高兴。

就这样两个人草拟了一份合同，一起拿去老支书的家里。

老支书看起来气色不错，但的确老了，本来就不怎么直溜的腰身差不多要弯到地面了。他还在不停地抽着旱烟，脸色黑像长年锈在烟锅里的烟油，眼屎弥在眼角，不停地擦，裤腿上的绑带一边松开耷拉在脚背上。

老支书正坐在门台子上磕着他的烟锅，看见顾书记和父亲一起进门，一点都没有惊奇的意思，显得异常安静，仿佛是他预料中的事情。

老支书抬起头看了他们一眼说道："门台坐吧，有事说事。"他说出话的干练程度和他的神态一点都不相称。

顾书记把合同递给老支书看，老支书摇了摇头说："我老眼昏花的，字也不认识几个，你们说吧，我听着。"

父亲就把合同的内容和顾书记的想法一五一十地说给老支书听，老支书一边听一边点头，最后说道："顾书记的脑瓜子还是好使啊，比我这个老头灵光多了，怎么？还想当地主收租子？你学袁世凯呢？"

"袁世凯？"顾书记和父亲都没有明白老支书的意思。

"不明白算了，都民国了还搞皇帝那一套，唉，人心啊。"老支书急促地咳嗽了一阵说道。

这下把父亲和顾书记两个都逗笑了。

在这份合同中，老支书做了公证人，合同的期限到行使合同的任何一方去世或者二十年后土地重新调整的时候为止。

那天顾书记从我家离开的时候，我的大哥说了一句话，好像是不久后的某一天就要实现的谶语一样。大哥说道："妈妈你看见了吗？顾书记的头发就像是"氮肥"过量了的样子。"父亲和母亲听了大哥这样说话，就当是小孩子的调皮话了，没有过多地去想。

那一年父亲大学毕业回到了原学校继续任教。父亲本来可以去更好一些的地方发展，省政府机关当时非常看中父亲的才华，还有一家央企也要父亲去他们那里工作。父亲最终选择了回来，谁也不知道他当时怎么想的，但是谁见面都说父亲是个傻子。

连母亲也这样说，父亲只说他就是想回来，要走早就走了。那又是为什么呢？直到现在我也没有明白。

第十一章 开发荒山

一

除了种地，父亲和母亲也响应新的大队支书的决定，种一些经济作物。吃饱饭已经不是问题，人们总盘算着种些啥东西可以卖钱，让自己的手头上也活泛起来。

对于我家和顾书记家的那两亩多旱地，父亲想种一些瓜，因为瓜拉去市场上可以卖不少钱的。但是要种什么瓜呢？绝对不能像生产队的时候一样，种些稀稀拉拉的西瓜，种籽瓜的话，产量不是很高，达不到预期的收入。

正好那个新任的大队支书——一位姓郑的中年人来找我的父亲。这位新任的大队支书长得很精神，尤其是那两道眉毛，又黑又粗，放在他的两只炯炯有神的眼睛上面，显得更加霸气和冷峻。他也参加过高考，可是由于家庭成分的原因政审没有过关，包产到户以后他接替了顾书记的工作。

新任的支书是一个敢想敢干的人，据说他是县委亲自点的将，用当时的话讲就是他有思想，有路子，有胆识。他对父亲的学识是非常欣赏的，对父亲的人格也非常敬重，有什么想法总是先听父亲的建议。

今天，他是专门来找我父亲商量这件事情的。

"如果按照以前生产队的做法，咱又不是没有做过，只是种普通的西瓜，产量太低，没有多大的收益。"父亲说。

"江老师啊，你除了当好你的老师外，也帮我考虑了一下村里的事，我非常感激，这一点你和我想到一块了。"郑书记道。

他以前在村里一直是一个默默无闻的人，但其实是一个善于思考的人。

"那你有什么打算呢？"父亲问道。

"最近我也是经常看报纸，听说外地有一种瓜叫作'无籽香'，不知道你听说了没有？"郑书记对父亲说。

"这种瓜我早就听说了。我一个大学同学，他的家乡就种过这种瓜，产量十分可观，我们是可以考虑一下。"父亲说道。

"那这样吧，你给你同学写一封信，我打发常建国和三顺去一趟，买些种子回来。"郑书记说。

回到家里父亲就写了一封信，打发大哥去交给郑书记。

第二天郑书记召集了各家的家长们开会，讨论种"无籽香"的事情，有的说能种，有的说不能种。

说能种的人也希望第一有产量，第二有更多的收入；说不能种的人担心种不好，不懂技术或者担心瓜的销路。

总之讨论了很久也没有拿定主意。最后郑书记说："报纸上说了，有的地方种这瓜试验成功了。我和江老师也商量了，正好成功的那个地方有他的同学，技术上有种子公司可以给我们指导，我个人是同意引进这个品种的。"

郑书记停了一下，看了看大家的反应说道："只是种子很贵，需要各家买各家的。因为叫'无籽香'，种子每年都得买。"

"我同意试一下。"三顺说，"不试怎么知道行不行呢？第一次做事情，总得冒点险的，挣了赔了我都认了。"

以三顺、常建国为首的几个年轻人也附和。

"我看这样吧，你们先弄，我第二年再弄。"阿发说道，"虽然我觉得这个主意不错，但我家底薄，怕赔了，我这两年的辛苦就白费了。"

站在阿发后面的也有几个人。

最后大家投票决定是否去购买种子，只有几户人家不同意，其他都是同意的。这件事就这么决定了。

当常建国和三顺带回来种子的时候，大家一看和以前种过的西瓜种子没有区别。有的人就开始打退堂鼓了，他们心想会不会是骗人的。这个郑书记平时蔫不溜秋的，会不会从中想捞什么好处呢？

这时候父亲站出来说话了："我家带头种吧，如果赔了，算我的，赚了，算大家的，行不行？"

"行啊，怎么不行呢？你江老师是旱涝保收，有月月黄的。"有的人笑开了。

"这怎么能行呢？你们把我这个书记搁哪儿了？赔了就算村上的。"郑书记说。

那一年，当大家种上这些种子的时候，过了快半个月了还不见发芽，这下村民们可急坏了，纷纷上门去找书记。

"郑书记这不是假的吧？我们种过瓜的，十天左右就发芽了，这……"

"我挖出来看了，都死翘翘了，种子都发霉了。"

"赔我们钱吧，哪有这样骗人的呢？"

......

　　大家把郑书记家的门口围了个水泄不通，这时候母亲领着一个戴眼镜的人来了。母亲对村民们喊道："你们不要着急，我带了技术员来了，大家都不要着急。"

　　这时候只见郑书记从家里出来，拨开人群快步跑去迎接技术员。

　　本来，母亲也像许多村民一样种上了这些种子，每天就像呵护婴儿一样照顾着，每天都在观察。可是她越看越觉得哪里不对，于是就对父亲说明了情况。

　　父亲连忙去给他的同学打了电话，结果一问才知道，他的同学根本就没有见到常建国和三顺去买种子，这到底怎么回事呢？

　　原来，当常家国和三顺到了那个地方后，登记好了住宿，在一家餐馆吃饭的时候，碰见了几个人在那里喝酒聊天，听见他们在说"无籽香"的事情。

　　"今年我们要多订一些，还可以出口一些，去年订的少了。"一个细高个子戴眼镜的年轻人说。

　　"这是新品种，种的地方少，我们全收了也搞不了那么多。"一个年纪稍大一点的人说。

　　"关键是种子，种子公司培育的量不够。"另一个留着分头的人说。

　　"我能搞到种子，比种子公司的便宜一半价，只是有风险。"一个留着平头的人说。

　　这边说者无意，听者可有心了。

　　三顺凑过去递给那个人一根烟说道："这位老弟说能买到种子，是真的吗？"

　　那人上下打量了一下三顺，说道："当然是真的了，我们还负责销售。"

　　"那这样吧，你能不能卖给我们呢？我们就是来找种子公司购买'无籽香'种子的。"

　　三顺心里想花一半的钱就可以买到种子，这不是给乡亲们省去了一半的钱吗？好事啊。

　　"这种子可走俏得很啊。今天碰上我，算你走运，我表哥是种子公司的老总。"那个人神秘地说，一边还左右看了看。

　　"那真算我们运气好。"三顺回头对常建国说，"不如我们就从他们这里买吧。"常建国见三顺这样说，没有立即表态。

　　"这位老弟，是这样，我们是村支书派来的，也做不了主，我们完了打个电话给村里，请示一下我们书记再说，好不好？"

常建国说着拽了一下三顺的衣袖。

"也好，你们商量一下，如果需要的话，明天中午咱们还在这里见面，再迟我就卖给别人了，搞到这种子可不容易，都是为了赚几个钱。"那人说道。

他们一起的其他几个人都开始埋怨起了这个留着平头的人："你把种子卖给了他们，我们怎么办？风险你来承担吗？"

"是啊，你表哥要是知道了，非剥了你的皮。"

"偷来的东西明目张胆地来卖，你胆儿够肥的你。"

他们几个你一言我一语地开始挤对这个平头了。

这平头被说得烦躁了："行了行了，这事我说了算，别他妈这么不知好歹，今年的生意还做不做了？"

见平头这么一说，那几个人也不再吭声了。

回到旅馆里，常建国对三顺说："你真想从那个人那里买种子吗？我怎么觉得不靠谱。"

"你没看见他们几个在吵吗？我觉得可以试一下。"

"那要不我们给支书打个电话说一下吧。"

"不用了，这种子是一样的，价格又便宜，回去支书说不定还夸我们呢。"

"我总觉得什么地方不对。"

"哪里不对呢？你想多了，睡觉吧，明天就可以回去了。"

二

常建国不再说什么，他也说不出哪里不对，但一想如果真的买到了，那真是给乡亲们省了一笔钱呢。

于是就这样他们从这几个人手里买回了种子，但是他们并没有把剩余的钱退还乡亲们，而是私自占有了。

今天要不是技术员亲自过来，这事情还就真的说不明白了。

技术员对大家说道："你们拿回来的种子是我们公司实验失败的、坏掉的种子，根本不能用。"

技术员继续说："让非法分子捡去卖钱了，也怪我们自己没有处理好，这些损失我们来承担。"他停了一下说，"另外，经过江老师他们的协调，我公司愿意拿你们这些地做新的试验，不收大家一分钱，你们只要按照我们的要求去做就行了，最后我们公司负责收购，大家说行不行？"

郑书记握着技术员的手说道："这件事我做主了，这些旱地荒着也是荒着，有了收入当然是好事，我同意在这里试验。"

其他人一听这么回事立即不干了，揪住三顺就打开了，三顺抱着个头往书记身后钻。

支书一把把三顺拉过来说："乡亲们，我们曾经是一个封闭的村庄，吃亏了上当了只能说我们自己没有见识。我做主，如果今年试验成功，拿三顺和建国两家的一半瓜出来给大家赔偿，你们觉得怎么样呢？"

常建国立即表态："我对不起乡亲们，我同意。"

三顺也连忙说："我同意，我同意，只要不让我现在赔，让我做什么我都愿意。"

"根据我们这里的气候，这种瓜苗现在重新播种还来得及。"技术员满怀信心地说道，"这得感谢你们村的方秋玉同志。"

技术员说，我母亲从当地的气候、土壤结构等方面给他提供了很多信息，经过他的研究，完全可以把假种子换掉。

后来在技术员的指导下，村里的"无籽香"终于出苗了，母亲先是从技术员那里学的"间苗""间瓜"等操作，后又给村民们一一教会，技术员看着母亲已经完全掌握了，留下几本书就回去了。

看着这些嫩绿的瓜秧在苗壮地成长，全村的人都把希望寄托在了它们身上。

一日母亲正在瓜地里"掐秧"，邻居常建国的老婆突然喊起来："你们快来看啊，这片瓜秧有问题，有几个黄点点。"

母亲一听赶紧跑过去一看，瓜秧上的确有斑斑点点的许多黄色的印迹，一看周围的好多瓜秧上都有，紧接着大家伙都说自家地里也有。

母亲回头看自己家的地里，果然也有，这可这么办？严重一些的叶子基本都已坏死。

母亲心里也十分着急，但是她平静地对大家只说了一句："不要急，我去看书。"

其他人更是急得不行了，如热锅上的蚂蚁一样。

母亲就是这样的一个人，别人越急的时候她表现得越平静："办法总会有的，咱们都别着急。"

母亲把技术员留的书随身背在身上，她当时就坐下来翻书了。

"都火烧眉毛了她还看书！"有人说。

"瓜秧都坏了还不快叫技术员回来，坐下看起书来了。"也有人说。

"唉，这叫什么事啊，种个瓜怎么和以前的西瓜不一样呢？"

就在大家忐忑不安六神无主的时候，母亲说话了："我们现在需要去买喷雾器，买这种农药，赶今天下午就给瓜秧上喷药，明天就可以看到起色。"

"又要花钱，这钱还没有挣上，投资了不少了。"有人埋怨道。

"不如死马当作活马医吧，已经这样了，大家听秋玉的一回试试。"常建国提议大家。

于是所有人放下手里的活，把父亲从县城买回来的农药在一个下午的时间里按照说明书喷洒到瓜秧上，等到第二天清晨再看的时候，瓜秧已经恢复了往日的生机，大家的心情也由灰暗变得晴朗起来。

大家不由得对我的母亲竖起了大拇指，一片活跃的气氛又撒在了瓜田的上空。

"唉，这瓜怎么和小孩子一样娇嫩啊，一不小心就会病，还要吃药。"有人诙谐地说道。

"是啊，我们生产队种了多少年的瓜，从来都是种上就等着收，哪管过这些。"另一个说。

"新品种就像人的新思想，需要不断调整。"

……

这一年的"无籽香"，每走一步，都离不开母亲的指导，母亲就成了技术员培养出来的有实地操作经验的名副其实的"技术员"了。

村民们开始信任我的母亲，不只是种瓜，就连种菜的时候出现问题，都会跑过来告诉母亲："秋玉，快帮我查查你的书，看书上怎么说的。"母亲就会真的查起书来。为了解决村民们在农作物种植中出现的各种疑难杂症，母亲买回了了各种各样的书。

"无籽香"丰收了，我家用卖瓜的钱置办了缝纫机、自行车，还剩余了不少，母亲给我们每人做了一身新衣服，也给我们家添置了许多日用品。经济作物的经济效应在村里面引起了不小的反响。

三

人们尝到了种瓜的甜头，就想着是不是该多种一些"无籽香"，反正它的销路是没有问题的。

可是瓜地是有限的，人们就想到了扩大瓜地。那么怎么扩大呢？母亲也想到了这个问题，那天她在瓜地里思考的时候，就想到了开发荒山。

和所有瓜地相连的，是一座一座绵延不断的黄土山，有的瓜地连的山矮一些，有的瓜地连的山稍微高一些，但是根据土壤的颜色，绝对是最优质最肥沃的好土；在瓜地的另一侧，则是几十米深的沟。

如果把这山上的土转移到那沟里，会平整出许多地来。那天母亲对父亲说："我想把这土山给铲平了，你看行吗？"

父亲说："好是好，但是就凭我和你的力气，恐怕是一项很大的工程。"

"继成也大了，能帮多少帮多少，我们趁着冬天没啥农活，赶着驴车上去能平整一些地呢，这样就能扩大瓜地的数量，我们会得到更多的收入。"母亲很有信心地说。

父亲是没有办法不同意的，只要母亲认定的事，是一定要实现的。

就是从那天开始，母亲开始了一项类似愚公移山的庞大工程。

一个瘦小柔弱的农村妇女，在那个空旷的山架上，一铁锨一铁锨地挖山，然后赶着一辆套着毛驴的架子车，到了大沟的上面时，抬起架子车把土倒进沟里，再赶着驴车到山脚下。干累了，吃一口带来的干粮，喝一口背来的水。

有很多村民跟随着母亲也做起了这样的工作，想把自己家的瓜地扩充起来，得到更多的收入。

白天，父亲去学校上课，母亲就一个人赶着驴车去挖土，从山上一铁锨一铁锨地挖出土来，再端到架子车上，然后赶着驴套的架子车拉到另一边的沟壑里倒下去，每天就这样不间断地挖着。

到了晚上，母亲累得翻不了身，父亲心疼地一边给母亲按摩，一边说："不行就算了吧，把你累成这样，我也帮不上忙；实在要干，等我放寒假，我们一起干。"

"干一点是一点，干不动我就缓缓干。"母亲倔强地说。

在母亲的坚持下，矮矮的土山在一点一点地往后退，我家的瓜地也在一寸一寸地扩大。

这天母亲把驴车往沟里倒的时候，那头毛驴似乎也是太累了，脚下的土正好是这段日子以来从沟壑里垫上来的，有些松软，驴子没有站稳，被架子车拖了一下，竟然连架子车一起翻下了那个深深的沟里面，叫都没有来得及叫一声。

母亲吓坏了，连忙从地的另一头往下跑，等到沟里一看，这头驴子再也翻不起来了，滚了一身的黄土，很明显的它前后各有一条腿已经折了，鼻子里和口里都涌出了血沫子。

母亲看到这副情景，伏在驴子的身上心疼地哭了起来。母亲用尽了各种办法，还是没能把驴子拉起来。驴子睁开眼睛看了母亲一眼，又闭上了，眼角流出了泪水，之后就再也没有睁开过。

正当母亲一个人不知所措的时候，听见大哥在地上面寻找母亲的声音，于是大声喊着："继成，妈在下面呢，沟里面。"

大哥往下一看，母亲也浑身是土，一个人在沟里守着驴子。

大哥赶紧喊来附近也在挖山平地的邻居，又跑回家里去找人，等到放学回家的父亲和邻居们找来的时候，驴子已经咽了气。

母亲一直守在驴子的身边发着呆，像傻了一样，口里不停地说："是我害了你，是我害了你……"

父亲抱起母亲说："不怪你，不怪你，咱家的驴子本来就年龄大了，不怪你！"

父亲一边安慰着母亲，一边招呼着几个邻居们连拖带拉地把驴子运了回来。

辛苦了几年的驴子几乎就是家里的一名成员，全家人对它都有了很深的感情。母亲打来热水把驴子全身洗了洗。邻居们建议把驴子剥了吃肉，母亲说什么也不干。她连夜在我家院子的后面挖了深深的一个坑，把驴子埋了。

没有了毛驴，架子车就得母亲自己拉了。

父亲心疼地说："不行咱算了吧。星期天的时候我和你还有继成，咱们三个去平，继成可以扶一下车头，多少可以帮我们一下，然后我们一起挖土，虽然比别人家少平一些地，但是没关系。"

母亲坚持要自己去干，她说："我多干一天，咱家的地就多出来一点，星期天你再来帮我，这一个冬天下来，我们就能增加不少的地。"

"那你慢点干，不要太累了，干不动就坐下来休息。"父亲还是不放心。

"干活，不怕慢，就怕站。"母亲依然很倔强。

"你呀，你不干也没有问题，我们现有的地，够吃了，再说我还有每月的工资呢。"

"你的工资留下来，存起来，将来孩子们长大了，是要上大学的。"

"儿女自有儿女福啊。"父亲解释着。

趴在缝纫机上写作业的大哥转过头来说："妈，我将来不上大学，我要去赚钱。"

"小孩子家不要乱说话，上了大学才能赚更多的钱，好好写你的作业。"母亲训着大哥。

"上大学还是赚钱，不如现在就开始赚钱。"大哥眨巴着眼睛说。

父亲和母亲对视了一下。对于大哥的这句话，他们是无论如何都没有想到的，一个正在读初中的孩子，竟说出了这样的话来，这令他们很难说服这个孩子。

失去毛驴的第一天，母亲只身拉着架子车上山去了。她先是挖土上车，再拉车倒土，再返回挖土，如此不停地来来去去，就像个陀螺一样转着。

到了晚上，一家人吃完了晚饭，父亲一边在母亲的腿上胳膊上捶捶打打，一边劝母亲悠着点平地。

大哥坐着凳子，趴在缝纫机上写作业，我和二哥在父母的身旁一边一个躺着，一会儿听母亲讲白天劳动的事情，一会儿听父亲讲学校的事情。

这种时候是一家人感觉最放松也是最美好的时光，直到现在我还是非常怀念那个时候。

就这样整整一个冬天，村民们不停地移山，每家每户基本都扩充了一亩到两亩数量不等的瓜地，劳动力多的庄户甚至扩充了三四亩不止。我家在寒假的时候有父亲和大哥的帮忙，也扩充了两亩。

这样的地从来没有种过庄家，可以说是包含着丰富的营养的，非常适合种"无籽香"。

第二年冬天的时候，开发荒山又继续进行着。为了更多的地，这项工作可以无休止地进行下去。

第十二章 养鸡专业户

一

那天母亲从父亲带回来的报纸上看到一条消息，令母亲异常兴奋。报上说在某个地方的某个村，有一个妇女因为养鸡发家致富了。

母亲想，别人能做的我为什么就不能做呢？母亲就把自己的想法告诉了父亲，父亲当然是支持的。

在一个周末，母亲去了一趟县城，在那里的农贸市场上找到了卖雏鸡的摊位，有传统的土鸡，也有外地来的品种鸡。

有个鸡贩子看母亲转悠的时间不短了，就把母亲拉在一旁悄声说："妹子，想买鸡娃吗？"

母亲上下打量了一眼这个鸡贩子说："我看看，你能给我介绍一下这些鸡娃吗？"

鸡贩子是一位胖胖的妇女，大约有四十多岁，左侧脸庞上长着一颗黑痣，黑痣上面有两根长长的毛发。母亲对这个妇女拉她的动作有些反感，侧身躲过她的手说道："你的鸡娃是哪里来的呢？"

"我抓的，从外地抓回来的，不然还是我自己生的不成？"妇女抬眼看了母亲一眼。

"我现在吃不准到底买哪一种鸡娃。"母亲说，"我再看看，对比考虑一下。"

"一看你就是养鸡的行家，妹子，现在要养鸡就得养品种鸡，咱们以前养的土鸡可没有市场的。"妇女讲得很有道理。

"是啊，品种鸡如果养得好，一天可以产两颗蛋。"母亲轻声说。

"妹子说的是，我卖的这些鸡娃就是这个品种，名称叫'双黄'，听过没？"妇女继续介绍着，"每天产两颗蛋，每颗鸡蛋都是双黄。在外地有个村，那个养鸡专业户就养这种鸡。"

"这个我知道，大姐，那你多少钱给我呢？"母亲觉得她说的有道理。

"做大姐的也不哄你，我从那么远的地方弄回来这些鸡娃，路上还死了不少。我本来是想自己养的，可是我家那口子病了，需要钱治疗，不得已才贱卖的。"妇女说道。

"是这样的啊，我看看再决定吧。"母亲还是没有把握。

"你看了就会知道，这个品种的鸡很适合咱们这里养，再说了，别人家都比我卖得贵，我还在外地学了一些养鸡的知识，我可以帮你的，我有经验。"妇女说得有些急了，看来她是真的急于脱手。

于是母亲就决定把她这五六十只鸡娃全部买下来。

那位妇女说："我再送你十几只土鸡吧，我要在医院照顾我那口子，没有时间照顾这些鸡，就当我送你了。"她高兴得眼圈都红了。母亲看她这样，觉得她说的应该是真的，但母亲还是留了个心眼："我先付你一部分钱，等这些鸡能下蛋了，我再付给你剩余的钱，你看行吗？"

"妹子你可真厉害。我那口子还在医院呢，如果不是万不得已，我的确想自己养这些鸡，我已经养过一茬了，一年时间产蛋，完了就把鸡卖了，第二年重新养小鸡娃。"

母亲最后还是把钱给她付清了，骑着自行车把这些鸡娃带回了家。

母亲把以前的那个草棚改造成鸡棚，按照书上讲的，一层作鸡窝，稍低的一层作鸡食槽，鸡窝外面全用铁丝罩着，鸡只能伸出头来够上鸡食槽吃食，在鸡窝里还有供鸡产蛋的麦草窝。母亲把这些鸡娃一次放进了鸡窝里。

接下来要解决的问题就是鸡食的问题。除了家里麸麦以及米粉外，母亲还从其他人家买一些回来，书上说还可以加一些饲料，母亲便又买回了饲料。

小小的鸡娃都很能吃的，母亲还到附近榨油坊买回人家不要的油渣，这样还是解决不了鸡娃们每天的口粮。就在母亲为鸡食一筹莫展的时候，那个卖鸡娃的妇女找到了我家，她骑着自行车驮着两大袋东西。

母亲从鸡棚里出来后，看见她来了，不解地问道："大姐，你怎么找到这里的？"

这位大姐卸下车上的东西，一边打开袋子一边说："你走后我才想起，我家里有之前买的饲料，没有鸡了，要饲料也没啥用处，你可能不知道这种鸡吃什么好，我就给你送来了。"

"是吗，大姐，我正想着去哪里买些饲料回来呢。你看这小鸡娃，吃起食来可不简单啊。"母亲一边让大姐进屋坐，一边说着。

这脸上有颗痣的大姐也不进屋，直接去鸡棚里参观。她一看我家的鸡棚里还接着电灯，就问母亲是怎么回事。母亲说她从书上看的，每天的二十四小时，鸡的光照时间要足够，如果白天天气短，那么在晚上就要补够光照时间，如果遇上阴雨天气，那就得开灯。

这位大姐听了直咂舌头，夸母亲读过书就是知道得多，她养了多少年的鸡还不知道有这些个学问。接着她说道，如果她家老头子病好了，明年她还想继续养鸡，到时候和母亲合作呢。

养"双黄"已经成了母亲的必要工作了，除了种地、种瓜，其余时间母亲基本在鸡棚里守护。眼看着这些鸡娃都长大了，用不了多久就能下蛋了。

这天她突然发现几只鸡耷拉着脑袋，看起来像喝醉了酒似的没精打采，也不好好吃食。母亲以为这些鸡得了病，如果得了鸡瘟啥的那就麻烦大了，这几十只鸡就全报废了。

母亲去书上一查才知道，连着几天阴雨绵绵，鸡棚里虽然有照明，但是由于鸡棚是茅草搭的，墙壁又薄，里面的温度跟不上，所以这些鸡是受凉了。

母亲连忙把家里的烤箱生了火搬进鸡棚，等到鸡棚暖和了，这些鸡也好好吃食了，精神一下子恢复过来了。

父亲打趣地说："这些鸡娃啊，真的比孩子还娇贵，我们以前也养过几只土鸡的，怎么没有发现呢？"

"以前养鸡，也就养上一半只，也没咋管，满院子随便跑，它们当然哪里暖和去哪里了。"母亲说道。

"你现在都成了专业人了呢，小心技术被人偷。"父亲又打趣母亲。

正说着呢，只见舅妈来到了我家院子里，她听见父亲和母亲的谈话，说道："我正是来向秋玉讨要经验的呢。"

舅妈说她也养了十几只鸡，只不过她养的土鸡，下蛋少，当成肉鸡还行，她想今天去县城把它们卖了，问母亲要不要和她一同去，母亲说她去不了，让舅妈帮忙把我家的十几只土鸡一起卖了。

二

晚饭的时候，舅妈回来了。她告诉母亲，在一家餐馆里她把所有的鸡都出手了，并且那家餐馆老板说有多少要多少，都会高价收购的，问母亲要不要把这些"双黄"当成肉鸡卖掉。

母亲说："'双黄'刚刚长成，才要下蛋，只是蛋鸡，等下蛋的高峰期结束，才能当肉鸡卖，不过到那个时候也卖不了几个钱。"

"不过你可以考虑给他们输送鸡蛋。"舅妈说。

"这个主意不错，改天鸡下了蛋我就去试试。"

母亲觉得舅妈的这个建议很好，不然她还想驮着鸡蛋去农贸市场零售呢，如果批量被购，那就太划算了。

有一天大哥提着鸡食去喂鸡，看见一只鸡懒洋洋地从鸡窝里出来，把手伸进鸡窝一摸，一颗热乎乎的鸡蛋就被大哥掏了出来。大哥高兴地扔下鸡食桶飞奔进屋里："妈，妈，蛋，鸡蛋。"

"这孩子，慢点说，怎么了？蛋？"母亲放下手里正在洗的锅碗问道。

"咱家的'双黄'下蛋了，妈，咱家的'双黄'下蛋了。"大哥急忙把第一颗鸡蛋交到母亲的手里。

母亲接过鸡蛋一看，果然个儿很大，不同于一般的土鸡蛋，心里也一阵高兴，摸了一下大哥的头说："妈给你炒着吃，看是不是双黄。"

我们弟兄三个屏住呼吸看母亲炒鸡蛋。母亲把小小的铁锅架在炉子上，放了一点清油，把鸡蛋在锅台上磕了一下，倒进碗里一看，双黄！的确是两个蛋黄，这可是我们第一次见双黄蛋。以前养的土鸡虽然看到过双黄蛋，但那个双黄里面的蛋黄很小，而这个蛋黄和正常的土鸡蛋一颗鸡蛋的蛋黄一样大，并且是俩。母亲把这鸡蛋放进锅里，翻了几下就黄澄澄的了，一股喷香的味道扑鼻而来。她给我们三个一人一口喂着吃，那简直就是人间美味啊，我们从来没有吃过的人间美味，至今回忆起那次吃鸡蛋，香味依然那么浓郁。

在母亲的精心呵护下，每只鸡每天都能产两颗鸡蛋。母亲驮着她的第一筐产品送往那家餐馆，餐馆老板高兴地以平常鸡蛋两倍的价钱收购了，并且告诉母亲，他每月去我家里亲自拉一回鸡蛋，母亲可以免去骑自行车进城的劳顿。

这一消息在我们村里不胫而走，村里许多人纷纷跑来看我家的"双黄"。村支书也听说了这件事，在村民大会上把我家定为"养鸡专业户"，还做了一块匾挂在我家的鸡棚前面，并号召村里的妇女向我母亲学习，发展养殖业，脱贫致富。

那一年母亲还做了变蛋，腌了咸蛋，我们的餐桌上常常出现各种鸡蛋做成的菜。那一年，也许是我人生当中吃鸡蛋最多的一年。

这一茬的鸡最后全部交给了餐馆，除去买鸡娃的钱、购饲料的钱外，利润相当可观，年底一算账，我们家的收入除了鸡和蛋，还有山上的"无籽香"，少说也超过了万元，成了名副其实的"万元户"。

第二年母亲把鸡棚重新加厚，盖成了真正的鸡棚，里面也进行了改造，引进了更大批量的鸡娃，村里其他人也都按照母亲的做法开始养起了"双黄"。

母亲有了养鸡的经验，进而养鸭、养兔，我家的院子里生机勃勃，常常引来村民们羡慕的目光。

但是好事没有一帆风顺的，"好事多磨"已经成了这些年母亲遇到问题时的口头禅，母亲总是在问题出现的时候不声不响地去解决，从不发火，也不着急。

她有时候教育我们说："急是解决不了问题的，越急，解决问题的办法就越没有。"母亲的这番话刻在了我的心里，形成了我一生的性格。

第二年母亲扩大了养鸡的规模，总共有二百多只。当那些鸡长到能够产蛋的时候，一件意想不到的事情发生了。

那天晚上，辛苦了一天的父母已经进入了沉沉的梦乡。半夜里，大哥出去上厕所，借着月光，看见我家院子后面有辆拖拉机。

大哥还以为自己睡迷糊眼花了，就揉了揉眼睛，发现那真的是一辆手扶拖拉机啊，便走过去想看个究竟，结果看见拖拉机上有几十只"双黄"被装在了一个很大的筐子里。

当大哥走到拖拉机旁边的时候，突然有人从后面抱起了他，企图把他扔上拖拉机。彼时的大哥，已经是个半大小伙子了，岂是随便说扔上去就扔上去的。

聪明的大哥立即反应过来是有人偷鸡，就大喊一声："爸爸，抓贼啊，有人偷咱家的'双黄'了。"

那几个人一看大哥喊开了，就拿起搅把子要来打大哥，谁知大哥的手更快，抢过了搅把子高高举起。当时的搅把子有两个作用，一个是发动拖拉机，一个就是打人，大哥拿起搅把子，那些人就没有办法开走拖拉机了。

他们看大哥是个孩子，其中一个人就要跳起来抢搅把子，结果搅把子没抢到反而被大哥打到了胳膊，疼得当时就躺在地上了，其他几个人看见同伴躺倒了，转头就跑掉了。

这时候听见响动的父亲披着衣服出来，紧跟着母亲也出来了，他们一看这阵势，也明白过来刚才发生了什么事。

大哥一手拿着搅把子过来，一手拎着那个被打伤的人。只见那人也就是十几岁的样子，和大哥的年纪差不多，看见父亲和母亲就哭起来了。

"你们是哪里的？为什么半夜三更地来我家偷鸡？"父亲问道。

"我们是三十里村的，听说你家的鸡能下双黄，我们想偷回去下蛋。"这个孩子说。

母亲一看这个孩子长得还眉清目秀的，像是个学生的模样，怎么会来偷鸡呢？

"想要鸡蛋可以去让你父母养鸡啊，怎么能偷呢？"父亲又说。

"我没有父母。"那孩子低着头说。

"我认识他，初三的刘玉金。"大哥这时才看清眼前的这个人，突然说道。

那个人看了一眼大哥说："就是他在我们学校里卖鸡蛋，我跟踪过来的。"

"我想偷你家的鸡回去，下一些蛋给我奶奶吃，我就叫了几个同学过来，开了同学家的拖拉机。"刘玉金说话间一只手抱着受了伤的胳膊，疼得眼泪都出来了。

这时候大哥早就把拖拉机上的"双黄"搬回了鸡舍，鸡棚里已经被那几个孩子弄得乱糟糟的，"双黄"们都躲在鸡窝里不敢出来，刚被放进去的"咯咯答""咯咯答"地叫个不停，一只只身上的鸡毛全都竖了起来，看来受惊不小。

善良的母亲不但没有责骂偷鸡的孩子，反而把他引进屋里，用碘酒在孩子的胳膊上消毒消肿，完了把搅把子还给那个孩子，装了一篮子鸡蛋给他，让他开着拖拉机回去了。

三

第二天父亲打听到那个孩子的境况，就寻到了他家。

果然如刘玉金所说，他的爷爷奶奶已经六十多岁了，一家三口住着一间房子。爷爷在地里干活供刘玉金上学，奶奶身体不好，说话老是喘着气。老两口守着这个孙子，想让他好好读书成材。

刘爷爷一看见父亲来了，还以为是家访来的老师。父亲就以家访的理由和他们聊了几句。这时候刘玉金也放学回来了，放下书包就去喂猪，然后熟练地生火做饭。当他把一碗苞谷面糊糊端进屋的时候，才发现父亲来他家了，以为是来告状的，立即吓得面如土色。

"叔叔，你要打就打我吧，事情是我做的。"刘玉金几乎哭着说。

"你做了什么了？你快说。"爷爷问刘玉金道。

此时他的爷爷奶奶才知道昨晚上刘玉金偷鸡的事情。刘玉金的爷爷气得顺手抄起门背后的一把笤帚就打了过去。

父亲连忙夺下爷爷手里的笤帚，说："孩子知错了，知错了就好，再不要打了。"

"造孽啊，江老师，我们老两口子供养他也不容易啊，他竟然不学好，跟上社会青年学坏。"爷爷还在生气。

"我考虑捉几只鸡过来给你们养，这样奶奶吃的鸡蛋就够了。"父亲同情地说道。

"可是江老师，我们买不起啊。"刘玉金说。

"就算送你们了，不要钱的。"父亲说。

"人穷志不穷，钱我想办法给你，我们家是确实需要几只鸡，老伴儿的身体一天不如一天了。"爷爷说。

"既然你们执意要给钱，我看这样吧，等你们最后不要鸡的时候，卖了钱还我们就行。"父亲看着这个破破烂烂的家说。

爷爷感动得老泪纵横了："江老师，你真是个好人啊，好人会有好报的。"

后来母亲打发大哥把十几只"双黄"送给了刘玉金，说他奶奶在家的时候一个人可以照顾得过来，负担家里吃的鸡蛋完全够了，那孩子高兴得不知道说啥好。

这件事过去不久，那个脸上有黑痣的大婶来到了我家，她说她今年也养了二百多只鸡，打算把这种鸡蛋包装了出口，问母亲干不干。

母亲说："只要可靠，怎么不干呢？现在我们村里每家每户都在养'双黄'。"

"那太好了，我们可以和外商先签两年的合同，他们按照比市场价高出一倍的价格来村里收购。"

那个大婶说："我没有想到你们村里这么多，还以为就你一家呢。那你负责收购，还可以提成。"

"我帮乡亲们销售可以，提成就算了，都乡里乡亲的，也挣不了几个钱。"母亲说。

那个胖大婶冲着母亲竖起了大拇指说："我在我们村里可是有提成的，本来你这里销售我也可以提成，这样一来，我也不好意思提了。"

就这样，每隔一两个星期就有一辆小汽车来拉鸡蛋，村里的鸡蛋都不愁卖不出去。

到了年底，父母一算账，收入比去年又增加了不少。母亲有了新的想法，她说："我们可以考虑把房子拆了重新盖一下。"

"开春我们就盖。孩子们也大了，得有一间自己的房子，不能老和我们挤在一起。"父亲说。

"那现在我们筹备着买一些木料和砖回来吧，等放寒假了就去买。"母亲说。

"好的，都听你的。"父亲笑着说。

我们兄弟三个一听可以有自己的房间了，都非常高兴，围在父母的身边久久没有睡意。

我们从一个吃不饱穿不暖的家庭，一个受人欺负的弱势群体，到今天能过上好日子，能受到村里所有人的尊敬，能有一院漂亮的砖瓦房，靠的是什么呢？一个是父母的聪明好学，一个是父母的吃苦耐劳，更重要的是党的富民政策。

在那样的年代里，我家在村子里带头致富，当"万元户"、当"养鸡专业户"，母亲付出了多少心血，大家都看在眼里，昔日那个倔强的小丫头，已经成长成了三个孩子的母亲，成了村里的致富能手。

就在父亲和母亲沉浸在对美好生活的向往里的时候，意想不到的事情发生了。

一天下午，还在学校上最后一节课的父亲被传达室急匆匆叫过去接了一个电话，父亲接完电话后惊呆了，放下课本就回家去了。

第十三章 大哥逃学了

一

当父亲回到家里的时候，一看母亲不在，就又往瓜地里跑去。母亲正带着我和二哥在瓜地里忙活着，我和二哥都在地里帮母亲从地里往外抱间出来的小瓜蛋子。父亲小声地对母亲嘀咕了几句，尽管这个声音很小，我还是听见了，隐隐约约说好像火车站什么的，还有大哥什么的。

母亲听完父亲的话以后，立即跌坐在地上，一句话都说不出来，只是一个劲地哭，然后爬起身来一只手拉着我，另一只手拉着二哥，跌跌撞撞地往家跑。父亲紧跟在后面一边跑一边喊慢点、慢点，可是母亲像发了疯一样的，拉着我和二哥跟百米冲刺似的。

我被绊倒了好几次，跟在后面跑着的父亲拉起我，把我背在他背上跟着母亲跑。后来我才知道，那个电话是县城火车站的派出所打来的，说是叫父母去那里认领大哥。

回到家里，母亲才逐渐冷静下来，她说："这孩子一天上学好好的，怎么会跑到那里去呢？"

"电话里只说让我去领回来，具体去了再说。"父亲说道。

"上次咱家鸡被偷的时候，那个刘玉金不是说继成卖鸡蛋吗？他不会去县城卖鸡蛋去了吧？"母亲突然想起来了。

"是啊是啊，上次我们只顾了刘玉金的事，把这一茬给忘了。"父亲说道，"唉，都怪我，怎么就没有想到呢？"

"我们一天光忙着赚钱赚钱，种地种地，怎么就没有想到这孩子他……"母亲说着又哭了。

"妈，咱家的鸡蛋都在呢。"这时候二哥说话了，"我每天放鸡蛋的时候都数过了，我刚才数过了，没有少一颗。"

母亲一把抱住二哥，又哭了起来。

这时候父亲说："你在家里和孩子们等我消息，我去趟县城，去把继成领回来再说。"

"我和你一起去。"母亲颤抖着声音说。

"你在家看孩子们，我去就行，放心，我一定把继成带回来。"父亲安慰母亲说。

"你不要打他，领回来就好，千万不要打孩子。"母亲叮嘱父亲。

"不打，我不打，你放心，领回来再说。"父亲说完就走了。

当父亲赶到火车站派出所的时候，有个警察对父亲说："你是老师吗？老师怎么不管好自己的孩子？扒火车，胆子可真不小！"

父亲连连道歉："对不起啊，对不起，是我没有管好孩子，给你们添麻烦了。"

两个人边说着话边来到了一间办公室里。父亲看见大哥和几个同样大的孩子被圈在一起，浑身黑乎乎的，脸上也糊得黑一块红一块的，身上的衣服破了几条口子，裤子破成了布条，脚上的鞋子还少了一只，另一只也半踩半穿的。父亲看见这样的大哥一下子就想到了赖二，还想到了煤矿工人，当这个念头在脑海里一闪而过的时候，父亲自己把自己吓坏了。

他走近大哥，伸手去拉的时候，大哥呆呆地看了一会儿父亲，然后"哇"的一声就哭了，其他几个孩子也都哭了。这时候已经有好几个家长也过来了，抱着自家的孩子哭成一团。父亲发现有个孩子躲躲闪闪的，企图把自己藏起来。父亲一看好像在哪里见过，仔细打量了一下想起来了，是刘玉金，他的爷爷奶奶不可能这么远来接他回去的。父亲就对警察说："这个孩子我认识，我带他回去吧。"

警察一看说："这个孩子是领头的，死活不说家里人的姓名和住址，我们还愁没有办法送回去呢。对了，你是老师，应该知道他家的情况。"

"我知道，对不起，都是我这个老师没有当好，没有管教好。"父亲又是一番的道歉和承认错误。

"都别哭了，各自领上自己的孩子，过来，办手续领人。"警察对这几个家长说道。

父亲和其他家长们一起，跟着这个警察来到另一间办公室里，签了字，这才听警察说明了事情的原委。

原来今天下午下班的时候，警察们例行检查火车情况，火车上载满了煤炭，这不是客车，是不拉人的。当他们检查到最后一节车厢的时候，发现车厢的门是开着的，走进去一看，就看见了这几个孩子。于是警察就把他们带下来问话，起初他们几个死活不说。刘玉金是这里面最大的孩子，他只说他们要去少林寺，去学功夫。

警察说："你们这是胡闹，家里人知道吗？"

"家里人知道，同意我们去学功夫。"刘玉金撒谎说。

里面有一个年纪小一些的突然就哭了："警察叔叔，我爸爸妈妈不知道，我是偷着跑出来的，警察叔叔别打我，我想回家。"

"你叫什么名字？"警察问这个小孩。

"我叫陈世强，我不想去学功夫，他们打我。"陈世强哭着说。

刘玉金一看纸包不住火了，才老老实实地交代了事情的经过。

刘玉金家庭困难，总想着挣一点钱补贴家用，他把爷爷给他的两三元的学费没有在一开学就交给老师，老师也按照他家的实际情况给他宽限了几天，然后他就是利用了这几天的时候，批发一些冰棍，尽快地卖掉，再批发，再卖。没有多久就凑够了上学的学费，剩下的钱他给家里添置一点零碎，再买几本小人书，租给同学们看，他从中赚一点钱。

当大哥看见他这样赚钱的时候，也想赚钱，但是他没有本钱，学费都是父亲直接交到学校的，他也没有机会。

正在想着没有机会的时候，机会就来了。

那一年大哥已经上初二了，家里的鸡蛋腌着吃，大哥早上上学的时候书包里总是装着鸡蛋。有一天他正要拿出来鸡蛋吃的时候，他的同桌——体育委员胡文军说："我给你冰棍，换你的鸡蛋如何？"

大哥一想，说道："你哪来的冰棍？"

"你说换不换吧，换了我就告诉你。"胡文军神秘地说道。

"你告诉我冰棍怎么来的，我就给你鸡蛋。"大哥执意想知道冰棍的来历。

胡文军说他有一个亲戚做冰棍，他可以免费吃。大哥让胡文军带他去见那个亲戚，等见到那个亲戚的时候，果然看见他在一间冰冷的房子里做冰棍，反正他也看不懂。

二

胡文军的亲戚是胡文军的远房表哥，比大哥他们大不了几岁，帽子在头上歪戴着，口里叼着一根冰棍。经过胡文军的介绍，大哥问那个人："我可以卖你的冰棍吗？我意思是我先从你这里拿上，卖了再给你钱。"

那个人打量了一下我大哥，说道："你们学校那个叫什么，哦，刘玉金，就是从我这里批发的冰棍，你也想卖吗？"

"我想。"大哥不假思索地说道。

从那以后，大哥就开始逃课了，每天下午去卖冰棍，晚上回来把装冰棍的白色箱子就藏在我家的麦草垛里，第二天正常上学，下午卖冰棍。除了卖冰棍，大哥还把他带到学校去的鸡蛋卖给同学，所以才引来了那场偷鸡事件的发生。

但是当时父亲和母亲也没有多想，更没有去了解大哥是怎么卖的鸡蛋。

因为大哥在学校里算是学习比较好的学生，在小学的时候每学期都是"三好学生"，父亲对他的学习成绩一直是比较满意的，所以很少过问他在学校里的事情。而大哥，就是抓住了父母的这一疏忽，仗着自己学习好，心里的那些小算盘也打得噼里啪啦响。

他从卖鸡蛋开始，到卖冰棍，后来低价买一些香烟回来，又一根一根地卖给高年级的学生。大哥逃学已经成了公开的秘密，只有父亲和母亲不知道。

那天晚上村里的麦场放映露天电影《少林寺》，大哥和几个同学正看的兴高采烈的时候被几个社会青年围住了。他们被那几个社会青年带到了麦场外面的一个偏僻的地方，就见一个留长头发、穿喇叭裤，还留着小胡子的大个子，口里面冒着一圈一圈的白烟，他对身边的几个年轻人说："搜他们的身。"

有几个人就过来把他们一个一个搜了个遍，刘玉金身上仅有的两元钱、几本小人书，大哥身上的钱和香烟都被搜光了。刘玉金想上去把钱抢回来，就被那个搜身的人转身一脚踢倒在地，那个人也是留着长头发，穿着花格子的衬衫，比抽烟的那位稍微矮了一点。

大哥想去扶起刘玉金，又被那个人一脚也踢倒在地，和大哥他们一起被劫来的陈世强已经吓得尿裤子了。

只听喇叭裤说道："今天的事，你们谁也不许告诉家里大人，要是敢说出去，小心你们的小命。"

刘玉金狠狠地瞪了那个人一眼，脸上又挨了几巴掌。

"你小子给我老实点，再瞪一眼试试。"花格子衬衫摇头晃脑地说。

"从明天开始，每天每人交来两毛钱，没有钱，就交两根烟，听见了没有？"喇叭裤又说道。

"我们没有钱，拿什么交给你？"大哥喊道。

"小子，我们观察你很久了，你们家是万元户，有的是钱。"另一个搜身的年轻人说。

"可是家里又不给我们钱，我们确实没有钱。"刘玉金说，"我们还要念书，我们哪有钱给你们。"

"你们不是会挣钱吗？卖冰棍不错啊，每天可以给大哥们供应几根冰棍。"那几个社会青年说着哈哈哈大笑起来。

"上不上供，不上供等着挨打。"喇叭裤又说。

"每天下午放学到村口的那棵大柳树下面集中训话上供，没有东西上供就去偷，自己想办法。"那几个人扔下这几句话后扬长而去。

大哥他们哪有心思再看电影了，他们几个在一起商量该怎么办。这些人他们明显得罪不起，打又打不过，告诉家里人吗？那更不敢，否则之前他们做过的事情就会全部暴露。

"我们如果会功夫，就不怕他们了。"不知是谁喊了一声。

大哥转身一看是他们班的胡文军。胡文军是他们班上的体育委员，身体强壮，人也仗义，个头比同龄的孩子高出了许多，他虽然没有搞过小买卖，但是对于打架很有兴趣。

"那我们怎么才能有功夫呢？就算有功夫也打不过他们。"大哥说。

"如果我们真的会功夫了，那就得让他们给我们上供了。"刘玉金听胡文军说得有道理。

"我们还是告诉家里人吧，我害怕。"年纪最小的陈世强担心地说。

"我们去少林寺吧，去学功夫，回来就能打败他们。"胡文军说道。

"这个主意不错，我同意。"刘玉金附和着。

"要走我们几个都走，可是家里怎么办？"大哥还是有点犹豫。

"你们去，我不敢去，我要回家。"陈世强带着哭腔说。

"我们都走了，那几个坏蛋会找你要上供的，你一个人怎么供他们那么多？你就不怕他们打死你。"胡文军吓唬陈世强说。

"这几天先躲着他们，我们等机会一起去少林寺学功夫。"胡文军说道。

"好，现在各回各家，回去什么也不要说，装得没事一些，不要让家里人看出问题。江继成，把你的脸擦干净，我也把衣服拾掇一下。"刘玉金拍打着身上的土说道。

接下来上学的日子他们都不出校门，放学了怕碰上那几个社会青年，也不敢在外边溜达，急急忙忙就回家了。学校和家里都没有发现任何破绽，为了去少林寺，他们也开始攒钱了。为了这"出家"计划，他们挖空心思地去挣钱，没想到才过了几天平静的日子，又被那帮人给逮住了，就在他们放学的路上。

这些人把他们带到村外的大柳树下面，又是一顿拳打脚踢，搜光了他们身上的东西，警告他们不要忘了每天上供，一周不上供，还得挨揍。

这一次被搜光攒的钱，刘玉金他们觉得去少林寺得提前，不能靠攒钱去少林寺，哪怕走也得走去那里，去了那里就有饭吃了，学功夫是不需要钱的。

这件事一旦决定了，他们就会找机会。

刘玉金说，今天上午放学的时候，他看见他们家附近有一辆卡车停在路边，就开始找寻这辆车的主人，左顾右盼了半天，看见一个陌生人，头上戴着宽檐的帽子，戴着墨镜，穿着蓝色粗布的工作服，站在一个小卖部前面，一只手里拿着汽水，另一只手拿着一包烟，看样子是去买东西的。

刘玉金便走了过去，假装路过那里，就听那个司机说是去县城送油漆的，在这里坐下来休息一会儿，下午走。这个消息对他来说简直是太好了，他们可以搭这个汽车去县城，然后坐火车去少林寺，就这么定了。他回家急匆匆刨了两口饭，就联络这几个伙伴，中午的时候把大家聚齐了。

村子外面唯一一条通往县城的公路，就是靠近山坡的那条，几个孩子便从山上往下滚了几块石头堵在路的中央，他们则藏在山坡的后面，等待卡车过来。

大约等了半个多小时，那辆卡车过来了，司机一看前面有石头堵着，就停下车去搬石头。

趁着司机搬石头的空隙，刘玉金向后面的几个人招了招手，几个人便从山坡上悄悄溜下来，轻轻地从车厢后面上去了，上去后又悄悄地趴下来，藏在那几个油漆桶的缝隙中间。

那司机搬完石头就发动了卡车，一路开向县城，一点没有发现车的半挂里多出几个孩子来。

几个人趴在车上可受了洋罪了。那油漆桶随着路的颠簸来回滚着，他们几个被碰得龇牙咧嘴还不敢喊，身上的衣服都被蹭上了红色，一会儿被油漆桶碾了脚，一会儿又被油漆桶碰了胳膊，总之这两个小时的路程就像过了一个世纪一样那么漫长。

等进了县城，那马路基本还算平坦了一些，他们才算松了一口气。从来没有进过城的孩子，看见城里的鸟儿都觉得新鲜，早已忘记了身上被油漆桶碾过的疼痛，甚至想为这次的"离家出走"而欢呼。

马路上的城里人都穿着喇叭裤，好不时髦。

汽车在一个油漆厂的大门口停了下来。

门房的老头对司机说："师傅，你得等十几分钟，厂里还没有上班，还不能开门。"

司机说："行，那我就在车上眯一会儿，到时间了叫我一声。"

说完司机也没有下车去，靠着驾驶座打起瞌睡来了。刘玉金便悄悄带着几个人从后面溜了下来，准备去找火车站。

几个小孩子东逛西逛了一下午，也没有找到火车站，他们几个正迷迷糊糊不知所以呢，就听见了一阵火车的长鸣声，几个孩子一起朝着这个声音寻了过去，老远就看见一条黑色的长龙威武雄壮地朝着县城的方向开了过来。

胡文军喊了一声："我知道了，就在刚才我们路过的地方，有个站台。"几个人便跟着胡文军往那个站台跑过去。

他们不知道，这其实是拉煤炭的火车，根本不是拉人的。他们摸到一节车厢的前面，看见那个车厢的门是打开的，就跳了上去趴在上面等，等着什么时候火车开动他们就可以去少林寺了。

谁知道等了好久也不见火车开动，却等来了检查火车的警察，就这样他们被带了回来。

父亲和几个家长听完刘玉金的叙述，才知道我的大哥已经经历了这么多事情，还以为他每天按时到校，在学校除了学习，别的就没什么事了。他觉得这是他作为一个教师或者作为一个家长的失职，只顾着教别人家的孩子，自己的孩子倒没有怎么管教。

陈世强的父母都来了，看起来是一对老实巴交的农民，怎么也没有想到小小年纪的陈世强会逃学。他的母亲已近哭成了泪人。

父亲过去安慰了几句说："都是我们做家长的疏忽大意了，回去好好管教管教吧。"

几个家长去警察这里办完了手续，各自领着孩子回家去了。

父亲领着大哥和刘玉金也回到了村里。

第十四章 忘记了二哥上学

一

母亲看见父亲带着大哥回来了，赶紧烧水、做饭，冲父亲使了个眼色，父亲跟到厨房里对母亲讲了一遍去县城的经过，第一次听见母亲叹气，然后再也没有说话。

这时候舅舅方秋桐和舅妈赖巧花也来了。

舅妈一进门就训大哥："你这个死孩子，好好的学放着不上，你到底是要担心死你妈呀！"

舅妈不停地说着大哥："你们家现在的日子好过了是吧？你开始嘚瑟了是吧？你逃学，逃学就是丢人你知道吗！"

舅妈没完没了地说："我和你妈那时候想上个学都没有机会，你倒好，你都丢了你爸的脸了，你爸可是老师啊……"

舅妈还在唠唠叨叨地讲话，舅舅见大哥低着头洗脸，拉了舅妈一把，把她拽进厨房里说："你少说两句吧，看大外甥的样子不高兴了。"

"他还不高兴，你瞧他……"舅妈转头一看母亲一声不吭地在揉面。她又转过身对母亲说："秋玉啊，你得让江老师好好管管继成了，我家方正可是上了高中了，昨天我还看他们在一起嘀咕什么呢。"

方正是大表哥，正在读高中，学习很用功，性格随舅舅，平时蔫得三棒子打不出个屁，但是学习很好。

母亲一直揉面、擀面，什么话也没有说。

父亲对舅妈说："嫂子，对不起，以后我们会管好继成的，让他不去找方正就是了。方正的确是个好苗子，好好培养。"

舅舅在这边拉了一下舅妈的衣袖说："那啥，江老师，我们过来是说伐树的事情的，你不是打算翻修房子吗。明天我就和常建国几个帮你去伐树。"

"我就想去挣钱，我不想上学了。"冷不丁就见大哥扔下毛巾跑出去了。

父亲跟着大哥跑去，拉住欲往院外跑的大哥："我答应你，把初中读完，你想干吗就干吗，好吧？"这应该是缓兵之计。

大哥惊奇地瞪大眼睛。说实话，从小到大我没有仔细看过大哥的模样，这时候我远远地站在门槛外才发现，大哥和父亲长得那么相像，眼睛、脸庞、身板以及说话时的神态，太像了。看着站在院子里的父亲和大哥，我感觉是父亲在和他的影子说话，不同的是大哥还没有父亲长得那样高大。

大哥惊奇地说："是吗？你说话算话吗？"

父亲只好说："一定，说话算话，到时候你自己决定。"

当一个人遇见一个和自己如此相像的人的时候，如果这个人还是你的亲人，那屈服是你唯一的选择，如果你还爱着他的话。

第二天父亲和舅舅他们去不远处的地头上伐树，这是生产队的时候分给我家的树，还有分给舅舅家的树，那些树都还没有长成当梁的材料，只能够当椽使。那边看见蒙宝正在放羊，他比以前老了许多，他看见舅舅们在伐树，赶着羊群朝远处去了，一边哼着不着调的歌。

常建国说："蒙宝唱歌倒不含糊，一点都不结巴了。"

三顺一边往树上绑绳子，一边说："蒙宝放了半辈子的羊，这家伙存了不少钱，前阵子老书记家的给他张罗了个媳妇，人倒是挺麻利的。"

"是吗？蒙宝也年纪不小了，赶紧得成个家，不然以后羊可没人放了。"赖狗子说着"哈哈哈"笑了起来。

"就是，再迟的话生的孩子都得管我儿子叫叔了。"常建国反应真快。

几个人帮忙把树拉回我家院子里的时候，母亲正好做好了饭，招呼大家院子里吃饭。

三顺问道："江老师，你是打算在这个院子里盖房子吗？"

"我看把你家的自留地用上吧，这院子太窄巴了。"常建国建议。

"我看也是，房子盖在我家隔壁，我家孩子有不懂的作业随时可以请教江老师呢。"赖狗子这两年一直为他的媳妇和儿女得意。

舅舅方秋桐说："就是，盖在自留地里，就是自己的窝了。"

父亲见大家对自己盖房子的事这么热心，就说道："我也是这么想的。种粮食的地呢，也够了，再加上瓜地那里平出来的两亩多，我们种一些经济作物，日子算是很好过了，就用自留地盖房子了。"

"是啊，江老师，你还有月月黄呢，可比我们强多了。"

"对，对……"大家你一言我一语地说。

说干就干，舅舅他们趁着农闲的时候打的土块已经码得老高了。

父亲打发人买的梁也运回来了。

为了盖房子，父亲特意从别的村子请了一名匠人，这个匠人其实就是木匠，他负责把椽木、梁木等刨掉皮子，对所有房子进行规划，其他人都听他的。

只见大哥也穿梭在他们中间忙碌着，一会儿帮着递土块，一会儿帮着拉线，总之哪里都有他的影子，他像个小家长似的哪里需要去哪里。

"江老师啊，你家继成长大了，都能帮你大忙了呢。"一个人说。

"谁说不是呢，这孩子很有眼力见儿呢。"另一个说。

"是江老师教子有方啊，我家孩子就没有这么懂事。"还有人说。

大哥听着大家在夸他，心里美滋滋的，干劲越大了。

母亲看在眼里，也听着大家称赞大哥的话，一半是喜，一半是忧，忙着自己手里的活，洗菜做饭伺候工匠们。

母亲没有一天闲着，父亲依旧每天上班，下班后帮着做一些家务。很快地，我家新房子的雏形就出来了。

这一天，正是上梁的日子，也就是说只要梁上了，房子就算是正式落成了。母亲和舅妈做了面豆豆，买了花生、水果糖等，装了满满一大盘子，当然盘子里还有钢镚儿和毛票，全部交给匠人。

匠人腰里拴着一根红布条，双手端着盘子。全村的人都来到我家的新房子周围等着抢匠人盘子里的东西，据说抢得越多生活越红火。

上梁的吉时还未到，郑书记先讲了一段话，郑书记说："乡亲们，今天是一个非常喜庆的日子，党的富民政策越来越好了，经济搞活了，日子就红火了。"

他顿了一下接着说："江老师，是我当咱们村支书以来的第一户盖新房子的人，以后我们村会有更多的新房子建成。"

这时候下面响起了热烈的掌声。

郑书记看着大家说："现在盖土坯房，将来我们要盖砖瓦房，会有很多个'万元户'从我们村子里涌现出来，让我们的后人都过上好日子。你们说是不是这个理呢。你们想不想都住进新房子呢？"

"好！支书说的好，我们都会有新房子住的。"

"过几个月我家也盖新房子。"

"我家今年再奋斗一年，明年就能盖新房。"

……

村民们个个神采飞扬，这时候吉时已到，有人放起了鞭炮，噼噼啪啪地响了有三四分钟。鞭炮声刚一结束，房顶上蹲在梁上的匠人就开始往下倒盘子里的东西了，大家伙纷纷在地上抢了起来。这一场景，是我们村多少年都没有出现过的场景，比起嫁姑娘娶媳妇这样的喜事，盖房子可谓是最大的喜事了。

母亲在盘子放的最大价值的东西就是一张五角的毛票，谁也没想到，这个毛票最后被大哥抢到了。

在一片喜庆中，村民们会像对待一件大事一样给我家随礼搭情，送个一块两块的人很多，送完情的人和帮忙的人都在院子里吃一顿简单的饭，算是被招待了。就在大家伙闹哄哄地吃饭的时候，蒙宝也给我家随礼来了，他的礼和所有人的礼都不一样，他拉着一只羊。

"江老师，我、我、我也没，没啥、没啥送的，这、这只羊，你、你收下吧。"他把羊缰绳塞到父亲的手里，转身就走了。

院子里一下子安静了下来，等人们都反应过来的时候，他已经走远了。大家又开始七嘴八舌地议论起了蒙宝，都说赶紧帮忙让蒙宝成个家。乡亲们对于蒙宝的同情，也来自于蒙宝对于生活的态度。

房子盖好以后也不能一下子就搬进去，得等到第二年春天，新房子都干透了，选个好日子再搬。母亲就想着再给我们弟兄三个每人做一套新衣服，其实这两年每年我们都有新衣服穿的。

母亲去找舅妈，想商量着和她一起去商店里扯布。去找舅妈的时候舅妈不在家里，表哥方正在缝纫机上趴着写作业，看见母亲进来就起身去给母亲倒了一杯茶说："姑，您先喝茶，我妈一会儿就回来。"

表哥方正长得瘦瘦高高的，皮肤很白，这一点随了舅舅和母亲。他文文静静的，一看就是个好学生。他把茶端给母亲后便坐下来专心写他的作业去了。

母亲正喝着茶，就听院子里有人说话，像谁在麻雀窝里捣了一扁担似的叽叽喳喳："哥，哥，你看呀，你快出来看呀，看我拿什么好玩的了？"这是表姐方圆的声音。

"你慢点，跑那么快的干啥，你哥又不和你抢。"这是舅妈赖巧花的声音。

这母女俩说话一模一样，拉开开关就丁零零响个不停。

表姐方圆和我的大哥年纪相仿，已经长得有模有样了，长相随舅舅，性格随舅妈，可以说是个漂亮的大姑娘了，和他的哥哥一样，学习很好，还是他们班上的学习委员。

舅妈和表姐进屋一看母亲来了，连忙说："我正准备寻你去呢，给孩子做件新衣服。你看我家圆圆，又长个子了。"说着爱惜地摸了一下表姐的头，表姐手里拿着一把彩色的气球。

"是啊，我这个侄女一点都不像她姑，个头见长。"母亲也看着表姐，喜欢得不得了。

"要不是计划生育，你也该生个丫头才是，多好。"舅妈对母亲说，"有个女儿会疼人。"

表姐跑到母亲跟前说："姑，谁说我不像您了，我们班同学都说我笑起来特别像您，就这个，您看，酒窝。"表姐一边说着一边做鬼脸让母亲看。

"确实像，我侄女比她姑姑漂亮多了。"母亲笑着说。

表哥方正听他们在夸表姐，对表姐说："稳当一点，得意什么呢? 数学作业拿出来我检查。"又说，"都多大了，还玩气球，害臊不害臊啊。"表哥总是表现得一本正经。

表姐一听扔下气球赶紧回屋去写作业了。

"那我们明天去商店扯布吧，吃过饭我去找你。"舅妈对母亲说。

"带上我，我的花布我自己挑。"表姐从里面伸出一颗扎着羊角辫的脑袋来说道。

"好，带上你，我们都去。"舅妈一脸温柔地说道。

母亲心想，舅妈平时那么厉害的一个人，在自己的女儿面前像是变了一个人似的，就像全世界的温柔都被她一个人征用了。

二

第二天，母亲和舅妈以及表姐就去商店扯了布回来，等要按照每个孩子的尺寸开始裁剪的时候，母亲才发现她的布扯的不够，因为大哥明显地长个子了，他的身量就是我父亲的翻版，而我，也长高了不少，和大哥的模样如出一辙。她扯回来的布只够我和大哥两个人的，二哥高出我一个头顶地在那里站着，已经没有布料往他身上比画了。

母亲看着二哥呆坐了好一阵子，好像才发现家里有这么一个人似的，颤声说道："嫂子，嫂子你看，你看我家老二像谁?"

"像咱娘呗，你说像谁? 白净、清秀，不到着急的时候绝不说话。"这是我的舅妈对我外婆的评价，也是对二哥的评价，说到底其实二哥完全像我的母亲。

"布不够了，我没想到老二也长得这么快，主要是没想到老大长得太快。"母亲自言自语地说。

"那就再去商店扯一回，不能让孩子穿旧衣服吧，要开学了。"舅妈说。

"对，老二也要上学了。"母亲像是才想起似的，二哥确实超过了上学的年龄。

真是平时看不见孩子们的成长，一量尺寸这才发现，我的二哥也长大了。可是过完年我都该入学了，二哥还没有入学，这件事让我的母亲吃惊不小。

"秋玉啊，你看你看，我们一天都忙什么呢，竟然忘记了孩子上学的事！亏得你家江老师还是老师。你们两口子一天光忙了致富了。"舅妈的话匣子又打开了。

"唉，谁说不是呢，一直就操心老大继成的学习了，结果还……"母亲也感到自己在这方面有点失落。

"那就明年老二老三一起入学吧，只能这样了，迟了两年，娃念书也松活一点。"舅妈说。

"再没办法了，我那时候一直坚持要念书，没有条件，最后自学，也是生活所迫。唉，到了自己孩子这里，竟然大意到了这个地步。"母亲有点自责地说。

"江老师也粗心啊，这么大的事都能疏忽。"舅妈又埋怨起了父亲，"他应该能想到呢，估计也是一天只围着你转了。"

到了晚上母亲对父亲说起这事的时候，父亲也感觉有点对不住二哥。这个孩子从小就胆子小，没有多少话，从第一次分地的时候被忽略，到现在上学也被忽略，他总是默不作声地在这个家里存在着，不像大哥那么调皮，也不像我这样乖巧，他是完全继承了母亲的基因，不争不抢，不喜不悲。

当母亲给他穿大哥穿过的衣服的时候，他也就穿了；当母亲给他做新衣服的时候，他也没有多少欢喜，所以父亲和母亲总是在考虑着大哥的感受，对于二哥，从来没有过多地考虑，总觉得这个孩子怎么都没有意见，时间长了，总有一种他被忽略的感觉。

父亲和母亲觉得，他们再也不能忽略这个孩子了。大哥尽管学习成绩很好，但是他脑子太活了，不知道他一天在想什么，而二哥，他太乖了，也不知道他一天在想什么，唯一可以暂时被掌控的，就是我了。

到了春天，我家搬进了新房子，新房子的窗户全是玻璃的，显得房间里特别敞亮，光线非常好。不像以前的旧房子，除了过年的几天贴上新窗户纸外，其余时间总是黑乎乎的，因为纸糊的窗子被风一吹、雨一淋就破了，然后母亲随便找些作业本的废纸糊上，既难看又挡光。

但是现在母亲剪窗花的手艺就没地方显示了，也就是从那时候起，母亲再也没有剪过窗花。

房子多了，我家的房子就进行了分配，父亲和母亲住在上房里，大哥住了一间，我和二哥住了一间，另一间当厨房。

院子也宽敞了许多，母亲还在院子里种了两棵树，一棵杏树，一棵梨树，院墙安上了大铁门，在院子的外面，有一块麦场，是用来放麦草和那台脱粒机的。

住进新房子的感觉真的挺好，再也不用五个人挤在一个炕上，可是从此再也没有弟兄三个抢着往母亲怀里钻的情景了，再也没有大哥给我半夜盖被子的情景了，再也没有大哥给我和二哥讲小人书的情景了。

在麦场的下面，有一块没有被利用的空地，本来是要把养鸡场搬过来的，可母亲最后决定不再养鸡了，因为当时养鸡的人太多了，市场虽然还好，母亲想已经养了两三年鸡了，也该换一换了，她想养猪，因为村里当时还没有人大批量地养猪。

我家的右侧就是常建国家，常建国的大儿子常青比我大哥低一级，他的女儿常艳和我同岁。

我和长我两岁的二哥一起背着书包入学了，虽然说二哥被我的父亲忘记了上学的年龄，但是许多人家的孩子也都是这个年龄上学，或者根本也不知道什么年龄该上学，只是觉得长得差不多了，应该去学校了就去了。所以在我们这个班上，还有比我二哥年纪大的同学，我属于年龄最小的同学了。我们班主任曾经开玩笑对我说："你爸忘了你二哥上学，倒把你提前给提溜进来了。"

要知道我这个人是开不得玩笑的。虽然我看起来没二哥的身板强壮，要是倔强起来，和我二哥是不相上下，只是暂时还没有到表现的时候。当班主任这样说的时候，我只回应了一句："我又不是不够年龄。"这句话一出，班主任再无二话。

第十五章 一场猪瘟的损失

一

又是一年春播的时候，母亲从父亲带回来的一张《农民日报》上看到，有个地方种的一种小麦品种产量很高，比传统的小麦高出一倍不止，不知道本地是否可以种呢？按照报纸上登的联系电话，母亲去村部找到郑书记，想让郑书记帮忙了解一下。

郑书记一听这事是好事啊，于是用大喇叭喊来了舅舅方秋桐和常建国。经过电话一联系，对方让村里派人实地考察一下，可是这个考察，大家不懂要去考察什么。

郑书记忽然想起了什么似的说道："秋玉啊，你家江老师有个同学叫袁红军的，还记得吗？"

"记得啊，他在县上的工商局，和这个有关系吗？"母亲疑惑地说道。

"有关系，他的妻子在农业局，我上次去县上还见过他，他可以帮忙的。"郑书记说。

"那你的意思呢？"母亲还是不解。

"这样吧，星期天了让江老师跑一趟，就算是替村上跑这件事，成了，也是我们村里的一件大事嘛。"郑书记真会利用关系。

父亲和袁红军自从大学毕业后也没有见过几次面，联系还是有的，袁红军结婚的时候父亲去参加了他的婚礼，也见过他的妻子，可是那时候他的妻子还是一名教师，不知道什么时候到了农业局的。

这天周末父亲就去了县城，见到了袁红军。

袁红军比以前胖了许多，他的妻子韩秀丽，人如其名，长得也很好看。她烫着时髦的大波浪卷头发，别致的鸭蛋脸庞上一对单眼皮的圆眼睛，脖子上系了条蓝色的纱巾，整个人看起来很精致的样子。

袁红军两口子在一家不错的饭店里接待了父亲。

"怎么样？扎根在那个村里还不错吧？"袁红军笑着问父亲。

"还行吧，去年盖了新房，你有空就来家里坐坐，现在条件好多了。孩子们都上学了。哦，对了，你女儿也该上小学了吧？"父亲对袁红军说。

"是啊，孩子都大了，我们也老了。"韩秀丽捋了捋她的烫发说道。

"嫂子这么年轻漂亮，哪里能看得出来老了。"父亲打趣地说。

"你也啥时候带着秋玉来玩几天呀，总是把她放在家里给你种地伺候你，你可真行。"袁红军数落着父亲。

"农活多得忙不过来，这不今年刚缓了口气，她又想着小麦换品种的事，还想养猪，都不知道她一天满脑子想什么？"父亲嗔怪地说道。

"能想什么，就想你和你儿子们的幸福生活啊。"韩秀丽不失时机地调侃说，"这女人啊，一成家满脑子都是丈夫孩子，啥时候能为自己想想啊。"说完她看了一眼袁红军。

"是啊是啊，我们家秀丽也是一样，天天想着给她的宝贝女儿做什么好吃的，把个女儿打扮得公主似的。"袁红军呵呵笑着说。

"嫂子，是这样，我们从报纸上看到有个地方种植一种叫作'香叶'的小麦，不知道适不适合我们这里种呢？"父亲问道。

"'香叶'啊，我知道，咱们县里正准备要引进呢，农业局已经考察过土壤和气候了，咱们这里的条件比那里好多了，非常适合种植。"韩秀丽继续说，"你怎么也知道这个品种吗？"

"是我们从报纸上看到的，这次来就是找你的，没想到我还没说呢，你已经把问题给我解决了。"父亲高兴地说。

"那好啊，我明天一上班就给局里汇报，拿你们村当实验基地，如果成功，就可以在县里大面积推广。"韩秀丽也显得很兴奋。

"哈哈，你们今天这可是一拍即合啊，没想到一个瞌睡了，一个就给递枕头。"袁红军幽默地说。

"真是没想到事情这么顺利，我这一趟算是太有收获了。"父亲说，"我的任务就算是圆满完成了。"

"好，为这件事我们都干一杯。"袁红军提议。

三个人举起手里的汽水，碰了一下一饮而尽。

父亲马不停蹄地回到了家里。

父亲对母亲讲了去见袁红军的经过，说道："你还没有见过袁红军的老婆，人长得挺漂亮。"这是父亲第一次说别的女人漂亮。

母亲笑了："真的吗？"母亲笑起来非常好看，只是她很少笑。

父亲也笑了："你终于笑了一次。就是嘛，要经常笑笑的。"

"少贫了你，正事办成了就好。"母亲立即收回了笑容。

在我童年的记忆里，父亲和母亲很少开玩笑或者打趣，这可能是唯一的一次，母亲总是一脸的严肃，父亲总是乐呵呵的。但是自从我上了初中以后，父亲和母亲简直就变成了同一个人，父亲的脾气越来越像母亲，家里的气氛总是显得正儿八经的，父亲常常满脸的严肃，严肃中却总有那么一些宽厚。

父亲当时就去村部给郑书记讲了这个事。郑书记第二天和韩秀丽通了电话，最后高兴地对村里宣布："今年我们所有的水地都种'香叶'，种子不花钱，县农业局把我们村的水地当作实验田，如果成功了，我们村就是示范村了，大家觉得好不好？"

村民们当然高兴得不得了，集体拍手称好。

"这是江老师给咱村争取来的，大好事一件啊。"郑书记看了一眼父亲说道。

"江老师总是给咱村办好事，我们相信他。"以三顺为首的几个人说道。

"那这件事就这么定了，各家都回去做好准备。村里到时候会通知大家来领种子的。"郑书记正准备要结束今天的会议。

这时候就见阿发急匆匆地跑来，上气不接下气地对郑书记说："书记，书记不好了，我们村去县养殖场要钱的人被人家打了。"

"有这样的事？怎么回事？"郑书记惊道，"钱不给，还打人，他们反了天了还。"

"人家说了，他们场的场长领着情人跑路了，留下个烂摊子。几个月没有开工资了，场里的奶牛、奶羊都被讨债的拉光了，我们的人再逼他们，他们就往死里打，反正横竖都是个死。"阿发一口气说了这么多。

"走，我去看看。"郑书记说，"被打的人呢？伤的怎么样？"

"不是很严重，还在村卫生站呢。"

二

在阿发的带领下，郑书记领着常建国、三顺等又去了一趟县养殖场，结果发现那里的牛棚、羊圈正如阿发所说，都空空的了，只有几只鸡在场子里东奔西逛地晃荡。

正不知怎么办的时候，就见里面一个头发花白、个子不高、穿着一身蓝色粗布工作服的人出来。这人阴沉着脸说道："你们是来要债的吗？明说了，要钱没有，要命也没有，就那几只鸡，要了就拿去。"

"我们是圆坨村的，你们场用了我们的砖，没有钱，也不能打人啊，是吧。"郑书记说道。

这个人一看随即低下了头："我们打人是不对，可是你们的人说话太难听了。你是负责人吧？你看，我们场里还有什么能拿，就拿走吧。"这个老人也是没有脾气了。

"你们场长呢？"郑书记问。

"卷了款带着情人跑路了呗。"从里面出来一个戴着鸭舌帽的青年人说道。

"这是我们副场长雷伯伯。"鸭舌帽介绍说。

"那你们的工资也没有着落了，你们还是自己趁早找碗饭吃吧，在这里也没有啥希望了。"郑书记反而关心起了他们。

你别说，这句话还管用呢。

鸭舌帽说："我们商量好了，本来是要把那几十头猪仔给你们顶账的，结果你们的人骂人，说话难听，我们就动手了。"

"是啊，是啊，但是一看您这个书记还讲点道理，我们还可以商量的。"雷场长接着鸭舌帽的话说。

"哦，猪仔在哪里？我们怎么没看见呢？"郑书记问道。

"猪仔已经被我们赶到后院里去了，不然也被人抢走了。"鸭舌帽说道。

"这样吧，你们把猪仔拉走，等猪仔长大了卖了钱，把我们几个人的工资开了就行，三个月的。剩余的就算还你们村的砖款。"雷场长这样说，"我们场呢，就算是解散了，自寻活路了。"

"那行吧，也没有别的办法，就按你说的。"郑书记就让阿发他们回去开车了。

当他们把猪仔拉回村里的时候，郑书记就召开大会讨论着猪仔该怎么个养法，共有五十多头猪仔，是分给每家每户呢还是由一户人家来养呢？大家拿不定主意。要是分给每家每户，那村民们自己家已经有一头猪了，再说猪圈也小，养不下，要是由一户来养，谁也没有干过这个，这么多猪，怎么养？也没有经验，这可麻烦了。

最后郑书记说："谁家要是把这些猪全部拉去了，养殖场几个工人三个月的工资村上的砖厂先行承担了，等这些猪仔出栏卖了钱，如果还有利润的话，和村上三七分，村上三，养殖户七，这个条件怎么样？"

下面还是没有人愿意领养这些猪仔，因为村民们从来没有养过这么多的猪仔，这么大数量得猪仔仅是饲料就是一大笔花销，若是叫唤起来可真能要人命。

正在大家推来推去没有主意的时候，我的母亲方秋玉站出来说话了："郑书记，我领养了吧，我家搬了新房子，麦场下面正好有一空地，这几天已经盖好了一个大棚，可以养猪的。"

"你一个人顾得过来吗？现在它们还小，过不了两个月就长大了，吃的可不少。"郑书记看着母亲瘦小的身体，不放心地问道。

"没问题，秋玉能干着呢，当初养那么多鸡不是还得了个'万元户'吗？"

三顺笑着喊："瘦是瘦了点，秋玉的精神好着呢。"

"现在我们两家离得近，我也可以帮把手。"只见常建国的妻子站出来说话了。

人都说夫妻相，这在常建国和他的妻子身上体现的相当完美。不知道的人还以为这俩人就是亲兄妹，都是黑魆魆的脸庞，中等的个儿。

她是原顾书记的远房表妹，名叫吴文英，村里人都叫她的小名枣花。

郑书记见吴文英站出来想和方秋玉一起养猪，对这件事就有了更大的把握，于是就同意了。

郑书记说："这样吧，因为这批猪娃是顶账的，顶了我们村里的砖款，猪娃出栏销售的时候，价格你们根据市场自己定，我们也不要说三七四六的了，把砖款还上就行。"

"好，我们现在就签一个养殖合同。"母亲秋玉说道。

就这样，村里的五十六头猪仔就圈到了我家新盖的猪圈里。

我家的猪圈完全能够接纳百十头猪，算得上是一个中型的养殖场，只是缺乏一个像样的草场，母亲只能靠饲料喂养，把家里的玉米秆、玉米、大豆等能喂猪的东西全部磨了，又像以前照顾"双黄"一样开始照顾这些猪娃。

常建国家就在我家隔壁，虽说合同是我母亲方秋玉和村里签订的，吴文英也时常过来帮着喂猪，他们家的饲料也都全部粉碎了准备着，猪娃可比鸡娃能吃多了。我和哥哥们放学回来的时候，都会背着一捆捆猪草，大家一起动手养这些猪娃，猪娃们长得也快。

有一天我们家来了两位稀客，县农业局的韩秀丽和县养殖场的雷场长来了。

一进院门韩秀丽就说："哪位是方秋玉呀？我拜访你来了。你们家可真不好找，打听了好几个人才打听到了这里的。"

母亲一听院子里来人了，赶紧从猪圈里出来："是我，你们找我有事吗？"说着把手里的饲料盆递给了吴文英。

韩秀丽一看面前站着个朴素的农村妇女，瘦小的个头，瓜子脸，虽说风吹日晒多少年，脸庞依旧显得白皙而又精致，尤其骨子里自带着傲娇之气，给人一种不容小觑的气场。穿着衬衫和普通的黑色裤子，腰间系着一条浅蓝色得围裙。

母亲一看韩秀丽，确实如父亲所说，岂止是漂亮，和她的名字一样，让人感觉很亲近。今天的她依然是一头卷发，穿了一件紫色的毛衫，蓝色的喇叭裤，很时尚的一个城里人。

这俩人的穿着打扮虽然有着天壤之别，但是俩人的气质透露出某种相似的地方，是一种只有当事人才能相互认可的相似。

三

韩秀丽大方地自我介绍说："我是县农业局的韩秀丽，你该叫我一声嫂子呢，秋玉。"

"哦，是嫂子来了，快请进屋里，这位是？"母亲连忙用围裙擦着手问。

"这就是你们拉来了人家猪娃的养殖场副场长。"韩秀丽向母亲介绍着雷场长。

雷场长说："听说你领养了我们的猪，我是不放心来看看的。"

母亲把两个人领进屋里，沏了茶问道："这么说你们是专门来看猪娃的了？"

韩秀丽说："是啊，雷场长不放心，因为这些猪娃是他们场新购来的瘦肉猪，很多要债的来他都没舍得给，看你们郑书记是个实在人，你们又是农民，才把他们顶给了你们村的。"

"是啊，我的确不舍得这些猪娃，瘦肉型猪的喂养不同于普通猪，后来他听说是你把它们承包了下来，又听说你家江老师是秀丽丈夫的同学，我就央她带我过来看看这些猪娃。"这么一听，雷场长是个非常有爱心的人啊。

说着话，雷场长从包里掏出了几本瘦肉型猪的养殖手册之类的书籍递给母亲。

母亲高兴地接过书说："太感谢雷场长了，这真是雪中送炭呢，我正考虑着托付人去县城买几本回来。虽说家里养过猪，那都是一半头杀了过年用的，和这么多是不一样的，肯定不能养一年两年的，那样成本就太高了。"

韩秀丽也笑着说："那这么说我们是来对了。给，这是我家袁红军托我给你带的，打开看看。"

母亲打开一看，是一本《宋词》。

母亲想起来，当年她和父亲还在知青点住的时候，袁红军来过一次，他看见母亲在看很旧的一本《宋词》，那时候是偷着看的，竟然都被他发现了，真是个有心人呢。

母亲翻开看了一眼，然后合上书，用粗糙的手抚摸着书皮。

母亲对韩秀丽说："我爱了一辈子的书，到头来也没有机会读书，替我谢谢你家红军。"

"好了，又勾起你的伤心事了，带我们去你的猪圈里转转。"韩秀丽转移了一下话题。

母亲带着韩秀丽和雷场长进到猪圈。雷场长直夸母亲的猪圈盖得好，问她为什么是这种盖法，和普通的猪圈不一样。

母亲说："我也是从书上看的，猪食槽在外面，猪舍里只供猪的头伸出来吃食，上面是它休息的地方，往后就是斜斜的滑坡，减少猪的运动量，脚下一滑，它就不愿意走动，只好吃了睡，这样容易坐膘。"

听着母亲的介绍，雷场长直点头："好啊，好啊，我们专门的养殖场连这些细节都没有考虑到，方秋玉啊，你真了不起。"

"她可是一个特别爱钻研的女人呢，不要看她个头小身体弱，可是有一股子倔劲和聪明劲呢。"韩秀丽笑着说。

"看来我家江明什么都对你们讲，这个江明啊。"母亲摇着头说。

"我和你虽然是第一次见面，但好像是老朋友了呢。"韩秀丽微笑地看着母亲。

"是啊，我也有这种感觉。"母亲轻声说道。

"怎么，你俩是不是相见恨晚呢？"雷场长在旁边插嘴道，"好了，猪娃我也看了，算是放心了。唉，其实啊，我是操的个闲心，猪娃已经不归我管了，我还要来看，是不是多余了呢？"

"哪里，您这是有责任心啊。"韩秀丽说。

"是啊是啊，雷场长，我也是头一次养这么多猪，您是专业人了，我有什么不懂的地方，还得去请教您呢。"母亲也说。

"书上基本上都有了，有什么临时出现的新情况，不会处理的，你可以找我，我会帮你的。"雷场长对母亲说。

送走韩秀丽和雷场长以后，母亲白天伺候我们和猪娃们吃，晚上就在灯下看书。我一直记得我和哥哥们写完了作业，都要熄灯睡觉的时候，父亲和母亲的灯还亮着。

母亲看书的影子映在窗户上，就像一座雕塑，安静而美丽，这样的一幅画面多少年来一直刻在我们的脑海里，每当我学习懈怠或者工作懒惰的时候，就会想起这一幅美丽的画面来，时时鞭策和激励着我。

我家的饲料和常建国他们家的饲料都喂完了的时候，母亲又挨家挨户地收购了一些。四个月过去了，猪已经都长大了，再有两个月就可以出栏了，瘦肉型猪的销售市场是一片大好呢。

这一天吴文英喂完猪对母亲说："秋玉啊，我怎么发现有一头猪今天没有出来吃食。"

"可能是懒了，一会儿它就出来了。不要紧。"母亲回答。

这时候大哥进来说道："妈，我看见有一头猪躺那里不动，其他猪在拱它呢。"

吴文英说："猪也有打架的时候啊，闹着玩呢，和你们一样。"

"可是它像是被打死了，一动不动的呢，臭死了都。"大哥坚持说。

"我们去看看。"母亲说。

她们去圈里一看，这些猪都好好的，并且最近长大了不少，没有见哪只不动的，只是的确有一股奇臭。

他们正在圈里疑惑呢，就听见外面有人喊："方秋玉，方秋玉在家吗？"

母亲他们几个出来一看，是阿发领着个陌生人进来。

那人说："我听说你们养了瘦肉型猪，我是来订货的，不知道你们订给别人没有？"

母亲问阿发这是怎么回事。阿发就说这是他们家亲戚，在县城开了个饭店，以前一直从县养殖场进购猪肉，现在县养殖场倒闭了，他们才打听到那些瘦肉型猪被咱们村顶账顶回来了，就找到这里来了。

母亲就对阿发说："这你得去问郑书记看怎么处理，再说了，离出栏还得个把月呢。"

"郑书记那里找了，他让我把人直接领你这里来，说由你全权做主。"阿发说。

"是啊是啊，我会以高出市场的价收购你的猪。"那个饭店老板说。

"那你是全要呢还是只要一部分呢？"母亲问道。

"是这样，我想先订下，你先养着，我的饭店也不可能一下子全要了，隔几天要一头，你看怎么样？"饭店老板说。

"要就全部拉走，出栏后我还继续喂着，那吃的猪食可就要加钱了。"吴文英说。

"对呀，你能一次性要完吗？"母亲问。

"这样吧，我再联合几家饭店，我们争取都要了。"老板说。

可是没有等到饭店老板来拉猪，这些猪就出事了。

四

和前几天的情况一模一样，那些猪一天就有一头不出来吃食，后面的几天竟然有好几头没有出来吃食，走近一看，这些猪身上红一块紫一块的，躺着懒洋洋得不动。

这可把母亲急坏了，翻了半天的书，也没有见过书上怎么说，赶紧打电话叫来雷场长帮忙看。

雷场长不看不知道，一看连雷场长也吓坏了。他说："秋玉啊，我养了几年猪了也没有见过这种情况，这是不是就是人们传说的猪瘟啊。"

"可是猪瘟是怎么来的呢？好好的怎么会得猪瘟呢？那还有救吗？雷场长，你快给看看。"吴文英在那里也急得不行了。

"我也没有见过，现在叫县防疫站的人来，看有没有办法。"雷场长说。

那边早就有人报告给了郑书记，郑书记打发人去接防疫站的人来查看。

防疫站的人立即着手检查，抽血拿去防疫站化验。又给猪打了针，留下一些药制饲料，交代母亲她们不要给猪别的吃食了，化验结果出来前就只能吃这些药制饲料，母亲连忙答应着，吴文英那里已经乱了阵脚。

"要是治不好，我们怎么办？按照合同，我们就赔厉害了。"母亲说道。

"先不要急，等化验结果出来再说。"郑书记安慰道。

第二天化验结果就出来了，防疫站的人来到我家说："不是什么大问题，是一种常见猪瘟，但是已经得了的就没法控制了，必须尽快处理，不然给其他猪传染上就不好了，没有被传染的就尽快隔离。"

在郑书记的指挥下，被隔离出来的猪不到二十头，其他大部分都得了猪瘟，有的轻有的重，轻一点的喷嚏打个不停，重一些的躺着不能动了，母亲已经坐在那里快要哭了。

"我们也是新猪圈，第一次养这么多猪，怎么得的猪瘟呢？"郑书记问防疫站的同志。

"这个不好说，有时候跟环境也有关系，主要还是直接传染源。"

防疫站的同志说："现在给隔离出来的这些猪注射上疫苗，如果能控制住更好。"

除了被隔离出来的猪可能没有直接接触到这些病猪，其他的猪第二天就全部死光了。郑书记让村民们帮忙把猪拉到后山的远处深挖坑埋掉了，但是被隔离出来的猪却也是渐渐地有了病相，看样子也活不了多久。

经过防疫站的同志争取到的时间和及时的治疗，后来保存下来十头猪不到，又有一批猪从我家猪圈拉出去埋掉了。

等所有的事情处理干净，母亲就病倒了。欠村里的款暂时还不上不说，光买饲料欠村民的钱就是个不小的数目，父亲有几天都没有去上班了，在家里陪着母亲。常建国也过来安慰母亲，我和哥哥们那几天的吃饭都是吴文英阿姨做的。

"我去找一下郑书记，看能不能把欠村里的砖钱免了，天灾啊这是，当时是我答应帮你养猪的。"吴文英说道。

"问题出在我家里，合同也是我签的，出了事还是我的，谁也没有想到会这样。"母亲从炕上翻起身说道。

"我去找郑书记说。"父亲安慰母亲，"你也不要有负担，我们的初衷都是好的。"

"不用去找我了，秋玉啊，你也是好心，为了我们村，砖款的事咱们再说，你先不要有负担。"郑书记不知道啥时候已经进了我家的院子。

"郑书记，我真是没有想到，好事做成了这样。"母亲不好意思地说，"我想好了，我还要养猪，再养几十头，把村里的亏空补上。"

"这件事也不是说不可以，只要你坚持，我想还是能做，只是目前你损失太大了。"郑书记说。

"损失算我的，我手里还有些粮食，卖了还可以再买些猪娃回来，这次就有了一些经验了。"父亲替母亲说道。

听说了这个消息的韩秀丽、袁红军和雷场长也来了。雷场长说："这次我留下来和你一起养，我们一定能成功的。"

"妈，你不用养了，我去砖厂干活，我去工程队打工，我挣钱还村里的钱。"放学回来的大哥突然站在母亲面前说。

"你说什么？你再说一遍？"母亲惊呆了，没想到大哥竟然能说出这样的话来。

"我初三毕业了。我爸答应我的，说我毕业了想干什么就干什么，我不想上学去了。"大哥理直气壮地说。

父亲说："你念你的书，这些事不用你管。"

"可是你答应我的，我就算上了高中也考不上大学的。现在考大学的升学率还不到百分之一，我早就打听过了。"大哥继续讲着他的理由。

所有人都被这个已经长大的江继成镇住了，这个孩子越长越像我的父亲。他已经这样说话了，大人们是不能再拿打骂或者吓唬这些措施对付他的，尤其是我的父亲，已经拿他没有任何办法了。

当初这样说也是迫不得已，为了让大哥继续上学，可是谁知道他竟然拿父亲的话当回事了，记得这么清楚。

在今天这种场合讲出来，当着这么多人的面，简直就是让父亲下不了台，自己说过的话要兑现啊。

"你可要想好，以后不能有什么抱怨我和你妈的地方。"父亲正视着大哥。

"继成，你还小，想法太幼稚了，还是继续上你的学吧，哪怕高中上出来考不上大学，再出去工作也不迟，起码多一些知识。"袁红军叔叔劝道。

"是啊，你袁叔叔说的对，你还是安心上学，家里的事不用操心了，欠村里的钱我们也不要现在就还。"郑书记也说。

母亲看着这个比自己的个头高出许多的儿子，一句话也说不出来。

"我自己的主意自己拿，我已经十六岁了，我有我的想法。"大哥坚持说，"就算上了高中，考不上大学，也是白白浪费几年的时间，有这几年时间，我已经挣到了钱，挣到了人生经验。"大哥说话似乎完全在理，不是其中任何一个大人能说服的。

"可是你的成绩一直很好，爸爸觉得你还是有希望考上大学。"父亲这句话充满了父爱。

"爸，我知道我的成绩比别人好，那是我在给你争气呢，我现在想回家搞副业去，给咱家争气，我将来也不会怨你和我妈的。"大哥对父亲保证着。

第十六章　第一台电视机

一

　　也就是从那天起，大哥再也不去上学了，母亲对大哥继承她的理想的想法彻底泯灭了。

　　大哥加入了村里的砖厂，成了一名副业队成员。虽然每天干活到很晚才回家，但是他非常开心，每天回来还帮母亲做饭、喂猪，雷场长回县城的时候，他就替雷场长干完了所有的活。

　　母亲的猪娃也在迅速地成长着。有了上次的经验，她征求了雷场长的意见，提前给猪娃注射了疫苗，及时地清理猪圈的粪便，让猪圈里始终保持干燥和空气流通。

　　吴文英和母亲两个轮流喂猪、出粪，雷场长负责数据记录和技术指导。雷场长工作的时候，如果大哥在的话，大哥就一直在旁边认真学着。

　　不到四个月，猪娃们已经长得很大了，上次那个饭店老板在阿发的带领下又来了，说是这次他联络了好几个饭店，等猪一出栏，他们就全部拉走，让母亲继续为他们多喂猪。

　　"你们不嫌弃我以前的猪得过猪瘟，还能继续和我合作，我已经很感激了。"母亲感动地说。

　　"怎么会嫌弃呢。我是阿发的亲戚，阿发一直在我面前夸你的和江老师的为人呢，我们相信你。"饭店老板真诚地说。

　　"这样也好，我也不愁猪的销路了，不然还得给人家解释，这第一次养猪就失败了，第二次肯定得费些功夫的。"母亲说。

　　"秋玉啊，这跑路的事情我替你办了，你也不用发愁。"阿发在旁边说道。

　　"多谢你了，阿发，你还一直惦记着我的猪。"母亲真诚地对阿发说。

　　"都乡里乡亲的，不用这么见外的。"阿发也有些不好意思了。

　　打发走了阿发和饭店老板，母亲开始做晚饭了。

　　这时候的天气已经进入了冬天，地里的两茬庄稼都收获了。

　　如果这些猪卖掉，还了村里的砖款和村民的饲料款，还有很多结余，再加上卖瓜的钱，除去肥料瓜种子等成本，我们家的人均收入已经达到五千元了。

比当"万元户"的时候翻了一倍，这还不算大哥在砖厂干活的工资，也没有算父亲的工资收入。

母亲一边做饭一边心里盘算着，这日子越来越好过了，只可惜大哥辍学了，这成了母亲的一块心病。

母亲正想着这件棘手的事呢，吴文英进来了，她看起来不是很高兴的样子，母亲问道："你今天是怎么了？看着不对。"

"我有件事不知道该不该说。"吴文英为难地说道。

"我们这么熟了，又是邻居，有什么话不能说呢？"母亲一边和面一边说，"帮我把葱剥了，有什么事咱们商量着解决，别憋着。"

"说起来也跟你有关系，你家侄女方圆的事。"吴文英拿了葱，一边剥一边抬眼看了母亲一眼。母亲没有说话，示意她继续说。

"我觉得我儿子和你家方圆走得挺近的，我很担心。"吴文英说出了她的心事。

"你也是，不要大惊小怪的，小孩子家一起上学放学的，挺正常啊，你担心什么？"母亲应承着。

"我是想，两个人都老大不小的了，老挤在一起让人说闲话。"吴文英还是担心。

"说什么闲话啊，同学在一起怎么了？你想多了。"母亲说。

"你说我们那会儿，男生和女生都不说话的，现在的孩子怎么这么不讲究？"吴文英表示不理解。

母亲继续干她的活，吴文英继续说她的事："他俩不会谈对象吧，你家方圆长得那么可爱，我家常青和我们两口子一样，黑不溜秋的，她会看得上吗？"

母亲听她说着，没有停下手里的活。

"哎，你说，秋玉，要是我和你嫂子做了亲家，会怎么样？"她看了一眼母亲继续说，"你嫂子可不是省油的灯，还有，你家侄女那么漂亮，我儿子能守得住吗？"

母亲还是没有说话。

她继续说："可是这些孩子都还在上学啊，这是不是又太早了点呢？十七八岁的年纪，不过像我们那阵子都该结婚了。"

母亲在厨房忙着。

她就跟在后面说："嗨，我总觉得这段时间不对劲，一直观察着，我家常

清明

建国还骂我犯啥病呢，整天神神道道的。"

见母亲没有反应，她继续唠叨："哎，秋玉，你倒是说句话啊，我说了这么多。"

她把葱往案板上一放，看母亲又闷着头揉面。

"你都说完了，我还说什么呢？"母亲把葱拿过来洗了洗说。

"那你说，他们不会是真的搞对象吧？"吴文英说，"要是真的，我是不是给你嫂子说一声？你倒是说话呀，怎么又不吭声了呢？"

吴文英经常被母亲的这种不表态急得没办法。

"我走了，跟你说半天非把人急疯了你才说话，我也做饭去了，就当我没说。"说完她一转身就出去了。

大哥正好从砖厂回来，门口迎上吴文英说："常婶啊，不聊了，要走了吗？"

"和你妈聊天费劲，不聊了。"吴文英一边走一边回答着大哥。

"嗨，你和我妈聊，恐怕你又是说评书来的吧？"大哥笑着说。

"妈，我回来了，常婶跟你讲杨家将呢吗？"大哥进到厨房里说，"妈，我跟你说件事呗。"大哥蹲下来替母亲往灶膛里加柴火。

"你不念书，别的事就不说了。"母亲对大哥的讨好无动于衷。

"妈，你看你，我不念书自然有我不念书的道理。"大哥说，"念书的事咱能不要再提了吗？"

母亲继续她手里的活，她把面醒到盆里面，着手切葱，洗菜。

"妈，我给你说话呢，你在听吗？"母亲走到灶台的左边他跟到左边。

"妈，我听说咱村的人都有盖新房的打算。"母亲走到灶台的右边他又跟到右边。

"我想自己成立个工程队，妈。"大哥又蹲下来加柴火。

"现在生活条件好了，很多人都想盖新房，我想先去县城找一下我袁叔。"大哥又跟着母亲屁股后面转。

"把火加好，找你袁叔干什么？"母亲看都没有看大哥一眼。

这几年母亲的变化很大，以前不苟言笑，人家以为是她胆子小，现在她不苟言笑，人家以为她傲气。

"让他给我介绍个工程队，我学上一年，回来我就能拉自己的工程队，妈你看怎么样？"

大哥见母亲说话了，就把自己的想法说出来后看着母亲的脸色。

二

母亲一直没有接大哥的话，只说了一句："去给猪把食倒上，把你弟弟和你的炕煨上，这里不需要你。"

大哥就出去提着猪食桶子喂猪去了，正好我和二哥放学回来了。

他借机使唤我俩："继功帮我提一下桶子，继名你去把煨炕的柴草抱过来。"我俩赶紧放下书包帮他干活了。

这时候父亲也回来了，看了一眼我们两个在大哥的安排下跑得屁颠屁颠的，放下自行车就进了厨房帮母亲做饭。

我们一家人正在吃晚饭的时候，舅妈和表姐方圆来我家了。

母亲立即使唤二哥："给你舅妈和表姐拿个板凳过来。"又冲着舅妈说："嫂子你们吃饭了吗？没有吃的话坐下来一起吃。"

"吃了吃了，我们吃过饭过来的，我来找继成有个事。"舅妈说。

"你找他能有什么事？他现在连书都不念了，又不能帮方圆复习了。"母亲斜眼看了一眼大哥说。

大哥吃着饭说："妈，你看你，不念书就不能有事了？"

"我听你舅舅说，我们家继成在砖厂干，能帮人划算出来一院房子需要多少砖，有这回事吗？"舅妈问道。

"这还不简单，我们厂每天有人来拉砖，一问就知道了，时间长了，留点心很容易的。"大哥一边往嘴里塞着饭，一边说。

"热饭都塞不了你的嘴，看把你能的，说大话吧你。"父亲说。

"爸，您别小瞧人啊，过不了两年我还想给别人盖房子呢。"大哥继续说着。父亲和母亲双双瞪着大哥，大哥悄悄吃起了饭，不再吭声。

"妈，我去找常青拿一下作业，回家的时候叫一下我。"表姐方圆打了个招呼就去隔壁了。

"说真的，砖厂的几个年轻人都说呢，说咱家继成记性特好，每天有人来拉砖都不用记在本子上。"

舅妈直夸大哥，大哥偷看了一眼父亲和母亲，低下头吃饭。

这时候我和二哥吃饱了，去自己的屋子里写作业去了。

"妈，我下午给你说的话……"大哥看我和二哥走了说道。

"说什么了？"父亲问。

"没说什么！"母亲对舅妈说，"嫂子，你是要打算盖房子吗？"

"是啊，我和你哥有这个打算，方正和方圆都大了，方圆现在还跟我们挤在厨房呢。"舅妈说。

母亲想起了下午吴文英对她说的话，又看了一眼大哥，问道："盖房子是好事，嫂子，你打算还在旧地基上盖吗？"

"嗯，那是咱家的老地基了，两孔窑都保留着，也是个念想，我想在南面和西面盖上房子，这样院子也紧凑一些。"舅妈说道。

"舅妈，你家的房子我来给你们设计，你觉得怎么样？"大哥抢着说。

"你懂什么？盖房子这么大的事，你就给设计了？"父亲训着大哥。

大哥吐了一下舌头就回屋里去了。

"嫂子，还有件事，方圆和常青是不是常在一起呢？"母亲问道。

"圆圆说他们一起做作业，是有点近啊。"舅妈说。

"孩子大了，你多操点心吧。继成现在不上学了，咱家方正已经上高中了，考大学没有问题吧？"母亲说。

"方圆也学得好，也能考上高中。"父亲说。

"是啊，她和常青都努力呢，两个孩子都学习挺用功的，估计考高中没有问题。"舅妈说道。

"盖房子需要帮忙的话你就说一声，钱不够我们可以凑一些，今年的情况还不错。"父亲对舅妈说。

"好，好的，到时候我还真的想让继成帮我们设计。你们可不知道，咱家继成在外面的口碑好得不得了。"舅妈说。

"你听他吹，他要是真能盖房子了，这学不上了也行。"父亲说。

"那你们也收拾了早点休息，我回去了。"舅妈站起来要走。

出门后喊了一声"圆圆"，见表姐和常青正蹲在地上讨论作业呢，舅妈就笑着说："这俩孩子，放学了还研究习题呢，赶紧回家。"舅妈对表姐的疼爱总是让她像变了一个人似的。

送走了舅妈，母亲开始洗锅。等把一切都安顿完了，又去检查了一遍猪，这才进屋洗洗上炕，父亲已经躺在炕上看书呢。

母亲一边铺开褥子一边说："你大儿子今天给我说了一件事。"

"什么事？"父亲翻着书问道。

"他要去县城找他袁叔。"母亲说，"他想让他袁叔给他介绍个工程队去学习一年。"

"学什么？又有啥新想法吗？"父亲合上书问道。

"你儿子说，他要学建筑，完了自己拉个工程队，帮人家建房子。"母亲说。

"这个想法不错，说明这小子还是有些想法的。"父亲说道。

"唉，就是可惜了，学习那么好，考个大学将来当个老师，我觉得还是好。"母亲惋惜地说。

"就像我这样吗？咱家有我一个老师守着你就行了。"父亲看母亲的目光总是那么柔和温暖。

"睡吧，孩子的事他自己做主了。"

"我想今年年底给咱家买一台电视机。"父亲说。

"好啊，我也想到了，但是不知道啥牌子的好。"母亲说。

"东芝牌的，我打听了一下，五百多块钱。"父亲说。

"不知道怎么样？听人说雪花很重。"母亲说。

"还是我们学校的同事们说的，有个老师今年也买，我们一起买可能会便宜一点，他家有个亲戚专门卖电视机。"父亲说道。

"行吧，这件事你看着办。那继成的事，随他自己去吗？"母亲问道。

"他要执意去的话，我们也没有办法。你也看到了，这孩子主意正得很，我想给他袁叔那里说一声，管教好就行。"父亲说道。

这样的日子，应该是我们家最平静的日子，也是最幸福的日子，一家人各做各的事情，每个人的事情都沿着预定的轨道进行着。

我和二哥做完作业的时候，经常偷偷溜到大门外的麦场上看星星，一句话都不说，一直就这么坐着，听着村子里调皮的狗叫着，感受着寒冷的风从耳边吹过，然后相视一笑，又偷偷地溜回来，一起钻进热乎乎的被窝里。有时候刚刚睡下，就被大哥提溜起来，连拖带拽地弄到他的房间里，我们三个打上一夜的扑克，高兴的时候强捂住嘴巴不敢笑出声，怕吵醒了睡在隔壁的父亲和母亲。

第二天，我和二哥去上学，大哥去上班，这样的日子总是让后来成家后的我们回味无穷。

三

就在那个寒假的一天，我们全家人正在吃午饭，有一句没一句地说着话。

忽然听见村上的广播播出了这样一条消息："广大村民们，我们村今年取得了前所未有的成绩，我们的砖厂、小矿厂都有不少的盈利，年终决算已经出来了，村上决定给每家每户按照人头分红。初步意见是，算下来能分到一台电视机的家庭，村上统一以最低价购买电视机，不够分配电视机的或者不想要电视机的家庭，我们就分给他们人民币。请大家吃完饭各家派一个代表，来村上登记，登记之后就不能更改，现在，给你们半个小时的商量时间，半小时后村上大院进行登记。"

这是郑书记的话，郑书记有意地把"人民币"三个字喊得特别响亮，这个消息让全村人振奋不已。这个消息播出三秒后，全村几乎是沸腾了，就听得外面欢呼声此起彼伏，一浪高过一浪，大家相互奔走，相拥着朝村大院走去。

这个消息，无疑是给穷困了多年的村子里扔了一颗炸弹，一颗幸福的催泪弹，人们第一次从村里往回领钱，这几乎是开天辟地头一回。

父亲听到这个消息非常高兴，临时决定："继成去吧，你代表咱家，你喜欢电视就领电视，不喜欢就把钱领回来，我和你妈也想着赶过年前给咱家买台电视呢，这件事交给你来处理。"

我和二哥也要跟着去，父亲和母亲同意了。于是我们弟兄三人和马路上兴奋的人流一起涌向村大院。

到了村大院的时候，全村的人把大院围了个水泄不通。郑书记站在大院里的高台上对大家说："喊到名字的就进来，大家一户一户来，不要挤，每家都有份。"

"老书记，老书记家来人了吗？"就见老支书的妻子颠着小脚来了，"老书记呢？婶，你可以打发孩子来啊，自己跑一趟。"郑书记关心地说。

"孩子上班走了，到年三十才能放假回来。你叔说我做主了。"老支书的妻子进去签了字就出来了。

有人喊道："婶，你登记了什么？人民币还是电视机？"

"电视机，我们老两口活不了多久了，也要享一享好政策的福呢。"老支书的妻子颠着小脚高兴地走了。

"三顺，来了没有？"

"到！"三顺大步流星地朝台上走去，"我要人民币，孩子正上学呢，花费大，这下正好。"

"赖狗子，在哪儿？"

"这儿呢，我也要人民币，这么多的人民币我还没有见过。"赖狗子笑得口水都流出来了。

"老顾，老顾呢？"郑书记喊了三遍，也没人回答。于是他接着说："下一个，常建国，在吗？"

"在，来了。"常建国也是一步跨上了台子，"我家要电视，我家人多，够一台电视机了，也感受一下坐在家里看大戏是什么样子的。"

"方秋玉，来了吗？"郑书记喊道。

我大哥举起胳膊喊："来了，我是江继成。"

"你要什么？你能代表你母亲吗？"郑书记问道。

"我要钱，不要电视机。"大哥说。

我和二哥悄悄对他说："爸不是要电视机吗？你怎么要钱了？"

"你们别管，爸说了，决定权在我。"大哥不由分说。

"好，去登记。"郑书记说道，"下一个，阿发，来了吗？"

"在，等半天了！"阿发笔直地站在那里，"我要钱，攒下来明后年盖新房。"

"蒙宝呢？"

"在、在、在呢，我，我、我也等、等半天了。"蒙宝站在阿发的背后。

"怎么，你什么时候成了阿发的跟班了？你俩倒过来了吗？"人群里有人笑道。

"什么啊，人家阿、阿发、义气，是条汉子，比、比、比我走得正，我到现在、才、才明白，日……子，不是混、混、混的。"蒙宝急了，越急越结巴。

"大家不要取笑他了。蒙宝要什么？"郑书记说。

"钱！"蒙宝这句话好利索，"娶媳妇！"这一句也利索。

"轰——"村民们都笑开了。

有人说："要抓紧，明年就得生儿子，不然来不及了。"

"蒙宝已经订好亲了，拿着钱过年就能娶媳妇呢。"也有人喊着。

……

一场分红就这样结束了。回到家里，大哥如实对父亲和母亲汇报了今天分红的场面，最后说他要了钱，就是想去县城学建筑。

父亲说："我已经说过了这件事你自己定，你既然决定了要干什么，我和你妈也不拦着，过完年你就去，我给你袁叔打了招呼。另外，村里分的电视机是什么牌子的？"

"不知道什么牌子的，就是黑白电视吧，听说要20吋呢，很大。"大哥回答父亲的问话。

"爸，我们想看电视，想看《霍元甲》。"二哥对父亲说。

"我也想看《霍元甲》。"我看了一眼大哥，小声说。

"电视爸爸给你们买，村里是黑白的，我给你们买彩色的。"父亲其实早就想好了，这是给我们惊喜呢。

"啊，真的吗？爸，您真不会给我们买彩色电视机吧？"我们三个几乎同时惊奇地看着父亲。

到了腊月二十三的那一天，登记了电视机的村民们拉着车子从村里运回了电视机，而父亲，也给我们带回了电视机，只不过人家的大，我家的稍微小了一点，但是没关系啊，我家的是彩色的。

就在我的父亲正给我们调试电视的时候，常青和他的妹妹常艳来了我家。

他们着急地说："叔叔，我爸说让你去我家看看，我家的电视全是雪花，放不出来。"

常青的妹妹和常青除了眉眼外长得一点都不像，常艳长得水灵灵的，她父母的黑色皮肤没有遗传给她，她倒是白里透红，圆圆的脸蛋，样子十分可爱。

她说起话来像炒豆豆一样："叔叔，我家电视不好看，黑白的，我以后能来你家看吗？继名说你家电视是彩色的。"

"我去看看。"父亲放下我家的电视就去了隔壁常叔叔家，不一会儿就回来了，父亲说："电视都要接天线的，不接天线怎么看？不是雪花才怪呢。"

我们几个小孩一听都笑了："爸爸，让常叔叔家用我家的天线吧。"二哥说。

"行啊，你们要不怕看不到一起打架就用一个。"这时候就见常婶吴文英进来说。

两家人都各自置了天线，架得高高的。常艳对她的母亲说："妈，我想看江叔叔家的彩色电视机。"

"行，你给他们家当媳妇，就去看。"常婶对自己的女儿开玩笑说。

一下子，我们家的院子里笑声一片。

第十七章　大哥的工程队成立了

一

正在我们两家人笑成一团的时候，阿发急匆匆地过来找常叔叔，没几分钟又急匆匆地走了，常婶出门拦住要往出走的常建国问道："阿发找你啥事？"

"老顾走了。"常建国一边匆忙往出走一边说。

"啥，老顾？哪个老顾？"常婶还没有反应过来是怎么回事。

常建国回头又说了一句："顾瘸子死了。"

这句我们都听清楚了，大哥说："那天登记的时候郑书记喊了他三遍都没有人吭声。"

"我也过去看看。"父亲披上外衣也跟着去了。

这到底是怎么一回事呢？当时常婶和母亲拦住我们几个小孩子不让去，说不吉利。因为顾瘸子一辈子没有成家，没有后人，我们这些未成年人在他死后是不能去观看的，村里也不能明着发丧，不能办丧事。

过了一会儿常婶说了一句："不会是被害死的吧？"

母亲赶紧推了一把常婶，示意她不要再说，当着这么多孩子的面。我们四个悄悄地各自回屋写作业去了，大哥也去忙自己的事了。

多少年后在我长大懂事的时候，才断断续续听别人把顾瘸子的死当成茶余饭后的谈资，我才渐渐的知道了一些事情的原委。其实常婶的话是有根据的。

顾瘸子不是一直和月月纠缠着吗？这个月月说起来可不简单，人长得花枝招展的，在村前村后的口碑一直很差，仗着自己长得漂亮，到处招蜂引蝶，生活作风及其败坏，当顾瘸子还是顾书记的时候，为了谋一份轻松的工分，她就生生地往上贴，

顾书记呢，拿他自己的话说是个有文化的人，虽然人腿脚不利索，压根就瞧不上月月，村里一般的女子顾瘸子也瞧不上，二般的女子却瞧不上他，这样一来二去就三十好几了娶不上媳妇。没有当书记的时候人倒是口碑挺好，村民们都同情他，他也招人喜欢，当了书记被月月纠缠地变了性格，加上年纪大了，人的性格就有些扭曲。

有文化的人一旦性格扭曲，发泄的手段也和其他人不一样，在大部分村民

们看来，他已经不正常了，就连孩子看他的眼神都躲躲闪闪的，更不要说其他人了。

尤其是这几年，都五十多岁的人了，有人经常听见他一个人在屋子里弄出许多古怪的声音，有时候哭，有时候笑，有时候大声喊着、唱着，有时候像是在砸东西，反正一个人住着那么大的一个院子，东西都被他砸得差不多了。

但不管他家里发生什么事情，除了月月进去过外，记不起有多少年了已经没人敢进去过。

有一次郑书记带着几个人去走访他，意思是村上对五保户的慰问，还没进屋就有一股难闻的味道扑面而来，是霉味还是臊味，谁也说不清，这几个人最后都是捂着鼻子出来的。而他一个人坐在炕上很享受的样子，头发又黄又长，怀里抱着个木头人，似乎是他自己雕刻的一个女人的身体，枕头也是木头雕刻的一个女人的屁股。就连炕上肮脏的床单，都不知道是从哪里买来的印着许多光屁股女人的图案。脸上瘦得皮都耷拉着，身上的衣服有一块没一块的，身体关键的地方都露着。比那时候的赖二看起来还让人恶心，就这样的人，还经常去城里逛逛。

当他去城里的时候，却又像换了个人似的，脸也洗干净了，头发也梳整齐了，穿着一套整齐的中山装，上衣口袋里还插着一支笔，见人说话彬彬有礼，和在家里时判若两人。

阿发发现他死了的时候，已经是他死后的第六天了。屋子里散发出来的味道弥漫了一道梁，让住在梁另一边的阿发家的狗闻到味道后从屋子里给扯了出来。扯出来的时候他没有穿裤子，身上只是一件又破又脏的缠腰背心，而他的那个物件上面，还绑着几只瘪了的气球。一条腿被狗扯烂了，上面的血凝固成了冰，脸上被长发挡着，没有人看过是什么样子。

阿发听见狗叫，出来一看，惊得都不行了，转身把自家的门锁上就去告诉了郑书记。郑书记派人拉了村上的一条毡把顾瘸子的遗体裹了起来，然后用麻绳绑了，几个人一起用铁锹、铲子啥的给推进他住着的屋子，然后一把火烧了，烧完后人们又去山后拉上几车土，连房子一起埋了。

他的死，村里的人没有明着讨论，私下里议论的太多了，主要的矛头都指向了月月。说是在村里给大家分红的那一天，有人看见顾瘸子去找过月月。月月现在也是一个人生活，但她的生活还是那么丰富多彩，顾瘸子找她也许是又卖了一些粮食的原因吧。但是月月把顾瘸子赶出了院子，嘴里还骂着："老不要脸的，老骚情，现在还有啥本事？哪家的寡妇跟你呢？"

"还不是像你这样的骚货吗，三天耐不住寂寞就来寻我。"顾瘸子也骂骂咧咧的。

"村里分了钱还没拿到手就想花，小心哪天毒死你。"月月一边朝着顾瘸子泼出一盆水，一边骂道。

顾瘸子被泼了一裤腿的冰水，一瘸一拐地一步一回头。

月月也老了不少，但是那股子媚劲儿不减当年，家里经常来一些来路不明的人，村里人除了顾瘸子基本没有人去她那里。

也有人听见顾瘸子说："就是一口农药的事，敌敌畏你不是给我准备好了吗？"

有人说那天把顾瘸子的遗体推进他屋子的时候，他家的墙角就有一瓶已经剩了半瓶子的"六六六"，而村上发给他装钱的信封，还在他的炕上放着。

这件事就像一把火烧过之后，在村子里变成的死灰，也像冬天偶尔的寒冷并没有让人失去对春天的期待。家家户户依旧沉浸在迎接春节的喜庆当中，依旧沉浸在刚刚分到电视机及人民币的欢乐当中，没有谁会因为一个人的离去有一丝的遗憾。

二

过完春节，该忙碌的忙碌，该上学的上学，而我的大哥，收拾行李向县城走去。

表哥方正正在高考的冲刺阶段，本来舅妈和舅舅打算要建新房的，一听说大哥去学习盖房子，回来要成立自己的工程队，也就不想为了建房而影响表哥的学习，等高考结束后大哥的工程队拉起来了，再建房子不迟。

表姐方圆和常建国家的常青，初三也要毕业，何去何从，两家人都拿不定主意，大人们都不曾上过学，没有多少见识。

以前对于上学这件事大家都不会挂在心上，但是现在不同了，有了条件，日子也好过了，上大学走出农门当城里人已经成为美谈，那么怎么上，去哪里上就成了大家的热门话题，他们唯一可以咨询的人就是我父亲了。

舅妈和母亲去地里锄草。

舅妈对母亲说："方正还有两个多月就要高考了，我和你哥每天说话都谨慎得不行，害怕哪句话不对影响了他的心情。哎，这孩子，我们都摸不来他的脾性了，不像我的圆圆，有什么就说出来了。"

母亲说："是啊，圆圆随你了。你和我哥也不要担心，方正这孩子自己有主见，也不是一两句话就可以影响到的。"

"话是这么说，这段时间度日如年的，盼着七月七号快点到来。"舅妈说。

"嗨，这是他方婶啊，你也来锄地了。"常建国的妻子老远地从地里赶过来。

"是啊，他常婶，你也来了，今天天气真好。"舅妈回应着。

"我家常青和你家方圆马上要中考了，不知道你女儿打算上高中呢还是考中专呢？"常婶问道。

"我听她跟她哥说呢，她要上高中。你家常青呢？"舅妈回问道。

"常青啊，他说和方圆说好的，考中专。怎么，你家方圆自己说要上高中吗？"常婶有点惊讶。

"是啊，有什么问题吗？我那个丫头，和常青好得像亲兄妹似的，倒是跟他哥不怎么亲。"舅妈说话向来很直。

"孩子们各有理想吧，要是好的方向，我们做长辈的支持他们就好。"母亲说了一句。

"对，还是秋玉说的对，现在的孩子有福气了，不像我们那时候，要不然秋玉也该是个大学生呢。"常婶口不择言地说道。

舅妈狠狠地瞪了一眼常婶说："你呀，都什么年代了，还提那些陈芝麻烂谷子的干什么？"

"没关系嫂子，他常婶说的也是实话，有条件去实现自己的理想是一件非常值得庆幸的事情，可惜了我家继成。"母亲又想到了大哥。

"说实话，你家继成的学习成绩虽然比不上他哥方正，比圆圆和我家常青可强多了，就算第一年考不上大学，也可以复读的，一定没有问题。"常婶接着说。

"坐下来喝口水再锄吧，时间还早。"舅妈看母亲心不在焉了，想把话题岔开。

"对对，我们现在套种的这种方式，还是当初学你家的呢，是不是啊，秋玉？"常婶也知趣地说道。

"都铁板上钉钉的事了，说了也无妨。"母亲坐下来接过舅妈手里的水壶，倒了一杯水给常婶。

"说不定等方正大学毕业了，继成已经成大老板了呢，不要在这些事情上纠结。"舅妈说。

"是啊是啊，三百六十行，行行出状元。"常婶的话说得及时到位。

她们正在地埂上坐着喝水呢，就见蒙宝老远地背着个红色的布包包过来了："嗨，你们，几个都、都、都在啊，正、正好，给、给你们，吃、吃、吃喜糖。"

"好啊，蒙宝，结了婚就不结巴了吧？"常婶说。

"托、托、托你们的福，你们的孩、孩子都、都十几岁了，我、我、我才娶媳妇。"蒙宝有些害羞了。

"哈哈，老大的男人了还害羞？"常婶开始取笑蒙宝了。

赖狗子跟在蒙宝的后面说："明天请各位能工巧匠来蒙宝家里帮忙，我替蒙宝说了。"

"就是，你跟上给大伙解释，不然听起来费劲球的。"我的舅妈对蒙宝说话总是没有好脸色。

"巧花姐，我，我，我特意再、再、再请、请、请一下，你……"

蒙宝一激动一个"你"子绕在口里出不来，脸都憋得通红了，一直红到了脖子。

"行了，别再让结巴说话了，听着人心里气都上不来了。"常婶像个和事佬一样笑着说。

你别说，这和事佬可不是谁都能当的，今天是常婶当了这个和事佬，舅妈就认了，要是换个别人，那还不一定会怎么样呢。

"行了，再不要说了，蒙宝，我们明天都过去。"舅妈终于表态了，蒙宝乐得都不知道说什么好了。

看着远去的蒙宝和赖狗子在农田里给大家发喜糖，母亲和舅妈他们的话题自然就转移到了蒙宝的媳妇身上。

"听说蒙宝娶的媳妇是三十里村的一个寡妇，人还不错，会持家，能干活，要不是男人矿难死了，也不会嫁给蒙宝的。"常婶说。

"能过日子就好，我们庄户人家嘛，也不要花枝招展地当花瓶使。"舅妈说。

"是啊，月月再好看，万人嫌。"常婶说着撇了撇嘴，对月月这样的女人一万个唾弃。

"所以呀，这一点上我们的看法是高度的一致。"舅妈说，"蒙宝能娶上这样的媳妇，是他祖宗修了八辈子得来的。"

母亲见她们说得欢，起身去锄地了。她们两个也都起身各自开始锄地。

"对了，我才要问呢，你家圆圆是要上高中吗？"常婶临走又不死心地问了一声舅妈。

"要不你再去问问？我可不确定。"舅妈开玩笑地说。

常婶白了一眼舅妈，丢下一句"看把你能的"就一扭一扭地走了。

"嫂子，方圆不会谈恋爱吧，和常青？"母亲问道。

"谈了，她告诉我他们班有个男生喜欢她，经常给她带复习资料，但不是常青。"舅妈倒是很爽快。

"啊？嫂子你真是开明啊，这些事你都不瞒着？"母亲对于嫂子的态度一直很吃惊，就像当年对待她和父亲江明一样。

母亲有时候想，这个嫂子是不是前世里修行过的，对任何事都看得很开，一点都不像村里人满脑子的封建迷信。

"孩子大了，正是花朵一样的年龄，有时候不能管得太死，这样反而不好，她会和你对着干的。"舅妈说，"圆圆和那个男生说好的一起上高中，像她哥哥那样考大学。"

母亲对于这个侄女不知道该怎么下定义，她就像仙女一样灵动，又像云朵一样善变，她的将来，有太多的未知数等着他们这一代人去猜。

"那常青，是怎么一回事？"母亲又问嫂子，想来这个嫂子和她的女儿已经成了无话不说的好朋友了。

"常青啊，常青和那个男同学是她最最好的朋友了，所以他们都关系比较好。"舅妈对于母亲，说话向来是从不保留的。

"哦，原来是这么回事啊，怪他常婶自作多情了。"母亲也开了一句玩笑。

"她呀，一直在自作多情。"舅妈的一句话，让姑嫂两个人都笑了起来。

三

转眼就到了夏季，当人们把麦子收进了麦仓，玉米和水稻都已经抽穗，各种瓜蔬成批成批地往外运送的时候，喜讯便一个接着一个地来了。

先是常青如愿地考上了中专，再就是我的表姐方圆考上了县城的高中，表哥方正的高考分数也够上了第二批录取院校，已经填报了志愿。

那天常婶拿着常青的录取通知书高兴得都不知道说啥好了，跑到我家里来感谢我的父亲："江老师啊，常青第一志愿能录取，一分都没有浪费，多亏了您了。"

"是常青考的分数好，如果没有分数，我还不是闲的？"父亲笑着说。

"孩子争气比什么都好，他常婶，你也该松一口气了。"母亲端出一盘花生给大家吃。

"继成怎么样呢？学了都半年了，也该回来了。"常建国问道。

"挺好的，他上次回来了一次，你们都不在，也没有见着。"

父亲说："据他自己说，他学得不错，秋季就能回来，那个他的同学胡文军也跟他一起呢，又碰上了刘玉金，这帮孩子都聚一起了。"

"那太好了，到时候继成的工程队成立了，我们几家都把房子翻修一下。"常建国说。

"我这才盖了几年，过几年再说吧。"母亲说道。

"嗨，你们听说了没有，蒙宝的媳妇怀孕了。"常婶说道。

"那有什么稀奇的，结婚了就怀孕生孩子，这不很正常嘛。"常建国瞪了一眼常婶。

"是啊，正常，正常。"父亲说。

一屋子的人围在我家里看彩色电视，我和二哥在自己房间里关了门写作业。

清风八月，蟾宫折桂。表哥的录取通知书来了，舅舅和舅妈准备大办一场，给表哥披红戴花，请了全村的人，做了八菜一汤，比别人娶媳妇的时候都热闹。

郑书记站在大窑的门台子上宣读完表哥的录取通知书，面对全村的人讲话了："乡亲们啊，方正是我们村走出去的第一个大学生，品学兼优，人如其名啊，走得端，行得正，这也归功于方家优良的家教和方秋桐夫妻俩的悉心教导，没有他们夫妻的正确引导，就没有方正今天的成绩。我代表全村的乡亲们感谢你们两口子，给我们村带了个好头，现在，就请我们的大学生方正说几句话。"

下面响起了热烈的掌声。

表哥站在门台子上，身上挂着个被面，英俊的脸庞飞上了两片红晕，笔直的身形像极了年轻时的舅舅。

他似乎要说什么，一张嘴就只说了一句"我感谢我的爸爸妈妈对我的付出"就啥也说不出来了，眼睛里闪烁着泪花。舅妈一看这样，跑过去抱住儿子就哭开了，然后拉着表哥的手说："今天是我儿子最值得庆祝的一天，不能忘了你奶奶，我们一家四口应该去给奶奶奠个酒，告诉她一声，她的孙子考上大学了。"

这时候下面又是一阵热烈的掌声，包括我的父母都禁不住留下了热泪。

郑书记看这个场景说："大家都高兴，怎么哭了呢？对了，是高兴地哭了，流下了高兴的泪水呀。"

村民们一片欢呼声，大家都夸舅妈的为人。

郑书记接着说："乡亲们，上对得起双亲，下对得起子女，这一点赖巧花同志就做得很好，希望我们全村的人向赖巧花同志学习，为我们村、为国家培养有用的人才。"

舅舅家冷冷清清了几十年的院子，今日变得异常热闹，这种场面要是我的外婆还活着的话，要是她能看见的话，该是多么激动啊。

就在这时，听见外面敲锣打鼓的声音越来越近，等到了门口的时候，鞭炮声噼里啪啦地放了起来，一帮孩子呼啦啦跑了过来。

有人在外面已经喊了："江继成回来了，他的'继成工程队'也回来了。"

就听见外面又是一阵鞭炮声，一拨接着一拨。院子里的人又往外涌，只见写着"继成工程队"的一面巨大的红色横幅被人拉着，大哥走在后面，大哥的后面跟着胡文军、刘玉金，还有几个比他年纪长一些的人。

大哥精神抖擞地径直走进舅舅家的院子，拨开人群，一直走到舅舅家的门台子上。大哥一把把表哥揽进怀里说："表哥，祝贺你，你给咱家争气了。"

表哥看见大哥身后的横幅，也高兴地说："继成，也祝贺你，你终于实现了你的理想。"

两个年轻人在这种场合以这种方式相逢，全村的人接着又报以更加热烈的掌声。

这一幕是父亲和母亲都没想到的，也许这是大哥特意安排的吧。大哥的行事越来越让母亲意想不到，父亲虽然想到了一些，但是没有想到他会这么快就能成立工程队，更没有想到他会在今天，在这样的日子里回来，惊喜之余，更多的是感动。

郑书记更是高兴，他抑制不住兴奋地说道："江继成的工程队成立了，真是喜上加喜啊。江老师，方秋桐，你们家今天真是好事成双啊，我还是代表全村人民对江继成表示祝贺。"

郑书记停顿了一下接着说："另外，我宣布，今后咱村的房屋翻修，全部交给继成去做，我相信这个孩子，我更相信你们家的传统和家教，我们村砖厂的砖，以成本价供你使用。"

没想到郑书记一下子说了这么多，把大哥想说的和没有想到的都说了，大哥也是高兴得不得了，上去就给了郑书记一个拥抱。

紧接着舅舅和舅妈招呼父亲和母亲过去，舅舅挽着表哥，母亲挽着大哥，后面是舅妈和父亲，我和表姐，二哥跟在父亲的后面，大家齐齐地跪在外婆的遗像前面。恭恭敬敬地点了纸钱和香火，又恭恭敬敬地洒了酒，一起向外婆磕了三个头。

我听见舅舅和母亲小声啜泣的声音，然后说道："娘啊，您的孙子们成人了，愿您在天之灵保佑他们吧。"

第十八章　第一桶金

一

我们村和三十里村隔着一条名叫"翠柳河"的小河，两个村的人要串个门可不容易，得从县城绕一圈，真是看起来容易做起来难哪。

这不问题就要解决了，而解决这个问题的唯一办法就是架桥。乡上已经立项，而整个县上除了县工程队外，我大哥就是唯一可操作这件事的人了。乡上本着重视当地民营企业发展的政策，就把这项任务交给了刚刚成立工程队的大哥。

大哥接到这个任务立即召开了领导班子大会，他是队长，刘玉金是负责工程质量兼采购的副队长，胡文军是常务队长。

在村里提供的一间简陋的办公室里，大哥第一次穿起了西装，一头浓密的短发三七分开，浓黑的眉毛配上他那双灵动会说话的眼睛，英俊而爽朗，高大魁梧的身材，他往那儿一坐，即使再粗糙的椅子和简陋的办公室，都不影响他气场的散发。

也许他天生就是要做事的人，在这里，他详细布置了各项工作，令所有人觉得跟着江继成不会错，能致富，能发财，能成事。

建桥的工程已经全面展开，有人从山上往来运输石料，有人打钢筋支架，工人们每天都在河上面一边干活一边开着玩笑。

我们村和三十里村的工程两头同时动工，引得过路的村民们投来敬佩和羡慕的目光，敬佩的是这些人建桥的勇气，羡慕的是如果能成为他们中的一员该多好。

常婶刚从河边挑水回来，在我家门口停下对正在院子里晒洗衣服的母亲说："他方婶啊，我刚才在河边看见你家老大继成了，到底是长大了，在那里指挥建桥真还就像那么回事呢。"

母亲抖了抖手上的被单，"哦"了一声。

"继成要是给咱把这事做成了，我以后回娘家可就方便多了。"常婶继续说道。

"是啊，都方便了。"母亲说，"你没有想过把河里的水引进家里来吗？"

"这倒没有想过，如果能引过来的话，我们就不用天天挑水了。"常婶挑起担子走了。

不一会儿，常婶就来到我家院子里，她对母亲说："我看你家继成也长大了，能娶媳妇了呢。"

母亲回头看了一眼常婶说："这个，我还真没有想过，应该还早吧？"母亲有时候忙得连自己的年龄都不知道了，从来没有想过大哥快二十岁了呢。

"我娘家有个外甥女，长得挺麻利的，我觉得和你家继成也般配，要不要我做个媒？"常婶神秘地说。

"你呀，太突然了，比我这个当妈的操心。"母亲说道，"我真的没有想过，哪天你给继成提示一下？"

"哈哈，你这当妈的可真行，我去提示？"常婶也是拿我的母亲没有办法。

"你和我有这个想法不奇怪，关键让孩子自己愿意呢。"母亲说。

"行，改天我们制造个机会，让他们见上一面。"常婶说完就去忙了。

刚好父亲下班回来，母亲便对父亲讲了刚才常婶的话，父亲一听就笑开了："自从继成成立了工程队，说这话的人多了去了。"

"是吗？这么说也有人在你跟前提过了？"母亲也有点想笑，却又没有笑出声，捂着嘴站在那里看着父亲的反应。

"顺其自然吧，继成还没有那个能力呢。"父亲拿起热水壶倒了一杯水说。

母亲进屋去做饭了，这时候我和二哥也放学回来了。

二哥一进门就对父亲说："爸，今天班上要我们订复习资料，还要每人订一本作文书，你知道吗？"

父亲现在在高中教课，小学和初中的学校他也没有去过，具体的事更是不知道，他想高中的学生各门课都在要求订复习资料，小学生应该也在要求吧。

"好吧，那就订吧，爸爸下午就给你们订。"

父亲喝了一口水，把杯子放在门口的凳子上说："把你们作业拿过来我检查一下，马上就要升初中的人了，可不敢马虎了。"

我和二哥把最近的作业给父亲拿过去，父亲一边翻看着一边说："复习资料你们各自订各自的呢还是俩人订一份呢？"

"给二哥订就行了，我不要，我想看的时候看一下就行。"我对于自己的学习很自信，不喜欢和别人搞一样的。

父亲看了我一眼说："你倒很自信啊，粗心大王，看你的作业，算式都对，答案都错，怎么搞的？"

我一看父亲手里拿着我的作业本，我满不在乎地说："手误、手误。"那一边二哥就开始笑话我了。"爸你知道吗？今天我们班有个女生给继名写情书了。"二哥有生以来第一次这么多嘴。

"你们两个就互相埋汰吧，小小年纪，情书是随便写的吗？"母亲端着淘米的盆子出来说。

"真的，不信你问他。"二哥为了证实他说的对，又说，"常艳可以做证，她帮忙传的。"

"别闹了，把这些错误的地方改正过来。继功，你的作业拿来。"父亲根本没有听见二哥在讲什么疯话。

"谁在传什么呢？"大哥也下班回来了。

我们都不敢吭声了，现在的大哥，让我和二哥觉得都有了距离，我悄悄地回屋去了，二哥则坐在爸爸旁边看着自己的作业本。

"洗洗手吃饭吧，饭好了,继名，过来帮妈妈端饭出去。"母亲在厨房喊我了。

我跑出去放好吃饭桌子和板凳，去厨房帮母亲端盘子，大哥过来给我的脑袋上弹了一下说："跑得挺快的，躲着我干什么？"

我吐出舌头给大哥做了个鬼脸："吃饭了，谁躲你了，你又不是瘟神。"

父亲见饭都已经摆好，放下二哥的作业本说："我们家的伙食一天比一天好啊，最近肉可没有断过。"

"是啊，继成每天干体力活，不吃肉咋成？"母亲也坐了下来。

大哥现在成了我家的宝了，功劳还没有见着，待遇明显见长。

我和二哥相互看了一眼，就这一个小小的动作，都被父亲和母亲尽收眼底，他俩也相互看了一眼。

二

美丽的爱情故事一般都发生在夏天，那首《粉红色的回忆》就和翠柳河的水一样，清亮而婉转，当它流行到圆坨村和三十里村的时候，已经是柳色青青的夏天了，在河里不停地打着转儿。

已见雏形的拱桥在翠柳河上面就像刚刚长成的男儿骨架，以它傲骄的身姿向人们展示着自己的力量，向潺潺流动的河水宣誓着爱情。

那些浑身充满了青春气息的工人们在桥上抹灰砌石，火热的劳动让他们的精神世界更加富有。

一名被大家叫东哥的工匠举着高高挽起了袖口的手臂，接住另一名叫陆箫的工匠抛过来的青石，对伙伴们说道："这座桥一起来，我们两个村的关系就近了。"

陆箫开玩笑说："谁说不是呢？老哥你去丈人家就不用跑县城了。"

所有在桥上施工的工人们都开心地笑了起来。

这时候刘玉金副队长过来说："说说笑笑的也好，但是仔细手里的活。这是我们的第一个工程，千万要认真对待，绝不能偷工减料，不敢有一点马虎哦。"

此时的刘玉金再也不是扒火车和偷鸡时候的那个半大小子。他已经长成了一个帅气的青年。一身合体的夹克衬托出挺拔的身姿，头戴安全帽，脚穿劳动鞋，对工人们讲话也满是亲和。

"刘队长您放心，我们不能自己砸了自己的饭碗啊。"东哥保证着。

"刘队长，您是不是又来看对面的姑娘来了？"陆箫露着两颗小虎牙，就是爱开玩笑。

"去你的，对面的姑娘多得就像河里的浪花，你看得过来吗？"刘队长也不缺乏幽默。

"大家快看，说曹操呢，曹操就到了。"东哥眼尖。

大家顺着东哥的眼睛往对面看去，真的看见一个姑娘在河里舀水，一只手提着水桶，另一只手拿着一把木勺，蹲在河边就像一朵莲花似的。

"好好干活，小心看了姑娘自己个儿掉河里，不要太狼狈。"刘队长提醒他们。其他人也跟着笑，眼睛可没有离开那个舀水的姑娘。

这时候大哥也穿着工作服、戴着工作帽过来了，问了一下刘玉金施工进展情况后叮嘱到："刘队，工程质量这一块我可全交给你了，一定给我盯紧了，第一锤子打下去要打出个名堂来。"

"我知道，一直在盯着。"刘玉金说。

"是一直盯着姑娘吧？"陆箫嘻嘻笑着。

大哥也朝河对面看了一眼后，对大家说："好好干活，不要三心二意了，等桥修好了，天天去三十里村看姑娘，有你们看的。"

其实在大哥的心里，他也很早就注意到了这个姑娘，并且也一直默默关注着，今天来到工地，有一部分原因就是这个。因为他发现，这个姑娘每天都是这个时候出现的。

"江队长您是不是也看上哪个姑娘了？"东哥从桥上扔过来一句话。

"我看上的姑娘在我心里呢，东哥，你看见了吗？"大哥说的没错。这时候大哥突然想起了一件事，对刘玉金说了几句就走了。

大哥在三十里村的村办公室和他们的支书正说事呢，就见一个村民神色慌张地进来说："支书，不好了，潘家大爷没了！"

"哦，啥时候的事？"那位支书停下谈话问道。

"刚才，槐香打水进去的时候，她爷爷已经咽气了，她现在都哭得拉不起来了。"这个村民说道。

"这样，江队长，以后再说，我先处理这边的事。"村支书说完就走了。

大哥骑着车子往回走的时候，路过一户人家，看见院子里正乱糟糟的，人来人往，他们的村支书在那里指挥人们做这做那。他想，可能就是刚才那个村民说的事吧，索性进去看看吧，对自己刚才谈的事情也有好处。

看在支书的面子上，既然碰上了，能帮一把就帮一把。于是大哥走近支书说："那个，支书，有需要我帮忙的地方尽管吩咐，搭把手也行。"

支书一看大哥进来了，一边指挥大家搭建帐篷，一边说："江队长啊，真不好意思，你看我这家长当得狼狈。也好，你帮忙给我请个阴阳先生来，看一下出殡的日子，再找一块墓地。"

大哥连说"好、好"就往出走去。

"这样，江队长，让他领你去见槐香，问一下她爷爷的生辰，我这边脱不开身了，你算是帮我大忙了，桥这边的事我们好说。"书记指了指旁边的村民说道。

那个村民带大哥走进一间屋子，里面有几个妇女围着一个姑娘在劝，那姑娘已经哭得没有力气了，只是不停地啜泣。

大哥一看，这不正是河边打水的那个姑娘吗？和他一起过来的那个村民说："槐香啊，这是工程队的江队长，书记打发他来问点事儿，你给他说一下吧。"

槐香抬起头，眼睛又红又肿，头发在额前一绺一绺的，穿着的衬衫胸前湿了一大片，她说了一下她爷爷的生辰之后又放声大哭，几个妇女便又忙着又哄又劝。

大哥出去之后就去找人了，令他没有想到的是，这家人竟然就是他心中那个姑娘的家，也没有想到他会以这样一种方式见她，之前在心里想好的无数次与这位姑娘见面的情景一个也没有用上，也许就是上天注定要让他去帮她。

到了晚上，大哥去找三十里村的书记，把找阴阳和找墓地的事都交代了，书记连夸大哥办事办得好，说道："江队长，你不知道，潘大爷昨天还好好的，只是这人啊，年纪大了，说走就走了，走得也太突然了。"

"哦，是这样啊，潘大爷没有啥病吧？"大哥问道。

"没有，精神得很，从来都不得病，这不他孙女儿刚刚高中毕业，他还说想让孙女儿再复读一年考大学呢。"书记可惜地说。

"家里再没有其他人了？"大哥问。

"槐香本来就是潘大爷在河边捡来的，她是爷爷一手带大的，稀罕得跟啥似的，这一走，槐香就又成了孤儿了，还怎么念书？"书记叹息着。

大哥听完书记的一席话，心里暗暗地沉思了起来。

三

翠柳河两岸的柳枝又细又长，一直垂到了河面，河里不时地有鸭子浮出水面，三五成群地在河里嬉戏着，撒着欢儿，河水缓缓地流着，唯恐惊扰了浪花的盛开。

即将竣工的翠柳桥英姿飒爽地横跨在翠柳河上，就等着圆坨村和三十里村的村长、书记来剪彩，等着那一场别开生面的落成典礼。

桥的两边聚满了两个村的村民，一边一幅一丈来长的横幅高高挂在柳树上，圆坨村的横幅是"新桥架起千年大计"、三十里村的是"好运连通两岸人民"。

大哥和刘玉金他们都满面春风，西装领带。早有人盛装站在桥上，将长长的一条彩带拉开，礼仪小姐托着装有白色手套、剪刀的托盘，有几个礼仪小姐还捧着绣球。

这时候大哥发表了一席讲话，伴着两岸村民热烈的掌声，两个村的书记走上桥拿起剪刀为翠柳桥剪彩，顿时锣鼓齐鸣，河里有彩船划过，当鞭炮声再一次响起的时候，典礼进行到了高潮。

母亲和舅妈、常婶她们也站在柳树下观看，脸上洋溢着自豪和骄傲。

"继成真的长大了，他做到了几代人都想做的事情。"舅妈说。

"是啊是啊，不知道谁家的姑娘有这个福气，给你做儿媳妇。"常婶转向母亲。

"路是他自己选的，走不走得下去，全看他自己了。"母亲想到的是别人想不到的。

"今天是个值得高兴的日子，我们都该为继成高兴才对。"舅妈笑着说。

"是啊是啊，秋玉，我上次给你说的那个事，你考虑了吗？"常婶又问母亲道。

"我说了，他说不着急。"母亲对常婶说。

在河的对岸，村民们也是这样高兴地聊着。潘槐香也在人群里站着，她看着桥上的人沉浸在对美好生活的畅想里，心里为她的爷爷没有看到这座桥的落成而感到遗憾，她没有笑容，站在那里满怀心事。

大哥在桥上远远地看着心爱的人发呆，旁边郑书记顺着大哥的目光看过去，就见潘槐香转身走出了人群，他喊了一声："江队长？"

大哥才从走神的状态中抽出自己，"呵呵，没事，接下来我们去城里万民酒店，在那里我略备了一些薄酒，请大家不要推辞。"然后大哥对刘玉金安顿了一下，就匆匆地离开了。

他去找潘槐香了。当他来到她的家里的时候，她正在洗头发，听见有人进来，两只手抱起湿漉漉的长发，抬起头说："哦，江队长啊，我刚还看见你们剪彩呢。"

"是，我看你转身走了，我就过来看看。"大哥说。

距离槐香爷爷去世已经过去四个多月了，槐香也因为大哥的帮忙特意去感谢过他了，所以两个人不算是陌生。

在这四个多月的时间里，大哥一直关注着她，并没有说起过对她的好感。今天，在两个村一千多口人都值得庆祝的日子里，大哥想说点什么，但不知道该怎么开口，他见她洗头发，就端起洗脸盆说："我去给你换水。"说完就真的去换水了。

槐香抱着头发欲言又止，一句"我还没洗完"没有说出口，大哥已经换了清水进来："我帮你吧。"

"不用，不用，怎么能让你来？"她连忙制止。

潘槐香洗完了头发，拿毛巾擦了擦，然后用一块雪白的手帕从脑后把头发绑起来。刚刚洗过的头发乌黑发亮，她的眼睛也乌黑明亮，一张白里透红的脸庞洋溢着青春的朝气，窈窕的身段配上一头乌发，站在开满鲜花的大花盆前面，活脱脱一幅出水芙蓉的美图。

"江队长您找我有事吗？"她大方地问道。

"我们去城里庆祝一下，你去吗？我想邀请你去。"大哥是真的想邀她一起去。

"我就不去了吧，我以什么身份去？"她说得很有道理。

"呵呵，要是以我女朋友的身份呢？"这才是大哥的性格。

"别开玩笑了，江队长，我可担当不起。"她也笑了。

"我说真的，你……"大哥看了看槐香，"实话，我想听你怎么说。"

"呵呵，我怎么说？我说什么？"槐香觉得他俩是在打哑谜。

"我喜欢你。"大哥索性直说了。

只见槐香的脸微微一红，也索性当成了玩笑："很久了？"

"你怎么知道我的下半句？"大哥觉得有时候有些事是不需要打底稿的。

"我猜的。"槐香说完笑了。

这时大哥趁她不备跨前一步就在她的笑脸上亲了一下，扔下一句话"晚上等我回来"飞也似的跑出了槐香家的院门。留下潘槐香一个人傻傻地站在院子里出神。

在城里的万民酒店，大哥喝了很多酒都没醉，拉一把刘玉金，拽一把胡文军，举着杯子在每个桌上都敬酒，喝得异常兴奋。

"江队长，你今天高兴，我们大家都高兴，放开了喝。"

在座的每一个人都非常高兴，这预示着他们工程队的第一桶金已经挣到手了，在这个开门红的日子里，值得每一个工程队的队员们高兴。

今天是第一次这种聚会，以后会有无数次这样的机会，他们觉得他们走这一步走对了，起码目前来说全县就他们一个工程队，将来会有很多这样的机会等着他们。

大哥虽然从头喝到尾，但是他也一直从头到尾都很明白自己在干什么。

这场聚会散了的时候，已经是晚上七点了。秋日的晚上七点，天还是亮的，只是少了许多闷热。胡文举和刘玉金过来喊大哥，大哥一挥手说："你们先回，我办点事就回。"

"好了，江队是要约会去吗？我们不打扰了，拜拜了。"他们骑着自行车一阵风似的走了。

大哥乘着入夜的凉风往三十里村走去。

他口袋里有一枚发卡，那是他刚刚在县城的一个饰品店里买的，他觉得这款发卡佩戴在槐香的秀发上一定漂亮。他回去时候的心情好得就像天上的月亮，明亮而纯洁。

当他站在槐香面前，槐香闻到了浓浓的酒味。他掏出那枚发卡要往槐香的头发上别，槐香躲过了他，她非常清醒他要干什么。

"我没醉，槐香。"这是第一次大哥这样称呼她，"听说你想复读，我可以帮你。"大哥说出了他不想说的话。

"我不想复读，那是我爷的想法，在这里种地一样生活。"槐香说，"江队长你喝醉了，回去吧。"

"对了，种地也一样生活，为什么非要考大学？不急，现在有桥了，想走是分分钟的事。"大哥真的没有醉。

"这枚发卡送给你，我真的喜欢你，好久了。"大哥现在把这一句话完整地送给了槐香，真的就是"想听你怎么说"了。

"发卡我收下，你可以回去了。"槐香拿过发卡别在头上，她真的以为大哥醉了，不收发卡可能不走。

"好！我就走。"大哥说，"我借酒壮胆，才敢跟你说，我爱你！"

第十九章 娶媳妇

一

家里，我和二哥在自己的房间里复习，大哥带进来一股浓郁的酒香味。

父亲喊住他问道："才干了一个工程，就高兴得不知天高地厚了？继成，你过来，我有话问你。"

大哥朝父亲和母亲住着的上房走去，母亲出来帮儿子掀开门帘，倒了一杯蜂蜜水给大哥："喝多了吧，快把这杯水喝了，也不知道少喝点酒。"

"没有喝多，妈，这点酒算什么？今天高兴。"大哥坐在母亲的身边说。

"下一步打算干什么啊？"父亲问道。

"村上的瓜田不是要上水吗？书记说给我们工程队申请了渠道工程。"大哥给父亲汇报工作了。

"不管干哪个工程，绝对要对得起你自己的良心，不能有花花肠子。"母亲在旁边说，"桥通了，大家都高兴，多少代人没有办成的事。"母亲还是为自己的儿子骄傲的。

"妈，妈真好！"大哥借着酒劲流泪了，"妈，让老二和老三上大学，我支持。"

"去洗洗睡吧，明天还要干活。"父亲看大哥这个样子，就不想聊下去了。

"好，爸妈，我去睡了，你们也早点休息。"大哥说完回自己屋去了。

这边母亲又对父亲提起常婶做媒的事，说可以考虑一下。父亲说："孩子还小，在社会上磨炼两年再说吧。"

"不过他常婶一直跟我提，我不好推辞掉。"母亲有些为难。

"不是你想抱孙子吧？才四十岁。"父亲调侃母亲道。

一句话说得母亲倒是红了脸，在父亲的腿上拍了一巴掌说："睡觉，你才想抱孙子呢。"

第二天大哥还在睡觉，母亲就过来推醒他说："继成，你快去看看，老书记去世了，看有没有什么要帮忙的，年纪大了，要当成喜事办着呢。"

大哥嘟嘟囔囔地起来穿着衣服说："办喜事还不好啊？儿孙满堂的支书爷爷，活了八十多岁了，都能立碑了。"

"你先过去，你爸下班了也过去，我给继功和继名做好饭就过去。"母亲说完就出去了。

大哥收拾好自己后就出门了，先是去了工程队，见胡文军把算盘打得噼里啪啦地响，正好刘玉金也在，就对他们说："我们的第一桶金挣到手了，你们给大家发下去，队里就不要留了。再给大家放几天假修整一下，接着要干下一个工程了。"

大哥顿了顿说："老书记寿终正寝了，安排大家去帮帮忙，这可是我们村里德高望重的老人，大家送他一程。"

"好的，江队，老书记这是喜事，我们得好好去热闹一下。"胡文军说完合上账本，"我算了一下，我们每个人拿到手里的钱是过去十几年挣不回来的。"

"以后有我们的好日子过呢，那我们都分头去忙吧。"刘玉金说。

安顿完以后，大哥就过桥去了。

其实翠柳河的两岸除了柳树而外，在浅浅的小溪弯里也有一片一片的荷花，这是近几年村里有人特意引来的。都说大明湖是"四面荷花三面柳，一城山色半城湖"，用来形容翠柳河一点也不为过。穿插在荷与柳之间的，是一棵一棵的槐树，还有一棵一棵的榆树。乳白的槐花盛开的时候，两个村子是用槐花的香味串联起来的。现在，又增加了一座美丽的拱桥，远远看去，圆坨村和三十里村就是一幅水墨山水。

大哥来找槐香的时候，槐香正准备出门去河里舀水，大哥赶紧就帮她提上水桶，俩人一起往河边走去。

槐香看了一眼大哥说："江队长我知道你的好意，可是我……"

大哥说："我帮你提水，其他什么都别说了。"

大哥看了一眼槐香头发上别着自己送给他的发卡，心里一阵窃喜。

俩人来到河边，大哥提议："槐香，新桥都建起来了，你不想去上面走走吗？"

"还真是，我还没有上去过。"槐香迟疑地说，"要不上去走走？"

"走吧，上去看看，站在桥上看翠柳河，心情会好很多的。"大哥接着说。

"我没有心情不好啊，好得很。"槐香说着已经往上走了。

"高考是座独木桥，能过去的人毕竟是少数，我相信你不是考不上。"大哥说，"如果是我，我也会考上的。"

"我知道你初中就成绩优异，那为什么放弃上高中呢？"槐香问道。

"怎么？已经在打听我了，还有什么可说的呢！"大哥坏笑道。

"谁打听你了，坏人呀你。"槐香被人识破的模样真的很可爱。

"说说，你是怎么被你爷爷捡回家的？"大哥问道。

"那时候，我还很小很小，小的一片莲叶都可以放得下，就在那儿，"

槐香用手指了指河边石墩子旁边的一棵槐树说："那棵树的下面，我还在襁褓中放在一个木匣子里漂着，被早上起来打水的爷爷抱回家的。"

"啊，你是唐僧啊？"大哥感到太戏剧了，简直就是传奇。

"是啊，我就是唐僧啊，爷爷给我起名槐香，不是江流儿。"槐香出神地说着。

"那我就是'女儿国国王'，你可愿意嫁给我吗？"大哥顺着槐香的思路，也开始出神。

"好啊，你又坏。"槐香笑了，她笑起来就像盛开的槐花，"我是个孤儿，我没有家，你也要我吗？"

"我给你家，给你父母，你要吗？"大哥说。

"你是什么时候喜欢我的？"槐香问大哥。

"很久了，还在你上小学一年级的时候。"大哥大笑着说。

"你这个人，到底哪句是真的啊？"槐香有些急。

"我爱你，这句是真的。"大哥认真地说，"你急起来比笑起来好看，不过前一句是真的，后一句是假的。"

槐香看着河里的水泛起了一朵浪花，接着又泛起了一朵浪花，她觉得在大哥面前她永远都说不过，但是在她的心里，她真的喜欢这个"花花公子"的"油嘴滑舌"。

谁说不是呢？大哥看她不出声了，又说："想好了吗？是不是想要嫁给我这个'女儿国的国王'呢？"

也许一个人的犹豫就在几句话之后会豁然开朗。就像三分钟之前的阴云在三分钟的过雨之后，被太阳镶了金边一样，云自己是不知道它的表情的。

二

老支书家周围五六百米的地方都摆满了花圈，有各村的、乡上的、亲朋好友的，还有连老支书的家里人都不知道名姓的人送来的。

大大小小的挽联挂满了院墙和院墙外边的树枝，村里的妇女们忙碌在锅灶上，男人们忙碌在应酬中。

村里的每一个人都是老支书这件事情上的主人，他们招呼着外面来的人。跑得最快最忙碌的人就数蒙宝和阿发了，他们不时地给客人添茶倒水、递烟递酒。

门外几拨人换着打鼓，两只直径足足有两米多的大鼓架在铁架上，不时被人美美地打上一阵，旁边有四个唢呐手交替地吹着流行歌曲。

当有人来吊唁的时候鼓声、唢呐声、鞭炮声齐齐地就响了起来。

院子里和院子外都搭了帐篷，一拨一拨的客人进来，一拨一拨的客人又出去，许多认识的不认识的人见面就握手。握手就有了共同的话题：老书记是一个好人，是一个让人人都称颂的好人，他儿孙满堂，他晚年幸福。他是含着笑离开这个世界的，因为遗像上的他慈眉善目，温和地看着在这里来为他送行的人，看着他生活了八十多年得圆坨村，唯有今天的圆坨村，会越来越好。

父亲和母亲忙完书记爷爷的丧事回到家里，已经是下午了，舅舅和舅妈也一起过来了。

我们搬新家的时候母亲种的杏树和梨树都已长大，黄澄澄的果梨挂满了枝头。

父母和舅舅他们坐在果树下的木凳上一边喝茶，一边聊天。

舅妈说道："我家方正来信了，说他再有一年就要毕业，也谈恋爱了，准备和对象一起分配回来。"

"那好啊，他学的税收专业不错，可以去税务局。"父亲说。

"对象是数学专业，回来和你是同行了，江老师。"舅妈说。

舅舅一直在一旁微笑着，舅妈似乎永远是他的代言人。

"是啊，孩子们都大了，我们也老了。"母亲接着说。

"我们都还年轻呢，不老，这不是头发还黑黑的吗？"舅妈喝了一口茶继续说，"他常婵不是说给继成介绍对象呢吗？不知道怎么样了？"

"谁知道呢，也没有时间提，他一天忙得都不进门。"母亲对舅妈说道。

"不是吧，我听说继成在谈了。"舅舅插了一句。

"你一天不吭声，倒是万事通，听谁说的？"舅妈问。

"工程队的小刘，不知道是不是真的。"舅舅说。

正说着呢，大哥从外边进来了。他拍拍身上的土说："埋书记爷爷的那个地方可真是个风水宝地，看咱村是居高临下。"

"可不是嘛，他老人家一辈子都在关心着我们这里的发展呢。"

父亲说："继成，你舅舅说你谈对象了，有没有这回事？"

"舅舅真神，我那八字还没一撇呢。"大哥一边洗脸一边说。

"是你常婶说的她那个外甥女吗？"母亲问。

"不是，我可不认识她什么外甥女。"大哥擦着脸。

"秋玉你看我说什么了？你儿子做事滴水不漏。"舅妈忙说。

"儿子你快给妈说，是怎么回事呢？"母亲欣喜地问道。

"妈，你看你比我还急，等过完年我再盖了房子再说。"大哥也坐了下来。

"啊？你还要盖房子？你不和我们过了？"母亲完全听不懂大哥在说什么。

"妈，你想哪儿去了。房子是要盖的，家是不会分的，我们还在一起啊。"大哥说。

"那好好的盖什么房子？我就更搞不懂了。"母亲有些生气了。

"你儿子手里有钱了，让他盖吧，你不是还有老二老三呢吗？"舅妈忙说。

大哥看见母亲生气了，赶紧过来搂着母亲的肩膀说："妈，给您娶个闺女不好吗？天天伺候您。"

母亲忍不住笑了："就你小子能耐，娶个闺女，有那样的说法吗？"

"保证你喜欢，妈。"大哥撒娇了。

这时候父亲起身对舅舅说："哥，杀两盘去？"

"好，江老师棋艺见长，我下不过了，走，杀两盘。"舅舅也起身跟着父亲进屋了。

"你看他们两个男人，我们一说这事好像和他们没有关系似的。"舅妈对母亲说，"你侄子方正一回来就和你哥聊个没完，眼里没有我这个妈，不像你家继成，和你说这说那的。"舅妈唠唠叨叨地说。

"你有圆圆嘛，圆圆是你的小棉袄。"母亲笑着说。

"是啊，还是我圆圆知道心疼她妈。"舅妈一说起表姐方圆，那表情就像开了花的牡丹。

"圆圆今年该高考了，把握很大吧？"大哥说。

"反正一天挺累的，周末回来也不和我怎么说话，一直在复习，脸都挂了相了。"舅妈心疼地说。

"多加点营养，争取一次成功，到时候我们好好办一下。"大哥说。

"等你结婚的时候一起办，来个双喜临门。"舅妈说。

"我去安排一下明天开工的事，舅妈你和我妈聊着。"大哥说完就出门去了工程队。

刘玉金和胡文军也刚回来，他们三个各倒了一杯水坐下来。

刘玉金说："江队，我们现在的办公地方还是村上无偿提供的，等这次工程干完，咱们该建一个自己的场地了。"

"是啊，江队，以后会有很多接待啥的，没有自己的地方确实不方便。"胡文军说道。

"我在考虑了，乡上给咱批了一块地，现在上水的渠道工程干完，趁着冬天修整的时候我们准备一下，把该干的干一点，明年开春我们就动工，到时候还得再招一批人进来。"大哥说道，"万事开头难嘛，但是我们开了一个好头，就预示着我们会有更好的发展。"

"对，不管以后的路怎么走，是好是坏，我们三个一定要一条心。"刘玉金说道。

"好，心齐才能干大事。"胡文军也说。

"有你俩，我很感动，从咱们小时候想去少林寺开始，我就觉得我们能想到一起，为我们的未来，干杯！"大哥举起手中的水杯。

"干！"三个人端起凉白开齐声说道。

三

"妈，我把闺女给你领来了，出来迎接一下。"大哥带着槐香从我家院子里进来了。

母亲正在厨房里做饭，听见外面大哥的声音，心想这小子也不给我提前说一声，就像他舅妈说的，办事悄无声息的。于是急急忙忙地用围裙擦了一下洗菜的手，从厨房里出来。

就见大哥手里挽着一个姑娘，中等的个儿，不胖不瘦的身材显得窈窕又端庄，两只又黑又大的眼睛亮晶晶地看着她，两条黑黝黝的辫子搭在肩上，一身素净的衣裳非常合体地衬托着藏不住的青春。

母亲一看就打心里喜欢上了这个姑娘，上前去拉姑娘进屋，大哥忙说："妈，这是我送给你的闺女，她叫槐香。"

"小子，说什么呢？你真会给我送闺女。"母亲嗔怪地说。

"姨，我帮你做饭吧。"槐香对母亲说。

"去吧，多的我就不说了，你自己给我妈说，我还要去忙工程。"大哥把槐香交给母亲就走了。

母亲是那么一个善良而充满爱心的人，当她听完槐香给她讲完自己的身世的时候，早就控制不住眼泪了。反而是槐香安慰起了母亲："姨，都已经过去了，我从小也没有感觉到自己有多可怜，有爷爷的疼爱很幸福，现在这些都过去了。"

"好孩子，你就搬过来和我们一起住吧，一个人住那么大个院子多孤单啊。"母亲说。

"继成也这么对我说，这样不太妥吧，我觉得一个人住着还行。"槐香害羞了。

"都快成一家人了，就当是我女儿了，没有人说什么的。"母亲执意要槐香搬过来，"搬过来我还有个伴儿，家里都是男人，你能帮我洗洗涮涮的，说说话。"

"这么快就把我妈俘虏了？"这时候大哥回来了，手里抓着一根黄瓜。

"不洗手就吃，去洗手去。"槐香拿回大哥手里的黄瓜命令道。

"对，继成还得你说，我说话根本不听。"母亲爱惜地看着槐香和儿子，心里感受到了从未有过的满足。

就这样槐香搬来到我家，住大哥的房间，大哥就睡厨房了。

这一年春节对我们家来说有喜有忧，喜的是有了槐香的加入，忧的是看到大哥的工程干得风生水起，我和二哥都动了不想上学的心思。这个心思还没有被人发现的时候，我和二哥装做什么事都没有似的忙碌着春节前的准备工作。

二哥接了父亲写春联的班，已经写得一手上好的毛笔字。

我给他打下手裁纸加墨，悄悄问道："二哥，我们明年咋弄？"

"先别说，如果我俩都考不上更好，考上了再说。"二哥也左顾右盼了一下小声说。

"那你的意思是我们不要好好考？"我也学着他的样子小声说。

"不好好考老师也不相信啊，尤其是你，成绩一直好。"二哥一边写着对联一边还在左顾右盼。

"那大哥当时成绩也好啊，他考上了也没有去。"我不服气，声音稍微大了一点。

"你小声点不行啊，啥时候变成这样了？"二哥对我刚才的激动特别不满。

"但愿今年考题特别难，我们都考不上。"二哥怀有侥幸。

"你是怎么想的啊？难，难，难，那是大家都难哪。"我白了他一眼。

这时候槐香端着一盘子小花卷出来："你们两个嘀咕什么呢？什么难啊？吃个小花卷再写去。"

"没说什么，那个，大嫂。"

我被槐香的突然发问吓坏了，吐了一下舌头，叫一声"大嫂"自己给自己壮个胆吧。

"叫姐。"槐香过来就把一个小花卷塞进了我的嘴里。

二哥看了一眼我俩，捂着嘴笑了一下，继续写他的对联。

"你们说什么呢？什么难？"槐香追问。

"没什么，姐，我们说这个字难写。"二哥终于搪塞过去了。槐香还是满腹狐疑，转身进了厨房。

我和二哥再也不讨论这个事情了，忙着打扫院前院后的卫生、洒水、贴对联、擦玻璃，母亲和槐香在厨房里给我们做年夜饭，大哥还在忙他的工程队没有回来。

这个时候的父亲是真正的一家之主，他全面管理着这个家，这边看看，那边转转，直到他全部满意为止。

我们一家人都忙完了各自手里的活，大哥也回来了，大家围着一张放满丰盛菜肴的年夜饭桌子，一边看春晚，一边相互祝福。

"今年过年我们家多了个人，就是你们的槐香姐姐，爸爸祝你们永远快乐。"父亲首先举起了手里的酒杯。

"我也说几句，老大的工程干起来了，槐香也回来了，我希望今年老二老三考上高中，我们家三喜临门。"母亲说完举起了酒杯。

"妈，你高兴了就喝一杯，少喝点，我祝爸爸妈妈永远年轻，身体健康。"大哥举起了酒杯。

"我祝爸妈身体健康，祝大哥生意兴隆。"二哥也举起了酒杯。

"我也祝爸妈身体健康，永远年轻，再祝大哥大嫂给我们生个大侄儿。"我举起酒杯说。

"老三也学会喝酒了吗？"大哥看着我说。说实在的，我一直对大哥有点怵，听他这么一说，就换了饮料过来。

"大年三十的，能喝就喝一杯，没关系。"父亲看着我笑了。

我又赶紧端了酒杯。"干！新年快乐！"全家人集体干杯了。

"你大哥已经步入正轨了，我现在想知道的是，老二和老三的想法。"父亲放下酒杯，一边吃菜一边问道。

我和二哥都没有想到父亲会在这个时候问这个问题，真的没有准备好。

"爸，我们想……"二哥看了我一眼，可是我们之前没有商量过如果父亲问起怎么回答。

"我们想跟大哥去盖房子。"我不假思索地说道。

"盖什么房子？"母亲放下手里的筷子。

"继名的意思是我们两个不想上高中了。"二哥看我已经说漏了，索性一不做二不休。

"啪！"就听父亲扔下了筷子。我们从来没有见过父亲发这么大的火，因为他一直都乐呵呵的。

"谁的主意？说！"父亲显然是怒了，再一看母亲，她的脸色根本不是在过年。

"你们呀你们，好好的年让你们糟蹋了。盖房子，我还不需要你们。"大哥连忙一边打着圆场一边训我们。

"姨，您不要生气了，老二和老三说着玩呢。"槐香忙劝母亲说。

"我大哥就没有上过高中，现在不是挺好的吗？"我还没有看清楚形势，只觉得胳膊被谁拧了一把，一看是槐香。

母亲已经不吃不喝了，电视也不看，朝里屋走去了。

槐香跟着也进去了，饭桌上变成了男人们较量的地方。

大家集体沉默了。

父亲看这样下去也不行，就说："我知道你们都长大了，我说什么也听不进去，我尊重你们的想法，只要你大哥要，你们尽管去。"

大哥知道父亲什么意思："我不会要你们的，你们必须去考高中。"然后给我俩使劲地使眼色。

我们没有再说话。父亲说："考上，必须去，考不上，你们随意。"

我和二哥点点头，父亲又说："必须全力去考，不能糊弄人。"

四

转眼时间中考就结束了，我和二哥的成绩双双超过了高中录取分数线，当然我们两个心里都不痛快，这是后话。

离开学还有一个多月，万事皆有变数，不过父母暂时非常高兴，忙着筹备大哥和槐香的婚事。

大哥的那个一千多平方米的办公用房已经建成。这座大院在村里显得气派而又时尚，大院办公区域外的左右还挂了几间存放材料及设备设施的库房，大院的门口一块大大的石碑上醒目地刻着"继成工程队"几个大字。

我家麦场上也建了两间时尚的砖房，用来当大哥大嫂的婚房。

舅舅舅妈、常叔常婶、袁叔袁婶这些人提前十多天就到我家来帮忙了，男人们在外面忙一些面上的事情，家里则是女人们的阵地。

面上和家里都准备齐全的时候，婚礼就开始了。

那一天大哥西装革履，容光焕发，头发朝后整齐地吹了起来，比电影明星都帅气；大嫂端庄大气，穿着一身大红的旗袍，衬托着玲珑的身段，黝黑的长发盘成了优雅的发髻，姣好的五官不需要过多的装饰已经非常美丽。

两个人的身上、头发上撒满了彩色金纸，父亲和母亲端坐在上房门前，大哥大嫂恭敬地鞠躬、敬茶，进行着大嫂改口的议程。

有女人的地方就是有戏的地方。

舅妈坐在下面早就乐得合不上嘴了，对身边的常婶说："我们家秋玉就是有福气，继成都已经成家了，明年就可以抱上大胖孙子了，我家方正还没有结婚呢。"

"你着急忙慌地干什么啊？我家常青还没有毕业呢。"常婶也看着上面的母亲乐道。

"我们都不急，都是前前后后的事。"舅妈又说。

"你们就不要着急了，我儿子才上高中呢。"袁婶韩秀丽也和这一帮乡村妇女聊上了。

"你们城里人，不在乎这些的。"常婶嘴快，拍着袁婶说，"你看起来比我们都年轻好多哦，当婆婆臊不臊啊？"

正说着，她们看见蒙宝领着才上小学的儿子在那里吃菜，常婶就捂着嘴没有再说话。可是不到几分钟，她们又说说笑笑了起来。

我和二哥靠在厨房的门边上一边一个看热闹，常建国过来给我俩一人一拳笑道："你们两个，是不是羡慕你大哥娶媳妇了？抓紧去找个回来，明年一起办。"说完剥了一颗水果糖放进嘴里。

赖狗子不知道从哪里钻出来的，打了常建国一拳说："喂，喂，当叔呢，没个正经。"又回头对我和二哥说，"你叔有点二，不要计较，今天去找你新嫂子多要个红包，这才是正理。"

我和二哥没有说话，回屋去找吃的去了，的确有点饿了。

婚礼进行了一天，最后的一个游戏就是闹洞房。

大哥的那些队友们正在闹洞房的时候，从门外进来了一对男女。

男的细高的身条，戴着一副近视眼睛，皮肤白皙，给人一种秀外慧中的感觉。

女的中等身材，扎着一条高高的马尾，圆圆的脸蛋上一笑一个酒窝，一看就是一个活泼开朗的女孩。

他们手挽着手，一进门那女孩就喊道："哥，我来找新嫂子要红包来了。"

正在被闹洞房的大哥大嫂听见外面的声音，大哥拉着大嫂乘机从里面逃出来，看见表妹高兴地喊道："圆圆，这呢，高考录取通知书拿到了？"

"拿到了拿到了，继成哥你看这是谁？"表姐方圆拉着那个眼镜对大哥说。

"哇，陈世强，你小子啥时候勾搭上我表妹了？"大哥吃惊地瞪大了眼睛。

"江队，江哥，祝你新婚快乐！"陈世强还是那么腼腆的样子。

"啊，你们早就认识？"这下轮到表姐方圆吃惊了，"我给你提的时候你也没说认识。"

"别光顾了说我们，江哥，新嫂子给我们也介绍一下。"陈世强说。

"哦，对了，把今天的主角忘掉了，这是你们的嫂子，潘槐香。"说着大哥拉过大嫂给他们介绍。

表姐方圆和大嫂槐香相互看着、笑着，好久了也不见有松手的意思。

大哥拉过大嫂的手说："圆圆，这手不是你牵的。"说着又拉过陈世强的手交给她："牵这个，不然小心他去少林寺出家。"

一句话说得表姐和大嫂云里雾里的，而大哥和陈世强会意地笑开了。

"哥，到底是怎么回事？"表姐有种不搞清楚不罢休的劲头。

"那你为什么非要考他上的那个大学呢？还骗我们说你和你的同班谈恋爱。"大哥逼问。

"我喜欢他才要去上他的那个大学，再说了新闻专业我也喜欢啊。"表姐调皮地说。

　　"我们的事，等以后让世强自己告诉你。"大哥神秘地说。

　　表姐再一看陈世强，陈世强也表现得很神秘的样子说："这是个故事，以后听话我讲给你听。"

　　表姐一下子乖巧地看着陈世强，一副非常听话的样子。

　　陈世强推了推眼镜说："这个故事发生在很久很久以前，要用一生去讲的。"

　　闻讯而来的父亲母亲、舅舅舅妈等，看见几个年轻人这样聊天，你看看我，我看看你，根本插不上话。

　　这时候大哥笑得直揣肚子，对着表姐说："圆圆，你就用一生去听好了。"

　　大哥没想到这个陈世强幽默起来，愣是看不出破绽来。

　　"好了，你表哥和表嫂也累了一天了，回屋去休息一下出来吃饭，圆圆，你过来，这边来。"舅妈说着往厨房那边去了。

　　表姐拉着陈世强跟着舅妈过来。

　　舅妈对母亲介绍说："这是陈世强，已经上大一了，圆圆刚刚拿到世强他们学校的录取通知书。"

　　"我侄女上大学了啊，姑姑给你发个大红包。"母亲说着从怀里掏出一个红包硬塞进了表姐的手里。

　　这时候一桌饭已经摆好，其他的客人都回去了，只剩下了舅舅一家和我们一家，正好十个人。

　　"我们家今天除了方正和他对象不在，其他都到齐了，借着继成槐香结婚的好日子，我们也聚一聚，"父亲说。

　　"孩子们长大了，有出息了，好日子还在后头。但愿三年后继功和继名都能如愿考上大学，我们做长辈的就算把心尽到了。"

　　父亲的讲话，让我们一大家子都憧憬在对未来的美好当中，大家都举起了手中的酒杯。

五

　　好日子一旦开了头，大有势不可挡的地步。

表哥方正马上就要大学毕业了，表嫂和他一起要来小县城。

他们坐在图书馆里查资料，准备着毕业论文的答辩。

"琴，你跟我去我老家不会后悔吧？"

"方正，你说什么呢？我们在一起三年了，你看我像要后悔吗？"

表嫂一袭长发披肩，戴着一副近视眼镜。

她和表哥的神态极为相似，不知道的人还以为他们是兄妹。

"我家穷，父母都是农民，这你知道的。"

"我知道，我虽然是独生女，我爸妈也喜欢你，他们放心呢。"

"我会对你好的，一辈子！"表哥不会更多的花言巧语。

"你妹妹方圆也考上大学了。"

"嗯！"

"她和你长得不一样，但是乍看还是像！"

"嗯，我妹妹被我爸妈惯坏了，我也很疼她。"

"她很可爱啊，尤其那对酒窝，我爱死了。"

"哦，对了，这是一篇《逻辑思维兴趣培养》你看看，你答辩用得上。"
表哥翻到一篇文章的时候指给表嫂看。

"嗯，我的研究课题基本定了，老师正看呢。"

"争取一次通过，这样我们也轻松。"

"你的呢？税收法律政策完善，这个课题很有吸引力哦。"

"是啊，目前国家税收政策正在从国际化过渡的时期，很多地方不完善。"

"嗯，许多民营企业就是这么钻空子的。"

"呵呵呵，你也知道的不少了。"

"是啊，跟你这么久了，耳濡目染了不少。"

"不知道继成的工程队怎么样了，他的工程队可是我们家乡典型的民营企业。"

"你表弟吗？听你说过，干得不错呢。"

"但愿吧，我希望我们家都好，我姑妈不容易。"

"哦，对了，你姑父也是数学老师。"

"是的，你的同行哦，说不定你们会在一起共事。"

"圆圆一上大学，你爸妈跟前就没人了，不如……"表嫂不好意思说了。

"你就说完吧，比我还那啥……"

"那啥啊，我要那啥我怎么给学生讲课啊？"

"好好好，我的琴琴老师。"

"别闹，图书馆人多，大家都看呢。"

"看什么？我看啊，过两年大学里就会出台新政策的。"

"什么新政策？你说说看，方大仙！"

"大学生不但允许谈恋爱，还允许结婚。"

"哦，天方夜谭！"

"万事皆有可能！"

"方大仙，你预计一下你表弟生男孩还是女孩？"

"多半是男孩。"表哥说得一本正经的。

"都独生子女呢，你啥预计嘛。"

"感觉，感觉而已，不要当真啊。"

"我前面说到哪儿了？被你打岔了。"

"你说我妹上大学走了，不如什么？"

"不如我们在城里买房，把你爸妈接过来吧。"

"带孩子吗？你打算给我生几个？"我想多文静的人如果遇见爱的人，都有他独特的表达方式吧，表哥就是这样的人。

"我可买不起房子。"表哥起来去书架上换了一本书。

"帮我把这本也换一下。"表嫂推过去一本《数学是什么》

"换什么？"

"《数学史》"

"我买，你出钱就行，嘿嘿。"表嫂笑了。

"那还是我买吧，你出钱。"表哥也笑了。

表姐方圆已经准备好了行囊，在陈世强的陪同下奔赴大学。

因为陈世强开学比较早，表姐就随他一同早去。路过表哥的大学，表姐提出要去看看表哥。

"我也去吗？"陈世强推了推眼睛问。

"书呆子，当然要去的。"

"我见了你哥我说啥啊？"

"丑媳妇总要见公婆，哦，不对，你把公婆都见过了，还怕见我哥？"表姐方圆说话总是那么可爱。一句话说得陈世强的脸又红了。

"别呀，书呆子，我哥和你一样，别怕。"陈世强在表姐的胁迫下去见表哥。

当他们两个在宽敞的大学校园里乱撞的时候，就听一个好听的女高音喊她："方圆？圆圆，是你吗？"

表姐回头一看："啊，嫂子！"她高兴地大喊。

"你们都认识啊？"陈世强说着又推了推眼睛。

"我们都见过相片，本人比相片漂亮，我嫂子。"方圆给陈世强说。

"圆圆，还没有开学呢，这么早！"

"我表哥结婚，你们忙论文也不回去，我就来看你们了。"表姐噘着嘴说，"你们不想我了。"

"呵呵，圆圆，只顾了撒娇，也不介绍这位是谁啊？"

"对了，这是陈世强，我表哥的同学。"

"继成的同学？"表嫂问道。

"是啊，他们去过少林寺。"表姐说。

"听不懂。"表嫂摇着头。

"我哥呢？他怎么不来接我？"

"你不是骑着白马来的吗？不用接了吧？"表嫂说着看了一眼陈世强，陈世强的脸红透了。

"嫂子别开玩笑了，人家脸皮薄。"表姐一手拉着表嫂，一手拉着陈世强。

"你哥在图书馆，马上就来，咱们先去吃饭。"

"好，嫂子，我可饿坏了。你们论文啥时候就弄完了？"

"快了，正在准备，你想吃什么，食堂还是外面？"

"嫂子，听说你们食堂的饭特别好吃。"表姐觉得只顾自己说了，冷落了陈世强，问道："书呆子，你想吃什么？今天你做主。"

"你都做主习惯了，我不会做主了。"陈世强说。一句话逗得表嫂和表姐捧腹大笑。陈世强也笑了，终于放松了下来。

当他们在食堂找了个地方坐定的时候，表哥也夹着书本来了。他看到表姐方圆的时候，浑身立即披上了阳光，整个人都变得柔和了起来："圆圆哎！"

"哥！"表姐说着就要扑上去了。

"圆圆，圆圆，在食堂呢，大人了。"陈世强赶紧说。

"有人管我家圆圆了吗？我看是谁？"表哥说道。

"你说是谁？是你家的大白马。"表嫂开玩笑说。

"大哥好，我是陈世强。"陈世强先伸出了手。

"小陈，你好！"男人间的客套就是这样。

四个人坐定，表哥说话了："我们家都跳出农门了，为这个干杯。"四个人举起手里的饮料。

"最应该感谢的是你们的父母。"表嫂动情地说。

"好嫂子，一看就是个好嫂子，我爸和我妈有福气了。"表姐方圆偎在表嫂的身边说。

第二十章 抓阄

一

阳春三月，气候宜人，杏花梨花都争先恐后地开了。我家院子里的杏花开的早，坐果也早。这天吃完晚饭，父亲去找舅舅下棋了，母亲和大嫂坐在树下，享受着宜人的花香，一人捧着一本书在看。

这时候常婶进来了，一看这个场景就笑开了："他江婶，知道的人呢说你们婆媳有文化，不知道的还以为你们家办学校呢。"

母亲一看她来了，忙收起书，对大嫂说："槐香，给你常婶拿个小凳子来。"

大嫂进屋把书放下，拿了一只小板凳，又去屋里提了茶壶出来，给常婶和母亲每人倒了一杯茶，自己也坐在旁边。

"他常婶，你家继成把咱村的房子基本都翻修过来了，现在人有钱了，都盖成了砖瓦房，好像还有几户没有盖吧？"常婶喝着茶闲聊着。

"是啊，你看你家现在阔气的，院子里扫得干净的都能凉凉面了。"母亲打趣说。

"你家难道不是吗？你瞧瞧，把麦场都圈进来了，这宽展了好多。"常婶说。

"我记起来了，那天阿发还和我说呢，他也想翻修一下房子，手头不是很宽裕，想让我帮忙问问继成，能不能少挣点。"常婶对母亲说道。

"他自己不会去问啊？又不是不认识。"母亲白了一眼常婶说。

"他说远亲不如近邻啊。"常婶呵呵笑着。

"他倒会利用你，这我可做不了主，孩子的事我和老江从不插手。"母亲说，"你喝茶，这是继成买的好茶。"

"是好茶，我喝出来了，槐香怎么看着脸色毛青青的。"常婶转向大嫂说。

"没有吧，常婶，最近老感到有点凉，可能是倒春寒吧。"大嫂紧了一下自己身上的毛衫。

"要是冷了就去加件衣服，别感冒了。"母亲关切地说。

大嫂起身就进自己的房间里去了。

"你儿媳妇不会是有了吧？你看不出来？"常婶小声对母亲说。

"不会吧？我可真的没有注意。"母亲说，"该不会真的有了？"

"你我都是过来人，怎么连这个心都没给娃操上，不称职啊。"常婶笑了。

"你也进步了嘛，还会说不称职。"母亲调侃常婶说。

"这不是近朱者赤嘛。"常婶接着"进步"。

"呵呵，好一个近朱者赤，他常婶本来就有文化，以前老是藏着掖着。"母亲也笑了。

"我家邻居两口子都是文化人，我不进步才怪呢。"常婶也笑了。

"是你儿子和女儿有文化有出息，你也有福气哦。"母亲由衷地说。

"和你家当邻居，是我这辈子修的最大的福气。"常婶也由衷地说。

两个人正互相恭维着，听见大嫂在屋子里有呕吐的声音。母亲和常婶赶紧进去看，只见大嫂脸色蜡黄，在炕上躺着，盖着条毛毯。

"槐香，你是不是不舒服？刚才还看书呢，妈带你去城里看看吧。"母亲关切地问。

"是是，让你妈带你去医院看看。年纪轻轻的，不懂得爱护自己。"常婶说。

"妈，没事，我就是感觉恶心，可能感冒了。"大嫂起来说。

"你最好带她去瞧瞧，他江婶，我走了，锅上还炖着肉呢。"常婶说完就出去了。

大嫂一听说"肉"，又恶心起来。母亲一看她真的好像是怀孕了，拍了拍大嫂的后背，去倒了一杯白开水过来："槐香，喝点水。"正说着呢，大哥回来了，他看母亲和大嫂在说话，就问："妈，槐香怎么了？"

"你明天带槐香去医院看一下，她好像不舒服。"母亲对大哥说完就出去了。

大哥扶起大嫂说："你咋了？脸色这么难看。"

"继成，我是不是有了。"大嫂对大哥说。

大哥心里一惊，忙问："有，有什么了？"

"你傻啊，我那个超过了十多天了。"大嫂看着大哥说。

大哥怔怔地看了一会儿大嫂，突然像明白了什么似的，在大嫂的额头、脸上一顿猛亲："真的有了吗？我要当爸爸了吗？"

可能全天下的男人知道自己要当爹的时候高兴的样子都如出一辙吧，大哥也不例外。

他一个蹦子跳上炕去，一把把大嫂抱在怀里说："你说的是真的？"

大嫂亲昵地伏在大哥的怀里说："是不是真的，我们明天去医院看看不就知道了吗？"

"说的是。明天我不去工地了，一早我们就去城里，给你买好吃的。"大哥兴奋地说。

"对了，我刚才听常婶说，那个阿发家也想翻修房子，问你能不能少挣点，他家不宽裕。"大嫂温柔地对大哥说。

"看在我儿子的面儿上，给他不挣钱了，让他自己买好砖瓦木料，出个工匠钱就行，我们不挣钱，还不是少挣。"大哥高兴地说。

这时候父亲回来了，母亲听见父亲关大门的声音就迎了出来，和父亲一起进到上房。

父亲说："他舅说，准备'五一'了给方正把事办了，方正和他媳妇刚回来了。"

"他们不回来你还准备杀到天亮啊，都成了棋迷了。"母亲看着父亲说，"槐香好像有了，你要当爷爷了。"

"我还没准备好，我们，太年轻了点吧？"父亲看着母亲认真地说。

"你呀，高兴傻了吧？"母亲说，"明天继成他们去城里检查一下，愣着干吗？我管不住你，以后让孙子管你。"

正说着，大哥进来对父亲说："阿发家要翻修房子，他今天去找过我了，我想问一下您的意见。"

"这种事你自己做主吧，我和你妈的意见已经不重要了。上辈子的恩怨都是不得已的，人们的本性其实都是善良的。"父亲正色说道。

"今天你常婶也说呢，这个阿发，还远远地托个人说情。"母亲也说。

"那我就不挣钱了，他家确实不宽裕，材料他自己去准备，把我的工匠钱出上就行。"大哥说着准备出去。

"明天带槐香去城里，给多买点营养品，这孩子最近身体有点虚，以前挺棒的身体，不要让人说我们亏待了人家。"父亲叮嘱大哥。

大哥说："好的，爸，您可能要做爷爷了。"

父亲笑了，父亲笑起来我们家的天就是晴朗的。

二

大哥和大嫂在医院检查完正等着化验结果呢，就见陆箫急匆匆地跑过来，大哥忙迎过去问："你怎么来了？出什么事了吗？"

"不好了，江队，出事了，有个工人从房顶上掉下来，正在急救室，我们找你，找不见，江婶说你在医院。"陆箫总算把事情说明白了。

"继成，你快去看，我自己等着。"大嫂赶紧说。

"槐香，你就在这儿，不要乱跑，我去了。"大哥飞跑着去急救室。

急救室的门从里面锁着不让外人进，刘玉金和胡文军都守在门外。见大哥跑过来刘玉金搓着手连忙说："伤得很重，估计腿断了，幸好送来得及时，看情况吧。"

"怎么会这样？怎么会掉下来呢？"大哥急切地问道。

"脚下踩的那木头翻了，那一头没有按住，这头就翻了，他正好在这头边上蹲着。"胡文军说。

"怎么没有按住，人呢？是头一回作业吗？"大哥急了。

"你也不要急，这个工程人家要求我们提前交，这不是赶着呢吗？可能大家都疲劳了。"胡文军无奈地说。

大哥看着他们两个布满血丝的眼睛和疲劳的神态，缓了缓说："你们也辛苦了，回去休息吧，这里交给我。"

"我们回去在工地上处理去，县上安全部门来调查了。"胡文军说着拍了拍大哥的肩，转身走了。

等了快一个钟头了，里面的门还是关着，外面的人看不见。

大哥焦急地守在外面的长条凳上，就见大嫂过来了："继成，你不要太担心，兵来将挡水来土掩。"大嫂把手搭在大哥肩上说。

大哥伸手拉住大嫂的手说："我们的好日子才开始呢，没想到遇上了这种事，是我太大意了，是我疏忽了。"

"什么事都不可能一帆风顺的，该来的迟早都会来，先安抚好家属是当务之急。"大嫂提醒道。

"我也是急傻眼了，忘了这茬，对了，你怎么样？"大哥问大嫂。

大嫂在大哥旁边坐下来说："一切正常，挺好的，我们有宝宝了。"

"还好还好，我儿子在这边帮了我一把，不行你先回去，让陆箫喊个车，你们一起回去。"大哥说着对一旁的陆箫说，"你也回去吧，告诉刘队长他们看家属有什么条件，我们都答应人家。"

"好的，江队，我和嫂子就先回去了，晚上我们再过来。"陆箫说完就和嫂子一起离开了医院。

直到第二天早上，大哥才疲惫地从医院回来，父亲、母亲和大嫂都一夜没有合眼，一直等着大哥的消息。见大哥回来了，三个人都迎出去，母亲忙问："怎么样？工人的腿保住了吗？"

"保住了，妈，腿没事了。"大嫂接过大哥脱下的外套，忙去给大哥打洗脸水。

"只要腿保住了，其他的都是小事，家属有什么要求我们都答应人家。"父亲终于松了一口气，坐了下来。

"洗把脸吧，看你一脸的灰。"大嫂心疼大哥，"回来是不是又去了工地啊？衣服也没有换过。"

大哥接过大嫂手里的毛巾，进屋擦了把脸说："县安全部门要罚款，数字不小。"

"没事，没事，就当我们这几年都白干了，买个经验教训，安全的确应该是第一的。"父亲说。

"爸说的对，我平时也是这么要求的，说明我们工程队的安全措施还是不到位。"大哥显得很疲劳。

"让孩子打个盹，我们都出去吧。"母亲拉着父亲出去了。

"我们去医院看看受伤的工人吧，都是人生父母养的，也不容易。"父亲和母亲一起买了一些慰问品去了医院。

这边刘玉金和胡文军把工程队的钱都拿出来交了罚款，受伤工人的医药费工人自己拿了些钱出来。幸亏人家家属很通情达理，大哥这里没有休息就问大嫂要了存折给人家送去了。

我和二哥从学校回来的时候，家里只有大嫂一个人在家做饭，我们知道了家里发生的事，也感到很无奈。于是我去喂猪，二哥去帮大嫂洗菜做饭。等着父母回来，我和二哥准备告诉他们我俩的决定。

这时候舅舅舅妈赶了过来，一进门就着急地问："槐香啊，工人的事怎么样了？不严重吧？"

"舅妈，不严重，都过去了，交了罚款，工人的腿也保住了，就是需要住院疗养，有个过程。"大嫂对舅妈说。

"那就好，那就好，钱没有了可以再赚，你妈呢？"舅舅问。

"我妈和我爸去医院了，说是去看看。"大嫂说，"舅舅舅妈，你们在这里吃饭吧，我爸妈一会儿就回来。"

"好，我们等一会儿。"说着舅妈就过去帮大嫂了，我出去找二哥。

"继名，看来咱俩说好的事得变，根据目前的情况。"二哥说。

"咋变？你说，我俩都回来吗？"我想大哥现在低谷，我们都上高中会增加家里的负担。

"对。"二哥毫不犹豫地说。

"那万一他们不同意。"我问。

"不同意就我回来了，你继续。"二哥说。

"好吧，就这么定吧。"我说道。

这时候就见父亲和母亲从远处走来，我和二哥互相看了一眼就去和他们一起往回走。

三

大嫂看见父母回来了，就把饭菜都摆好了。母亲说："等一会儿继成，他回来我们一起吃。"

"他说不等他了，我们吃。"大嫂说。

"爸、妈，我和继名有事想说。"二哥鼓起勇气说。

"什么事不能等吃完饭说吗？你大哥这里出事了，你俩也凑热闹。"父亲瞪了二哥一眼说。

"就是因为大哥出事了，我才想回来帮忙的，我不想去上学了。"二哥说出了自己的理由。

"看来你这个想法就没有变过，都上了高中了还不死心，你以为跟上你大哥干工程队就一辈子万事大吉了吗？"父亲显然生气了。

"不是多个人操心就不会出事了吗？大哥一个人有时候忙不过来，所以就出事了。"我帮二哥说话，"其实我也不想上学了。"

"幼稚，真幼稚，你瞧瞧你们两个，真是越来越不像话了。"父亲说，"不省心，太不省心了。"

"不行就抓阄吧。"我天真地说。

父亲看了我一眼，又看了母亲一眼，母亲闭着眼睛不说话，舅舅、舅妈和大嫂也不说话。

父亲问道："怎么抓，你说？我生养了你们，做不了你们的主，我也不是封建家长，是不是给你们的自由空间太大了呢，都反了！"

"谁又让您生气了？爸。"这时大哥进来了说，"我让您担心了，是他俩又让您生气了吗？"

"继成，你去弄两个抓阄的，他们又不想上学了，让他们抓。"父亲对大哥喊道。

"你们两个能不能懂点事，添乱吗？"大哥开始训我俩。

"你说不上学就不上学，怎么我们就不行？"我真佩服我那时候的勇气。

"唉，这些孩子们啊，我们那时候想上学，上不起；你们现在条件好，可又搞什么'读书无用'，真是越来越不懂你们了。"舅舅也在帮父亲说话了。

母亲一直没有说一句话，她已经被这些事弄得快要崩溃了，大嫂一直拉着母亲的手不放，母亲的手心里已经全是细细的汗了。

"你妈，那时候多么渴望走进课堂，多么希望念书，她把所有的希望都寄托在你们三个身上，可你们倒好，一个个的……"舅妈也教育起了我们。

"就按照他们说的，继成，去弄，让他们抓。"父亲命令道。

只见大哥从里屋弄出来两个叠好的纸片："谁先来？一个是'上'，一个是'留'。"

"我先来。"我和二哥异口同声。

"继功先来。"父亲命令。

我最后没有抓，因为二哥抓到的是"上"，我肯定是"留"了。

正当我暗自庆幸的时候，就听大嫂喊道："妈，妈，妈你怎么了？"

我们一看母亲已经脸色苍白，大颗的汗珠从脸上往下流，大嫂拉着母亲的手一直抖个不停。

"还不快送医院，继功继名，你妈要是有个三长两短我饶不了你们。"舅舅火了，这是我长那么大第一次见发火的舅舅，太可怕了，如果给他一把铲子，他能把我家铲平。他火速地背起母亲，"继成，去开你队上的车来。"

我和二哥吓哭了，跟在舅舅的后面哭着喊："妈，妈你好好的，我们不退学了，我们上，我们两个都上，妈你好好的啊……"

把母亲送进急救室，那个大夫一看见大哥就问："你这又是……"

大哥也是脸色苍白，显然已经没有了气力，指指被推进去的母亲说："我妈，是我妈……"

我们都等着外面，大哥恨恨地瞪着我们，我和二哥泪流不止，舅舅出来也是一声不吭，感觉天都塌下来了。大约有半个多钟头，大夫出来了。我们急忙迎上去，大夫说："没什么大碍，太激动了导致的昏厥。你母亲本来身体就虚弱，不要再让她激动了，观察两天就可以出院了。"

我们都要进去，舅舅说："你俩留在外面，不要进去，继成进去。"

我和二哥乖乖地等在外面，一会儿大哥出来："妈不想见你们两个，你们先回去。"

"大哥你先回去吧，你脸色不好。"我对大哥说。

"还知道你大哥脸色不好啊，都多大了你，啥道理不懂呢？"舅舅训我。

"走吧，我们回去，爸和大嫂还等着。"二哥拉我。我和二哥看了一眼大哥，就下楼去了。

回到家里，大嫂急忙问："妈，妈怎么样了？"

"妈没事了，不用担心。"二哥说。

这时我看见刚才我们抓的那两个阄还在桌子上放着，我顺手拿起来一看，两张上面都写着"上"，一下子眼泪就涌了出来。二哥和大嫂也看见那两张纸片，都哭了，父亲远远站在那里看着我们，什么话都没有说就进屋去了。

大哥守了一夜工人，又守了一夜母亲，回来时整个人都垮了。大嫂让大哥去休息，她独自去了医院陪母亲。

在医院里，母亲斜靠在病床上，显得异常虚弱，大嫂舀了一碗鸡汤给母亲喝。

母亲拉着大嫂的手就哭了："槐香啊，好孩子，你有孕在身，不要累了自己。"

"妈，没事的，我身体棒着呢，你好好休息，我们明天就回家了。"大嫂安慰母亲。

"你说他们两个到底怎么想的，我就是想不明白。"母亲伤心地说。

"他们知错了，妈，他们今天就上学去了，说过来看您，不敢进来。"大嫂说。

"他们两个都上学，你和继成是有点吃力，可是还有你爸的工资啊，咱家又不是穷到那个地步了，你常婶和你舅舅，条件都不是很好。"母亲说着说着又哭了。

"妈，有我和继成在，咱家日子一定会越来越好，二弟三弟都会考上大学的。"大嫂继续安慰母亲。

这时候同病房的一个女人看着母亲问："这是你闺女吗？看着多亲热啊。"

"是儿媳妇。"母亲疼爱地看了一眼大嫂说，"我没有养过闺女，这就跟闺女是一样的。"

"你这么年轻就有儿媳妇了，我还以为是你闺女呢，好得跟亲母女似的。"那个女人流露出羡慕的神情，"我们的婆媳就像仇人。"

"我从小没有父母，没有叫过一声爸妈，现在有了父母，恨不得天天叫，感觉特别的亲呢。"大嫂动情地说。

母亲的脸色渐渐好了，也不流泪了，心情也渐渐好了起来。到了中午，她对大嫂说："槐香，我好久没有在城里转过了，你陪妈去街上看看。"

"好啊，妈，我也正有这个想法呢。"大嫂搀着母亲从楼上下来，一直朝医院背后的公园走去。

在公园的进门口，有好几家照相的，都在公园选景现照。他们见有人进来就赶紧吆喝，看见母亲和大嫂挽着胳膊进来，忙说："两位来一张吗？姐妹两个吗？"

"我们是母女。"母亲忙解释说。

"哎呀，你长得可真年轻，你女儿也真漂亮，来，拍一张。"那个冲在前面的穿马甲的人说。

大嫂悄悄说："妈您看，人都说您长得年轻，多笑笑，就会更年轻。"

"逗你妈高兴呢。妈也正想照张相呢，来，我们两个照一张。"母亲很高兴。

"女儿靠近一点，哎，好，笑一个，好嘞！"马甲给大嫂和母亲照了一张背景是盛开的槐花的相片。

五

常建国家，常叔和常婶正在为常艳考上高中高兴呢。

常叔这几年靠着自己特别能吃苦的精神，房子也盖的一砖到顶，非常漂亮。

常叔和常婶在为常艳准备上学的铺盖，一个拆洗被褥，一个拉出零碎的小木头打木箱。常叔会一手很好的木工。

常叔说："他江婶住院了。唉，两个不省心的孩子，考上高中了还不上。"

"是啊，咱家没多少钱，有多少全给孩子们上学了。"

"咱俩大老粗，让俩孩子好好念书。"

"对，就是砸锅卖铁也要把书念好，咱们那时候没条件。"

"你看秋玉，那时候那么爱读书，条件不允许啊。"

"常青来信了，我儿子太懂事，给我省钱，还在学校里卖小东西挣钱。"

"娃不容易。"常叔说，"我们就多种些果蔬卖了，多攒点钱。"

"也只有这样啊，不像人江老师，有工资，继成又那么能干。"

"有他家做咱邻居，不进步都不行，哈哈。"常叔笑着拉锯。

锯末子刨花子落在脚下，满院子的木香味。

常艳从外面进来说："爸，给我打木箱呢吗？"

常艳还和小时候一样，说话就像炒豆豆，叮叮当当地响。头发剪成了假小子，帅气又干练，一身的青春朝气。"爸，继功哥和继名抓阄了，您知道吗？"

"知道的，把你江婶气得住院了。"

"是啊，为这事我把继名狠狠收拾了一顿。"

"哦？我家闺女厉害了，会收拾人了。"常叔自豪地说。

"好好收拾，这小子太犟。"常婶说。

"别人考不上呢，他考上了还不上，真是无语。"常艳继续说。

"我哥来信了，妈！"常艳对常婶说。

"说什么了？给妈读读。"

常婶说着放下手里洗的东西，用衣襟擦了擦手。

"不读了，读了你也听不懂，我给你挑主要的说。"

"说，快说，妈听着。"常婶凑到常艳跟前。

"你儿子找对象了。"常艳表情夸张地说道。

"你瞧你，找对象再正常不过了，妈早就盼着呢。"

"妈，你不知道，他对象可是城里人。"

"哟，这可怎么办？城里媳妇咋整？"常婶已经感到没法相处了。

"妈，你紧张什么？城里媳妇也是媳妇啊。"

"你小丫头家家的知道什么？城里人得要我伺候，哪有婆婆伺候媳妇的。"常婶明显已经有了顾虑。

"你看你那个样子，谁伺候谁啊，你还以为是旧社会呢？"常叔对常婶的多虑感到无语。

"妈，你看！"常艳说着拿出一张相片来。

"这是我哥随信寄来的一张我嫂子的相片，漂亮吧？"

"嗯，和槐花差不多好看，好像又不一样。"常婶说不出哪里不一样。

"妈，人家洋气，是城里人，还是中专生。"

"对，就是这里不一样，洋气。"常婶看了又看，突然喜上眉梢，"有这么好看洋气的儿媳妇，我伺候也值。"

"你就是贱。"常叔说常婶。

"哪个做父母的在儿女面前不贱呢？你倒是说说。"

"哈哈，你们别吵了，我嫂子说了，她要接你们去城里住，孝顺你们呢。"

"是吗？你妈去了城里，是不是就是个傻婆娘？"

"才不是呢，我妈去了城里比城里的婆娘洋气。"常艳"炒豆豆"炒得刚刚好。

"嘿嘿，还是我女儿会说话。"

"继成都快有孩子了，你江婶都要抱孙子了，我还没有儿媳妇。"常婶感叹道。

"真是皇帝不急太监急。"常叔又说常婶。

"艳啊，你看看你爸，一辈子就没说过我的好。"

常艳看了常叔一眼捂着嘴笑："爸，你就不能说点好听的吗？就像江叔叔那样对江婶。"

"你爸我是大老粗，不会那些酸枣醋核的。"常叔还在锯木头。

"是啊，艳，你妈就这个命，一辈子就受你爸的埋汰。"常婶说着竟然伤感了起来。

"爸，你看你，我要批评你了啊。"常艳一边安抚常婶，一边指责常叔。

"呵呵呵，我闺女说的对。"常叔放下锯子，又拿起推子说，"老婆子，到了城里，你儿媳妇伺候你，你从此就翻身了，好吗？"

常婶破涕为笑："这句话中听。"

我在常艳家门口喊常艳："常艳，你出来。"

她噔噔噔跑出来问："干什么？又改变主意了吗？"

"没有，我就问你分到哪个班了？"我问她。

"分班了吗？我还不知道，在哪里去看？"

"学校门口贴着，去看吗？去了就走。"我说。

"好，继功哥去不去？"她问。

"不去，他睡大觉呢，不高兴，咱俩走就行了。"

"那行，我去推车子，你捎我行吗？"

"行，你重不重？"我问道。

"我重不重你看不出来啊？重也得捎。"

"好好好，我捎，我捎。"她总是比我有理。

"这还差不多。"说完她就去推自行车了。

我捎着她沿着翠柳河的河岸一直往县城的学校走去。

在学校的大门口贴着两张大大的红榜，上面全是考上高中的县里各乡村的人的名字。我和常艳的名字排在稍前面一些，二哥的名字排在较后。我们都被分在了高一（一）班。班里还有好多来自其他村的同学，都不认识。

常艳说："咱们三个从小学开始就是一个班，要是能到大学都一个班，那就太神奇了。"

"有什么好神奇的，瞧你那样儿。"

"我什么样儿？我什么样儿你就什么样儿。"她又开始收拾我了，"不听话小心我揭你老底。"

"我有什么老底让你揭啊。"

"从小就不老实，睡觉蹬被子，上厕所打嗝，还有……"

我的天哪，她如数家珍。我赶紧打手势告饶。

"所以啊，以后好好干，我给你留着面儿。"她骄傲地一昂头，"高中要是看上谁了，你就自己上，别让我代劳。"她第一次警告我。

"不敢了！"我保证。

"那回去你捎我吧？"我嬉皮地笑着。

"好，也行，我握把，你蹬车，嘿嘿。"

"这还不是我捎你吗？不过增加了难度而已。"

第二十一章 求学路上的初恋

一

我和二哥完全进入了学习状态，从小学到高中我们都在一个班上，从来没有分开，现在，完全放弃了弃学念头的我们，都努力地想去考大学了。

现在的二哥长成了小伙子，只是他的身形比较单薄，属于瘦高型的。他和母亲一样，生得白白净净，标准的书生模样，我和大哥一样，身形比较健壮，宽阔魁梧，像年轻时候的父亲。但我和二哥个性差不多，没有大哥那么开朗活泼。

我们两个商量好了一人一周轮流回家，那天正好是星期五的下午，该我回家带伙食了。

我收拾好了自行车在宿舍门口等常艳，我们说好的要一起回家的，所以我老早推着车子过来等。可是等了好久也不见她来，就去她们宿舍找她："常艳，你干吗呢？怎么还不走？"

只见从女生宿舍出来一个穿着一套白色运动服的女生，中等的个儿，微胖的身材，脚上穿着白色的运动鞋，圆圆的娃娃脸，一条马尾高高地束起。她听见我喊常艳，就对我说："常艳今天值日，等会儿就下来。"

我"哦"了一声，突然觉得心跳加快，说话有点结巴："谢、谢谢你，那我再等等。"

不知道为什么，从小到大我还没有对哪个女生动过心，和常艳经常一起玩，也没觉得她是个女生，好得跟哥们儿似的，难道这个女生和常艳不一样吗？也没觉得有什么特别的地方，可是就是不一样。我为自己的这一发现感到脸烧极了，索性调转车头。但是心却不听使唤，就想回头再看她一下，我也感觉背后那双眼睛没有离开我，于是后背火辣辣的。

幸好这时候常艳回来了，她老远就喊我："江继名，我车胎瘪了，你给我打一下。"

我赶紧去给常艳的车胎充气，以此分散我的注意力。

"姬云霞，把我的东西拿出来，咱们走。"

常艳长得矮墩墩得非常可爱，走起路来一蹦一跳的，短发在风里软软地弹跳，我对她熟悉得就像熟悉我的左右手那样，看见她我的心情一下子放松了。

可是一听她叫别的人一起走，我就又紧张了，第六感觉告诉我，姬云霞就是刚才那个穿白运动服的。

"江继名，你捎着她，她没有自行车。"常艳命令我。

"啊？我捎？捎去哪里？"我的脸"刷"地一下红了。

"你不捎难不成还要我捎啊？捎去三十里村啊，过个河不是就到了吗？"常艳看着我说。

"好，好吧。"我的声音突然小得连我自己都听不清。

"江继名你今天不对劲啊，恋爱了吗？"常艳是个"神"，我的大神。

就见姬云霞过来跟我说："我很重哦，你行吗？"

我不敢说我不行，也不敢说我行。

"你就坐上吧，他人高马大的，捎你两个都没问题。"常艳替我回答了。

走在路上，我好久都没有说话，只觉得后背直冒汗，姬云霞小声对我说："你累吗？累了就休息一会儿，我来捎你。"

我忙说："不累，不累。"真想说是太紧张了。

"她是我们一个班的，你不认识吗？"常艳问我。

虽然开学已经一个多月了，因为犹豫不定的心思，所以我对于班上的同学都还没怎么认清。经常艳这么一说，我才知道我们是一个班的。

"哦，认识，认识。"我忙说。

"那你紧张什么？你是不是爱上她了？"常艳这张嘴啊，我真想停下车和她干一仗。

"我在想今天老师讲的物理呢，才开始就这么难。"我有意识地转移注意力。

"是啊，高一物理的确挺难的。"后面的姬云霞说话了。

"好好骑车，小心掉河里。"常艳说完脚下一用力，就超出我许多。

我们沿着河边走，我觉得今天四十分钟的路就像走了一世纪，等到桥边的时候，早没了常艳的影子。

姬云霞跳下车说："我走过去了，今天谢谢你。"说完就要上桥。

"那个，明天我去接你吗？"我问道。

"不用，我过来，还一起走。"她大方地笑了笑。她笑起来就像天上的彩云，就像河里的浪花，我心里又是一阵慌乱。

"还是我去接你吧，我们从那边走。"我怕她来找我，那样常婶的嘴更可怕。

"那也行，你叫上常艳。"她转身上了桥。

我刚到家门口，就被常艳堵上了："还拿我当哥们儿吗？干吗去了？"

"我驮着个人，怎么能追得上你？"我用车轱辘怼她。

"小心思别告诉我你没有啊？小心我告诉江婶。"这个丫头每一句都正中我的要害。

"我什么心思？我还吃力不讨好了？是我要驮人的吗？"对着常艳，我口齿还是比较伶俐的。

"好好好，就算帮我忙了，我还要说谢谢吗？"她显然理亏。

"当然了，帮你驮人，你不说谁说？"我脚一蹬就回家了。

这一夜我半睡半醒，脑子里一直是姬云霞的影子，怎么赶也赶不走，我觉得我病了，我得了一种从未有过的病。

第二天中午我就去常艳家喊她，她从屋里跑出来说："等等姬云霞，她过来了我们再走。"

"过去找她一起走吧，从那边走。"我装作没事似的说。

"那也行，走吧。"她说完就去推车。

当我们过了桥的时候，姬云霞老早就站在那里等了。

她今天没有穿运动衣，而是穿了一件白色的衬衫，衬衫的下摆扎在蓝色的牛仔裤里面，显得高挑又不失圆润。

等她走近我的时候，我根本不敢看她的脸，我的脸一下子又烧了起来，快速地假装低头拍了一把后座说："走吧。"她二话不说就轻盈地跳上了我的后座。

我今天倒是比昨天自然了一点，心里一直有一种想跟她说话的冲动，却又希望她主动跟我说话，最后的结果是一路上我们都没有说话。

声音自始至终是从常艳的嘴里发出来的，至于她说了什么，我一句都没有听清楚。

到了学校，我把伙食给二哥拿去一半，二哥正在教室里复习。我刚坐下也准备复习，见姬云霞和常艳也进了教室。原来我的座位在右侧的第三排，姬云霞在左侧的第六排，所以我以前根本没有注意过班里有个她，现在知道了，我的左侧脸颊一直处在火烧的状态中了。

二

经过我和二哥闹学的这一风波以后，父亲像是变了个人一样，也不怎么说说笑笑了，在我们面前经常显得很严肃，但也显得很慈祥。他也不怎么过问我和二哥的学习情况。虽然他也是高中老师，一位教高三数学的高级教师。对于几何学上有些问题我曾好几次想去问他，都没有勇气。

那天下午的自习课上，我和二哥讨论一道几何题，争得面红耳赤没有结果。

常艳站在我这一边，姬云霞也过来看，她看了好久最后站在二哥的一边。

我没办法就说："我去问爸去。"

其实常艳和二哥知道我不敢去，但既然大话已经说出来了，尤其是在姬云霞的面前，我就必须去。说去就去，我拿起那本习题册就跑出了教室。

我直接来到父亲的教研室，"报告"都没有喊直接冲了进去。

几个父亲的同事看见我进来，对正在批作业的父亲说："你儿子来了。"

父亲头都没有抬说："出去。"

我只好出去喊"报告"，听见里面说"进来"，我才推门而入。

"有什么事吗？"父亲问。

"我想让您帮我讲一下这道几何题。"我正色说。

"哦？"父亲抬起头，"你是说我吗？"

"是的，江老师，我们数学老师在别的班上，我急需要解决问题。"我回答。

"拿过来。"父亲放下手中的作业本对我说。

父亲看了这道题以后，马上给出了他的意见，他的想法和我的一模一样，我又拿出二哥的意见对他讲了一遍。

父亲听完后说："这个想法也不是不对，只是你看这里。"说着他画了一条虚线过去，我一看恍然大悟，是二哥的解法走了弯路，最终的结果是一样的。

"谢谢江老师，我走了。"说完我就跑步回到了教室。

教室里围着二哥的有好几个同学，我新结识的好友梁超也在，看见我来了赶紧问："怎样？谁的对？"

"当然都对了，只是……"我看了一眼梁超，又看了一眼低头还在思考的二哥，又环顾了一下常艳和姬云霞。她们两个都直勾勾看着我，我这才发现姬云霞的眼睛真的很好看。

我之前没有敢正面看过她，她是单眼皮，薄薄的细细的，眉毛也是，配在她这一张白净的娃娃脸上太好看了。

我也不知怎么的就呆住了，脑子里一片空白。

这时候梁超捣了我一拳说："犯啥病了，快说啊。"

我"哦"了一声从失态中回过来，对他们说："我的解题办法快速一点，江继功的办法有几步弯路，最终的结果是一样的，他的需要虚线连接，我的不需要。"

"哦，那你是怎么想到的呢？我们都没有看出来。"梁超和姬云霞说。

"我看出来了，空间想象一定要用的。"常艳说。

"对，这就是空间想象的事了。"我说。

"知道了，我再琢磨一下。"二哥说着重新画了图出来。

放学的时候二哥说："这周该我回去了，可我不想回去，这几天的课程难度大我没弄懂，要不你回去？"

"行，我回去吧。"说完我就开始收拾书包。

"江继功，你不回去了吗？这周我也不回去，那让姬云霞帮我带饭就行了。"常艳跑过来说。

就这样姬云霞骑常艳的车，我们一起往回走。到了岔路口，她要从河的右边走，我要从河的左边过，就不是同路了。但是我又非常想和她同路，就对她说："要不你把车放下，我驮你走吧。"

"有车干吗不骑啊？你不嫌我重啊？"她笑着说。

"那你从我家这边走，行不？"我征求她意见。

"那你不如从我家这边走呢。"她歪着脑袋看我。

"好吧，依你。"我真的好听话。

我们并排骑着单车，她问我："那道题我开始也想到了，但是脑子里一闪就又觉得行不通，最后还得依靠虚线，你是怎么想到的呢？"

"其实如果我们来做一个实验，你就会立即明白的。"我讲道。

"实验？怎么做？"她问我。

我知道女生在这方面，比如空间想象和动手，就会差一些，而这正是我的强项，我太想在她面前露一手了，这种被崇拜的感觉一定非常惬意。

"你下车，我们来做实验。"我说完自己先下了车。

在河边，我捡了几根树枝，然后从口袋里掏出几条线绳子，需要绑成个棱柱体："你过来，帮我抓住一下，我来绑。"我说。

她现在好听话哦，我说抓哪里她就抓哪里，可是最后缺少一根绳子。我忽然看见她的头发上绑着一根，就说："把你的发带解下来。"

她解下发带，一头乌黑的长发哗啦一下罩住了她的脸。"好美！"我心里说了一句，然后接过她手里的发带绑在了枝条上面。

"你看，现在这个三棱柱是不是很清晰呢？"我说。

"是啊，是很清晰，如果不是这样做一个出来，我可真的想不来。"她用手往上扶了一下头发说。

"那你现在能否看来你的虚线应该接在哪里呢？"我问道。

"现在不用虚线了，完全能看出来步骤了。"她说。

"这就对了，立体几何就这样，得想象，想象不出来的时候就动手。"我告诉她。然后我解下那些绳子和她的发带说："转过去，我给你绑。"

"不用了，我自己来。"这一刹那她有点害羞，而我，好喜欢。

"高二分科，你学什么？"我问道。

"我学文吧，物理好像……"她有点犹豫。

"学理吧，就业门路好一些。"我说。

"再说吧，如果我能赶上去的话。"她不确定地说。

有了这样美好的路程，我感觉这些路好短。

为了让她也学理科，我每天下午或者每个周日都希望她来和我交流物理。

为了提前弄懂她不懂的地方，晚上在宿舍我比别人睡得都迟，周末回家的时候晚上也学到深夜。父亲和母亲看在眼里，对我的表现非常满意。

他们不知道我学习的动力来自于给别人当老师，心甘情愿在女生面前表现我的聪明。

果然我的良苦用心发挥了很大的作用，姬云霞对物理的学习兴趣也提高了不少，期末考试的时候理科分数非常不错，选科，当然选理科了。

三

高二生活就像过山车一样，平稳、紧张。大家在忙碌而充实的日子里过着。

我和姬云霞的关系也平稳而微妙，我们都相互习惯了对方，又都说不出其中的感觉，但这种感觉带给我无限的学习动力。她的影子和她的笑脸以及她的声音就像那些活跃的化学分子式，还是那些刺激的抛物线？抑或是立体几何里可以任意遐想的空间。她让我的内心疯，让我的内心狂，更让我的学习潜力澎湃和放大。这种感觉越是强烈我越感到寂寞，越感到高中生活的漫长。翠柳河两岸的路我用自行车丈量了无数次，每一颗鹅卵石上都有我熟悉的印迹，都记载了一些孤独。

一个夏天的下午，自习课上我想去游泳。

"梁超，去不去游泳？"我小声问道。

"去哪里游？翠柳河吗？"他小声反问我。

旁边的同学"嘘"了一下，意思是我俩吵着他们了。

"你们两个学习好，就不要影响我们这些差等生了。"后面一个男生说。

"我们出去说。"梁超拉着我走到教室外面。

"咱们两个去吗？叫上江继功。"他说。

"不了，我二哥胆子小，不敢下水，再说我怕他不让我去。"

"那你偷着去？就我们两个吗？"

"嗯，是的，咱俩去一会儿就回来，神不知鬼不觉。"我说。

"把常艳和姬云霞叫上吧，她们帮咱们看着衣服。"他说。

"女生？不行不行。"我连连说。

"什么不行？瞧不起女生是吗？"不知什么时候常艳已经站在我身后了。

"我们去游泳。"梁超说。

"那我叫上姬云霞，一块去。"她说完就去教室拉人了。

"你让我说什么好，她是我的管家你不知道啊？"我埋怨梁超。

"有个人做伴也好啊，万一我们被淹死，得有人负责后事。"梁超嬉笑说。

"你个破嘴，小心应验。"我说。

这时候常艳和姬云霞也出来了。我们四个人一溜烟跑到了河边。

太热了，连河水都是热的。我和梁超三下五除二脱了外套。

"你们……"常艳捂着眼睛说话了，"你们能不能不脱衣服？"

"哈哈哈，终于你也有怕我的时候，就脱！"我说着把外套扔在一边，假装要脱背心。

她拿起我的外套朝我打了过来："你再脱，脱光，我打死你。"

我"嗖"地一下跳进河里，她在后面朝我扔石子。

姬云霞在河滩上笑得不行了，喊道："常艳，你饶了他吧，再打，他就去当龙王了。"

这时候梁超也下河来了。两个女生脱了鞋坐在河边，手里扔着鹅卵石打水漂玩。

常艳说："当龙王，去和乌龟生个三太子。"

我在水里游了一圈，从水底下摸到她们的脚下，一把拽住常艳的脚。

常艳吓得大叫："梁超，梁超救命啊，龙王收兵了。"

"梁超你不要过来，我要拉她嫁给九头虫，看她有什么本事。"

姬云霞赶紧过来救常艳，她从上面拉，我从下面拉。

常艳急得两只脚踢踏开了。

"不要闹了，你们看那边，好像有人落水了。"梁超喊道。

顺着梁超手指的方向，离我们大概一百米的地方，确实有人落水。

我松开常艳的脚以冲刺的速度游了过去，两个女生在岸上和我同方向跑去。

只见有个小孩扑腾着手臂，头在水里了。我过去一把提起他的两只胳膊，双腿往上一蹬，把小孩架到我的脖子上，快速地向岸边游去。梁超已经游到了我的附近，他在我旁边扶着孩子。

我们把孩子弄到岸上的时候，和他一起来的几个小孩早就吓得哭天抹泪的。

我把这个孩子倒背在身上，在岸上来回跑了起来，直到把孩子呛进胃里的水全部控了出来，孩子才咳嗽了起来。当我把孩子放在地上的时候，他"哇"的一声哭了。

"你们怎么回事？谁带你们来这里的？"梁超问这些孩子。

稍大点的一个说："我们是前面那个小学的，天太热了，想来游泳。"

"你们胆子可真大，会不会游泳就来这里，出事了咋办？"常艳批评道。

"不说了，以后可不敢这样。要不是遇见我们，咋办？"我说。

"哥哥，我们不敢回家。"稍大点的一个又说。

"赶紧回去，不要再来游泳了，长大了再来。"常艳说，"长到这个大哥哥这样大的时候都不要来。"

这帮孩子拉着刚才落水的那个孩子走了。

"去了一定要告诉家里人啊！"常艳在后面喊。

"江继名，你今天立了功了。"常艳表扬我。

"啊，难得你表扬我一次。"我说，"我的衣服呢？"

"哦，你的衣服，在哪儿呢？"她这才发现我光着上身，只穿了一条大裤衩子。

几个人在岸上跑过来跑过去，直到我的大裤衩子风干了，也没找到外衣。

"穿我的吧。"梁超拿过他的外套给我，"我穿背心就行。"

"搞得你自己像蜘蛛精似的，衣服被猪八戒偷走了。"常艳说着"咯咯咯"地笑，姬云霞看着我也掩饰着自己的笑。

"江继名，你今天是救人的英雄，要不要写篇报道？"梁超说。

"不敢，学校知道了我们私自游泳，非把我们开除了不可。"姬云霞说。

"那我们的英雄就这样埋没了吗？"常艳嘿嘿笑着说。

"把他写进日记里。"梁超拍了拍脑门说。

"对，学雷锋，做好事！"常艳拍着手叫着。她开心得像河里的黑鸭子在拍翅膀。

我偷偷瞄了瞄姬云霞，她站在岸上，倒影映在河里，像一株亭亭玉立的荷花，粉白的脸上细汗嘀嗒着。

我心里萌生了一个想法："你们两个想学游泳吗？"

"我不想学，你问姬云霞想不想学。"常艳立即说，"我是旱鸭子，我怕！"

"你想学吗？"我目光转向姬云霞。

"你给我当教练吗？"她问我。

"当啊，你想学我就给你当教练。"我自豪地说。

四

转眼间我们就到了高三的后半学期，大家都进入了紧张而热烈的复习当中。我们常常一天不说一句话，只埋头在没完没了的各种模拟考试当中。二哥的努力程度不亚于我，然而几次的模拟考试，他的成绩远远在我之下，为此他很苦恼，我一直在旁边鼓励他。

那天常艳来找我说："继名，高三的学习太紧张了，我们要不要放松一下啊，我看你二哥一天弦绷得太紧，调节一下吧。"

"你和梁超商量一下吧，我们怎么放松。"我发现她和梁超走得很近，就这样说。

"他说了，我们可以去爬山，就这周五的下午。"

"好吧，那我告诉我二哥一声，要不要……"

我的话还没有说完，常艳就说："我已经告诉姬云霞了，她一起去。"

那天下午我们几个人就去爬县城附近的翠柳山了。

"嗨，梁超，我一直有一个问题想问你，你怎么不叫梁启超啊？"我一边爬山一边问道。

姬云霞和常艳跟在我和梁超的后面，二哥在我们的最前面，他爬得最快。

"江继功速度快，赶上他，我再告诉你。"梁超扶了一下眼镜说。

"梁启超变法失败了，还启个什么呢？"常艳总是爱剑走偏锋。

"呵呵呵，你少让我笑，我走不动了。"姬云霞笑得弯了腰。

"那你告诉他们为什么叫梁超。"常艳拽一下梁超的后衣襟说。

"我爷爷给我起的名，说干什么事情都让我有超乎寻常的思维和干劲，就像现在，我就不去想梁启超。"梁超转身面对两个女生，"谁需要帮助呢？我有超能。"

"我需要超人。"常艳笑得不行了，可是已经被梁超拽着往上跑了。

二哥已经站在最高处，他朝远处大声地喊着："我上来了，喂喂喂。"

我回头去看姬云霞，她正朝上看着我，于是我学梁超伸出手去，她紧走几步把手搭在我的手心里，一股电流迅速击遍了我的全身。

我也感到她手心里有汗，我没再回头，拉着她往上走，脚步变得异常轻快。她跟在我后面没有一点声音，我甚至怀疑我是否还拉着她。

"你们两个快点啊，我们已经上到顶了。"就见梁超和常艳、二哥三个人已经到了山顶，一直往前走去。望着他们的背影，我问姬云霞："你还行吗？要不我们赶一下？"

"好，我们跑着上。"她忽然甩开我的手，从侧面超过我往上跑。

"慢点，等我。"我急忙跟在她后面。

没跑几步她就停下了，弯腰捂着肚子，我上前问："怎么了？没事吧？"

"没事，没事，跑得太猛了。"她喘着气说。

"还是我拉你。"当我往前上一步的时候，刚好碰到她的肩，她没站稳，一下子就靠在了我的怀里，我顺势抱住了她。

她抬头一看我正在看着她，脸"刷"地一下就红了，我便用力把她揽进怀里。

当第一次把一个女生抱住的时候，我的心在狂跳，有些眩晕，我听见她小声说："你心跳得好厉害。"

"上山累的了，心率都快，你也一样，不信你听？"我极力使自己正常一些。

"我也是，继名。"她这样叫着我。

"喂，你们两个磨叽什么呢？快点啊。"我听见常艳在上面喊着。

"我们走吧，再不上他们就怀疑了。"我心里有鬼，不知道他们怀疑什么。

"好。"说完她从我怀里出来，想独自上去。

"稍等。"我说。趁她抬头的一瞬间，我亲了一下她的额头，随后装作没事似的上前面去了，心里那个美啊！

她在后面呆呆地看我半天，看我没任何反应，无奈地跟在我的后面。时间停了几秒钟后，就听她在后面说："你拉我吧。"我没回头只伸手，她没抬头也只伸手。

到了山顶一块宽大的地方，他们三个坐在那里等我们。就听常艳嘟囔着说："干什么都磨磨唧唧的，谈恋爱也不找个好地方，真是的。"

"这地方谈恋爱真的不错呢，是吧？"我转身问姬云霞。

"没谈过，不知道。常艳经常和梁超来这里，他们清楚。"姬云霞调侃常艳绝对是有依据的。

"别开玩笑了，都想好报考志愿了吗？"二哥问道。

"我想学化学。"梁超带头说。

"我喜欢计算机。"常艳说。

"你呢？光让我们报，你想学什么？"梁超问二哥江继功。

"我想学动力设备，但不知道能否考得上。"二哥悠悠地说。

"你呢？姬云霞。"二哥问道。

"我喜欢财会，只是没有把握。"姬云霞也像二哥那样说话了。

"我也想学动力设备。"我和二哥的想法从来就是一致的。

"到底是一个妈生的，啥都一样。"常艳打趣说。

"哦，对了，我有个问题想问各位，函数的图像和函数的性质有什么简易的记忆办法吗？我总是混淆。"姬云霞问道。

"让江继名说。"梁超指着我。

"我用形体来告诉你。"我站起来说。此时我的心情特别好，也特别想表现。

"这样，你们看啊，以我为竖坐标，这是正弦曲线，"我把两只胳膊横向弯曲，手背朝下比画了一下，"这样，这是余弦曲线，"又把两只胳膊横向弯曲，手背朝上比画了一下，继续说，"这样他们的对称性、单调性、奇偶性是不是很明显？"

这时他们已经被我逗得笑出了眼泪，梁超说："像，像，太形象了。"

"像什么？"姬云霞问道。

"像飞行的海鸥。哈哈哈，哈哈哈。"他们三个都笑地跌坐在地上。

"还有正切曲线和余切曲线，正割曲线和余割曲线，这样。"我又左臂朝上，右臂朝下比画了一下，然后换个姿势比画了一下，问道，"现在明白了吗？"

"明白了，这么美的形体动作要是还不明白，我就太笨了。"姬云霞已经笑得快喘不上气了。

这也许是我对高中时代特别的告别仪式吧，除了学校给我们的，这种方式更能让人回味久远。

第二十二章 落榜的苦恼

一

等待分数的日子总是那么漫长而熬人。

我和二哥每天都愁眉苦脸，当看见两岁的侄儿在院子里跑的时候，我就想打哭他，谁让他的声音扰乱我的执念；而二哥，比我的心情更差，他表达的方式就是沉默和发呆。

母亲看我们这样，一天像供神一样大气不敢出。

大嫂听见侄儿闹就赶紧领过去："别闹了，你叔心烦呢。"

我觉得这不像是供神，我和二哥倒像两个瘟神，走到哪里都有人指指点点，动不动就问考得怎么样？让我们怎么说呢？

在常叔家的门口我喊道："常艳，常艳出来。"

她风一样旋出来问："有消息了？"看我一脸的懵懂就又旋进去了。

"你出来。"我又用声音把她拽出来。

"跳河去吗？我不去，难受。"她说，"江继功呢？我们去钓鱼。"

二哥早就准备好了鱼竿，我们三个朝翠柳河的浅滩走去，老远看见姬云霞竟然在沙滩上画着什么。

我忽然想起来高考完快半个多月了，也没有见过她，只知道她自己估的分数不好。

等我们过去的时候，才看清她在画一道一道的杠，"你画的是什么？"我问道。

"这你都不懂啊，考上、考不上、考上、考不上……画到心里定的那个地方，看是考上还是考不上呗。"常艳解释说。

"这是迷信吧？撞大运呢！"二哥说道。

这时候姬云霞画完了，站起来说："考不上。"

才几天不见她，她瘦了好多，娃娃脸挂相了，我安慰道："考不上再复读呗，我也是这么想的。"

"我们都在自我安慰呢。"姬云霞说。

"不管那么多，我们奔跑吧。"常艳说完就飞了。

二哥第二个跑，我拉着姬云霞跟着跑，河滩上我们留下的脚印不一会儿就消失了。

等我们跑累了的时候，每个人身上都披着晚霞，手里拽着夕阳。如果就这样把一生走下去，我觉得也值。

如果我拉着姬云霞走完一辈子，会怎么样？这个念头第一次出现在我的脑海里。

这时候老远看见大嫂领着侄儿在向我们招手："二叔，三叔，吃饭了。"这是侄儿江鸿政稚嫩的声音。

我们三个和姬云霞在桥头分别，各回各家。临别的时候，我使劲握了一下云霞的手，其实我很多次在心里这样叫过她了。

大哥吃完饭在逗侄儿玩，大嫂去洗碗了，母亲出出进进地忙碌着，没有人问我们的时候，我们心里也好像没有存在感，空落落的。

大哥和父亲闲聊："我们工程队最近接了一个活，要去县城建楼，这几年老是建一些民房工厂啥的，建楼可是第一次。"

"还是安全第一，这一点始终不能忘记。"父亲叮嘱道。

"没有忘记，爸，我们挣得少点没关系，安全措施是第一。"大哥说。

"听槐香说，你工程队的机构现在设了好几个了，分工越来越细了。"父亲说。

"是啊，机构设齐全一些，分工明确一些，这样责任到人也好。"大哥抱着侄儿说。

"奶奶，喝奶。"侄儿看见母亲手里拿着牛奶，嚷嚷着。

母亲过来抱走侄儿："奶奶给宝贝热奶子去了。"

"也好，不然像以前胡文军一个人眉毛胡子一把抓，又忙又乱。"父亲说。

"是啊，胡文军现在也轻松一些，他分管就行了。"大哥说。

"听说你们找了一名会计，姓侯？"父亲问。

"是的，她是县城的。"大哥说。

"文化程度不怎么样，能当会计吗？"父亲有疑问。

"我也文化程度不怎么样，呵呵。"大哥苦笑着。

"关系户不好管理。"父亲提醒着。

"税务局长是表哥的顶头上司，表哥也不好拒绝，让我先用着，找到合适的人就换掉她，我也很难。"大哥无奈地说，"现在好多事不好说。"

"走着看吧，机会总会有的。"父亲说完就进屋去了。

"这两天分数就出来了，你们两个把握多大？"大哥转过身问我们。

"继名把握大一些，我就在边上绕着。"二哥说。

"我也不知道，等出来了再看。"我回答大哥。

我发现这几年大哥成熟了不少，说话也不像以前动不动就训我们，可能是有了老婆，或者是有了儿子。总之他既像个大哥的样子，又像个父亲和丈夫的样子。

这时候大嫂已经洗完锅，她抱着侄儿，母亲在给侄儿喂牛奶喝。我和二哥实在空虚，就回屋看电视去了。电视上正在播一条新闻，说某公司会计伙同出纳携款逃跑，公安局正在全城通缉。

我赶紧喊大哥来看，大哥进来说："大惊小怪的，我以为什么呢？"

"不是小问题啊，我们刚才听说你的会计水平不行，小心被坑。"我提醒他。

"操你自己的心去，懂得还多。"大哥说了我们一句就走了。

"我自己的心在哪里啊？"我嘟哝着。

二哥抱了一本书去看了，我一个人溜溜达达地去找常艳了。

她也正在看书，看我进来问道："你想找谁就去找，干吗来找我？"

"我想找你聊天啊，怎么不行啊？"我觉得她就是欠揍的样子。

"想问什么？问吧。"她合上书说。

"她，如果考不上，有什么打算吗？"她知道她是指谁。

"你不自己问呢？"常艳反问我。

"不想说算了，我就随便聊聊。"我显得心不在焉。

"她没什么打算，顺其自然。"

"不想复读吗？按她的成绩，复读应该可以。"

"不读了，她家里还有弟弟要读，重男轻女呗。"

"那太可惜了，她那么好。"

"她哪里好了？难不成你带着她？"

"笑话，我怎么带？我带去哪里？"

"陪读啊，陪你上大学。"

"那你问她可愿意？"

"自己问去。我从小就当你传话筒，多情得很。"

"你愿意当啊，我又没求你。"

"好心没好报，我就是下场。"

"知我者，常艳也。"

"那你还不赶紧娶了我？"

"我娶了你会做噩梦，下辈子都排不上你。"我说完逃也似的跑回家了，气得常艳脱下鞋子朝我扔过来，正好扔在要进门的常婶身上。

常婶捡起鞋子骂道："这个姑娘谁要是娶了去，就得供着。"

二

大哥工程队上，刘玉金的办公室里，刘玉金油光满面地坐在老板椅上，桌上放着一沓发票，一个文件包。对面站着采购南龙和会计侯明翠。

刘玉金说："南龙，把包打开。"说着他高翘着二郎腿。

南龙打开包以后，立即露出了一包人民币。南龙顺手从里面掏出十元一张的一捆钱给侯明翠："拿走。"

侯明翠把钱接到手里说："谢谢刘队长。"说完就要走，刘玉金说："你先回你房子，一会儿我找你去。"侯明翠"哼"了一声扭着腰就走了。

刘玉金对南龙说："这次的回扣不多，给侯会计多分了一点，你不要有意见。"

"没关系，刘队长。下一笔发票什么时候开？"

"过两天开，材料还没到吧？"刘玉金摸了一把光秃秃的嘴说。

"入库单打了就行，反正库也没人管，侯会计只看入库单。"

"她不看签字吗？"

"看还是看，不管是谁签的，你或者胡队长，她不管。"

"那就好，你记着把入库单和出库单都换掉。"

"这个您放心，我会的。"

"千万不能马虎，没事便好，有事就哪哪都是证据。"

"现在的发票开起来很容易，想开多少开多少，只要咱们队里有钱。"南龙说。

"不过我们进材料要注意，好的次的岔开了进。"

"嗯，我记住了。刘队长，您还有什么要说的吗？"

"你的钱拿走，不要留在我这。"

"留着您用吧，我暂时不用。"

"不要日鬼我，该怎么分就怎么分，我不想多吃多占。"

"那我谢谢刘队长给我这个机会，我永远唯你马首是瞻。"南龙说着点头哈腰地走了。

刘玉金敲开侯明翠的门："在干什么？数钱呢？"

"没有，刘队长，您还有什么事？"

"你看我给你买什么了？女孩子嘛，打扮得漂亮一点了。"说着刘玉金拿出了一条金闪闪的项链来。

"刘队长，您还是收起来吧，我可不敢收您的东西。"

"钱你都敢收，这个不要？"

"刘队长，这是两码事，钱是我应得的一份，项链是您自己的。"

"小侯公私分明啊。"刘玉金说，"那我就不强人所难了。"

他一边往包里装一边惋惜地说："这么漂亮的项链啊，就该配像小侯这么漂亮的女孩子才对，可惜了，可惜。"

"您没事的话我就休息了。"侯明翠下了逐客令。

"好，没事了。"他刚要转身，又回过头说，"我给你个忠告啊，你要不要听？"

侯明翠说："您但说无妨。"

"你不要再在江队长身上打主意了，他不会喜欢你的。"

"这不关你的事，这是我和他的事。"

"你就固执吧。我走了，记得关好门啊！"刘玉金挪着笨重的身体走了。

刘金玉离开了，侯明翠拿出账本抄了起来，她在做一份备查账。她把刘玉金签过字的所有发票整理到一起，打开秘书办公室的门，全部复印了一遍，又把原件藏到了床底下的一个箱子里。她听到工程队大院里有人走动的声音，就熄了灯，往窗外看出去。她看见南龙把库房的材料在往外挪，然后又把另一批材料弄了进来。从看外形看两批材料一模一样。

侯明翠心想：他在捣什么鬼？不会是以次充好吧？她又一想：我该不该把这件事告诉胡队长或者江队长呢？她和衣躺在床上，脑子里一直在这个要不要告诉大哥的问题上纠结着，最后决定还是不要告诉的好。她有自己的如意算盘，她要等着大哥来求她。

而此时大哥正在和大嫂闲聊。

"槐香，这次怀个女儿，我们就儿女双全了。"

"是的，咱爸咱妈没有女儿，喜欢女孩儿。"

"妈不是把你当成女儿了吗？"

"呵呵，是啊，妈对我太好了。"

"槐香你说啊，我们都结婚快七年了啊，孩子都这么大了，我怎么感觉好像一场梦。"

"我也是，是不是梦一醒，我们就不是彼此的了？"

大哥一听这话"呼"地坐了起来："槐香，你在说梦话呢？"

"没有，开个玩笑，你当真了？"大嫂说，"我就随口一说，人都说七年之痒。"

大嫂说着拿出了和母亲的合影，上面的母亲和大嫂都笑着，情深如母女一般。大嫂说："就算是没有你，我也会孝顺咱妈一辈子的。"

大哥痴痴地看着大嫂，他似乎觉得他有些不认识眼前的这个女人了。从追求她开始，一切都来得太容易了，幸福来得太容易了。

"槐香，我明天带你去城里吧？"大哥说。

"去城里干什么？"大嫂问。

"我不是在城里有工程吗？带你去看看，再买几身衣服。"

"我这穿得挺好的，在家里干活不需要，把钱省着老二老三上大学用。"大嫂通情达理地说。

"分数线还没有出来，出来了看，考上了再说吧。"

"你是不是嫌弃我不会打扮？"大嫂问。

"怎么会呢？我媳妇天生丽质，不需要涂脂抹粉。"大哥说。

"我觉得我们还要拉扯孩子，还要供你弟弟上大学，我们得省着点花。"

"是，这个工程会赚很多，到时候他们上大学够了。"

"那也得存着些，咱鸿政也要上大学。"

"媳妇，还早呢，你想得太远了。"

"继成，你今晚好像有心事，总说一些我没想过的事。"

"槐香，你想多了，我是看你一天忙里忙外的，又怀着孩子。"

"做家务生孩子不是每个女人都应该做的吗？"

"对，你说的对，是我错了，睡觉吧。"大哥说着拉开被子就睡了。

大嫂还在洗着侄儿鸿政白天穿脏的小衣服。拿出大哥衣服把掉了的扣子缝上，把翻乱得衣服一件一件叠整齐。从柜子里拿出明天大哥要穿的衣服裤子，放在大哥的枕头边。这些准备工作她每天都在做，一次都不曾落下过。等把这一切都做完的时候，大哥已经沉沉地进入了梦乡，大嫂才拉开被子，在大哥的身边缓缓躺下。

三

一大清早才起床刷牙呢，收音机里就播出了高考的分数线，这一刻全世界都停止了。

我和二哥把牙刷放在嘴里，牙膏顺着牙刷往外流，一直流到手臂、胸部。

等播报完了后，我呆呆地看着二哥，二哥啥也没有说就进屋了，然后把门一关，拒绝了这个世界。

父亲和母亲以及大嫂领着侄儿，齐刷刷站在各自的门外，都不说一句话。

我听见隔壁的常艳已经欢呼了，她的欢呼声引得侄儿也拍起来小巴掌："叔叔考上大学了，艳姑姑考上大学了。"

我们都被侄儿的童音刺痛了，想要去敲二哥的门，就听父亲说："别敲了，让他安静一下也好。"

大哥从外面进来说："继功差几分，没关系，复读，明年再考。"

"是啊，去劝劝，没关系。"大嫂说。

"我不复读，不考了。"二哥听见大哥大嫂在外面说话，他从里面说道，接着就开了门，站在门台上对大哥说，"我现在可以去你的工程队干了吗？"

大哥愣住了，半天才说："当然可以，只是我希望你复读。"

"不用了，我主意已定。"二哥说，"我决定了，不走那个独木桥了，其实这几天我都在考虑这个事，想好了。"

母亲看二哥这样，说道："继功，你真的想好了吗？妈不想你后悔。"

"爸，妈，我不后悔。"二哥的笑是挤出来的。

说不后悔，真实的想法只有自己知道，我想和二哥深聊一次。毕竟我们是同学，从小到大的同学，我们睡一间屋，走一个门，进一间教室。世界上除了亲情，还有什么能比同学更亲呢？而这世界上最纯洁的两种关系，我和二哥都占了，也许命里就注定，我这一辈子对我的二哥就得像对我自己一样。

我说："我支持二哥，不管你做什么。"二哥看我的眼神我读得懂，他只能听进去我的话，现在，他连父亲的话也不想听。父亲是多年的有高三经验的教师，他对于考中的考不中的早已经司空见惯。

吃完早饭的时候，父亲见我们都平静而又正常，他知道暴风雨已经过去。

父亲就说："继功啊，我想好了，我有个朋友在某大学任教多年，通过关系你可以去上那个大学，爸爸多出些钱就行，你看行不行？"

"爸，我不去了，在家自学也可以拿到文凭，不需要出那么多钱。"二哥说，"再说我年龄也不小了，不想去上了。"

"爸不逼你，你如果想去就告诉爸，爸给你想办法。"父亲说。这时候的父亲完全不是一个讲台上的教师，他不是在说教，他是在付出，他是我们慈爱的父亲。

我突然发现父亲的鬓角有几根白发，父亲的面容也没有那么年轻了，额头有了些许的皱纹。人到中年的生活沉淀和豁达宽厚的涵养已经拓在父亲的身上。而母亲，坐在父亲身边就像一幅油画，也完全不是那个柔弱倔强的母亲，她心里装着的这个家使得她浑身散发着一种母性的光辉，还有一种中年知性妇女特有的美。

母亲看着二哥的眼里是满满的温柔："继功啊，听你爸的话，考虑一下。"

二哥对着母亲笑了一下，点点头说："妈，三百六十行，行行出状元。"这情景好像是二哥反过来安慰父亲和母亲似的。

在我们自己的房间里，二哥把我们高中的所有课本、练习册和模拟考卷装进了一只大大的箱子。我们的炕上一下子空出好多地方。

我看着他空荡荡的裤管和挂在身上的衣服，理解他为高考付出的岂止是精神，他太瘦了，他的清秀就像他少言寡语的性格。

"二哥，你真的不考虑爸所说的吗？这是个机会。"我心里是希望二哥去上大学的。

"我想自学，自学会计，去帮大哥。"二哥从来没有忘记过要去帮大哥，三年前是这样说，现在还是这样说。

"我前面说了，不管你做什么我都支持你。"我说。

"你好好去上大学，学咱们都喜欢的动力设备专业，帮我实现这个理想。"二哥笑了。

"我会的，二哥。"看他笑我就心里松活了。

"自学也可以拿到国家承认的文凭，我不会闲着的。"二哥真诚地说。

"你不后悔，那你甘心吗？"是我自己不甘心。

"当然不甘心，不然我也不会决定自学的，我会证明给我自己看的。"二哥现在的心态让我非常放心，这就是男人。

"好，二哥，到时候你需要什么资料，我会在图书馆帮你查，我会竭力去帮你完成，我们还会一起大学毕业的。"我对二哥说的都是心里话了。

两个男人就这样达成了一种默契，我和二哥的手紧紧地握在了一起。

这时候常艳进来找我们，听见她的欢呼声的时候我就知道她考上了。她安慰了一下二哥，就对我使了个眼色。

我跟她出来以后，她说："不去关心一下她吗？"

"你去了？怎么样？"我问她。

"不怎么样，她很失落。"

"你没安慰一下？"

"我安慰顶个啥用，要你去安慰才行。"

"我去，可以吗？"

"她现在就希望你去，你去她会好一些。"

"那你陪我去吧，他们家……"我有点犹豫。

"看你那德行，我去当电灯泡啊？你最好劝她复读。"

"那好吧，我去，我下午去。"

"你还要看时辰啊，怎么回事啊你？"

"你别'炒豆豆'了行吗？从小你就'炒'得我心烦。"

"我不'炒'，我不'炒'你就跟你二哥一样蔫了。"

"那我还得感谢你了？是你让我变得能说会道了。"

"感谢谈不上，我嫁人的时候不要揭我老底就行。"

"这个好说，好说。"我嘴上说"好说"的时候，常艳已经去跟二哥聊天了，我的脑子里已经被姬云霞装满了。

我该怎么去对她说？我说什么她会开心呢？的确这多少年来要不是常艳常常在我耳边"炒豆豆"，我还真三棒子打不出个屁来，她可是我的"连手"。

那姬云霞是我的？

啊，想到这里我的脸开始发烫了，我去洗脸盆冲了一把脸，就出门去了。

四

我踏上了翠柳河桥，注定是为一个人踏上去的，第一次为一个女孩儿踏上去，也是最后一次为她踏上去。

一对普通的农家父母，他们的文化程度有限，和他们沟通，让他们安抚落榜的人，的确让人无能为力，最好的办法就是让他们自己想通。姬云霞正是在这样的一个家庭里，我去她家里的时候，她父母都出去了，弟弟们也在各自的屋子里没有出来，家人们都是一样的心情。

我进去的时候姬云霞正在屋子里抱着一本《穆斯林的葬礼》看，见我进来，就站起来给我让座。我就坐在她对面的凳子上，她没有说话又坐下来继续看书。似乎我又不存在了一样。我觉得我们这样面对面坐着不说话太尴尬了。

我想起了常艳的"炒豆豆"，想起来她说过调教我说话技巧的话，就轻咳了一声说："你看到哪儿了？"

"冰玉爱上韩子奇了。"她轻声说。

"哦，这书挺悲情的啊。"我实在没有话说。

"我说冰玉爱上韩子奇了。"她重复着。

"我知道，他们不应该的。"这是我的立场。

她突然哭了，哭得很伤心。书就这么"啪"的一声掉地上了。

我捡起书放在她旁边的炕沿，她哭得更厉害了，我手足无措，只能说："你复读吧！"

"不，不，我不。"她泣不成声。

我只好站起来，走近她，再走近，她这样哭我很心疼，心特别疼。

我想说：我心疼你知道吗？我没有说；我想抱抱她，我也没有抱她。

我又说："你复读吧！"

她抬起头说："你走吧，不要管我了。"

"那我们出去走走吧，我有话要说。"我终于想到了我来是干什么的，我是希望她开心的，不是想让她哭的。

她擦了一把脸，跟着我出了门。

我们来到河边，河里的鸭子在欢快地游着，一只追着一只，拍打着翅膀。它们从来不考虑命运和将来，水里陆地根本无所谓。而河边的柳枝永远都悠闲地荡在河面上，不管有风还是有雨，它们对河面的一往情深足以让它们不分昼夜地垂着头守护。还有那拱桥，自从落成在这里的那一刻起，它就变成了护河桥，一直默默地张开胸怀，任由流水出出进进。

我折了一枝柳条，褪下半截柳树皮，再搓掉一端头头的绿皮，说："我给你吹支曲子吧，想听什么呢？"

她只是摇头不说话，那张可爱的娃娃脸阴郁着，像是马上又要下雨了。

"吹一支《村里有个小芳》好不好？"我问道。

她一下笑了："是《村里有个姑娘叫小芳》。"

"这就对了，笑一笑什么事都没有了。"我看着她说。

我抬起手腕，轻声地吹了起来，我吹得特别用心，也特别用情；她听得特别认真，也特别动情。

当我吹完一支再要吹的时候，她说："你会不会吹《我是不是该安静地走开》？"

"会，你点，我吹。"我欣然说道。

"你啥时候学会吹柳哨的？"她问道。

"我天生的。"我回答道。

"你啥时候走？"

"去哪儿？"

"上大学。"

"九月份了。"

"以后见不了了。"

"不会，我来看你。"

"不看了，没有必要了。"

"我会想你。"

"我也会。"

……

"你来看我，我很开心。"她接着说。

"我想你如果复读，一定能考上。"我心里话是，"那时候我等你，我和你一起再上学。"

"我也希望，可是不现实。"

"你知道我的心吗？"

"我不知道，谢谢你！"她说完走上了桥，"继名，我送你吧，送你回去。"

"云霞，我，"这是我第一次这样叫她，不加姓氏，直接叫她的名字，"云霞，我心里有你。"

"我知道，忘了吧。"她说，"从这座桥上分开。"

我感到心里被针扎了一下，想去摸一下她的头发，我没有走这翠柳河桥，我说："你下来，过一会儿我自己走。"

她又从桥上下来，这时候有几个村民开着三轮车或者四轮车，他们拉着一车一车的桃子、苹果。

虽然我们在念书，也听大人们说了，今年的水果销路很不好，水果贩子来收水果时价格压得很低不说，还挑三拣四的，大小规格不同的价格也不一样，算下来一年的付出太大了，收入太低了，还不如拉回家存着，到了冬天再出售。可是谁又能想到存放时也是需要付出的，到时候价格也不一定上的去，所有的事情都是走一步算一步的。

他们路过的看了我俩一眼，我报以友好的微笑。现在，这种时候，我不需要有人问候我们，高考如何如何，那些关心都是多余的。

在那个不能说爱的年纪，我只懂疼。"我想摸一下你的头。"我鼓起勇气说。

她把头伸过来，我抚摸着她的头发，那么柔软，那么温暖，一股香甜的味道由一丝微风送进我的鼻子。我们就这样静静地待着，什么也不说，什么也不做，这种时光真的好美，美得让人不想走出来。

"继名，我想在家自学。"她说。

"好，自学也好，学你喜欢的会计专业。"我说。

"你是咱们班上最聪明的学生，以后一定很有前途。"她说。

"你也很聪明，只是现在的高考升学率太低，招的人太少了。"我说。

"千军难过独木桥嘛，咱们早就想到了，只是真的轮到自己了就一时接受不了。"她说。

"你能这样想就好了，不要再伤心了，开心点吧，这样我也会开心的。"我说。

"你会为我伤心吗？如果这样，我就更加不开心了。"她说。

她的道理我不懂，但是她开心了我就很开心，这个道理比较简单。

"每一个人生命里相遇的人都是缘分，珍惜便好。"我看得出来，她现在真的不再伤心了。

"是的，我们都珍惜。"我拉住她的手，好柔软的手，我拉过好几次她的手了，每次都不想放开。

这时河里面的那对鸭子又游了回来，她说："你看它们都回来了，你该走了。"

我放开她的手，走上桥去，她跟着上来："我送你吧，谢谢你来看我。"

"你回去，我自己回去，再见了，我假期回来看你。"我一边往回走一边说，看着她转身朝相反的地方走去。

如果这个世界上有什么叫作爱情的话，我不知道这算不算。

第二十三章　大学的烦恼

一

我拿到录取通知书的那天，父亲和母亲商量是否要给我操办一下，毕竟我是我们家唯一的大学生，也是父亲和母亲期盼了多年的希望。

舅舅和舅妈当然希望办一下了，因为表哥那时候也办了，表姐是家里的第二个大学生，再说她也不喜欢大操大办的，也就没有再办。到了我，舅舅和舅妈老早就来到我家商量。

"江老师你准备啥时候给继名办一下呢？"舅舅和父亲一边下棋一边问道。

"看秋玉她们商量吧。"父亲回道。

"妈，我看这周末就是个好日子，不如我们就给三弟办一下。"大嫂在给侄儿喂饭。

"是啊，槐香说的是，这也是咱家的大事。"舅妈一边和母亲缠着毛线，一边说。

"你看看继功。"母亲低声对舅妈说，朝着我和二哥的屋子努了努嘴，我和二哥都在屋子里看书。

"难就难在这里了，一个要走，一个没有考上。"舅妈说。

"隔壁的常艳，文英也说给办一下，他们家常青是中专，常艳比她哥强。"母亲听常婶这么唠叨过。

正说着常婶也来了，她看见我们一大家子在院子里乘凉，就问道："她江婶啊，你们家的苹果都收完了吗？"

"我们家的苹果不多，卖了一部分，一部分继成给他工程队分了。"母亲说道，大哥其实把一些大的好的送给了一些关系户，做了不收钱的人情。

"你家有个继成，帮了大忙了。"常婶说，"我家的苹果堆成了小山，这可咋办啊？今年水果贩子不给价格，卖不上钱，这常艳上大学得要学费呢。"常婶这是喜悦的烦恼。

"你不办几桌酒席送一下常艳吗？"舅妈顺口问道。

"我正是来和秋玉商量这事呢，继名办吗？"常婶问母亲。

"你给个主意我听听，我家情况不一样。"母亲说。

"是啊，这倒难了呢。"常婶善解人意。

"继成这几年搞得不错，人缘也好，关系门路也广了，销一些水果还是不怎么费事。"常婶羡慕地说。

"家家有本难念的经，情况也没你们想得那样好。"母亲说。

这时候听父亲叫我和二哥出去："外面挺凉快的，你俩出来吧，老闷在屋子里是怎么回事？你舅舅舅妈和常婶都过来了，也不打个招呼。"

"走吧二哥，我们出去。"我建议道。

"他们在商量是不是要办酒席送你。"二哥说。

"不办了吧，没啥意思。"我说。

"办一下好，他们主要考虑我的感受，正好我们出去，我也表个态。"二哥说，"不然他们觉得我会难过的。"

"哦，二哥，不管怎么样，你放下了就行。"我指他放下什么了，也许只有我们两个懂。

二哥从屋里走出去说："爸妈，舅舅舅妈，常婶，你们办吧，我没事，我也希望给三弟和常艳办一下，不如咱们放一起办好，也热闹。"二哥的表态让所有人出乎意料。

二哥的建议让常婶眼前一亮，她一拍大腿说："好啊，好啊，到底是念过书的人，说话和想法就是有水平。"

"那就这么定了？"常建国也来了，这下我们家院子里热闹极了。

"继成呢？他还在队上吗？我找他有个事。"常建国问大嫂，"槐香，继成来了你告诉他一声，让他来找我一下，我找他找不见。"

"好的，常叔，他最近也回来得很迟，不知道忙什么呢？"大嫂放下侄儿吃完饭的碗，抱起侄儿去给他洗脸去了。

"你儿媳妇好像又有了，是不是？"常婶小声问母亲。

"是啊，看出来了？"舅妈说。

"这女人啊，怀孕一次和一次是不一样的，你生了三个儿子，一样吗？"常婶问母亲。

"那时候生产队忙，生活条件也不好，都忘了什么情况了。"母亲笑着说。

母亲很少笑，现在她的酒窝越来越深了，她也能拿出以前的日子说笑了。成长让一个人成熟，然后慢慢变老，把过去的苦难甚至有些隐情拿出来的时候，变得轻描淡写。

"我听说继成工程队那个女会计事儿挺多的，人很漂亮，你见过吗？"舅妈问母亲。

"见过几次，她还来过家里，是很漂亮，有点泼辣。"母亲说，"那么大的石槽，她一个人就搬起来了。"母亲指着厨房门前那个盛水的大石槽说。

"在工地上，听说又当会计又搬砖，风风火火的。"常婶说，"不简单，不简单。"

"说到哪儿了？周末办吗？"舅妈问。

"今天是周四，要办就得抓紧准备了。"常婶说。

"那就办吧，既然继功都这样说了。"舅舅说，"两家放一起，他们的同学都是一起的，真的很热闹。"

"那我就去通知我们同学了？"常艳不知道啥时候站在了我和二哥的跟前，她又来"炒豆豆"。

"你啥时候进来的，我怎么没发现？"我问道。

"谁知道你想什么呢？能看见我才怪呢，哼！"她的嘴噘得老高。

"我想你呢，怎么还长不高？"陪她说话真是过瘾。

"你长那么高也没占多少便宜，买衣服大小号价钱一样。"她回敬我。

"男女有别吧，能一样？"

"谁爱和你一样似的，我没有通知你的好同学。"

我知道她说的"好同学"是指谁，我附在她耳边说："你吃醋了？"

"哼，江婶你看你家继名，他揪我头发了。"她大喊道。

"这两个孩子，从来都不让人消停，前几天还干架呢。"常婶想起了常艳朝我扔鞋子的事。

"那就这样，我们分头准备，周末就给两个孩子办几桌送一下，让亲朋好友们也知道一下。"常叔说完走了。

"我去叫姬云霞吧。"二哥对我说。

我没有想到二哥会这样建议。这正好，我正愁这事怎么办，去不去叫她，就说："那你去吧，只要她来，太好了。"我想说也许有你们两个互相做伴，或许她会更自然一点，但是没有说出来。

"她最近好多了，我们两个昨天去摘苹果了，她家的苹果和我家一样，堆了一院子，没法卖。"常艳说。

"摘完了吗？她是家里的老大，操心多一些。"二哥问。

"完了，以后我和继名走了，你多帮帮她。"常艳建议道。

"我会的，都是同学嘛。"二哥答应着。

<h2 style="text-align:center">二</h2>

办酒席那天人非常多，我和常艳一人披一朵花，父亲和常叔分别讲了话，无非是望子成龙、望女成凤之类的老词。因为在这之前村里的大学生已经有好多个了，不再像表哥那时候一样有郑书记来讲话。

倒是有个多年不见的老朋友——白俊雄，不知道怎么被父亲请了过来。

据说他现在是矿长了，来的时候有专门的小车送。他给父亲带了好酒，给我和常艳一人发了五千元的红包，是今天的酒席上出手最阔绰的人。

我和常艳给他敬酒表示感谢，他说："我和你父亲认识的时候，还没你呢，你现在都上大学了，可见我们真的老了。"

我看见这个白叔叔长得真的很白，虽然五十多岁的人了，依然精神矍铄，看起来就像四十多岁的样子，一双剑眉让他的整个人有一股英气。

他说："听说你学的是机械设备专业，不错啊，我们煤矿需要你们这样的人才，不知道你毕业后愿不愿意来我们矿上呢？"

"叔，这都是以后的事，我怎么知道？"我确实不知道，未来的变数太多了。

"丫头呢？计算机专业更吃香啊，叔叔同样欢迎你来我们矿上。"白叔叔慈爱地看着我们说。

这时候常艳给我使了个眼色，我顺着她的眼神看过去，姬云霞和二哥站在一起，像金童玉女一样，他还是把她叫来了。

我和常艳走了过去，还没说话呢，一下子一帮同学全围了过来，呼啦啦把我和常艳围在中间。

"你们两个像在办喜事。"梁超过来说。

"就是在办喜事啊，难道不是吗？"其他同学纷纷笑着附和。

"我说的是结婚的喜事。"梁超又说。

"怎么，我们办喜事你不高兴了吗？"我坏坏地笑着。

"江继名算你狠，我服你了。"梁超没有从我这里得到他想让我说的话，我就偏不给他说。

"梁超你别听他瞎说，他就是个神经病。"常艳骂我了。

"我是神经病调教的，徒弟嘛。"说完我就钻出人群，常艳接下来会有大动作，保不齐又会扔鞋子的。

这边闹的欢腾，那边有人看着，隔着厚厚的人墙我能感觉到。很多话我现在不能说，我要沉淀我自己，毕竟人生的许多美好都是需要沉淀的。所以当常艳梁超他们让我对着姬云霞说些什么的时候，他们的期待其实就是我要沉淀的东西，尤其是美好的东西，得慢慢从时光里感受和感染。

一场再盛大的欢送终究都是要结束的，当人们的热情随着天气的转凉降下来的时候，我就背着行李走进了大学的校门。

那个校门古朴而典雅，我站在校门口回头看，把自己的十八年全部叠了起来，悄悄装进心里。

沿着宽敞的柏油马路往内走，开学的新生与迎接新生的师哥师姐们混杂在一起。注册、领床上用品、军训物品，这一切的手续办完我才走进宿舍六号楼二楼二一六，三个舍友早已到齐，留了一个上铺给我。

"我是郝翔。"

"我是刘旭伟。"

"我是牛津。"

"你是江继名？"他们三个报完姓名齐声问道。

"我是江继名，你们好！"

各自报了从哪里来，然后我们将要一起从这里走出去。

"没想到你个子高，不然也不会留上铺给你，要不我和你换了。"牛津见我铺床困难时说道。

我往下一看，他果然个头比我矮了不少，留着小平头，一副高度近视眼镜，一双名牌运动鞋，一身夹克牛仔，一看就是一个活泼机灵的形象。

我说："不用了，谢谢你！"

"我们排一下值日吧，按照年龄大小，小的先来。"刘旭伟说。

我再看这位，看起来比较老成，四方脸，眉毛又黑又粗，比我们都高出许多，长得像个大叔，上身长，下身短。据说这种人底盘比较稳，坐江山的材料，所以第一天第一时间就发号施令了。

"我们还是先选个室长好一些。"说话的是郝翔，声音浑厚有力，语速慢中带韧。他斜靠在我对面的上铺翻着书，头都不抬一下。

我斜眼看他理了一个板寸，脸上骨骼突出，嘴角向下咧着，他就是传说中的那什么魔。他的这种说事方式一般是没有人反对的，我只顾铺自己的床，没有说话。

"喂，江继名，你说话。"刘旭伟对我说。

"举手表决选出室长再排值日，不过今天垃圾多，我们集体打扫，明天再选。"我说出了自己的想法。

"好，就这样。"郝翔说。

"我同意。"牛津也说。

我们四个分头行动，提水、拖地、擦玻璃，一切就绪，我们一起去吃饭。

这些事都做完了，我们各自躺在自己床铺上，宿舍里极其安静。我第一个就想起了姬云霞，她现在在干什么呢？于是我迅速地铺开稿纸开始给她写信"云霞，我想你"还是"云霞，你要是来多好"。当这些话都变成纸团的时候，我还是停留在对她的思念中，再也写不出一个字来。

第二天，牛津当选为室长，他自告奋勇第一个值日，我第二个，郝翔第三个，刘旭伟最后一个，值日就是每天打扫宿舍卫生，帮舍友提水。到了第三天军训回来的时候，我们已经非常熟悉了。

"昨天我倒垃圾，谁写的情书？"牛津问。

我心里一惊：不会是我那些纸团吧？

"写什么了？说我们听听。"郝翔呵呵笑了。

"什么什么草，什么什么情，什么什么月亮什么什么爱……"牛津背着。我一听不是我写的，松了一口气。

"你小子不厚道啊，是我写的。"刘旭伟说。

"真多情，咋不结完婚再来呢？"郝翔是一种看不起人的姿态，说得刘旭伟涨红了脸，但一看郝翔的样子，他也不敢对抗。

我躺着床上不想听他们说什么，满脑子都是姬云霞的影子，于是翻起身铺开信纸又开始写了：

云霞，我已经开始军训了，大强度的体力活动使我不敢分心，我写信是想告诉你，你应该去复读，在大学里才会有更广阔的天地，你会发现人外有人，大家都是来自不同学校的尖子生，不久的将来大家都会有一番作为。不知道你在家里还好吗？你每天都在干些什么呢？你的自学已经开始了吗？如果你需要什么学习资料，我可以帮你去买，这里的图书馆藏书很多，我也可以帮你去查。

……

从头到尾我没有说过一句我想你的话，这封信就寄出去了。

三

我同样也给二哥写了好多信，他只回了我一封，他说他已经去大哥的工程队上班了，大哥说他有文化，可以去干材料的采购。以前的采购都由刘玉金的一个亲戚干，而刘玉金是主管材料采购的，大哥总是觉得这里面有问题，想让二哥帮着盯一下。

二哥说他才进入角色，得慢慢适应，刘玉金那个亲戚叫南龙，二哥说他要请南龙吃饭，拜他为师，从零学起，他会很忙，不再给我写信了，最后二哥又提示了一句，说他年底想结婚，二嫂我认识。

我回信的时候也没问二嫂是谁，我觉得二哥看中的人一定没有问题，也就不再多问，随即也不再写信干扰他的工作。

可是云霞一直没有回信，我又去信，又去信……直到那个学期即将结束，我准备回家参加二哥的婚礼在外面给二哥买结婚礼物的时候，碰到了在同一个城市上大学的梁超，他也在买礼物。

他看见我兴奋地说："嗨，你也给你二哥买结婚礼物吗？我也来买，你说买什么好呢？"

"我想买那个雕塑，就那个，男孩头像那个。"我指着店里那个铜色的头像说。

"你索性把这一对都买上吧，还有你嫂子的。"梁超坏坏地笑着说。

"我买这一个就行了，买两个不太合适，又不是送两个人，她就是我嫂子了啊。"我说。

"我不行，我得买两套的，两个都是同学。"他把他买的礼物给我看，一对金童玉女的玩偶。

"你说什么？什么两个同学？"我问道。

"你二嫂是我同学也是你同学啊，你装吧就。"他觉得我是假装不知道。

"……"我无语。

只听他给老板说："这上面，给我刻上字，'老同学江继功、姬云霞新婚快乐'。"

当我听见这句话的时候，头里面"嗡"的一声，这精品店的所有精品都哈哈地笑，笑得前仰后合，笑得疯疯癫癫，笑得大汗淋漓，笑得歇斯底里，笑得肝肠寸断……

"我是要买这一对的，老、老、老板，一对，"我说，"梁超你几号回？你先帮我把这两件东西带回去送给二哥二嫂，我学生会的后期事情完了立即就回去了。"说完我付了款，也不看那两个雕塑一眼，急忙上了公交车。

"继名，你怎么回事？我一个人怎么拿这些东西？"梁超在后面喊着我。

我什么也听不见了，只觉得从嗓子眼一直到丹田，有一股沉重的东西压着，沉重到已经拽破了我的心脏，汩汩的血液翻腾着，又似有一千只老鹰在同时啄我的心脏、我的眼睛，我什么也看不见，因为我的心里什么都没有了，唯一能做的就是坐着不动，感受我自己的存在，我在车上坐了三个来回，两个终点站。

司机师傅要下班了："小伙子，你过瘾呢吗？花了两块钱坐了大半天，你今天可赚了。"

我摇摇晃晃地下了车，一直往学校走去，路上总有人以为我醉了，我跌坐在公交站的座椅上。

"小伙子？你没事吧？"一个大爷过来问我。

"大爷，你说，你有过喜欢一个姑娘吗？"我问道。

大爷含羞带笑地说："小伙子，不瞒你说，大爷我有个初恋，长得啊，就像天上的星星。"他指着天上的星星给我看。

"星星有什么好的？眨巴眨巴地够不上，小的抓不住。"我笑了，我的神情非常迷茫，我伸手指指着星星。

"你们这些年轻人啊，哪知道初恋的味道？哎，不跟你说了，你不懂，不懂啊，不是一路人。"他说着说着就走了，走着走着又回来了，"你们现在这些人啊，见一个爱一个，根本不懂爱情。"

"大爷，你说，爱情是什么呢？"我面对着他。

"爱情不是你和我这种男人之间的事。"他自己倒男人起来了，头也不回地走掉了。

我没有过爱情，爱情在左，我在右，爱情是星星，我是江继名，爱情是大爷的爱情，不是我的。

"小伙子，你喝醉了吗？在这里躺了一夜。"清晨的时候清洁工阿姨推了我一把。

"哦，是的，我走了。"当我起身往学校走的时候，才觉得浑身酸软麻木，一下子跌倒在路上。阿姨连忙过来扶起我，我推开她以后就向学校走去，一路上冷风刺着我的脸。我觉得不够，真想抓住这些风来刺一下我的神经，刺一下我的心。

我没有去教室，因为我根本不知道今天上什么课，我去宿舍后就上到自己的床上睡了。

"江继名今天怎么没有去上课？马上考试了，你就不怕挂科吗？"牛津掀开我的被子问。我知道他们已经放学了，该吃中午饭了。

"不舒服。"我没睁开眼睛说道。

"失恋了？"刘旭伟说，"再找一个填补空缺。"

"江继名，你今天没去上课，给你占座位那妞可被人占了啊。"郝翔的嘴里就没有好话。

"江继名，江继名楼下有人找。"这时候宿舍的"喊人机"喊我了。

"江继名，你走桃花运吗？大一就有人穷追不舍了。"刘旭伟说。

"肯定是那妞，狗皮膏药似的。"郝翔说，"去不去？不去我去了。"

我起身瞪了他一眼，这一眼会令所有人不再废话。我跳下床就下楼去了。

"怎么不上课？"她问。

我只能叫她搭档，她是同班的薛丽，她对我的好我没有丝毫的感觉，我接过她给我打的饭说了声"谢谢啊"转身就上楼了。

"哥们儿，不上课还有人打饭，神啊！"郝翔羡慕我了，"薛丽很好看的了，虽然不是绝对漂亮，追的人也很多啊。"

"送你了，你追去。"我看着他说。

"郝翔在咱班就怕你一个人了，江继名，你要是说话算话，他就真的去追了。"刘旭强说。

我不再吭声，算是默许。

从那以后，薛丽给我占的座位我根本不去坐，我和牛津坐一起，她找我多少次，我都不再露面。

三

　　放假的时候我就申请了学校的勤工俭学。不想面对家里那个热闹的场面，我想利用这个假期好好地忘记一些事情。

　　实验室的线丝、密立根油滴仪器、温度特性实验仪以及那些活着的有生命的电极、测定仪、示波器、分光仪……这些全部变成了我的灵魂。我保证着它们的常态化。我也可以静坐在它们身边，以它们为实验。

　　大学物理都应该接触到的模拟，这些仪器是我的将和兵，一丝一毫的数据变化都能让我疯狂好几天。为一个数据的扭曲忘我地拆和装，直到迈克尔逊干涉仪测不出我心理的偏差，螺旋测微器无法知道我到底想什么，我才对它们报以藐视。

　　一个人的成长其实根本用不了一个假期，一个瞬间就够了，只要调整好空气间隙的夹角，就这么简单。

　　当我从实验室的台阶往下走的时候，常艳和梁超双双凝望着我。

　　我紧下几步走到他们面前，微笑了一下："嗨，你们来看我？还没开学呢！"

　　我伸出右手握住梁超，伸出左手拍了一下常艳的肩："走，请你们吃烧烤，我假期的收入不错。"

　　校园美食城，三个人要了啤酒和烤串，"刺啦""刺啦""刺啦"三声易拉罐打开的声音后，我提议："干杯！"

　　常艳看了一眼梁超，对我说："你没问题吧？"

　　"我好得很，你们有什么问题吗？"

　　"他们很幸福，我把你的礼物带到了。"梁超说。

　　"吃吧，吃完带你们参观我的实验室。"我说。

　　"你别装高冷了，哭也是一种表达。"常艳说。

　　"我为什么要哭？我的实验室打算上演一部《水浒》。"我猛灌了一口啤酒。

　　"你能让所有器材持枪弄棒，我相信。"

　　梁超说："姬云霞和你二哥带话给你。"

　　我又喝了一口啤酒，把目光投向实验室那个有温度的地方。

　　"他们有共同的喜好，他们的爱情是值得祝福的。姬云霞，哦，你二嫂，她希望你暑假回去一趟，她说我们同学一场，她最希望得到你的祝福。"梁超说。

"他就是清高，他这个人冷得很，我们班同学都知道，他和姬云霞、他和我们都是一样的，只有冷酷的人才缺席。"常艳对我的了解胜过我自己，她对我的挖苦让我觉得特别爽气。

"你二哥在你大哥的工程队挺好的，你二哥结婚都是你大哥负责的，你知道你大哥花了多少钱吗？你不知道。"常艳继续训我，"你就是一个狼崽子。"

"听说你大哥的工程队那个南龙，吃了不少回扣，你二哥正在调查，不过这件事是你二哥悄悄对我和常艳说的，其他谁也不知道，你明白他的意思吗？"梁超对我说。

"我会写信告诉他让他谨慎行事，不要给大哥造成麻烦就行。"我说，"那个女会计的事他没有说过吗？"

"说了，还没有什么不合适的地方。"常艳讲，"你大哥最近的精神状态不错。"

"都过去了，我暑假会回去的。我写信给他们。"我开始直视他们两个了。

"嗨，江继名。"这是牛津的声音。

"你怎么也提前来了？"我回头一看，他领着一个小巧玲珑的女孩，和他太像了。

"这是你同学吗？这是我高中同学梅熙。"他向我介绍她的女朋友。

"是的，常艳、梁超，这是牛津。"我分别介绍。

"坐下一起。"梁超邀请他们。

"好啊，再来几串。"牛津对里面的师傅喊道。

"你们高中的时候江继名是不是有女朋友？"牛津八卦起来像个女人。

"没有啊，他这么冷的人，不可能有。"常艳撇撇嘴说。

"就是，他在我们学校也是高冷型的，好多女孩的偶像。"牛津胡说八道起来了。

"他只有和我在一起才能原形毕露，嬉皮得不行。"常艳说。

我只顾喝酒，很庆幸从此不受常艳的调教了，再不用和她打嘴仗了，从小到大，她这个人和我是"水火不容"，我看了她一眼，皱着眉头继续喝啤酒。

"你女朋友这么乖巧，怎么不说话？"常艳看我不接她的话，转向牛津。

"不是我女朋友，是同学，高中同学。"牛津看了一眼梅熙说。

"常艳可是我的女朋友，也是高中同学。"梁超嘿嘿笑着说。

"是你的，我又不抢，我躲都来不及。"我哼哼着说。

"瞧你那德行，也只有对……那谁温柔过。"常艳这个破嘴严重漏风，补都没法补。

"梁超，你管好你老婆，好好说话。"我和梁超干了一杯。

"牛津，你这舍友在你们宿舍还排值日吗？"梅熙问了一句和现场毫无关系的话。

"怎么了？"牛津拿了一支烤串递给梅熙说，"你看出什么来了？"

"没什么，我就觉得他不食人间烟火。"梅熙低低地说，声音很小，可是还是被所有人听见了。

我微微蹙了一下眉头，仰起脖子灌酒，喉咙里像是被什么东西堵了一下，伴随着几声咳嗽，没有忍住就笑了起来。

他们三个哈哈哈地大笑起来，只有梅熙一个人不解地看着我们，好像在看一群生猛的动物似的。

牛津拉起他的小女朋友和我们告辞，那女孩竟然傻傻地和我们拥抱告辞，仿佛她就是人间烟火。

我们三个也要分别了，临走时常艳非常严肃地对我讲了一通人生哲理。

她说："江继名，人各有志，我觉得二哥和云霞能走到一起我们应该理解和支持。"

她没有忘记教训我："我们曾经是那么要好的朋友，拥有那么纯洁的友谊，可是再好的宴席都有它结束的时候。

"如果能够正确地对待我们的学生时代，什么事都是可以放下甚至重新开始的，你说是吗？

"上了大学，等于是走上了社会，我们都应该成熟起来，人生的变数非常多，书上都是这么写的，那肯定有它存在的道理。"

梁超也说教我，好像我犯了不可饶恕的罪过。

"我也没有做过什么啊？怎么会引起你们这么强烈的反应？"我反问道。

有时候有些事，自己消化比别人训导或者开导更加见效。我的烦恼，终究是要封存的，因为后面的路，也许会有更多的烦恼。

四

大二的元旦晚会，班上和系上都做了充分的准备。我们宿舍也积极地筹备着。

郝翔拿手的节目是拉丁舞，他是个富二代，从小就被送进舞蹈培训班学习。没想到彼时强迫学到的东西，此时成了耍人的招牌。

不过他的舞伴不好选。针对这个问题我们展开了讨论。

刘旭强建议用他现任女朋友薛丽，牛津建议用班上的陶文。

郝翔问我："那个学姐叫什么？郭琼？"

我说："好像是吧？我记不大清。她也可以吗？"

"太可以了，就是不知道人家愿意不？"

"学姐啊，那是系花，追求的男生一大群，给你当舞伴，我估计悬。"刘旭强说着撇了撇嘴。

"那也不一定，咱郝翔也是个人物呢。"我说。

"老江这句话我爱听，不行约约？"

"约，你去约！"我和牛津都说。

"我约！"说着郝翔一骨碌从床上翻起来就去了。

"你表演什么？老江？"刘旭强问我。

"我就当观众好了。"我说。

"牛津的拿手戏是吉他，我就来一支街舞。"

"好啊，我们两个好说。街舞可吸引人啊。"

"是啊，你腰那么细，小心扭断了。"我笑道。

"不行咱们三个合作一个节目算了。"牛津说。

"我们三个？怎么合作？"

"你吹笛子。"牛津说，"我弹吉他，他跳街舞。"

"这三样能搞一起吗？"刘旭强笑了，笑得前仰后合，"牛津你真能想得到。"

"能，现在最流行混搭。"牛津一本正经地说。

"我看行！不过你把'女儿国'跳成街舞，我估计很抢眼。"我说道。

"谁要跳'女儿国'了？"刘旭强有点急。

"那你跳什么？跳大神？"我问。

"我自由发挥，随便跳。"他说。

"好，那我们三个叫啥组合呢？"我问道。

"想想'女儿国'也挺好，就跳'女儿国'，叫女儿组合。"刘旭强哈哈笑着说。

"嘿嘿嘿，行，我看行。"牛津也笑了。

"你们说行就行，我看也行。"我哈哈大笑起来。

这时候郝翔回来了。我们三个问："约好了吗？"

"约好了，她说一定出席。"郝翔兴奋地说。

"哈哈，那太好了，和系花共舞，是我们宿舍的荣幸。"

"你拿钱砸她了？"刘旭强不相信。

"喊人机"又喊人了："江继名，有人找。"自从薛丽以后，再没人喊我了。

我刚到楼下巡视了一圈，就听一个声音喊："江继名，这儿。"哈哈，是学姐！就见郭琼向我这边走来，永远不变的装束，牛仔裤，白衬衫，英姿飒爽，神采依旧。

"在！"我举起手臂摇了摇。

"怎么？又找我当挡箭牌吗？"我说。

"上次谢谢你啊！"她说。

"你已经谢过了，充当你男朋友可不能有下次了。"我开玩笑说。

"那我充当你女朋友挡着小学妹的事，怎么讲？"她也开玩笑了。

"我们扯平了，各取所需。"我说。

"郝翔是你宿舍的？"

"是的，拉丁舞伴，你必须出席。"我说。

"看在你的面儿上了。"她说。

"那就好，我替郝翔谢谢你。"

"嘿嘿，舍友关系不错啊，你表演什么？"

"我嘛，'女儿国'。"

"哈哈哈，真的吗？"她有点不相信。

"到时候你看就是了，的确是'女儿国'。"我说，"你什么事？怎么突然找我？"

"我想现在我们绑在一起比较好，不然……你懂得。"她说。

"你是怕元旦晚会上有人拿情书砸你还是拿秋波砸你？"我问。

"都有，我想你也会遇到类似的情况。"她说。

"所以呢？我们联手。"

"对！"

"行！"

元旦晚会如期举行。

郝翔和学姐的拉丁舞迷倒全场，全场掌声热烈。

一波未平一波又起。他俩刚刚跳完，一个绅士一样的高年级男生过来了，他伸出手邀请学姐再舞一曲。

郝翔立即站出来说："她今晚是我的舞伴。"

"舞伴是暂时的，系花，请吧。"说着那男生做出请的姿势。

学姐看一眼郝翔，再看一眼我。我给郝翔使了个眼色，郝翔立即拉起学姐又舞了起来。

那男生看自己没戏，就回到原座位了。

当我和牛津、刘旭强表演的时候，全场笑翻。

刘旭强的舞姿"世界第一"，真的把"女儿国"跳出了霹雳的味道。这在这所大学的历史上前无古人后无来者。

牛津表演的吉他非常帅气熟练，而我的笛子吹得也是悠扬婉转。在这样的组合下，我们的节目是晚会的高潮。

当晚会进行到最后的尾声的时候，学姐突然站出来。她宣布："下面我要唱一首《女儿情》，由江继名进行笛子伴奏。"这爆炸性的宣布提前一点预兆都没有。我丝毫没有准备。

全场欢呼："好啊，好啊，系花和系草强强联手了。"

有的女生也高呼："好期待哦，快点吧，等不及了。"

……

"学姐，你怎么搞袭击呢？"走上台后我小声问道。

"我也是临时决定，看见了没，后排那个男生。"我朝后看去，就见一个高个子男生坐在最后面，穿着一身名牌。一看就是追女生的高手。他不是我们系的。他的眼睛一刻不停地盯着学姐。

"明白了，开始吗？"

"开始！"

我深吸一口气，轻抬手腕，短暂的明亮而具有穿透力的前奏之后，学姐美妙清脆的声音就出来了。顿时全场再次响起热烈的掌声。

"再来一首好不好？"下面强烈要求我们再来一首。

"好吧，我和我的男朋友就给大家再合作一曲《枉凝眉》，大家说好不好?"学姐把"男朋友"三个字念得非常响亮。

我觉得我当时的神情窘到了极点,但是必须装出若无其事的样子来。

当我的笛子再次吹出悠长婉转的声音的时候,学姐的歌声也再次动情呈现。

"弄影花筛月,飞香幔过风。"有人喊。

"何人吹铁笛,清响破空冥。"有人接着喊。

"吹得好,唱得棒!"下面叫好声不断。就见后排那个男生站起来从后门出去了。

第二十四章　走进工程队

一

"继成，你们建的楼该竣工了吧？"父亲问道。

"再有半年吧，就差不多。"大哥从大嫂手里接过侄儿说道。

大嫂这几年在家里帮母亲干家务，手心磨出了老茧，曾经细嫩的皮肤也不再白皙，长发总是挽成发髻盘在脑后。大哥当初送的那枚发卡已经掉色，松松地别在发髻上。

她手里提着猪食，把猪食倒进猪食槽里，站在旁边出神地看着猪仔吃食。

母亲走过说："槐香啊，这俩小猪吃食怎么样？挑食的话要加料的。"

"我加了料的。妈，你不是去舅舅家了吗？"大嫂问母亲。

"明天再去，要带云霞去的，让你舅妈给量身衣服。云霞今天和继功进城买书去了。"母亲说。

"他们两个都喜欢学习，挺好的。"大嫂说。

"是啊，如果他们不分开过的话，云霞还可以帮帮你的。"母亲说。

"帮不帮的也没事，只是把他们分开，就难为他们了，毕竟大家庭里有些依靠。"

大嫂一直是那么通情达理和善解人意，母亲喜欢着这个儿媳妇，一直把她当女儿一样的。

"分开也好，他们有他们的过法，和我们不一样，都要自学考试，在我们这边，多少会受到一些影响。"母亲说道。

二哥和二嫂结婚的时候就已经跟父亲和母亲商量好了，他们婚后单过，大哥也支持，兄弟之间的感情也会好很多的。

"往年一头猪就够了，今年喂两头，我们一大家子人呢。"

母亲说："那几年办养猪场的时候，其实谁也不爱吃肉。现在的猪肉也可以换着花样做，我看云霞红烧肉就做得不错。"母亲想到哪儿说到哪儿。

"妈，鸿妍这几天肚子不舒服，我出去买点药去，你进门的时候把这个桶子提上。"说完大嫂朝村里的医务所走去。

"你们看，她家男人有钱了，她还是这个样子，也不知道收拾一下自己。"

路边的柳树下有几个女人在闲聊，其中一个说道。

"就是，这个女人太老实了，就知道在家里拉扯孩子干家务，也不去男人的工地上看看去。"另一个说。

"她男人都快变成人家的男人了，自己还蒙在鼓里，拼命伺候人家家里人。"一个说。

"她可真傻，自己的男人成天不着家，哼哼曲唱着，就没有啥感觉吗？"另一个又说。

当大嫂走近她们的时候，她们立即静了下来，投来异样的眼光，大嫂明显感觉到不对。

这几天只要她出门都会有三个一群、四个一伙的人说着什么，有时候她会回过头去看，正好看见那些人指点她的背影，她觉得这些人的谈话一定和她有关系，到底是什么关系呢？任她怎么也想不出来。

她是两个孩子的母亲，她的心已经完全属于孩子们了，和大哥越来越少的交流让她觉得这是一件再正常不过的事情了，大哥在外面做事情，她在家里伺候公婆、带孩子，这不是每一个女人都经历过或正在经历的事情吗？

大嫂买来药给侄女研成粉末，用温开水兑上，哄着灌药。这时候大哥领着侄儿回来了，说道："孩子在队上闹得不行，我就领回来了，我出去一下。"

"天都快黑了，你还出去有事吗？鸿妍肚子不舒服，我一个人顾不过来。"大嫂想到最近的异常，没心劲地说着。

"妈呢？妈，您过来看一下鸿政。"大哥说完就出去了。

大嫂刚张开嘴想说什么，看大哥出去了，就啥也没说。

母亲过来领侄儿，问大嫂："继成最近晚上老出去，有什么事吗？"

"妈，我也不知道，他没说有什么事，只说有事，是不是县城的楼快竣工了，忙一些。"大嫂替大哥着想说。

母亲"哦"了一声就领着侄儿走了。

在工程队的办公室里，大哥坐在老板椅上面朝门口，悠闲地端着茶杯，一个大波浪卷发的女人背对着门、面朝大哥站在办公桌的前面，她穿着紧身的大红色毛衣，黑色的牛仔裤紧绷在突出的部位上，显得那种突出更加浑圆和好看。这就是大哥的"有事"。

"儿子送回去了？"女人的声音妩媚。

"送回去了。"大哥的声音浑厚。

"这么着急就来了？"

"着急来继续看你啊。"

"是不是看不够呢，江队？"这个女人发出了更加妖媚的声音。

"以前不敢看，现在看不够。"大哥什么时候变得这么油嘴，不对，他打小就滑舌。

"比你老婆好看吗？"这个声音再次发出。

"都说了无数次了，你们不一样。"大哥有点不悦。

"总是这么看着，你就没有点啥想法吗？"

"不敢有想法，也不能。"

"那你经常这么看，就不怕别人知道？就不怕有人告诉你老婆？"这个女人带点挑衅。

"看看又不犯错误，再说了，漂亮的女人是一道风景。"大哥的新鲜词随着经济浪潮的扑面而来层出不穷。

"对了，江队，昨天购进的材料该付款了，人家催了几次。"女人转移了话题。

"不急，这种材料得有保质期，先前不是预付了百分之五十吗？剩下的工程竣工了再付百分之三十五，其余百分之十五三年后再付，这是常识，你也不是新来的会计。"大哥这时候头脑还是清醒的。

"可那是我表哥的亲戚啊。"她表哥是税务局长，并不是亲表哥，这一层大哥是不知道的，表哥方正也是不知道的。

"不要再说了，我回家了，你走吗？走的话就锁门了。"大哥看够了就会烦的。

女人一扭一扭地出去了，一直到大哥听不见的地方骂了一句："不见棺材不掉泪的家伙。"她一直走到一间亮着灯的办公室里，"砰"的一声把门关上了，里面的两个身影比比画画的。

一
二

二哥和二嫂从城里回来的时候已经入夜，到门口时碰见大哥往回走。

"大哥，才回家？"二哥问道。

"是，刚去了一趟队里。"大哥问，"你们去城里了？工地去了没有？"

"去了，那批材料我也看了。"二哥回答道。

"有什么情况随时告诉我，早点休息去。"大哥说完就回去了。

二嫂跟在二哥的后面，向着他们自己的小窝走去。

二哥结婚以后气色好了许多，已经完全从高考落榜的阴影里走出来了，而云霞，我的二嫂，也在爱情的滋润下满面春风，两个人都是那种不急不慢的人，都是我熟悉的亲人。

二哥洗完脸就靠着床头看书，二嫂忙着整理衣柜和书柜。他们的书柜里全是自学考试的书籍，把课堂搬进了婚姻，也许就是他们和父母大哥分开住的原因吧。

"今天累了，明天收拾吧，洗洗上床来。"他们的卧室里已经不再盘炕，摆着一整套新式的家居，二哥看着二嫂的背影说。

"就好了，我把这些书已经归类，这边是专业类，这边是公共类，你看完了记得放回原处。"二嫂一边放书一边说道。

"我不想看书了，你上来。"二哥原来也会撒娇的。

"这几分钟都忍耐不住了？马上，我去洗洗。"二嫂说完就转身出去了。

不一会儿工夫，她一边给手上、脸上拍着护肤品一边上到床上，二嫂还没有坐稳，就被二哥一把揽进了怀里："真香，我迷上了你的味道。"

"调皮，我以前怎么没有发现呢？"二嫂娇声说道。

"以前你也是个闷葫芦呀。"二哥帮二嫂解开腰带。

"这么说我俩还挺像的。"二嫂缩进二哥的怀里。

火炉上烧的水逐渐升温，开始有水蒸气冒出。与此同时，火炉里面烤着的红薯，也渐渐地散发出迷人的香气，轻微的爆破声细碎地响着。仿佛一种诱惑，又仿佛一种诉说，对红薯的联想顿时让人味蕾大开，一种食之甘甜的快感久久徘徊。火炉上的水此时已经翻滚，咕嘟咕嘟的开水顶着壶盖子跳跃，像欢快的节拍那样，与红薯的香味浑然一体。

二哥伸出手用他修长的手指替二嫂梳理着长发，二嫂枕在二哥的臂弯里，脸色宛如一颗樱桃。

"刚才大哥说的材料，到底是怎么回事呢？"二嫂侧身问道。

"这批材料我从采购源头盯上的，质量应该没有问题，只是……"二哥说，"不说这个了，我们看会儿书。"

"说说吧，我想听。"二嫂抬眼看着二哥。

"那个南龙，据我调查，和一个经销钢筋的供应商很熟，他给大哥现在承包的建楼工程购过一批，只是目前还没有发现有什么问题，但是价格比同批次同型号的低了不少。这批材料，价格明显又很高，所以我怀疑……"二哥只好说道，"你也暂时保密，这个事千万不能让其他人知道，大哥正在接近侯明翠。"

"侯明翠？我听大嫂说过，是他们工程队的会计，某个人的关系户。"二嫂翻身趴着说。这样可以看着二哥的脸。二哥的脸庞非常俊秀，尤其是他细长的单眼皮的眼睛，配上他白皙的肤色，聊斋中的书生也不过如此。

"是的，一个妖艳的女人。"二哥说。

二嫂瞪大眼睛看着二哥说："你可不能被她魅惑啊，我的天，好危险。"

"你说什么呢？我担心大哥被……"二哥欲言又止。

"大哥会吗？我最近可听说了一些风言风语。"二嫂重新侧身躺下来，背靠着二哥。

"这个事，我也劝过大哥几次，不要弄假成真。调查问题不一定要这样，可是他不听。"二哥说。

"你还是多帮帮大哥，打仗亲兄弟呢。"二嫂伸手熄了灯。

"那是自然，只不过我们都在暗中，解决问题得有证据。"二哥扳过二嫂的肩膀，把脸埋进二嫂柔软的头发里。

在大哥的卧室里，侄女鸿妍已经睡着，侄儿早就跟母亲一起睡了。大嫂背对着大哥装睡，心里七上八下的。

"槐香，槐香？"大哥站在炕边上推了推大嫂的肩，大嫂一动未动。大哥便脱了鞋袜上炕，轻轻地从大嫂身边拉过一点被子给自己盖上。

他想跟大嫂说几句话，但看大嫂已经睡着，也没有要说话的意思，只好熄了灯闭上眼。

大哥眼睛是闭上了，心却打开了。自从他假意接近侯明翠，不知道为什么，他有时候会忘记自己的初衷，情不自禁地被这个女人吸引。到底是什么地方吸引他？连他自己也说不清。总之是在大嫂那里完全没有见过的一种吸引力。他也曾提醒过自己，不要真的陷进去。另一个自己又被一种呼声唤走，在那个女人面前无能为力。

侯明翠是会计，南龙是采购，他们两个虽然不是同时进到队里的，却总是有什么地方不对。

有一次被胡文军发现侯明翠给南龙多算了发票款，胡文军把她叫到办公室问。

她说："算错了，扣回来就行了。"

这么轻描淡写让胡文军很是不愉快，一个会计，怎么可以对待数据这么不认真谨慎。

他说："这笔款我签字的时候幸好有点记忆，时隔不久，那要是我没有记住呢？"

"也就这一次，不信您可以查。"侯明翠翻着她那一对毛茸茸的眼睛，上下眼睫毛的根部都画过或种过，两根黑线让人联想到大熊猫。她知道队里没有人会查账。

"以后注意一些，不要太马虎，我们工程队挣一分钱不容易。"胡文军无奈地说。他对于大哥用这个女人当会计是不理解的。

"知道了，胡副队长。"这个女人阴阳怪气地走了。

后来胡文军对大哥说起这件事，大哥才觉得其他方面都有疑点，这才为了不让侯明翠怀疑，告诉二哥去私下调查，如果让胡文军调查，侯明翠早有了防备。

三

大哥早上起来的时候，母亲早已经起床。"继成，你过来一下，妈有话要说。"大哥走进上房里去。

"方圆要结婚了，是你去省城一趟呢还是继功去？"

大哥一想二哥还有事要盯着，就说："我去吧，世强是我同学。"

"那就今天去，早点过去帮个忙跑个腿啥的。"

大哥收拾的时候，大嫂已经在厨房里忙活了。他想过去打个招呼，走到门口看大嫂背对着他，欲言又止。大哥站了几秒钟没说什么，就出门去了。

路过二哥家门口，二哥正在院子里刷牙。

"继功，我去省城几天，工地上交给你了。"

"是不是表姐结婚啊，给我带个礼物过去。"二哥口里含着牙刷说。他对着里面喊，"云霞，我昨晚拿回来那个盒子给大哥拿出来，那是我给表姐的结婚礼物。"

二嫂拿出一个大红色的礼盒交给大哥，"替我们把话带到啊，祝表姐新婚快乐！"

大哥到了省城先来到我们学校，他找到我的时候我正在食堂吃饭。我给大哥买了一份食堂的饭，坐下来一起吃。

"大哥，我们食堂的饭还好吧？"

"挺好的，我还没有吃过食堂的饭，好吃。"

"爸、妈他们身体还好吧？"

"都好，你两年多了也不回家，离得不远啊。"

"我学业忙，又修了一门专业，同时修两门。"

"哦，好！把大哥的那一门也给修了。"大哥说完自嘲地笑笑。

"大哥，鸿政和鸿妍乖不乖？"

"乖，都挺好的。"

"大哥你好像有心事，怎么我问你一句你说一句，以前你可不这样的。"

"你二哥都写信告诉你了，我就那样吧。"

"大哥，工程上的事我也不懂，我就是学技术的人。你同学陈世强好像是监理。"

"是吗？这我还不知道，一天忙着挣钱，也不知道别的同学上了大学都干什么？"大哥又笑自己。

"那我咨询一下，我在农村，他在省城，估计差别大，要求啥的不一样。"大哥说道。

"姐夫我见过，很热心的一人，被表姐掌控得死死的。"我说。

"不行你和我一起去呗，请个假！"

"大哥，我就不去了，去了也尴尬，搭不上话；混喜糖吧，又这么大人了，不好意思。"

"小子，还害羞起来了。那好吧，大哥一个人去。"

"大哥，代我祝表姐和表姐夫美满！"

当大哥找到表姐举行婚礼的酒店的时候，那里已经人山人海，浓浓的喜庆气氛弥漫了整个酒店。酒店外面是放过礼炮的烟火味道。

表姐夫陈世强老远看见大哥过来，跑步向前："江哥，您来了！"

"世强，新婚快乐！"

陈世强今天西装革履，头发黝黑，梳理得油光锃亮。本来就挺白挺细的皮肤上又擦了粉，化了妆，高度数的眼镜悬挂在鼻梁上。

"表哥，就知道先认你同学，把我放一边了。"表姐两只手提着拖地的婚纱颠着小步子跑过来。

"我家圆圆真漂亮，美丽的新娘啊！"大哥上下打量着表姐，他是第一次见到穿婚纱的新娘。

大哥朝远处就座的舅舅舅妈和表哥表嫂招了招手。

"这是继功给你们买的礼物。"大哥说着从包里拿出二哥的礼物，"继名也让我带来了他的祝福，新婚快乐！"

"我和世强去看过继名了，他现在长得和你挺像的，帅！"

"他是大学生，比我强多了，我不帅了。"大哥都听不惯这个"帅"字了。

"你去坐吧，婚礼马上开始，表哥！"

"好的，你们招呼人，我进去了。"大哥说完就朝舅舅舅妈那里走去。大哥坐在表哥的旁边。

"你爸你妈来不了，太远了，不然都过来。"舅舅说。

"我妈坐车晕，来了就折腾人的，呵呵。"大哥说。

"继成，你的工程怎么样了？"表哥方正问。

"老样子，没啥大的进展，原地踏步呢。"

"你能考上个证就好了，这几年城市发展突飞猛进，房价高得不得了，建楼的利润可是天文数字呢。"表哥方正在税务局工作，知道办企业的空间。

"是啊，咱们那个小县城都日新月异了，何况省城。"大哥说，"我的能力有限，工程队的管理都有很多问题。"大哥想到了刘玉金侯明翠他们，心里阴云密布。

"时代在进步，需求也在扩大，可是管理和技术跟不上，就会吃大亏的啊。"表哥说。

"这帮孩子啊，一见面就说工作。"舅妈说。

"现在是年轻人的时代，有力出力，有才显才呢。"表嫂说。

"是啊，我感觉我的能力已经远远不够了。"大哥说。

"你也要多学习啊，继功。吃老本靠自身的小聪明已经吃不开了。"

"是的，表哥，我意识到了，可力不从心。"大哥想到了侯明翠。

正说着，就见婚礼已经开始。

司仪带领着表姐和表姐夫款款走上红地毯。一对新人胸前都别着一朵小红花，表姐脸上洋溢着无与伦比的幸福。

"今天是我们陈世强先生和方圆女士喜结连理的大好日子。"司仪充满喜感的声音回荡在现场。

不知道为什么，在这种场合这样的气氛里，大哥想到的不是大嫂，不是二哥二嫂结婚的场面，更不是自己结婚时的场景，他想到的是侯明翠的身影，那个妖艳多姿的俗气的女人。

这种下意识的思想从现场开始抛锚，回到工程队那一间二十多平方米的办公室，回到他和她面对面谈话的无数个场面。

省城的婚礼和乡村的婚礼，相隔那么遥远。表姐的幸福满满地洒在从乡村到城市的路上。

"现在，我们请新娘新郎讲一下他们恋爱的浪漫史，好不好？"

"好！"酒宴上在座的宾客们拍着手欢迎。

大哥从走神的思想里回到现场。

就见陈世强拿起话筒说："我第一次见到圆圆，是在我同学的家里。"他又害羞地腼腆地说，"我和我的同学要去少林寺，没去成。"

陈世强不知怎么表达了，表姐抢过话筒说："被我拽住了！"

"是的，江哥家有个白无瑕，就是我的爱人方圆。"

"哇，好浪漫好传奇……"下面一片叫声，鼓掌声。

直到现在，大哥才知道陈世强和表姐是怎么回事，原来他自己就是媒人。

这世间的事，真像电视剧和书上写的一样，伏笔连连啊。

四

"江队，出事了。"一个工人浑身是土、满脸汗水地跑过来说，"四号楼一单元一楼的大梁塌了。"

大哥和胡文军正全副武装地在十六号楼前检查，一听汇报立即问道："没有伤亡吧？人、人怎么样？"

"人不在跟前，有工人推着灰车刚走进去，就看见塌了，要是早几步肯定会被压住的。"这人惊慌失措地说道。

"走，过去看看。"大哥和胡文军急匆匆赶到四号楼前面。

只见大梁倒塌后带动的这一个单元都倾斜在那里，钢筋从灰墙里断裂出来，让人想到一个叫作"骨折"的词，断裂层可不只是一楼，框架结构的楼层上下断裂穿出来的钢筋刺痛了这里的每一个人。

大哥还在想这是怎么一回事的时候，胡文军就发飙了："刘玉金，刘玉金在哪里？"

随即有人说："胡队，刘队不在现场。"

"查，给我查个水落石出，这是谁进的钢筋？"胡文军怒不可遏。

"不用查，我知道是哪一批钢筋出的问题。"陆箫顶着一头灰走过来说。

"你说，这件事一定要严查不怠，责任人一定要赔偿所有损失，开除！"胡文军吼道。

他这几年为了工程队真是操碎了心，眼角额头已经有了皱纹，一同拉起工程队的三个人，他明显见老了。而刘玉金，每天活动在酒场饭桌，肚子大了起来，脖子也粗了起来，前呼后拥地出现在酒店舞场。他的口头禅："工作的需要嘛，要不是我上下打通的关系，我们也进不来这么价廉物美的材料。"

陆箫悄悄对胡文军耳语了几句。

胡文军对大哥说："我们回队里。"转身对陆箫说，"告诉大家看好现场，等待安监局的人来调查。"

在队办公室里，胡文军对大哥说："这批材料是南龙进的，就是价格偏低的那一批，当时我觉得不对，可是刘玉金已经签字，说是他打通关系按内部价买的，质量没有问题。"

"谁能证明？"大哥问道。

"陆箫就是证人，当时的出库单还在。"胡文军说。

"南龙呢？通知南龙、刘玉金、会计和相关人，立即开会。"大哥说道。

会场上，每一个人都低着头，大哥环视了一周问道："刘队长还没有来吗？"

侯明翠说："我已经打发人去叫了，马上就来。"

正说着，就见刘玉金夹着个皮包，西服的衣扣敞开着，大腹便便地走了进来，一屁股坐下就说："什么事啊，火急火燎地把人喊来。"

"刘队长，你说什么事？你分管工程质量兼安全，现在都出事了，却不见你的人，开会，还需要人去请，这么多人等你一个，你觉得很受用吗？"大哥看见刘玉金这副模样，早就非常反感了。

接着胡文军把现场的情况简单汇报了一下，指出了问题的症结，并且提出了处理意见：所有涉嫌人员全部撤职或查办，承担一切损失。

"你们说是那批钢材，证据呢？"刘玉金问道。

"侯明翠，去拿那个出库单过来。"胡文军接着面向南龙，"入库单，拿过来对质。"

南龙个头不高，三十多岁，穿着土黄色的夹克衫，小眼睛不停地滴溜溜转，给人一种贼眉鼠眼的感觉。

当侯明翠和南龙把出、入库的材料单拿过来的时候，大家一看傻眼了，根本不是大哥和胡文军说的那样，上面的主管签字不是刘玉金而是胡文军。

这时候刘玉金说话了："胡队长，你做的事不要怪在我的头上，大家好歹兄弟一场，采购这批材料的时候我根本不在，是你代管的。"

"可是明明这批货是你走之前就采购了的，你走的时候我看着你签字的。"胡文军也纳闷了。

"你记错了吧，胡队长。"刘玉金显得非常自信，以嘲弄的口吻说道，"既然处罚决定是你定的，自己看着办吧。"

"谁可以证明字是我签的？我根本没有签过这个字。"胡文军觉得这是被人设的局。

"那谁能证明你没有签字？白纸黑字在这里放着。"刘玉金反问。

大哥坐在那里也是没有了主意。胡文军看这阵势，明白自己不走人是不行了，不然会让大哥也为难。

"这样吧，这件事还需要调查取证。"大哥说。他的心里其实很清楚这不是胡文军所为，但是证据呢？

"事实就放在这里了，还怎么取证呢？"侯明翠说话了。

"是啊，这就是证据啊，我记得这批采购计划是我送给胡队长签字的，计划我还留着。"说着她拿出了那个计划，似乎是有备而来。

"都这样认为的话，我辞职。事故责任我来承担。"说完，胡文军走出了会议室。

散会后大哥去找了二哥，他对这件事一直存有很多疑点，他也是需要证据。他告诉了二哥今天发生的事，二哥说他已经取得了新的证据，说着拿出了一张出库单，和刚才的那个不同的是，签字人是刘玉金。

"很明显有人换了这个出库单。"二哥说。

"会是谁呢？"大哥问。

忽然他俩异口同声道："侯明翠。"

"对，只有她有这个条件，会计凭证由她保管。"二哥说。二哥和二嫂的自学会计已经进行了多一半。

"那入库单和那批采购计划又怎么解释呢？"大哥继续疑问。

"在这里，你看。"说着二哥拿出了不同签字人相同批次规格型号材料的入库单和采购计划。

"你是从哪里弄来的？"大哥问。

"当时的保管已经被刘玉金开了，陆箫乘机复印了这些证据，他看胡文军和你开会匆忙走了，没有来得及给你们，正好碰见我，谁知会是这样的结果，我想我如果拿出这些东西去，也不会有人相信了。"

二哥继续说道："现在的这一批材料和上次的一样，价格却高出了许多，这里面文章更多，我没想到刘玉金这几年竟然变成了这样。"

"我明天去交给安监局，让他们介入调查。"大哥说。

第二十五章　女会计的阴谋

一

这次倒塌事故造成的损失之大，完全让大哥的工程队跌入低谷，等于这个单元连带这栋楼都要重新建造

经过安监局的调查，大哥的工程队属于无证操作，缺乏资质，基本就是违法行为。而在这一切手续的补办期间，整个工程就得停工。

大哥的情绪很坏，想借着停工的机会，也整顿一下工程队的内部管理。可是突破口在哪里呢？

这天吃过晚饭，大哥在翠柳桥上走了几个来回，碰见了陆箫。

陆箫一看见大哥就躲开了。大哥觉得很奇怪，就喊住陆箫："陆箫，你在干吗？"

"我给您添麻烦了，江队，没想到这个事情让你受到这么大的牵连。"陆箫低着头说。

"你在说什么？我怎么听不懂？"大哥纳闷地问。

"你不是要被抓了吗？刘队长说您会被公安局带走，您是法人。"陆箫说，"所以我怕见您，您平时对我们都还不错。"

"我被公安局抓？为什么？"大哥问道。

"我已经主动离开了工程队。我把领回来的材料没有全用在大梁里，偷着卖了一些。可是，我都给刘队长汇报过了，他说不会影响工程质量的。"陆箫无奈地说，"没想到这件事给您带来了灾难。"

"你说的我怎么听不懂？刘队长允许你卖队上的材料？"大哥问道。

"是的，不光是我，他低价进来的许多不合格的材料，一部分用在建筑里，一部分自己卖了，我还帮他往外运过。"陆箫说。

"那你为什么不来告诉我或者胡队长？"大哥已经气得不行了。

"他说是你们同意的，我们的工资发不出来，队里困难。"陆箫越说越离谱了。

大哥觉得自己太相信刘玉金了。像陆箫这样的工人也许不懂，也许就是个糊涂蛋。

他和刘玉金、胡文军三个一起拉起的工程队，到头来竟然栽在自己的兄弟手里。胡文军被迫辞职，自己孤掌难鸣，留下一个停业整顿的烂摊子。

大哥越想越伤心，一方面为刘玉金的私欲，一方面为自己看错了人。从翠柳桥上下来，感觉天气起风了，他顶着风一直朝工程队走去。

他想着想着就朝侯明翠的办公室走去，他想侯明翠那里应该有大量的刘玉金作案的证据。侯明翠再不明事理，总不至于帮着刘玉金欺骗自己吧。通过这一两年的了解，他觉得侯明翠除了贪婪自私和没有多少文化外，应该不会做出违背良心的事，比如害人，像刘玉金那样。再说了，她对自己还有那么一点非分之想。

大哥进去的时候，侯明翠正在记账，看见大哥进来，急忙往身后塞了个东西，抬头说话的时候一阵慌乱："江、江队，你有事吗？"

大哥看她这副表情，故意打趣地说："怎么？紧张什么呢？是不是做了亏心事？"说着去抢侯明翠身后的东西，"藏了什么了？"

侯明翠立即站起来一下子扑倒在大哥的身上娇滴滴地说："江队，人家女孩子的事情，不要看嘛。"她的手在背后却把刚才要藏的那几张发票别进了裤腰。

这一扑让大哥浑身酥软，顺势就抱住了这个女人，这个女人藏好发票后腾出手来拽着大哥就朝身后的床上退去。

因为侯明翠是单身，她的办公室还放了一张床，在座椅的后面拉了一道帘子。

大哥没有看见，这个女人的手又伸到后面的床头柜上给自己喷了一些东西，顿时大哥感觉晕晕乎乎的，抱住侯明翠就把她推倒在了那张单人床上面。

屋外的风已经在怒吼，工程队所有房间的门都紧闭着，风把大门的铁链子吹的"当当"乱响，给寂静的黑夜带来几分躁动。高挂在电线杆子上那个伞状的灯罩，罩着鬼灯一样的光线左右摇晃。

院子里一只破脸盆被一股巨大的风卷起后重重摔下，"哐当当"地滚在院子里，狂风"呜呜"的号叫声刺痛着这个村子。

就听得大门"哐"的一声，有人横冲了进来。

"大哥，大哥，大哥你在队上吗？"是二哥火急火燎地冲进了大门。

在侯明翠办公室兼卧室的大哥，此时完全从昏迷的状态清醒过来，他发现自己衣不蔽体，而侯明翠伏在办公桌上低声哭泣。

他听见二哥急促的喊声，已经顾不了许多，拉开房门就冲了出去。

侯明翠紧跟在后面："江继成，你干的好事你！"

"怎么了，继功？"大哥冲到大门口问二哥。

"鸿妍阑尾炎去医院了，大嫂找不到你，她送鸿妍去了，让我找你。"二哥气喘吁吁地说。

"我马上去。"说着大哥就要出大门。

"你的裤子，拉链，衣服，大哥，你这是……"二哥说完，看见侯明翠披头散发地站在办公室门口。

大哥一看自己的穿着如此狼狈，意识到刚才发生了什么。可是来不及了，他得去医院，想到这里，他不顾一切地朝外面跑去。

二哥走到侯明翠跟前说道："你太不自重了，想要干什么？"

"我想要干什么？你问你哥想要干什么？"侯明翠甩了一下乱蓬蓬的头发。

"你不要以为你拿这事要挟人就能当我大嫂。"二哥也不示弱。

"我还就当定了，咱们走着瞧。"侯明翠说完欲进屋去。

"你干的那些坏事别以为我不知道，趁早收了你那些肮脏的想法。"

"我什么肮脏的想法？你倒是说说看。"

"弄假发票报销，贪污公款，难道还要我继续说下去吗？"

"你……你有什么证据这样诬陷我？"

"你敢让我去看账吗？"

"你血口喷人。"

"帮刘玉金换出库单和入库单，是不是你干的？"

"是又怎么样？胡文军不是背了黑锅吗？"

"若要人不知，除非己莫为。"

"你说，谁知道？安监局根本不管这破事。"

"有的是人管你。"

"哼，陆箫都辞职走了，你还有什么证据吗？"

"你以为人走了就不能作证吗？"

"江继功，你是不是觉得你是江队长的弟弟，就没有人敢把你怎么样了？我倒要看看他到底听谁的！"侯明翠说完"砰"的一声关门进去了。

二哥知道，他自从来到工程队，就对侯明翠没有过好脸子，所以侯明翠对他已是恨之入骨。

二

在医院里，大哥大嫂紧张地守在手术室的门外。大嫂看见大哥这种失魂落魄的样子，根本不问他去了哪里，因为她知道最近大哥的心情一直不好，工程队出了一些事故；大哥觉得这样沉默下去也不好，自从女儿鸿妍出生的这一两年里，他和大嫂的交流少了，他对大嫂的关心少了。他们之间已经不像刚结识时的那样了。他想，也许所有的夫妻都是这样吧。想到这里，又想到刚才在侯明翠那里发生的事情，大哥后悔地开始揪自己的头发。一旁的大嫂一直没有说话。

"孩子的母亲呢？"大夫出来了。

"怎么样，大夫？"大哥和大嫂同时问医生。

"手术非常顺利，送来的有点迟，住院观察几天就可以出院了。"大夫说完就走了。

护士把侄女推进病房，孩子安静地睡着了。

大哥见大嫂从他来医院到孩子手术结束，一直就像没有看见他一样，心里不是滋味。他看大嫂拿起水壶去打水，过去接住水壶说道："槐香，我来。"大嫂也没有理他，自己拿着水壶出去了。

这时二哥进来，看大嫂不在，就恨恨地瞪着大哥。大哥知道二哥啥都知道了，懊恼地用拳头砸着脑袋。

大嫂进来倒水洗毛巾，准备给侄女擦一把脸。

"大嫂，大哥最近情绪不好，我带他出去一下。"二哥说。

大嫂点了点头，二哥就拉着大哥出去了。

"你怎么可以这么糊涂？"在医院走廊的拐角，二哥说。

"我也不知道我怎么了，没有控制住。"大哥后悔地说。

"不是你没有控制住，是你被她控制了。"

"我是想找她谈谈的。"

"你恐怕不是谈谈，我早就警告过你，那个女人碰不得。"

"我知道……"

"你是不是对她动过心，被她迷住了。"

大哥只是点头，他已经没法解释这一切了。

"我已经准备起诉刘玉金了，她和南龙都是要付出代价的。"

"证据你都有了？为什么不对我说？"

"刚刚你走后我拿到了最后的证据，就在她的门口。"

原来侯明翠关门进去的时候，那几张发票从她的身上掉了出来。二哥捡起来一看，这正是他想要得到的有力证据之一，心想：得来全不费工夫。

"你最不该做的就是上她的床，大嫂要是知道了，她绝不会原谅你的！"二哥气愤地说。

"千万不要告诉你大嫂，我对不起她。"大哥几乎带着哭腔。

"当啷——"大哥和二哥几乎同时回头去看，只见大嫂手里的脸盆已经掉在地上，水洒在地上、大嫂裤子和鞋子上，大嫂手里拿着毛巾呆呆地看着他们。她什么都听见了。

"还不快去！"二哥看着不知所措的大哥说。

"哦。"大哥急忙跑过去拉着大嫂的手说，"你刚才听见的都不是真的，那是……"

"那是事实对吗？事实和真的有什么区别吗？"大嫂平静地说。

"槐香，你听我解释。"

大嫂头也不回地进了病房，把门轻轻地关上，她怕吵了睡着的女儿。女儿的小脸长得太像她的父亲，那么娇嫩。

大哥要进去，二哥一把拉住他，摇了摇头。

在侯明翠的办公室里，她正在为寻找那几张发票而急得满头大汗。她记得江继成突然来抢发票没想到他会扑自己，她情急之下把发票塞进后腰。不过这一招棋她不该这样用，她是对江继成有想法很久了，但是想过让江继成主动的。

南龙敲她的门了。她略微整理了一下床铺和自己，然后把门打开。

"发票呢？扯下来了没有？"南龙一进来就问道。

"找不见了，我记得在凭证后面贴着，不在了。"她撒谎说。

"这么重要的东西你怎么会弄丢？"南龙不满地说。

"不行就打报告预付上吧。"侯明翠说。

"你个猪脑子，预付款要江队签字，他能签吗？"

"那你说怎么办？我帮了你们那么多，谁知道你们贪了多少？"

"都什么时候了，你还胡说八道。"

"那我先把款预付出去，找机会签字？"

"只好这样了，今天这笔款就要付出去。"南龙说完就往出走。

"昨晚你这里有声音，是谁来了？"他又折回来问道。

"你管得真宽，我对象。"侯明翠恬不知耻地说。

"我不管，但是那本账你要保密。"南龙说完走了。

正在大哥和二哥踌躇在医院的走廊里的时候，被迫辞职的胡文军来了，大哥示意二哥留下来帮助大嫂。

大哥和胡文军从医院里出来，找了个地方坐了下来。

"老胡，我们共同拉起的工程队，多少年了，没想到走到了今天的地步。"大哥忧心地说。

"当初我们三个人在那个简陋的办公室里，信心满满。唉，人心难测啊。"胡文军有点伤感。

"老江啊，女儿怎么样？"胡文军转移了话题。

"刚做了手术，休息几天就没事了。"大哥说着一直低着头搓手。

"刘玉金在材料采购上虚开了很多的发票，那个侯明翠就是个半瓶水，全给处理了。"胡文军看了一眼大哥。

"我们都对他太放心了，只留意南龙，不知道南龙后面的人是他。"大哥说。

"证据呢？都在侯明翠那里，你说怎么办吧？我已经离开了工程队，外面的事能帮上你的。"胡文军说道。

"老胡，我犯了一个错误，不可弥补的错误。"大哥懊恼地说。

"你真的走到那一步了吗？"胡文军很清楚大哥和侯明翠之间的暧昧，也曾多次提醒过他。

大哥无声地点点头。

"我想我该告诉你一件事了。"胡文军说道。

胡文军向大哥讲述了一件他们还在县工程队学习的时候的事情。

"你怎么不早点告诉我？早点告诉我，我就……"

"你就怎么样？你会娶她？她那时候还小。"

"她是有备而来，那既然这样，又为什么帮刘玉金？"

"那时候她就说等她初中毕业，她就要嫁给你，她本来就不是一个好学生，到处瞎混。"胡文军继续说道，"她是袁叔他们家的邻居，那时候说看上你了，大人们都以为是疯丫头的疯话，谁知道这样！"

"不会吧，都是你猜的，她来工程队也没有说过。"大哥自言自语。

"那我就不知道了，你可以当面问问她，我也只是听一个朋友说的。"胡文军说，"那个朋友也以为侯明翠是开玩笑的。"

"不说她了，我准备起诉刘玉金。"大哥说。

胡文军问道："可是证据呢？侯明翠愿意做证吗？"

"物证我们已经掌握了一部分，就是人证的问题。"大哥说，"工程队走到今天，我是法人，亏空大到我会倾家荡产，如果不起诉的话。"

三

这时候二哥寻他们来了。

"你大嫂那边……"大哥不放心地说。

"大嫂已经知道了，她的平静令人担心，但是现在她在照顾鸿妍，我在那里也是多余。"二哥说道。

"老江啊，不是我说你，千不该万不该，唉！"胡文军叹道。

"现在如果能够争取到侯明翠做证，刘玉金就没话说了。"二哥看了一眼胡文军，又看了一眼大哥说道。

"我去吧。"大哥只有这样说了。

"还有，即使我们拿下了刘玉金，工程队也一时半会儿翻不了身了。"胡文军说。

"我知道，我们没有资质，根据政策，证件不全很多工程受到制约。"二哥说，"如果可以，我打算自学考取证件。"

"我如果那时候听爸妈的话，继续念书，考取这些证是没有问题的，可惜……"大哥后悔不迭。

"行了，你后悔的事多了，处理好眼前吧。"胡文军说完起身走了。

"你还是先回医院，找机会取得大嫂的原谅吧。"二哥说。

"我们回去。"大哥和二哥一起又往医院走去。正走着，他们几乎同时看见了南龙的影子。

南龙正和一个老板模样的人在一起，他们往路旁的酒吧走去，二哥给大哥使了个眼色让他先回去，他想留下来看看。

"注意不要让他发现了。"大哥叮嘱了一句就走了。

二哥找了个他们看不见的地方坐下，想听一听南龙和那个人在说什么。

"霍老板，怎么办？"南龙迫不及待地问道。

"你说怎么办？给你们的钢筋有好有次，谁他妈知道你们把次的放在一楼的大梁上。"霍老板声音粗壮，有一种气沉丹田的感觉。

"你废话，放哪儿都得出问题，迟早的事。"

"发票呢？还不赶紧销毁。"

"找不见了，会计说还在找。"

"什么破会计，谁让你们把假发票交给那个女人的？她本身就是半脑子，只知道贪图小便宜。"

"不交给她怎么往外弄钱？你说得好听。"

"那个娘们对你们江队长有意思，难道你看不出来？"

"话是这么说，可是一直没有沾上，她还不至于站在那一边。"

"刘玉金呢？自己的屁股擦得倒干净。"

"他现在不知道在哪个安乐窝呢。"

"小人得志，这种人就不能交。"

"他和江队是弟兄，江队相信他。"

"这样的弟兄，要是我，非宰了他。就是个祸害。"

"你不害人，给我们进不合格的钢筋。"

"你们不贪图便宜爱财如命，我会投你们所好？"

"苍蝇遇上臭狗屎了，谁也别嫌谁。"

"这件事只是安监局插手也倒无所谓，怕就怕……"南龙不敢往下说了。

"你们把江队的老底都弄光了吗？除了我还有谁？"

"你这里是最大的，其他都是小打小闹。"

"江队真是养了一群狼。"

二哥在那里越听越生气，真想站起来揍南龙一顿，他忍了。

"咱们生意一场，我给你个建议，你去把那个半脑子女会计拉下水，你们的事就成了。"霍老板耳语给南龙。

这时候霍老板的BB机响了，他们碰了一杯就离开了酒吧。

二哥紧跟在南龙的后面，朝一个居民街道走去。

南龙走到一扇门前上去敲门，出来的正是侯明翠："南龙？你有事吗？"

"想约你出去喝杯茶，不知道肯不肯赏脸？"

"想要发票就直说，我这里没有找到。"

"不用找了，邀你喝茶，有好东西送给你。"

侯明翠一听好东西，立即就心动了，返身关上门就跟南龙出来了。

他们找了个地方坐下后，南龙掏出一个首饰盒来："请笑纳，漂亮的侯小姐！"说完皮笑肉不笑地盯着侯明翠的脸。

侯明翠打开一看，一对闪闪发亮的铂金耳环躺在首饰盒里。

"是给我的吗？"侯明翠惊喜地问道。

"当然了，漂亮的首饰只配给漂亮的小姐。"南龙极尽奴才相地说。

"不会白送我吧，说，又要我做什么？"

"聪明人啊，那我就直说了。"南龙停了一下说，"如果，我是说如果啊，如果有人让你做证什么的，你就装作啥也不知道。"

"就这？"侯明翠怀疑地问道。

"就这。"南龙肯定地说。

"好吧，我同意了。"侯明翠说着要去戴那副耳环。

"不要着急嘛，侯小姐。"南龙说着快速地拿开首饰盒，他说，"还是立个字据好。"说完南龙拿出早已写好的字据让侯明翠签了字，那对耳环就归侯明翠了。

二哥看到这里不由地心想：天底下真有不要脸爱慕虚荣的女人，真是长见识了。这个女人真是金玉其外，她的这种漂亮令人恶心。

二哥走到医院的时候，大哥一个人坐在走廊里，大嫂根本就不想见他。

大哥看二哥来了，就回到走廊的一边，听二哥把刚才的事情说了一遍。

"那当下我们要做的就是争取侯明翠了。"大哥一想到这个女人，心里五味杂陈。

"我们可以连她一同起诉。"二哥说。

"这个主意不错，到那时候你大嫂会原谅我的，只是……"大哥欲言又止。

"怎么，你还舍不得那个女人了吗？"二哥觉得大哥在变。

"不是，毕竟她也是被迫受到牵连，她没有害人的意识。"大哥为那个女人辩解了一句，这令二哥没有想到。

也许是他听了胡文军说过这个女人为了他才来到工程队的，有点感动。

"那你什么意思，大哥。"二哥对大哥的态度有点着急。

"我再去找一下她，看她什么态度。"大哥说。

"只好这样了，不过你管好你自己。"二哥已经有点不放心大哥了。二哥甚至担心，他的所有努力都是白费。

"你大嫂他……"大哥为难地看着二哥。

大哥从来没有这么懦弱过,以前那个意气风发、风流倜傥、自信满满的大哥已经不在了。事业的挫折已经让他无法承受,他没有想到一个人要实现挣钱的"理想"会遇到这么多的问题。家庭、婚姻、女人,说到底都是一回事,他也许从来没有这方面的经验。因为开始的一切都是按照他自己设计好的轨道走的,脱轨纯属意外,他没有想过应对策略。

"鸿妍和大嫂这里有我,你在她也不会理你的,你回去吧。"二哥说。

"不要让爸妈知道。"大哥对二哥说道。

"如果大嫂不说,他们不会知道。"二哥说。

大哥说完就从医院里出来。他站在医院门口,不知道要去哪里,鬼使神差地就往侯明翠家的方向走去。

四

侯明翠,一个漂亮的女人,一个无聊的女人,一个让庸俗的人无法舍弃的女人,大哥是一个被英俊外表包裹着的庸俗的人。

这个漂亮到无聊的女人就站在街道的那面,而这个英俊到庸俗的男人站在街道的这面。

他们同时相向而行,然后相遇。

"江继成,你把人玩完了就完事了吗?"她一点都不觉得自己无耻。

"对不起,我也没想那样。"大哥看也不敢看这个女人。

"那你想过哪样?"女人咄咄逼人。

"……"

"我该怎么办你想过吗?"说着说着女人哭了起来,拳头雨点般地打向大哥。

尽管大哥从前无数次像欣赏一朵妖艳的花一样欣赏过她,也臆想过这个女人的身体,但是真正变成现在这样,他无论如何都没有想到。

男女之间一旦变成这种关系,该有的客气全部就见鬼去了。

大哥用力拽住女人的双手,把她拖出了巷道,一直拖上公交车,拖到工程队的办公室里,安放在那张让他变质的床上。

"你需要什么补偿?"大哥摊开双手问道。

"我说过要补偿了吗？"

"那你要什么？"

"我要你娶我。"

"我有家庭。"

"我不管。"

"除了这个，什么都好说。"

"除了这个，什么都不好说。"

大哥停了一下，他觉得他不应该先谈这个问题。

"刘玉金签字的所有进货发票和进货单，应该都在吧？"大哥渐渐稳定了情绪。

"在，怎么了？"侯明翠没想到大哥会这样问。

"你可以证明这些发票是谁给你的，对不对？"大哥接着问。

侯明翠突然想起南龙的话来："你什么意思？我可证明不了，这么多，时间长了，记不住。"

"你只要证明，其他的事好说。"大哥急切地说。

"我只要证明，你就能娶我？"侯明翠问道。

"你到底喜欢我什么？我这么大年龄，你还没结过婚。"

"我就是没结过婚才嫁你，还不好吗？"

"我的家庭怎么办？"

"你家的事情你自己解决，我非你不嫁。"

"绕来绕去又回到了原点。"大哥无奈地说。

"江继成，我从小就喜欢你，可是我还没有长大，你就结婚了。"这个女人说着又哭了起来。

这一哭大哥的心理防线彻底崩溃了，"别哭了，这件事我想想再说。"

女人"哇"的一声扑倒在大哥的怀里说："我就知道你不会不要我的，多久我都等。"

大哥很痛苦，又不能说。第二次在这里，大哥已经完全沦陷了，真正体会到了作为男人的另一种滋味，一种赴死都毫不犹豫的滋味。

大哥从这里走出去的时候，已经整理好了自己，谁也看不出来他心里的狼狈。

只有回到家里睡在自己的炕上，枕着他和大嫂共用的枕头，嗅着炕上满是孩子、妻子的这些充满生活的味道的时候，他哭了，拉过孩子的小被子蒙在脸上，放声哭了。哭自己的前半生，哭自己的无耻，也哭自己的无奈。

二哥在医院里觉着没事可做，想到和质量检测的人说好去工地一下，测试一下别的材料是否有问题，把损失降低到最小。他和几个人开着车去了工地，取了样品后回到医院，大嫂一直守在侄女鸿妍的身边。

"大嫂，明天鸿妍出院，让大哥来接吧？"二哥想缓和一下大哥大嫂的关系。

"不用了，你来接就行。"大嫂面无表情地说。

这些天来，大哥也没有来过医院，大嫂也没有问过大哥的情况，谁也摸不透她在想什么。父亲和母亲来医院看孙女的时候，大嫂的表现和以往没有什么区别。

二哥被大哥工地的事弄得焦头烂额，他觉得应该去找一下袁叔，或者表哥方正，多听听别人的意见。

他来到袁叔的家里，袁婶韩秀丽热情地招呼了二哥。

"继功都已经成家了，我们还能不老吗？"袁婶笑着对袁叔说。

"是啊，继成这几年干得不错，继功你呢，有什么想法吗？"袁叔端过来一杯沏好的茶过来。

"我大哥他……工程队发生了一些事情。"二哥对袁叔说了情况。

"哦，我想起来了，邻居家那个丫头，叫啥翠？上学的时候很差劲，她父母都管不了，疯疯癫癫的。"袁婶说。

"她是我大哥队上的会计。"二哥说道。

"这样的人也能当会计？"袁叔惊叹道，"你大哥拉工程队，这些年我也没有问过，证件办得怎么样呢？"

"没有，吃亏了。"二哥回道。

"你们这帮年轻人啊，总是觉得政策不够完善，最终还是要吃亏的。"袁婶说道。

"现在有个好的项目，不知道你愿不愿意试试？"袁叔对二哥说。

"什么项目？袁叔。"其实这也是二哥来此的主要目的。

"这几年农村的果蔬产品相当丰富，可是销路不是很好，你有没有想过把它们再加工一次，重新投放到市场上？"

"想过，但是不知道从哪里着手。"二哥说。

"我有个朋友办了个罐头厂，那是以前的国营厂，但是效益一直不好，你

清明

/ 254

如果想接手的话我可以联系。"袁婶说。

"那麻烦袁婶您帮我问一下，看需要什么手续，什么条件，我真的想试一下。"二哥认真地说。

"你大哥的工程队要重新站起来，得有资质，那些证件都是硬性的，必须参加全国考试，不容易了。"袁叔说道。

"但愿这次起诉成功，过日子还是没有问题，如果他有别的想法，可以东山再起。"二哥说。

"现在的社会，没有知识、没有文化是行不通的。"袁叔说。

"我今天算是没有白来，袁婶，这件事就拜托您了。"二哥站起来要走。

"继功啊，你大哥那里需要什么帮忙的，及时告诉我。"袁叔把二哥送出门时说道。

"好的，袁叔。谢谢您！"

五

二哥从袁叔家出来，又向表哥方正家走去。表哥在城里买了房，表哥的孩子也上幼儿园了，舅舅舅妈也时不时地在城里住一下，帮表哥带带孩子。表嫂是表哥的同学，现在是县一中的数学老师。

这天舅舅和舅妈都在。

"继功来了。你妈和你爸还好吗？鸿妍出院了吗？"舅妈看起来没有多少变化，只是多出一些城里人的气质来。

"都还好，舅妈。我哥呢？"二哥环顾了左右，没有看见表哥。

"你表哥一会儿回来，说是你大哥的工程队怎么回事，他了解一下。"表嫂端出一盘水果说，"你先吃个水果，再等等。"

"你大哥怎么用了那么个会计？"舅妈问道，"我听你表哥说了，那个会计什么也不懂，拿个假发票抵税。"啥也不懂的舅妈，现在也被表哥熏陶地懂了这么多，真是不比当年啊。

正说着，表哥回来了。"继功来了。唉，你来得正好，我有事要告诉你。"表哥一边换鞋一边说。

表哥在二哥的身边坐下来说道："你大哥啊，那个会计是我们局长介绍的，当时我也不好拒绝。"

"我知道这个，但是怎么用人还是我大哥的事情。"二哥说。

"话是这么说，也怪我。"表哥说道。

表哥这几年经常去各种企业检查，不像年轻时候那么腼腆了，经历的事一多，人也就变了，变得成熟起来了。

表哥说："这几年的税收政策变得很快，你大哥跟不上了。"

"他老拿以前的土办法逃税，现在行不通了。"

表哥削了一个苹果递给二哥。

"政策一再完善，他不学习也不了解，这个会计根本啥也不懂。"表哥说。

"你回去带话给你大哥，税务局近期会去检查，查出来还要罚款，据金额，检察院会介入。"

二哥一听问题更加严重了，比他预想的要严重得多，他们只想着怎么起诉刘玉金了，为了自己考虑了。

"真的这么严重吗？"二哥不解地问道。

"你回去让你大哥安排一下，准备好会计资料，让那个会计也不要离开，等着检查。"

表哥没有回答二哥的问题，只管说自己的。

"你哥这是工作狂。"表嫂过来说道。

"方正，你给继功交个底，最多罚多少？"

"我也说不好，要查完了再说。"

表哥喝了一口水，看着二哥又说道："继功，你和你媳妇不是在修会计吗？"

"是的，表哥，我们就要修完了。"

二哥和二嫂的成人大专会计，还有一门就考完了，他们快要拿证了。

"所以会计非常重要，这你应该知道了，唉，这个侯明翠。"

表哥有些话不能往外说，侯明翠和他局长的关系，那是以前的税务管得太松懈了。

"继功，吃点水果，别被你表哥吓住了。"舅妈看二哥表情凝重，安慰地说道。

"我知道，舅妈，表哥说的对，该承担的还是要承担。"

二哥想他今天来袁叔家和表哥家，都来对了，不然他和大哥就是盲人摸象了。

二哥再一次回到工程队的时候，侯明翠的房门是锁着的，南龙的房门也是锁着的，工程队的院子里只有尘土和荒草，似乎好久没有人来过了。二哥想：

侯明翠不会把会计资料没有弄全，或者弄丢掉吧？无奈，二哥也看不到这些东西，只好回家去了。

他见二嫂还伏在桌子上看书，饭也没有做。

"云霞，你成书呆子了，不知道做饭，想要饿死我呀？"二哥假装生气地说。

二嫂一看二哥回来了，撒娇道："人家两天没有见到你了，你一回来就要饭吃。"

二哥伸手拉起二嫂说："不吃饭吃什么？"一边努起了嘴巴。

二嫂拿起书堵在二哥的嘴上说："吃书。"

二哥顺手把二嫂拿的书扔到了床上，说道："吃你。"说着抱起二嫂就要像书一样扔过去。

二嫂忙说："去，去妈那儿吃饭，吃完再说。"

二哥忙停住动作，说道："好吧，走，一起。"

六

二哥拉着二嫂就到母亲那里，母亲早就给二哥留好了饭。

"妈，大哥大嫂呢？"二哥问道。

"你大哥说队上有事，出去了，你大嫂领着鸿妍去了三十里村。"母亲一边给二哥盛饭，一边问道，"你这两天疯哪儿去了？"

"妈，你怎么知道我两天不在家？"二哥调皮地看了一眼二嫂。

二嫂帮母亲把菜端上来说："我可没有对妈讲。"

"贼不打自招，我问你了吗？"二哥说。

母亲看着二哥和二嫂的热乎劲，笑着说："你大哥和大嫂现在好像变了。"

二哥心里一惊，他最怕的就是父亲和母亲知道了大哥的事情。

"妈，您说什么呢？大哥不是最近工程的事不顺心吗？"

"这个我知道，干事业哪有一帆风顺的，跌倒了爬起来就是了。"

"妈，这次的事情严重，不是想爬就能爬起来的。"

二嫂推了一把二哥。

"云霞，别拦着老二说，让他说吧。"母亲看见了二嫂的小动作。

"就是，妈，您该知道的就知道吧。"二哥看了一眼二嫂，意思他有分寸的。二哥说："是这样，这些年政策要求越来越严了，对工程质量也要求越来越高了。"

"是啊，社会总是在进步的。"二嫂帮忙说。

"不像以前大哥粗糙干一下，过不去的时候请人家吃顿饭那么简单了。"二哥说。

"嗯，是这样的，妈。"二嫂才明白二哥要说的是这话。

"所以工程队里没有专业的人去把关，靠这些没有多少技术的人，是不行的。"

"那怎么办呢？继功，你大哥没有想办法吗？"母亲有些急。

"还有更急的呢，妈。"二哥放下碗筷。

二嫂以为二哥又要说什么，又推了他一下。

母亲说："云霞，你今天怎么了？总不让继功说话。"

"没有，妈，我意思他吃完了赶紧去看书。"二嫂搪塞说。

"是这样的，妈，我大哥这个楼建工程是垫资的。"二嫂听二哥这样说，舒了口气。

"怎么垫资？人家没给钱吗？"

"给了，只给了百分之三十，都预付了材料款了。"

"哦，那垫进去的钱楼建完了就给了吧？"

"嗯，按理是这样。"

"那就好！"

"妈，我来洗锅，您休息一下。"二嫂忙说。

"不用不用，我一天也闲着，你大嫂把鸿妍领去了。"母亲收拾着二哥放下来的碗筷说，"我没事，我来洗，你们快去看书。"

二哥和二嫂只好回自己屋去了。

"继功，你刚才说几次，把我惊吓了几次。"二嫂进屋后说。

"你担心什么？担心我告诉妈侯明翠和大哥的事吗？"

"怎么不担心，你没看见妈对大嫂的感情吗？"

"我知道，可是纸里包不住火，迟早的事。"

"你说大哥怎么这样呢？他怎么想的？"

"架不住那个女人的纠缠吧？"二哥无奈地说。

"我过去吃饭的时候看见妈拿着她和大嫂的相片出神。"二嫂说。

"云霞，大哥这次翻身恐怕就难了。"二哥自从去了袁叔和表哥那里后一直在想一个问题。

"说说，有多难？"二嫂问，她坐在床边又开始翻书了。

"垫资的钱就是他工程队这几年的家底，现在又出事故。"二哥说着也坐下来，"工程停了，复工的可能性没有，全赔了。"

"这么严重啊？"二嫂不相信二哥说的。

"比这还要严重，起诉刘玉金如果失败，大哥可能要坐牢。"二哥说着低下了头。

"这些不敢告诉爸和妈。"二嫂说。

"不敢告诉爸妈的岂止这些呢？"

"嗯。"二嫂若有所思，"我们怎么办？"

"云霞，我想自己干，可我没有干工程的本事。"

"那你干什么？"二嫂问。

"其实有这个想法很长时间了，今天去袁叔家更坚定了我的想法。"二哥转过身搂过二嫂。

"办厂子吗？"二嫂问。

"是的，但是我们不能像大哥那样蛮干，要有思路。"

"嗯，我听你的。"二嫂温柔地说。

"会计这个文凭尽快拿下，我再修最喜欢的机械设备专业。"

"我支持你，我再不修什么了，帮你！"二嫂像是比二哥下的决心还大。

"一边学一边干，自己懂了别人就不会糊弄你，你说对不对？"

"对，对，我老公说的都对。"二嫂亲昵地说。

"你呀，就是嘴甜。"二哥亲了一下二嫂的脸。

"你早没有发现吗？"二嫂问。

"没有发现，现在发现一下。"二哥说着就要动手。

"君子动口不动手。"二嫂连忙求饶。

"好，先当君子再动手。"二哥说着就吻上了二嫂的脸颊。

外面滴滴答答地下起了小雨，一阵清新的泥土味从门外飘了进来，门帘被风轻轻吹下，清凉的小屋一下子就与浑浊的外界隔离开了，似乎什么都没有发生过，一切恢复了最初的美好。

二哥洗了一把脸，二嫂拾起二哥脱下的外套放进了洗衣盆。

"用洗衣机洗吧，又要手洗吗？"二哥问。

"就几件，手洗吧。"二嫂说着去接水。

"我来，不要把我媳妇累坏了。"二哥接过二嫂手里的水壶说，"明天我给你买几双橡胶手套。"

"买那个干什么？"二嫂不解地问。

"护手啊，傻瓜！"二哥说着拍了拍二嫂的脸。

此时的二嫂感觉自己好幸福。"继功，你不会对别的女孩子这样好吧？"二嫂有意识地问。

"你看我像吗？长这么大就对你一个人这么好了。"

"我看也是，你不会。"

"我是不是很木讷，你说。"

"就是，你不像继名。"

"继名比我招人。"

"好像是。"二嫂嗫嚅着。

"哈哈，大胆说啊，怕什么？"二哥开朗地笑了。

"我们几个曾经玩得那么好。"二嫂说。

"谁说不是呢？尤其你们几个。"二哥指的"你们几个"就有我和二嫂。

"友谊长存啊，我们还是亲人呢。"二嫂说。

"是的，我和继名不但是同学，还是兄弟，是这个世界上最亲的人。"二哥感慨道。

"我会一直支持你，继功，我爱你！"

"哈哈，今天怎么这么多情？"二哥把一壶水倒进洗衣盆。

二嫂拿了一只小板凳坐下来要洗二哥的衣服。

二哥突然想起了什么，说："稍等，衣服兜里有东西。"

二嫂忙捞出衣服，掏出兜里我写给二哥的信。

"云霞，你给继名写封回信，我最近抽不开身，要忙大哥的事。"

"什么时候开庭？"

"快了。"

第二十六章 工地失窃

一

这天下午的体育课是四项达标测试，我的体育成绩一直是我们班上甚至我们系的标杆。

刚刚做完四百米测试和仰卧起坐，我们开始了跳远测试。

轮到我的时候，就听见周围的男生和赶过来的女生议论我。

"好帅哦！江继名每次都是最远。"一个女生的声音。

"你不会是暗恋他吧？"另一个女生的声音。

"你敢说你没有暗恋？"又一个女生的声音。

"一群呆子，这是女生能看的吗？"这是郝翔的声音。

"我们班的班草，看了要收费的。"牛津的声音。

"他也是我们系的草啊，能看，能看。"刘旭强哈哈笑着过来了。

对于类似这样的声音我已经司空见惯了，虚荣心由满足到膨胀，到现在的无动于衷。

我目不斜视，一个预备"起"的动作后。

"唰———"

跳进了沙坑。

"好！""帅！"四周响起了雷鸣般的掌声和喝彩声。

因为有的人连沙坑也跳不进，好一些的跳到沙坑中间。

当我跳完起身的时候，一个熟悉的声音喊我："江继名，你的信。"我回头看，是学姐郭琼。

郭琼是系花，她经常来找我，都是在人多的时候，常会引来一阵唏嘘。

我过去从郭琼手里拿过信，总共三封。一封是常艳的，一封是煤矿那个白叔叔的，还有一封，我没有想到会是二嫂的。常艳现在不和我一个大学，但我还是没有逃离开她的教训。白叔叔还是那个意思，每次来信都说一个主题：毕业了去煤矿。而二嫂的信，我没有当着郭琼的面打开。

"怎么，秘密？"郭琼笑着看我。

学姐的笑曾经让我们系里的男生倾倒了一大片，情书像雪片般地砸向了她。

她经常一条发白的牛仔裤，一件雪白的衬衫，一头乌黑的短发。素颜的脸上总是阳光满满，眉毛一挑，风情万种。但是她总是有意识藏起她天然的风情，像男孩那样包装自己，有时候会包不住，自然流露，那样会更加迷人。

"没有，是我二嫂。"我说。

"哦，那什么，家信。"她等着我打开，我却塞进了裤子口袋里。

"我们是没戏了，看系花和系草能走多远。"一个女生说着从操场走出去了。

几个舍友从双杠上取下衣服，也朝着操场外面走去，他们边走边喊我。

"江继名，今天和学姐一起吃饭还是和我们？"

"你们太没眼力见儿了，不和你们吃了。"郭琼替我回答了。

"学姐你总那么霸道。"我说。

"我要不霸道，他们会把你抢走，不够分的。"郭琼拉着我朝学校外边走去。

我们在最近的小饭馆坐下，点了两份简单的饭。

"继名，我记得你说过，你二嫂来信说你大哥，怎么回事？"

"我大哥的工程队出事了，估计干不下去了。"

"那怎么办？"

"没有资质，以后就小打小闹了，修修补补可以。"

"哦，那挣钱就少了。"郭琼说。她像突然想起什么了，接着说道，"我，我要告诉你一件事。"

"什么事？"这时候饭已经上了，只是两碗面。

"老板，给我加两份凉菜啊。"郭琼对里面说。

"不用了吧，学姐，我请不起。"我在外面吃饭都用勤工俭学的钱。

"这顿我请，我哥给我打了私房钱了。"郭琼呵呵笑着说。

"那就再要一盘虾，我想吃，哈哈。"

郭琼捂着嘴笑了："你厉害，服你！"

"你要告诉我什么？说。"

"我哥说了，你大嫂是她同学。"

"是吗？这倒没听你说过。"

"你也没告诉过我你家哪里？还有你家的情况啊？"

"也是。"

要不是我大哥的工程队出事，我也不会说起，连我的舍友我也从不提起家事。

那天和学姐瞎聊，就顺嘴说了一下。

没想到聊出了我大嫂竟然是他哥的同学。

"那你哥在哪里？"我问道。

"省城，银行上班，我嫂子也是。"

"哦。"

"我哥给我私房钱，我嫂子不知道，她是个财迷。"郭琼叙说着。

"我大嫂对我们都好。"我说。

"羡慕，我要有这样的嫂子就好了。"她流露出一种捉摸不透的表情。

我只闷头吃饭。

"和你聊天真费劲，我看只有常艳能治你。"她常常在我不知道说什么的时候提起常艳。

"那你羡慕什么？羡慕别人的嫂子？"我找不出合适的话来。

"你没有说过你二嫂，怎么样？"

"还好。"

"愁死我了，没了？"

"嗯，没了。"

"信呢？拿出来看看她说什么了？"

"这个你不看了吧？"

"不看也行，那我不当你保护伞了。"

"学姐，求你了！"她有我的软肋。

"那你拿出来看啊，不然我公布我们的关系。"她竟然威胁我。

"别，千万别。"我近乎哀求。

"好，就喜欢你这样求我，那就依我了？"

她一副得意的样子，她得意起来我就厥了。我只好掏出二嫂写给我的信，小心翼翼地打开。

继名，最近学业忙吗？家里一切都好。

我迅速地扫了一眼，是我想多了。

"你读给我听吧，老习惯。"我把信递给她。

"这不就得了。要听话哦。"

二嫂在信里说是二哥让她代写的，二哥最近忙大哥工程队的事。但是大哥出轨了，二嫂也说了。这令我没有想到。

"你大哥真是，都这样了还搞小三。"郭琼首先气愤了。

我实在不知道该表达什么，家里地震了，父母被蒙在鼓里。要是父亲和母亲知道了，我们家就完了。

"你说话啊？"郭琼生气地说。

"我……"我真的不知道说什么。

要是常艳在场，她会立即去扇大哥的脸，可是扇了之后呢？就像现在的我，说什么都是白说。

"我见过你大嫂的相片，他们毕业照上。"郭琼说。

"那时候的她那么清纯，想必在你们家……"她没有往下说。

"她和我母亲亲如母女。"我说。

"那又怎么样？她不是嫁给你母亲。"郭琼总是能够点中要害。

我也不知道大嫂现在怎么样了，她会哭闹还是会忍受？

二

大嫂带着侄女鸿妍在三十里村自己的娘家，住了半个多月了。

母亲叫来大哥问："槐香去了这么久，你们没事吧？"

"妈，那边她邻居娶媳妇，她去帮忙。"大哥撒谎。

大哥这几个月来和大嫂没有说过几句话，大嫂总是躲着他。

"以前也去过，就几天回来了。"母亲这两年的头发有些花白，记性也不怎么好。

"要不我去接回来？"大哥说。

"你去看看，那边忙完没啥事就回来，我也想我孙女了。"母亲给大哥盛上饭。

自从大嫂来我们家，母亲几乎没有做过饭。大哥草草吃了几口，就出了门。大哥现在是一种死猪不怕开水烫的心态。大嫂不理他，他就索性去找侯明翠了。

当他无数次踏上这座自己建起来的翠柳桥的时候，无数次想起他和大嫂的过去。他没有想到他们走到了今天。

这一切都怪自己，怪自己没有能力给大嫂一种安全的保障，就像没有能力给工程队一个保障。原来他的能力没有他想的那样大，原来父亲和母亲是对的。

他走进大嫂家的院子，看见自己的女儿在玩水，他眼睛一热，过去抱起女儿："你妈妈呢？"

小侄女奶声奶气地喊："妈妈，爸爸来了。"

大嫂从里面出来，接过女儿，进屋了。

"妈说让我接你回去。"大哥站在院子里说。

"我会去看妈的。"大嫂背着身说了一句。

大哥说："槐香，对不起。"

"没有谁对不起谁，我会给你自由。"这是这些日子以来大嫂对大哥说过的最多的话。

"爸和妈都叫你回去。"大哥没有其他办法了。

"他们不光是你的父母，也是我的父母，我知道该怎么做。"大嫂的回答让大哥无地自容。

大哥说："那你什么时候回去，我好给妈一个交代。"现在成了大哥给父母交代了，这个事听起来是大嫂的不对。

"明天。"大嫂说完关上了门。

大哥只好又从桥上走回来。河里已经没有鸭子了，河水也浅下去不少。那棵搁浅过大嫂乘坐的木匣子的槐树，已经看透了人间世事。

二哥远远看见大哥过来，就站在那里等着。

"大哥，明天就要开庭了，侯明翠那里……"二哥的意思很明白。

"我已经答应她了，她会出庭做证的。"

"大哥，你怎么可以答应这样的事？"

"不答应还能怎么样？钱已经被安监局和税务局罚光了，她还愿意跟我。"

大哥抬起了头，一脸的灰色，他瘦了很多，一点点的阳光都让他睁不开眼睛。

"你很讨厌她，我知道。"大哥说的她，指侯明翠。

"她处处和我作对，是因为我知道她目的不纯。"二哥说。

"我知道。"大哥说。

"大哥，你看，公安局的人怎么来了？"二哥忽然看见在大哥的身后有一辆警车开来。车上下来几个办案人员，为首的一个向他们走过来。问道："谁是江继功。"

大哥和二哥面面相觑，二哥上前一步说："是我。"

公安人员从包里掏出一张纸说："你涉嫌偷盗，请跟我们走一趟。"

"什么？我偷盗？"二哥感到莫名其妙。

大哥上前说："你们是不是搞错了？偷什么？"

那个公安人员说："有人举报江继功偷盗了县城在建大楼工地的一批材料。"说完一挥手，后面的几个警察过来就把二哥带上了车，扬长而去。

大哥顿时感觉天旋地转，这到底是怎么一回事啊？谁会诬陷二哥偷盗呢？大哥思来想去不得其解。而那栋在建的大楼，不就是自己承建的那一栋吗？那已经被有关部门接手了。他准备起诉刘玉金的材料已经交给了检察院，最近刘玉金和南龙这些人连个人影都不见，会是谁呢？

大哥想道："是不是侯明翠，她一直对二哥过意不去，难道她？"想到这里，大哥朝车站走去，他要进城去找侯明翠。

现在的工程队在停工状态，侯明翠因为审核不严的问题，也被税务局处罚不能从事会计工作，还被罚了款，当然这钱是大哥替她交的。谁让他是法人，谁让他们的关系变了味道。

大哥去找侯明翠的时候，她不在家里，她的父母早就不管她了。

大哥一个人在酒吧里喝闷酒。侯明翠进来了，一进来就拿手里的包往大哥后背上摔打。"你还知道找我啊？你什么时候娶我？"

"继功的事是不是你干的？"

"不是我。"侯明翠说完一屁股坐在大哥旁边的凳子上，拿起一瓶酒就喝了起来。

"你都没有问是什么事，就说不是你。"大哥气急了。

"他偷工地的材料，人家都看见了。"

"是不是你举报的？"

"不是我，不是我，不是我，说了不是我。"这个女人如果发飙，大哥收拾不住。她哪里像槐香嫂子啊，就是一个泼妇。

"那是谁？你明明知道他没有做过。"

"他得罪的人不是我一个。"侯明翠喝罢酒，撩起裙子擦了擦嘴。

大哥厌恶地看了一眼她的这个动作。

"是谁？你怎么还不放过我们？"

"你放过我了吗？"

"不是我，你早就被公安局逮捕了，干的那些破事。"

"你不娶我，我就和你没完，和你们家没完。"

"你想要怎样？你已经把二弟这样了，你要怎么样？"

"我告诉你父母去，你父亲是人民教师，我告诉他。"

"你……"大哥真想一巴掌下去，又收回手忍住了。

"我告诉他，你在外面玩女人。"她什么不要脸的话都能说出口。

"你保我二弟出来，我答应娶你。"

"当初说我帮你做证，你娶我，现在又保你二弟出来，这不是一回事吗？"

"原来是一回事。"大哥说。

愚蠢的女人总会说漏了嘴。

"好吧，法庭上见，你得记住你说的话。"大哥愤愤地说。

"你也记住你说的话，我也会反悔的，你可不要后悔。"

侯明翠说完又打开一瓶酒，咕咚咕咚地喝个不停。大哥一把夺过她手里的酒，扔进了垃圾桶。

三

终于开庭了。

原告：江继成

被告：刘玉金

未开庭之前，大哥和刘玉金见了个面。

"为什么这么做？"大哥问道。

"不为什么，不都是挣钱吗？"

"可是我们三个都说好的一起努力，你这样对得起我们吗？"

"你是老大，你一碗水端平了吗？"

……

"每年分红，你总是偏向他。"

"他是常务队长，他的辛苦你也看到了。"

他们所说的他，指的是胡文军。

"付出的都是一样的，只因为你们是同学，我算什么？"大哥没有想到刘玉金会这样说。

"你不觉得你这样毁了我们工程队吗？"

"我怎么了？我只是多赚了几个钱而已，怎么就毁了工程队呢？"

"你还不知道你的所作所为已经伤及了无辜。"

"法庭上说吧，拿出证据。"

"你以为你们把我二弟送进公安局，就没有证据了吗？"

"哦？这么说证据在你这里？"

大哥心想：这些人可真够狠毒的，连证据在哪里都了解得清清楚楚。

"证据不在我这里，在正义这里。"大哥拍了拍胸脯说。

"你也配当正义？玩弄人家黄花大闺女，呸！"刘玉金的这句话让大哥脸红脖子粗，说不出一句话来。

两个人就这样由兄弟变成了仇人。

法官端坐在上面，大哥和刘玉金分别就位。

观众席上有我的父亲、母亲、大嫂和二嫂，在最后排，坐着侯明翠。

法官宣读完应该说的一些程序，然后威严地面对大哥。

"原告，请出示您的证据。"

刘玉金得意扬扬地坐在一边，他要看大哥怎么在大庭广众之下出丑。

"证据在我二弟手里，我想恳请审判官提我二弟出来。"

"你二弟现在在哪里？"

"被公安局带走了，这是诬陷。"

"根据法律规定，我们没有权力去公安局提人。"

"你们……"

大哥突然感觉急火攻心，捂着胸口，大滴的汗珠从脸庞流出。

"证据在这里。"就听观众席上有人说话。

法官、大哥和刘玉金一起顺着声音望过去：是二嫂姬云霞。

"江继功把这些证据全部留有复印件，法庭可以去验证。"二嫂站起来交出二哥精心准备的这些证据。

"证据有效！"就听法官说道。

"有我的签字吗？"刘玉金急了。

"这上面都是你的签字，你可以拿下去看看。"

执行人员把这些纸质的证据交给刘玉金看，刘玉金一看冷汗直冒，心想：

这些证据不是都被换了吗？怎么还在？他灵机一动说道："这些证据完全可以伪造，都是复印件。"

"原告，你们的原件还在吗？"

大哥说："这……"

刘玉金看大哥这样，又开始得意忘形了。

"都在，在这里！"二嫂又发话了。

"呈上来！"

执行人员又将二嫂手里的原件拿了上去。

"被告，你还有什么话要说吗？"法官面对刘玉金。

"他们也可以模仿我的签字，我没有什么文化水平，那些签字很容易被模仿。"刘玉金狡辩道。

"原告，你可有人证？"法官面向大哥。

"工程队的业务是分开的，这一块业务都归刘玉金分管，他签字的时候只有采购员南龙，别人不一定能看见。"大哥的确没有见过他签字，那么南龙会在哪里呢？

"传证人南龙。"法官说道。

"我可以做证，这些签字不是刘队长的。"随着声音的出现，南龙从大厅里走了进来。原来他早就准备好了，在外面等着传唤。

"有人证证明物证是伪造的，那么原告，你还有证人吗？"

"有！"大哥朝后排坐的侯明翠看过去。

"传原告的人证。"

只见侯明翠站起来朝审判庭的证人席走过去。

刘玉金站起来吼道："侯明翠，你要干什么！"

"我要给你做证呀。"在法庭上都是妖气十足的腔调。

"她就是你大哥队上的会计？"母亲问身边的二嫂道。

大嫂一直冷漠地观看着这一切，她早就见过这个侯明翠了。

大嫂想看一下大哥到底会怎么对她。

"是的，妈，她就是侯明翠。"二嫂看了一眼大嫂，对母亲说。

"我听说了，还没有见过，年纪轻轻的，不学好。"母亲是听袁婶讲过侯明翠的过去。

"先不说，妈，看她会不会做证。"二嫂说。

"姓名。"法官问侯明翠。

"侯明翠。"

"你在工程队的职务是什么?"

"我是会计,做证行吗?法官。"侯明翠嬉皮笑脸地问道。

法官一看侯明翠的姿势,脸上一丝厌恶的表情一闪而过。

"行!根据你的职务,证据有力。"法官说道。继而面对原告和被告,"你们同意她做证吗?相信她做证吗?"

大哥、刘玉金同时说:"同意,我相信!"

"那么请问,这些纸质上的签字,是被告的吗?"

"不是……"侯明翠看了一眼刘玉金,刘玉金满意地点了点头。

大哥站起来怒吼道:"侯明翠,做伪证会怎么样你应该清楚。"

"别急呀江队长,我话还没有说完。"一股妖气弥漫在法庭上。

"原告注意法庭纪律,允许证人把话说完。"法官让大哥坐下。面对侯明翠说,"请把话说完。"

"江队长,你记得兑现你的诺言,我随时都可以讲真话的。"她看着大哥说道。

大哥低下了头。

"不是刘队长的签字,这可能吗?我亲眼看着他签的。"侯明翠终于说出了真话。

"婊子,拿了人的好处不要血口喷人。"刘玉金站了起来发怒了。

"他们是情人关系,证据不能采纳。"南龙站起来说道。

"我不承认我们是情人关系。"没想到侯明翠这样说。

观众席上的母亲和二嫂同时舒了口气,大嫂仍然静观其变。

"证人的证词有效。"法官宣布。

"你这个婊子,拿了我们多少好处,见了男人就翻脸了?"

刘玉金的辱骂让侯明翠气急败坏。她说:"刘玉金你个老流氓,吃不上老娘的豆腐反咬一口,我打死你……"说着侯明翠跑过去掀起刘玉金前面的桌子,就要动手打人了。

刘玉金没想到侯明翠会来这一下,急忙躲在了桌子下面。

"法庭秩序!法庭秩序!"法官在上面拍桌子了。

几个执行人员过来把侯明翠遣回到了证人席。

"被告，你还有话要说吗？"

刘玉金从桌子底下钻出来说："这个证人，她，她设计陷害原告的弟弟。"

"跟此案有关吗？"

"有关！"刘玉金和侯明翠同时说。

"陈述事实。"法官宣布。

法庭的风向变得我们一家人都看不清了，到底谁是原告，谁是被告。

"证人，你为什么要陷害原告的弟弟？"法官也是没法控制这场官司了，只好这样问。

"因为他讨厌我，他不同意我嫁给他大哥。"此语一出，在座的人都惊呆了。

父亲和母亲更是震惊，母亲问大嫂和二嫂："你们说，这是怎么回事？"

大嫂没有说一句话，转身走出了法庭。二嫂连忙追了出去，母亲似乎明白了什么，突然脚下一软，就晕倒在法庭上了。大哥一看母亲晕倒了，连忙跑过来搀扶母亲。母亲站起来睁开眼睛，虚弱地问："继成你给我说，是真的吗？"

大哥声泪俱下，一会儿点头，一会儿摇头。父亲抬手就给了大哥一巴掌，大哥"咚"的一声跪倒在地上。侯明翠一看，跑过来扶住大哥。这个女人厚颜无耻地说："跪什么跪？我们都生米煮成了熟饭，嫁给你也是你答应过的，我们错了吗？"

母亲一看这个阵势，又一次晕倒了。

"还不快送你妈去医院，愣着干什么？"父亲发怒了。

"此案暂停审理，休庭！"法官一看这个混乱的局面，实在没法控制了。

二嫂紧追着大嫂出来，叫了一声"大嫂"。大嫂没有理会二嫂，一直往外走，二嫂就紧紧跟在后面。

"云霞，你不必跟着我，你去看妈，我没事的。"大嫂突然站住对二嫂说，"我真的没事，这些日子我都想通了。"

二嫂知道大嫂是个非常聪明的人，她们两个有许多相同的地方。

"大嫂，不管你做什么，我和继功都会支持你的。"二嫂真诚地说。

"真的，你快去看妈，我们一直瞒着妈，她知道了，一定受不了。"大嫂还在惦记着母亲。

"那我去了，你好好的，大嫂，我知道你不会有事的。"

"你快去吧，你告诉妈，我会去看她。"既然大嫂这样说了，二嫂就很放心，回头去找父亲和母亲。

四

医院里，母亲插着氧气管，紧紧地闭着眼睛，一句话都不说。

舅舅舅妈表哥表嫂都来了，他们从病房里退出来，只留下父亲和母亲两个人。

母亲睁开眼睛，手被父亲紧紧地攥着："你说，我怎么生了这么一个儿子啊？"母亲的眼泪夺眶而出。

"你不要自责了，秋玉，谁也怪不了。"父亲安慰母亲，其实自己心里也很难过，多么好的一个儿媳妇啊。

"他从小就很有主见，怎么会被这样一个女人缠上啊？"

"不要再伤心了，你的身体不好。"

"槐香呢？叫槐香来，我有话要说。"母亲虚弱地说道。

父亲推开门，对二嫂说："去找你大嫂来，你妈要见。"

大哥刚要抬腿去，二嫂拦住说："还是我去吧。"

大哥感激地看了一眼二嫂，站在那里只打自己的脑袋。舅舅舅妈这时候也只是恨恨地看着大哥，什么话也没有说。

这时候侯明翠出现在医院里。大哥一看她来了，冲过来拉住她说："你来干什么？把我害得还不够吗！"

"我来看看咱妈。"侯明翠说着就要往病房进去。

舅妈一把拽住她："站住，这是你进的地方吗！"

"她谁啊？管得可真宽。"侯明翠瞪着眼睛问大哥。

"再说一句话看我怎么收拾你！"舅妈抡起了胳膊。

侯明翠一看舅妈这姿势，吓得赶紧往后退。她也有害怕的时候。

大哥把侯明翠拉出医院，说道："请你不要再来医院，算我求你了。"

"你还知道求我啊。我问你，打算什么时候娶我？"

"我现在一无所有了，你还执意嫁给我做什么？"

"瘦死的骆驼比马大，再说我……"

"你告诉我，怎么诬陷的我二弟？"

"说你娶我，我会去公安局说清楚的。"侯明翠紧逼着。

"我答应娶你，可你给我时间，我还有家庭啊。"大哥几乎是在哭了。

"我等不及了，我有了。"她指着自己的肚子。

"你胡说八道什么？"大哥以为她又在无理要挟。

"不信算了，不尽快离婚我就把孩子生在你家里。"这个女人说完就走了，留给大哥一个妖媚的背影。

"大哥。"大哥刚要转身，二嫂从外面进来，她看见侯明翠出去了。

"你大嫂，她来吗？"

"她来，但不是现在。"二嫂看着大哥这样的神态，无奈地说，"大嫂说要和你离婚。"

这句话从二嫂的嘴里传过来，大哥知道大嫂已经死心了，已经做好了一切准备。

"我知道了。只是二弟他……"大哥在二嫂面前不好再说什么。

"你放心，我会让继功出来的。"二嫂说。

"我会去找侯明翠谈的，她不就是想嫁给你吗？"二嫂轻蔑地看了一下大哥。

侯明翠从医院里出来的时候，正好碰上了下班来医院看望母亲的表哥和表嫂。

她和表哥是认识的，表哥是她去工程队的介绍人。

"方哥。"她叫了表哥一声，一看表嫂的表情，声音就低了下去。

"你先进去看姑，我和她谈一下。"表哥对表嫂说。

表嫂又看了一眼侯明翠，侯明翠低着头躲着表嫂的目光。

"好吧，不要发火。"表嫂对表哥说了一句就走了。

他们找了个地方坐下来，侯明翠在表哥面前一下子温顺了不少，端着个水杯子一句话也不敢说。

"说说吧。"表哥先开口了。

"你们不让我工作，我总得要吃饭吧，嫁给你表弟我还吃亏了呢。"

"我指的不是这个。"表哥表情极其冷峻。

"那你指什么？"

"继功怎么偷盗的？"

"江继功，他活该！"侯明翠咬牙切齿地。

"好好说话！"表哥喝了她一声。

"我们都恨他！"

"你们？你们都是谁？"

"我、刘玉金、南龙。"

"你们怎么诬陷的他？"

"他和质检的几个人去了工地，取了样品。"侯明翠偷眼看了表哥一眼。"我可以喝口水吗？"她小心地说。

"喝吧，继续说。"表哥严肃地说。

"当时被南龙看见了，等江继功走了，他们就把那些价值大的材料转移了。"

"有证人吗？"

"有，门房的老魏看见了江继功进去出来，不过……"侯明翠停下不说了。

"不过什么？说。"

"老魏拿了南龙的好处，回老家了。"

"那你是怎么知道的？"

"我恨江继功，这一切是我告诉南龙的，是我设计的。"

"好了，我们今天的谈话到此为止，我希望你不要忘了你今所说的话。"原来表哥录了音。

打发走了侯明翠，表哥来到医院里，一看二嫂和大哥以及舅舅他们在病房外面守着，就把大哥叫了过来。

"继成你过来一下。"

"什么事，表哥。"

"这是侯明翠的录音，我交给你。"

"你见到她了？"

"是的，她说了实话，你去公安局把这个交上去。"

大哥拿着表哥给的录音，去了公安局。

表嫂和舅妈在病房里陪着母亲，母亲一个劲地问："槐香呢？我的槐香去哪儿了？"

"槐香一会儿就来了，她说让你安心休息，她就来，她给你炖鸡汤呢。"舅妈安慰着母亲。

"不要再骗我了，她不会来了，是我们对不起人家啊。"母亲说着又哭了。

"江老师，你累了，你回去吧，这里有我呢。"舅妈对父亲说。

父亲站起来疲惫地往外走，他明显地老了，五十多岁的人了，再有几年就要退休，他的身体日渐衰弱。

舅妈跟着出来，对表哥说："你送你姑父回去，顺便看看家里，鸿政这几天在哪里吃饭。"

表哥应承一声带着父亲就走了。

第二天中午，大嫂领着侄女鸿妍来了，手里提着炖好的鸡汤。

母亲一看大嫂和鸿妍，就要起来去抱孩子。

"妈，你躺着，我给你盛鸡汤。"大嫂表现得非常平静。

"孩子，你想哭就哭出来，有妈在呢。"母亲知道大嫂心里很痛苦，只是忍着。这么多年来她太了解大嫂了。

"妈，不管我和继成离不离婚，您都是我妈，我只有您这一个妈啊。"大嫂果然哭了，哭得很伤心。

母亲抱着大嫂，婆媳两个抱着哭在一起。

"妈，我以后就不常来看您了，您要多保重。"大嫂说，"我爸最近几年身体也不好，您要好好的。"

"孩子，是我们对不起你。"母亲说着又哭了。

"妈，您没有对不起我，我们的婆媳缘分尽了，可母女缘分还在。"

大嫂今天穿着一身干净的衣服，那是母亲亲手给她做的。她把头发高高地盘了起来，扎着雪白的手绢，素净的面容有些憔悴，但无论如何也掩饰不了她深藏着的孤傲的气质。

她将不再是我的大嫂了。

五

侯明翠没有觉得自己做的事情过分了，她总认为自己没有错。爱一个人没有错，爱一个人做一些自私的事情没有错，而她的自私伤害到了其他人，她就没有办法去考虑了。把我的母亲弄到医院里，是她没有想到的。

她一直在医院的周围徘徊。大嫂从医院里出来的时候，正好和她撞上了。她欲躲开，已经来不及了，大嫂喊住了她："你是侯明翠。"

"是我，我……"

"不要吞吞吐吐，做都敢做，没什么不敢说的。"

"我是很爱江继成。"

"我知道。"

"我很早就爱她了。"

"多早？"

"比你还早！"

"你多大？"

"我……"她不敢说她的年龄。

"你年纪小，心老！"大嫂对侯明翠的评价。

"我有了她的孩子。"

大嫂怔怔地看着她，感到一阵恶心，"我会成全你的。"

这时候二嫂从医院出来了，她是担心大嫂才追出来的。

"侯明翠，你想干什么？"二嫂站在大嫂身边。

侯明翠一看二嫂是想要护着大嫂的样子，一下子就火了："我又没有打她，你这么凶干什么！"

"你还有理了是吗！"二嫂拉上大嫂说，"走，大嫂，别理她。"

"你把话说清楚，我对她做什么了？"

"你做什么了你自己知道。"

"谁是你大嫂你不知道啊？我才是你大嫂。"厚颜无耻到这种地步的女人，谁有办法。

二嫂站住了，她索性想跟这个女人理论一下。

大嫂拦住二嫂说："她怀孕了，不能招惹了。"

"我今天不跟你理论，但是，千万不要做害人的事，会有报应的。"

"我害了你家江继功，我会去公安局说清楚的。"

"哦？你承认了？那就记住你的话。"二嫂说着拉着大嫂就走了。

她们在医院对面的茶吧坐下来。

"云霞，我想麻烦你一件事。"

"什么事？大嫂你说。"

"我和妈在这里照过一张相，当时就洗了一张。"大嫂伤感地说。

"嗯，我知道。"

"你回去，不要告诉妈，帮我拿出来再洗一张，我要带走。"

"好的，我记住了，大嫂。"

"你刚才不是听见了吗？她是你大嫂。"大嫂苦笑道。

"这个女人真是不可理喻。"二嫂也觉得好笑。

"行了，这种时候我们还能笑得出来，说明我们心态不错。"大嫂自嘲地说。

"你真的不考虑和大哥走下去了？有些事是可以逆转的。"二嫂想了想说。

"云霞，你觉得心里有了伤，即使伤好了，就没有疤痕了吗？"大嫂摸着自己的心口说，"这里，应该是纯净的。"

"我懂！我们没有缘分做妯娌，我们有缘分做姐妹的吧？"

"我从小只有一个爷爷，爷爷去了，我永远都是孤儿。"大嫂说着热泪盈眶，说，"我以为我和你大哥能走到最后，那时候他那么爱我。"

"大哥是很爱你的，大嫂！"

"不，那不是爱，是同情或者别的什么，他不懂爱。"大嫂伸出手擦了擦眼泪说，"既然不是爱，就没有泪。"

"大嫂……"二嫂已经不知道怎么说了。

"为一个没有爱的男人流泪，是对自己的不尊重。"大嫂说。

两个同是三十里村的女人，从来没有交集的女人，因为我的两个哥哥成了一家人。现在，因为我的两个哥哥，成了姐妹。

"我放心不下的，是咱妈。"大嫂对二嫂说，"如果可能，你把爸和妈接过去，他们老了，他们没有女儿。"大嫂说着又哭了。

我想，天底下善良的人都应该懂得孝道，天底下有心的人都应该知道"老吾老以及人之老"这个道理。

大嫂不停地说，她想把在这个家里没有说完的话都说出来，说给这个叫作姬云霞的妹子听。

"没有家人的感觉你不懂，没有爸和妈的感觉你不懂。"大嫂哭出了声，"叫一声爸，叫一声妈，就是一个家。"

"老天跟我开的玩笑太大了，他送给我的父母，让我欢喜了短暂的几年时间……现在，全部都要收回，我又成了孤儿……"大嫂已经泣不成声了。

二嫂抱着大嫂，让她尽情地哭，把这些日子以来憋在心里的泪水都哭出来。

"我命中注定就是要被遗弃的，从一出生就开始……"

"我们没有遗弃你，大嫂！"二嫂说着也哭了起来。

大嫂头上扎着的白手绢散开了，一头乌黑的秀发披散到了双肩。长发上扎着白色手绢，是她的最爱，她从来没有改变过自己对纯洁的追求，从外表到内心。家庭妇女的烟火没有让她失掉性格上的孤傲，也没有磨掉她独立的思想。

"从此我将一个人飘在这个世上，飘回去，飘到我飘来的地方……"大嫂的双肩耸动着。

二嫂双手挽起大嫂的头发，用那块白手绢扎起来。"姐，你永远都是我的姐，我会记住你的话。"

"我希望你好好经营你的爱情，经营你的婚姻，继功和你大哥不一样。"大嫂擦了擦眼泪说，她的眼睛已经哭红了。

"我会的，大嫂，姐！"二嫂说。

"你大哥的工程队已经没法再翻起身了，我虽然在家里不参与他的事情，但是我能看得出来。"大嫂说，"他娶了侯明翠，以后的日子不会轻松。"

"姐，你还操心他干什么？"二嫂说。

"不说了，我今天说得够多的了，回去吧。"大嫂说着站起来要走。

这时候大哥领着鸿妍过来了。鸿妍一看见大嫂就跑了过来："妈妈，妈妈你怎么了？怎么哭了呢？是谁惹你哭了呢？"

"好孩子，妈妈没有哭，咱们回家。"

"是奶奶有病了你哭了吗？妈妈咱们回哪个家呢？爸爸说咱们回奶奶家。"大哥站在一边没有说话。

"好，咱们回奶奶家！"大嫂抱起鸿妍朝回家的方向走去。大嫂回头给大哥说："不要跟着我了，让我一个人走。"

大哥欲跟在后面，二嫂示意他不要跟着，他只好无奈站在那里，看着大嫂抱着孩子的身影远远离开。

第二十七章 离婚

一

我收到了二哥写来的信，他把家里发生的事情都告诉了我。二哥最后说让我尽快回家一趟，父亲有话要说。

我第二天就买了回家的车票，临走时约见了郭琼一面。

"我要回家一趟，昨天收到我二哥的信。"

"好啊，没有让我看。"

"学姐别闹了，我告诉你。"

"也是，我今年要毕业了，你也不需要我了。"

"也没有人会骚扰我了，呵呵。"

"你小心哦，新来的小学妹猛得很，尤其你这种大师兄。"

"怎么说得我像个猴子似的，你不是也一样吗？"

"我们都是好好读书的人，或者说，我们都是需要在大学里学会忘记一个人的人。"郭琼其实早就猜出来我为什么不在大学里谈恋爱的理由了，原来她也一样。我们真是同病相怜，不相爱。

"我大哥要和我大嫂离婚。"我说道。

"真的走到了这一步，意料之中。"她淡淡地说。

"你大哥有什么了不起的，什么鸟？"她瞧不上我大哥，我也瞧不上。

"大哥的那个兄弟判了刑，还有那个采购，那个女人因为怀孕并未获刑。"我说。

"你二哥才是真爷们！"她说。

"从何说起？"

"我会算命，哈哈哈。"这个学姐笑起来真帅气。

"你还笑呢，是高兴吗？"

"当然，早离早超生。"其实我和她的想法是一样的。

"你毕业论文答辩在什么时候？"我突然有个想法。

"下周吧，怎么了？"

"你陪我回去怎么样？"

"好啊，我正愁着这几天无聊呢。"

"那现在就去买票。"

"好，我想看看你真实的大嫂什么模样。"

说走就走，我们搭上了回家的班车。我第一次带一个女孩回家，可她不是我爱的人。这件事有点滑稽。

从县城下车，我有意带她从三十里村这边走。

当我们上到翠柳桥的时候，我对她说："这是我大哥的第一个工程。"

"这么说你大哥还做了件好事。"

"我大哥以前挺好，只是遇见了不该遇见的人。"

"那也要懂得自重啊。"

"也许吧。"

"听你这话，将来你也不靠谱。"

我没有告诉她这条河的一边有我的初恋。她也猜不到那个初恋就是我的二嫂。

这是上大学三年了我第一次回家。然而当我走上这座桥的时候，我已经不是当年那个懵懂少年了。一切都放下了。

回到家里，我向父亲和母亲介绍了学姐。

母亲在炕上坐着，父亲在旁边的椅子上喝茶。

学姐走到母亲身边说："阿姨，您儿子总说您很有气质，今天见了，果然是一位知性的妈妈啊。"

母亲说："继名瞎说呢，年纪大了。"

父亲久久地看着我，母亲说道："三年没有见过孩子了，认不出来了吗？"

父亲说："长大了，连我的小儿子都长成了大小伙子了，我该老了。"

我这才仔细打量了父亲。以前笔直的身板已经略有弯曲，走路也不再是那么脚底生风，头发白了一半，脸上生出了许多皱纹；我的母亲身体更加瘦小，坐在炕上远远看上去像个小孩。白皙的脸上眼窝深陷，额头和眼角的皱纹加深了不少。

父亲和母亲老了，我突然想起了白居易的两句诗，把它改成："艳阳时节总蹉跎，迟暮光阴又奈何。"

父母年轻时没有过上好日子，岁月蹉跎，现在，还要继续经受磨难。

父亲说："把你叫回来，我想开个家庭会议。"

学姐说："那我回避，我去找你大嫂去。"

"孩子，你是继名的学姐，可以旁听，他大嫂也会来的。"母亲拉着学姐的手说道。

我还没有看见二哥二嫂。

"你二嫂做饭呢，你都三年没有回来，去见见你二嫂，她也是你的同学。"母亲对我说。

"好吧。学姐，跟我一起去吧？"

"你二嫂是你同学？你怎么没给我说过？"走出父母的房间时，学姐问我。

"没啥好说的，你见了就知道了。"

我和郭琼一起走进了厨房，以前这里是大嫂的阵地。

"二嫂。"我叫了一声。

她回过头来，"哟，继名回来了？"她正在洗菜。

姬云霞，我的二嫂，她看见学姐问道："这是你同学吗？"

"是我学姐，二嫂。"我对二嫂说，"你叫她姐也行，叫郭琼也行。"

我一口一个"二嫂"叫着，让我显得不是特别自然。

"我们有三年没有见了，常艳假期回来还说你呢。"二嫂大方地对我说话，让我心里残存的那一点不自然完全消失了。

"二哥呢？我还想这次回来咱们同学聚一下呢。"我对二嫂说道。

"他忙着办理厂子的手续，最近很少回家。"

"二哥信上没有对我说，他要办什么厂？"

"你们聊，我去找你大嫂去。"学姐看我和二嫂说话她插不上嘴。"你知道大嫂在哪里吗？"

"我知道，我让鸿政带你去。"二嫂说。

侄儿鸿政已经长大，上小学了，他正在屋子里写作业。听见学姐说找他，忙不迭地跑过来说："姑姑，我带你去找我妈妈。"

"云霞，为什么不回我信？"我看学姐走了就这样问道。

"你让我写什么好呢？"

"可是你知道我怎么想的。"

"知道又怎么样呢？我们不是同一类人。"

"可是你总得告诉我一声啊。"

"我和继功是真心相爱的，你不懂。"

"我知道了，二嫂，我真心祝福你们。"

"我终于等到了你的祝福。"二嫂抬起头看着我。

她看我的眼神让我浑身不自在，可能是我多想了。

"我的祝福迟到了。"我说。

"不迟啊，谁说迟了？你二嫂吗？"我看见二哥大步流星地走进来了。

"继名，你可真过分了，三年不回家。"二哥说着想抱住我。

可是他已经抱不住我了，我抱他还行，他身子比较单薄，又瘦又高，而我，已经比大哥都高了，比当年的父亲的胸膛宽阔了许多。

"小子，长高了，二哥抱不住了。"说着二哥捶了我一下。

"大哥呢？"我问二哥。

"他马上就会回来，父亲要开会。"

二

鸿政把郭琼领到了大嫂那个所谓的家里，那是她从小到大住过的地方，现在她和侄女鸿妍两个住着。

"姐，还记得我吗？"郭琼一进门就问大嫂。

大嫂看了半天想不起来，摇了摇头。

"姐，我是郭涵的妹妹啊。"

"哦，郭涵，我想起来了。你从哪里来啊？"

"姐，我和继名一起来的。"

"你们是……"大嫂不确定我和郭琼的关系。

"朋友，不是男女朋友的朋友，我是他学姐。"

"哦，知道了。你哥他还好吧？"

"他一般吧，在省城一家银行当信贷主任。"郭琼说话非常爽快，不拖泥带水。她说，"我哥那时候经常提起你呢，我当时还想你们会好上的。"

大嫂苦笑了一下，说："怎么可能呢？人的缘分是天注定的，那时候都还小，啥也不懂。"

"我哥现在也不好，和我嫂子的关系紧张。"郭琼小声说道。

大嫂没有多问，这和她似乎没有多大的关系，她自己现在还很难呢。

郭琼继续说道："姐，我从继名那里听说了你的事，我觉得你不值得伤心，这种事，早离早托生。"

"你没有经历过是不懂的。"大嫂的声音有些伤感。

"姐，你也是高中毕业，现在是知识的时代，你完全可以出去打工养活自己。"

大嫂被郭琼的这句话说醒了。她突然停下手里拆洗的侄女的小被子说："我能干什么？"

"你可以去报个计算机培训班，学习电脑操作。"

"电脑？我还没有见过，只是听说过。"

"县城就有，一个月速成班，完了工作的时候自己慢慢琢磨。"

大嫂一听"工作"两个字，问道："我可以吗？我都三十岁的人了。"

"姐，你还这么年轻，你只要会操作了，我去找我哥，让他安排你去银行，做柜员没有问题的。"

郭琼口若悬河地讲了一大堆大嫂从来没有听过的东西。

我觉得我这次回家带着郭琼，带得非常正确，她决定了大嫂以后的命运，决定了我的侄女鸿妍以后的生活。

我去找大嫂的时候，她们聊得正欢呢。大嫂被郭琼开导地基本从那种不堪和绝望中走出来了。

"大嫂，爸叫我们过去。"我对大嫂说。

"继名，你长大了，长结实了。"大嫂让我坐下来。她说，"没想到你把郭琼带来了，我和她哥是高中同学呢。"

"是啊，无意中我提起，她才说的，所以一定要跟我来看看你。"

"是啊，姐，我一直都记得你，那时候那么清纯。"

"好了，我们过去吧，不要让爸和妈等急了。"

大嫂说着一手领着侄儿，一手领着侄女，让我想起了秦香莲。可是现在哪有包青天，即使有，得依哪条律法去开铡呢？

父亲还是坐在他的那把椅子上，母亲坐在炕上。大哥、二哥和我依次坐在沙发上，大嫂、二嫂坐在母亲身边的炕沿上。

郭琼作为旁听者，立在门边，母亲让她上炕坐，她不去，就立在那里。

父亲说："我们家从来没有开过会，今天是第一次，也是最后一次。"

他停了一下说："三十几年前我从省城来到这里，扎根农村，和你们的母亲走到一起。"

大哥低着头一直搓手。

父亲继续说："我本想我的家庭应该是充满温馨的，你们每一个人的出生，都让我和你们的母亲高兴至极。"

母亲听着父亲的话，眼圈已经红了。

"含辛茹苦地把你们拉扯大，希望你们每一个家庭都幸福美满，当然继名还在念书。"父亲看着腿在发抖的大哥，"继成，你抖什么？"

"没有，爸。"大哥低声说。

"我也没想到你们的大哥做出了这样的事，这是我们江家祖祖辈辈没有出过的事，你们的祖父祖母，一辈子相敬如宾。"父亲继续说，"我现在支持继成和槐香离婚，但是，槐香是我和你们母亲的女儿，该给的补偿一分都不能少。"

"爸，我不要，我只要带着我的两个孩子。"

"不行，槐香，孩子留下吧。"大哥颤抖着声音说。

"我生的孩子，我得亲自教育。"大嫂说。

"爸爸，妈妈，我哪里也不去。"鸿政一听这样说，哭了起来。

"槐香，鸿政大了，你就留下来吧，你把鸿妍带走。"母亲说话了。

"妈，我……"大嫂伏在母亲的怀里哭了起来。

"就按妈说的吧。"大哥说，"我的存折上还有点钱，你都拿走。"

"爸这里工资还存了些，你也拿走。"父亲对大嫂说。

"爸……"大嫂越哭越厉害了。

"我希望类似的事情不要发生在你们两个身上，继功、继名。"父亲对我和二哥说。

"我们不会。"我和二哥、二嫂几乎同时说。

父亲说："我和你们母亲老了，管不了你们的事了，你们都好自为之吧。"父亲说完长长地叹了一口气。

我记得从那以后，父亲很少说话了，在我们面前，再也不是那个能说爱笑的父亲了，他彻底变了一个人。

大嫂走到大哥面前，把一枚掉了漆的发卡放在大哥的腿上，抱起门边玩耍的侄女鸿妍，头也不回地走了，永远地离开了这个家。

父亲说："从今天起，我和你母亲单过，谁家也不去，我有工资，不会靠你们任何一个人。"

"爸，妈，还是去我家吧。"二嫂说话了。

"我和你妈搬出去，住外面那两间老房子。"

在大哥干工程的这几年，又重新盖了现在父母和他住的这些房子，而以前的老房子就在二哥现在住的隔壁。

"如果爸妈执意要搬出去，我也没意见，只是让我来给你们做饭吧，这是我唯一的请求。"二嫂恳求父亲。

我为云霞——我二嫂的这些话而感动。

郭琼看着大嫂从院子里走出去，她也跟上出去了。

"继成，你还有要说的吗？"父亲问。

"小侯那里，哦，侯明翠……"大哥已经对那个女人改变了称呼。

"她怎么了？"

"她怀了我的孩子，我没办法了。"大哥哭丧着脸说，"要不要她进门，爸妈你们说句话。"

"你……"父亲气倒了，不再发话了。

"我们出去，你看着办吧，也不是小孩子了。"母亲说道。

<h2 style="text-align:center">三</h2>

大哥拿着这枚发卡，追到了大嫂的那个所谓的"娘家"。

"槐香。"大哥站在门边。

大嫂在里面继续弄孩子的被子，郭琼帮大嫂倒水，手里提着一把水瓢。

"槐香，我给你买来一枚新的发卡，这个你也留着。"大哥说着掏出了一枚包装精致的发卡。

"不用了，都用不着了。"大嫂欲关门。

"你走吧，我姐说明天就去办手续。"郭琼在旁边说话了。

大哥看了一眼郭琼，他不认识。

"槐香，我……"大哥不知道该说什么。

"什么也不要说了，你走吧，就当我们是一个误会。"大嫂平静地说。

"你打我骂我吧，总让我舒服一些。"大哥说，"你总是这样不动声色，让我心里越发难受。"

"哦，哦，你做错了事，还要舒服，还要要求别人按照你想的去做，你属'天理'的吗？"郭琼怼他。

"我怎么做还有用吗？你走吧。"大嫂依然是那种声调。

大哥垂头丧气地走出了这个院子，永远地告别了他爱过的和依旧爱着的这个女人。

就听得郭琼在后面说："拿一枚破发卡来打发人吗？太有意思了，现在这样恋恋不舍的，早干吗去了，可笑！"

我就要去学校了，我不想等到侯明翠进家。

我去给二嫂道别。

"二嫂。"我叫了一声，站在她身后。

"继名，要去学校了吧？"二嫂问我。

她一点都不像高中时候的那样了，人到底还是要成长的。

"我怎么觉得叫二嫂那么别扭。"我笑了。

"呵呵，可真难得见你一笑哦，那是你回来得少，多叫几次就顺了。"姬云霞竟然学会了开玩笑。

"是啊，经常回来，我们同学经常聚聚，不要总是钻进书里出不来。"二哥不知道什么时候来了。

"二哥，我听二嫂说你要办厂？"我问道。

"是啊。是袁姊的一个朋友，他们国营厂，设备都还不错，缺乏经营管理，我手续都办得差不多了。"二哥踌躇满志。

"既然决定了就好好干，可不要学大哥。"我说。话已经说出口了，我又觉得不妥。

"你说的对，继名，我要学的东西还很多，和你二嫂把会计的毕业证都拿到手了，我已经报了机械设备专业自学。"二哥指着桌子上一堆书说，"我打算两年之内读完，城里有夜校。"

"好啊，二哥，你有什么需要我帮忙的，尽管说。"

"嗯，你打算什么时候走？"

"我这就准备走。"

"那下午约了些高中同学，咱们聚一下，不过……"二哥看着二嫂。

二嫂说："看我干什么？你说什么就是什么啊，我全力支持。"

到目前为止，我彻底地放下了我那一点小小的心思，看着二哥二嫂和谐幸福，我比什么都高兴。他们都是我最爱的人。

"我知道二哥二嫂顾虑什么，都是我们班落榜的吧？考上的能有几个，太理解了。"我高兴地说。

"是的，就是这个意思，嘿嘿。"二哥变得开朗了，可能是因为二嫂吧。我再次感谢我的二嫂，她能做到的，我就做不到。

我又去了父母那里。

母亲问我："你领来的那个学姐，不会是你谈的对象吧？"

母亲拉着我的手，就差把我抱在怀里了。可是现在的我，胳膊比母亲的小腿粗。

"不是，妈，你想哪儿去了，她是我学姐。"

"哦，你可不要乱来，长大了，自己把握好自己。"父亲在一旁说。

"爸、妈，你们两个都年纪大了，就让二嫂伺候你们。"

"我们还不老，什么都能自己做，不需要别人伺候。"母亲倔劲上来了。

"是是是，我妈年轻呢，还好看。"我依在母亲的身旁。

"看我的小儿子，像个小棉袄。"

"妈，说什么呢？我是皮草。"

"呵呵，你呀，多回来几次，逗你妈开心。"父亲见我这样，时常阴沉的脸上也有了笑容。

"妈，我大哥新娶个嫂子，还带来个孙子，你就高兴吧。"

我想事情已经这样了，逗逗无妨。谁知母亲一听，又哭了。

"你呀你呀，刚夸你两句，你又……"父亲也疼爱我啊。

"妈，都是事实了，别哭了，大嫂还是你的槐香女儿啊，她会常来的，啊，别哭。"我哄着母亲。

"哟，江继名，啥时候这么温柔了？"郭琼一进门就说。

"怎么，他对你很凶吗？"母亲问。

"可不是嘛，阿姨，他在学校高冷得很，很多女孩子都追不上他。"

我连忙制止郭琼说下去，她吐了一下舌头止住了。

父亲说："这就对了，继名，男孩子要先有自己的事业，再考虑成家。"

"是的，爸，我就这么想的，还早。"

"你白叔叔说让你毕业了去煤矿，你考虑得怎么样了？"

"我还没想好，爸，不过省城有一家机械厂也想要我。"

"这个事你自己做主，爸只是给你个建议。"

"您说，爸，我听着呢。"

"煤矿前几年效益不好，现在逐渐气候转暖了，效益好起来了。"

"那您的意思我去煤矿吗？听说要下井。"

"下井是必须的，他们那里的设备也是才引进，需要人才啊。"

"我知道了，爸，我再想想。"我起身示意了一下郭琼，对父母说，"爸，妈，我和二哥二嫂下午有个同学聚会，明天一早我就去学校了。"

"好，你们去吧。"

我和郭琼转身就出来了。

"我们同学聚会，你去吗？"我问她。

"我不去，都是些小兄弟，我还是去陪你大嫂吧。"

"你对我大嫂有想法吗？"我总觉得她有什么事瞒着我。

"咱们这些人里，我认识她最早，难道不应该吗？"

"是应该，是应该，你多鼓励一下她也好。"

"嗯，就是，我想让她学些东西，然后……"

"然后什么？她听你的吗？"

"她如果是我的嫂子就好了，那我们家就和谐了。"

"去你的，一厢情愿吧，我大嫂现在的心情，唉！"我叹了口气。

"你大哥就是个陈世美。"

"他是陈世美就好了，现在一穷二白的。"

"工程队还可以干呀，大的干不了，承包一些小的还行。"

"他干不大的，有那样一个女人，再说帮手都没有了。"

"也是，当农民也是一辈子啊，常艳他父母不也是，还有你舅舅舅妈，现在不是挺好吗？"

"不说他们了，我下午聚会，你陪我大嫂，明天一早我们就出发。"

四

大哥和大嫂离婚了。

槐香嫂子在郭琼的建议下去报了计算机培训班。

我们走的时候，槐香嫂子带着鸿妍和我们一起离开了这个她生活了七年的家。

在城里，我和郭琼给槐香嫂子租了房子，报了培训班的名，安顿好她以后就坐上了去省城的车。

大哥去侯明翠租的房子里找到她，侯明翠的肚子已经大了起来。

大哥说："这才几个月，肚子怎么这么大？"

"我又没有生过孩了，怎么知道呢？你什么意思？"

"我没别的意思，不行咱去医院检查一下。"大哥觉得既然已经离婚了，那就得对侯明翠负责了。

"好吧，去检查一下，我还没有查过。"

侯明翠觉得和大哥名正言顺地在一起，再也不用偷偷摸摸的了，心情一下子大好。

检查的时候那个女医生问："几个月了？"

"我不知道，大夫。"侯明翠说道。

"你这个女人，怎么不知道呢？是头胎吗？"

"是的，没有结婚呢。"大哥在外面听她这样说，简直能气疯。

"你丈夫呢？"医生问。

"我在外面。"大哥赶紧回答。

"你妻子是不是个傻子？"女医生板着脸问。

"是，不是，她年纪小。"

医生转过身一看大哥，说："年纪小都知道生孩子了。"

"你检查你的那么多废话干什么？"侯明翠一听不干了，骂上了。

大夫一下子不说话了，照着B超只检查不说话。

"你倒是说孩子怎么样？好着没有？"侯明翠又急了。

大哥站在门外忍不住偷着笑了起来。谁把谁拿住，这真的要看是谁了。

"孩子健康，胎音正常，只是……"大夫收住了话。

"说完！"侯明翠躺在床上说。

"双胞胎。"大夫瞪了她一眼说。

"那还吞吞吐吐干什么？"侯明翠很有理。

"大夫，双胞胎啊？男孩还是女孩？"大哥在外面听说后，有点喜不自禁地问道。这给刚刚离婚的他一个很大的安慰。

"医院有规定，不能报孩子的性别。"大夫没好气地说。

"那医院是不是有规定，可以说人家是个傻子呢？"侯明翠得理不饶人。

大夫被问得脸红脖子粗。

"男孩！俩！"大夫说，"起来，出去。"

侯明翠和大哥从 B 超室出来后就直接回到了她租住的屋子。

因为怀孕，又没有结婚，她在家里已经住不成了，父母都被她气得不行了。她这种人，早就被父母扫地出门了。

"我们什么时候结婚？"她问大哥。

"我现在什么都没了，什么都不能干，你过不上你想要的日子。"大哥说，"你会后悔吗？"

"我不后悔，我给你生个双胞胎儿子，不后悔。"

大哥心里一热，心想：真有这样的傻瓜。他看见这个简陋的屋子里，只有一张单人床，一股潮湿的霉味四散开来，墙角的一块小木片上都是霉点子。

"你住在这里也不给我说。"大哥说道。

"我给你说你能把我接回你家里吗？"她又自己回答自己，"你不会的。"

"那如果我一直不来，你就一直住下去？"

"不可能！"她气呼呼的，突然"哎哟"一声，腿抽筋了，一阵钻心的疼。

大哥忙问："怎么了？"

"腿、腿，疼死了。"大哥俯下身去，给她又捶又打又捏的。

不一会儿她感觉好了，才说："快生了我就去找你。"

"你既然那么想嫁给我，就不应该在队里害我啊？！"

"我没有害你的意思，我就是多拿了他们给的钱。"

"到现在还不知道啥是对啥是错，你真是无药可救了。"

"我要知道那是害你，打死都不去做的。"

"好了好了，不说了，我都离婚了。"

"真的离婚了？刚才怎么不给我说？"

"刚才不是带你去检查吗？"

"那你以后就得听我的。"侯明翠的蛮横劲上来了。

"为什么听你的？好的坏的都听？"大哥太无奈了。

"你老婆七年了给你生了两个，我一下子给你生两个，你自己看着办！"她说完"哼"的一声就躺倒了。

"你慢点不行吗？这么猛是要吓死我啊？"大哥惊出了一身汗。

说实话，槐香嫂子怀孕生两个孩子，他从来没有操心过。他根本不知道怀个孩子有多辛苦。更多的说是槐香嫂子就不会矫情，也时时处处自己当心。槐香嫂子怀着孩子还在做家务，一样都没有拉下过。

这个侯明翠根本就不是矫情，就像大夫说的，整个一个傻子。大哥遇上这样的人，不听她的话就得没命。

"那你吃什么？"大哥问。

"我，麻辣烫。"她躺在床上翻过来翻过去的，一点都没有消停的意思。

大哥真为他的双胞胎儿子捏了一把汗，在肚子里就得受的这种罪。

"天天吃麻辣烫？"

"有的吃都不错了。我妈昨天给我送了一顿饭。"

"那今天吃什么？"

"你去做，你做什么我吃什么。"

大哥彻底被征服了，他什么时候做过饭？"我还是买去吧。"说着就要出去买饭。

却见侯明翠把脚一勾，从床底下勾出两包方便面来。"吃这个吧，那边有煤油炉子，里面打个鸡蛋就行。"侯明翠指挥大哥说。她翻身起来坐在床上，大哥在地上别别扭扭地煮面。

大哥煮好后连锅端了过来，谁知侯明翠就直接端上了。

"啪——当啷啷"连锅带饭全部倒在了地上。

"你是不是傻啊，这么烫你让我怎么吃？烫死你儿子呢吗！"侯明翠开始在床上又跌又绊地折腾。

大哥也骂道："你是不是傻啊，就直接端吗！"

侯明翠一听大哥骂她，号啕大哭。

大哥一看这样下去不行，又是哄又是抱地，终于关了侯明翠的音量。

"不要闹了好吧？我给你告饶了，我去买饭。"

"地上的饭收拾掉再走，不然我跳下去滑倒了。"

"你不看着点就跳啊？"

"看不见，你儿子挡了我的视线。"

大哥真的一点办法都没有了，只好找了笤帚簸箕打扫了撒在地上的面和鸡蛋。

"我们尽快结婚吧，小侯！"大哥第一次称呼这个女人。他现在拿这个女人一点办法都没有了。

他出去买了饭，伺候她吃了。第二天就把她带回了家。

五

大哥和新大嫂并没有举行什么婚礼仪式，因为父亲和母亲不会同意。他们只是领了结婚证，新大嫂就住进了我们家里。

新大嫂要求大哥拆了他们睡过的炕，反正父亲和母亲搬出去了，他们就住进了上房里。

"你结过婚，我可没有，连个婚礼都不能办。"大嫂觉得自己委屈。

她的肚子已经很大了，双生子的肚子和其他人不一样。她在拾掇自己拿过来的和新买的衣服。

"那你现在后悔还来得及。"大哥帮她叠被单和衣服。

"我后悔？来不及了，你都给我下了种。"大嫂的面容有些浮肿，她素颜的脸色和以前的浓妆艳抹的样子差别很大。

"说的是，这么大的肚子能穿婚纱吗？"

"鸿政呢？还没有放学吗？我成了后妈了。"大嫂撇着嘴，一脸的无辜。

"后妈也是你愿意的，我现在只能种地养活你们了。"

"那我也愿意，我爱了你那么久。"也许大哥就是喜欢上了她这一点吧。

这时候鸿政放学回家了："爸，我回来了。"

大哥接过鸿政的书包，说道："坐下赶快写作业，爸给你弄饭去。"

"爸，我在二婶家吃过了。"鸿政说着掏出作业本。

"以后不许去你二婶家吃饭，弄得好像我这个后妈虐待你似的。"大嫂翻着白眼说。

大哥看了一眼大嫂，又看着鸿政。

"鸿政，听你妈的话，就不去二婶家吃了，好吗？"

"她不是我妈，我就要去二婶家。"鸿政生气地把头扭向一边。

"是不是你二叔二婶教的？说！"大嫂拿起笤帚就要打。

"你干什么？和小孩子一般见识。"大哥拦住大嫂。

"你听他说的话，你家老二就没有安好心。"大嫂还在生气。

"别气坏了身子，小心肚子里的孩子。"大哥又安抚大嫂。

"你还知道我肚子里的孩子啊？呜呜呜……"她哭了起来。

鸿政一看大嫂要打他，扔下书本就跑了。

大哥追在鸿政的后面，大嫂坐在地上就号开了，跟杀猪似的。

鸿政一直跑到母亲的房间："奶奶，后妈打我，爸爸也打我。"

　　后面追来的大哥连忙说："妈，没有打他，让他吃饭，他在老二家吃了，小侯就说了一句，他就跑了。"

　　"奶奶，她打我，她做的饭难吃。"鸿政说着越哭越凶了。

　　"鸿政，想吃什么了奶奶给你做，不要惹得你妈不高兴了。"

　　"她不是我妈，呜呜呜……"

　　这边母亲又抹眼泪了，抱着鸿政一起哭。

　　"妈，你不能惯着孩子啊，慢慢会适应的。"大哥说完拉着鸿政就出来了。

　　"给你妈道歉，快点。"大哥训着鸿政。

　　"我就不，就不，我又没错，道什么歉！"鸿政一点儿都不示弱。

　　大哥气得没有办法，打吧，他会跑，骂吧，骂不过。一边大嫂也气哼哼地不搭茬。

　　"你大儿子不吃饭，可是我和你两个小儿子都饿了。"大嫂说着拿出了哭腔。

　　大哥说："你歇息一下，我去弄饭。"

　　大哥走进厨房，看见锅台上的灶具洗得干干净净，摆得整整齐齐。大哥鼻子一酸，蹲在厨房地上不知所以。

　　大嫂在外面喊着："好了没有啊，你要饿死我呀？"

　　"好了，好了，马上就好，你坚持一下，喝口水。"大哥在厨房连连说道。

　　"喝水能喝饱吗？"大嫂又喊了。

　　大哥看鸿政在写作业，就喊道："鸿政，你过来一下。"

　　"爸爸，你叫我干什么？"鸿政跑进厨房，看见大哥锅里只添了水，灶膛里面加了柴，水马上要开了，但不知道怎么做饭。

　　"爸爸，你是不是不会做饭啊？"鸿政问道。

　　"你去门口的小卖部买两包挂面去。"大哥说着掏出五块钱给鸿政。

　　不一会儿工夫，鸿政买来了挂面。

　　大哥把面下进锅里，也不知道煮多久能好，想着应该和煮方便面差不多，于是稍微一滚就捞了出来，就要端出去了。

　　鸿政一直站在门口看着，说："爸爸，里面倒一些醋，放一点盐。"

　　大哥一听，忙又把碗放下，按照鸿政说的做了，笑着说："宝贝儿子，给爸爸教着点。"

　　"我妈妈做饭可不是这样，要做菜的。"

"哦，爸爸下次做，下次做菜。"说着大哥就把这一碗挂面端到了大嫂面前。

大嫂端起碗"吸溜"一下就吃了一大口，接着"哇"一下全吐出来了。

"这是什么饭啊？咬不动，难吃死了。"大嫂又哭又闹。

大哥连忙自己尝了一口，的确难吃。

就见鸿政急急地跑出去了，不一会儿工夫把母亲拉了进来："奶奶你看，我爸爸做的饭。"

母亲一看大哥站在上房的地上，大嫂坐在炕边，脚底下是大嫂吐出来的面条。

母亲啥话也没有说，进到厨房里去做饭了。直到一碗香喷喷的葱花面端出来，大嫂才饱饱地吃了一顿。

"妈，我不是不会做饭，我身子不方便。"大嫂开始叫母亲了。

母亲想：已经成了家了，就是自己家里的人了，还计较什么呢？就说："小侯，还是我来做吧。"

"妈，我自己来，我能克服的。"大嫂说着拿着碗去了厨房。

大哥呆呆地看着这一切，觉得自己的日子将要发生翻天覆地的变化。

大嫂可能是因为自己也怀了孩子的缘故，也可能是突然改变了自己。

从那时起，她一改往日的跋扈，对侄儿说道："鸿政，以后想吃什么就告诉妈。妈不会做，就去学，好吗？"

鸿政毕竟是个孩子，他抬起一双哭红的眼睛说："真的吗？你能做得像我妈妈做的那样好吃吗？"

"我能，我一定能做到。"大嫂说着竟然抱住鸿政哭了。

大哥看着这一幕，渐渐放松了刚才还紧绷着的神经。大哥也没有想到大嫂会为了自己改变，他甚至有点感动。

没过多久，大嫂顺利地产下了双胞胎儿子，一个叫鸿双，一个叫鸿对。

当二哥来信告诉我这些的时候，我想我应该是高兴的，我想我的父母也应该是高兴的，大哥自不必说了。

母亲特意找人打了一对银锁，给自己的双胞胎孙子戴上。

孩子的名字是父亲取的，但父亲明显地老了，他想抱抱孙子。他觉得孩子来的这个时候让他的心里好受了许多，孩子是无辜的。孩子的每一个笑容都是对这个曾经受伤的家庭极大的弥补。

第二十八章 我上班了

一

我的父亲和母亲总是善良的，他们准备给自己的双胞胎孙子办一场满月宴。

父亲叫来大哥说："小侯跟了你，没有办过像样的婚礼，是我们的过错。"

"爸，不怪任何人，我们不怪谁，只怪自己。"大哥说。

"话是这么说，我们老江家的传统不能丢，与人为善哪！"

"她给咱老江家生了两个儿子，这在咱村前村后是几十年难遇的一件大喜事，咱要功过有别。"

"爸，您说吧，我都听您的。"大哥站在父亲面前像父亲的学生。

"这个钱我还出得起。"父亲说。

当大哥把这个消息告诉大嫂的时候，大嫂有些激动。

大哥说："就当是给你补办个婚礼，借儿子的光。"

"不行，等我身体恢复了，我要穿婚纱。"

"你们城里人就是矫情，穿什么婚纱呢？"

"不，我就要穿婚纱。"大嫂的脾气又上来了。

"好好好，穿婚纱，照婚纱照对不对？"

"就是，今天的酒席就算是了，婚纱照要有。"大嫂觉得双胞胎儿子会给她带来好运。

"好，等儿子们百天了，咱们一家四口拍个婚纱照。"

"你说话算数。"大嫂一本正经地说。

"说话算数。"大哥也一本正经地说。

"我们做个大大的相框，挂在这里。"大嫂指着上房的正中间说。

大哥笑喷了："那是挂相框的地方吗？要是也是挂遗像的地方。"

"那挂哪里？"大嫂被大哥笑得不知所措。

"行了，跟你说话怎么那么费劲，到时候我来挂。"大哥无奈了。

突然，鸿双蹬开小被子哭开了，把小手塞进嘴里吸吮着。鸿双一醒，鸿对也醒了，同样的动作进行着。大嫂一边抱一个，一边一碗饭。

"他们太能吃了，把我都吃瘦了。"大嫂看着两个儿子的小脸，充满了母性的温暖。

　　"你现在才没那么蛮横了，你儿子治你比谁都治得好。"大哥说。

　　"我什么时候蛮横过？你讲不讲理啊？"大嫂一吼，两个孩子都停止吃饭，同时举着小拳头，朝着他们的妈妈看。其实他们从一开始就适应的，只是没有亲眼见过而已。

　　在双胞胎侄儿办满月酒的那天，正好是二哥的"加工厂"开业的日子。我们家又一次迎来了双喜临门。

　　两个小侄儿穿着喜庆的大红满月服，佩戴着母亲打的银锁。

　　父亲和母亲一人抱着一个，宝贝们睁着好奇的眼睛看着这个世界。

　　"他江婶啊，你可真是有福气，一下子得了两个大胖孙子。"

　　"是啊，眼馋得不得了了。"常叔和常婶一人一句说着。

　　舅舅舅妈也过来抱抱孩子："叫舅奶奶，叫舅爷。"

　　小孩子"咯咯"笑着，欢乐地挥着胖胖的小手。

　　有人对鸿政说："把你的两个小弟弟送我们一个好不好？"

　　鸿政立即伸开手臂护着两个弟弟："不行，一个都不能送。"逗得满院子的人都乐了。

　　大嫂毕竟年轻，才满月已经和其他人一起在厨房里忙了。

　　母亲过来说："小侯，你身体还没恢复，慢点干，有帮忙的人呢。"

　　舅妈说："她高兴，让她干吧，没事的。"

　　"是啊，妈，没事，我年轻，不妨事。"大嫂说。

　　"大嫂，我来吧，你去看孩子，他们饿了。"二嫂接过大嫂手里拿的盆子，去洗菜。大嫂稍微一怔，就擦了把手去了。二嫂也没有多说。

　　村里人都来吃满月酒了，我家的院子里又一次过着喜事。

　　二哥厂子里的机器轰隆隆响起来的时候，县里很多村民的果蔬产品都被二哥订购了，村民们高兴得不知道说啥好。他们再也不用到处跑着去求爷爷告奶奶地卖自己种的果蔬了。

　　二哥还招了一大批高中毕业的学生，进厂当起了工人。

　　父亲对母亲说："没想到我们这个老实巴交的老二也能干成事情。"

　　"是啊，本想着他做事情不行，好好读个大学，有一份稳定的工作就不错了。"母亲也说。

　　"我们都想着老大有魄力，有想法，谁知道……"父亲又伤感了。

"这都是命，这人啊，看不出来。"

"我们走过了多半辈子了，越来越看不懂事了，社会进步得太快了。"

"我们那时候能吃饱饭就是能耐，他们现在，不敢想啊。"

母亲和父亲一样，都觉得自己老了，在儿子们的事情上越来越帮不上忙了，这就是人们所说的代沟吧。

"现在的政策活了，只要你想干，没有干不成的。"二哥抱着个箱子进来给父亲和母亲。

"这是什么，继功？"父亲问。

"爸，这是我厂子里第一批罐头，我各样拿了一瓶，你们尝尝。"二哥说着放下箱子，打开，一样一样地取出来。苹果的、梨的、桃子的，甚至还有辣椒、豆角。

母亲问："辣椒和豆角都能做罐头？"

"都能，妈，不光做罐头，我还能烘干真空包装，出口呢。"

"什么是真空包装？"母亲不懂。

"真空包装就是抽空包装袋里面的空气，好长时间吃起来都像新鲜的，放不坏。"父亲给母亲解释。

"继功啊，你怎么想到的这些？"母亲由衷地为二哥高兴。

"妈，我想到的还不止这些，下一步我打算出去学习一趟，会有更多的事情做。"

"干这个还要学习吗？去哪里学，学多久啊？"母亲问道。

二哥对母亲说："妈，我去学习的日子近在眼前，云霞一个人顾不过来，您得出山，为我坐镇。"

二哥说着打开一瓶罐头，交到父亲手里，又去打另一瓶。

"我不懂你的这些瓶瓶罐罐的，我坐什么镇？"母亲问。

"妈，我收购的这些果蔬是要筛选的，您做个筛选队的队长。"

"我还做队长？继功你说，我怎么做队长？"

"队长很简单，妈，您最合适。"二哥说着交给母亲另一瓶罐头，"爸、妈，你们尝尝味道可还行？"

"好吃，好吃，比超市里买的好吃。"父亲连连夸道。

"你妈连个班长都没有做过，还做你这么大的队长，那要管多少人啊？"母亲也乐了。

"几十个人吧，多的时候上百人了。"二哥说道。

"这么多啊，我可管不过来。"母亲开心地看着父亲。

"你妈在学校当过几天学习委员，还没当过啥官。"父亲自从大哥离婚后第一次开玩笑。

"就是，没想到妈老了，儿子给封个官当。"母亲不好意思起来了。

"您和常婶她们都可以去，我给您开高工资。"

"哟，还有工资呢，他爸，你听见了吗，我可以领工资了。"这可能是母亲这辈子最值得骄傲的事情了。

这时候鸿政跑进来说："二叔，我妈说弟弟们也要吃罐头。"

"好，这几瓶抱过去，一会儿让你爸去厂里自己拿，想吃什么拿什么，好不好？"二哥刮了一下鸿政的鼻子说。

鸿政抱着几瓶罐头"噔噔噔"地跑了。

"继功来了。我听说你们招工人，你看你婶子我行吗？"常婶兴冲冲地进来了。

常婶这些年也老了，发福了，但是身体还好得很，有时候去城里带孙子，有时候在家里种地，两头跑。

"常婶，我正和我妈说呢，只要您愿意去，我双手欢迎。"二哥递给常婶一瓶罐头，"婶，您尝尝，我的第一批产品。"

"太好了，原以为超市商店里摆的这些东西多么神奇呢，没想到你都能做出来了。"常婶尝了一口罐头，乐得合不拢嘴了。"我真的能当工人吗？当了一辈子农民，也不知道当工人啥滋味。"常婶已经在憧憬了。

"当工人，给你发工作服。"母亲取笑常婶说。

"那好啊，再也不用花钱买布料，不用踩缝纫机做衣服了。"

"说得好像你多久没有穿新衣服了，良心话，你几年没有踩过缝纫机了？"母亲笑问常婶。

"是啊，你不说我还忘了，是有几年没做过这事了啊，可能都不会踩了呢。"

"缝纫机成了古董了，留着升值吧。"二哥笑着说。

"你看看现在这孩子啊，说话我们都听不懂了。"常婶一直乐个不停，一口一口地吃着罐头。

"爸、妈、婶，你们聊着，我回去了，事情还多着呢。"二哥说着收拾要走。

"去吧，忙去吧，时间就是金钱。"这一句是常婶从儿子常青那里学回来的，用到了地方上。

"婶你真幽默。"说完二哥出门去了。

"我什么时候去上班？"常婶追出来问道。

"您随时都可以去，婶！"二哥边走边回答着。

二

二哥回到自己家里的时候，二嫂还没有回来。二哥着手做饭了，他和二嫂谁先到家谁做饭。

自从办起了厂子，他把自己的地都交给了大哥，不种了，一心去办自己的厂子。

二哥电饭锅做上米饭后，开始洗菜，二嫂回来了。

"饭做上了？我来炒菜。对了，继名来信了。"二嫂说着把信交给二哥，挽起袖子开始洗菜。

"这次写信告诉他，给他买个小灵通用。"二嫂给二哥说，"家里把电话也装上，爸妈那里也装上，免得写信麻烦。"

"也好，对了，你看他信上说他单位已经签了。"二哥看着信说。

"签哪儿了？煤矿？"二嫂问。

"不是，白叔叔该失望了。"二哥边看边跟二嫂说，"是省城的一家企业，也是国企，生产全自动洗衣机的。"二哥说。

"哦，那是不是比煤矿好一些。"二嫂问。

"可能吧，那在省城发展比较好吧。"

他俩忙忙碌碌地做饭，简单炒了两个菜。

"今天第一批产品面世，被市里的超市全部拿走了。"二嫂一边吃饭一边说，"县里超市的经理还生气了。"

"你没有说很快就供给他们吗？"二哥说。

"说了，好一顿安抚呢。"

"照这个势头，不出两年我们就能把原来的欠账还清。"二哥说。

他们当时接收这个厂子的时候是连债务一起接收过来的。

"嗯，还会有盈利。"

"那我们啥时候要宝宝呢？"二哥看着二嫂说。

"你想啥时候要？"二嫂反问。

"我想现在就要。"

"过两年厂子好一些了吧。"

"不，我现在就想要。"二哥说着拿下二嫂还没有吃完饭的碗，就要走出厨房。

"我还没有吃完呢。"二嫂想拿开二哥的手。

"不行，我也需要安抚。"二哥学着刚才二嫂说过的话。

"我吃完饭，就安抚你。"

二哥放开二嫂说："快点吃啊，我去给继名写信。"

"好，你去写信，我吃完了洗锅。"

"快点啊，我等你！"

"对了，爸妈今天怎么吃的？你看我一忙都顾不了了。"

"我给他们从城里带了吃的了。"二哥回答一声就出去了。

三

我收到了二哥的来信，也收到了二哥寄来的钱，他让我自己买小灵通，说以后写信的时间几乎没有了，他和二嫂都在厂子里忙。

我忙着论文答辩，也就没有写回信。舍友们为毕业分配的事忙碌着。我们跑了一天的人才市场后回到宿舍。

郝翔说："看了一天，也没见着哪个地方好去。"郝翔把外套扔到床上。

"是啊，富二代，还不如去你老爸的公司，直接副总了。"刘旭强说。

通过四年的时间，大家彼此都很熟悉了。

"那是不得已的时候了，学了四年，总觉得还是自己从头开始得好一些。"

"嗯，郝翔说的是，我也这么想的。"牛津躺在床上。

"江继名，你的那个洗衣机厂，叫什么？定了吗？"

"基本定了，叫什么鹳阴电子机械厂。"

"我还不知道去哪里。如果实在签不上，就回老家教书去。"刘旭强说，"这些单位我都不看好。"

"你教书，你教书只能去教物理。"

"也是啊，难道还教体育不成？"郝翔调侃道，"不如跟我走，去我老爸那里。"

"开玩笑呢,你当副总,我当你助理?"

"听说煤矿这两年不错,怎么没有见招人的?"牛津问道。

"他们只要采煤专业,和我们沾不上边的。"刘旭强说。

我听他的意思是想去煤矿上,就问:"老刘,你想去煤矿吗?那环境特别糟糕呢。"

"可是工资挺好,据说。"他回答我。

我又问牛津:"你想不想去那个洗衣机厂,想去的话咱俩明天问一下?"

"不过也好,去了咱俩还是个伴,名额有限,不知道别人是不是占完了。"他不确定。

"老刘,你想去煤矿的话我帮你问一下。"我说。

"你有熟人吗?问一下吧,哥们儿发财了请你。"刘旭强说。

"走,陪我去打个电话。"我对刘旭强说。

"好啊,现在吗?"

"就现在,楼下电话亭。"

我拨通了白叔叔的电话:"白叔,我是继名啊。"

刘旭强在电话亭外面等着我。几分钟后,我兴奋地对他说:"搞定了。"

"搞定什么了?你快告诉我。"

"煤矿啊,他们说要你。"

"真的?老江你真神了,没骗人吧?"

"去,我骗你干什么?"

"也是,你这么高冷的人,又难得热心一回,应该不会。"

"喊,睡你的大头觉去。"

我们回到宿舍的时候,就听刘旭强高喊了一声:"我要去煤矿上班了。"他已经乐得不行了,他说,"今晚,我请客,哥们儿不醉不归。"

"老江你刚才出去给这个灌了什么药?神经药吗?"郝翔对刘旭强的表现一直反感着。"喂,牛津,你那个小女朋友也是今年毕业吧?"郝翔转过来问牛津。

"是啊,她签到报社了。"牛津回答。

"那如果你不和她分到一个地方,就该吹了。"刘旭强遗憾地说。

"你瞧你那个臭嘴,就没有好话。"郝翔骂道。

"变成初恋也好，将来有个回忆。"刘旭强说。他朝我看了一眼，这一眼被牛津看到了。

牛津问刘旭强："你还在回忆吗？"

"多情种子一般都是个二货。"郝翔骂道。

"再说一遍，哥们儿揍扁你。"刘旭强朝郝翔扔枕头了。

"好了，跑了一天市场，累不累你们。"听见我说话，大家都安静了下来。

第二天我和牛津去找系主任，看"鹳阴"的名额到底是几个。

"定了两个，江继名不是去了吗？还有一个听他们厂长说要亲自来挑，看你们的成绩表。"系主任说完就去上课了。

"咋办？要是挑不上我，我只有回老家，女朋友就真的吹了。"牛津失落地说。

"咱们一起想办法，我也想和你在一起。"

"论成绩，你的肯定是最好的，他们挑也挑你了，但是你已经定了。"他问，"对了，老江，你是怎么内定的？"

这个问题我不可能说的。"是缘分吧，我以后告诉你。"我转移开话题。

"现在最主要的是你，我们都去'鹳阴'的问题。"

"不行晚上找一下系主任？"他神秘地说。

"找，刚才不是找了吗？"

"不是，晚上我们买些东西去送给，让他想想办法。"

"这行吗？"我听说过送礼，但是真要去做，不知道怎么做。

"你放心，东西我去买，你得陪着我去，我没胆量。"他说着笑了，干坏事没胆量，干好事也没胆量。

可是这是什么事儿啊？

到了晚上，这家伙买了两瓶酒，一大包东西，不知道是什么。

我们敲开系主任办公室的门，他一个人在里面做实验。

"主任。"我们同时叫道。

"怎么了？你们，有什么事？"

"主任，是这样的，我女朋友已经签在报社了，我也想留下来。"牛津顿了一下继续说。"您不是说'鹳阴'两个名额吗？我想让您推荐我去。"说着他把东西放下来。

"哦，是这样的啊，让我想想。"主任看了一眼我们提来的东西。"你们买这么贵重的东西干什么？还没有毕业，哪来的钱，真是。"他板着脸批评我们。

"就是求您帮个忙，我们能拿得出的就这些了。"牛津说。

"一起四年了，没有感情也有了，我会尽力的。"主任坐下来说。

"那谢谢您了，主任。"我半天了才说道。

"江继名，参加工作以后，学学牛津。"他转脸对我说。

我一时不知道他指什么，只是点着头答应着。

"去吧，好好准备准备，多看一些职场方面的书籍，马上就要毕业典礼。"他没有说行，也没有说不行，就打发我们走了。我们只好出来。

"牛津，这礼不会白送了吧？"我问。

"你真的这么认为吗？我看未必。"他说。

"你这么肯定？"

"不肯定的事就是有戏。"

"你从哪儿学的这一套？"

"这还用学吗？见都见得多了。"

"哦，怪不得他让我学你，就学这个？"

"我也不知道，他说的是什么。"

"算了吧，不说了，我们等消息就是了。"

后来系主任把牛津叫去了，说"鹳阴"要了他，当然还有我。

他高兴地跳了起来，说道："老江，你就是我的救星，以后我生了儿子就叫你干爹。"

"谁同意的？"就见他的女朋友跳着跑了过来。

牛津说："我同意的，不行吗？"

"那要是女儿呢？就不认干爹了吗？"她扬着头问道。

"熙，我们生个龙凤胎怎么样？"牛津说这些话的时候很老到。

"老江，你听听老牛，都不知道害臊了。"

"我可管不了你们小两口的事，走了。"

"你别走啊，老江，我请客，咱们大吃一顿去。"牛津追着我说。

"我就不去当电灯泡了吧？"

"什么啊，我们现在都老夫老妻了，不需要电灯泡了。"牛津是高兴得昏了头，被梅熙狠狠地拧了一把。

"哎哟，你怎么舍得拧你老公？"牛津疼得直叫唤。

"给我演呢是吗？再演我就真走了。"我做出要走的姿势。

"别呀，江哥哥，请你吃干锅虾，你的最爱哦。"梅熙一脸的孩子气。

我们要了一大盘干锅虾，又要了啤酒，两个菜。

"老江，你的那个学姐呢？毕业后怎么样？"

"还行吧，联系的少。"

"没听你再说过，是不是吹了？"

"吹什么？我们就不是真的。"

"开玩笑吧，大家都说你们是郎才女貌。"

"没开玩笑，我们两个就是个玩笑。"我想想都觉得好笑。

四

我和牛津去"鹝阴"报到，人事科的科长接待了我们，她是个丰满的女人，烫了的短发，肉乎乎的脸上总是挂着职业性的微笑。一身西服看起来是裹在身上，但很得体。手腕上带着一块细链子的手表。手指白白胖胖的，像几根藕。

"请坐，大学生。我姓仇，这个字念 qiu。"她自我介绍。

他们对大学生似乎很尊重。

她给我们两个分别沏了杯茶，问道："谁是江继各啊？"

"仇部长，我叫江继名，名称的名。"我连忙解释道。

"哦，名，这派遣证写的，一点变成了一捺，呵呵，不好意思。"

"你和董副厂长是什么关系呢？"

"什么董副厂长，我不认识。"

"现在的大学生啊，才毕业就这么世故，不说算了，我知道了。"

"江继名，你被分配到了设备技术部，现在就去开调令。"

"那我呢，仇部长？"牛津急忙问。

"你嘛，我们还在研究，机关上人员已经满了。"

"你先去开调令，江继名。"她看我不走，打发我说。

我去了"干部调配室"，一个戴眼镜的人已给我开好了调令。

他说："你的运气不错，你的同学就没有这个运气了。"

"什么意思？我怎么听不懂。"

"现在这个年代，都凭关系，你的关系硬啊。"

"我什么关系？"我想到了一个人，但又觉得不可能。

"你这孩子，挺厉害！"他说的这些话我根本听不懂。

"那我同学分到哪里去呢？"我问道。

"他不好说，看我们科长的意思了，不过机关上塞一半个人还是没有问题的。"

我拿着调令去找设备技术科。科长热情地接待了我，喊来科里的其他人和我见面。

我一时被他们的热情搞蒙了，不是说社会上的人很世故吗？人都说江湖险恶，尤其是同事之间钩心斗角尔虞我诈的吗？好像不是。

科长姓蒋，和我的姓读音不同，我在前他在后。

蒋科长长了一身膘肉，头发秃顶，四十多岁已经走路开始甩了，显出了老年人的态势。

他打发两个人帮我抬了一张桌子，亲自替我擦桌子。我有点受宠若惊。

"小江啊，你的位置已经安排好了，先跟上这位窦师傅。"他指了指同一个办公室里一直坐在角落里唯一对我不热情的人说。

我看着那人的背影，灰色的夹克，后脑勺亮着，肩膀特宽，腰特粗。

我走过去低头叫了一声："师傅好！"

他立即起身："咦，不敢当，不敢当，您是大学生。"

我才看清他的面部，浓眉大眼，标准的黄皮肤，四十多岁。说实话他的眼睛要是长在女人脸上，也是非常漂亮。

我为自己的想法感到好笑，心里暗暗笑了一下说道："师傅，以后请多指教。"

"我可不敢给大学生当师傅，还是您多指教。"他说话阴阳怪气的。

蒋科长开口了："老窦，人家新来的学生娃娃，你怎么跟个孩子一般见识。"

其他人附和着说："是啊是啊，老窦这就是你的不对了。"

我赶紧说："没事，没事，我多向各位师傅请教，以后多关照。"

窦师傅说话了："看看人家大学生多懂礼貌，说话就是爱听，你们一个个的，老皮老脸的就知道粗。"

"这人，反而怪我们了，真是。"其他人看见窦师傅这样，都散开走了。

"小江啊，老窦就这脾气，人不错，心眼好。"蒋科长连忙对我解释说。

"这样，我给你开个条子，你去后勤科领上铺盖，再领上宿舍的钥匙，咱们厂条件好，可以开个单间。"蒋科长说着就给我开了条子。

后勤科的人对我都非常热情，帮我领了东西，还帮我送进了宿舍。我的宿舍在单身楼的一楼。

正当我铺床铺的时候，楼长进来说："你是江继名吗？外面有人找你。"

楼长是一个黑皮肤的中年人，走起路来一歪一歪的，似乎是腿不太方便。

"是我找你，江继名。"伴随着一个清亮的声音，出现了一个清瘦的女孩子。

我一看，这女子好像在哪里见过，是哪里呢？我一时想不起来。

她穿着一条淡紫色的半截长裙，裙摆很大，上身一件白色的体恤。头上扎着高高的马尾，一条彩带长长地飘到后背。脸上明显地擦了粉，涂了淡淡的口红。标准的瓜子脸，双眼皮，五官不算漂亮，但也不算丑。

"是你找我吗？"我问道。

"是我啊，你不记得我了吗？"

我实在想不起来在哪里见过她。

"我是董林林。"她说着就要过来帮我铺床。

我急忙拦住说："我自己来，自己来。"

"你真的想不起来我是谁吗？"

"真的想不起来，你是？"

"两年前你们学校门口的车祸记得吗？"

"我想想啊，对了，想起来了，你就是那个女孩？"

"是啊，多亏了你，不然我的腿就废了。"

"哦，我只记得把你送到医院就忙着去上课了，再没去看过你。"

"你女朋友呢？你们一起送我的，我记得。"

"什么女朋友？"

"就是那个长得很漂亮的，和你在一起的。"

"你误会了，她不是我女朋友。"

"可是你们天天在一起啊。"

"你怎么知道？你请坐，我刚来，也没什么招待你。"

"我同学和你一个学校，你的小学妹，明年就毕业了。"

"你打听我？"

"也没有，救命恩人嘛，应有的关注。"

"你也在这个厂里上班吗？"

"是啊，怎么不可以吗？"

"当然可以，你是怎么找到我的？"

"这还不容易，去人事科一查就知道了。"

"你真厉害，找我还有什么事？"

"我还没有感谢过你呢。"

"不用不用，都过去两年了，我都不记得了。"

"那可不行，我这个人恩怨分明，有恩必报。"

我心想多亏不是有仇，不然我就死定了。看她的这个气势很厉害的，一种凡事不容拒绝的神情。

"那我恭敬不如从命，你想怎么感谢。"

"你初来乍到，我先做个东请你吃饭，怎么样？"说着她就要往外走。看我站着不动，转身问，"不是要'从'了我吗？原地不动怎么'从'。"

我"哦"了一声锁上门，听话地跟在她后面。

五

晚上回来的时候我才想起来牛津，他不知道分到哪里了。我心里骂我自己：重色轻友。

正想着，牛津找我来了。

"你去哪儿了？我找你半天。"

"我出去吃饭了，碰到个熟人。"

"你这儿还有熟人啊？头一天就来罩你。"

"别贫了，你怎么样？分哪儿了？"

"唉，别提了，仇科长让我等等看。"

"那就等等吧，总会有地方去的。"

"她说的等等，不会是让我送礼吧？"牛津想到了送礼。

"不会吧，我们送礼给了系主任了。"

"那不是一回事。"他说完关上门，"小声点，我们两个傻瓜。"

"你住哪儿？"我问。

"你隔壁，两个人一间。"他没好气地说，"还是你有人罩，单人间。"

"后勤科科长不是说咱厂里面条件好，都是单间吗？"我问道。

"那是对你条件好，对我们，不好说。"

我对于今天碰到的这些关于我的问题很奇怪。刚才和董林林出去吃饭就有人背后说我，关系硬什么的。心想：我能来'鹳阴'似乎是白叔叔的朋友帮忙的，姓贺。和董林林没有关系吧，她一个普通职工。这些疑问在我脑子里打着转转。

"老江，不行你问一下董副厂长，我能不能进机关。"

"董副厂长？我不认识啊。"

"谁都知道你是董副厂长的人，仇科长也是这么说的。"

"啊？难怪有人今天总说，可我真的不认识董副厂长。"

"他是主管人事的副厂长，实权人物，你帮兄弟一把。"

"我真不认识什么董……"我突然想到董林林姓董。

"怎么了？"牛津看着我问。

"你等等，你说姓董？"

"是啊，难道有问题吗？仇科长亲口告诉我的。"

"这就对了。"我说，"刚才是一个姓董的请我吃饭。"

"啊？真的？董副厂长请你吃饭？"牛津不相信自己的耳朵。

"董副厂长是男的还是女的？"我问。

"老江你真有意思，和你吃饭你说是男的还是女的？"

"女的？很年轻？"

"你就编吧，人家董副厂长都五十多岁了。"

"那就不对，请我吃饭的是女的。"

"哦，那就是重姓了。"牛津一下子蔫了。他忽然说，"那仇科长说的话肯定是没错的啊。"

"我也奇怪呢，这件事咱们边走边看，等等再说。"我说。

我第一天上班就这么过了。

第二天上班还是坐办公室，窦师傅并不安排我做事，他自己也就坐着看一天报纸。

一下班董林林又来了，她怀里抱着手里提着不知道都是什么东西。"快过来接一下我，看着人家拿这么多东西。"她像个熟人一样喊着我，"江继名，听见了吗？"

我赶紧过去接过他怀里的东西问："你拿这些东西干什么？"

"给你啊，你宿舍里那个衣柜是公家的，脏得很，不要用了。"她打开她拿来的一个布袋说，"这是折叠衣柜，新买的，就用这个，还有……"她又拿了一条毛毯，这里冬天冷，只盖被子不行。

"这些谁让你买的？"我问。

"我自己买的呀，还要谁说吗？"她停下手里的活看着我。

"我没有让你买，你自作主张。"我觉得她有些过分了。

"你狗咬吕洞宾啊你，要不看在你是我救命恩人的分上，我才懒得管你。"

"谢谢谢谢，那我给你钱。"说着我去找钱包，那里有二哥给我买小灵通的钱，还没有用。

"不要'蟹蟹蟹蟹'了，'蛤蟆'。"她的话就像外星人说的，她就是个外星人。

"无功不受禄，你还是把钱拿上。"我说。

"别给我整那些没用的词，我是有恩必报。"

"那你什么时候报完，给我个时间。"

"呵呵呵呵呵呵呵呵呵呵……"她笑得前仰后合，腰都直不起来了。

我被笑得不好意思了，想想我说的也可笑。也许是怕她还有下一次的自作主张。拿人的手短，吃人的嘴软，我反倒理直气壮的。

她把我的衣服行李等拆开，一一分类，放在这个简易的衣柜里。又拿些报纸在宿舍配的衣柜里面铺上，把两双鞋子放进去。看看床上还有个包，刚要打开，我忙拦住。

"这个就不必了，我自己来。"

"什么东西？不能碰吗？"

"是的，不能碰。"

"我还就不信了，其他都能碰，单这个不能。"说完她一把拉过我，她的力气大得和她的体格不相符。

我来不及再次阻止，包包就被她打开了。里面是我的几条内裤，我顿时脸就红了。

"我以为是什么呢？这不能穿了，扔掉。"说着她就顺手扔进了垃圾桶。

老天啊，这是谁派来的这么个女孩子，简直就是土匪婆子。

"走，出去吃饭。"她命令我。

"可以不去吗？"我对她实在没有办法了。

这才两天，以后可怎么过，我后悔来"鹳阴"了，不如去煤矿。

"不行，必须去，顺便买刚才扔了的东西。"她想了一下说，"还有，买个小桌子放洗漱用品。"她像是我的家长。

"老江，该吃饭了。"是牛津的声音。

可有了救星了，我应了一声。"哦，等我。"抓起外衣就朝外跑去。在楼道里拉住牛津就跑，"快点，不然被追上了。"

"谁追你呢？你这么害怕。"

"一个女巫，比女巫还可怕。"我拉着他边跑边说。

"江继名你给我站住。""女巫"在后面喊着。

"站住，人家女孩子追。"牛津拉住我停了下来。

"累死我了，我是在报恩，又不是报仇。"她捂着肚子，这次的确是累的，不是笑的。

"她是谁？"牛津问我。

我示意董林林自己说。

"我姓董，叫董林林。你好。"说着她伸出了手。

她对牛津这么客气，而对我这么"凶"。

"你好，我是老江的同学。"牛津也伸出手。

"既然你们是同学，我就请你们两个吃饭。"她豪爽地说。

牛津看看我，我看看牛津。

"走吧，你要我站住的。"我对牛津说。

第二十九章 父亲退休

一

二哥拿着我写的信让父亲和母亲看。他说："继名还不买小灵通，一直写信，我这忙得也没时间回。"

"这次我写吧，上班了，不比上学的时候，该叮嘱的地方我得说一声。"父亲说。

"爸、妈，吃饭了。"二嫂在厨房里喊道。

"走吧，看今天做什么好吃的了。"二哥和父母一起来到二哥家的厨房。

"云霞，你一天忙就不用专门回来做饭了，我能做的动。"母亲说道。

"最近厂子基本正常运转了，也没什么特别要忙的，按时去，按时回。"二嫂对母亲说。

"爸，您尝这菜还合口味吗？厂子里收的新菜。"

"嗯嗯，不错，这是藕？"父亲尝了尝说。

"是，爸，好吃吗？"

"好吃，好吃。"父亲连连说。

"妈，您负责筛检的那些妇女还好管吧？"二哥问。

"好管，好管，你常婶厉害。"母亲笑道。

"那就好，考勤我都交给你了啊，她们挣多少钱可是您说了算。"二哥端了一碗饭放在二嫂的面前，"你最近胃口不好，多吃点。"

"是啊，我总感觉没有胃口。"

母亲一看二嫂的脸色确实不好，有些蜡黄。

"明天抽空去医院检查一下，不要光忙了工作了。"

"是的，妈。"

"你大哥的工程队现在基本没有活干，空有其名了。"父亲说。

"爸，您怎么又说他了呢？"二哥说。

"手心手背都是肉，一个大男人，成天被一群孩子拴着。"父亲说。

"那孩子也是他生的，一个比一个可爱呢。"二嫂说。

"你们也该要个孩子了，趁着我和你爸能带动。"母亲说。

"鸿双和鸿对都会跑了，一天也爷爷奶奶喊的，看着孩子就啥也不想了。"母亲说着，一脸的温柔。

"是啊，孩子的面子大，再说大嫂现在也很能干，在尽力。"二哥也在学着放下。

"你对她好，她可不领情。"二嫂说。

"也是，那天我问大嫂想不想去厂里干，你猜她怎么说？"二哥放下饭碗想学大嫂。

"不用说了，她肯定说你不安好心呗。"二嫂笑了。

"你真是了解她。"二哥说。

"你爸下半年就要退休了，到时候有的是时间帮你们带孩子。"

"爸，时间过得真快，转眼您都退休了。"

"是啊，想想我才干了几年，一看你们，我就觉得是该退休了。"父亲放下碗对母亲说，"咱们出去转转？村前村后。"

"带着鸿双和鸿对吧，她妈这会儿可能顾不上。"

"好吧，我们过去领。"父亲一想到这两个可爱的孙子，心里有多苦多累都会烟消云散。

这两个小家伙真的非常可爱，尤其是长相，就像画里的一样。他们已经会跑了，能简单地叫"爷爷""奶奶"。他们的一颦一笑一声呼喊，就是父亲和母亲解除疲劳和忘记烦恼的法宝。

父亲领着鸿双，母亲领着鸿对。常婶和几个吃完晚饭散步的人都赶过来看我家的双胞胎。生双胞胎这种事在村里可是几十年都见不到的稀罕事。

"哪个是大的？哪个是小的？"他们每次都这样猜，每次都能猜错。

"大的脸稍微瘦些，像他妈。"一个说。

"小的像他爸，脸方一点。"另一个说。

"不对不对，两个根本就是一个长相。"

"就是就是，他爸和他妈就有夫妻相，很像很像。"

人们七嘴八舌地议论。

父亲和母亲已经听得习惯了，他们有时候也分不清哪个是鸿双，哪个是鸿对。他们只记得鸿双是大的，鸿对是小的。也许只有大哥和大嫂能分得清吧。如果排行的话，鸿双是老二，鸿对是老三。

"江老师，您快退休了吧？"常建国老远地过来说。

常叔叔也老了，头发花白，但人还很精神。他刚从地里面回来。种地是他的老本行，一刻也没有放松过。

　　"快了，再有半年。"父亲说，"你收工了吗？"

　　"是啊，常艳也要结婚了，得给她准备点嫁妆嘛。"常叔发自内心地高兴。儿女们都很成器，其实他不必再劳动的，但是闲不住。

　　"你啊，和我哥嫂一样，闲不住。"母亲说，"儿孙自有儿孙福。"

　　"你是说一套做一套，还不是在儿子的厂子里挣工资呢。"常叔笑母亲。母亲也笑。他们好久没有这样笑过了。

　　"您孙子多，我就一个，想带也轮不上，两家人抢着抱。"常叔说道。

　　"现在的孩子都金贵的，抓紧让儿媳妇再生一个。"母亲对常叔说。

　　"儿子和媳妇工作都忙，过两年再说吧。"常叔刚要走，想起来了又说道，"听说你老三上班了，好单位啊。"

　　父亲说："是的，刚上班。"

　　"他爸，还不快回家吃饭，都凉了。"常婶喊着。

　　"江老师，我走了，有空了咱们哥俩再聊。"

　　父亲和母亲一人抱着一个孩子，从翠柳桥上走过去，又走过来。天渐渐黑了，他们把孩子领回大哥家里。

　　大嫂现在的样子整个一个农村妇女，以前作为城里人那种娇媚荡然无存。她穿着个肥肥大大的衣服，头发散乱地披在头上，脸上再也看不见脂粉了。面前放着一盆子水，水里面是鸿政的布鞋，她手里拿个刷子正在洗。

　　鸿政在一边哭着闹："妈，我们开运动会要白球鞋，你要是不给我买，你就是后妈。"

　　"这双鞋洗干净去开运动会，非要买什么白球鞋。"大嫂从水里腾出手，捋了一下掉下来的碎发。

　　"不嘛，我就要白球鞋，你个后妈。"鸿政哭着说。

　　"不用你说我都是后妈，见过这么好的后妈吗？"大嫂手里洗着鞋子，嘴里和鸿政拌着。

　　"我要白球鞋，同学都买了，呜呜呜……"

　　"你好好念书，长大了考上大学，像你小叔那样，就有白球鞋穿了。"大嫂这样教育鸿政，被进来的父亲和母亲听见。

　　父亲问："大孙子，白球鞋多少钱呢？"

"爷爷，十五元钱，我妈不给我买。"鸿政看见爷爷来了，从屋里跑到爷爷面前。

"小侯，你们困难到给孩子买鞋的钱都没有了？"母亲问。

"不是，妈，这孩子不能惯，由着他来。"大嫂把鞋子捞出来拧掉水，晾在一边说。

二

二嫂怀孕了。

二哥和二嫂从医院回来的时候，二嫂说："继功，我有个想法。"

"你说吧，我听着。"二哥说道。

"是这样，现在咱的厂子办得挺顺利的，所有工作都已经程序化了。"

"是啊，离不开你的努力。"

"是我们两个人的努力，我就是帮帮你，还是你有想法。"

"我也没想到我们两个会这么默契。"

"你呀，早该想到了。"

"好了，不恭维了，说说你的想法吧。"

"我想生完孩子以后不再去厂子里上班了。"

"你想怎么样都行，挂个职，我给你开工资。"二哥嬉笑着。

"谁让你开工资了，我是说。"二嫂停下看着二哥。

"你说什么？"

"我是说到时候爸也退休了，他可以帮你。"

"那不行，爸退休了，就好好享受，老人太累了。"

"也是啊，爸辛苦了一辈子，我是觉得吧……"二嫂又犹豫了。

"你呀，别吞吞吐吐的，我是你老公啊。"

"我是担心爸退休，一下子接受不了清闲，心里会有落差。"

"嗯，这一点你考虑的周到。"

"要是他去帮你，他肯定觉得自己用处大。"

"还有呢？"

"要不就给爸开个书法培训班，他不是有特长吗？"

"云霞，我真是幸运，能娶到你。"二哥说着抱起了二嫂。

"你小心孩子，多大的人了，还矫情。"二嫂嗔怪道。

"对了，我们有孩子了，我得去告诉爸和妈。"

"还有呢，我没说完。"

"你呀，说话总是有条不紊，和在厂子里工作一样。"

"生完孩子我不再去上班，就把爸和妈接到咱家，好吗？"

"嗯，好，这个想法好，就是怕大哥大嫂说闲话。"

"对，他们肯定会认为我们占便宜，花爸的退休工资，爸帮我们带孩子，等等等等。"

"就是，大嫂的想法总是和我们不一样，说出的话我们想都想不到。"

"那就暂住在老屋子，我过来过去跑着照顾，也行。"

"你真好，媳妇。"二哥上去给二嫂一个吻。

二哥把这个消息告诉父亲和母亲的时候，父亲和母亲又是一阵高兴。

母亲对二嫂说："从现在起，你就不用这么辛苦做饭了，我来伺候你。"

二嫂忙说："妈，看您说的，我哪有那么娇贵。"

"是呀，妈，我们啥也不耽搁，班照常上。"

"大嫂早就对我有意见呢，说您不帮她，帮我。"

"我怎么没有帮她呢？孩子我没有带吗？这不鸿政买鞋都是你爸给的钱，你爸隔三岔五地给他们补贴。"母亲说。

"我怀孕你要是再给我做饭伺候我，她还不吃了我？"

"那也是应该的啊，她再怀上了我还是一样对待。"母亲说。

"大嫂现在也辛苦，但就是有爱计较的毛病。"二哥说。

"这是本性，不会改的。"二嫂说。

"咱家所有的地都他们种了，我们也没见着啥。"二哥说。

"是啊，按理说应该多少给我们些粮食，也不问我们吃什么？呵呵。"

"不说那么多，只要他不问我们直接要就行。"

"不可能不要，大哥现在什么都听大嫂的。"

正说着话就见鸿政又过来了。他说："二婶，我妈说了，你明天去城里的时候给她带点毛线。"

"要毛线干什么？"

"给弟弟织毛衣，给我织毛裤。"

"行，问你妈要什么牌子的。"

"我妈说只要是混纺的就行，不要腈纶的。"

"好吧，明天晚上你来拿。"

"嗯。"鸿政说完就走了。

"钱呢？给了吗？"二哥问。

"怎么会给钱呢？给钱她自己不会买呀？"

"真是说什么就是什么，这一家子人，遇对了。"

鸿政刚刚作为大嫂的代言人走了，大哥后脚又来了。

"继功，继功，我有事说，你出来。"

"就这儿说吧，大哥，啥事？"

"对了，你们厂子旁边的扩建，怎么不交给我？"和大嫂生活了几年，大哥说话口气完全被同化了。

"我是通过招标的，你也没投标啊？"

"你明明知道我没有资格投标。"

"那你说我怎么给你？"

"自家兄弟的钱我都不能挣了。"

"大哥，如果你实在想干，我对建筑公司说一声，给你承包一部分。"二哥无奈地说。

"我还想给人承包呢。"

"你呀，大哥，资质，你还不懂吗？"

"那是你自己的厂子，你怕什么？"

"现在各方面的政策你应该去了解一下，我怎么给你说好呢？"

大哥的想法还是停留在原地，常常做一些修修补补的事。

对于这件事，大哥心里对二哥有了想法。他说："你不想想你当初落榜的时候，是谁在帮你？"

"是大哥在帮我，这我知道，我一直在找机会帮你啊。"

"这不就是机会吗？这个机会都能错过，你还会给我什么机会？"

"大哥，我们在工程的资质上吃了亏，你怎么不长记性呢？"

"你翅膀硬了，会教训我了是吗？"

"我没有要教训你的意思，大哥。"

"还是你大嫂说的对，你总是打你自己的小算盘，心里哪有我这个大哥。"

"大嫂她……唉，大哥，你让我怎么说呢？"二哥想说大嫂是什么样的人你不知道吗？话到嘴边又咽了回去，人家现在是夫妻，夫唱妇随倒过来讲的那种夫妻。

"大哥，你可以考虑去考证，把资质拿上，或者高薪聘请几个有资质的建筑师、工程师。"

"高薪？我哪有那么多钱养活他们？"

"大哥你这就是不讲理了，你年轻时候的冲劲哪里去了？"

"我都这么大岁数了，怎么考？我才是初中水平。"

"大哥，你……"二哥实在是无语了。

大哥看二哥不说话了，想转身走。

"大哥，你等一下。"

"干什么？后悔了吗？"

"这是两万块钱，你先用着，我听爸说鸿政买白球鞋的钱都没有。"

"你是施舍还是帮助？"

"大哥你什么意思啊？"

"施舍我不要，帮助我就拿。"

二嫂赶紧过来把钱塞进大哥的手里说："大哥，是帮助，自家兄弟，一样，一样。"

"还是云霞说话爱听，继功你学着点。"说着大哥拿过钱就走了，头也不回。

"你看看，这就是现在的大哥，他怎么成了这样了。"二哥没好气地说。

"谁能想到呢？以前那个长兄为父的大哥，被大嫂收了呗。"

"你就调皮吧，不过你真是我的贤内助。"

"继功，只记住一件事，只要你愿意做的，我都愿意。"

二哥狠狠地亲着二嫂。

三

半年后，父亲要退休了。学校里给父亲等一批到龄老教师举行了欢送会。

那天父亲回来的时候喝了一些酒，有些兴奋，也有些失落。当他被学校的车送回家的时候，酒已经醒了一大半。母亲叫了舅妈和常婶，给父亲做了一大桌子好菜。舅舅常叔都等着他回来，令父亲没有想到的是，阿发和赖狗子也来了。这帮老哥们儿弟兄，舅舅和常叔他还时不时能见着，而阿发和赖狗子已经好久不见了。尽管在一个村，我们搬到新家已经二十多年了，阿发和赖狗子还住在原来的地方。今天听说父亲要退休，他们被常叔、舅舅给邀请来了。

阿发显得更老一些，还是瘦瘦的样子，背也驼了，腰也弯了，头发稀稀拉拉地盖在头顶上。而赖狗子，因为年岁的增长，身高矮了半截。

他们看见父亲回来了，集体站起来说道："欢迎江老师归队！"

父亲激动地说："谢谢你们，谢谢你们啊，老弟兄们！"

大家坐定后，母亲和舅妈、常婶也从厨房里出来坐定。

父亲说："教了一辈子的书，从今天开始，就不用站讲台了，以后我们每天都在一起了。"

"是的，我们几个早就'退休'了，就等你了。"阿发说。

"离我们一起劳动过的日子才几天，都老了。"赖狗子感叹道。

"你们聚呢，为老江今天的回归庆祝，也不叫我一声。"就听得门外有停车的声音。随着车声的戛然而止，袁叔和袁婶提着一大包东西进来了。

"来得正好啊，老哥们儿，这下我们都聚全了。"父亲忙招呼袁叔袁婶落座。

舅舅问袁叔："袁局长，您也退休了吧？"

"我呀，紧跟着江老师的步伐，下个月了。"袁叔说，"我档案里的年龄小了一岁，多奉献了一年哪。"

"他袁婶呢？什么时候被我们收编呢？"

"我还得三年，三年后就来报到了。"袁婶笑着说。

"到时候我们结伴去旅游。"袁叔说道。

"你们城里人就会生活，我们一天过着泥腿子的日子呢。"赖狗子说。

"你也不赖啊，儿子媳妇都进城了，你赖在这里不走，舍不得你的老地方吧？"常建国对赖狗子说。

"是啊，他赖叔叔就是个不会享福的人。"母亲说。

"老赖的儿子这几年生意做得红火的，在城里买了房，老家伙请不过去。"阿发说道。

"我呀，老了还是自己的窝好，老伴走了，我得替她守着不是？"赖狗子说着有点伤感，"我种上几棵树，孙子回来了还有果子吃。"

"也是啊，阿发呢？也是不愿意享福的人吗？"袁叔问。

"他袁叔，你来我们村的时候还记得不？我就是个没福的混蛋。"

"可不能这样说自己，年轻的时候谁没有混蛋过？"常婶忙说。

"是啊，趁着江老师退休，我们还能聚在一起聊天，说长道短。"阿发也是伤感，"不知道还有没有下一次了？"

"说什么呢？我们的好日子才开头呢，孩子们都不错！"舅舅说。

舅舅看他们一个个都说着过去，聊着现在，便举起了手里的酒杯："老哥们儿，我们庆祝一下江老师退休，不要偏了主题啊。"

"哈哈，是的，不能偏了主题。"常建国也举起了酒杯。

父亲站起来，举着酒杯说："我很激动，多少年没有激动过了，在我退休的这一天，能和这帮老弟兄在一起。"

"三十多年前，我来到咱们圆坨村，一来就把这里当成了故乡，有感情啊，老弟兄们！"父亲说完一仰脖子，一杯酒就下去了。

母亲忙说："老江，你中午刚在学校喝了，就少喝点。"

"你是不是也以为我老了？我能喝呢。"父亲说着又端起酒杯。

"老当益壮！老江，我陪你饮了！"袁叔说着也一仰脖子。

"来，我们一起饮！"说着大家都举起了杯子。

阿发几杯酒下去以后，老泪纵横。

"年轻的时候我没少折腾江老师，我真的混蛋啊。"说着又喝了一杯，他说，"我混蛋过，可是江老师大人不记小人过，我现在住的房子还是继成给我翻修的。"

"我只做过一件有良心的事，那就是从饿狼的嘴里救下了继成。"

听到这里众人都面面相觑，看到阿发这副样子，想来他说的一定是真的。

他说："可能秋玉当时不相信，但这件事千真万确，我赶的那一群羊，的确就像是天神派来的。"

"我相信，我怎么会不相信呢？后山上经常有狼的踪迹。"母亲给阿发倒了一杯酒说道。

"谁都有个过去，哪能一辈子都做好人呢？"舅妈感慨道。

"嗯，对啊，还是巧花说的对。"常婶接着说，"只要人心向善，好人会有好报的。"

"是啊，我也觉得认识你们真的很好，真理都在最普通的人心里啊。"袁婶看着大家说道。

"大家聚一起是高兴的事，吃菜，吃菜。"舅妈说。

"不要再想过去了，日子会越来越好的。"袁叔说。

"是的，越来越好，为我们的越来越好干杯！"父亲说着又站起来了。

"你坐下，江老师，咱们老哥几个都坐着说话。"常建国拉父亲坐下。

"孩子们都比我们这些人强，他们赶上了好政策。"袁叔说。

"是啊，只要有想法，都会过得很好。"赖狗子说。

"我们把身体养好，不要得病，就是对得起自己了。"常建国说。

"我们过好我们自己就是对他们最大的安慰。"袁婶也说。

"对呀，让他们少操心，就算是帮了他们大忙了。"常婶接着说。

"都说得这么好，我们就这么做呗。"舅妈给常婶和袁婶夹了菜。

"秋玉，我是你的娘家人，就替你招呼了啊。"舅妈还是那么率性。

"为我们的好日子，再干一杯！"舅舅提议。

第三十章 归属

一

这天我收到父亲的来信，他说他退休了，在二哥的厂子旁边开了个书法培训班，收了几十个学生，写毛笔字。说我如果有空，回去一趟。说母亲在二哥的厂里当筛检监工，他们都是城里人了。

"哈哈哈"。看到这里我笑了，这都是二嫂的主意。

父亲退休，母亲上班。这么热闹的事只有二嫂能想到。

我正在宿舍里看信，董林林来了。

"你爸又来信了？还写信呢？都二十一世纪了。"

"二十一世纪也要通信啊。"

"是通讯，不是通信。"她说着从包里掏出一个盒子放我的桌子上，"看我给你买什么了？"

"什么？"一年多来我对她的每次造访带来的或者惊喜或者意外都见怪不怪了。

"打开看看。"她手托着下巴说。

我打开一看，是一部诺基亚手机。

"买给我的？"我问道。

"是啊，这你不就可以给家里打电话了吗？"

"你这样一直报恩，我没法接受。"

"滴水之恩当涌泉相报，何况救命之恩。"

"你已经报了很多了，把牛津安排到机关。"我把手机推给她，"三番五次地给我买东西，我受不了了。"

"牛津人家本来就可以进安全监测科的，不关我的事，我爸也不管。"

后来我才知道，她爸就是董副厂长。

"打呀，现在就打，打给你家里。"

"我不要，要是要的话，我早就买了。"我固执地说。

"反正是买也买了，不要你就扔掉，我走了，拜拜。"她像风一样刮出去了。

我到牛津宿舍里去找他，他不在。我就拿这个诺基亚拨通了牛津的手机，不一会儿他就来了。

"你买新手机了？"他说，"你早就该买了。"

"你买手机和女朋友联系，我要手机干什么？家里总写信。"

"那你这是？"他问我，"不会是董林林买的吧？"

"你猜对了，我该怎么应付她啊，愁死了。"

"娶了她呗，你看她对你那个上心劲，我都羡慕。"

"你看她和我有区别吗？"

"有，有什么区别？"他被我问蒙了。

"是啊，你都看不出来有什么区别，说明和我一样，怎么娶？"

"哈哈，江继名你真坏！"牛津说完捂着嘴笑个不停。

"我父亲退休了，办了个书法班。"

"不错啊，啥时候回去一趟？"

"我打算请几天假回去一趟，咱还是国企，工资这样，不如回去跟我二哥干。"我有些丧气。

"别呀，老江，听说马上要工资制度改革呢。"他问我，"你没听董林林说过？"

"没有，她没有说过。"

"机关上都很闲，成天没事做，很无聊。"

"那就谈个恋爱吧，我准备结婚了。"

"那恭喜你呀。"

"我们两个没事干考个职称吧，反正闲着也是闲着。"

"也好，现在就报名。"

"老江，不是我说你，上学的时候那么多女孩追你，你就和学姐好，现在呢？"

"你不懂，我和学姐没啥事。"

"那你为什么不接受女孩子的追求呢？我家梅熙我费了好大劲才追到手。"

"不说这个，老牛，我们去书店买书去。"

"买完书我陪你去请假，你不是要回家一趟吗？反正最近也闲着。"

"好！"

我们快速地去书店买了几本工程师职称考试的书籍，就往厂里的家属区走去。蒋科长住在家属区三楼。

"就这样去吗？"牛津问我。

"那怎么去？"我问。

"你第一次去还是去过几次？"

"没事我上他们家干吗？不是你说，我还想明天上班再请假。"

"老江，不是我说你，既然是第一次，我们买点礼物带上。"

"我们工资这么低，拿什么买？"

"他也知道我们工资低啊，所以更好买。"

"买什么好呢？"我一时想不起来，父亲和母亲也没教过我。这一点我不如大哥。

"简单点的，水果啥的，工资低嘛。"牛津笑着学我说话。

我们买了不到一百块钱的东西提上，敲开了蒋科长家的门。

"哦，稀客啊，小江来了？难得难得。"蒋科长一开门就喜上眉梢，把我和牛津让进了家，

一个年轻漂亮的女人给我们沏茶端水果让座，忙前忙后招呼我们。我之前听人说过蒋科长的夫人很年轻，和蒋科长都是二婚，但这个女人我不敢保证是他的妻子还是他的女儿，所以我没有称呼，直接说："谢谢！"

"这是你嫂子。"蒋科长连忙给我介绍。

"嫂子好，我是江继名。"

"小江是我们科里新来的大学生。"蒋科长又说，"哦，说新来，也不新了，一年多了。"

"小江第一次来我家吧，别客气啊。"蒋夫人很客气。

"小江啊，你能来，我非常高兴，你可是咱们厂的稀罕人啊，人才。"

"哪里，蒋科长谬赞，也没做过什么事情。"

"是啊，咱们厂一直很清闲，效益也就不好，全凭国家养着。"蒋科长说着摸了摸他秃顶的头。

他自己泡了一杯茶，坐在我们对面的小沙发上。"我正准备找你谈谈呢，下周有个学习的机会，不知道派谁去好。"

"学什么，科长？"

"咱们厂要引进新产品，产品要更新，技术也要跟上。"

"是吗？这是好事啊。"

"厂里要打翻身仗了，你没听说吗？"

"我听董林林说过，要生产全自动洗衣机，但是具体不知道。"

"她说的对，这事呢，董副厂长牵头。"

"这她没有说过。"

"她不懂这些，也说不清。"

"那派谁去啊，蒋科长。"我心想，要是我去该多好！

"你和你的师父都很轴，科里有个事，我也不好说谁。"蒋科长看了一眼牛津。

我说："没事，蒋科长，他是我大学舍友，关系很好。"

"那我就直说了啊，这一年来我也看见了，你没有啥心眼。"

"呵呵，看蒋科长说的。"我有些不好意思。

"窦师傅呢？有经验，你呢，年轻有学问，我很为难，现在好了。"蒋科长把我的茶杯往我的面前挪了一下。

我不知道他会对我说什么好了，他会不会派我去呢？我的命运也许就掌握在他的手里。

他说道："想来想去还是你去吧，学习一个月，将来回来就是咱们厂的中流砥柱了，很有前途的。"

"这么好的事情啊，我可真的没有想到。"我高兴地说。

"你真的没想到？那你今天这是？"蒋科长以为我是来走后门的。

"真的没有想到蒋科长这么器重我，我很感激。"

"哦，是这样啊，其实你一来厂里，我就很器重你，只是……"他顿了一下说，"你看科里这些人，一天不好好干工作，嫉妒心很强啊，你又是唯一的大学生。"

"嗯，我有所感觉。"我如实说道。

"是吧，你也感觉到了，所以我更不好把重要的事交给你，加上你是董副厂长的人。"

"董副厂长？"我没再往下说，更不能说我和董副厂长没有见过。

"这次派你去，我要力排众议了，他们看在董副厂长的面子上也不会对你怎么样，你就好好学。"蒋科长像是下了很大的决心似的。

"科长，我有个事想对您说。"

牛津一直在身边听着，没有说过一句话。

这时他听见我这样说，就开口了："蒋科长，我们已经报了工程师的职称考试。"

"是吗？这是好事情啊，年轻人好学就是上进的表现，很好，我很喜欢。"

"牛津真会见缝插针！"我想。其实我想说的是"我要请假！"

牛津又问道："蒋科长，小江啥时候就可以出发？"

"哈哈，你的同学比你还急。"蒋科长笑了。

"离下一周还有四天时间，你好好准备准备，回一趟家，不然一个月不能回家，父母会想你的。"蒋科长太善解人意了，我得感谢牛津的脑子。

二

从蒋科长家出来，我拍了一下牛津的后脑勺："小子，你怎么长的这脑子，太聪明了。"

他的个头只到我的下巴，我俩是绝配。

"你呀，外表冷峻，缺乏挑战，空有学识，就是耿直。"还是他有学问，批评我的时候还押韵。

"是你厉害，光长心眼不长个头。"

"别老拿我的身高取笑我。"

"没有没有，是夸奖。"

"如果你直接说请假，这几天的工资就没了，惨不惨啊？"

"要不咋说你聪明呢？现在又可以回家，又有工资。"

"请我？"

"请你！"

有兄弟真好！

当我和牛津喝得醉醺醺地回到宿舍的时候，董林林已经在我的宿舍门口等我了。我怎么就送不走她呢？

牛津推了我一把就回他宿舍去了。

我掏出钥匙扔给董林林："给我开门。"

她打开我宿舍的门，给我倒了一杯水。

"很高兴吗？不就是去学习吗？有必要给那个'蒋家王朝'送礼吗？"

"什么'蒋家王朝'，什么送礼，你在说什么？"

"我爸都说了，你去找蒋科长争取学习的名额。"

我把头杵在怀里，坐在床边不出声。

"你要想学习去还不简单，我爸点将就行了。"她还在说。

"你在你们科里受了委屈也可以告诉我的。"

"学习回来会很累，要做大量的工作。"她不停地说，"说不定要下车间，亲自操作机器。"

我已经昏昏沉沉得听不清她在说什么。

"如果失败了，新的洗衣机生产不出来，全厂人拿你做替罪羊。""就是生产出来，你还得善后。""你就不能安安稳稳地享受生活吗？""非要做出头羊，就是想去，也得有个人牵头。""你自己牵自己的头，你真能耐啊。"

她一直唠唠叨叨地说，我妈也没有这么多的话。

我已经睡着了，她把我的鞋脱了，费了九牛二虎之力把我弄好，盖上被子。她走了，关上门走了。

半夜的时候我把自己的胳膊压麻了，从身下抽出胳膊时就醒了，喝了一口床边放着的水。接着听见一阵急促的电话铃声。

我拿起手机一看：董林林

"喂，干什么吵醒我？"

"是你自己睡觉姿势没有摆好，把自己压醒了吧？"

我一骨碌翻起来，一看单人床上就我一个："你要吓死我啊，我以为你……"

"以为什么？以为我在你床上？"我听见她在电话里"咯咯咯"笑个不停，这人抽风呢！

"挂了啊，费钱！"我压了电话把头捂进了被子。

电话铃又响了。

我拿起电话哀求道："董林林你睡觉吧，求你了。"

"说谁睡觉呢，我是二哥。"

我一骨碌坐起来："二哥，这么晚了你什么事？"

"你抽空回来一趟，爸住院了。"

我完全清醒了："二哥你在说什么？爸怎么了？好好的怎么会住院呢？"

"你回来再说吧，对了，董林林是谁？"

"她不是谁，我明天就回去。"

第二天我买了最早的班车票。当我正准备上车的时候，有人拉住我的后衣襟，我回头一看，要死的心都有。

"偷着跑？也不告诉我一声。"董林林歪着脑袋笑。

"我服了你了，我是回家，跑什么啊？"

"我跟你去！"

"你不上班了？旷工可是要罚钱的。"我吓唬她。

"我不怕，上不上班都一样。"

"我家没地方住你，很穷！"我再吓唬她。

"无所谓！"她吓唬不住。

"我回家是有急事，你就不要添乱了，谢谢你了！"我都给她作揖了。

"我说了我是要报恩的。"她纠缠的时候我怎么就怒不起来呢？

"真是冤家！"

"你想说什么？早知道不要救了，残废了就没恩报了。"

"我可没这么想，你自己编吧。"

"票人家不给退，我必须得上车了，再迟就走不了了。"

她先我一步上去了，这什么情况啊？她要带我回我家！

我看她坐在前面，我就往后面走。谁知她跟到了后面，我又往前走。

司机在前面不耐烦了："那两个人，当模特呢吗？这里不是 T 台。"

没办法我就近坐了下来，她就坐我旁边了。

"你爸妈不管你吗？想去哪儿就去哪儿？"我只好问她，这时车已经发动了。

"他们管得了吗？我是皇帝，他们是臣子。"

多新鲜啊，我头一次听到这样的家庭关系。

她拿起手机拨通一个号码："妈，我出趟远门，过几天回来。"

"和一个同事，技术部的江继名。"说着她打开免提对我说，"你给我妈说，她不信。"

"阿、阿姨，是我，我是小江。"

"她去你家吗？"

"是的阿姨，她要跟……"

"妈，就这样，挂了啊，再有几分钟就漫游了。"我的话只说了半截，她就挂了电话。

三

回家的路程得四个多小时，我座位在里面，她在外边。不一会儿她竟然睡着了，靠着我。

每一站都有上上下下的人，过道里就会有出出进进的人。

有人碰到她，她便往里缩一下，抱住我的胳膊。

我索性转过来把她挪到里面，我坐外边。看见她嘴角微微笑了一下，我心里也一阵好笑。

她睡着的样子像个小猫，和平时的霸道任性一点都不一样了。睡着的她好安静！

她小巧的鼻翼微微动了一下，嘴巴"吧唧吧唧"也在动。她的脸型小巧，嘴巴也小巧，脸上有几点小小的雀斑，显得很调皮。她皮肤泛黄，一点点脂粉马上就要脱落，嘴唇上涂了唇膏，而不是口红。

我想把她即将脱落的脂粉抹匀，又觉得不妥。这时候她醒了，额头有微微的细汗。

"醒了？喝水吗？"我问道。我突然变得很温柔，连我自己都没有搞懂。

"我有。"说着她从包里拿出一瓶水，"咕咚咕咚"喝了起来。

我的温柔一下就变成了无奈。那个任性跋扈的她醒了。

"马上就到了，准备好东西下车。"我告诉她。

你家这么远啊。你家是农村还是县城？

"农村，后悔来吗？"

"我又不是去扎根受教育，后悔什么？"

我也觉得我问得可笑。

"就算是去农村生活，那要看跟谁，说不定会有想象不到的好。"她一副满不在乎的样子。

在县城的车站，我们下了车。

我问她："你饿了吗？饿了我们先吃点。"

"不吃了，去你家吃。"

"我先不回家，要去医院的。"

"那就去医院。"

我们走到医院门口，碰见了二嫂。她的肚子很大了，马上就要生产的样子，走路都很吃力，一只手在后面扶着腰，一只手提着保温桶。

我紧走几步接住她手里的保温桶："二嫂！"

"继名，你回来了？"

"嗯，爸怎么样？"

"边走边说吧。"她说，"这是谁啊？你也不给我介绍。"

"哦，二嫂，这是我同事，董林林。"

"嫂子好。"董林林过来搀扶二嫂。

"不用，你们看我很累是吗？没有你们想象得那么累。"

"爸怎么住院了呢？"

"轻微的脑梗，幸亏发现得早。"二嫂说。

"那现在怎么样了？"

"马上就到了，到了说，没啥大问题。"

病房里，父亲斜靠在病床上，手上还扎着吊针。

大哥和二哥在床边一边一个坐着。看见我进来，他们都站了起来。

大哥说："继名来了，那我就先回去，家里还有事。"

"那你回去吧，这里有我。"二哥说道。

"继名，有事给我打电话。"大哥临走对我交代。

"好，好，大哥。"我应着声就到了父亲的床边。

"爸，您好点了吗？"我问道。

"好的，好的，没事，住几天就出院了。"父亲拉着我的手。他往里面挪了挪，说道，"坐爸跟前，让爸看看我的小儿子。"

二哥在旁边笑着说："继名，你看爸爸偏心你吧？"

"哦，那个姑娘是谁啊，继名？"父亲问道。

"是我同事，董林林。"我忙介绍说。

"叫你二嫂坐凳子上，站着累。"父亲忙说。

我看着躺在病床上的父亲，脸上没有一点血色。湿漉漉的花白头发已经很稀少，朝后梳着。本来就很宽阔的额头有些发亮，皱纹也加深了不少。扎着针的手臂青筋显露。我心里一阵难过：父亲老了！

董林林懂事地站在父亲身边，很安静！

"多好的姑娘啊，这么稳重！"

此时此刻的她的确很稳重，我的天哪，她是怎么做到的。她微微笑了一下，还是没有说一句话。我不服都不行了。

"是啊，爸，您好好休息几天我们就出院。"二嫂拿过保温桶说，"这是我给您炖的鸡汤。"

"你双身子，再不要做了，让你妈做就行了。"父亲对二嫂说道。

"我妈还要帮我盯着厂里，还要照顾您，她现在精神好着呢。"二哥对父亲说。

"你大哥回去又忙孩子去了，你大嫂一个人忙不过来，就辛苦你们了。"父亲对二哥说。

"什么辛苦不辛苦的啊，爸，我们没事。"二嫂说着拿出碗来要给父亲盛鸡汤。

董林林赶紧跑过去拿过碗，打开保温桶，代替了二嫂的工作。

"多好的孩子，又勤快又有眼力见儿，还这么稳重。"父亲又一次说她稳重，我都想笑了。

二嫂冲我笑了一下，就自顾坐了下来。我们都看着董林林给父亲喂鸡汤。

二哥拉着我从病房出来。

"怎么又带回来一个？你搞什么？"

"什么'又'，二哥，你在说什么？"

"上次那个呢，你学姐？"

"她是我学姐啊，你想哪儿去了？"

"那这是你师妹吧？小子，不说实话。"

"二哥，你误会了。"我不知道怎么解释了。

"误会什么？三更半夜打电话能误会到哪儿去？"

"我跟你说不清。"我一甩手进病房去了。

"继名，你们刚下车还没有吃饭吧，去带林林吃饭去。"二嫂都叫她"林林"了。她真能装。

二嫂掏出一百块钱给我说："带林林吃点好吃的。"

"不用了，嫂子，我们有钱。"董林林说着拉着我就往外走。

在医院旁边的小饭馆，我们要了两份面，两个小菜。

"你真会表现，董林林。"我说。

"我表现什么了？"她不解地问我。

"稳重啊，你真的稳重吗？"

"那你要我在病房里跳吗？"

"哦，说的也是，我怎么感觉你跟平时不一样呢！"

"我平时咋样？就这样啊，你那是错觉。"

"是是是，我是错觉，赶紧吃饭。"

"还真饿了，我还要一碗。"

我被呛着了："你，真的吃两碗？"

"真的啊！不信吗？"

"可是你这么瘦。"

四

在我们吃饭得饭馆斜对面，有个菜市场，门口全是小摊小贩的。正吃着呢，就听见那里吵个不停。

她问我："那里吵什么呢？我怎么听不懂？"

他们说的是方言，她当然有点听不懂。

我翻译说："一个女的卖菜，被一个男人坑了，听起来好像是这样。"

"坑了？怎么坑的？"

"仔细听啊，好像是那个男的偷了几把小白菜。"

她放下筷子就跑过去了。

"哎，你怎么回事？"我转头对老板说，"饭还要吃的，不要倒掉啊。"

我赶紧追了过去。谁知道这个董林林拨开人群就到了那个男人面前。"噌"的一下提起了那人的耳朵，那人正低头往车里塞刚买的菜，一辆桑塔纳轿车。

在场的人都是看热闹的，没有人说谁是谁非。一看董林林的气势，所有人唏嘘不已，矛头开始指向那个男人。

就见这个男人龇牙咧嘴地微微抬头，等他看清是一个女孩子提溜他的时候，他站起来就要打人。

"你打一个试试。"董林林毫不示弱。

"你想干什么？你谁啊？"

"你偷人家菜，还有理了是吗？"

"你谁啊你？胆子不小！"

"我是谁不要紧，你，要么赔钱，要么把菜还回去。"

"不就两把子小白菜嘛，至于吗！"

只听那个卖菜的阿姨苦兮兮地说了："我自己家地里种的一点小白菜。"阿姨拿出剩下的几把白菜说，"自己都不舍得吃，拿出来卖的。"

"大家听听，开着小车，贪图两把小白菜，一个大男人。"

几句话说得这个男人面红耳赤。那人恼羞成怒就要打过来，我一看形势不妙，上去架住了那人的手臂。他一看我人高马大的样子，住了手。

董林林一看帮手来了："还钱走人，赶紧的。"转身问阿姨，"多少钱？"

"两块。"

"还钱，四块，赶紧。"

那人一看围观的人都纷纷指责他，从衣服口袋里掏出五块钱往地上一扔，上车一溜烟跑了。董林林拿起钱交给卖菜的阿姨，拉着我去吃饭了。

"你胆子真大，人生地不熟的，敢当街打人。"我有些后怕。

"怕什么，他理亏！"

"那么多人都没有管，你能耐。"

"总得有人管吧？你不是也管了吗？"

"我是怕你……吃饭吃饭。"

"你还是怕我被人打呀，嘻嘻嘻……"她还是一副让人无可奈何的模样。

这时候那个卖菜的阿姨推着车子过来了："姑娘，谢谢你啊。"

她站起来擦了一下嘴说："不用不用，人善被人欺。"

"她说什么？"阿姨听不懂董林林的话，转头问我。

"没什么阿姨，她说你以后卖菜躲着点这种人。"

"这两把小白菜送给你们，回去凉拌很好吃的，纯绿色。"

"不要不要，阿姨，我是来这里玩的……"她说。

"真的不用，阿姨，我们这就走了。"我推脱阿姨递过来的菜说。

"要不就拿上吧？不然她不安心。"董林林说着把菜收下了。

她从包里掏出两元钱塞到阿姨的手里，拉着我就跑向了医院。

在父亲的病房里，母亲也来了，二嫂坐在一边。

"妈！"我进到病房叫了一声。

母亲最近气色不错，看来劳动着的人显年轻啊！

"继名回来了。咦，你们怎么提两把小白菜？"母亲已经听二嫂和父亲说起过董林林。母亲打量着董林林说，"真是个好孩子。"

我就纳了闷了，怎么大家一见面都夸她呢？魔力！我相信她自带魔力！

我把刚才的事说了一遍，大家都笑了，冲董林林直竖大拇指。

他们继续刚才的话题。

"爸，出院了您还是住过去吧。"

"这边和你妈俩人可以了。"父亲说。

"你们说什么呢？二嫂。"我问道。

"医生说了，爸这病身边不能离开人。"二嫂对我说。

"是啊，爸，您听二嫂的没错。"我帮二嫂说。

"住过去挺麻烦的，不用了，我缓两天就出院了，以后注意点就行。"

"爸，您住在二嫂那边，我在外面也安心。"我看了一眼二嫂，是真的安心。

母亲一直拉着董林林的手不放，就像当初拉槐香嫂子的时候一样。

"孩子们说的对，老江，咱们搬过去吧。"母亲替二嫂说话，她也对父亲的病不放心。

"咱们看看爷爷这里有啥好吃的去。"大嫂的声音。

"爷爷，爷爷。"两个双胞胎侄儿从病房门口一路小跑扑向病床的父亲。

父亲拉开病床边的小柜子："鸿双、鸿对，看看里面还有什么好吃的。"父亲看见孙子的时候精神一下子就来了，"我的宝贝孙子，快都拿上去，都是别人来看爷爷送的。"

母亲对大嫂说："去看看啊，别站在那里发呆，让孩子弄乱了。"

我转头看大嫂正在直勾勾地看着董林林。

"这是我大嫂。"我赶紧给董林林介绍。

董林林"哦"了一声，在母亲身边没动。

"继名，是你对象吗？"大嫂问。

"不是。"董林林快人快语。

"哦，是女朋友。"大嫂又说。

"不是，说了不是的。"董林林又说。

"是继名的同事，一起来我们这小地方玩的。"母亲解释说。

"我们正劝爸出院了去我那里呢，大嫂也帮着说说，爸的病得有人守着。"二嫂对大嫂说。

"是是，是得有人守着，可是我不行，我有三个孩子要管的。"大嫂忙说。

"没说去你那里，让你劝劝爸，去我那里。"二嫂又重复了一遍。

"是呀，爸，您就听云霞的话，不然我们都不放心。"大嫂对父亲说，"鸿双鸿对会陪着您的。"

"您这病啊，真的很危险的，我们还指望您长命百岁呢，退休工资多高啊。"大嫂说个不停。

母亲瞪了大嫂一眼，她才闭了嘴。父亲躺在那里只看着鸿双和鸿对，别的啥也没说。

"爸，那就这么定了，出院了继功开车过来接您。"

"二哥已经买车了？"我问道。

"是啊，一台家用的，厂子里有几台货车。"二嫂淡淡地说。

"你二哥现在有钱啊，大董事长了。"大嫂的语气略显嫉妒。

五

两天后，父亲顺利出院了。父亲出院后住进了二哥家里，但这边房子也没有空着。

母亲说："我们时不时会在这边住一晚上的，毕竟是老房子了，住习惯了。"

在二哥家里，母亲给我们做饭，二嫂打着下手。

董林林说："阿姨，我能做什么呢？我能洗菜挑水。"

母亲说："你不会做这些，做不来，不用做了。"

她很听话，就啥也不做，在外边和两个侄儿玩了起来。

母亲问我："董林林是独生子吧？"

"是的，妈，她在家里是皇帝。"

"城里的独生子都是娇生惯养的。"二嫂说。

"谁说不是呢？跟我来的时候只给她妈通知了一声。"我看了一眼外边玩得尽兴的董林林说。

"继名，我看她是喜欢你呢。"二嫂说。

"不会吧，我们就像哥们儿。"我说。

"难说，我看不像。"二嫂说。

"呵呵，她一天把我管得死死的。"我笑着说。

"是吧？遇见克星了。"二嫂调侃我。

我不想再继续这个话题，转过身对父亲说："爸，下周一我就要去学习。"

"学习是好事，说明单位上对你很重视，你也要珍惜这次机会。"

"我们单位工资一直不好，论资排辈，听我们科长说国有企业要改革。"

"爸也不懂你们企业的事情，总之出门在外要勤快一些，你还年轻，对有资历的同事多一些尊重。"

"我知道，爸。"

"自己的事情也要考虑，年纪不小了。"

"没有合适的。"我看了一眼忙碌着的二嫂的背影。在我的内心深处，只有一个人。

"我看林林这个孩子就不错。"父亲说。

我觉得董林林这次跟我来，让全家人都已经认可她了，包括我那个大嫂。

"她是我的伙伴，爸，不合适。"

"什么叫合适？你们现在的年轻人，爸不懂，是爸老了。"父亲说着伸出手抹了一下自己的头，出院后他还没有完全恢复。

"爸，您不老，您刚出院，不要多操心多说话了。"我关心地说。

"吃饭了，去叫林林。"母亲对我说。

我出去叫董林林吃饭，她正拿着手机教侄儿打游戏。

"快吃饭了，吃完了我带你到村里转转。"我对董林林说。

吃完饭我带上她去河边和翠柳桥上散步。我跟她讲了我大哥修桥的事情，还讲了我大哥在这里和槐香嫂子的爱情故事。

董林林听得非常认真，她说："真美！乡村的爱情故事好浪漫！"

"是的，粉红色的回忆！"我说。

"你有吗？你有爱情故事吗？在这里。"

"我……不知道算不算。"我嗫嚅着。

"你说说呗，我帮你分析。"

我"扑哧"一声笑出了声："你帮我分析？你会分析个啥？"

"别小瞧人，我懂的可多呢。"她已经走到了桥上面。

"你小心着点。"我突然觉得我从来都没有讨厌过她。对她这样的人我从不设防，我可以对她讲我最真实的感受。

"上高中的时候，我喜欢过一个女孩。"我说。

"现在在哪里？你们不联系吗？"她问道。

"联系，经常联系。"我说。

"那你为什么不告诉她，你爱她呢？"

"是啊，我为什么不告诉她呢？"

"为什么呢？"

"我想如果我告诉她了，我们会是另一种关系。"

"另一种关系，那就是说你们现在是有了一种关系。"

"……"

"你别说，让我猜猜，另一种关系肯定是夫妻关系，而现在的关系是？"

"你瞎猜了吧？"

"别打岔，我想想啊，情人关系？不对，亲人关系。"

"啊！"我不由得看了她一眼。

"我猜对了吗？"她折回来到我跟前问道。

"猜对了！"我肯定地说。

"她不会是你大嫂吧？"她睁大了惊奇的眼睛，像两颗杏核。

"你乱猜！"我有点愠怒。

"你二嫂？对了，一定是她，你大嫂不是你喜欢的类型。"

"呵呵，是啊。"当说出这句话的时候，我突然感觉一身轻松，从未有过的轻松，仿佛卸下了多年的负罪。

"江继名，其实每个人都有初恋的。"她说，"而真正走在一起的往往不是初恋。"

"董林林，我从来没有告诉过第二个人，包括我二嫂，她也不知道我有多么爱她。"我一口气说出来，如释重负。

董林林是那么一个透明仗义的侠女，对她讲，不会对我造成任何伤害，我相信这一点。

从她嘴里说出的任何一句话，都不会让任何人生气或者嫉妒或者产生什么不好的理解，这一点我确信。

"说出来其实就没事了，我相信你早就放下了，只是需要一个人证实而已。"她说。

"去你的，给我总结了？"我笑道。

"对呀，等哪一天你结婚的时候，别忘了感谢我这个听众呀。"

"说说你，你有过初恋吗？"我对她似乎也有一点兴趣。

"有啊，我可不像你，我没上过高中，初中毕业就去上了技校。"她说，

"那时年纪小，不懂爱情。"她呵呵笑着。

"我暗恋过一个体育老师，哈哈哈哈。"她说着大笑了起来。

"骗我的吧？"我问道。

"骗你干什么？我暗恋他，还给他当过电灯泡。"她越说越有意思了。

"我们那个体育老师啊，喜欢一个中学英语老师。"她告诉我，"他又不敢去追，我就和我们班的几个女生充当情书传递手，一起把那个英语老师攻克了。"

"这就是你的初恋吗？"

"是啊，多少算一点吧，如果不喜欢他，怎么会帮她追女孩呢？"她这是什么道理，我从来没有听过。

"领教了，侠女！"我说着做了一个抱拳的姿势。

说着话，我们已经走过了翠柳桥，走到了三十里村。

"不会忘记的，对了，这就是三十里村，要去看看吗？"我问她。

"好呀，反正时间还早，我们去看看，明天我们就要返回了。"她说着话，朝前面走了。

走过槐香嫂子家的院子的时候，她家的门是锁着的，看似好久没有人来了，不知道她现在哪里？

再往前走就是二嫂的娘家了。她家这两年日子也好了起来，一个弟弟上了大学，一个弟弟盖了新房。

我指着这些熟悉的地方给董林林看，她听着我讲的故事。这是一个关于归属的故事，我告诉她。父亲退休后把他和母亲安排在了二哥家，而我，把心灵的归属也交给了翠柳河的两岸。

第三十一章　我要结婚了

一

去总部学习的还有我们厂验收部门的罗霞。

她是四十多岁的女科长，名义上是带我去，实际上是公费旅游，她的儿子在总部所在地上大学。所以学习理论和观摩的任务主要是落在我身上的。

我们乘坐晚上的列车，第二天早早就到了总部大楼。

真是城外有城，我还没有见过比省城更大的城市。这里的城市面貌走在时尚的前沿，完全现代化的气氛使得清晨的城市静谧而紧张，一种快节奏的冲击力潜藏在无形无声之中。

女科长报了个到就走了，我一看来学习的人各地洗衣机厂都有，可是我一个也不认识。

按照箭头指引的路线，我们来到了一座壮观的礼堂，找到自己的名字后就座。我旁边的桌签上写的是女部长罗霞的名字，而她不在，自然是空出来的。

我们每个人的桌子上是一台显示器，我坐下后先打开我面前的显示器进行调试。

这时我听见与我相隔一条过道的邻座自言自语说："这台显示器怎么打不开呢？"

我回头一看，这一看不要紧，我的心开始"咚咚咚"跳个不停。也许是上天的安排，也许是命里注定让我必须遇见一个我爱的人。

她和我的二嫂姬云霞高中时的模样像极了。可是她明明就不是姬云霞。

她穿着米黄色的衬衫，衬衫的领子上扎着一条细细的白色的丝带，裤子是纯白的微喇，脚上一双一脚蹬的白皮鞋。她的头顶上黑色的隐形发带绑起一个蝴蝶结，长发披肩，正斜着身子调试显示器。

我按捺住狂跳的心，小心地问道："怎么了？打不开吗？"

她抬头看我一眼，这一眼看得我心跳加速，一股热流从我的心脏直冲头顶。我极力掩饰着内心的慌乱。

"是的，你帮我看一下。"她把长发向后甩了一下说。

我过去按了几下开关，的确打不开，一看连接电源，连接线是破损的，直接断路了。

"这台显示器打不开，你看。"我指着后面的电源线给她看。

"那怎么办？叫他们来修或者换一根线吗？"她说。

"估计来不及了，你坐我旁边吧。"我说。

她一看我旁边桌签上写着"罗霞"，说："你那里有人。"

"她是我同事，她不会来的，你坐过来。"我觉得我的舌头都不利索了，不知道她能不能看出我的紧张。

"那好吧，谢谢你！"说着她把包包和书都挪到了我旁边。

我帮她打开显示器，调试到今天要讲的内容桌面。接着就是致命的安静，我根本听不见礼堂里开课之前的乱哄哄的聊天声，以及桌椅碰撞的声音。

她问我："你是哪个厂的？"

"鹳阴。"我假装看着眼前的显示器。

"我是靖平厂的。"她自我介绍。

她坐在我的旁边，就像一只燃烧的火炉，使我浑身燥热。

"今天要讲的就是洗衣机的发展史了。"她说。

"嗯，从汉密尔顿开始吧。"我想多说一些，但又不知道说什么合适。

这时候授课的教授已经坐在了电子屏幕的前面，挪动着他眼前的鼠标。

两个多小时的洗衣机发展史，教授讲得口若悬河，我只是按照他翻动的大屏幕翻动着自己的小屏幕，精神十二分地紧张在旁边的女子身上，她的一个呼吸都能让我揣摩半天。我不知道我得了什么病，从小到大都没有这样过。

教授宣布下午两点半继续到这里学习理论。

我问她："你们厂来了几个人？"

"我和我们领导，他在宾馆睡大觉呢。"说着她笑了。

这种学习，一般都是这样的，领导多数年龄偏大，又不懂电脑，根本听不懂老师讲什么，让他们坐在这里就是活受罪。

"那，一起吃饭？"我真心想和她共同进餐。

"去吃工作餐吧，大家都去。"

"工作餐，也行，吃完午休。"我觉得和她单独吃饭有点不合适。

我们随着大队人马一起走进了宾馆的餐厅，端着盘子去夹自己喜欢吃的饭菜。长龙一样的用餐人群，依次流动。我跟在她的后面，从众多口味的菜香中汲取着她独特的香味。

她夹了几只虾，盛了半碗米饭，舀了两样素菜，去找了靠窗边的座位坐下。

我也夹了几只虾，盛了一碗米饭，舀了和她不同的两样素菜，来到她的对面坐下。

"你也爱吃虾吗？"她看着我的菜问道。

"是啊，一直就很喜欢吃，尤其是干锅虾。"我说道。

"哦，你的素菜不错。"她说。

"一起吃吧，你喜欢西蓝花？"我看她的菜里面这道菜比较多。

"嗯，喜欢。"她说。

我一边吃着饭，一边伺机去看她。一早上的听讲她都在我旁边，此时，坐在对面我才看清了她的面容。

她的皮肤是粉白的，两个脸蛋嫩的能掐出水来。抬眼看人的时候眼睛水汪汪的，一对经过修理的眉毛浓黑细致，眉毛周围异常清洁。天然淡粉的嘴唇不薄不厚，说起话来神态可爱极了。让我有一种一和她说话就爱不释手的感觉。

"天将降大任于斯人也"，此时我想到了这句话。

吃完饭我们就去酒店午休，她的房间在六楼，我的房间在七楼。

下午继续听教授讲洗衣机的基本原理、构造等，我坐在那里心猿意马。

晚饭继续在酒店吃，这一整天我处在一种异常兴奋的状态，似乎全世界都不存在了，就剩下了她和我。

吃完饭我们依旧上楼休息，她进六楼，我上七楼。

回到酒店我打开电视机，吵吵闹闹的娱乐节目占据了每一个频道。我只好关了电视，进去卫生间冲澡，想把一些不安和焦虑冲掉，给兴奋的细胞降个温。

我已经二十四岁了，没有正经地谈过恋爱，镜子里映着我高挑的身躯，和一身健壮的肌肉。

我双手撩起一把湿漉漉的头发，端详了一下自己英俊的面容。

大学四年的时间里我都用来忘记一个人，在事实面前我彻底地放下了。在某个时间点又会突然地跳出来，这也许就是人类和冰冷的机械所应有的区别吧。

对于我这样学机械的人来说，学习洗衣机的构造以及创新，不是太过于简单了吗？只要了解了厂目标、发展远景，了解了厂子的宏伟蓝图，凭借我学过的基础知识，达到这些是不成问题的。所以学习，对我来说只是了解和长一些见识而已。专业方面靠一个月的学习时间，任是谁也做不到的。

二

持续的理论学习和计算机系统的模拟演示，让很多来学习的同行们已经感到疲劳了。而在我身边坐了近一个月的女子，我还不知道她的姓名。

我想说的是，我的内心并不像我的外表那么冷淡，我想去了解一个我喜爱的女子，得需要时间。并且一直以来我相信一见钟情。

这天下午的讲座实在乏味，我看她也显示出了心不在焉的神情。她坐在显示器前面翻着手里的书，只是机械地翻着。

"要不要出去透透气？"我问她。

"好呀，我正觉得有些闷。"她说着合上书。

"显示器不关了吧？让开着。"我看她要关机子的意思。

"那行，开着去，走吧，我们出去。"她说着就猫着身子往外走。

我可没有一点要猫着身子的意思，正大光明地往外走，端坐在上面的教授也不会管的。

"去哪里好？"出来后我问她。

"听说附近有个商场，我们去？"也许逛商场是每个女人的天性。

我一想也确实没地方去，就说："好吧，美女！"对于新兴称呼的名词我这是第一次用。

"美女，是女性的统称吧？"她说。

"对你不是。"

"呵呵。"她笑笑。

当我们一起乘坐电梯上到"女人服饰"的三楼的时候，我问道："我们同桌了快一个月了，我还不知道你名字。"

"我知道你，江继名。"她对我说，眼睛却看着琳琅满目的服饰。

"你怎么知道的？"我紧跟着她问道。

"你课桌上有桌签呀。"她还是盯着花花绿绿的服饰，我盯着她。

"哦，你有心，你还没告诉我你的名字。"

"佐枚。"她说。

"左面什么？那件披风吗？"我以为她说她看见的衣服呢。

"我的名字，我说的是。"

"哦，佐枚，好听的名字。"我说。

"售货员，这件衣服多少钱？"她拿起手边的一件小西装问道。

"美女，您眼光真好。"

"多少钱？"

"这是我们新进的款式，很适合您的气质。"

"哦，多少钱？"

"您需要的话我们给您打七折，已经是极限了。"

"打七折多少钱啊？"

"您要不要先试试？我觉得您身材真好。"

"不试了，我还有事要办，走了。"她说着就往别的店走去。

我急忙过去对服务员说："你这件衣服到底多少钱？"

"先生，您是要给您太太买吗？"

"算了，不买了。"我急忙跟着佐枚。

"佐枚，你真的想买那件衣服吗？"我跟上她以后问道。

"也不是，就是看看而已。"她淡淡地说。

我们把这个商场的每一家店都转过了，她还是什么也没买。

女人对于服饰是一生的追求，搞懂这件事是我一生的难题。

等从商场出来的时候，已经是华灯初上了。

"工作餐肯定没有了，你想吃什么，佐枚？"通过近一个月的同桌生活，我们对于彼此已经不再陌生。

"随便吃点吧，转累了。"她说。

我们在商场附近的"川味小炒"点了几样清淡的菜，要了米饭。

我发现我们两个都爱吃的除了虾，还有米饭。

静静的吃饭过程里，谁也没有说话。

她坐在我旁边永远都是那么安静，安静到我不开口就没法进行语言交流。所以每次交谈都是我来开头，我在女子面前要发起某一个话题也不容易，每次都要酝酿好一阵子。

"佐枚，你们厂派你来学习，是有什么打算吗？"

"能有什么打算？完成任务呗。"

"学习结束不是要去实践吗？"

"这种学习经常有，只不过这次时间长了一些。"

"你经常参加这类学习吗？"我问。

"嗯，是的，厂里的老人们没多少文化，碰上学习都是我去。"

"哦，难怪，你有经验了，学不致用吧？"我说。

"是啊，用不用还得厂子里说了算，他们不用，学了也是白学。"

"也许吧，国有企业就这样。"

"对了，我一直坐你同事的位子，她怎么不来？"

"你的领导不是也没有来吗？一样！"我说，"做机械的一般都是男的。"

"是啊，我大学学的可是计算机信息管理。"她说。

"那你们厂派你学这个？"我觉得很新鲜。

"他们觉得与这次学习的主题接近吧？"她呵呵笑着。

她笑的时候我更喜欢，我真的想现在就表白。可是理智告诉我不能轻举妄动，表白还是需要时间的累积。我想学习结束了回去跟她好好相处。

"听起来很像。"我说，"计算机信息管理在咱们这种厂子也用不上，你应该去科研性的或者软件开发性的单位"。

"我们这个专业哪个行业都行，只要不搞研发。"她说。

"哦，这个我的确不懂，我学的就是机械设备。"我说。

"你是本专业，我是来混任务的，呵呵。"她又谦虚地笑着。

这时候我的手机响了我一看是董林林打来的。我都能想到她要说什么，就拒接了。

在这快一个月的时间里她倒是没有给我打过电话，也没有发过信息，我也感觉清净了不少。

我也是经常拒接她的电话，她也都习惯了。她一天忙着她的娱乐，忙着她的生活圈子，我们的工作圈子和生活方式从来都没有交集。只是在她需要对我报恩的时候来找我，这件事情例外。

佐枚看我挂了电话，她问道："怎么不接？"

"没啥事，漫游费挺贵的。"我说。

"还真会过日子，你女朋友还是你老婆？"

"都不是，一个朋友。"我说。

"你还没有结婚吧？"她问我。

"是的，还没有女朋友呢，呵呵。"我看着她的眼睛说。

她被我看着了似的掩饰了一下自己，低头喝了一口清茶。

我也不便问她的个人情况，我觉得不到一定的火候，问这样隐私的问题是对女士的不尊重。

"佐枚，我还不知道你的电话。"

"说你的号，我打给你。"她说着掏出自己的手机。

她的手机也是纯白的上翻盖，小巧精致，跟她的人挺般配。

我存了一下她的号码说道："我们学习快一个月了，今天才知道你的名字和电话。"

"很正常啊，呵呵。"她不敢再直视我了，只是低头玩弄她的手机。

"盖子都快让你翻断了。"我对她说，"是不是觉得我很讨厌？"

"没有，你想哪儿去了？"她不好意思了。

她越是不好意思，越是激发了我想了解她的欲望。

三

回到酒店，我有一点小兴奋，心情格外好了起来，于是打开电视机，把音量调得很大，脱了外套就去了卫生间。

我哼唱着《原来你也在这里》，把自己放在花洒下面。

裹好浴巾从卫生间出来的时候，电话又一次响起了。关小电视机的音量，躺在宽大的、白色的酒店大床上，我拿起手机。

"江继名，不接我电话，在干什么？"董林林的声音，脆生生的。

"这不是接着呢嘛。"我好心情地说道。

"我打了无数个了，都没有接，你自己看看。"

"刚才在洗澡啊，声音没听见。"

"那现在在干吗？"

"看电视啊，不信你听。"我把电视机的音量放大了一点。

"看什么狗血剧啊，这么吵。"

"《家有儿女》啊，你听啊。"我开始佩服自己的好脾气了。

"快一个月了，怎么一点消息都没啊？"

"学习忙，每天都上课。"

"我告诉你一件事啊，我们车间那个'小魔女'记得吗？"

"记得啊，怎么了？"

"她当小三了，把人家王科长一家子给拆的离婚了。"

"你管人家那事干什么？"

"不是，'小魔女'平时和我关系挺好，没想到她是这么不要脸的人。"董林林在那边已经气哼哼的了，我感到很可笑。

"董林林，你不觉得电话费很贵吗？"

"哦，那我挂了啊。"我刚要挂电话，就听她又喊，"稍等稍等稍等。"

"又怎么了？又要说谁家的老公出轨了吗？"

"你回来的时候给我买个手机挂件。"

"漫游呢，早超出一个手机挂件的钱了。"我无奈地说。

"不是，这边的不好看，你回来电话费我给你报销。"她说完就挂了电话。

我无奈地摇了摇头，觉得董林林实在可笑得要命。什么事在她那里不是黑的就是白的。经她一说，很多问题变得简单明了，不是对就是错，这世间还有什么拎不清的呢？

我笑着摇了摇头，继续把电视音量调大，可是满脑子都是佐枚的影子，还有她害羞的表情。索性关了电视，试着给她发了一条短信："睡了吗？"

十几分钟过去了，也不见她回，我想她可能睡着了。

"算了，明天再说吧，睡觉。"我自己心里说。

可是刚刚睡着，短信铃音响了。

我拿起一看，是佐枚："有事吗？我刚在洗澡。"

"没事，睡吧，明天再说。"我的确是没话找话。

这一夜董林林那边可没有消停过，她为了"小魔女"当小三的事和"小魔女"决裂了。

"'小魔女'你出来一下，我要和你谈谈。"她给"小魔女"打电话。

电话里那边"小魔女"在哭。

"你哭什么？还有理了是不是？"

"你到底是谁的朋友啊？"

"我是你的朋友啊？可是你怎么能做出那样的事呢？"

"我很爱他呀……"

"爱、爱、爱，爱你个头啊，世上那么多男人你不爱。"

那边一直哭个不停，董林林的嘴巴可没有停："你还有理了是吗？好像受害者是你。"

"我是受害者啊，现在还不能嫁给他。""小魔女"伤心地说。

清
明

"你出来，不出来我就和你绝交。"

"我出去你会打我的，呜呜呜。""小魔女"是真的害怕董林林。

"那好，我现在就和你绝交，我没有你这样的朋友。"

"你不帮我还骂我，是我一个人的错吗？王科长他先找的我。"

"那你现在说还有用吗？是人家离婚了。"

"我早给你说过，你没当回事啊。"

"你还埋怨我没当回事？你自己没长脑子吗？你不知道他已经有老婆孩子了吗？"

"我知道啊，可是他说他爱我啊。"

"就知道爱，你到底出不出来？"

"不出去，我不能出去，我妈把门锁了。"

"你妈也嫌你丢人是不？"

"呜呜呜，我该怎么办呢？""小魔女"在电话里一直哭。

"我去找你！"董林林说完就把电话挂了。

"小魔女"的家住在我们厂家属区的20号楼6层，离董林林家隔了一百米不到。

董林林在"小魔女"的家门口"咚咚咚"地敲着门。"小魔女"隔着门说："我妈去上班了，她把钥匙也拿走了。"

董林林看不见"小魔女"，"小魔女"在房子里哭得跟个泪人儿似的。一头烫发凌乱地披在脸上，眼泪一把鼻涕一把还在哭。床上的床单被她弄得皱皱巴巴的，身上穿着的裙子也皱皱巴巴的。

"你也不想想，不管怎么说你都是错误的。你哭，那人家王科长老婆呢？去死吗？"董林林在门外教训着。

"我不管那么多，他把我害了，他必须娶我。"

"你都这么不要脸了，他哪敢娶你啊？"

"你怎么还骂我啊？董林林你不要骂我了，我心里难受得要死你知道吗？"

"你还知道难受啊？王家嫂子以前对你多好，她才是引狼入室呢。"

"我是狼吗？你怎么不想想王科长占了我便宜呢？"

"你爱让他占啊，难道你是小羔羊吗？"

"我是无辜的。"

董林林在门外一听她这话气极了，用力一脚踢在门上，引得"小魔女"家

/ 346

对门的邻居出来看。

邻居探出头一看是董林林，悄悄说了一句："别去招惹她了，丢人。"

"知道了。"董林林回了一句，又对里面的"小魔女"说，"现在全世界的人都不向着你说话，我觉得你作为我的朋友，我都让人瞧不起。"

董林林听里面没有声音了，凑近门边说："我今天能来，是觉得我们朋友一场，但是你还觉得自己有理。"停了一下还是没有声音，她继续说，"我真的觉得我们的朋友做到头了，以后见面就是路人。"说完董林林"噔噔噔"下楼了。

到了半夜，董林林还没有睡觉的意思，似乎这件事不解决，她就无法入睡。我在睡梦中被她的电话铃声吵醒。

"喂，江继名。"她在那边喊我。

"又怎么了？半夜三更不睡觉。"

"自从你救了我并且把我送进医院那时候起，我就觉得咱俩挺像的，你给我评评理。"她说。

"有事回去了再说行吗？怎么又扯上那件事了？"不得不说，我对董林林从来都发不起脾气。

"我不想和她做朋友了，你得给我做主。"

我简直有一种错觉，她和谁怎么样完全取决于我。

"好吧，我同意。"我睡意蒙眬，对她的话根本没有经过大脑。

四

学习的最后几天是现场观摩，我们每天都去总部安排的一家日资企业参观人家的洗衣机生产流水线。

在观看的过程中我针对我们厂的现状，结合这家企业的先进工作流程和机型性能，已经有了一个初步的实施计划。如果回去厂里要求我提交学习报告的话，这些是我必须要做好的思想准备。下一步就要写成报告材料。如果厂里不要的话就当作自己做给自己的了。我做事的原则是，凡事给自己留有余地，不能被别人牵着鼻子走。

现场观摩的时候我们的女科长罗霞来了，我陪着她参观的过程中顺便给她大概介绍了这些日子的学习情况。

她听了后连连点头："到底是大学生啊，近一个月的学习很快就消化了，我们回去给厂领导也有个交代。"

"我们要不要写学习报告呢？"我问道。

"你呀，就是书生气，写什么报告呀。"她说，"口头汇报一下就行了，谁还管那么多？说白了这次学习就是走个过场。"

"那厂里花钱不就白花了吗？"我说。

"回去该怎么干还是怎么干，厂里派人学习有两种可能，一个是自己有私事的要求来，就像我；一个是厂里的闲人，就像你。"她快人快语。

"哦，我以为我们很重要呢。"我说。

"我是看你比较老实也不势利，又给我讲了半天学习的情况才告诉你的，不然这些大家都心知肚明的事你还不懂呢。"

女科长罗霞烫过的短发上散发着一股淡淡的香味，一套工作装表达着她职业女性的经典形象。

"我懂了。"我谦虚地跟在她身后。

经过这两年在厂里的感受，正如罗科长说的那样，国有企业人浮于事，真正干工作的人不多，而"做事情"的人打破了脑袋地钻营。

佐枚和她的领导在离我们不远的地方随着人流观摩，她的领导是一个又高又胖的中年男人。我放远目光去看她的时候，她也正好朝我们这边看过来。

当我们四目相对的时候，我的的确确有一种触电的感觉，而她匆忙移开视线。这种感觉似乎让我回到了初恋。

观摩后的最后一天，总部安排我们自由活动。

"江继名，你要不要买点东西回去？"罗科长问我。

"这边东西是不是很贵啊？我带的钱不多。"我指的不是公款，出差的费用我们统一结算的。

"想买什么就买吧，只要不是大件的就行，到时候我们开了发票统一报了。"她说。

"能报吗？要买的东西学习用不着啊。"我说。

"真是书生气。"她说，"我们开成能报的发票不就行了。"

"哦，能行吗？"

"当然能行了，不过回去可不敢乱讲的。"

"我还真的要买个东西。"我想起了董林林叮嘱我的事情。

"什么东西？说我看能不能帮忙。"

"呵呵，这还真让罗科长说着了，我正愁不会买呢。"

"到底是什么呢？神神秘秘的，给女朋友买吗？"

"一个挂件，女孩子手机上挂的，我不知道什么样子的好。"

"董林林吗？"她问道。

"是她。您怎么知道？"

"谁不知道你和董林林的关系呀。这件事情包给我了。"

"您误会了罗科长，我们就是普通朋友。"

"普通朋友还买东西啊？别瞒着了。"

我"哦"了一声不想再做解释，掏出手机给佐枚发了一条短信："今天干什么？"

"没事干，在酒店里。"

"出来，我们去'神树湾'。"我了解到这座城市里有一个叫"神树湾"的地方很好玩。

"好的。"她迅速回我。

"我在楼下等你。"我回道。

几分钟后她从酒店出来了。一身雪白的连衣裙，腰里扎了一条淡黄色的腰带，依旧是长发披肩，一双白色的浅口皮鞋。她今天是化了淡妆的，更显皮肤娇嫩，美目顾盼。圆润的肩部刚好被衣裙的坎肩遮住了半边，很有女人味儿。我想这样的一个女人，她钻入我的心里是不需要任何理由的。

"'神树湾'在哪里呢？"她一下来就问道。

"跟我走就是了。"我说。

我打了一辆车，直接把我们拉到了"神树湾"。那里是方圆十几公里的一个湾区，湾区里是一湖蓝色的水。四周长满了大小高低不一的树，树的造型完全是自由生长而成，最大的有百米之高，最小的也就一两米。树的枝叶非常茂盛，叶子呈椭圆形，因树的名字不为人知，书上也没有记载，它常年保持着绿色，人们叫它"神树"。据说在这里许愿不出半年就能实现，所以大一些的树上挂满了许愿绳，有的甚至挂着许过愿的布袋，或者许愿锁之类的。尽管树上挂满了人们的愿望，丝毫没有影响树枝的生长。

佐枚问我："你怎么知道这个地方的？"

"我查的。"在这之前我的确查过，目的很明确。"这里好玩吗？"我斜着眼睛问她。

"这一个月学习都快把人憋出病了，早知道这里好玩，不如早来。"她说道。

"呵呵，不知道你早就想出来，早知道我就早准备了。"我如实说。

"这些树都是神树吗？"她睁着好奇的眼睛问。

"是啊，都是神树。"我说，"你要不要许个愿呢？"

"好吧！"说着她双手合十，闭着眼睛开始许愿。

我站在她旁边看着她微启的樱唇、长长的睫毛和饱满的脸颊，真想时间就这样停下来多好。我真的想从她的表情里看到她的内心，想知道她心里想的是什么。

也许是她发觉我在读着她，也许是她的愿望已经许完。她突然睁开眼睛，冲我笑了一下："你也许个愿吧？"

"好！"我学着她的样子在心里默念，"让我爱的人也爱着我吧！"

她问我："许了什么愿呢？"

"让我爱的人也爱着我吧！"我说。

"你一定能实现的。"她说。

"那你许了什么愿呢？"我问道。

"不告诉你！"她神秘地一笑。

我看见她的头发上落了一片树叶，说道："别动！"

她站着一动未动，不知道我要干什么。我上前去轻轻取下她头顶的树叶，我想在她的脸上亲一下，但是我没有。我只是利用取下叶子的瞬间，手掌从她的脸颊擦过，仅仅在她的脸颊上停留了一秒钟而已。

她一定感觉到了我的停顿，脸色一下子绯红不已。

"好美！"我说。

她低下头问："你说什么？"

"我说这里好美！"

我把"心花怒放"强压在心头，把头高高扬起，看着阳光从树枝的缝隙跌落下来。我留出了足够的时间让她调整脸上的颜色，让我调整得意的心情。

五

回去后我大睡三天。看似学习和平时的上班没什么两样，可是一躺倒在自己的床上，一切都放松了。

等董林林拳打脚踢地虐待我的房门的时候，我才从床上爬起来，一看手机上十八个短信二百六十个未接电话。只有一条短信是佐枚的："安全到家！祝好！"一个未接电话是二哥的，其他全是董林林的。

她的短信和电话就像此时捶打门的节奏。

我迷瞪着眼拉开门："这么早来干吗？让不让我睡觉了？"

"睡你个大头觉啊。江继名，快起床，我爸叫你呢。"

"啊？你爸？我不认识他啊，叫我干什么？"我心里一个激灵，睡意全无。

董林林的爸是董副厂长，越级传话到我这个老百姓头上。

"越了几级啊？你爸！"我问道。

"我算算越了几级？一、二、三、四，加上你就是五级。"她真的在掐指头。

"叫我什么事？可不可以内透一下啊？"我很心虚，也很胆怯。

"好事，快点，穿好衣服就走。"她已经在慌里慌张地帮我找衣服了。

"我得刷牙洗脸呀。"我说着要去卫生间。

"我帮你。"她已经跑出去给我打水了。

我只好坐在床上等。

"快点快点。"在她的催促下，我迅速地收拾好自己，跟着她往她家里走去。

"等等，董林林，我是不是要买点东西，头一次去你家。"

"不用，你是我救命恩人，他们早知道。"

我确实已经没有时间去买什么礼物了："董林林，我给你买的礼物还在房间里，去拿吗？"

"不用了，完了回来再拿。"

看来是什么都不用做，直接去她家里了。

她带我进她家的时候就开始喊话了："爸，江继名来了。"

"来书房！"听见里面有一个好听男中音。

"鹳阴"是一个一两万职工的大厂子，能见上高阶领导是不容易的，亏得我和高阶领导的女儿混了两年了。

董林林带着我进到董副厂长的书房，就听董副厂长说："林林，把门带上，你出去。"

我小心翼翼地进去，董副厂长正在书房写东西。他五十来岁的样子，长得很年轻，一头乌黑的头发三七分开，剪得干净清爽。他也是标准的瓜子脸，和董林林长得很像。虽然坐着，但能看出来他不凡的气质，这要是在武侠小说里，就是一副标准的正面人物形象。

"是小江吗？来，坐。"他的语气没有一点官架子，非常亲切。

"是我，董厂长，您找我有事吗？"我没有要坐下来的意思，笔直地立着。

"坐下，小江，你站着，我还得仰视你。"他笑着说。

书房里的气氛一下子变得好轻松，把我胆怯的心理打消了一半。我在董副厂长的对面坐下。

"小伙子一表人才啊，我听林林常说你。"他把眼前的书合上。

"林林过奖了，我一个农村来的学生。"我谦虚地说。

"我也是农村来的啊，农村来的就可以不是人才吗？"他笑了。

这一笑，我已经完全没有顾虑了，完全地放松了自己。

他说道："学习回来，有什么体会吗？"

"有啊，董厂长，我在动手写学习报告呢。"我的确是这么想的。

"那好，写好了拿给我看。"董副厂长说，"我找你，是想确认一下你和林林的关系。"

我刚放松的神经一下子又绷紧了："我们，我们……"我不知道怎么回答他。

"林林成天把你挂在嘴上，你又救过她，所以我觉得这就是缘分。"董副厂长的声音很好听，他的话让我无法琢磨。

"我给你透露个消息吧，昨天厂高层召开了党政联席会议。"他顿了一下说，"企业要进行改制，而改制就必须上新产品，你是厂里唯一去学习过的技术人才。"

董副厂长的这番话点到即止，不能再往下说了。

他对门外喊："林林，给小江沏杯茶来。"

我知道他的谈话已经结束，连忙说："不用不用，董厂长，我才起床还没有吃早饭。"

这时候董林林进来了，她说："走吧，带你去吃早饭。"

我看了一眼董副厂长，董副厂长温和地说："去吧，记得把学习报告交给我。"

我轻轻地关上书房的门，抹了一把脑门上的汗。

董林林看着我，笑得前仰后合："瞧你吓得那样，他就是我的一个臣子，有事告诉我啊。"说着她拍了拍胸脯。

"走吧，我饿了。"我心有余悸地说。

随便找了个地方吃了早饭，我吃得索然无味。

"去你宿舍，拿给我礼物。"她提醒我。

"好，现在就走。"我又带她去了我的宿舍。

我把给董林林的礼物给她后说："我要写学习报告，交给你爸，这两天就不要来打扰我了。"

她打开礼物包装盒，"呀，还给我买了手机啦。"

她的一声惊叹也把我惊了一跳："什么手机？"

我根本没有让罗科长买手机的，我因为心里想着佐枚，也没有打开看过就收了起来。只好说："是啊，我看你的手机也过时了，给你买个好的。"

"联想啊，漂亮！谢谢你啊江继名，你对我真好！"

"这就对你真好了？傻丫头！"我心里说。

"我走了，不打扰你写报告了，江继名，好事在后头哦。"她说完像风一样跑掉了。

"老江？在吗？"牛津来敲我门。

我开门把他拉进来说："董副厂长找我了。"

"我听说昨天高层开会了，不会跟这有关吧？"他消息很灵通。

"难说，董副厂长的话不好琢磨。"我说。

"领导的话都是说一半的，留一半你自己想。"牛津就像个导师，我怀疑他大学和我不是一个专业。

"他让我写学习报告。"我说。

"这就奇了，历来学习都是浑水摸鱼走过场的，难道这次……"连牛津也猜不来了。

"我还是先写报告吧。"我说，"哦，对了，他问我和董林林的关系。"

"这就对了，你必须和董林林结婚，你才有前途，记住我的话。"

"你在说什么？怎么可能？"我非常吃惊他的分析。

"不用这样看着我，成败在此一举，把握好！哥们儿，我看好你！"

"牛津，可是我……"我不能说我爱上了一个人。

"我不打扰了你了，你快写报告。"他临走又说，"对了，职称考试还有一个月了，我们争取一次拿下工程师。"

"没问题！"职称考试对于我和牛津来说那就是玩，根本没有难度。

牛津走了以后，我也顾不了想和谁结婚的事，先把报告写完再说。

六

从蒋科长告诉我的一些厂里的事开始，一直到参观日资企业的洗衣机生产流水线结束。我详细写了学习的经过和学习心得。最后提出了我们厂的自身优势和应该保留发扬的地方，以及需要改进和加强的地方，还对我们厂的发展远景提出了自己的看法。

直到中午肚子饿得咕咕叫了，我才想起该吃中午饭了。董林林就像我的救世主，她提着一保温桶的饭来慰问我了。

"写了一上午吧？这是我妈做的青菜炒虾，米饭，还有凉拌菠菜。"她说着打开保温桶，另一只手里提了一小碟子凉菜。

"你妈做的啊？你让她做的？"她的话把我惊呆了。

"是啊，我和我爸都说让她做，她必须做。"

我觉得我明显已经成了他们"未过门"的女婿了，我必须澄清我的身份。但是现在还不是时候，因为我还不知道佐枚的情况。这件事打乱了我所有的计划和思路，心想，边走边看吧。

吃完饭我说："董林林，你父母是不是要午休？"

"你的报告写完了吗？我觉得你再检查一下，晚上拿过去。"

她的建议非常及时，非常好！这一点我佩服她，龙生凤！

她说完麻利地去洗碗了。洗完回来说："我不会做饭，我会洗碗。"又是那一副嬉皮的样子。

下午我又把学习报告仔仔细细检查了一遍，为确保万无一失，我请董林林帮我看了一遍。

她看完说道："你的技术性东西、核心资料我看不懂，水平有限。"

她说："我给你提个建议啊，最后你的操作计划里面，必须把领导放在显眼的地方。"

"为什么？他们又不懂，这是我的个人见解。"我说。

"是你的个人见解没错，你要付诸实施的话，必须有领导给你掌舵，哪怕这个领导什么都不懂，可是他的一句话顶你十年的奋斗。"

我怎么都不会想到董林林一个平时"不学无术"的人对于官场之道这么有

见地，真是佩服。我再一次想到了"龙生龙，凤生凤"。

按照她的建议，我把蒋科长、罗科长都放在了领导指挥组，甚至把仇科长也放进了指挥小组成员，当然架在最高领导组的是杨厂长和董副厂长。实施人员里是如我一样的在一线工作的人员。

这样一份报告交出去，不知道会怎么样？我心里很忐忑。

我问："董林林，如果我把这报告没有交给我们蒋科长，而是交给了你爸，会不会有越级的嫌疑？"

"这个你尽管放心，里面有他的名字，他巴结你都来不及。"

我的天哪，这就是董林林！

当我把这份报告双手呈给董副厂长的时候，就开始了难熬的批复等待。

我和董林林坐在她家的客厅，她打开电视让我看。我哪有心思看电视，额头上已经有细汗冒出，焦虑地等待着。

大约过了半个多小时，书房的门打开了，董副厂长没有让我进去，而是他从里面走出来了。

他拿着我的报告说："很好，不错，考虑得非常全面。"接着他说："我还是要确定一下你和林林的关系。"

"爸，你怎么这样？"董林林在旁边不依了。

"我们是最好的朋友，在咱们厂，我一来就和她最好，从未变过。"我只能这样说。

"好，就要的这句话。"董副厂长说。

"你们先订婚，年底结婚！"董副厂长深思熟虑地说。

"我，结婚？和林林？"我疑惑地看着董林林。

"怎么了？有什么问题吗？"董副厂长问我。

董林林朝我使了个眼色，我不知道她要我说什么。一想到牛津的话，如果我不答应，会是什么后果呢？而对于我想知道的关于报告的事情董副厂长却只字不提了。再一想刚才董林林在宿舍里给我的指导，我知道我该怎么回答了。

"都听董厂长的安排。我和林林会商量的。"我头一句话给董副厂长一个肯定，后一句话给自己留有余地。我想我这样的答复应该没有漏洞。

"既然听我安排，就不该再叫董厂长了。"董副厂长满面慈祥地看着我。

"叫爸爸吧。"董林林在旁边对我说。

"我……"一时间我觉得很难说出口。

"哈哈，不着急，一下子改不了口也没关系。"董副厂长笑了。他说，"晚上就在这里吃饭，让你阿姨炒两个菜，我们爷俩喝两杯。"

一下子就变成了"爷俩"，我如坠云雾。

吃饭的时候董副厂长和他的妻子频频给我夹菜。

董夫人长得很年轻，虽然在家里穿着家居服，也毫不掩饰她的气质。长发挽在脑后，面容端庄，四十多岁的年纪看起来像是三十多岁。

看得出来他们家庭氛围的和谐美满，她和董副厂长在饭桌上表现得珠联璧合、夫唱妇随，让我心里为之一动。美满的家庭不过如此吧。那么生长在这样家庭里的董林林，一定是充满了正能量。她确实充满了正能量，两年多来，我是看得见的。但是我对她是一种喜欢，还谈不上爱，如果结婚……我不敢往下想，我心里已经有一个佐枚了。

在未来的"岳父"面前我不敢喝高，我该回宿舍了。董副厂长夫妻让董林林送我回宿舍休息。

回到宿舍，董林林费了九牛二虎之力把我放倒在床上，就要转身离开。

我一把拉住她的手："林林！"我第一次叫她"林林。"

她转身问："干什么？喝大了就睡觉去，我走了。"

"我告诉你一个秘密，我不能和你结婚。"我借着酒劲说。

"为什么？你觉得我哪里不好呢？"她问我。

"我爱上了一个人。"

"谁？这两年也没见谁找过你，你除了牛津再没有女朋友呀？"她显然是没有想到我会这样说。

"佐枚，靖平厂的佐枚。"

"哦，我知道了。"她说完就走了。

她怎么不生气呢？她怎么走了呢？她不把话说完，跟她爸一样！

第三十二章　工资改革

一

等我一觉醒来，董林林已经在我床边的椅子上坐着了。

我睁开眼睛吓了一跳："你一直在这里吗？"

"我才不要一直在这里守着你呢！"她气哼哼地瞪着我。

"发生什么事了吗？"我问。

"你怎么会爱上一个有夫之妇？"她问我。

"你说谁是有夫之妇？"我以为我听错了。

"佐枚，你爱上的佐枚，她老公是她们那地方医院的医生。"

我简直不敢相信我的耳朵，她看起来还是那么青涩。

"你从哪里打听来的？"我有点不相信。

"这还不简单，我两个电话就搞定了呀。"这件事对于她来说真的太简单了。

"果真她已经结婚。就算我自作多情了，呵呵呵。"我无奈地笑着。

失恋的痛苦多年后再一次席卷了我。所幸的是，我已经有了足够的战斗力和经验，不会再失魂落魄了，也不会躺在马路边上过夜了。一切随着年纪的增长，我已经成熟。也许，在这个世界上我已经不能再爱任何一个人了。那么既然没有人可以去爱，就爱一个爱我的人吧。

我表面上没有任何受伤的表情。相反，我笑着对董林林说："林林，我开玩笑的，我要和你结婚，怎么会爱别人呢？"

"可是你也没有当着我爸我妈的面说过喜欢我呀？"她的头脑异常清楚，她的反应异常灵敏，我不得不佩服。

"我们在一起都两年多了，这你还不知道啊？"我搪塞道。

"去，喝大了说爱一个有夫之妇，真有你的，那才是心里话。"

"我是对她有好感，可我也不知道她结婚了呀。"

"出去学习一个月，就水性杨花的了。"

"这词是这么用的吗？"我苦笑着看着她。

她也被自己的用词弄笑了，接着说："你不但水性杨花，还花枝招展，就该我来管着你。"

天哪，我整个一个"苏妲己"。

"你会不会用词啊？去告诉你爸，一个大老爷们在你眼里花枝招展，水性杨花，看他还把你嫁给我吗？"

"那你嫁给我吧，我养你！"她笑得花枝乱颤。

我突然有一种征服欲从心底"腾"地升起，眼前的这个精灵一样的女子需要我去征服。

我趁她笑着没有防备的时候，一把将她拉到了我的怀里。

"你，江继名你要干吗？"她被我的动作吓住了。

"我们都要结婚了，你还怕什么？"我没有停住我手里的动作。

我一边解着她的腰带，一边堵上了她的嘴。

她"呜、呜"地摇着头，可是无论如何都逃不离我的双臂，她在我的怀里，就像一只小鸟，既然送上门来，就不要再想飞掉。

我心想，反正没有谁可以来爱，爱她我也不会吃亏的。我同时为我自己心里一点小小的"变态"感到自豪，我要改变自己，从董林林这里开始。

伴随着蜷缩在我怀里的董林林的一阵剧烈颤抖，我的单人床单上被印上了一朵鲜艳的梅花。

她的后背和她的脸上全是汗水，而我，像是被人摄了魂一样，脑子里一片空白。

我们都一声不响、一动不动、安静地平躺在我的单人床上。

我的脑子逐渐清醒起来，我知道我做了什么，从此，我新的人生开始了。我该好好对待我身边的这个女孩。哦，不！刚刚已经被我变成了女人，我一辈子的女人！

想到这里，我转过头，侧过身，再一次抱住了她。我全身心地拥有了这个女人。

我帮她穿好裙子，这是我第一次帮一个女子穿衣服，以后会帮她穿一辈子衣服。我穿得非常仔细，非常认真，我都为我的细致感动了，为我的体贴感动了。

此时的她，就像那次在班车上睡着的时候一样，乖顺得像一只小猫。她的脸颊潮红，不再是那种泛黄的肤色，如盛开的桃花那样，含羞带露。

她起来后收拾起我的床单和褥子，叠好后放进了衣柜。

"那我床上铺什么？"我看着她问。

"我从家里拿去。"她说。

"你爸妈知道了怎么解释？"

"我就说你铺得太薄了，加厚。"她说。

"这多不好，去买吧。"我说。

"那好吧，我们回家吃饭，完了去超市买。"

"去你家吃饭？我不去。"我想起在她家喝高了。

"我妈刚才发信息给我了，要我叫你回家吃饭。"

我不想驳她的面子，刚刚的温柔不能就这么去了。"好吧，你陪我去超市买点东西。"我说。

"好！"她似乎变了一个人，说话不再是那么咋咋呼呼。

我也跟她开不出任何玩笑了。经历过了一场灵与肉的交换之后，谁都会变的，这是行走红尘永恒的真理。

我拣最贵的酒买了两瓶，最好的烟买了两条，最好吃的零食买了一大袋子，问她："烟和酒买给你爸，零食买给你，给你妈买什么？"

"你一定要这么做吗？"她反问我。

"正式上你家门。"

"我妈档次高，算了，有机会再买。"她说。

就这样我跟着她正式上门,亲自提亲。她爸和她妈看我这么隆重,非常高兴。

"小江啊，又不是头一次来，买这么多东西干什么？"岳母问我。

"妈，他买了，就收下呗，说那么多干吗？"董林林嗔怪她妈了。

她爸一听，就笑着对我说："林林被我和你妈惯坏了，说话总是这样，你还习惯吧？"

"呵呵，董厂长，习惯习惯，她就是小孩子脾气，挺可爱的。"我说。

"几个人小心把林林宠上天了。"岳母在厨房说道。

不一会儿，岳母就把丰盛的饭菜端上了桌。

"董厂长，我想回家一趟，订婚的事情……"我不知道怎么说。

"你父母身体还好吧？方便的话打电话告诉一声，我派车去接过来。"岳父有这个权力。

我一听这个建议不错，就说："那我完了给我二哥打个电话。"

董林林说："派两辆车吧，我和继名都去。"她直接叫我的名字了。

"行是行，就是司机倒不开。"岳父说。

"我开一辆，派一个司机就行了。"董林林建议道。

"那这样最好，小江，你们什么时候动身？"岳父问我。

"明天吧，爸，明天我们就走。"我的主完全被她做了。

我只做了她一次主，她要做我一辈子的主。刚刚温柔了不到半天，她就恢复原形了。

二

这是董林林第二次去我家了。

老远就看见家人们在村口迎接我们，父亲母亲相扶着，二嫂怀里抱着小侄儿鸿翔，大嫂领着鸿双和鸿对。

"林林自己开车啊，真有本事！"母亲看见董林林高兴地一把拽过她的手。

她在我们家是最受欢迎的，胜过我了。

"二哥呢？"我问二嫂。

"你二哥给你准备彩礼去了。"二嫂说。

"什么彩礼？"董林林问。

"就是我要娶你的彩礼啊。"我拍了一下她的脑袋说。

"谁要彩礼了，我们家都是我的。"她说。

"林林，这是我们这里的风俗，娶个媳妇进门不就得送彩礼吗？"母亲说，"虽然你们啥都有，但礼节得讲究。"

"也没给我送过彩礼。"大嫂在旁边嘟囔着。

一句话让所有人都不再说话。

还是董林林会说话："那这样，大嫂，我把我的彩礼都给你，你再嫁一次大哥。"

说得大嫂一下子又乐又不好意思了，她忙说："我还在做着饭呢，我过去了。"

我问母亲："我大哥呢？"

"他开家长会去了，鸿政学习好着呢，马上要上高中了。"母亲说。

"时间过得真快，转眼鸿政都上高中了。"我说。

"你爸妈身体可好？"父亲问董林林。

"好，很好，他们好得很。"董林林说道，"我爸我妈问你们身体好着没，伯父、伯母！"

"我们都好，这不你看见了。"母亲说。

我看父亲和母亲确实身体很好，父亲自从出院以后就注重保养自己，气色好了很多。

"那我们明天就去省城，我岳父岳母那里都准备好了。"我第一次叫岳父岳母，特别别扭。

董林林在旁边听着，吐着舌头笑我，我在她胳膊上轻轻拧了一下。

二嫂把侄儿转身交给母亲，就去厨房忙碌了。

"我去帮帮二嫂吧。"董林林说着就和二嫂一起出去了。

"林林，你开车也累了，歇着吧，都准备好了，端一下就行！"二嫂说。

她们走进厨房后，二嫂又说："你们都挺好的吧？"

董林林忙说："挺好的，二嫂。"

林林忙着出来擦饭桌，又忙着进去端菜。

母亲看着董林林就喜欢得不得了："看看，这孩子多懂事，手脚多勤快！"

我不能对母亲说林林不会做饭，林林是被岳母伺候惯了的。

饭上桌后，二哥开着车也来了，他拉了半车"彩礼"。

"二哥，这些东西就不带了吧，这么远的路，省城都有。"我说。

"那怎么行，让人家林林家小瞧我们了。你说是吧，妈？"

母亲说："是，是，你二哥说的对。"

吃完饭常叔常婶免不了过来一番说笑。

"继名多有福气啊，一回家就带两辆车回来。"常婶啧啧说道。

"继名到底是把书念成了，娶个城里的媳妇回来。"常叔也说。

"都一样啊，你家常青不是都一样嘛。"母亲连说。

"是啊，是啊，都一样，连继名都结婚了，我们真的老了呢。"常叔说。

我问常婶："常艳呢？回来过没？"

"她呀，坐月子呢，听说你要结婚，急的呀，都要跑出来了。"常婶笑着说。

一大家子人听常婶这么说，都能想象得到常艳急成啥样了。

第二天我们一家人都到了省城，岳父岳母提前就订了酒店。

父亲和母亲住一个房间，二哥二嫂住一个房间，大哥大嫂住一个房间，鸿双跟大哥住，鸿对跟父亲住。鸿政因为功课忙，就没有来。

当父亲和母亲把半车"彩礼"在酒店交给岳父岳母的时候，岳父吃惊不小。

他说："我就一个独生女儿，怎么会要彩礼呢？这都是旧俗，旧俗。"

父亲说："老弟啊，继名在这里烦劳您照顾了，有什么不对的地方，您尽管批评教育，就当是自己生的一样。"

岳父说："哪里，继名是我们厂的领军人才啊，正准备要接受提拔呢！"

我一听岳父这样说，心里也是吃惊不小，怎么事前一点儿都不知道呢？

当然了，像岳父这么大的领导，不可能随便说说的。

"继名这小子，回家也没给我们说一声，让我们也提前高兴高兴。"大哥说。

"大哥，这不是董厂长说，我也不知。"我说。

"怎么跟你爸说话呢？还叫董厂长，显得生分了。"母亲说。

"哦，不要紧，孩子还不顺口，慢慢就顺了。"岳父理解地说。

"林林这孩子，真让人喜欢。"母亲说着又拉住林林的手。

"是啊，我的女儿性情乖巧，就是有点娇气。"岳母疼爱地看着自己的女儿。

"婶，林林很懂事了。"二哥说。

"不娇气，一点都不娇气，在我家去可有眼力见儿了。"大嫂趁机也夸董林林。

只有二嫂怀里抱着侄儿鸿翔，一直含着笑，温柔地看着大家聊天。

"我和继名她妈这次来，就算是正式提亲了，亲家！"父亲给岳父说。

这边母亲也过来拉着岳母的手："亲家母，我们都年纪大了，你和亲家公年轻，继名和林林就让你们多费心了。"

岳母通情达理地说："亲家说什么见外的话呢，都是自己孩子，跟自己生的一样。"

我听着怎么感觉是我的父亲和母亲把我"嫁"出去了，心里很不自在，而董林林在我旁边一直傻笑。

第二天岳父岳母在酒店包了酒席招待了我们一大家子。

父亲说："亲家，本来是我们招呼你们就合适，现在反成了你来招待我们一大家子了。"

岳父说："都一样，一家人不说两家话，高兴就好，你们住的吃的还满意吧？"

"满意，满意，吃得好，住得好。"大嫂先开口了。

大哥忙瞪了大嫂一眼，大嫂立即闭嘴了。

"亲家，你和亲家母工作也忙，我们这就回去了，你们有空的时候来我们乡下玩几天，那里空气好，环境好。"父亲就要告辞了。

　　"亲家公，亲家母，招待不周的地方多包涵，今天就算是给两个孩子订了婚，年底完婚时再邀请你们过来。"岳父俨然成了我的家长。

三

　　因为我要结婚了，岳父顺理成章地给我从厂里要了家属楼。

　　在岳父家的客厅里，我已经改口把董副厂长叫爸了。

　　我说："爸，我现在还没有那么多钱。"

　　"你和林林要结婚，我就一个孩子，我的就是你的，钱的事，你不用操心。"

　　"可是，爸，我是个男人。"

　　"爸欣赏的就是你这一点，好孩子，以后有了钱还给我就是了，呵呵。"岳父笑着说。

　　"现在这点工资，不够生活费的，哪买得起房子。"我说。

　　"快了，国有企业马上实行工资制度改革，你是大学生，优势很大。"

　　"哦，对了，爸，您给我爸说提拔，是怎么回事？"

　　"你们蒋科长年龄也大了，明年就要退了。"他看着我说，"怎么？没想过吗？"

　　"没想过，爸。"

　　"我给杨厂长也谈了，你是这次企业改革的领军人才，是要推一把的。"岳父平静地说。

　　"那我要感谢爸了。"我的仕途就在我不明不白的情况下内定了。

　　"说什么话呢，这孩子。"岳父说完就去书房了。

　　这时候董林林进来了，她对我说："继名，我买了床单和褥子，我们走吧。"

　　我站起来和她一起去了单身宿舍。

　　"林林！"我叫道。

　　"你、你还是叫我董林林吧，我听着舒服一点。"她说。

　　"呵呵，林林，你爸给咱们要了家属楼。"

　　"是咱爸。"

　　"对，咱爸给咱们要了家属楼，咱们过去看一下，不行就收拾装修。"

"先把这铺上，不然你住哪里？"

"林林，谢谢你！"我拿过她抱着的褥子和床单放在床上。

我坐在椅子上，然后抱起她坐在我的腿上。

"你怎么了？感动了吗？"

"是的，非常感动，我们早就该在一起了。"说着我就吻上了她的嘴，我很喜欢她小巧的嘴巴。

"你爸说提拔我的事，你知道吗？"

"我听说了。"

"给我说说。"

"你自己不去问啊？"

"他说的我有点听不懂。"

"你这么聪明，连这个都不懂？猜呀。"

"怎么能乱猜，毕竟是你爸，你比我猜的准。"

"呵呵，也是，学术技术我不懂，这些方面我可是耳濡目染。"

"嗯，老婆大人，请讲吧！"

"嘴真乖！那我猜了啊。"

"你说！"

"主要还是你的学习报告起了作用，杨厂长看了非常欣赏，就要立即下文件提你为副科长呢。"

"什么时候？"

"看把你急的，爸说了，你马上就考工程师了，让你实至名归，不让别人说闲话，懂了吗？"

"不懂！和我考试有关系吗？"

"关系大了，笨吧你，你们科里没有一个考上工程师的吧？"

"这倒是实情，一帮老家伙，靠工龄拿工资的，没有一个有职称。"

"所以呀，你考上了，你就是唯一，别人也就没话说了。"

"哦，原来如此！岳父大人考虑得周全啊。"

"那是啊，不然别人会说董副厂长提拔女婿，任人唯亲。"

"我一定不负所望！"说着我就把林林抱上了还没有铺好的床上。

"别呀，人家不方便呢。"她娇声说道。

"哦，懂了。"我放下她就去铺床。

"这个我会，我来。"她急急推开我。

我看着她给我铺床，已经是第二次了。以后我睡的床，就是她睡的床，我也不用亲自去铺了，我有自己的小家了。我还会有前途！这一点至关重要。

果然如岳父所说，厂里先要进行工资制度改革，接着就要上新产品进行企业改制。而能否在这样一个经济大浪潮中把握好机遇，不光全靠人脉，知识能力和年龄都是必不可少的条件，而这所有的有利条件都毫无疑问地指向了我。

我和牛津都顺利地通过了工程师职称考试。

当厂里的红头文件下发的时候，窦师傅首先向我表示了祝贺，"我徒弟升副科长了，我也感到很荣耀啊。"我习惯了听他们虚伪的恭维，也虚伪地谦虚道："还是师傅教徒有方啊，以后还得多多仰仗师傅的支持。"

"师傅什么也没有教你，都是你自己努力的结果，对师傅多关照，多关照！"

其他几个同事也都客套了几句。

我来到蒋科长的办公室，蒋科长立即热情地给我沏茶让座。

"科长，不用这么客气，每天都见面的，还这么客气。"

"今天不一样啊，小江，哦，江科长。"

"呵呵，我们两个的姓氏……"我笑道。

"就是，应该是你第一声，我第三声，哈哈哈。"他说着笑了。

"我是特意来感谢蒋科长的栽培，若不是您的推荐，我也没有学习的机会。"

"我说了，我很欣赏你，你是人才嘛，人才总不能一直被埋没吧。"

"蒋科长说哪里话，这样吧，今晚我做东，请蒋科长喝两杯。"

"今天就算了，改天我组织科里的同事们，大家一起聚一下，给你恭贺一下，毕竟我退了以后，大家都要仰仗你了。"这些话蒋科长说得一点都不虚伪。

我只和林林、牛津三个人庆祝了一下我的升职。

林林已经找了人为我们装修新房了，这些事根本不用我操心。

那天晚上我和林林又在我的单身宿舍度过了缠绵的一夜。那是只有她才能给我的祝贺升职的方式。

关于厂里工资制度的改革，在职工代表大会上展开了激烈的讨论。

讨论分成了两大派。

一派说："我们辛苦了一辈子，没有什么文化，也没有职务职称，就靠工龄拿工资了，改革，怎么改呢？"

"现在是知识的时代，靠老资格吃不消了。"也有人说。

"我们现在反而没有一个刚毕业的毛头小子工资高，这不公平。"

"我认为很公平，同岗同酬。"

"我们干了多少年，你们才来，干了几天，就和我们平起平坐了。"

"你们干多少年的时候已经拿了工资了，还要在现在把过去重新算上吗？"

"我们一辈子都为厂子里付出了。"

"可是现在你们干的活明显不如我们干得多。"

"这样改革下去，没有我们的活路了。"

"我们也不想熬下去，工资太低了，不如跳槽走人。"

最后，负责人事的董副厂长对大家的讨论做了总结性讲话。

他说："同志们啊，国有企业的改制势在必行，这已经是大势所趋，而我们厂，已经在全国范围内落后了。"

下面一片哗然："那你们厂长层的意思呢？"

"我们只能代表大多数职工的心声，而大多数职工的心声就是国家改革的心声。"

下面的职工们都静了下来，他们都想听最后的决定。

董副厂长说："改革，势必会有极少部分人不满，事关每一个人的生活，所以我们才展开了这场讨论。

"而最后的工资制度，不再是现行的等级工资制度，将完全打破等级制，实现公平、公正的工资制度，我们尊重知识、尊重人才，也尊重多年来为我们企业立下汗马功劳的老职工。

"企业不会亏待每一个人，企业对每一个人的付出都会有相应的回报，我们新型的工资制度，将会在知识和能力方面倾斜。"

这一番讲话，令在座的所有的老职工和新职工都心服口服。

四

年底，我搬进了新房，结婚了。

次年，"鹳阴电子机械厂"经过改制成为"鹳阴电子机械有限公司"。下属的某某科全部改变为某某部，我正式成为技术部的部长。

公司成立了推进新产品领导小组，下发了红头文件。

当然正如我的妻子董林林所建议的、我的学习报告里所提出的那样，一把手杨厂长——现在的杨董事长兼总经理任组长，我的岳父董副总经理任执行组长，我任直接执行人。

这份文件的解读是这样的：推进新产品的生产，只要我想干的，公司全力支持。进一步解读为：公司改制后的前沿阵地由我来指挥。

我迅速抽调了公司各方面的佼佼者组成了新产品推进中心，利用公司最先进的设备车间作为新产品试产车间。我在公司领导层面前立下军令状：一年之内保证让新产品投放市场，完不成任务，引咎辞职。

开完了这场仗前会，我和妻子董林林、岳父董副总经理回到家，岳母已经早早下班回家做好了一桌子好菜等着我们。

自从结婚以后，我和妻子每天在岳父岳母家里吃饭，一来妻子不善厨艺，二来岳父母不舍得我们自己太辛苦。可怜天下父母心！

"林林，快过来帮妈把菜端出去。"岳母系着围裙在做我爱吃的干锅虾。

岳父从书房里拿出自己珍藏多年的茅台，开启后对我说："继名，今天的会开得很圆满，要怎么干，公司可就看咱爷俩的了。"

"爸，我会放开手脚干的，这您放心！"

"爸要的就是你这句话，你办事，我放心！"

"先吃点菜再喝，看把你爷俩忙的，好像公司离开你们就不转了似的。"岳母端出红艳艳的干锅虾说。

"就是，继名成天都不理我，电话不接，短信不回。"妻子很会抓住机会。

"林林，爸给你提个意见，以后别有事没事干扰继名，都结婚了，不是小孩子了。"岳父替我教育妻子。

"是啊，一支口红的颜色都要打电话问我。"我趁机告状。

"我上班好无聊，一天验收验收的。"妻子说着噘起了嘴巴。

"不要小看验收工作啊，林林，从你们手里出去的产品投放在市场一定要是响当当的。"岳父说。

"知道了，爸，总是吃饭的时候教育人。"

"那你赶紧给爸生个孙子，我就不教育你了。"

"快吃菜，父女俩拌嘴就没完了。"岳母满眼温柔地说着林林。

我觉得妻子出生在这样的一个家里，简直就是掉进了蜜罐里。当然，她根本没有经历过我经历过的生活。

岳父拿起酒瓶，我连忙接过来说："爸，我来！"

岳父满意地看着我说："继名啊，咱家以后就靠你了。"

"爸说哪里话，我和林林还要依靠您呢，您还这么年轻。"

自从"跟了"董林林后，这方面我学得特别快。

"说说你的下一步想法。"岳父似乎除了谈女儿就是谈工作。

"爸，我们公司现在虽说波轮式和滚筒式都生产，但都不是全自动的。"我说。

"接着说。"岳父和我碰了一杯说。

"要想最终生产出最优质的全自动洗衣机，必须从我们公司的长处出发，这样就会少出错，少走弯路。"我说。

"还有呢？"

"我们公司擅长生产波轮式洗衣机，目前也是半自动。我学习的时候参观的是日资生产流水线，他们就擅长波轮式。"我继续说。

"继名，吃虾，不要光顾着说了。"岳母给我夹了一只虾过来。

"谢谢妈，我自己来。"我说。

"不要打断孩子说话，你们吃你们的。"岳父对岳母说。

"呵呵，爸。"我说，"我们可以先从波轮式半自动到全自动过渡。"

"嗯，这个想法很好。"岳父说，"用不了半年新的全自动波轮式洗衣机就可以投放市场了。"

"我立军令状的时间是一年，就是要在机型的外观、大小和性能上达到成熟，来满足不同类型、不同喜好、不同年龄段的消费者的需求。"

"继名考虑得很全面啊，这一点比爸强。"岳父说着又和我碰了一杯。

妻子坐在旁边一直没有说话，这可不像她啊。我给她夹了一只虾，她一看见虾就跑卫生间去了。

岳母忙追了过去："林林，怎么了？"

"妈，我恶心！"说着我看见妻子眼泪汪汪的。

我赶忙过去问："哪里不舒服吗？林林。"

"你干什么给我夹虾啊，我看见就恶心了。"

"哦，是我不好，你怎么会恶心？"我问。

我话还没说完，她又对着马桶吐了，可是干呕了半天，啥也没吐出来。

"妈，我难受！"妻子说着就扑岳母怀里去了。

岳母抱着妻子说："怎么了？林林？让小江带你去医院看看去。"

"又好了，妈，没事了。"妻子说完就回来继续吃饭了，并且特意吃了一只虾。

"那继名，你继续说。"岳父正听得高兴呢。

"我想，当我们的波轮式全自动完全成熟的时候，再根据消费者对于省电或者省水的选择来生产滚筒式全自动，那就轻车熟路了。"

"对！继名，就这样大胆地去干！"岳父对我的想法非常认可。

"目前我需要一个好的帮手。"我趁机提出了要求。

"这个你自己做主，我和杨董批一下就行了。"岳父说。

"那好！我就要我的大学同学牛津。"

妻子突然趴我腿上说："继名，咱回家吧。"

"你去帮你妈把锅碗洗了，我和继名再喝两杯。"岳父对妻子说。

"早点回去吧，林林不舒服，锅碗我来洗就行。"岳母对妻子总是百般宠爱。

我和妻子回到了自己的小家，一套一百平方米的三居室。

妻子进门就扑倒在床上，鞋都没有换。

我走到她身旁问："你是不舒服吗？怎么突然吐了？"

"我也不知道，困得很，想睡觉。"

"那就洗洗睡吧。"

"不想洗，困。"她撒娇地说。

我只好打开热水，弄湿了毛巾替她擦了脸和手，帮她脱了外衣。直到把她塞进被子里，她一句话都没说就睡着了。

五

新产品试验车间是公司第一车间，坐落在公司生产区最显眼的地方，占地面积三千多平方米。车间里的生产线按照我的计划正常也运转着。

这天下去我正在车间拿着图纸和工人们忙碌着，牛津从外边过来对我说："林林找你！"

我心想：下车间的时候妻子从来不打扰我，她可能有急事吧。于是我放下手里的图纸向车间外走去，窦师傅在后面喊我："我就按照刚才说的上了啊。"

我应了一声"哦"就出去了。

妻子在外面站在，虽然已是春天，倒春寒还是让人浑身感觉很冷。

她穿了羽绒服，手里拿了一张纸。

"春天了，不至于穿羽绒服吧，没那么冷。"我说。

"你看这个！"她拿起那张纸让我看。

这是一张"化验单"，我不看则已，一看简直高兴得要跳起来了。

"林林，怀孕了？怎么不早说？"我抱起妻子就来了一个一百八十度旋转。

"我也是才知道啊。"她似乎很委屈。

"怎么了？不高兴？"我关切地问。

"我没想好。"她说。

我乐了："没想好当妈妈还是没想好当我孩子的妈妈？"

"都不是啦！"她打我，然后"哇"地哭了。

"哭了孩子就变丑了。"我忙去哄她。

"你就操心你孩子变丑了，怎么不操心我变丑了？"她还是打我。

"好了好了别哭了，这么多人看见了，说我怎么虐待你似的。"

"你就虐待我了，我变丑了。"她还真的哭呢。

这时妻子的电话响了，我说："接电话，别哭了，乖！"

"妈，我不想吃什么……"是岳母打来的问我们晚上吃什么。

我"嘘"了一声小声说："我带你吃好吃的去。"

她点了点头对电话说："妈，我和继名在外面吃。"

"好了，回家躺会儿，我这边忙完就回去。"我对她说。

"好吧，你快点啊，我先回去了。"她说完就走了。

我去车间大概查看了一下进展情况，所有的设备运转正常。转身又对牛津说："把图纸上的设计和操作流程再核对一遍，参数一定要仔细盯一下。"

"好，这个我把关，你有事就先去忙。"他说着就拿图纸过去了。

我回到家里时，妻子正躺在床上看着"化验单"发呆。

"林林，好点了吗？"我冲她说。

"好什么好？都怪你！"

"都怪我，都怪我，去医院怎么不叫我呢？"

"你忙你的产品呢，那才是你的儿子，我怀的不知道是什么？"

"你怀的是我的女儿，这样我就儿女双全了。"

"还贫嘴呢，人家都愁死了。"

"有什么可发愁的？缺衣少穿了？还是缺钱花了？"

"啥也不缺，这孩子出来我怎么养大啊？"

"哦，你原来愁这个啊？我来养就是了，你只负责生出来。"

"说得好听，我不会做饭。"

"你有奶水啊。"我笑道。

自从工资制度改革后，加上我又有职务，工资在厂里已经是很高了，比奋斗了二三十年的老工人都高出了许多，甚至比我的师傅——窦师傅都高很多。所以养孩子一点问题也没有，就算妻子不上班，我也能养活。

妻子的岗位很低，工资连我的五分之一都不到。

她常说："我这个念过技校的工人配你这个念过大学的干部，就吃你一辈子了。"

我也说："我就是用来让你吃的。"

话虽这么说，岳父岳母给我们的补贴不少，更重要的是，我的每一步路都是岳父替我铺好的，我只要去走就是了。

我带着妻子进到一家新开的餐厅，这家餐厅装修得十分淡雅。

我们找靠窗户的地方坐定，我问她："你想吃什么？"

"我想吃热一点的东西，我总感觉冷得很。"

"那就小火锅？菜我们再点。"

"好的，我吃滋补的锅。"

"好啊，给我女儿滋补一下。"

"给你老婆我滋补，你女儿还没个人样呢。"

"好，给老婆大人滋补一下。"我纠正道。

正在妻子董林林埋头点菜的时候，我无意中看见了一个熟悉的身影：佐枚！

就见她依旧长发披肩，头顶依旧是黑色的蝴蝶结，依旧是白色的裤子，她手里领着一个三四岁的小男孩，跟在一个男人的身后。这个男人中等身高，微胖，戴着一副眼镜，显得很斯文。

我的心里立即泛起了酸酸的涟漪，眼睛再也没有离开她。

"西蓝花要吗？蘑菇要吗？"董林林在问我。

我没有听见她在说什么，眼睛一直盯着在我们右上角不远处落座的那一家人。

董林林不见我吭声，抬头问我："要不要说句话？"结果看见我在看着远处，她顺着我的视线看过去，然后用手在我面前扫了扫："看什么呢？那是谁啊？"

"没什么，我看着面熟，以为是熟人。"我搪塞道。

我想起来了，董林林打听佐枚的时候只是打过电话，并没有见过本人，所以她不认识。

我人在这边吃饭，心里总想着看过去。用眼睛的余光我看见那个男人在替佐枚擦着嘴角。佐枚抬起下巴让他擦，小男孩在旁边笑："妈妈吃饭漏了。"

"你妈妈和你一样，都需要爸爸来照顾的。"那个男人说。

我感觉我的醋劲让我受不了了，拿起桌子上的醋往锅里一顿猛倒。

"你要酸死吗？你的锅是西红柿味的。"妻子在旁边挡住我。

"我觉得没什么味道，是不是新开的店在搞实验？"我说。

董林林果真以为我说的没味道，用自己的勺子舀了一口我锅里的汤："酸死我了。"她立即吐到了碗里，接着就跑去卫生间了。

董林林的这一下惊动了远处吃饭的一家三口，佐枚朝我这边看了过来。

她朝我笑了笑，我也不自然地笑了笑。

我听到她给她老公介绍："我学习的时候认识的一个朋友，鹮阴厂的。"

她老公也朝我这边礼貌的微笑了一下，算是打了招呼。

我还以不自然的礼貌的微笑就赶去卫生间看董林林了。

这顿饭吃得我索然无味。

第三十三章 有女儿的苦与乐

一

我把妻子怀孕的消息告诉了父亲和母亲，母亲要和妻子通电话。我叫过妻子说："你过来接一下电话，妈叫你呢。"

看着她和母亲聊天的和谐的画面，我为自己心里没有全心全意对她而感到羞耻，我不该到现在了还心猿意马。

这时候牛津来找我："老江，你快去车间看看。"

"怎么了？出什么事了吗？"我急忙穿上外衣往出走。

当走到车间的时候我才了解到，我们试产的第一台洗衣机出来了，可是转速不是我们预先设计的那样。转速太快太猛！

"是按照图纸的参数加的码吗？"我问。

"这一块不是我负责。"牛津说。

这一块是窦师傅负责，我想起来了，那天董林林叫我出去，我匆匆安顿了一下就走了。

"窦师傅人呢？"我问旁边的工人。

"他今天夜班。"有人说。

"打开机器我看一下。"

当工人们把这台洗衣机打开的时候，我看见齿轮的角度和齿距与图纸上有很大差别。

"老牛，这个归你管吧？"我问。

"安装的时候我检查过的，怎么会？"

"好了，这一批已经安装了多少台了？"

"第一批生产线基本备齐了。"有人回答我。

"全部停下来，全部重新配套齿轮。"我说。

"这恐怕不行吧？费工不说，主要是费料，这么多齿轮全部作废吗？"

"老牛，这些齿轮能否改做？在这个基础上改修？"

"这个要问窦师傅，我没把握。"他说道。

"打电话叫窦师傅来一下。"我对旁边的一个工人说。

不一会儿，窦师傅来了。

我和颜悦色地问："窦师傅，这个齿轮的参数您是按照图纸走的吗？"

"不是，我稍微改了一下。"

"为什么？咱们不是决定了的吗？"

"是这样，我们以往都是老参数了，这样洗的衣服比较干净。"

"我的窦师傅，咱们这是在改革，这是新产品啊。"

"新产品也得讲究洗衣效果呀。"

"不行，必须全部改过来，这些齿轮全部修改。"我说。

"已经做了，再修改，加班，你给工资吗？"窦师傅震怒了。

"到底谁是总指挥？这件事我们已经定了的，你擅自篡改参数，怎么解释？"

"总指挥是杨董事长，又不是你。"窦师傅说完一甩脸子竟然走人了。

所有人把我晾在那里，大家都忙自己的去了，还在继续加工生产。

我向所有人喊道："停下，停下工作！"

没有一个人听我的。我一气之下从车间里出来，想去找岳父汇报情况，又一想这么不冷静地去，会给岳父造成不好的影响。

这时牛津跟在我后面出来了，他说："老江你先不要急，我陪你去找杨董事长。"

"为什么要去找董事长？他就是挂了个名而已。"

"你知道吗？窦师傅是杨董事长的人。"

"什么意思？"

"他这样做，一定有他的道理。"

"那他可以在会上明说啊，私自篡改参数算怎么回事？"

"其实很多人都对你不服气，你没听见他们说什么吗？"

我和牛津站在车间外马路边的树下，他说："他们说你依靠老丈人当上了这个执行人，不是真本事。"

"他们怎么说我不管，但这事是会上已经定了的。"

"你还不明白吗？窦师傅就是想要搞垮你。"

"那我就去找杨董事长说，有没有真本事是要让市场说话的。"

"是啊，销售部有市场调查数据。"

这时就见董林林慌里慌张地来找我，拿着我的手机："继名，你的手机。"

我才想起来刚才出来时手机还在她的手里。

"杨董事长打电话找你。"她说。

"恶人先告状了，呵呵。"牛津一听就乐了。

"那就去呗。"我也乐了。

杨董事长办公室里，窦师傅也在那里。

杨董事长说："江部长，这件事我交给你全权负责，现在出了问题，还是交给你全权负责。"

"杨董，我们之前小组会上定的参数，就得执行，随便改了，是不是不太严肃啊？"我说。

"岂止是不太严肃，简直就是儿戏。"杨董说着看看窦师傅。

窦师傅低着头闷在那里，一句话都不说。

"一切损失由公司承担，去吧，按照原计划进行。"

我领命而去，后面跟着窦师傅。

"江部长啊，对不起，我给你造成了麻烦。"

"窦师傅，我怪你，还有用吗？幸好发现及时，不然全部生产出来了怎么办？"

"是，是，是。"

我看着窦师傅前面走了后，就拐进了岳父的办公室。岳父和杨董事长相隔一个走廊。

我进去的时候岳父正在看一个文件，他见我进来，说道："你先坐下。"

秘书进来给我沏了一杯茶就出去了，轻轻带上了门。

"继名，事情我都知道了。"

"他为什么要这样做？"

"有些事咱们回家说，我给杨董提了个建议，说这头一批新产品问世的时候，根据市场需求说话，如果好，让他接受我的建议，他似乎有点犹豫，所以……"

我只是听着。

"所以你知道这回事就行了，具体我们回家说。"

"好，那我看着修改齿轮去了，爸，我走了。"

"去吧！放开干！"

我回到车间重新布置了任务，把所有设计技术的参数重新核对一遍，仔细检查实际操作和图纸是否相吻合。我特意安排窦师傅亲自上一线操作。

安排完了工作，我出来给董林林打电话："今晚我们去爸妈那里吃饭，你早点过去。"

她说："我已经在这里了，你直接过来就行。"

牛津过来说："你把窦师傅安排在一线组装，他好像有意见。"

"有意见就让他有着，难不成他还会少拧一个螺丝？"

"这个很难说。"

"呵呵，用人不疑，再说了，同样的错误他不会犯两次吧？"

"我得看着点。"

"那老牛，你再盯着窦师傅看，他还有什么动作？"

"我会的。"

"对了，林林快生了，让我岳母伺候月子不太好吧？"

"那你意思是让你母亲来吗？"

"我就是这么想的。"

二

新产品按照我的计划正常而有序地进行着。

这天吃完饭的时候岳父跟我进行了一次正式谈话，他把我叫进了他的书房。

岳母和妻子董林林在客厅看电视，妻子马上就要临盆了。

"继名啊，我有件事要告诉你，希望你做好思想准备。"

"什么事啊，爸，这么严肃。"

"组织上可能要调我去其他地方工作，不久我就要离开鹳阴公司了。"岳父说。

"哦，那是？要升职吗？"我小心问道。

"是的，那边的公司已经改制，总部希望我过去对进一步的发展掌舵。"

"那我先恭喜爸！"我由衷地说。

"小子，也不问问那里怎么样就恭喜。"岳父欣赏地看着我。

"不管怎么说，爸要做掌舵人了。"

"那个地方可离鹳阴有两千多公里呢，你就不为自己考虑？"

"我，还没想过。"

"那你愿不愿意跟爸过去？"

"这个，真没想过，林林现在待产……"我首先考虑到的是妻子，这让岳父非常欣慰。

"本来想林林生产完了我们一家子都过去，现在看来我和你妈要提前了，恐怕等不及看见我的外孙出世了。"岳父遗憾地说。

"这么快啊，爸，您也没早给我们说，林林知道吗？"

"她还不知道。组织上的事，我也是才知道，提前没有消息。"

"本来想好林林生产会有妈照顾，那我就要尽快打电话叫我妈来了。"我说。

"是啊，你尽早安排这件事，还有，我对你和林林也有安排，你选择一下。"

"您说，爸！"

"如果你们想过去，这边就不用再考虑了。林林生产完，我派人来接你们，如果你不想过去，我另有安排！"

"爸，这件事太突然了，我考虑一下再答复您！"

"好，爸说的意思不是让你现在就选择，时间还长，你可以和林林商量一下，和你父母商量一下。"岳父说。

"嗯！"

"这边的新产品马上形成，投放市场后预计非常畅销，这一点你不用多想。等你选择好了再进行下一步打算。"

"嗯。我懂了，爸！"

回到自己的小家后我对妻子大概复述了一下我和岳父的谈话，我想征求妻子的意见。

"咱妈年纪大了，来这里伺候月子也不习惯，再说了咱妈没用过咱家的厨房，咱妈肯定为难。"妻子说。

"哦，这一点我还真没想到，还是你考虑的周到。"

"我爸和我妈走了，那就你来伺候我吧？"

"我？我给你煮方便面还是熬稀饭啊？"

"呵呵呵，你给我烧开水就行，会吗？"

"别捣乱了，到底怎么办，你自己决定。"

"是我一个人的事啊？我决定，就不。"

"那就接妈过来吧。二嫂来不了，鸿翔还小，二哥厂里忙，大嫂就别想了，呵呵。"

"不如这样，继名，你把我送回老家去。"

"啊？这个我真没想到，你真愿意去吗？"

"我很想去，你家的热炕，还有你妈做的饭，想想就像是天堂一样。"说完妻子一脸的憧憬，她总是给我出其不意的惊喜。她说，"只是你一个人怎么吃饭呢？"

"我好办，和牛津混，要不就吃食堂，太好打发了。"

"我不放心你！"

"有什么不放心的，你在的时候也不做饭呀。再说了，一个大男人，应酬不是也多吗。"

"那好，就这么定了，你过两天就送我回去。"

"好老婆，真好！"我心里一感动，在她的嘴巴上深深地吻了下去。

我把妻子要回老家的决定告诉了岳父岳母，他们也非常赞成。

岳父当即就调了车来，我买了一些坐月子的日用品，开着车送妻子回到了老家。

刚一进门妻子就过去要和母亲拥抱，母亲忙说："林林啊，这肚子都这么大了，能抱吗？"

"妈，我想吃您做的饭了，想的都睡不着了。"

"那好，从现在开始，妈天天变着法地给林林做。"

我过去给父亲一个茶叶盒说："爸，这是我岳父给您的茶叶，他说这是今年新茶，很适合您！"

"你岳父岳母身体好吗？"父亲问。

"挺好的爸，要不是他和我岳母要调离鹳阴，林林也不会回来的。"

"这样也好，你就可以安心工作了。"父亲说。

"大哥大嫂怎么样？"我问。

"他们呀，好着呢，三个孩子都在上学。"外面是大哥的声音，赶过来正好听见我关心他。

"高中的初中的，一个比一个学习好，可把你大嫂自豪得不行了。"大哥说，"林林来了。"

"大哥容光焕发的，心情不错嘛！"林林快人快嘴。

"可不是嘛，咱家有老三这么有出息的榜样，侄儿能差吗？都想着考大学挣大钱呢！"大嫂也来凑热闹。

"你二哥二嫂的厂子越来越红火，就剩下我们一家子日子紧巴了。"大嫂说道。

"这是我给侄儿们买的零嘴，大嫂拿着。"我说着拿出一大包礼物。

"这让你破费了啊，老三。"大嫂很少叫我的名字。

"妈，我二哥二嫂呢？厂子里忙得很吗？"

"你二哥基本都在厂子里过了，你二嫂在给你们准备饭呢！"

正说着鸿翔小脚颠颠地跑过来叫了："爷爷奶奶，三叔三婶，我妈说饭好了。"

大哥大嫂听见吃饭就拿着礼物走了。

我和父母及妻子来到二嫂家的厨房，二嫂已经准备了很丰盛的一桌。

"二嫂辛苦你了！"妻子连忙过去要帮二嫂端菜。

"林林你坐下，笨重的身子不用来帮忙了。"

"二嫂。"我招呼了一声。

父母和母亲已经坐定，林林坐在母亲的旁边，父亲抱着鸿翔。

"继名你也坐，我来弄，马上好！"二嫂说着端上最后一个菜，自己也坐了下来。

"鸿翔，来妈这边，别影响爷爷了。"

"不嘛，我就要和爷爷坐一起。"鸿翔说着赖在父亲怀里。

"那就坐爷爷旁边。"父亲从桌子底下抽出一个小凳子给鸿翔坐下。

"这孩子，总是赖着爸。"二嫂笑着说。

我发现做了母亲后的二嫂更有一种韵味在里面，这让我的心里有一种难以言表的滋味，我想到了佐枚。

三

岳父岳母调离鹳阴后，就剩我一个孤家寡人了，我吃饭基本靠"打游击"。

这天下班后和牛津一起聊天喝酒，找了一个比较安静优雅的环境，以此打发老婆不在家的日子。我们吃饱后开始喝酒，边喝边聊。

他说："老江，你有多久没这么自由了？"

"好像出了学校的门再没有自由过。"我想了想说。

"也是啊，也是缘分，董林林一直都是你的影子。"

经他这么一说，我还真有点想林林了，还有我刚刚出生的女儿。

林林现在每天吃得好睡得好，全都拜我女儿所赐。

林林在电话里跟我说："咱的小千金可乖了，除了吃饭就是睡觉。"

我心想：难不成她还跑路吗？越想越觉得女儿可爱，只有自己生了孩子，才知道孩子有多让人心疼。想到这里，我不由得笑出了声。

"老江，是不是想林林了？"

"主要是想女儿。"

"才多大点儿人啊，就想了？"

"不知道为什么，虽然还没有见过面，总觉得很想。"

"那就不想林林？"

"没有那种刻骨铭心的想，一种习惯吧。"

"没有良心的东西，她可是你的福星啊。"

"知道，我会一辈子对她好的，这个自然。"

"老江，我去趟洗手间。"

牛津刚刚起身离开座位，他的座位上就出现了一个人。已经喝到半醉的我抬头一看，是佐枚。

我的心一下子像是被人揪了一把。

"少喝点，怎么今天有空喝酒了呀？"她轻轻说道。

"你是佐枚吗？"

"是我，不认识了吗？"她一点都没有变。

"你，还好吧？"

"听说你在你们公司干得不错？"

"不错！"

"那你这是？"

"吃饭！"

"哦，那你吃吧，我那边还有事，再见！"在她转身的一瞬间，我拽住了她的胳膊。

"站在对面刚从卫生间出来的牛津看得一清二楚。

我只好放手，牛津过来了，他问："谁？"

"不是谁，一个熟人。"

"熟人就坐下来聊，拉拉扯扯的。"

"你误会了，她带走了我的心。"

"我去帮你要回来。"说着牛津真的跟上去了。

"老牛，你回来，我愿意给她。"

这时候我的电话响了，我接起来问道："林林吗？"

"是我，继名，你在干什么？"

"我喝酒了，和老牛，碰上了一个人。"

牛津拿过我的电话说道："林林，老江喝多了，你早点休息，我送他回去了。"

他把我的电话挂了。

"老江，你没喝多少啊，怎么醉了呢？"

"谁说我醉了，正好，再来！"

电话又响了："继名，下一周我就回来。"

"好，赶紧回来，把我女儿抱回来。"

牛津把我送到家里，他给我倒了一杯水说："你今天怎么就醉了呢？真奇怪，我有点搞不懂，那个女人是谁？"

"老牛，我心里很难过，我不甘心！"

"早点睡吧，我家夫人打电话叫我了，明天见！"说完他就走了。

我拿起电话，想给佐枚打电话，又怕她不方便，怕我喝酒了管不住脑子，忍了又忍，为什么让我遇见她，为什么又不声不响拿走我的心。

去吧，没有缘分，去吧，缺憾的人生。

我还是拨通了林林的电话，这一刻，我的心出轨了，我最对不起的人是我的妻子，她在给我生孩子。

"林林，我想你，真的好想你！"

"继名，你怎么了？是不是真喝酒了？"

"喝了点，老牛和我一起回家，他被梅熙叫走了。"

"我很快就回来了，咱妈给我教会了几道菜，我回来做给你吃。"

"老婆，你不要太好了，赶紧回来吧，我想听一听我女儿的声音，现在。"

林林把电话放在女儿的嘴边，我听见女儿的小嘴吮奶嘴的声音，好听极了。

我想我女儿长大了一定会吹笛子，天生的，遗传我的父亲和我。

"继名，我爸和我妈打电话了，他们也想小外孙了。"

"都没有见过，怎么想的？"

"你也没有见过啊，你怎么想的？"

“我想你，林林！”今晚我说想我的妻子，是真的想了，她才是和我相依为命的伴侣。

爱情是什么？爱情不属于我，我和妻子是友情直接变亲情，她不刻骨铭心，但也难分难舍！

“我知道，继名，我下周就回来了。”当了母亲的林林，已经没有那么骄横了，也许女儿才是那个令她柔软下来的人。

不知不觉中，我睡着了。半夜里，我的心里像着了火似的难受，醒来后喉咙焦渴难耐。我看见手机的灯一闪一闪的，于是过去拿起来一看，有五条短信，全是佐枚的。我没有打开看，全部删了，我想我应该做个真的男人。与她就算是一般的友谊，也会让我心猿意马，这完全是我的错。佐枚没有错！林林更没有错！那我就不能犯错误，去为了爱情追求别人的妻子。

睡吧，睡起来投入工作，投入我的全自动洗衣机生产当中，我还是一个能干的专业技术人才。

第二天我为女儿的到来做了大量的工作。先去超市买了婴儿床，买了奶粉，买了尿不湿，买了一大包孩子的衣物等。又给林林买了几身换洗的妈妈服。

回家后一一归类摆放整齐，把房间擦洗打扫了一遍，就等着她们母女的到来。

我拿起电话说：“林林，我把房间都收拾整齐了，就等你们娘儿俩回来了。”

“好啊，把婴儿床放大床的旁边。”

“哦，我以为她回来就单睡呢，放在隔壁卧室了。”

“她才多大点儿，一百天不到，单睡？亏你想得出来。”

“我错了我错了，老婆说的是，我去搬过来。”

“赶紧去搬，听见你女儿哭了，我去哄孩子了，不聊了。”说完她就挂了电话。

我还觉得没有说够，感觉好失落。于是又重新把婴儿床摆了一遍，幻想着我的“小棉袄”睡在婴儿床里，吮着指头冲我笑，林林在做饭，我们一家子好温馨好温馨。

正想着，可是偏偏佐枚就从我脑洞的侧缝里钻出来，我推回去，她又钻出来……

我好烦！

清明

/ 382

四

女儿终于回家了！

林林忙着洗澡换衣服，女儿睡在我准备好的小床上，似是远方归来，车马劳顿，一动不动，四平八稳，很有小主人翁的样子。

看着女儿粉白的嫩嫩的小脸，我想：这辈子该是为她奋斗。

林林换上我买的妈妈服，很有女人味地从卫生间走出来，我过去拦腰一抱就往卧室走去。

"老婆，想死我了，这都多久了？"

"不到一年，能有多久？"

"说得轻巧，一年啊，三百六十多天。"

"你去给孩子冲奶去，奶水不够吃。"她说。

"好吧，我来冲。"说着我拿起奶瓶去冲奶。

林林滴到手背上试了试："太烫了，你喝试试？"

"那还是你来吧。"

"我也不会冲啊，在家都是妈冲的。"

"那打电话问妈。"

母亲告诉我冲奶的方法后，我为女儿冲了第一瓶奶，从此只要女儿一哭都是我来冲奶。

林林说："这样就公平了吧，我们都喂奶。"

"哈哈，这是什么逻辑？"我被林林的说法逗乐了。

就见女儿在床里面双脚高高举起，两只小手在空中抓个不停，"咯咯咯"一直欢笑着，也许她也被妈妈逗笑了呢。

她对我一点都不陌生，一见如故！我抱起她的时候她更高兴，小手在我的脸上摸个不停。

可是忙碌的日子开始了，我有点应接不暇。本想着我一下班不但可以吃上饭，还能陪女儿说话解闷，谁知下班后我先换尿布，换不及的时候小家伙撒着欢地哭；又要喂奶，喂不及的时候也撒着欢地哭。

妻子一看见我下班回来就去睡觉了，我还得做饭——连我自己都不爱吃的饭。

"林林，你不是学了几道菜吗？"我问。

"可是我累死了，做不动啊？"

"你就哄个孩子，孩子睡着了你不是也睡着了吗？"

"哪里像你说的那样啊？你来试试看。"

"我来带孩子了不上班了？"

"那你早点回来做饭不好吗？"

"我做，我做吧。"我只好说。

每当这个时候，那种盼望她们回来的美好日子就从眼前消失了。唯有看见女儿笑的时候，又像充了电似的心情大好。但是这样的日子太累了，过了不到一个月，我就有点想逃了。妻子也渐渐恢复了以前的样子，她甚至比我还想逃。

这天我想去银行取点钱，雇个保姆来做饭收拾屋子，帮我和妻子度过这段日子。

走进银行，把存折递给柜员的时候，一个熟悉的声音问我："存款还是取款？"

"取款！"也许柜员也听见我的声音觉得熟悉。

我们相互一看，几乎同时叫出了声："继名！""大嫂！"

我有几年没有见过槐香嫂子了，她竟然和我生活在同一个城市里。

现在的她完全脱离了农村妇女的模样，成了一个娴熟的银行工作人员，从骨子里透出的一种气质，完全融入了这个城市。

我等到她下班就把她带到了我的家里。

"这是谁，继名？"林林看见我带进了一个银行的职员，感到很奇怪。

"这就是我给你常说的槐香嫂子。"我说，"这是我妻子董林林。"

"槐香嫂子啊，继名常跟我说呢，原来这么好看的嫂子啊！"

"林林，你好！"

这时候女儿哭了，林林忙跑过去看，她在卧室喊道："继名，快来啊，你女儿拉了，快拿尿不湿来。"

"我去吧！"槐香嫂子说着拿过一片尿不湿，熟练地给女儿换上。

"还是槐香嫂子麻利，我都快要忙不过来了。"林林说。

槐香嫂子环视了一下我们的屋子，沙发上、床上，甚至阳台、地板上，到处都是小孩子的衣服和裤子，还有上面沾满便便与尿的尿不湿。

槐香嫂子啥也没说就帮我们整理起来了，经她的手一过，我们的家就像个家的样子了。

"继名，没想到你都成家了，都有孩子了，以后有需要帮忙的地方，我来帮你，你看你们现在……"

"槐香嫂子，我还不知道你现在的情况，鸿妍呢？"

"说起来也是缘分，你的同学郭琼，硬是把我和他哥撮到了一起，我现在聘在银行的年限也够了，下个月就要转正。"

"是吗？那你过得很好啊，嫂子。"

"还叫我嫂子呢，叫姐吧。咱妈咱爸好吗？"说着槐香姐眼圈又红了。

"姐，咱爸咱妈都好。咱爸得了脑梗，我坐月子的时候还住院呢。"

这件事我不知道，父母也没有告诉我，林林觉得说漏了嘴，赶紧把嘴闭上了。

"林林，这么大的事你怎么不告诉我，咱妈还伺候月子。"我问道。

"二哥二嫂不让说，他们说你在事业的节骨眼上，我想爸没什么大事，住几天就出来了，所以也没告诉你。"林林急忙解释。

"姐，你过得好就好，抽空给爸妈打个电话报个好，他们也会放心的，他们还一直记挂着你。"林林又对槐香姐说道。

"是啊，姐，什么时候把鸿妍带过来玩。"我说。

"我给鸿妍生了小弟弟，现在都很好。"

"姐，鸿妍也上高中了吧？"

"是的，林林我还没见过，姐没啥见面礼给你。"槐香姐说，"哪天我约上你姐夫，咱们两家坐坐。"

"姐夫他，对你好吗？"我犹豫了一下还是问到了。

"好，挺好的。唉，都错过了，不过现在也不迟。"槐香姐说起姐夫的时候，那藏不住的幸福，让我和林林深信不疑。

"姐，今天要不是我碰巧遇上你，还真不知道什么时候能见。"

"是啊，我一直想着带鸿妍去看看爷爷奶奶。"

"那就假期吧，姐，假期我的宝贝女儿也大了些。"

"给女儿起名字了吗？"槐香姐问我。

"还没有，我和林林忙晕了，正想着请个保姆呢。"我说。

"哦，这样，我邻居家的保姆正打算要辞退，要搬迁，我给你介绍过来，这位老阿姨带过孩子，人很和善。"槐香姐说。

"姐，那你帮了我们大忙了，你说好的一定好。"林林高兴地说。

　　"我去给你们做饭，看林林这个样子也不怎么会做饭。"槐香姐说着就挽起了袖子。

　　林林冲我吐了个舌头，我说："姐，你来了我们没招呼你，反让你给我们做饭，我都不知道说什么好了。"

　　"继名现在会客气了，那时候可是和我们啥也不说。"槐香姐取笑我说，"到底是一物降一物啊。"

　　"姐，你跟我说说呗，他那时候是不是特坏？"

　　"才不是呢，他呀，蔫的，就不会坏。"

　　我看着槐香姐在厨房忙活，林林左右跟着问这问那，就去和女儿聊天了，女儿高兴地"啊啊啊"大叫着。

第三十四章 升职记

一

波轮式全自动洗衣机全面投放市场后，受到了消费者极大的欢迎，共有四种型号供消费者选择。公司看见销售形势一片大好，业绩达到上年同期的三倍多。

杨董事长找我谈了一次话。"江部长，根据市场需要，我们公司要进行下一个项目，滚筒式全自动的开发和投产，你有信心吗？"

"杨董，这个计划在我组建波轮式项目的时候就有了，是继波轮式之后的又一个项目。"

"好，我们不打无准备的仗。"

"这个项目需要投入的资本就没有第一个项目那么大了。"

"哦？那你看看，你们的窦副部长给我的计划是超过了波轮式的预算。"杨董说着递给我一份报告。

"这……杨董，我……"我不知道该怎么说这件事。

窦师傅自从升任了我的副手以后，很多事不经过我的批准，他的这种越级行为让我很无奈。

"说，有什么不能说的吗？"杨董问我。

"窦部长的计划，没有经过我的复核，我不好下结论。"

"那你拿出一个预算我们在会上讨论。"

"杨董，这样做好吗？出自技术部的两份预算，呵呵。"我苦笑。

"你的意思是你无能，管不了你的副手，哈哈。"杨董见我这样大笑起来，"小江啊，你现在是越来越精明了。"杨董的这句话让我丈二和尚摸不着头脑。

"小江，你拿出你的计划，我会给大家解释是怎么回事的，好吗？"

第二天的党政工扩大会议上，大家严肃讨论了这个问题。

窦副部长说："滚筒式比波轮式耗时要长，也耗电，我们为了把耗电降低到最低限度，需要比别的生产厂家更先进的技术，而这些研究，耗费会比之前的波轮式大一些，这是保守预算。"

"那么请问窦部长，不保守会超出波轮式多少呢？"牛津尖锐地提出了问题。

"这个我不好说，有一些不可预测的费用会发生。"

"那要按这样说，前面成功的波轮式对于衣物的损耗较大，也可以增加一些额外的预算了。"

"这个不是我负责……"

"我的意思是，我们为了把对衣物的损耗降低到最低，可以相对出现一些不可预测的费用。"

"牛部长，现在增加已经不现实了，产品都已投放市场，反响非常好，还有必要吗？"

"你也知道反响好了，那当初擅自改变参数你想到增加衣物的损耗了吗？"我插了一句。

杨董事长对我的这一句话相当满意，他点了点头。接着杨董事长说："大家讨论一下江部长的这份企划书。"

与会的所有领导打开我的企划书，会议室里沉默了大概三分钟。只听验收部的罗部长说："我同意江部长的企划书，这样既为我们公司节约了成本，也以最快的速度让新产品上市。"

仇部长也说："我也同意江部长的意见，成本是我们每个企业人都应该敬畏的事情，既然能在少花钱的前提下最短时间实现效益，我们何乐而不为呢？"

我没有想到这两个平时基本不来往的女部长会讲出这样有见地的话来，那简直就是对我企划书的总结和肯定。

她们对我投来了信任的目光，我朝她们点了点头，对支持和理解表示感谢。

最后会上以多数服从少数的决定一致通过了我的企划书。

当散会后人们都渐渐离开会场的时候，杨董事长叫住了我。

"小江，老董走的时候跟我谈过话，你知道吗？"

"杨董事长，我岳父没有给我讲过，我不知道。"

"这样，如果这一个项目你再一次拿下，我就提升你为技术处的处长，这是我对老董的承诺。"

"杨董，你们私人之间怎么说，我不懂，但是这个项目，如果您交给我，我会保质保量去完成。"我说。

"那好，我让窦副部长配合你工作，你看怎么样？"

对于杨董的这个意思，我没法理解，因为波轮式这个项目是我和牛津搭档的。

“那牛津呢？”我问。

“他这次就不参与了，去负责波轮式的推广和销售吧。”

“组织的安排，我没有意见！”

回到家里后我把这事跟林林简单谈了，但是没有说岳父和杨董的谈话。

林林一听说：“不干不干，我们去爸妈那里。”

“可是我想试一下，这是我的专业，也是我的事业，我想做下去。”

“我不同意！”她执拗地说，“我就想着一下子回到爸妈身边。”

“林林，我们都成家了，有了孩子，难道还要依靠父母一辈子吗？”

“那谁来做饭？谁来带孩子？”这倒是个很现实的问题。

我说：“林林，算我求你了，我们克服一下，像我们这样的夫妻很多，大家都过来了。”

“那我辞职你来养我吗？”她说。

“如果可以的话，我没意见。”我说。

“我不辞职，我要上班，我不能丢了工作，虽然我挣的没你多。”

“那你就辛苦一下，求你了，这是我的事业和追求。”我说。

“你做你的，我做我的，我想去爸妈那里了我就去。”她说。

这一天我们都还没有吃饭，这一天是我对人生失望的一天。

女儿饿得大声哭了起来，我急着去给孩子冲奶，而林林，一直在那里给她的姐们儿打电话。

我抱着女儿，看着她稚嫩的小脸，真想自己辞职算了，回家带女儿。

雇的保姆做的饭不合林林胃口，她就把人家打发了，然后基本上每天都从外面买饭吃，我已经吃不下去了。要不是父亲身体不好，我会叫母亲过来的，我和林林都喜欢吃母亲做的饭。

这是我和林林几年来第一次闹得不愉快。

她看我抱着孩子发呆，过来说：“老公，你就放弃吧，好吗？”

“我真的不想放弃，我一个农村出来的孩子，就想有自己的事业，你能理解吗？”

“我不能理解！”她说着又噘起了嘴巴。

我想哄她回心转意，就亲了一下她的嘴巴。

她瞬间就又高兴了：“我来做饭，你哄孩子，今天不买饭了，从今起我都做饭。”

我以为她想通了，就抱着女儿逗乐子。

不一会儿，她的菜就端了上来，我看颜色还不错，夸她："什么时候学会炒菜的？"

"妈教我的，你尝尝。"说着夹了一口菜给我。

我一吃差点没咸死："你怎么搞的，放这么多盐。"

"我放了一点点啊，哦哦哦。"说着她拍了拍脑袋，"我把味精当成盐了。"

我真的欲哭无泪："那能一样吗？"

"我来吧，我来炒菜。"我说着就去厨房。

一看厨房只有两个西红柿，几个鸡蛋，别的什么都没有。我打开煤气灶，炒了一碟西红柿鸡蛋，没想到她一抢而光，边吃边说："老公，真好吃，你的手艺不错，可以赶上我妈了。"

看着她吃得那么香，我只能默默看着，肚子饿得"咕咕"叫。

她确实没心没肺，有时候也让我无奈。

吃饱了后她说："不去爸妈那里也行，你养我也行，你做饭给我吃。"

我忧愁地看着她，微微点点头。

二

第二个项目应该借鉴第一个项目成功的经验，我认为是没有走歧路。

一切按照正常的程序运转着，我急忙上班，急忙回家做饭。

上班的时候伺候那些不说话的机器，下班了伺候我家会说话的"公主"和"娘娘"，日子倒也忙碌充实着。

这天正在车间里忙碌的时候，来了一群参观学习的外公司同仁，其中就有佐枚。

我作为陪同参观的人，给他们做解说，佐枚一直跟在我身后默默听着。

可是我，一看见她就开始心猿意马。

好不容易参观结束，他们公司的领导要请我们吃饭，杨董就要带上我和窦副部长，我只好给林林打了个电话，说公司有应酬让她买着吃。

我看佐枚一个人远远站在那里，就走了过去。

她说："给家里请假呢吗？"

"是啊，我要回家给老婆孩子做饭呢。"

"看不出来，你还会做饭？"

"不会做咋办？要吃饭呀。"我苦笑道。

"好男人！"她夸我。

"走吧，领导们走开了。"我说。

"你坐我们车吧，这边。"

我一看大家都坐上车了，就只好跟着佐枚走。她坐在我的旁边，我又回到了初次见她时候的那种心情。我没想到我还会有那种冲动，我以为几年的婚姻生活让我已经没有了任何想法，可一遇见佐枚，我总是压抑着自己。

吃饭的时候无非是领导们的相互碰杯和恭维，我和所有人碰完杯以后，趁着人多乱哄哄的时候，晕晕乎乎地从包间走出来，突然想抽烟了。于是去吧台买了一包烟，站在走廊里狠命地抽了起来。

在烟雾缭绕的视线里，我看见了佐枚，她寻着我来的。

"继名。"不知道从什么时候起，她这样称呼我了，我没有觉得任何别扭，反而很享受。

"佐枚。"我吐了一口烟说道。

"你学会抽烟了？"她问。

"嗯，有点闷。"我说。

"你刚才喝了不少酒呢。"她说。

"你注意我了吗？"我问道。

"你真的喝了不少。"

"你也是，喝的不少。"我说，"你很幸福，是吗？"

"是的，你也一样。"她说。

"我，一般吧，就认为是幸福了，呵呵。"我说的是实话，幸福是什么呢？

"你老公很疼你。"我想起了那天吃火锅时看见的一幕。

"继名……"她欲言又止。

"你想说什么呢？"我说，"我们好像很熟了。"

"我们认识几年了？"她问我。

"四年零三个月一十六天。"我说。

"你记得这么清楚。"

"你应该懂得。"

"我懂什么？"

"懂我！"我不停地吸着烟。

"为什么不回我的信息？"她突然问我。

"我不想打扰你，因为……"

"因为什么？不想打扰我就是最大的打扰。"女人的逻辑我总是弄不懂。

我说："我打扰你了吗？"

她轻轻地说："你打扰我的心了。"

"你一直住在我心里，从来不打扰我。"我熄灭了烟，又点着一根。

她想从我手里拿下这根烟，我迅速藏在身后，她没有想到一下子扑进了我的怀里。

我抱住了她。人生第一次这样抱着我想象中的爱人，她柔软温暖的身体和林林简直是天壤之别。真想就这样一直抱下去。

谁知她立即挣开了我的双臂，因为喝酒而绯红的脸庞，此刻连脖子都红了。

"佐枚，你知道你有多美吗？"我说。

"继名，你……这样不好。"

"你知道我许过愿的。"

"可是遇见你太迟了。"佐枚的这一句话让我进入痛苦。

"我相信你没有看我发给你的信息。"

"你说了什么？我是没看。"

"那就算了，不说了。"

我又拿出了一根烟要抽，她再一次阻止了我。

这时候电话响了："继名，还不回家吗？你女儿闹了。"是林林的声音。

佐枚说："你很宠你老婆吗？"

"她和你不一样。"我说。

"怎么不一样呢？"她问。

"就是不一样，我也说不好。"其实我想说不一样的地方很多。

"以后回我的信息吗？"

"回，一定！"我保证道。但同时又为我今天的行为感到羞愧。

"走吧，进去吧，不然会让人怀疑的。"她提议。

我们一起走进包间的时候，大家已经喝的东倒西歪了。

杨董事长对我说："小江，你负责送他们回去，叫上司机。"

因为刚才在外面透了一会儿气，我清醒了许多，说道："好吧，我把他们都送回去。"

　　我坐副驾驶，佐枚和他们公司的一个人坐在后面。

　　佐枚说："师傅，先送我同事回家。"

　　送完她同事后几分钟，就到了佐枚家门口，她下了车朝我们挥手，我一直目送她到了家里。

　　司机师傅看我这样问道："你不下去送送？我看江部长挺关心她的。"

　　"不送了，送君千里终须一别。"

　　我给她发了短信："我会很想你。"

　　鬼使神差，她没有回我。

　　司机师傅说："江部长，你的二期项目还顺利吗？"

　　我没想到他会问我这样的问题，顺口说道："顺利吧。"

　　"公司的人都议论呢，说你和窦部长在抢技术处处长的位置。"

　　"怎么会有这样的议论？"

　　"江部长我们都看好你，不是因为你老丈人的原因，是你自己的实力。加油哦！"

　　"哦，谢谢你啊，顺其自然吧，没什么抢不抢的。"

　　"江部长你心态好，你年轻，机会多得是。"

　　我不想跟他再讨论这个问题了，我对他说："你靠边站，我去买些吃的带回去。"

　　"给老婆买吗？你那个老婆可是个宝贝呢。"

　　"谁说不是呢？我就娶了个宝贝呗！"

　　"江部长真幽默。"

　　我也没想到我会有这么惊人的回答，心情好，是因为什么，只有我知道。

　　这时牛津给我打电话了，他说："老江你在哪里？我在老地方，过来有事跟你聊。"

　　"我在给老婆孩子买吃的，你稍等我就过去。"

　　我买好东西交给司机师傅说："麻烦你把这些吃的送到我家，我有个事去一下。"

　　看着司机开车走了，我便打了出租去找牛津。

三

牛津在那里已经喝了一堆啤酒了，看见我来顺手打开一瓶递给我。

"老江，杨董这次不让我参与新项目，你说他用意何在？"他显然有点醉。

"他的用意很难揣测。"我说。

"你要牢记教训，那个姓窦的，会坏你的事。"

"杨董安排他和我搭档，我也想不通。"

"他上次擅改参数，这次不知道要搞什么鬼？"

"有时候防不胜防，老牛，你怎么喝成这样了？"

"你能不能告诉你老丈人一声，把我调他那里去。"

"你真的想去吗？你去了我就成孤家寡人了。"

"我不想碌碌无为地混日子。"牛津的话是我们每一个要成功男人的心声吧。

"你去了，梅熙怎么办？"

"梅熙宁可辞职，也要和我在一起，我们的心灵是相通的。"

我没想到牛津会说出这么酸的话，结婚多年后还能这么肉麻。

"真羡慕你，老牛，熊掌和鱼总不能兼得，你有美满的爱情。"

"你也不错啊，爱情事业双丰收。"

"老牛，你应该懂我，林林和我之间……"

"老江，这就是你的不是了，她都给你生了孩子。"

"我就是看在我女儿的面子上，才对她好。"

"没良心的老江。"

"我对林林挺好的啊，又没有虐待她，你见过咱们一起的谁家男人做饭呢？"

"也是。哦，对了，刘旭强问你电话呢。"

"他？我以为他忘了我呢。"

"他说要来省城请我们吃饭，他在煤矿混得风生水起的，都是副处了。"

牛津的这一番话让我吃惊不小，刘旭强真行！

"他混得好我就放心了，不然介绍他去煤矿，会怪我的。"

"别小瞧了他，他可是个爷们儿！"

"你什么时候替他说上话了？"我打开一瓶啤酒仰起脖子喝了。

牛津也打开一瓶喝了，说道："他就那么个人，仗义！"

已经是夜里十一点了，林林又打电话了："继名你死到哪里去了？管不管我们娘儿俩了！"

"马上回，我和牛津在一起。"

牛津接过电话对林林说："江夫人，我说你，一个大老爷们儿出来喘口气你就喊，睡觉去。"

"你让江继名说话，她女儿哭得不行，快回来。"

"林林，我马上回。"

我刚挂完电话又来了一个："江部长吗，你来一下车间。"是车间的小高打来的，我让他盯着机器的，可能是出了什么事。

我又打给林林说："林林，你哄哄孩子先睡，车间出了点事，我得去处理一下。"

我听见她在电话里吼了一声便挂了电话，打了车和牛津一起赶到车间。

小高正在车间办公室焦急地等待，看见我进来就说："江工，聚丙烯树脂的性能不达标。"

我仔细看了一下检测报告说："这是你才检测的结果吗？"

"是的，江工。每一批聚丙烯在看完供应方的检测报告后我都要送样品重新检测的。"小高说。

"就这几台不一样对吗？"

"是的，这是窦部长批的，他说行。"

"胡闹！"我是真的生气了。

旁边一个工人说："我听说这不达标的聚丙烯树脂和达标的一个价呢！"

我喝了酒，脑子里一股火气"腾"地就上来了。

牛津拉住我说："拿着检测报告去找杨董。"

"我谁也不去找，我倒要看看他能做什么？"于是对小高和几个工人说，"按照窦部长的去做，这件事不要你们负责。"

牛津对我说："你真能沉得住气，进步了。"

"是人，都得进步，咱们走着瞧。"

当我回到家里的时候，林林和女儿都躺在床上，被子摆在地上。床头柜上是一碗泡好的方便面，我买的东西她打开后扔得满床都是。

我拖着疲惫的身体收拾了这一切，去卫生间洗了洗。把自己扔在林林的旁边就闭上了眼睛，谁知林林一骨碌翻起来压在我身上。

我被她的突然醒来吓到了，感觉胸部和胳膊给她压得生疼，她尖尖的肩头顶着我的脖子，我都快窒息了。还有她尖锐的胯骨，压到我肚子上那种疼，我以前怎么没有这么明显的感觉呢？

我想到抱住佐枚的一瞬间，一股温柔和清新，她圆润的脸庞和圆润的肩，以及身体的柔软。

我推开林林："睡吧，时候不早了。"

她又一骨碌坐了起来："你还知道时候不早了啊？"

女儿在旁边"哇"一声哭了，我忙去拍了拍她，又睡着了。

"车间出了点事，我去处理，回来迟了，睡吧。"

我翻身背朝着她，渐渐闭上了眼睛。

她在我身后抱着我，让我觉得我心里都开始疼了。

我的脑子里乱哄哄的，一会儿是窦副部长的作梗，一会儿是佐枚的柔情，一会儿又是岳父的慈爱。

我想到了父亲和母亲，他们的爱情令人羡慕。又想到了大哥和槐花嫂子，侯明翠大嫂，他们的经历就像演电影一样在我的脑子里上演。还有二哥二嫂，他们也有真挚的爱情，我的二嫂，在我的心里具有复杂的情感，随着时间的推移，渐渐地也淡了。

可是命运让我遇见了佐枚，她们身上共同的特点，正是我最爱的地方，一身温柔的佐枚，再一次地朝我走来，想到这里，我再也无法入睡。

现在，还不是我想这些事情的时候，或许有一天我彻底忘了佐枚，或许有一天我会拥有她，但都不是现在。

现在要做的，就是看窦副部长能做什么？他是否成为我升职的绊脚石，如果是，我该怎么样挪开他，而不是伤害他。想到这里，我的眉头一纵，计上心来。

第二天我早早起床来到车间，对那台使用了不达标聚丙烯树脂的洗衣机单机片做了一个小小的手脚，把这台洗衣机做了记号记了下来。

这件事只有我一个人知道。

这天杨董事长又找我谈话，我进去他办公室的时候看见窦副部长从里面出来。

"小江，这个项目马上就要完成了，有什么想法吗？"

"这个项目窦副部长起了关键的作用，我只是给出了一点意见，主要实施还是窦副部长。"我把这个"副"字说得很重。

"年轻人谦虚是好的，也是进步的表现嘛。"

"我说的是真的，据我了解，窦副部长在材料的进购上节约很大。"

"是啊，我也知道了这件事，说明你的预算还是有水分的。"

我没有说什么，只是笑了笑，姜还是老的辣，窦副部长，以其人之道还治其人之身啊，在我节约成本的主题上下功夫。

四

产品问世了，庆功会如期举行。

公司的主要人物以及员工代表都在场。

杨董事长在主席台上讲话了："我们这个项目取得的成绩很大啊，走在了同行列的前端。"

下面响起了热烈的掌声。

"在这次新产品的投放中，江部长和窦副部长做出了很大的贡献，他们加班加点，不计报酬，任劳任怨。"杨董事长的话中有话，我听得出来。"对于江部长做出的预算，最后事实证明，还是超支的，幸好有窦副部长的及时挽救，以最优的价格拿到了最好的材料——聚丙烯树脂。"

台下一片唏嘘，对我的看法褒贬不一，窦副部长坐在下面沾沾自喜，我很想提前看见他出洋相的嘴脸。

我面无表情，冷眼看着，专心听着。

"现在，我们抬出第一台滚筒式全自动洗衣机来给大家演示。"杨董事长宣布。

就见小高和几个工人抬出了我做了记号的那台洗衣机。注上水，打开电源，洗衣机按照预期的测试进行了表演。

可是就在大家一片赞叹声中，洗衣机"嘎嘣"一声停了下来，所有人都随着洗衣机的停止屏住了呼吸。

现场一片安静，我更是冷眼看着窦副部长，只见他已经坐不住了。

这时杨董事长问："怎么回事？怎么停了？快叫技术部的来看看。"

我坐着一动不动，着急的该是窦副部长。

他过去亲自检查了，也没有查出问题，于是一脸无奈地看着杨董事长。

杨董事长把脸转向我："江部长，你过去看看。"

我缓缓走到台上，装作很仔细地看了一下，最后说："这台洗衣机的控制系统出了故障，直接影响了运转。"

"哦，控制系统可是全自动洗衣机的核心啊，怎么这么不小心呢？窦副部长怎么实施方案的？"下面的员工代表们已经抱怨了。

"是啊，这还没有放到市场上呢，就出了问题。"

"那要是卖出去了，不砸了我们的牌子啊？"

"全公司勒紧裤腰带把你们当技术人才，看看你们干的活！"

"这还庆功啊？上次那么成功都没搞这么大的庆功会！"

"到底是谁的责任啊，我们该追究才是。"

……

下面已经七嘴八舌吵开了。

我站在洗衣机旁向大家深深地鞠了一躬："各位领导，各位职工代表，我作为这次项目的主要负责人，我道歉！所有责任我来承担！"

"小江啊，不怪你，主要实施人是窦副部长啊，不是你。"杨董事长说话了，看来他倒是一个是非分明的人。

"窦副部长，你不给大家一个交代吗？"

只见窦副部长额头上渗出了汗珠，他走上台说："控制系统我确实不懂，我想起安装的时候单机片没有合格证书，也没有报告江部长就用上了，是我的责任。"

没有想到他除了弄聚丙烯树脂，还搞单机片，他这是要置我于死地，幸好我和他的分工提前书面成文并且提交董事会通过，不然是我死定了，这的确是一着险棋。

这时工人小高站出来说："外筒的质量也不过关！"

窦副部长更加慌乱了，他赶紧说："这个不可能，不可能。"

"我有检测报告。"说着小高拿出了那份检测报告。

"就取这台机器的原材料，去检测。"杨董事长在众人面前下不来台了，"庆功会取消，散会！"

好好的庆功会变成了这般样子，谁也没有想到，比我想的更精彩。我赞许地朝小高点了点头。

这时牛津过来对我说："走，喝两杯庆祝一下！"

"算了，我去车间挽回损失！"

"那好吧，我去帮你！"

我花了一个下午的时间，安排人将新出来的这批机器的控制系统检修一遍，而外筒材料只有这一台使用了不达标的聚丙烯树脂，其他的我早就安排小高他们换了。

正当我把这一切搞定就绪的时候，电话响了："小江吗？你到我的办公室来一下。"是杨董事长。

牛津说："好事，快去吧。"

窦副部长垂头丧气地从杨董事长办公室出来，我压抑着兴奋不露声色地进去。

"你在上这个项目之前知道窦副部长要做手脚吗？"

"我本来是不设防的。"我说。

"那为什么？"

"直觉！"

我心想：上一个项目不是前兆吗？杨董明知故问。

"所以我安排他和你搭档，你就跟他分工？"

"这正是他求之不得的啊，再说了，我年轻，现成的功劳让给我师父，不是很好吗？"

"小江啊，你成熟了。"

"我还年轻，以后的机会多得是。"这是我说的实话。我心想，实在待不下去了，我就走人也行。

"但是我想把机会给你，窦副部长急功近利，不能用。"

"那我感谢杨董事长的栽培！"

"呵呵，不用感谢，是你应得的，公司有你在一线，我很放心。"

"我一直很努力。"我说。

"我还担心你会跟着你岳父走，既然这样，就留下来吧。"说着他真诚地伸出了手。

我只好伸出手："我会的，杨董！"

当晚我和牛津痛快地喝了一场。

"老江，你成熟了。"

"老牛，拜你所赐！"

"青出于蓝而胜于蓝！"

"这个世界上有人不让你舒服，你就得自保。"

"别人都认为你靠老丈人。"

"你，稍等……"我的电话响了，是老丈人打来的，"爸！"

我叫了一声"爸"，顿时觉得眼睛一热，好久没有听见岳父的声音了。

在我踌躇的时候、纠结的时候、无助的时候，多次想到了他，多次都怕给他添麻烦。

"继名，爸都知道了。"

"爸，不怪我！有些事我得当面向您说。"

"你做得对，孩子，爸因你而骄傲。"

"爸，我得空过去看您。"

"爸很好，现在想想，你不过来也好！男人嘛，总要独立的。"

"嗯，爸，您给林林做一下工作。"

"爸知道了，我会给她打电话的。"

牛津说："你娃命好，有这么个老丈人，羡慕死我了。"

"老丈人好，老婆也好，可我总觉得缺少什么。"

第三十五章 回家过年

一

我在公司里的位置已经稳固，这两大项目的进展恐怕十年内没有人能够赶上，在技术方面我是成熟的。

在感情上，我也想尽快地成熟起来。

时间就这样在平凡而琐碎的日子里累积着，过度着，我的女儿已经上幼儿园了。

大侄儿江鸿政上了大学，侄女潘鸿妍马上也要高考。

这个周末我趁着天气好，带着妻子董林林和女儿江鸿瑾去为高考前的侄女潘鸿妍加油。

在学校的操场上，我见到了侄女鸿妍。高挑的身材，一身白色的运动衣，一条短马尾上扎着白色发带，就像槐香当年那样。看到她青春洋溢的模样，我在想我的青春已经不在了。

女儿一见侄女就喊：“姐姐！姐姐！”

鸿妍过来抱起鸿瑾说：“我妹都长这么大了，有妹妹真好！”

我爱惜地看着鸿妍说：“走，今天小叔请你好好撮一顿，为高考加油！”

“好，我今天可要让小叔小婶好好破费一把了。”侄女的性格开朗活泼，一如当年的槐香姐。

妻子林林亲昵地挽着侄女的胳膊，我们走进了一家高档餐厅，由侄女点菜。

“真的让我点？叔、婶，那我就不客气了。”

“今天你是公主，你做主。”妻子乐呵呵地说。

“还有我们家‘小公举’，对不对，鸿瑾！”侄女亲了一下鸿瑾脸说道。

“糖醋排骨、芫爆墨鱼卷、菠萝咕咾日本豆腐、可乐鸡翅……”

女儿在旁边一直帮姐姐看，高兴地拍手：“我也要吃豆腐……”

我们要了一大桌子菜，又要了饮料，四个人举起杯子，我提议：“祝我们家鸿妍高考顺利！”

林林也说：“高考顺利！”

“姐姐高考顺利呢！”女儿奶声奶气地说。

"谢谢叔叔婶婶，我一定努力！"

"叔，我想考完了去看爷爷奶奶，你们和我一起去吗？"侄女问。

"当然我们都回去，你爷爷奶奶可盼望着呢。"

"我那对双胞胎弟弟也上高中了，学习不错。"鸿妍说。

"你们一直有联系吗？"我问。

"有，一直QQ联系呢，随时汇报各自的学习情况。"

我心想：真没想到他们这一代人有自己的想法，我是落伍了。

"鸿妍，你对他们没有意见吗？"林林问。

"没有，上一代人的恩怨和我们无关，我爸和我妈常说呢，毕竟是亲姊妹，相互有个照应和依靠是好事，不孤单。"

"你爸？你是说郭涵？"

"是啊，就是郭涵，我也这么叫他，嘻嘻……"侄女一脸的调皮。

"你叫你爸名字？"妻子林林张了张嘴。

"是啊，怎么了？这个世界上人人平等，人人都有追求平等的权利和自由，就连我弟弟郭鸿鹏也是这么叫的。"鸿妍一口气说了这么多。

我真的有点无法接受她的这个论调，郭涵也许和郭琼一样，是一个很有度量和风度的人。

"你姑姑好吗？郭琼。"

"她呀，哈哈哈哈。"侄女一提到郭琼，笑得不行了。

"她怎么了，让你这么笑？"我说。

"她现在可厉害了，有自己的公司，当老总了。"侄女竖起了大拇指说。

"真的吗？我和她几年了都没有联系了，这么厉害呢！"

"她还管着我姑父呢，我姑父可学究了。"鸿妍边吃边说，似乎这世界上没有她不懂的事。

"学究？怎么学究了？"我问道。

"就是戴着眼镜，捧着书，一句一句说话的那种。"

林林听到这里笑的吃不下饭了，她说："鸿妍，你给我们学学，学学你姑父的样子。"

鸿妍放下筷子站起来："嗯，江继名，你来给我解释一下，这家公司的发展背景。"她表情特别严肃，还做了一个向上推眼镜的手势。

"我？我解释什么？"我懵懂地看着侄女，那表情一定特别可笑。

"年轻人，招标前要做哪些工作你了解了吗？功课不足，严重的功课不足啊！"她又背着手踱着步子，来回做思考状。"这样，回去好好看看书，关于招标前的准备工作，下不为例，下不为例啊！"

这一番表演逗得林林和鸿瑾哈哈大笑，就连平时不苟言笑的我也忍俊不禁。

"下不为例，下不为例啊！"林林也学着鸿妍的样子。

接着女儿也学："下不为例啊！"

我没想到郭琼原来好的是这口，有意思。

"鸿妍，把你姑电话号码给我，说不定哪天联系着坐一下。"我说。

"我爸还说呢，要不是你和我姑，他也许这辈子见不着我妈了。"

这话说的，好像我把我前大嫂送给了郭涵似的。

"你的女哥们儿都不联系，可见你这个人不是一般的无情。"林林说。

"女哥们儿联系了你不吃醋吗？"我心里想说，当着孩子的面又忍住了。

"都上着班呢，没什么交集就淡了。"我说，"牛津这个男哥们儿不是一直保持联系呢吗？"

"也是，鸿妍，据说你小叔在大学里是个冷面杀手，没有女孩敢追。"

"林林，好好吃饭，对孩子讲这些，哼哼，下不为例啊！"我活学活用了一下。

女儿乐了："妈妈，下不为例啊！"

"婶，听我姑说了，我小叔在大学里，那叫一个万人迷。"鸿妍夸张地说。"万人迷"也可以这样用。

"我表弟，就是我姑和我姑父生的孩子，简直就是聪明绝顶。"鸿妍又说。

"怎么个绝顶法？说说看。"这个我倒是有浓厚的兴趣。

"上幼儿园大班的时候，人家问他，小子，有对象了吗？"

"这个都能问？"我吃惊不小。

"你猜我表弟怎么回答的？"

"怎么回答的？"我们一家三口期待的眼神看着她。

"有了，就一个。"

"呵呵，这不是正常回答嘛？"林林说。

"雷人的话是下一句，他说，男人嘛，一次只能爱一个，要对爱情负责任。"鸿妍自己先笑了。

"哈哈哈哈，现在的孩子，不得了。"

"叔，婶，更了不得的还在后面呢。"

"还有比这更了不得的吗？"

"他说，他现在大三了。"

"啊？什么大三？不是幼儿园吗？"

"大班三班，简称大三。"

这一次我们四个人都捧腹大笑，这孩子，功课做得很足，功课做得很足啊！

二

双休日的时候，最适合外出放松，进行一场近距离的旅游。

"林林，这周我带你和女儿出去玩吧，去吗？"我征询她的意见。

"不去，每周出去，太累了，我觉得上麻将桌还是嗨。"她说。

"你呀，这几年，迷上了麻将，倒班的时候经常在麻将桌上度过，累不累？"我说。

"不累，越打越上瘾，昨天输了的，今天赢回来，人生不就这样吗？"

"那好，你乐此不疲，我和女儿就苦了。"

"你们买着吃饭吧，应该都习惯了，咱女儿不是把咱家附近的餐馆都背诵下来了吗？"

"这都是你的功劳，有我的一半。"我说。

"我不打麻将就去和姐们嗨歌，你晚上就不回来了吧，我也好在歌厅吼上一个通宵。"

"我回来了你照样去吼，我也没拦着。"

说实话，她让我不时觉得自己也是精力充沛，可是无论如何也跟不上她的节奏。

我说："啥时候我跟上你的节奏试试，不然你休了我咋办？"

"你不适合，还是闷在家里和女儿聊天吧，要是跟我去，三分钟不到就拉着我回家。"她说。

"也是，我是不喜欢那种地方。"

我收拾收拾外出的装备，载着女儿出发了。

我忽然想问佐枚去不去，好久没跟她联系了，忙完一阵子，稍一闲下来就会很想她。

我拨通她的电话："今天有事吗？"

"没事，你呢？"

"出去玩吧？我和女儿。"

"去哪儿？远吗？"

"不远，明天就回来。"

"我带上儿子，行吗？"

"我接你！"一听说她跟我去，我一下子兴奋了起来，立即转头去接她。

她的儿子已经是个阳光少年了，女儿看见有人做伴了，高兴地拍起了小手："哥哥好！"

阳光少年说："妹妹好！"男孩坐在后排我女儿的旁边。

佐枚上来坐副驾驶，她今天一身运动休闲装，显得随意而不失端庄，别有一番韵味。她的长发高高地盘成发髻在后脑勺，饱满圆润的脸庞粉白，涂了粉粉的唇彩，睫毛上涂了睫毛膏，非常漂亮。

到底是孩子，熟悉起来非常快，一会儿工夫两个人就有说有笑的，男孩逗的女儿一直呵呵笑着："哥哥故事真多，再讲！再讲！"

我说："你儿子很阳光啊，很讨人喜欢。"

"是啊，这个孩子没有怪癖，性格好，走到哪里都是孩子王，是个焦点。"她说。

"和你一样，讨人喜欢！"我轻轻说道。

"好好开车！"她害羞地低下了头。

就是她每次这一低头的温柔，总让我心旌荡漾。我看了她一眼，就加快了油门，不由得吹起了口哨。

"你会吹口哨？"她问我。

我想起我有多少年没有吹过了，我吹口哨是天生的，我吹笛子也是天生的，可能是父亲的"遗传"。

我问她："好听吗？"

"很好听，我本来不喜欢听歌的。"

这一点她和我一样，不喜欢吵闹的歌厅啥的，和林林截然不同。

"去度假村，那里的渔民新开发的，游客不多，环境不错，怎么样？"我问道。

"听你的，就是周末出来放松一下的。"她说。

"晚上吃什么？我现在打电话提前预订，让他们准备。"

"我和你口味相似，孩子们呢？"

"我女儿是吃百家饭长大的，不挑食。"

"那好，我儿子和我一样。"她说。

我立即打电话预订了晚餐，一个小时后我们就到了。

到了度假村，孩子们像出笼的小鸟一样扑到了海滩上，光着脚丫子疯跑着。我和佐枚坐在一顶大遮阳伞的下面，有人给我们上了饮料、果汁。我们边喝边聊，感觉神清气爽，一周的疲劳在这无边的水域里烟消云散。

"儿子，把妹妹带好，不要进水里面去了。"佐枚安顿着。

"知道了，妈，妹妹不听话我就惩罚她背唐诗。"

"你女儿已经会背唐诗了吗？"她问我。

"是啊，我每天晚上教她背。"

"才多大的人，话能说全不？"她笑道。

"这是我和女儿的共同语言啊。"

"你也喜欢唐诗吗？你和我都是理科生。"

"爱好！我有时候也写。"

"哦，好啊，念一首我听听。"

"好啊，你听着啊，我写的一首《咏絮》。"我说。

"念吧，我听着呢。"她歪着脑袋看我。

她的模样真的让我心醉，拥有她的念头一天比一天强烈。我总是压抑着自己，因为我们都是有家的人啊。

她看我不出声看着她，说："看什么呢？不认识了吗？念你的诗呀？"

"佐枚，你真美！"

她转过自己的脑袋看向远处的海说："念不念吧，又胡说了。"

"呵呵，我念。"

"快念，再不要这样胡说了，我们又不是第一次见。"

"可我每次都觉得是第一次。"我说。

"别胡说了，念诗。"

"好，听着啊：沿街一树柳花诗，伴与微风换舞姿。掩袖偷偷藏几许，明儿为你咏相思。"

"这是诗吗？不会是你瞎编的吧？"

"诗就是瞎编的啊，那你觉得我编的怎么样呢？"

"我听不懂，只觉得挺俏皮的。"

"嗯，你就像我心里的柳絮，我天天都在相思中。"

"你呀，什么时候学会贫嘴了？"

"在你面前我一直很贫的啊，你没有发现吗？"几年的婚姻生活让我变得有些油嘴滑舌。

她低头喝着果汁，好久没有抬起。

我伸出手拂了一下她额头落下来的刘海，说："孩子都这么大了，还害羞。"

她欲推开我的手，我乘机抓住她的手说："枚，我每天都很想你。"

她手心里突然汗津津的，胳膊在颤抖，绯红已经飞上了脸颊。她抽出手说："去海滩走走吧，吹吹风。"

我觉得我有点激动，立即整理了一下情绪说："走吧！"

"爸爸，哥哥抓蜗牛，还给我捡了贝壳，看，这一片是我自己捡的。"女儿看见我过来，兴奋地跟我说。

"玩一会儿我们就去吃饭，今天有我女儿爱吃的大虾。"

两个孩子都欢呼起来了："大虾大虾，我们都爱吃呢！"

佐枚在旁边看着说："你倒是很会哄孩子呀。"

"我就是我爸爸哄着长大的。"女儿立即说道。

"妈妈呢？"她问女儿。

"妈妈K歌打麻将！"女儿回答道。

一句话惹得我们都笑了。

"我们吃完就回吧。"佐枚建议道。

"为什么？不是说好的住一晚上吗？"

"我想回，住下……"她欲言又止。

她也许想到了我会有什么想法，其实我也想到了我想要有什么想法，但是我还不确定。应该确定的是，我的确有想法好久了，我们都游走在道德的边缘。

我问她："你是不是害怕我？"

"嗯，我怕我控制不住自己。"她轻轻地说。

"情到深处难自已啊！"我问她，"那你喜欢我吗？"

"我说了你在我心里。"她说。

"那就够了，我尊重你。"我说，"我们回家。"我熄灭了心里的欲火。

三

在进入二十一世纪的前十年，我们家的日子以突飞猛进的速度丰盈着，但也充满了很多波折。从父亲退休到我结婚生子，现在又事业稳定，父亲母亲打算今年在老家过一个大团圆的年。

老家的厨房永远都是女人们的阵地。

"妈，我去面粉厂一下，鸿翔放学回来让他来帮我绞面。"二嫂抱出一袋面粉要出门。

二嫂的身材稍有一些发胖，不过衣服得体，特别的气质让她不同于农村里其他妇女，俨然一位县城的知识女性。

"鸿翔都初三了，孩子学习紧张。我让你大哥去。"

"那行，妈，我走了。"二嫂说着就推着车子走了。

"妈，应该让老三媳妇早些回来帮忙的。"大嫂说。

大嫂已经是一个彻头彻尾的农村妇女了，一身赘肉堆在腰间，被新潮的衣服紧紧裹着。以前漂亮的脸蛋有些黑黄，文过的眼线现在看起来又庸俗又可怕。头发挽成一疙瘩盘在脑后，腰里系着围裙，在为家里四个男人操持伙食的多年中，她的厨艺已经成长为村里的大师级别。

母亲听大嫂提意见就说："林林一年来不了两次，再说了上班呢，还有鸿瑾要带。"

"上班就不能请假啊？大家子要过年，你小儿子一家人来了就吃现成的，我可累坏了。"大嫂嘟囔着。

"寒假了鸿妍就回来帮你，别对林林有意见了。"母亲安慰大嫂。

"妈，你就是偏心继名和林林，人家鸿妍又不是我带大的，会帮我？"

"小侯啊，你不要不记人家的好，鸿妍高考完回来时给你买什么了？孩子还在上学，都知道孝敬你。"

"一个手机啊，也没什么大不了的，我还给了她一千块钱呢。"

"买个手机也是对你孝敬啊，那孩子也没有挣钱。"母亲说。

大嫂也觉得自己没有道理说鸿妍的事，又把矛头对准了二哥。

"妈，你说继功一年挣那么多钱，过年的钱都该他一个人出，我们就不出了吧？"

"这个你爸有安排，你就不要搅和了。"

"妈，你说，鸿政上着大学要钱，鸿双和鸿对明年也要高考需要钱，我们家你又不是不知道。"大嫂一直就是哭穷。

"小侯你又在妈跟前叫唤什么呢？"大哥从外面进来。

大哥这几年沧桑了不少，头上点缀了几根白发。

"我说过年让老三也出点钱，回来就吃现成的。"大嫂对大哥唠叨着。

母亲端着发面盆转身从厨房出去了。

"你呀，总是唠叨个没完。"大哥说大嫂。

"我又没说错，你爸你妈就是偏心老三啊。"

"那么远，想偏心也偏心不上啊，干你的活，啰里啰唆的。"大哥说完又出去忙了。

"你们三个就老三一个人上大学了，不是偏心是什么？"她一个人一边揉面一边自言自语。

"大婶，我妈呢？"鸿翔放学回来吃中午饭了。

鸿翔的模样像极了二嫂，虎头虎脑的样子很让人喜欢。他正处在变声期，嘶哑着声音问大嫂。

"鸿翔啊，放学了？你妈压面去了。"

"哦，那我吃什么？"

"你去放下书包洗手，大妈这就给你弄饭去。"大嫂说着去热菜。

给鸿翔留的饭还热着，大嫂又炒了一个菜放在小桌子上。

鸿翔一边吃饭一边夸大嫂："嗯，大妈炒的菜比我妈炒的香，好吃！"

"就我家鸿翔嘴巴甜，好吃大妈经常给你炒。"

"大妈，我爷呢？门口常爷爷下棋呢，没见着我爷。"

"你爸拉你爷去医院复查了，下午就回来。"

"大妈，大哥啥时候回来？"

"快了，马上寒假了。怎么想起问你大哥了？"

"他说过要带我和二哥三哥去参加县里的篮球比赛，我们得提前练练。"

"你大哥就是胡闹，你和二哥三哥要考试了，还折腾这，看我回来不收拾他！"大嫂变脸了。

"大妈，你可不能说是我告密的，大哥收拾我。"鸿翔放下碗。

"我不说，你得给我做卧底，你那三个哥哥，一个都不让我省心。"

"爷，您回来了？复查得怎么样？"鸿翔看见二哥搀扶着父亲从车上下来，跑过去扶住父亲问道。

"鸿翔啊，饭吃了吗？爷爷挺好的，没事了。"父亲抚摸了一下鸿翔的头说道。

"你扶爷爷进屋休息，爸爸把车上的蔬菜果品卸下来放进冷藏室。"二哥对鸿翔说。

父亲因为生病，身体一天不如一天，走路很慢，苍白的脸上爬了几颗老人斑，面容慈祥和蔼。

二哥打开后备厢，从里面往外转移买回来的年货。

"大嫂，妈呢？"二哥冲厨房里忙活的大嫂问道。

"刚才还在呢，是不是看云霞压面去了。"

"哦，那我厂里还有事，我就走了。"

"继功，晚上回来的时候把鸿双鸿对等着接上，不然坐车又得花钱。"大嫂忙从厨房出来追着二哥说道。

"知道了！"二哥打了一声喇叭就出门了。

"他江叔，好些了吗？"常叔手背在身后进来了。

常叔的形象像极了当年的老书记。

"你进来说话，他常叔。"

"咱们老哥几个，三顺和阿发走了，蒙宝也走了，赖狗子这家伙，最近躺在炕上拉呢，也快了。"常叔说。

父亲笑了笑，背靠着炕上的被子。

"就剩下秋桐和你我了，你可不能把我们抛下走人。"常叔对父亲说。

"哈哈，该走的时候就走了，不是你我说了算的。"

"你呀，好好保养，我陪着你。"常叔说。

"刚复查了，还好，再活四五年没有问题。"父亲乐观地说。

"那就好，别躺下了，下来下棋去，脑子越活络越好。"

"是，拿棋盘进屋来下，不然成老年痴呆了。"

"老江，我听我孙子说，他和你那四个宝贝孙子约好了，春节参加县里的篮球比赛，你知道吗？"

"知道，大孙子经常给我打电话呢，那一对双双也偷偷告诉我了，让我保密，怕他们的妈知道了剥皮呢。"父亲也幽默地笑了。

"我也一直保着密呢！"常叔说着像个特务一样四下看了看。

父亲朝着大嫂的方向对常叔努了努嘴："在里面呢，厨房。"

"哦，知道了。"常叔悄悄说。

四

办公室、车间、家里三点一线，每周五天，天天如此，好不容易熬到了周末，又有应酬，这样的日子太乏味。

这天周末我正想着怎么逃掉应酬呢，大侄儿鸿政来电话了："小叔，我放寒假了，打算路过省城看看您。"

"好啊，鸿政，到哪儿了？"

"再有半小时就到火车站了。"

"好，小叔收拾下班，去车站接你。"

我给妻子打了个电话："林林，下班了把鸿瑾接上，订个地方。"

"什么事啊？又应酬吗？我不想去，我约了麻友。"

"不去应酬，你也推一下啊，鸿政来了。"

"那好，你接上直接去'老家的味道'，我去接女儿。"

"一会儿见！"

到了火车站，在潮水一样往外涌的旅客中我一眼认出了酷似大哥的侄儿鸿政。他虽然一身普通的装束，依然掩饰不住翩翩的风度。高高的个头，白净的脸上充满了自信和成熟。背着双肩包，手里推着行李箱，正在朝着我这边望过来。

"小叔！""鸿政！"叔侄俩张开大臂拥抱。

"小子，成大小伙儿了，帅！"我又拍了一把鸿政。

"小叔，还是没您帅！"

"走吧，上车，别恭维你小叔了。"

上了车我问："鸿政，今天给你接风，你婶订了地方，对了，想不想见你妈？"

"小叔，我做梦都想见。"

"那我打电话叫她出来？还有你妹妹鸿妍。"

"叔，我打吧，我妈知道我今天过来，说好的明天见她。"

"那你的意思是今天还是明天？"

"既然叔和婶安排好了，我就叫我妈过来吧。"

"好，你打！"

"妈！"就听鸿政叫了一声后声音变得温柔了下来。

"哦，妈，我到了，您已经在那里了？好，我二十分钟后到！"

鸿政说："小叔，我小婶已经把我妈和我妹叫过来了，她们在那等着咱俩呢。"

"你小婶这点啊，比你叔强多了。"我由衷地夸起了林林。

"小叔，我小婶像个神人我觉得。"

"怎么会有这个感觉？"

"你知道吗，我小婶在咱家是人见人爱，就连我妈……"鸿政顿了一下说，"我后妈也夸呢，她这个人，夸过的人几乎没有。"

"哈哈哈，鸿政，还是你厉害！"我赞赏他对大嫂的认可。

"小叔，你笑话我呢，我也是没办法。"

"我也没说你错，难为你了，鸿政。"我打心里佩服鸿政的左右逢源。

"没啥，我妈对我要求很严，是对我好，弟弟们都一样。"

我突然觉得有些事并没有我想的那么复杂。这一代人和我们那一代人是不一样的，他们的所作所为我还得费点心思去理解。

二十分钟后我们到了"老家的味道"。这里是露天的广场风格，环境非常不错。

就见槐香姐、鸿妍、林林和女儿鸿瑾都坐在那里了。

"鸿政哥哥！"女儿说着就跑过来抱住了鸿政的腿。

"鸿瑾，让哥哥过来坐，哥哥累了。"林林对着女儿喊道。

"没事，小婶，鸿瑾长大了。"说着他抱起了鸿瑾放在座位上。

"妈！"鸿政说着就扑进了槐香姐的怀里。

母子俩都没有控制住眼泪，鸿妍在旁边抱着哥哥也哭了。

槐香姐擦了擦眼泪笑着说："孩子，我们应该高兴，怎么当着你叔你婶的面儿哭了起来。"

"是啊，哥，我们好失态哦。"鸿妍也破涕为笑。

"妈，我上次走的时候您腿疼，好些了吗？"鸿政问道。

"好了，你叔找了个中医给我针灸了一段时间，现在完全好了。"

"电话里我以为您哄我呢，这一见我就放心了。"

"这孩子，还不放心你妈啊，妈还没老呢。"

"是，妈，您看起来像我姐姐，我同学都这么说，将来我多生几个孙子给您带。"

"哈哈哈，哥哥的儿子要叫我姑姑呢。"女儿鸿瑾拍着小手高呼着。

我们全都被鸿瑾逗笑了。

"光说了我们，鸿妍什么时候开学？"

"正月十六吧，到时候和哥一起走。"

"哥能陪你一年就毕业了。"

"你们娘儿仨聊开心了，饭好了，我们边吃边聊。"林林说。

"来，为鸿政的学成、为我们家的将来干杯！"我说。

大家以茶代酒，边吃边说。

"鸿政，考虑毕业去干什么了吗？"我问道。

"不用想，小叔，我妈，哦，我后妈，早就给我想好了。"

我看了一眼槐香姐，她在给鸿瑾和鸿妍夹菜，说说笑笑的。

"哦？她让你干什么？"我问。

"大学的专业就是她选的，建筑学，她说从哪里跌倒就从哪里爬起来。"

"这句话怎么说？"

"她说她和我爸就是栽在没有学问上，所以非要我考上大学子承父业。"我们几个都静静地听鸿政说，"就给我选了建筑学。"

"哦，我们都以为是大学自动调选的专业。"林林说。

"才不是呢，那时候只要我有一次不写作业，她就又哭又闹。"鸿政说着笑了起来。

"这孩子，还笑，你后妈的教育方法独特啊。"林林说。

"可不是嘛，我在班上的名次下降一名，她绝食一天，我下降两名，她绝食两天，我要是逃学，她就去死。"

"啊？太可怕了。哥，你受委屈了。"鸿妍说，"你怎么不早说呢？"

"都过去了，你们听着不可思议是吧？她对两个弟弟都是这样的。"鸿政开朗地说。

"所以呢？"鸿妍问。

槐香姐在旁边静静地听着，她的脸上无喜无悲。

"所以我和弟弟们就得拼尽全力去读书，取得好成绩是讨好她的唯一方式。"鸿政说。

槐香姐听到这里说："你们光说鸿政委屈，不觉得他妈挺受委屈的吗？"没想到槐香姐会替大嫂说话。

"我现在接触得也多了，各人有各人的教育方式，对于像侯明翠那样的女人，也许这就是她的长处。"槐香姐说。

"妈，谢谢您理解我后妈，她其实也不容易。"鸿政说着低下了头。

"我在大学努力考证，考了五个建筑方面的证了，还有一个下学期就拿下了。"鸿政说。

我和林林以及女儿鸿瑾、侄女鸿妍都吐了吐舌头。

"我大学毕业，就去接过我爸的工程队，成立公司。"鸿政说。

我不知道我该说什么，大嫂对鸿政教育的成功还是失败，完全取决于鸿政自己的感受。

"那你是很赞同你妈，就是你后妈的决定了？"我问。

"当然，从小到大，我做的所有事就是为了让她满意。"

"鸿政说的对，她毕竟为了你付出了那么多，得知道感恩。"槐香姐说。槐香姐对我和林林笑笑又说，"我知道你们想说什么？其实什么都不必说了，人活一辈子，就是要自己心安。"

五

盼望好久的春节来了，我们全部集中在父亲和母亲的家里，虽然这个院子好多年没有住人了。

父亲说："从今年开始，我们每年都在这里过年，我和你们的母亲都老了，过一年少一年，老院子不能丢。"

"好，我们听爷爷的。"鸿双鸿对两个一直是父亲的掌中宝。

他们俩如今长成了半大小子，就连我也分不清哪个是大哪个是小。他们的眉目隐藏着大嫂的影子，大大的眼睛；又有大哥的神态，浓黑的眉毛。他们走路的姿势以及说话的语气和大哥如出一辙。

"我们每年都在这里过年。"二哥二嫂也说着。

"我们家也是，三十就开车回老家。"女儿鸿瑾说。

"大家都听您的，爸，这事您决定！"大哥在旁边说。

"是啊，爸，以前总是在自己小家过年，浪费不少，从今年开始我们一大家子一起过，也节约是不是？"大嫂从厨房出来擦着手说。

母亲一直拉着林林的手坐在父亲的旁边，她年轻的时候虽然身体比较弱，好在没有什么大病，六十多岁的人看起来一点都不显老。

大嫂、二嫂很快摆上了年夜饭，林林不善厨艺，忙前忙后地给两个嫂子打下手，表现得倒是乖巧听话，难怪大嫂会夸她。

父亲和母亲上座，我们依次围绕在父母的周围，除了鸿妍没有来，一大家子十三个人。

鸿政从他的包里拿出一瓶红酒给爷爷说："这是我妈特意让我带给您的，爷爷！"

"好，好啊，替我谢谢你妈，有心了。"父亲接过酒交给我说，"去打开，我们每个人都喝一点。"

"咱家好酒多的是，是吧，继功？你冷藏室里，去拿呀。"大嫂一听说是槐香姐带来的，就使唤二哥说。

"大嫂，就喝这个吧，咱自己的省着。"林林学着大嫂说。

大嫂笑："林林就知道抓大嫂的短处，那就省着。"

父亲端起他面前的酒杯说："我来到咱们这个村已经五十年了，这里的水土养育了咱们一大家子人。"

父亲说："如今，我的大孙子都快大学毕业了，我一个人的家变成了十几个人的家，作为父亲和爷爷的我，很知足。"

父亲说到这里有点动情："我和你们的母亲，携手走过四十多年的风雨，经历了人生的坎坎坷坷。"说着拉住了母亲的手。"现在，我老了，你们的母亲也老了，可是日子一天比一天好过，你们也会一天比一天幸福。"

父亲说："我们做梦也没想到，现在已经用上了移动电话、视频电话，时代在进步，孩子们，你们赶上了好时候啊，一定要珍惜现在来之不易的好日子！"

父亲说到这里的时候手机响了起来。

"我爷爷说电话呢，电话就响了，感应呢。"鸿翔站起来去给爷爷拿来手机，"爷爷，是我姐！"

父亲拿起电话说："鸿妍啊，哦哦，爷爷好，爷爷奶奶都很好，给爷爷奶奶拜年呢，好，好好，爷爷奶奶给你把压岁钱攒着呢，一年都不少，好，也问你妈和你爸好。"

父亲这边刚挂了电话，大哥的电话又响了："啊啊，妍啊，是爸爸，爸爸好，好着呢，过年好，过年好。"大哥说着竟然眼圈红了。

"大过年的少说两句，还哭上了。"大嫂见状忙说。

一下子在座的气氛有点尴尬，还是我的妻子林林会说话。她总是在冷场的时候圆场。她说："我们一大家子聚在一起就是天大的缘分，很不容易，我们把手里的这杯酒喝了，请咱爸接着讲。"

"好！听小婶的！""对，听你小婶的！"

于是我们把手里的酒喝干了。

父亲说："我希望你们都好好工作，好好学习，不要辜负了我和你们母亲的希望，让我们在有生之年看到你们一天天优秀起来。

"还有，我身体不好，说不定哪一天就会离开你们，我希望你们照顾好你们的母亲，这样我在九泉之下也会感到欣慰。"

"爸，您这说什么呢？您还不到七十岁的人，会长命百岁的。"大嫂接过父亲的话说道。

"是的，爸、妈，我们还要给你们庆祝金婚呢！"二哥说。

"就是就是，我妈说的对，爷爷一定能抱上重孙子的。"鸿政忙说。

"你这小子，是不是有媳妇了？"林林忙问。

"是啊，鸿政，找到对象了？"好久不说话的母亲一听也急忙问。

"你看你看，怎么我一说都针对我了？"

大嫂说："别着急忙慌地找对象，先毕业了再说。"

"这第二杯酒，祝我的儿孙们事业有成，家庭美满。"父亲说。

"都动筷子，先吃点，不然这么多菜都凉了。"母亲提议。

"好，我们先吃。"

搬进这个院子时母亲种的梨树和杏树，已经长到了腰粗，每年花开的时候院子里香气不断。夏天，孩子们就在院子里树底下写作业，父亲和常叔舅舅他们在树下下棋乘凉。这个院子和这两棵树一起见证着我们家的成长，见证着我们家的日子一天天好起来。

家人们一起过年就是热闹，吃着丰盛的年夜饭，看着春晚。

父亲和母亲有点困了，就去屋里休息。

二哥拿出瓶五粮液说："大哥，继名，咱们三个喝一杯。"

"也要上我们呀，你们三个姓江的多没意思！"林林提议。

"呵呵，林林说的好，我们也要喝。"大嫂附和着林林。

"那行，我们六个喝。"大哥拿过来酒杯，每人满了一杯。

二嫂坐在二哥的旁边一直没有说话，而我心里一直有个影子在和她重叠着，不停地在我最敏感的神经部位轻拂。那个影子已经完全替代了她，不只是替代，她已经深植在我内心深处。十几年来一直寻寻觅觅中的另一半的感觉就是这样的。

"零点了，快，叫爷爷奶奶出来，倒计时开始。"

父亲和母亲早已听见了孙子们的呼喊，出来和我们一起举起杯子："新年快乐！新年好！"

第三十六章 外遇

一

过完春节回到省城的家里，我们就接到了岳父岳母的电话。

"爸，我和林林正准备过去呢！您和妈过年好！"我说。

"都挺好，本来想你们一家人过来这边过年，听林林说你们要回老家，也好，你父母年纪大了，应该过去团聚的。"岳父说。

"那我们明天就过去看您和妈。"

女儿鸿瑾抢过我的电话说："外公、外婆，鸿瑾想你们了，你们想我没？"

"好孙女，外公外婆每天都想你呢，快和你爸妈过来，外婆给你准备了好吃的。"岳父在那边说。

"小馋猫，一接电话就说好吃的，好像我们虐待了你似的。"林林说。

"你从来都不做饭，我和爸爸在外面都吃腻了，就是想吃外婆的虾，你有意见了吗？"女儿说道。

"都是你有理！"林林没办法，她女儿说话的风格和她很像。

第二天我们一家三口开了一天的车去了岳父岳母家。岳母早就准备好了酒菜等着我们。

家里还有岳父公司的书记两口子，是岳父特意邀请来陪我喝酒的。

"继名，这是冯书记，这是你冯姨。"岳父给我介绍。

"这就是我女婿，鹳阴公司技术处的副处长。"

我连忙伸出双手谦恭地问候："冯书记、冯阿姨过年好！"

"好啊，董总的女婿真是年轻有为，一表人才啊。"

冯书记五十多岁，一副标准的老干部形象，谈笑风生。

我端起酒杯说："我敬冯书记和冯姨一杯酒，初次见面，新年快乐！"

"你应该先敬你泰山大人啊。"他推辞。

"孩子敬你酒你就干了，我们是自家人，这个道理孩子还是懂的。"岳父帮我说话。

"嗯，那就恭敬不如从命。"说着冯书记和他的妻子都喝了一杯。

我要端酒再敬岳父和岳母的时候，岳父示意不要敬了。

岳母说："过年呢，我们一起举杯喝一个团圆酒就行了。"

"妈，就是过年呢，我才要尽晚辈的本分，给您和爸敬一杯！"

"孩子说的是，老董你就不要为难孩子。"

"那好，听你妈的，我们一起喝。"岳父说。

大家一起干了这杯酒后，冯书记对岳父说："我们两口子就走了，代表公司去给下面拜个年，你就好好招呼女儿女婿吧。"

"那就辛苦你了，冯书记！"岳父起身去送他们出去。

"妈，冯叔我好像见过。"妻子林林等冯书记他们走了后说。

"他是你爸的大学同学，去过咱家的，你小时候。"岳母说。

"是啊，他是爸爸的同学，今年才从外地调过来跟我搭班子的。"这时候岳父已经回来了，他给我和林林说。

"难怪我觉得面熟，爸，您现在可是甩开膀子大干了。"林林说。

岳父和岳母自从来到这个公司，越来越精神了，一点不像五十多岁的人。正应了热播中的电视剧《甄嬛传》中甄嬛说的一句台词："辛勤之人不易老。"

"继名，刚才你冯叔还跟我说呢，想要挖你过来，怎么样？想想？"岳父跟我说。

"呵呵，爸，我过来是不是人家又该说我依靠老子上位呢。"我笑道。

"哈哈，这小子，越来越会说话了。"岳父笑了。

"爸爸，我想来，每天都能吃到外婆做的虾。"女儿乖巧地说。

"你妈一天不做饭，把我孙女都饿坏了。"岳母说。

"那就留下来，我们带。"岳父说。

"妈，您不上班了？带鸿瑾？"林林乘机说。

"你妈现在工作清闲得很，带鸿瑾应该没有问题。"岳父说。

"爸爸，我不跟你们回去了，你每天上班应酬，我妈每天打麻将，都没人管我。"鸿瑾是在告状。

"听听，听听你们两个，忙自己的事也得管孩子是吧？"岳母抱起鸿瑾心疼地说。

"小人精，就留下来，开学了爸爸来接你。"我同意了鸿瑾的提议。

"那再好不过了，我和麻友约好了正月十五之前去旅游。"林林说。

"你去旅游？我怎么不知道？"我问道。

"你正月要值班,我的大处长,管我干吗？让我也享受几天自由的日子啊。"

林林说。

"你主持工作也一两年了，该扶正了吧？"岳父问我。

"顺其自然吧，爸，我没想过。"我说。

"那就好好值班，好好表现，机会有的是。"

"就是，你好好值班，我好好玩，嘿嘿。"林林似乎觉得自由就在眼前，一副迫不及待的样子。

"哦，对了，爸，我同学牛津你还记得吗？"我问。

"嗯，记得，个头不高，挺机灵一小伙子。"岳父说。

"还小伙子呢，我们都三十出头了。"我说。

"怎么想起提他了？"

"爸，他想来你们公司。"我说。

"哦？在你们公司混得不好吗？"岳父问。

"你们父子两个在一起总是聊工作，林林，走，咱们带着鸿瑾出去逛街去，让他们聊。"岳母和妻子带着女儿出去走了。

岳父说："你们公司的前景不错，我这边就是缺少像你这样的年轻人，你们学机械的，对于矿用电器这一块领域应该都不陌生。"

"是的，爸，我来这边可能性不大，这个您懂。"

"爸懂，你要凭自己的能力去闯自己的天下，爸支持你。"

"牛津跟我提过多次，我觉得对您说有走后门之嫌。"

"是这样，我们公司过完年准备招聘一批技术人才，他如果有这方面的想法，可以应聘，待遇从优。"

"那好，爸，我回去告诉他这个消息。"

"嗯，好，咱们爷俩喝一杯。"

几杯酒下去，岳父已经躺在沙发上呼呼睡着了。我给他盖上小毛毯，一个人坐在阳台上看外面。

想到林林要去旅游，她总是做出一些我意想不到的决定来，从来不和我商量，而我一个人在单位要值班，好无聊。

想到这里我又想抽烟了，这个习惯不知道什么时候养成的，每当心里的感受无法表述的时候就想抽一根，于是点了一根就吐起了烟圈。

不知道佐枚过年怎么样？酒后的冲动让我拿起了手机，拨通了她的电话，可是又立即压了。这些年我一直和她保持着暧昧，不开心的时候聊聊天。因为对各自家庭的责任，彼此没有更多贪念。

我发了一条短信过去："枚，过年好！"

她迅速回我："过年好！"

"你在哪里过年？"

"哪里都没去。"

"什么时候上班呢？"

"正月十六。"

"等我！"

二

第一天值班的时候，我上午守在办公室，下午去车间查看了一下，然后回到冷冰冰的家里。妻子和女儿都不在，这个房子显得又空又大，于是给牛津打电话说："老牛，请我吃饭。"

"你又没饭吃了吗？"

"是啊，大过年的，门口的小饭馆都关着，一个人去大酒店太奢侈了。"

"那就来我家，梅熙包了饺子，抓紧过来。"

"好勒！"一听说有饺子，我以百米冲刺的速度赶到了他的家里。

梅熙这个小女人，做饭做得很好吃，把老牛伺候得又白又胖。

"过年好！小女人，儿子呢？"我问道。

"儿子在奶奶家没有来，老江，快坐，我给你下饺子去。"

梅熙说着去厨房了，不一会儿就麻利地端出一盘饺子。

"茴香馅的，还有韭黄鸡蛋馅的，你尝尝。"她说。

牛津拿出了一瓶酒倒上了："林林玩去了吗？"

"嗨，我那个老婆，不是打麻将就是吼歌，都快成歌星了。"

"大过年和谁吼歌去了？"

"这次不是，改旅游了，和麻友。"

"哈哈哈，潇洒的女人。我们应该向她学习。"牛津说。

"是的，学习，慢慢学。"我边吃边说，"喝酒。"

和牛津碰了一杯后，又端一杯给梅熙："小女人，借花献佛，谢谢你的饺子，好吃。"

梅熙一饮而尽，说："想吃饺子了就过来，这是我最拿手的。"

我转回对牛津说："今年，我岳父他们公司要招聘技术专业人才，面向全国，我问了，你想去的话，待遇从优。"

"真的吗？那我得敬你一杯，老江。"

"你走了，我就没饺子吃了。"我说。

"呵呵，给你空运过来。"

"嗯，为空运干杯！"

牛津电话响了，牛津拿起手机一看对我说："你猜谁？"

"说吧，谁？"我说。

"刘旭强来了。"

"他来干吗？"

"他说专门来看你的，感谢你。"

"感谢谁？感谢我干什么？我又没和他联系过。"我一口饺子汤差点喷出来。

"你呀，三十几岁了还装高冷。"

"我装什么了？你们给我编故事吧就。"

"我和他经常保持联系，他说你这人心热面冷，一直想给你打电话就是怕你。"

"看看，又来了，我又不是鬼。"

"这个世界上唯一不怕你的就是你老婆了。"

"嗯，这倒也是。"我说，"快，叫他过来！"

"老刘，抓紧过来，有饺子，老江叫你呢。"

这里电话还没放下，刘旭强就来到了门口。

我一看这家伙身宽体胖的，一副"腐败"的长相，进门就把我和牛津揽进怀里，三个人进行了一次"肉麻"的拥抱后坐了下来。

"不给我打电话，就知道记住老牛的，还是不是我同学啊？"我以先发制人的姿态打消他对我的顾虑。

"老江，老牛告诉我你的电话后，我一直想打，主要你这人和别人不一样。"他说。

"我哪里和你不一样了？瞧不起人了吧？"我故意欺负他。

"好了，你们两个不要见面就掐了，老刘正处，你副处，就我还在正科上

/ 422

混呢。"老牛说着拉我们坐下。

梅熙早已经端上了两盘新下的饺子上来了。

"老江,这次见面,你还是没怎么变啊,唯一改变的就是好说话了,不是想象中那么轴了。"

"你说什么呢?我轴过吗?"我说。

"没有没有,你一直很随和,哈哈哈哈。"牛津笑了。

"说实话,你介绍我去了煤矿,没想到大有发展啊。"老刘说。

"说说你是怎么'腐败'的?怎么当上处长的?"我说。

"煤矿工人的文化素质都比较低,我一个大学生过去,那稀罕得不得了,尤其是咱白叔。"

"咱白叔,叫的比我还亲。"我说。

"是,现在是白董事长。"刘旭强说。

"井下采煤技术的一再飙升,先是机采,后完全变成了综采,现在是机械化采煤,我大有用武之地呢。"刘旭强自豪地说。

"嗯,这个我信。"牛津说。

"我先在机电科干,一年后就是技电副科长,两年后就是机电科长了。"

"升得快啊,小子,不错!"

"那一年你上第二批新产品的时候牛津告诉我了,我本来想给你打电话告诉你我升职的好事呢,但听说你遇到了一点麻烦,就没有打扰你。"刘旭强说。

"嗯,我知道,老牛说了,迟到的祝贺,哦,不对,你又升了。"我是发自内心地替老同学高兴。

"一方面是我自己的努力,一方面还要归功于你呢,老江!"说着刘旭强端起酒杯,"借老牛的酒,正式地感谢你!"

"哈哈,这话说得煽情得不行。"牛津笑了。

"你们三个慢慢喝着聊着,我报社有个报道去赶出来。"梅熙说完就出门了。

"老婆呢?老刘,怎么不带过来?"

"本来是要一起来的,她母亲住院了,她得陪着,就没有过来。"

"哦,那你不守着丈母娘。"我说。

"天天守着呢,不是啥大问题,我趁着春节有时间出来一趟。煤矿这几年效益非常好,根本没有假期。"刘旭强说。

"听说了,你们的年薪几十万了,是吗?"牛津问。

"是的，我去年年薪都到五十万了。"

"哇，这么多钱，你怎么花？在那个山沟沟里。"

"我在省城买了房，有空过来咱们弟兄就常聚了。"

"哈哈，你来了，老牛又要走了。"

"老牛去哪里？"他问。

"刚才决定的，去老江他岳父的公司。"牛津说。

"啊，那还是有机会的嘛。"老刘说道。

"是的，我们都年轻，机会一大把。"牛津说道。

"对了，郝翔现在怎么样？"我问。

"他呀，总经理，他老爸退后当董事长了。"刘旭强说。

"这小子还是能行，在他老爸的公司那是轻车熟路。"牛津说。

"什么时候他来了，我们四个聚一下，看看变老的样子。"我说。

"老江变化最大，变得平易近人了。"老刘说我。

"都是老婆的力量大，随她了。"我笑了笑说，"她每天改变我一点点，我就成了现在这个样子。"

"哈哈哈，为你老婆干杯！"

<h1 style="text-align:center">三</h1>

"枚！"坐在办公室里我给佐枚发了一条短信，这几天一直想约她，一直下不了决心。

不知道为什么，一想到见她，我又是渴望又是担心，非常矛盾。所以迟迟不敢联系，这种矛盾的心理总是压抑了我好多年，我点上了一根烟，不停地吸着。

半小时过去了，不见她回短信，我开始胡思乱想了。她不想见我？为什么不想见我呢？我是不是自作多情了呢？

正想着，我最爱的短信铃音响了："刚才洗澡呢，你怎么了？"

"哦，我想你了。"

"知道！"

"我想见你！"

"知道！"

"我能见你吗？现在。"

"你在哪儿？我去找你。"

"在单位。"

"我也要去单位值班。"

"那我去找你？"

"行呢！"

得到了允许，我下楼开上车直奔"靖平"公司。在楼下我给她打电话："我到了，你办公室几楼？"

"你乘电梯上到十六层，左手第三个办公室。"

"好的，我这就上来。"

她的办公室门口写着"检测主任"，我刚伸手要敲，她拉开了门。

"你知道我来了？"

"我算好的时间。"她说完欲转身。

我一把从后面抱住她："枚，我好想你！"

她转过身来任我拥抱，我吻上了她的唇，她一阵战栗，能感觉到她在努力配合我，又努力想推开我，她的各种努力让我更加想进一步。

"不要，继名。"她突然说。

"怎么了？"我只好停下来问道。

"办公室里不好。"

"那我们说说话，对不起。"我放开她说道。

"你坐沙发上先喝茶，我把这几页报告填完。"

"我等你！"我说。

喝着茶，我心急如火，于是点了一根烟，在烟雾的掩护下我盯着她填写报告的样子。

她就像一个仙女一样飘在我的对面，就像一朵玫瑰一样绚烂在我的眼前，就像一团火一样燃烧在我的心里。

"不行！"我熄灭了手里的烟，走到她身后，重新抱住了她。

"枚，你好香啊！"我摩挲着她的头发。

"亲你！"她抬起头在我脸上亲了一下。

"乖，赶紧填报告。"

"你这样让我怎么填？"

我又重新回到沙发上，眼睛没有离开过她，我怕我一转身她就飞走了，散开了，融化了。

"我为什么这么爱这个女人，我们都是有家庭的人。"我心里无数次地问自己，"我是不是在犯错误？"

"不，不是的，因为爱。"心里另一个声音又无数次地纠正我。

"填完了。"她终于站起身来。

"今天的工作就算完了吗？"我问。

"值班就这样，没什么事得守着。"她说。

"那你过来。"我说。

她慢慢地走到沙发跟前，我又一把拉住她坐在我的腿上。

"我很重的，压着你了。"她说。

"不会的，就这样，让我抱着你。"我几乎陶醉。

"为什么？我们为什么会这样？"她喃喃地问。

"不要说话，枚！"我堵上她的嘴。

她办公室墙上的钟在"滴答滴答"地响着，热水器上，她还烧了水。

她回抱着我，这令我欣喜若狂，我从她后背上羊毛衫里面，把手伸了进去。

"不要，继名。"她阻止我。

"好吧，我渴了。"我说。

"我去给你茶杯添水。"她从我腿上站起来说。

我把茶杯往前推了一下，仰头躺在沙发的靠背上。

她添了水说："你喝。"

"不想喝了。"我说。

"你刚才不是说渴了吗？"

"是的，心里渴……"

她深深地埋下了头，两只手不停地搜着毛衫。

看着她这副令人爱怜的模样，我的心就要融化了。

我坐在沙发上，她像个受惊的小鹿一样站我对面，又不敢逃跑。

我问她："你还是怕我？"

"不是，我……"

"你怎么了？"

她不说话，却哭了。还从来没有女人在我面前哭过，尤其是我爱的女人。

她这一哭，我不知所以，我站起来做要走的动作。"那我走吧，是我欺负你了，对不起！"

"不要！"她突然跑过来抱住我。

我立即吻了上去，手从后面解开那一层暗扣。

我掀开了她的毛衫，我真的渴了：这一片温柔，只属于我一个人的温柔，我做梦都在想的温柔，好美啊！

她的哭声大了起来，我从温柔中惊醒过来，把她的毛衫重新整理好。

"枚，不要哭了，你哭的我心都碎了。"

"继名，继名……"她不停地喊着我的名字，脸上泪水涟涟。

我现在才明白女人真的是水做的，高兴也哭，痛苦也哭。而此时的她，到底为什么哭？

女人是一本书，我才翻到首页就情不自禁了，我是否该继续翻下去？如果翻下去，后面会有什么故事等着我？悲剧还是喜剧？魔幻故事还是现实题材？

我轻轻擦着她眼里不断流出的泪水，我们都不再说话，这间办公室里，除了她的哭声就是墙上的钟声。

好久，她才止住了哭，伏在我的肩上不肯抬头。

我说："你抬起头，我还有话问你。"

她在我耳边轻声说："哭丑了，不想抬头，就这样抱着我好。"

"那就这样抱着，来，我们坐下。"我亲了她的脸一下说。

她听话地随我坐在沙发上，头依然深深埋在我的肩上。

"枚，告诉我为什么哭？"

"不知道，就是想哭。"

"是不是觉得委屈？"

她点点头。

"因为我吗？因为跟我？"

她摇摇头。

"那委屈什么？"

"认识你太迟了。"她说。

"这句话你想了多久了？"我问。

"从见你的第一次开始就想了。"

这真的让我没有想到！也许，人和人之间的心灵感应是可以用物理学去解释的，光或者磁，力或者电，总之我要为她的这句话承担责任了。

"枚，我想要你！"我轻声说。

"继名，我们……"

我知道她担心什么，我也知道她说不出口的那句话是什么。

"没关系，枚，我会等你，我会给你一个好的开始。"

她点点头。

"但不是今天，那样的话就是我对你的不尊重。"我说。

她深深地吻了我一下说："谢谢你继名，谢谢你的真诚。"

"我爱你！枚！"

我为她整理了一下头发，又帮她披上外套说："出去吃饭吧！"

四

女儿还没有接回来呢，我就被公司派往岳父所在的城市去学习，期限一年。

"你和女儿都走了，我怎么办？"妻子问我。

"不行你请一年假，跟我一起去呗。"我说。

自从给佐枚有了承诺，我心里一直想着她，和以前几年的想法发生了质的变化。我对她的爱已经不是单方面的，我爱她，她也是爱我的。不然她不会接受我的邀约，也不会这么多年不变地和我保持着联系。我一定会对她好，我觉得上天对我不薄。

所以我这样对妻子说，那意思就是我们可以和岳父岳母在一起生活一年时间，我有机会回来的话就争取和佐枚在一起的时间。

我给父亲打了个电话："爸，您最近身体好着没？"

"挺好的，每天和你常叔你舅舅他们下棋，有时候给鸿翔辅导一下功课。"从父亲的声音听起来的确不错。

"爸，您告诉我妈一声，我要去我岳父那里学习一年，可能这一年都不回去了，你们保重啊，有事给我打电话。"

"你放心去吧，我和你妈都挺好的，有你二哥二嫂呢。"

妻子林林跟单位上请了长假，随我去学习。公司领导当然是十分愿意的，都夸我和林林的感情好。不知道为什么，对于这一点，我一点都愧疚不起来。是因为林林的大气还是因为林林的狭义善良？是因为佐枚的温柔还是因为佐枚的单纯可爱？我活在这样一个贪婪的感情世界里，贪婪地满足着自己的需求。

当我和妻子开车到了岳父家里的时候，女儿高兴得小鸟似的。

"你们住的屋子我已经给你们收拾好了。"岳母说着抱出一床毛毯来，交给林林。

"吃饭就在家里吧，我这两年工作也闲。"

"妈，您上班，我来做饭，我专门来陪继名的。"林林说。

"妈妈，你会做饭了吗？"女儿跑过来问。

"妈妈一直都会做啊，你忘了？"林林对女儿说。

"我才不信，外婆，不要妈妈做饭，她做饭不好吃。"

岳母说："林林你看你，都当妈的人了，给孩子的印象。"

"小屁孩挑食。"林林狡辩道。

"妈，林林这两年进步不少，米饭做得不错。"我说。

"打死你，就在妈面前告状。"林林说着赶过来打我。

"家里又热闹了，鸿瑾，外公回来咯。"岳父一进门就喊鸿瑾，看来我女儿已经是这个家里不可或缺的一员了。

岳父坐下来，我赶紧泡了杯茶端过去。

"继名，这次学习杨董事长能派你来，我可没想到。"

"他亲自通知的我，爸！"

"说明你在做人上已经不用爸爸操心了，成熟了。"

"爸，我在努力呢。"

"你们杨董给我打电话的时候经常提起你，夸你呢。"

"是吗？他在公司里可是常常批评我呢！"

"杨董这个人就是这样，重视一个人的时候总是挑他的毛病，不像爸爸我，重视一个人的时候擅长鼓励。"

"爸，您说的是不是为官之道？"林林问。

"呵呵，爸，林林总是快人快语。"我忙说。

"我养的女儿我能不知道？林林，有时候学着点继名。"

"我学他？一天在家像个闷葫芦，尽瞎琢磨！"

"这姑娘不知道跟了谁了？我和你妈都不这样的。"

"我跟我自己，凭心说话，凭心做事。"

"林林，你少说两句，帮妈去做饭。"我说。

"哦，好，今天我给你们露一手。"林林进了厨房。

"对了，爸，杨董说这次学习很重要，让我务必重视，到底怎么个重要法呢？"

"主要是职前培训吧，综合培训，内容很多，所以需要一年时间。"岳父大概说了一下。

"那就是说杨董在重点培养我了。"我笑了一下。

"是啊，你明白就好。"

"爸，你公司也应该有培训的吧？招聘什么时候开始？"

"我派了一个，另一个还没定。对了，你那个同学报名了吗？"

"报了，我正要问您，什么时候他可以来。"

"你现在打电话，说我要和他见个面。"

我一听岳父这么说，一定是牛津有戏了。

"老牛，干吗呢？"

"在家等通知呢，你岳父那个公司的招聘我投了简历了。"

"那你过来，我正在这边学习，现在就在家里。"

"我明天过去，有戏吗？"他悄悄问我。

我看了一眼岳父说："你过来就知道了。"

第二天我早早就去党校报到了，又要当一年学生了。自从大学别业以后，再也没有这么正式地上过学。

坐在"教室"里，同学们都是中年人，看起来我是最年轻的一个了。

一早上都在讲《马克思主义理论》，教授讲得津津有味，下面的人也听得非常认真，有的人还在做着笔记。

快到中午下课的时候，我收到牛津的短信："老江，在上课吗？我来了。"

"我在党校，你先过来，我请你吃饭。"

"好！马上到！"

我悄悄从教室的后面溜出去，在党校的校园里，我看见一辆车开进了校园，牛津来了。

"走，边吃边聊。"

我们就在党校的食堂要了饭菜。

我说："我岳父大人要你先来报到，怎么样？想好了吗？"

"早就想好了，这边一接收，我就去办调令。"

"有可能让你和我一起参加这次培训，老牛，有戏。"

"真的？你岳父看中我了？"

"他在鹳阴的时候就看中你了，你和他对脾气，我觉得。"

"那太好了，可惜我不是他女婿。"牛津调皮地说。

"你小子找打是吧？"说着我伸手捶了他一下。

"开玩笑呢，你那老婆，我可收拾不住。"

"去你的，我老婆可是个宝贝，千金不换。"

"知道知道，万金不换。"

说着话呢，林林打电话了："不吃饭吗？还学呢？"

我冲牛津挤了挤眼睛说："忘了给'万金不换'告假了。"

"林林，我和牛津在食堂吃呢，一会儿就回去。"

"老婆管得紧啊，偷腥可要当心呢。"牛津坏笑道。

"去你的，我老婆才不管我呢，不像你。"

五

和岳父岳母一家在一起的日子，妻子又有了新的麻友，新的歌友，女儿有新的学校，我有新的生活。

半年下来，我在既踏实学习、又焦急等待中度过。和佐枚每天都发着信息谈情说爱，心情愉悦，学习的劲头当然也足。

这天我接到公司的电话，要回去开几天会。

晚上回到岳父家里，我把这一情况告诉了妻子林林。

她开玩笑说："这半年你在我家吃胖了，抓紧回去减两天肥去。"

"是啊，小江这半年心情也好，又白又胖的，像回到了二十多岁。"这可能就是俗语说的丈母娘对女婿的普遍看法吧。

"都是妈的伙食好。"我趁机讨好地说。

"小江的嘴巴也越来越会说了。"岳母又夸我。

"回去几天也好，顺便了解和感受一下公司的新情况。"岳父说。

"那林林和我一起去吧？"我提议。

"我才不去呢，刚结识的新麻友才找着他们的套路，去几天又陌生了，你一个人去，没饭吃了就买。"林林一听我要带她回去，一百个不愿意。

"呵呵，那你继续享受有妈伺候的日子，我得当几天苦行僧了。"我苦笑道。其实心里不知道多兴奋！

"爸爸，我就不陪你去了，老师说我二年级都转两遍学了。"女儿说。

"鸿瑾不去，爸爸就去几天，你听外婆的话。"我亲了一下女儿的小脸说。

归心似箭地回到单位报了个到，第一时间给佐枚打了电话。

"喂，枚！"

"你回来了吗？"

"回来了，想见你！"

"我在做饭，你来吃饭吧。"

"方便吗？"

她应该明白我的意思，我们在一起聊天从来不提对方的另一半。

"方便呢，他下乡送健康去了。"

"好，我马上过去。"

几分钟后我到了她家，她正做了我爱吃的虾，还有糖醋排骨等着我。

"儿子呢？"我问她。

"中午不回来，在学校吃。"

"专门给我做的？"

"是的。"

我放下手里给她买的礼物，抱起她就亲了起来。

"先吃饭，继名，急什么呢？"她从我怀里逃出来说。

"半年没见了，怎么不急，急着吃你。"

我的话又让她害羞了，她逃进了厨房："我给你盛汤。"

"给你买的礼物，打开看看喜欢吗？"我说。

"是什么？"她问。

"看看就知道了。"我开始吃饭。

"这么好看的项链，得多少钱？"她一副非常喜欢的样子。

"枚，想我了吗？"

"天天发信息呢，你说呢？"

我三下五除二就吃完了饭。

"枚，我还要吃。"我眼巴巴看着坐在对面的她。

"我再去给你盛饭。"她说着站起来。

"不是，我吃你。"我也站起来拦住她。

她今天穿了粉色的裙装，衬托着她粉白的脸。

我把她拉进卧室，坐在床沿上抱住她。她伏在我怀里再也不出声了，任由我行动。她的心跳得很厉害，浑身战栗着，我平生第一次这么激动。

"枚，好爱你！"说实话，我从来没有对任何人说过这三个字。

"我也是！继名！"她的脸好烫。

我把她轻轻放下，她像一只小兔子那样乖巧，肌肤像一湖清澈的流水那样柔滑。她的身体，犹如丝缎般细腻绵软，犹如烤瓷般清雅绝俗。浑圆的肩头，丰满的雪峰，纤细的蛮腰，耀眼的翘臀。

我分解着这个多元次的方程，摆出各种关于南北极的磁场。吸附、聚焦，然后放大、包围，把我这根通有电流的导体植入渴望已久的磁场，我要寻找霍尔效应。我打马驰骋，昂扬草原，让攒在身体里三十多年的洪水在此泛滥。

我的女人，就该是现在这个样子，陶醉在我的马场。倾尽所有，将身体里所有精华给她，因为爱！我带着她，她挽着我，我们共同奔向喜马拉雅最高处。蓝天白云，神圣的殿堂，自由的王国，她做了我的王后。

"枚，你真好！"我附在她耳边说。

"继名，你好棒！"她无数次钻入我怀里。

"你怕吗？"我问。

"不怕！"

"真勇敢！"我亲了一下我怀里的女人。

"那你呢？"她问我。

"枚，你信吗？我从来没有这么爱过一个人。"

"她不算吗？"她是指林林。

"不算，不一样。"我肯定地说。

我也问她："你呢？"

"也不算，不一样。"

原来人性的贪婪是原始的，表达方式也是不一样的。

"我爱你，枚！"

"你都说了几次了，我知道。"她说。

"我这辈子只对你说过。"我说。

"真的？我好幸福！"

"真的，我不会撒谎。"

我伸手摸了一下她还在战栗的地方说："我帮你去洗洗。"

她没有说话，而是更紧地偎着我，生怕一松手我就会消失。

"你不要动，我们就这样到永远。"她说。

"那不成了岩石？"我说。

"成化石都行。"

"继名，我还想……"她说。

"好，你等着。"我翻身起来。

"让我游泳吧，在你的湖里。"我说道。

女人的多情一旦得到启迪，就会奔放着前行。

不管是没有太阳的白天还是明月高悬的夜晚，湖水的美丽永不更改。潮起潮落必须借助外界的力量，比如男人，比如我划木桨或开电泵，都会产生一浪一浪的潮涌。

我畅游在深不可测的湖水里，只做属于她的游泳冠军。当我站在金牌的领奖台上时，必须是她亲自为我戴上金牌。又一次攀上了冠军的宝座，又一次和她握手相拥。那是一种肯定，是一种选手与裁判的高度默契。

看着疲惫地蜷缩在我怀里的佐枚，从来没有过的温柔令我想要去保护她，她该拥有世界上最好的东西，而这，应该是我给予她的。

她起来整理好自己，整理好卧室。

我点了一支烟抽着，在她家客厅的沙发上。

"枚，我想给你买辆车。"我说。

"为什么？"她问我。

"因为爱你！"

"真的爱情是不需要任何理由的。"

"我总得为你做点什么。"

"继名，我什么都不需要你来做。"

这个傻得可爱的女人啊！

第三十七章 父亲去世

一

一年的学习很快结束了，技术处处长的位子也等了我一年。接下来的三年里正常上下班，克制约会，那件事是我和佐枚之间唯一的一次。如果不出意外，我的生活也许就这样一直走下去了。

这天林林给我打电话："继名，二嫂来了。"

"她来了？是不是家里有什么事？"

"她说来给爸买什么特效药。"

"哦，我马上回去。"

"她没有来家里，说让你去酒店找她。"

"我来接上你，我们一起过去。"

当我和林林找到二嫂的时候，她连看都不看我们一眼，直接说："我们先去医院，边走边说。"

二嫂走在省城的街道上，根本看不出来自小县城或者乡村。她一来就融入到这个城市里，一点都不陌生。

"二嫂，爸又病了吗？"我问。

"是的，住院呢。"她说。

"爸和妈电话里也没有给我说过。"

"他们怕打扰你工作，我可不怕。"

"是是，二嫂说的对。"我感觉二嫂今天有点不对劲。

我用眼睛问了一下林林，林林摇了摇头。

去医院开药的时候，大夫正是佐枚的丈夫，我一下子有点不自在。当然林林是不记得的，但是二嫂似乎和他很熟悉。

"姐，这药吃的时候不能太频繁，不然会起反作用的。"佐枚的丈夫管我二嫂叫"姐"。

二嫂看了我一眼说："我知道了，这是处方药，我们那里买不到。"

"是的，你需要了就给我打个电话，我给你寄过去就是了。"

"不用，我家老三在这里，以后就他来找你拿。"

二嫂拉过我说："这是我三弟，这是我表妹夫崔医生。"

我和佐枚的丈夫就这样握手了。他当然不认识我，那一次吃饭巧遇离得远，时间隔得也久远了。

"那就这样，佐枚还好吗？"二嫂问崔医生。

"还好，还好，她一天除了上班就是给我和儿子做饭。"

"好就好，我就不去看她了，我这就回去，我爸还在医院里等药呢。"二嫂说完就拉着我和林林从医院出来了。

二嫂说："林林，如果继名忙，我给你打电话你过来拿药，把崔医生认识一下。"

"我知道了，二嫂。"林林说。

"那我就回去了，你们还有工作要忙。"

"二嫂，我送你回去。"

"不用了，太远了，耽误你的大事。"她有意识地说着"大事"。

"继名，你送二嫂回去吧，看看爸怎么样了。"林林对我说。

"那就多谢大忙人了。"二嫂对我说。

二嫂上车后也不坐副驾驶，坐后排座。

我问二嫂："你今天怎么了？对我说话冷嘲热讽的。"

"你自己做的事自己知道，亏得林林这个傻瓜蛋跟着你混。"二嫂有点生气。

"我到底怎么了，二嫂，你说明白点。"

"还装呢？佐枚怎么回事？"

"啊。"我心里暗暗叫了一声，额头上已经渗出了汗。

"二嫂，我……"我已经没话可说了。

"她是我姑姑的女儿，比我小三个月。"

"可是二嫂，你没有说过。"

"我家的事，我都对你说吗？再说了，我对你说得着吗？"

"也是，二嫂批评的对，这个世界真小！"

"知道世界小就不要做对不起林林的事。"

"你没有告诉林林吧？"

"我要是告诉了，林林还是今天这样对你吗？"

"也是，林林是个侠肝义胆的人，最见不得肮脏。"

"还知道自己肮脏啊？"

"二嫂，别骂我了，这能怪我吗？"

"那怪我？"

"就是怪你！"

"你停车！"

我靠路边停下车。我和二嫂从车里走了出来。

"继名，我们都是成年人了，说话做事能不能过过脑子。"

"是佐枚告诉你的吗？"

"她没有告诉我，她怎么会告诉我这个？"

我长出了一口气，那就是虚惊一场。

"那你怎么会认为我对不起林林了？"我心存侥幸。

"刚才自己都承认了，还是我认为的吗？"

"二嫂，我真的爱她，你想知道原因吗？"

"我知道原因，世界上和我像得人很多。"

"二嫂！"我的声音里已经有了哭腔了。

"继名，命运对每个人都是公平的。"

二嫂说，"你一个大处长，大道理比我懂得多。"

"那你是怎么知道的？"我还是不甘心。

"佐枚和你发信息，她沉醉在其中，根本就没有注意到我的存在。"二嫂说。

"你偷看她信息。"我说。

"我和她说话她半天没反应，我就坐旁边，用得着偷看吗？"

"那你对她说了我是谁吗？"

"我是想告诉你，悬崖勒马。"

"我做不到！"

"那你要干什么？让我告诉佐枚你是我小叔子？她会疯掉的，她的家不要了吗？"

"那你告诉我，我要怎么做？我知道这是错误的，但我控制不住。"

"你是个男人！你知道怎么做，必须结束！"

"二嫂，你给我时间，我会处理好。"

"不是我给你时间，我没有时间给你。"

"我知道了，二嫂，走吧，上车。"

这是我人生第一次和人争吵，并且是和一个我曾经喜欢的人，为了一个我现在爱着的人。

我们回到车上，半天没有话题，沉默中的煎熬更加令人难堪。

"爸还在医院里，这次不比前几次了。"二嫂缓和了语气说道。

"这次会有惊无险吗？"我问。

"年纪大了，扛不住了。"

"可以转来省城看。"

"都一样，崔医生是心脑科专家，我早问过了。"

"妈在医院守护吗？"

"大嫂在，鸿妍也在。"

"鸿妍？她没上学去吗？"

"槐香姐打发来的，请了假！"

"槐香姐真是爸妈的好女儿啊。"我说。

"她也没有告诉你爸住院的事，可想你忙到啥程度了？"二嫂又说到这里了。

"那天我有个未接来电，是槐香姐的，可是当时忙，后来就忘了回过去，唉，都怪我！"我后悔地拍着自己的脑袋，突然觉得自己亏欠家人太多。

"你好好开车，后悔的事多了就知道该怎么做了。"

"二嫂，我求你，不要告诉爸妈，我自己的事让我自己处理。"

"你必须尽快，不然我也不会原谅你！"

"我知道！"

二

父亲在医院病床上睡着，鼻孔里插着氧气，侄女鸿妍在旁边的凳子上坐着。

我轻轻推门进去。

"小叔！"

"鸿妍，辛苦你了！"

"我爷爷很虚弱。"

"嗯！"

一会儿父亲睁开眼，看了我一下点了点头，又闭上了眼睛。

我走出去到医生办公室。

"我爸这样多久了？"

"一直昏迷，偶尔会清醒一下。"

"能治好吗？"

"你们多尽点孝心，考虑后事吧。"

"怎么这么严重呢？"

"年纪大了，这几年一直在保守治疗中。"

"我懂了，医生，谢谢你！"

我从医生办公室出来时，大嫂提着饭来了。

"继名，你终于露面了。"大嫂一见我就说。

"你们谁也不给我打个电话，打给林林也行啊。"我抱怨着。

"爸不让打，我们也不敢啊。"

"你们真听话。"

"继名，你好像不相信我似的。"

"大嫂，我信你！"我说完快步走到了她前面。

进到病房时父亲已经苏醒，手臂上还扎着针。

"鸿妍，喂你爷爷吃饭吧。"大嫂说。

"嗯，我来喂。"

鸿妍一口一口地给父亲喂饭，我突然觉得父亲就像个婴儿一样，需要所有人呵护。

父亲疼爱地看看孙女，又看看大嫂，目光柔和，面容慈祥。

"吃完饭你去休息，这两天熬坏了，我来守着爷爷。"大嫂对鸿妍说。

"姨，我行，还是你回去照顾奶奶吧。"

"你去陪奶奶说话，这里我来，你二婶也来了。"

二嫂和我一起来之后放下药就去看母亲了。

"那好吧。"

"我大哥二哥呢？"我问大嫂。

"他们忙呢。"大嫂示意我不要问了。

父亲听着我们说话，一会儿工夫又睡着了。

大嫂拉着我和鸿妍从病房出来说："你送鸿妍回去，见一下咱妈，我在这里。"

"那大嫂辛苦了，我们就先走了。"

"好，去吧。"

鸿妍坐在车上叫了一声"小叔"就哭了。

"好好的孩子，哭什么呢？"我问。

"小叔，我爷爷给我的，你看。"说着鸿妍拿出一本存折。

"爷爷给你的你就留着吧，给我看什么？"我哄着侄女说。

"爷爷说我从小离开家，他每年的压岁钱给我攒着，还有我的学费，买衣服的钱，都给我攒在这里了。"

"那你就拿着。"

"我来几次他都要给我，我妈不让我拿。"

"你妈孝顺啊，是你爷爷奶奶的好女儿。"

"可是这次爷爷不说话，我不拿的话怕他伤心。"

"鸿妍，这就对了，拿着。"

"小叔，我并不缺钱，我爸，就是我郭涵爸爸，他给我的钱非常充足，我都花不完。"

"那你就攒着，当你爷爷给你的嫁妆。"

"小叔，说什么呢。"我终于逗得侄女破涕为笑了。

"你姨和你爸知道吗？"我指大哥大嫂。

"不知道，爷爷不让我说。"

"你爷爷虽然不能说话，心里很明亮的。"

"我哥呢？我给他打电话了他还没有见来。"

"你哥的公司现在做得不错，估计在忙吧？"

鸿政大学毕业已经撑起了大哥的工程队，成立了"继成建筑工程公司"。

"我猜想是我姨不让回来，生意要紧。"鸿妍说。

"丫头，你比我还了解你姨。"

"她呀，精着呢！"

叔侄俩说着话就到了家门口，二嫂和母亲正在吃饭。

"妈！"我叫了一声。

母亲憔悴的面容让我心里一疼。

"继名，你来了？"母亲说，"坐下吃饭，你二嫂才做好。"

我还真饿了。

"妈几个晚上都没有睡着，吵着要去医院看爸呢，你告诉妈，爸是不是好好的呢？”二嫂示意我顺着她说。

"是的，妈，你放宽心休息，我爸过几天就出院了。"

"你们都合起伙来骗我是吗？鸿妍，你给奶奶说。"

"奶奶，没有骗您，谁骗您我就是小狗。"

"鸿妍最会哄奶奶开心了。"母亲说，"你哥几天都没回家了，不知道在忙什么？"

"妈，鸿政最近可做大生意了，县城一家超市要拆了重建，还有县政府大楼，都是鸿政做呢。"二嫂说。

"我孙子就是比他爸强。"母亲说。

"可不是嘛，这些活一旦走上正轨，他就回来看您。"鸿妍说。

"继名，你见你大哥二哥了吗？今天到现在还没回来。"

"继名，你看妈，这一直在操心呢，越老越稀罕子孙们了，好像每个人每天都得来给她报个到。"二嫂说。

"就是，妈，大哥二哥有事情要忙，我不是也没天天给您报到吗？"

"你在省城我知道，他们都在我跟前呢。"

"那您就多操心一下我呀。"

"对了，你也不带上林林来，我小孙女呢？"

"奶奶，大孙女在这里呢，还想小孙女。"鸿妍说。

这时我手机的微信在振动，我拿出一看是佐枚。

我的脸色"唰"一下不对了，要在平时也不会的。

二嫂看了我一下说："怎么了？"

"没什么，工作群。"

"继名，你工作很忙吗？忙了就回去。"

"不忙，妈，通知个事情，知道就行了。"

"那就给单位请个假吧。"二嫂说。

"好，二嫂，我现在就请假！"

二嫂的一句话提醒了我，我给林林打了个电话，让她也请假过来。

母亲把每个人都问候过了，也就不再问了。

我走进厨房问二嫂："大哥和我二哥去哪儿了？"

"他们找了先生去给爸看墓地去了。"

"这……真的啊？"

"该做的都得做，得提前准备。"

"我问过医生了，他是这么说的。"

"唉，谁也想不到啊，爸才要过好日子呢。"二嫂说着都快要哭了。

我心里也如刀绞，我还没有在父亲和母亲面前尽过一天孝道。

"你没看见吗？妈一下子老了，因为爸，她心里清楚得很。"

"嗯，我看见了，妈变了。"

"二哥怎么样？你们厂子还好吧？"

"果蔬品越来越多了，我们也扩大经营了，今年投资了不少。"

"哦，那很好。"

"鸿政呢？大嫂是不是很嘚瑟？"

"她呀，啥都想插一手，都成了鸿政的军师了。"

三

我过去医院看了一下父亲，就开车回家了。

"林林，咱们准备一下，爸恐怕不行了。"

"我知道了，二嫂告诉我了。"

"拿点钱，我们现在就走，多陪几天爸。"

"女儿怎么办？叫我妈过来吗？"

"女儿给学校请个假吧，咱妈在上班，路太远了。"

"那我收拾一下，过去学校把女儿接上就走。"

接上女儿后，我又要返回老家。这一来一去就是十个多小时。

"继名，你休息一下，我来开车。"林林说。

我对于林林的善解人意，十分感激，还有她对我家人的那份真诚，是需要我用一辈子来偿还的。那一次的出轨已经让我十分不安了，加上二嫂对我的谴责，更加坚定了我想和佐枚结束关系的决心，但需要时间。

佐枚在微信里留言："最近一段时间我不在本市，和丈夫出远门了，希望不要和我联系。"

"知道了。"我回了信息。

"你躺后面好好休息一下，不要玩手机了，有什么重要的？"林林说。

"爸爸，睡觉觉，鸿瑾陪着妈妈。"女儿说。

"好，乖女儿，爸爸真的累了。"

我一觉睡醒后，已经到了医院门口。

我们一家三口推开病房的时候，二嫂正在给父亲擦手。

"二嫂，我来吧。"林林过去接过二嫂手里的毛巾。

我忙端着脸盆去换水。

父亲看着鸿瑾，微微点头笑了一下。

"爷爷，快点好起来，鸿瑾带您去看广场上放鸽子。"鸿瑾跑到爷爷跟前乖巧地说道。

父亲轻轻点头，伸手抚摸了一下鸿瑾的头。

"林林留下来，你和鸿瑾回去吧，人多了打扰爸休息。"二嫂说。

在老家，在大哥家里，我们召开了家庭会议。

"爸眼看着就不行了，我们把办事的费用说一下吧。"大哥说。

"大哥，你是长子，你说了算。"

"我是这样想的，我家孩子多，花钱的地方多，老三挣工资呢，这些年官也当大了，就多出些，行吗？"

"大哥，你就不用出了，我和老三两个摊上就行。"二哥说。

"那不行，叫人说闲话的，我多少要出一点的。"大哥说。

"大哥，不行的话我一个人出了吧，你和二哥在家一直照顾爸妈，这该我来出。"我说。

"说什么话，都是父母生养的，你俩多出些，我少出些。"大哥坚持说。

"既然老二和老三都愿意出，那我们就不出了。"大嫂在旁边替大哥说话了。

"小侯你说什么呢？"大哥瞪了一眼大嫂。

"我说错了吗？老二是大老板，老三是大官，你是什么？"大嫂伶牙俐齿。

"你们两个不要吵了，爸都这样了，谁出多少无所谓。"我说。

"什么无所谓，我们可有所谓的啊。"大嫂喋喋不休。

"大嫂，你不要出了，什么都不要出了，最后收的礼钱都归你，好不好？只求你不要在爸妈面前说。"我说道。

"我同意继名的话，大嫂，求你不要再算了。"二哥哭声说道。

大哥低着头一声不吭，全凭大嫂说着。

二哥电话响了，是二嫂打来的。他拿起电话后什么都没说就泣不成声了：

"爸，爸要走了！"

接着我的电话也响了，是林林打来的："你们三个带上妈赶紧过来，医生说见最后一面。"

我开着车拉着大哥、二哥和母亲赶去医院。

父亲鼻孔的氧气管已经去掉了。他拉住母亲的手，虚弱地说："秋玉啊，我不能陪你到最后了，你自己保重。"

母亲紧紧握着父亲的手，没有一滴泪。

她说："我们回家，现在就回家。"

我们在医生的帮助下把父亲抬上车，拉回到了他和母亲住了一辈子的老家。父亲睡在自己的炕上，脸上露出了满足的笑容。他想说话，但他的声音越来越弱，母亲把耳朵贴到父亲的嘴边。

"你在那边等着我，江老师，我会按时去上课，向你报到。"

父亲笑了，笑得那么开心。

我和大哥二哥都哭了。

父亲用尽最后的力气说："我的孩子们，我不能再爱你们的母亲了，你们帮帮我，继续守护你们的母亲，我谢谢你们了！"

这时侄儿鸿政带着三个弟弟站在父亲面前。

鸿政哭着说："爷爷，我会管好弟弟们的，您还没有看见我的成功。"

"大孙子是最棒的，爷爷会保佑你。"

父亲又用力地向我们微笑了一下。

鸿妍拿着开了视频的手机赶来："爷爷，我妈。"

父亲的眼睛一亮，随即就永远地合上了。母亲一下子昏倒在父亲面前，随来的医生赶紧过来给母亲施救。

我们在村里总管的安排下，料理着父亲的后事。

这一年的清明前，父亲走了，走完了他七十二年的人生。

梨树杏树雪白的花瓣一拨一拨地落在院子里。天上开始下起了夹着雪针的雨。

就听大嫂"爸"的一声痛哭，整个村子都哭成了泪河。

我和大哥二哥以及所有的亲人跪在父亲的脚下，泣不成声。

总管叫我们弟兄三个过来问话。

"你们的父亲走了，他虽然是外地人，但在我们村里德高望重，事情得办得像个样子。"

"您做主就是。"大哥说。

"听大哥的。"我和二哥说。

这时林林过来对总管说："需要多少钱，怎么办？您尽管说，我家的事我做主。"

总管不解地看着我妻子，我忙说："叔，她是我妻子，她替我做主。"

"那就这样吧，既然你们弟兄们都是敞亮人，好说。"

我的妻子把存折交到总管手里说："这上面的钱归你支使，不够，再找我。"

我对于妻子的行为除了感激还有敬佩，她的每一个决定从来不经过我的手，每一次都让我感动不已。

"其他人有意见吗？"总管问。

"我们没有。"大嫂说。

二哥和二嫂只是哭着，什么话也没有。我知道他们不是拿不出，他们也不是不想拿，他们已经无力去关心这件事了。

父亲的丧事在我们这个村子里办的是最高档次的，引来了村里人对我们兄弟三人的赞许和认可。

第三十八章 大团圆

一

半年后的一天，二哥和侄儿鸿政来我家了。

二哥说："看妈的气色好了许多，继名你照顾得不错。"

女儿出来说："奶奶天天给我做好吃的呢。"

"嗯，好，奶奶就是为了给我孙女做好吃的来的呢。"母亲笑着说道。

"妈，我们不该让您来这里的，都是我们不好。"二哥说。

"奶奶，不行您跟我回去吧，我在县城买了房，马上就要结婚了。"鸿政说。

"你们过你们的小日子，你奶奶哪儿都不去。"林林给他们沏了茶说。

"小婶，我妈让我来接奶奶回去的，说老房子还留着呢。"鸿政说。

"鸿政啊，你也是大公司的老总了，你该明白你妈怎么想的吧？"林林说道。

"这，这，我可说不好。"鸿政为难地说。

"林林，不要为难孩子，他毕竟是小一辈的人。"我说。

"继名，这是我给你的补贴，爸的事情都是你出的钱，再说这半年妈都在你这里。"二哥说着拿出银行卡。

"二哥你这是干什么？我说到做到，这个社会不是谁缺钱，是缺人味。"林林说话总是这么直接。

"林林，我知道，我不对。"二哥难为情地说。

"二哥，我没说你，你和二嫂的为人我很敬佩，说实话，爸和妈一直由你们照顾着，现在就由我们来照顾妈吧。"林林说。

"这个，小婶，我爷爷的事情我爸我妈是过分了，这点钱算我替他们的补偿，您收下吧。"鸿政也拿出一张卡。

"鸿政，小婶是长辈，不是要你拿这个钱，你收回去，准备娶媳妇用。"林林推过鸿政的银行卡说。

"小婶，我这次是带着命令来的，我妈让我接奶奶回去，这卡是我自己的私房钱，我妈不知道。"鸿政说。

"鸿政，你去告诉你妈，我当时说过的话算话，让她放心好了。"林林坚持自己的做法。

母亲说："奶奶在这里挺好的，我想要什么想吃什么你小婶都尽量满足我，你们不用牵挂。"

"奶奶……"鸿政一个大小伙子伏在母亲的膝上哭了起来。

二哥说："鸿政的确不容易，受他妈的夹板气，孩子委屈了。"

"这个我知道，孩子，起来，男孩子怎么可以随便哭呢？"母亲给孙子擦着眼泪说。

"奶奶，我想去看我妈去，您见过她了吗？"

"奶奶见了，你妈还专门来看过奶奶，你妈她很好。"

"要是槐香姐还是大嫂，就不会有这种事了。"林林又说。

"都过去了，我们都不提了，好好过。"母亲说。

"二哥，鸿政，你们把卡收回去，东西留下，算你们的一片心意。"我说，"鸿翔也上着高中呢，不要影响了孩子的情绪。"

"唉，不提了还好，一提起鸿翔，我就头疼。"二哥说。

"怎么了？不好好学习吗？"我问。

"不但不好好学习，成天上网吧打游戏，成绩根本不能看。"

"他初中挺好的啊，那么聪明的一个孩子。"我说。

"谁说不是呢，父亲病了后的几个月和这半年，我和你二嫂都放松了警惕，没想到他就迷上了上网打游戏。"二哥痛苦地说，"唉，这一点我还得佩服大嫂，你看她，三个孩子都考上了好大学。"

鸿政一听无奈地说："也不全是，二叔，你不知道，鸿双和鸿对也是被逼，我也是被逼，而鸿翔比较自由，我们还羡慕他呢。"

"鸿政啊，你可不能这样对鸿翔说，你是老大，要做个榜样给弟弟们看。"母亲说道。

"我知道，奶奶，我回去跟鸿翔谈话，让他抓紧学习。"鸿政说。

"这样就对了，你说的他一定听。"二叔说。

"奶奶，二叔，小叔小婶，你们都给我施加压力，老大不好当。"

"老大，我好'葱白'你啊。"女儿鸿瑾过来讨好哥哥说。

"小屁孩，'葱白'就'葱白'吧，大哥努力就是了。"

"继名，我们去外面吃饭吧？"林林说。

"好，我们今天人多，家里也做不出来，就去外面。"

"好，我是老大，我做东。"鸿政自嘲地说。

"还是我来，大哥不在，我就是你们几个最大的。"二哥说。

"二哥，鸿政，不要再争了，饭还没吃呢。"林林说。

我们开车到了"老家的味道"，母亲打电话叫来了槐香姐和鸿妍。

大家一边吃饭一边聊天。

槐香姐说："妈，您在继名这住一段时间就去我那里吧。"

"是啊，奶奶，你光给鸿瑾做好吃的了，还有我呢。"鸿妍说。

"你都是大姑娘了，快嫁人了还和鸿瑾争。"母亲嗔怪地抚摸着大孙女的长发说。

"不争不争，我就争奶奶了。"鸿妍调皮地说道。

"奶奶你看，这张相片还记得吗？"鸿妍翻开手机相册。

"这不是我和你妈照的相吗？那一年奶奶出院，在县城照的。"母亲指着其中的一张说。

"妈，就是，您看那时候您多年轻，他们都说您是我姐姐呢。"槐香姐说。

"是啊，岁月不留人啊。"母亲说，"怎么跑到你的手机里了，鸿妍？"

鸿妍说："我家里有一个玻璃相框啊，我翻拍的。"

"槐香啊，你真是有心了，我以为就一张，在老家呢。"

"奶奶，那个相框我怎么没见过？"鸿政问道。

"被奶奶收起来了，你妈，对了，你后妈看着不舒服。"母亲说。

"妈，吃菜，不聊那些不高兴的事了。"林林给母亲夹菜。

"就是，妈在这里又年轻了不少，精神挺好的啊。"槐香姐说。

"是的，林林没心没肺的，像个活宝一样一天逗我开心。"母亲说。

"姐，看看咱妈看林林的眼光都是喜爱的，我都有点嫉妒了。"我说。

"我这个媳妇比儿子强，就像当年的你，槐香。"母亲说。

"妈，那您就当我是小女儿咯。"林林趁机卖乖。

"是，是小女儿，还有云霞，都是我的女儿。"母亲高兴地说。

"今天是父亲走后半年里母亲笑容最多的一天。"二哥说。

"是啊，只要奶奶开心，到哪里都是一样的。"鸿政说。

二

初春的傍晚有些微寒，公园里的小草伸长了脖子往外张望，眼前的白桦树冷冷地瞅着我。

这里异常寂静，斜靠着我的女人的心跳声有节奏地敲击着我，我用力捏了一下她的胳膊，她穿得有些单薄，于是我把她又往我怀里拉了一下，搂得更紧一些，她温柔地配合着我。

"清明节了，是我父亲的周年忌日，我明天得去给父亲上坟。"我说。

"我们回家吧，有点冷。"她的温柔总是让我心里暖洋洋麻酥酥。

于是我拉起她的手，柔柔软软的："要不要披上我的外套？枚。"我也低声对她说。

"不要了，你赶紧回家准备准备吧，有事给我发信息。"

我们并排走着，到了该分开的时候，轻轻地拥抱了一下，每次她的脸都会微微地一红，这就使得我更加爱她。放弃，也需要勇气。

一进门，我就听见老婆冲着女儿吼："作业作业不好好写，脚丫子也不洗，你一天到底要累死我吗？"

我赶紧去给女儿放热水，女儿也乖巧地跑过来搂着我的脖子："爸爸，今天的数学题很难。"

女儿上四年级，我因为工作忙，没有更多的时间照顾家里，这一年来家里因为母亲而改变了许多，温馨了许多。

安顿完女儿后，我给母亲道了晚安。

妻子已早早地在寝室里等我了，我洗洗就上了床。

"明天带的东西我都按照妈的要求购买了，装到车的后备厢了。"她看都没看我，说完就关了灯。

"你不去吗？"我盖上被子问她。

"我去吗？"她反问道。

"就烧个纸，你不去也行。" 她确实也没有必要，怕她激动了跟哥哥嫂子闹起来。

她把头伸过来枕到我的肩上，我顺势拉了拉她，感受到那瘦弱的肩膀让我顿生怜悯之情，想想佐枚那圆润的脸、柔软的肩，还有……忘不了那一次。

我索性侧过身想抱紧她，她便自觉地把腿搭在了我的腰上，我立即感到自己的腰被她突出的胯骨硌得生疼。她的胳膊肘也捣到了我的胸上，我浑身都似乎在忍受某种剧痛，由内而外地习惯性地产生了某种反感。情绪一下子跌落到了谷底，拍了拍她的背说："早点睡吧，我明天要赶路。"

这纯粹的借口。

她挪开腿和抽走胳膊的时候，还不忘再给我一次钝痛，我控制着龇牙咧嘴的表情，差点叫出了声。

她背转身的时候突然温柔地给了我一个措手不及的吻。

我也不知道哪根神经错乱了，突然坐起来扳过她。征服欲在我心里燃起，我回吻了她的嘴唇，整张脸，便重新缠绵在了一起。

"叫上大哥，我们走吧？"第二天一进二哥家的门我就说。

二嫂迎了出来，我抬眼看她，心里"怦、怦"地不由自主地跳了几下。

她还是那么素雅，那么温婉，一举一动还是那么有条不紊。

"你二哥出去买酒了，马上回来。"二嫂没看我的眼睛，像是在跟一个看不见的人说话。

我"哦"了一声，就坐在客厅的沙发上自顾点了一根烟。看着烟圈在我的眼前环绕着，盯着她在客厅沏茶倒水的动作，眼前忽闪着佐枚的影子。

二哥提着两瓶二锅头进来了，二嫂帮他收拾了一些祭祀用品，我和二哥、侄儿一起出了门。

路过大哥家的时候，他正在门口等着，许是侄儿提前跑过去通知的吧。

一路上大家很沉默。

父亲的坟不远，走过两个山头就到了。

大哥首先履行他长子的职责，安排我们一字排开，双膝跪下。我和二哥全听他安排，看着他在前面做一些烧纸前的准备工作。

他带着他的儿子——长孙，先是拿了三炷香点着，在离父亲的坟有十几米的地方插上，燃了三张黄纸，谓之祭天。另找一处最近的十字路口，做了同样的事情，谓之祭过路的无后人的乱鬼。最后才走到父亲的坟前，郑重地命令我们："拿出各家的贡品，给父亲的餐桌上摆上。"

大哥和二哥都有儿子，侄儿们争先恐后地拿出自家的好吃的摆上。

我也拿出从城里买回来的，最好的贡品，连盒子带箱子全部摆在父亲的面前。

大哥满意地看着，插好香，燃了黄纸，自己先磕了三个头，最后命令我们一起磕头。

"爸啊，您离开我们一年了，您活着的时候我们没有伺候过您，都是您在照顾我们，我们有愧啊！"大哥突然来了这么一句，令人想不到他会说出他有愧的话。

"大哥，都过去了，别让父亲知道了难过。"二哥安慰大哥道，自己却眼圈红红的了。

"爸啊，我对不起您，我当老大的没做好表率啊，把我母亲扔在城里没管过啊……"大哥根本听不进去二哥的话，自顾自地号啕大哭起来了。

我突然觉得他话中有话，那眼泪分明是在诉说另一个心情。

"老三，你把母亲送回来吧，老房子还是她住着，我让我大儿子两口子去照顾，你和二弟每月出些生活费就行了。"

得，这最后一句才是最主要的，在这里等着呢。幸好我没让妻子和我一起来，不然又要开打了。

我说："还是让妈在我那里吧，我的日子还好，请个保姆都没问题，你们就放心吧。"

不知道啥时候大嫂站在了我的身后，她可是今天唯一一个来给公公上坟的儿媳妇。

"老三这样说也行，其实我们的想法很简单，我嫁给你大哥生了两个儿子，又把你大侄儿拉扯大，娶了媳妇，我多不容易啊。"她继续说，"妈在你那里也放心，就医啥的也方便，就这么定了。"说着话，她一边跪在父亲的坟前重新燃烧纸钱，一边抹着眼泪。似乎在平衡一件很了不起的事情。

"那我给你每月一些补贴吧，老三，或者你们上班忙的话，就把妈送我这里来，你二嫂还说呢。"二哥这时候说话了。

他的这几句话，我半年前就听过了，我很感动二嫂的贤淑和对我们的理解，但是我回绝了，我有能力和义务赡养我的母亲。

"都不说了，大哥二哥，妈在我那里很好，还能照顾我们……"

"对啊，你那个老婆像个懒汉，从来不做饭不着家的，这下有了妈在你那里，是不是伺候你们呀？看来妈就是个伺候人的命，伺候完了爸，就开始伺候你家公主了……"没等我把话说完，大嫂就伶牙俐齿地揭我的短处了。

我再一次想起佐枚的聪明，没有让我带妻子过来，避免了今天的第二次战争。要是换佐枚是我妻子，也不会落下让人随手一抓就抓住的短处。

想到这里，我不再言语。不说话，是我最无奈也最拿手的办法。

该下山了，我才抬头看了看今天的天气，灰蒙蒙得像要下雨的样子。

布谷鸟在不远处一声接一声地叫着，声音孤独而凄惨，整个山谷沉浸在一种湿漉漉的烦躁的气氛当中。

我回头看了看父亲的坟，在心里默默地和他老人家告别，我发誓，我一定会让我的母亲幸福地度过晚年。林林，对我的母亲非常好，大把大把地花钱给我母亲。

母亲曾说过"我一辈子没有女儿，林林就是我的小女儿。"

我心想：不着家怎么了？她又没有偷人。

我突然对林林打抱起了不平，同时心里隐隐地觉得对不起她。

我不懂我自己，为什么生活在这么一个矛盾中呢？世间的事哪有十全十美的？

突然想给佐枚发个微信说一下今天的情况。这才发现手机没带，是忘在家里呢还是忘在车里呢？我有点心虚，脑门一昏，脸就发热，这一细小的变化可能没人能懂。想着这些，我已经打开了车门，没有看见手机，又一次头一昏脸一热：忘在家里了，佐枚要是给我发信息怎么办？要是被林林发现怎么办？

一连串的问题令我像发了高烧一样冒出了细汗，没了思维，脑袋发胀却空空的。

"继名，你不会着急要回去吧？下车来吃完饭再回去不迟。"二嫂轻轻敲着车窗对我说。

我心虚地张了张嘴，我想我的表情肯定很滑稽，"嗯，好，好……"我像蚊子一样嗫嚅着，二嫂可能也为我的表情吃惊。

在二哥的客厅，刚落座，我就看见我的手机静静地躺在沙发的一角。心里立即放松了，汗也回去了，脸也不烫了。

当然脑袋有了思路了："二哥，我还是回去吧，饭就不吃了。"

快进城的时候我给佐枚打电话："出来吃饭吗？我回来了。"

"我们以后就只做好朋友行不？"这是佐枚的声音，细细的软软的。

"行，我也正是这么想的。"我说。

我以为她在开玩笑，她常这样开玩笑。

"从十年前开始，到以后，永远，我都爱你。"我只有在佐枚和下级面前才能这么流畅地说话。

"这次是真的，我没有开玩笑。"她认真地说。

清明

三

一年后大嫂乳腺癌病愈出院，在我的家里。

"妈，人都说恶有恶报，我这是不是报应啊？"大嫂哭着对母亲说。

"人吃五谷杂粮，什么病都会有的，不要多想。"母亲说。

"是啊，大嫂，这不是好了吗？"林林给大嫂端了一杯热茶说道。

"我以前总是为自己着想，这一病，才知道亲人有多重要。"她拉着鸿妍的手。"多亏了鸿妍在医院里对我的照顾，我又没有生过她，更没有拉扯过她，她能像个女儿一样对我，我心里有愧啊。"大嫂说着哭了起来。

"大嫂，别哭了，我们明天就回，明天是爸的忌日了，清明了。"二嫂说。

"没想到我们一大家子人都聚在了老三这里了。"大哥说道。

"这都是林林的好处啊，又是帮忙联系大夫，又是送水送饭的。"大嫂说。

"大嫂，你可别这么说，我是个懒婆娘，不会做饭的。"林林说道。

"林林怀着孕还跟我学做菜呢。"母亲说。

"这可是好事啊，响应二胎政策呢。"二嫂说。

"其实你二嫂也怀孕了，二胎。"大嫂说。

"是吗？咱家可是双喜临门了。"林林高兴地说。

"妈妈现在会做的菜可多了，还给我外公外婆露了一手，外婆夸我妈妈呢。"女儿鸿瑾也过来帮林林说话。

"看这一家子，都围着林林转了。"二嫂笑了。

"妈，我想您应该和我一起回去了，以后我伺候您。"大嫂说。

母亲看看二哥二嫂，看看我和林林，又看看一屋子的人。

"妈，您是不相信我吗？我向您保证，我是大儿媳妇，我要给我的儿媳妇做个榜样出来。"大嫂拍着胸脯说。

"妈信你，我们也信你！"二嫂和林林也说。

"那房子还要吗？"林林问。

"说什么房子不房子的呢，鸿政在城里有房，鸿双鸿对大学毕业不想回老家呢。"大哥说。

"哦，这是没人住了才不要的啊？"林林就是脑子灵。

"林林，别再取笑大嫂了，大嫂求你了，我说不过你。"大嫂已经在向林林求饶了。

二嫂示意我去阳台，她有话问我。

"二嫂，我知道你想问什么，我们再没有联系。"我说。

"那就好，我也没有告诉佐枚。"

"我都快四十岁的人了，知道怎么做。"

"呵呵，你们当官的事我不懂，做人的事我懂。"二嫂说。

"我知道，林林是我的唯一，从前是，将来也是。"

"你看林林多好的一个人啊，十几年了，有过歪心思吗？"

"没有，是我不懂得珍惜。"

"现在这样的人打着灯笼都难找了，再不要对不起她了。"

"二嫂，我知道，我谢谢你！"

"你们两个嘀咕什么呢？妈已经同意明天和我们一起回家了。"

"大嫂喊我们了，走吧。"二嫂说着回客厅了。

"没说什么，大嫂，二嫂在夸你呢，刀子嘴豆腐心。"我说。

"这也是夸呀？我怎么听着不像呢？"大嫂说。

"大嫂漂亮贤惠能干大度，这样是不是夸呢？"二嫂说了一连串的好词。

"你翻新华字典查的吗，二婶？"鸿瑾对二嫂说。

"你二婶才不用查呢，脑子里装了一箩筐的新鲜事。"大嫂说。

大哥二哥来到阳台上，我们一起看着这个城市的夜景。

霓虹闪烁，车水马龙，一家人在这里冰释前嫌。兄弟之间本来就血浓于水，能够携手走过以后的日子，父亲在九泉之下应该是含笑的。

"得感谢槐香姐，给你教育出来这么好的一个女儿。"我对大哥说。

"是啊，我对不起她，那时候年轻，草率。"大哥说道。

"都过去了，以后好好对大嫂就是了，看父亲和母亲就是我们的榜样。"二哥说。

"其实，在我们三个里面，老二才是英雄本色。"大哥说。

"我同意！"我附和着大哥。

二哥是否知道我的事情，我也不便去问。

他只是看着我说："我也同意大哥的说法。"

"鸿翔现在怎么样？"我问。

"马上高考了，自从鸿政给谈了话之后，再没去过游戏厅，成绩也赶上来了。"二哥说。

"明天给爸上坟的事，准备得怎么样了？"

"鸿政在那边都准备好了，我们明天直接过去就行了。"大哥说。

"鸿政正式接了你的班，你的愿望也会实现的。"我说。

"我是个失败者，不能再让孩子失败，这是我和你大嫂总结的经验。"大哥说。

"那我们早点休息吧，明天赶路。"

"奶奶，爸，你们早点休息，明天我过来接你们，一起去给爷爷上坟。"鸿妍说着往外走。

"等等，鸿妍，我跟你去，找你妈聊聊。"二嫂说着也跟着走了。

我家三个卧室，母亲和女儿睡一间，大哥大嫂睡一间，我和二哥睡一间。

"二哥，我们两个又睡一起了。"

"是啊，这都多少年没有这么躺下来聊天了。"

"小时候真好，动不动被大哥提溜起来去玩牌。"

"美好的记忆啊，是一辈子的财富。"

"二哥，我心里一直有个秘密，没有告诉你。"

"不用说了，我都知道，你二嫂都给我说了。"

"哈哈，我没想到二嫂什么都对你说。"

"你小子以为呢，亲兄弟亲还是两口子亲？"二哥开玩笑说。

"那时候年纪小啊，有点好感也是正常的。"

"是的，正常的，我也没说不正常。"

"那就是了，不然她也不会成我二嫂了，你说呢，二哥？"

"还算诚实，孺子可教！"二哥拍了一下我的头。

"多好，二哥，你有多久没有这样拍过我了。"

"还想要吗？等着，看我怎么收拾你。"说着他坐起来像小时候那样把我倒提了起来，我吓得"哇哇"大叫。

女儿跑出来问："爸爸你怎么了？二伯欺负你吗？"

"去睡觉去，我和你二伯玩游戏呢。"

"哦，爸爸和二伯变成小孩子咯！"女儿边跑进母亲的卧室边说道。

就听大哥在另一间卧室里说："快睡觉，再闹我也过来了。"

我和二哥悄悄地熄灯睡了。

第二天的清明节，我们一家人陪着母亲，向父亲的墓地走去……

完

2019.4.20